权 威 · 前 沿 · 原 创

盘点年度资讯 预测时代前程

社会科学文献出版社

2011年版皮书

权威·前沿·原创

社会科学文献出版社
SOCIAL SCIENCES ACADEMIC PRESS (CHINA)

权威分析 专家解读 机构预测

社会科学文献出版社 "皮书系列"

皮书是社会科学文献出版社近十多年来连续推出的大型系列图书，由一系列权威研究报告组成，以专家和学术的视角，对每一年度中国与世界的政治、经济、社会、文化、教育、法治等各个领域，以及国民经济各个行业的现状与趋势进行分析和预测，为关注中国与世界经济社会形势的各界人士提供了非常珍贵实用的资讯，为决策资政和学术研究提供了重要的参考。目前年出版皮书品种数已达140多种。

"皮书系列"图书的作者以中国社会科学院的专家学者为主，还包括地方社科院、高等院校、党校系统、政府研究部门和行业协会的研究人员，均为国内相关研究领域的一流专家学者，他们的看法和观点体现了对中国与世界的现实和未来最高水平的解读与分析。经济蓝皮书、社会蓝皮书、世界社会主义黄皮书、法治蓝皮书等一系列知名皮书，均受到全国各地政府机关的极大关注。

皮书是哲学社会科学工作者发挥"智库"作用、服务中国社会主义现代化建设的重要载体和平台，也是世界了解中国、中国认识世界的一个重要窗口，对社会各个阶层、各种职业的人士都能提供有益的帮助。适合各级党政部门决策人员、科研机构研究人员、企事业单位领导、管理工作者、媒体记者、国外驻华商社和使领事馆工作人员，以及关注中国和世界经济、社会形势的各界人士阅读使用。

法 律 声 明

1. 经济蓝皮书

2011年中国经济形势分析与预测

陈佳贵　李　扬／主编　　2010年12月出版　　定价：49.00元

◆　本书为"总理基金项目"，由中国社会科学院学部主席团代主席、经济学部主任陈佳贵及中国社会科学院副院长李扬担任主编，中国社会科学院经济学部副主任刘树成、数量经济与技术经济研究所所长汪同三任副主编，联合了国内权威机构的专家学者共同编写，本书聚焦2010年中国经济发展中的热点和难点，并对2011年中国经济的发展及走向作出科学的预测。

2. 社会蓝皮书

2011年中国社会形势分析与预测

汝　信　陆学艺　李培林／主编　　2011年1月出版　　定价：49.00元

◆　本书为中国社会科学院核心学术品牌之一。本书从社会学的视角来分析2010年中国社会发展的热点和难点问题，对未来可能出现的社会热点和发展趋势作出科学的预测，并提出相应的对策建议，其前瞻性的观点代表着中国社会发展的风向标，是关注中国社会问题的各阶层人士必看的年度报告。

3. 文化蓝皮书

2011年中国文化产业发展报告

张晓明　胡惠林　章建刚／主编　　2011年6月出版　　49.00元（估）

◆　本书是由中国社会科学院文化研究中心和文化部、上海交通大学国家文化产业创新与发展研究基地合作共同编写的第9本中国文化产业年度报告。内容涵盖了我国文化产业分析及政策分析，对2010年文化产业发展形势的评估，及对2011年发展趋势的预测。

4. 经济信息绿皮书

中国与世界经济发展报告（2011）

王长胜／主编　　2011年1月出版　　定价：59.00元

◆　本书由国家信息中心主编，从宏观角度及全球经济一体化的背景剖析2010年我国经济发展的定位、战略目标、战略重点、战略对策等深层次问题，并对2011年国内外经济发展环境、宏观调控政策的取向、宏观经济发展趋势、产业经济和区域经济热点进行系统分析和预测。

5. 世界经济黄皮书

2011年世界经济形势分析与预测

王洛林　张宇燕／主编　　2011年1月出版　　定价：49.00元

◆　本书是由中国社会科学院世界经济与政治研究所精心打造的有关世界经济的年度报告，对2010年的世界经济形势进行回顾与总结，并对2011年世界经济的发展态势作出预测。其延续了历年世界经济黄皮书的风格，是关注国际经济形势的各阶层人士必备的案头书。

6. 国际形势黄皮书

全球政治与安全报告（2011）

李慎明　张宇燕／主编　　2011年1月出版　　定价：49.00元

◆　本书是由中国社会科学院世界经济与政治研究所主编的有关全球政治与安全的年度报告。其着眼于国际关系发展的全局，点评2010年令人印象深刻的国际关系发展中的热点事件，剖析其全局性的后果和长期影响，关注时下国际关系发展动向里隐藏的中长期趋势，预测并展望全球政治与安全格局下的国际形势最新动向及对中国发展的影响。

7. 欧洲蓝皮书

欧洲发展报告（2010～2011）

周　弘／主编　　2011年3月出版　　定价：69.00元

◆　本书由研究欧洲问题的权威机构中国社会科学院欧洲研究所及中国欧洲学会联合编写，从政治、经济、法治进程、社会文化和国际关系等角度，深度剖析2010年欧洲各国的政治经济发展现状，并对2011年欧洲的经济社会发展趋势进行预测与展望。

8. 亚太蓝皮书

亚太地区发展报告（2011）

李向阳／主编　　2011年1月出版　　定价：49.00元

◆　本书由中国社会科学院亚洲太平洋研究所的专家学者编写，从政治、经济、社会、国际关系等角度系统论述2010年亚太地区各国的政治经济发展情况，探讨国际经济新形势下亚太政治经济新格局与我国的对策，并对2011年亚太各国政治经济发展趋势进行预测与展望。

9. 农村经济绿皮书

中国农村经济形势分析与预测（2010~2011）

中国社会科学院农村发展研究所、国家统计局农村社会经济调查司 / 著

2011年4月出版　　定价：49.00元

◆　本书依托于研究中国农村和农村经济问题的两大权威机构，剖析金融危机背景下，2010年中国农业农村经济发展的特点及粮食总产量、城乡居民收入差等一系列主要指标的变化，对2011年中国农业农村经济形势作出展望和预测。

10. 人口与劳动绿皮书

中国人口与劳动问题报告No.12

蔡　昉 / 主编　　2011年7月出版　　49.00元(估)

◆　本书由中国社会科学院人口与劳动经济研究所联合国家统计局、农业部农村经济研究中心、人力资源和社会保障部等权威研究机构的专家学者共同编写，关注中国当前人口的总量与增量情况，在人口学预测的基础上，研究我国就业和劳动力市场形势，力图反映更加广泛的研究成果和观点。

11. 环境绿皮书

中国环境发展报告（2011）

杨东平 / 主编　　2011年4月出版　　定价：59.00元

◆　本书由民间环境保护组织"自然之友"组织编写，汇集了学者、记者、环保人士等众多视角，考察中国的年度环境发展态势，附加经典环境案例分析，用深刻的思考、科学的数据、鲜活的语言分析2010年的环境热点事件，展望2011年中国环境与发展领域的全局态势，为中国走向可持续发展的历史性转型留下真实写照和民间记录。

12. 旅游绿皮书

2011年中国旅游发展分析与预测

张广瑞　刘德谦　宋瑞 / 主编　　2011年4月出版　　定价：59.00元

◆　本书由中国社会科学院旅游研究中心组织编写，从2010年国内外发展环境入手，深度剖析2010年我国旅游业的跌宕起伏以及背后错综复杂的影响因素，聚焦旅游相关行业的运行特征以及政策实施，对旅游发展的热点问题给出颇具见地的分析，并提出促进我国旅游业发展的对策建议。

13. 教育蓝皮书

中国教育发展报告（2011）

杨东平／主编　　2011年3月出版　　定价：59.00元

◆　本书由著名教育学家杨东平担任主编，大胆直面当前教育改革中出现的应试教育、"择校热"等社会热点问题以及高校招生腐败、学术腐败、学术失范与学风不正等难点问题，通过对国内多个城市的调查，反映中国教育发展中的改革亮点和难点，并提出有价值的对策和建议。

14. 法治蓝皮书

中国法治发展报告NO.9（2011）

李　林／主编　　2011年3月出版　　定价：78.00元

◆　本书由中国社会科学院法学研究所组织编写，对中国年度法治现状和法治进程进行深度分析、评价和预测，回顾总结2010年我国法治发展所取得的一系列进步和成就，并展望2011年我国的法治发展走向，是对中国年度法治现状和法治进程的客观记述、评价和预测。

15. 就业蓝皮书

2011年中国大学生就业报告

麦可思研究院／编著　　王伯庆／主审　　2011年5月出版　　定价：98.00元

◆　本书是在麦可思人力资源信息管理咨询公司"中国2009届大学毕业生求职与工作能力调查"的基础上，由麦可思公司与西南财经大学共同完成的2010年度大学生就业暨重点产业人才分析报告。从就业水平、薪资、工作能力、求职等各个方面，分析大学生就业状况，并提出相应的政策建议。

16. 西部蓝皮书

2011年中国西部经济发展报告

姚慧琴　任宗哲／主编　　2011年7月出版　　79.00元(估)

◆　本书的编撰单位西北大学中国西部经济发展研究中心，是研究西部经济的权威机构。本书汇集了源自西部本土以及国内研究西部问题的权威专家的第一手资料，对国家实施西部大开发战略进行年度动态跟踪，并对2011年西部经济发展进行预测和展望。

17. 城市竞争力蓝皮书

中国城市竞争力报告No.9

倪鹏飞／主编　　2011年5月出版　　定价：65.00元

◆　本书由中国社会科学院城市与竞争力研究中心主任倪鹏飞博士主持编写，构建了一套科学的城市竞争力评价指标体系，采用第一手数据材料，对国内重点城市年度竞争力格局变化进行客观分析和综合比较、排名，在组织展开城市居民幸福感调查的基础上，首次将幸福感指数引入竞争力评价中。对研究城市经济及城市竞争力极具参考价值。

18. 中国省域竞争力蓝皮书

中国省域经济综合竞争力发展报告（2009～2010）

李建平　李闽榕　高燕京／主编　　2011年3月出版　　定价：298.00元

◆　本书对2009～2010年中国31个省级区域和香港、澳门、台湾3个地区的经济综合竞争力，进行全面深入、科学的比较分析和评价，深刻揭示不同类型和发展水平的省域经济综合竞争力的特点及其相对差异性，明确各自内部的竞争优势和薄弱环节，追踪研究省域经济综合竞争力的演化轨迹和提升路径。

19. 金融蓝皮书

中国金融发展报告（2011）

李　扬　王国刚／主编　　2011年6月出版　　79.00元(估)

◆　本书由中国社会科学院副院长李扬担任主编，对过去一年中国金融业总体发展状况进行回顾和分析，聚焦国际及国内金融形势的新变化，对一些主要金融事件进行研讨和评论，解析中国金融政策及银行业、保险业和证券期货业等的发展状况，预测中国金融发展中的最新动态，包括投资基金、保险业发展、住宅金融和金融监管等。

20. 房地产蓝皮书

中国房地产发展报告No.8

潘家华　李景国／主编　　2011年5月出版　　定价：59.00元

◆　本书由中国社会科学院城市发展与环境研究中心主编，深度解析2010年中国房地产发展的形势和存在的主要矛盾，并预测2011年中国商品房价格走势及房地产市场的发展大势。

宏观经济类

经济蓝皮书
2011年中国经济形势分析与预测
著(编)者:陈佳贵 李 扬 2010年12月出版/定价:49.00元

经济蓝皮书春季号
中国经济前景分析——2011年春季报告
著(编)者:陈佳贵 李 扬 2011年4月出版/定价:49.00元

宏观经济蓝皮书
国家经济报告(2011)
著(编)者:李 扬 2011年9月出版/估价:69.00元

经济信息绿皮书
中国与世界经济发展报告(2011)
著(编)者:王长胜 2011年1月出版/定价:59.00元

宏观经济蓝皮书
中国经济增长报告(2010~2011)
著(编)者:张平 刘霞辉 2011年3月出版/定价:49.00元

农村经济绿皮书
中国农村经济形势分析与预测(2010~2011)
著(编)者:中国社会科学院农村发展研究所
国家统计局农村社会经济调查司
2011年4月出版/定价:49.00元

人口与劳动绿皮书
中国人口与劳动问题报告No.12
著(编)者:蔡 昉 2011年7月出版/估价:49.00元

国家竞争力蓝皮书
中国国家竞争力报告No.2
著(编)者:倪鹏飞 2011年9月出版/估价:98.00元

中国省域竞争力蓝皮书
中国省域经济综合竞争力发展报告(2009~2010)
著(编)者:李建平 李闽榕 高燕京
2011年3月出版/定价:298.00元

城市竞争力蓝皮书
中国城市竞争力报告No.9
著(编)者:倪鹏飞 2011年5月出版/定价:65.00元

产业蓝皮书
2011年中国产业竞争力报告
著(编)者:张其仔 2011年8月出版/估价:69.00元

环境竞争力绿皮书
中国省域环境竞争力发展报告(2005~2009)
著(编)者:李建平 李闽榕 王金南
2010年12月出版/定价:148.00元

中国总部经济蓝皮书
中国总部经济发展报告(2010~2011)
著(编)者:赵 弘 2010年12月出版/定价:59.00元

企业蓝皮书
中国企业竞争力报告(2011)
著(编)者:金 碚 2011年12月出版/估价:69.00元

民营经济蓝皮书
中国民营经济发展报告No.8(2010~2011)
著(编)者:黄孟复 2011年10月出版/估价:69.00元

发展和改革蓝皮书
中国经济发展和体制改革报告No.4
著(编)者:邹东涛 2011年11月出版/估价:98.00元

金融蓝皮书
中国金融发展报告(2011)
著(编)者:李 扬 王国刚 2011年6月出版/估价:79.00元

低碳经济蓝皮书
中国低碳经济发展报告(2011)
著(编)者:薛进军 2011年3月出版/定价:79.00元

"两化"融合蓝皮书
中国"两化"融合发展报告No.1(2011)
著(编)者:朱金周 2011年6月出版/估价:98.00元

财政蓝皮书
中国公共财政建设报告(2011)
著(编)者:高培勇 张 斌 范建鏴
2011年8月出版/估价:59.00元

低碳发展蓝皮书
中国低碳发展报告(2011)
著(编)者:齐 晔 2011年10月出版/估价:89.00元

社会政法类

社会蓝皮书
2011年中国社会形势分析与预测
著(编)者:汝 信 陆学艺 李培林
2011年1月出版/定价:49.00元

公共服务蓝皮书
中国城市基本公共服务力评价(2011)
著(编)者:侯惠勤 辛向阳 等
2011年6月出版/定价:49.00元

人权蓝皮书
中国人权发展报告(2011)
著(编)者:李君如 2011年7月出版/估价:68.00元

法治蓝皮书
中国法治发展报告NO.9(2011)
著(编)者:李 林 田 禾 2011年3月出版/定价:78.00元

社会舆情蓝皮书
2011中国社会舆情与危机管理报告
著(编)者:谢耘耕 2011年7月出版/估价:78.00元

气候变化绿皮书
应对气候变化报告(2011)
著(编)者:王伟光 郑国光
2011年11月出版/估价:68.00元

环境绿皮书
中国环境发展报告（2011）
著(编)者：杨东平 2011年4月出版 / 定价：59.00元

生态文明绿皮书
中国省域生态文明建设评价报告（2011）
著(编)者：严 耕 2011年7月出版 / 估价：69.00元

生态城市绿皮书
中国城市生态文明建设评价报告（2011）
著(编)者：李景源 2011年10月出版 / 估价：59.00元

海洋安全蓝皮书
中国海洋安全报告（2011）
著(编)者：姜 安 2011年8月出版/估价：79.00元

教育蓝皮书
中国教育发展报告（2011）
著(编)者：杨东平 2011年3月出版 / 定价：59.00元

医疗卫生绿皮书
中国医疗卫生发展报告（2011）
著(编)者：杜乐勋 张文鸣 2011年10月出版/估价：68.00元

就业蓝皮书
2011年中国大学生就业报告
著(编)者：麦可思研究院 2011年5月出版 / 定价：98.00元

人才蓝皮书
中国人才发展报告（2011）
著(编)者：潘晨光 2011年8月出版 / 估价：79.00元

人口老龄化蓝皮书
中国人口老龄化报告（2011）
著(编)者：田雪原 左学金 王胜今
2011年9月出版 / 估价：58.00元

社会心态蓝皮书
2011年中国社会心态研究报告
著(编)者：王俊秀 杨宜音 2011年5月出版 / 定价：59.00元

青少年蓝皮书
中国未成年人互联网运用报告（2010～2011）
著(编)者：李文革 沈 杰 2011年7月出版 / 估价：59.00元

妇女绿皮书
中国性别平等与妇女发展报告（2010～2011）
著(编)者：谭 琳 2011年12月出版 / 估价：79.00元

妇女发展蓝皮书
中国妇女发展报告 No.4（2011）
著(编)者：王金玲 2011年8月出版 / 估价：59.00元

女性生活蓝皮书
2010～2011年：中国女性生活状况报告
著(编)者：韩湘景 2011年7月出版 / 估价：49.00元

女性教育蓝皮书
中国妇女教育发展报告（2010～2011）
著(编)者：莫文秀 2011年10月出版 / 估价：68.00元

老年蓝皮书
中国老年问题研究报告（2011）
著(编)者：田雪原 2011年10月出版 / 估价：49.00元

科普蓝皮书
中国科普基础设施发展报告（2011）
著(编)者：任福君 2011年8月出版 / 估价：69.00元

科学传播蓝皮书
中国科学传播报告（2010～2011）
著(编)者：詹正茂 靳 一 陈晓清
2011年5月出版 / 定价：75.00元

民族蓝皮书
中国民族区域自治发展报告（2010）
著(编)者：郝时远 2011年6月出版 / 估价：59.00元

华侨华人蓝皮书
华侨华人发展报告（2011）
著(编)者：丘 进 2011年7月出版 / 估价：68.00元

宗教蓝皮书
中国宗教报告（2011）
著(编)者：金泽 邱永辉 2011年7月出版 / 估价：59.00元

基金会绿皮书
中国基金会发展民间报告（2011）
著(编)者：徐永光 康晓光 冯 利
2011年7月出版 / 估价：49.00元

社会工作蓝皮书
中国社会工作发展报告（2010～2011）
著(编)者：蒋昆生 戚学森 2011年7月出版 / 估价：59.00元

社会建设蓝皮书
2011年北京社会建设分析报告
著(编)者：陆学艺 张 荆 唐 军
2011年7月出版 / 估价：59.00元

基金会蓝皮书
中国基金会发展报告（2011）
著(编)者：刘忠祥 2011年8月出版 / 估价：59.00元

养老金蓝皮书
中国养老金发展报告（2011）
著(编)者：郑秉文 2011年7月出版 / 估价：59.00元

殡葬绿皮书
中国殡葬事业发展报告（2011）
著(编)者：朱 勇 2011年4月出版 / 估价：59.00元

中国政府创新蓝皮书
(待定)
著(编)者：俞可平 2011年11月出版 / 估价：78.00元

政治参与蓝皮书
中国政治参与报告（2011）
著(编)者：房 宁 2011年5月出版 / 定价：68.00元

危机管理蓝皮书
2011年中国危机管理报告
著(编)者：文学国 范正青 2011年8月出版 / 估价：58.00元

金融蓝皮书
中国金融法治报告（2011）
著(编)者：胡 滨 2011年7月出版 / 估价：59.00元

慈善蓝皮书
中国慈善发展报告（2011）
著(编)者：杨 团 2011年4月出版 / 定价：69.00元

民间组织蓝皮书
中国民间组织报告（2010～2011）
著(编)者：黄晓勇 2011年2月出版 / 定价：59.00元

企业公民蓝皮书
中国企业公民报告（2011）
著(编)者：邹东涛 2011年8月出版／估价：58.00元

企业社会责任蓝皮书
中国企业社会责任研究报告（2011）
著(编)者：陈佳贵 黄群慧等 2011年10月出版／估价：55.00元

汽车社会蓝皮书
中国汽车社会发展报告（2011）
著(编)者：翟双合 李江平 2011年6月出版／估价：59.00元

口腔健康蓝皮书
中国口腔健康发展报告（2011）
著(编)者：胡德渝 2011年7月出版／估价：59.00元

北京蓝皮书
北京社会发展报告（2010～2011）
著(编)者：戴建中 2011年4月出版／定价：59.00元

北京蓝皮书
中国社区发展报告（2010）
著(编)者：于燕燕 2011年4月出版／定价：49.00元

北京蓝皮书
北京公共服务发展报告（2010～2011）
著(编)者：张耘 2011年3月出版／定价：59.00元

北京人才蓝皮书
北京人才发展报告（2010～2011）
著(编)者：张志伟 闫成 杨河清
2011年5月出版／定价：69.00元

北京律师蓝皮书
北京律师发展报告（2011）
著(编)者：王隽 2011年8月出版／估价：59.00元

上海蓝皮书
上海社会发展报告（2011）
著(编)者：卢汉龙 周海旺 2011年1月出版／定价：59.00元

上海蓝皮书
上海资源环境发展报告（2011）
著(编)者：周冯琦 2011年1月出版／定价：59.00元

上海社会保障绿皮书
上海社会保障改革与发展报告（2010～2011）
著(编)者：汪泓 2011年7月出版／估价：65.00元

河南蓝皮书
2011年河南社会形势分析与预测
著(编)者：林宪斋 刘道兴 2011年1月出版／定价：59.00元

陕西蓝皮书
陕西社会发展报告（2011）
著(编)者：杨尚勤 石英 江波
2011年4月出版／定价：59.00元

陕西蓝皮书
陕西人力资源和社会保障发展报告（2011）
著(编)者：杨尚勤 鼐向前 2011年7月出版／定价：49.00元

贵州蓝皮书
贵州社会发展报告（2011）
著(编)者：王兴骥 2011年9月出版／估价：49.00元

广州蓝皮书
中国广州社会形势分析与预测（2011）
著(编)者：易佐永 崔仁泉 2011年6月出版／估价：49.00元

广州蓝皮书
中国广州城市建设发展报告（2011）
著(编)者：董皞 李俊夫 2011年6月出版／估价：49.00元

广州蓝皮书
中国广州科技与信息化发展报告（2011）
著(编)者：庚建设 谢学宁 2011年6月出版／估价：59.00元

深圳蓝皮书
深圳社会发展报告（2011）
著(编)者：乐正 祖玉琴 2011年7月出版／估价：69.00元

深圳蓝皮书
深圳劳动关系发展报告（2011）
著(编)者：汤庭芬 2011年5月出版／定价：59.00元

湖南蓝皮书
2011年湖南法治发展报告
著(编)者：梁志峰 2011年6月出版／估价：59.00元

湖南蓝皮书
2011年湖南"两型社会"建设报告
著(编)者：梁志峰 2011年6月出版／估价：59.00元

文化传媒类

文化蓝皮书
2011年中国文化产业发展报告
著(编)者：张晓明 胡惠林 章建刚
2011年6月出版／估价：49.00元

文化蓝皮书
中国文化消费需求景气评价报告（2011）
著(编)者：王亚南 2011年7月出版／估价：59.00元

文化遗产蓝皮书
中国文化遗产事业发展报告（2011）
著(编)者：刘世锦 2011年3月出版／估价：69.00元

文化软实力蓝皮书
中国文化软实力研究报告（2011）
著(编)者：张国祚 2011年1月出版／定价：79.00元

传媒蓝皮书
2011年：中国传媒产业发展报告
著(编)者：崔保国 2011年4月出版／定价：69.00元

全球传媒蓝皮书
全球传媒产业发展报告（2011）
著(编)者：胡正荣 2011年7月出版／估价：59.00元

文化创新蓝皮书
中国文化创新报告（2011）
著〔编〕者：冯天瑜 韩永进 傅才武
2011年7月出版/估价：59.00元

广电蓝皮书
中国广播电影电视发展报告（2011）
著（编）者：国家广播电影电视总局发展研究中心
2011年6月出版/定价：88.00元

新媒体蓝皮书
中国新媒体发展报告（2011）
著（编）者：尹韵公 2011年7月出版/估价：69.00元

视听新媒体蓝皮书
中国视听新媒体发展报告（2011）
著（编）者：庞井君 2011年3月出版/定价：80.00元

动漫蓝皮书
中国动漫产业发展报告（2011）
著（编）者：卢 斌 郑玉明 牛兴侦
2011年5月出版/定价：69.00元

纪录片蓝皮书
中国纪录片发展报告
著〔编〕者：何苏六 谷川建司 等
2011年9月出版/估价：59.00元

广告主蓝皮书
中国广告主营销推广趋势报告No.4
著（编）者：黄升民 2011年9月出版/估价：68.00元

文学蓝皮书
中国文情报告（2010~2011）
著（编）者：白 烨 2011年5月出版/定价：49.00元

北京蓝皮书
北京文化发展报告（2010～2011）
著（编）者：李建盛 2011年5月出版/定价：59.00元

上海蓝皮书
上海文化发展报告（2011）
著（编）者：叶 辛 蒯大申 2011年1月出版/定价：59.00元

河南蓝皮书
河南文化发展报告（2011）
著（编）者：张 锐 谷建全 2011年1月出版/定价：49.00元

陕西蓝皮书
陕西文化发展报告（2011）
著（编）者：杨尚勤 石 英 王长寿
2011年3月出版/定价：55.00元

广州蓝皮书
中国广州文化发展报告（2011）
著（编）者：王晓玲 2011年6月出版/估价：59.00元

郑州蓝皮书
2011年郑州文化发展报告
著（编）者：丁世显 2011年9月出版/估价：49.00元

区域发展类

区域蓝皮书
中国区域经济发展报告（2010～2011）
著/编者：戚本超 景体华 2011年5月出版/定价：59.00元

城乡统筹蓝皮书
中国城乡统筹发展报告（2011）
著（编）者：程志强 潘晨光 2011年3月出版/定价：59.00元

城乡一体化蓝皮书
中国城乡一体化发展报告（2011）
著（编）者：汝 信 傅崇兰 2011年7月出版/估价：59.00元

城市蓝皮书
中国城市发展报告No.4
著（编）者：潘家华 魏后凯 2011年7月出版/估价：78.00元

中小城市绿皮书
中国中小城市发展报告（2011）
著（编）者：中国城市经济学会中小城市经济发展委员会
《中国中小城市发展报告》编纂委员会
2011年11月出版/估价：59.00元

金融蓝皮书
中国金融生态发展报告（2011）
著（编）者：刘煜辉 2011年11月出版/定价：49.00元

边疆发展蓝皮书
当代中国边疆社会经济发展与边疆研究前沿报告（2011）
著（编）者：厉 声 2011年7月出版/定价：59.00元

长三角蓝皮书
2011年科学发展长三角
著（编）者：宋林飞 2011年8月出版/估价：59.00元

西部蓝皮书
2011年中国西部经济发展报告
著（编）者：姚慧琴 任宗哲 2011年7月出版/估价：79.00元

中部蓝皮书
中国中部地区发展报告（2011）
著（编）者：汪玉奇 2010年10月出版/定价：69.00元

东北蓝皮书
2011年中国东北地区发展报告
著（编）者：鲍振东 曹晓峰 2011年8月出版/定价：69.00元

港澳珠三角蓝皮书
粤港澳区域合作与发展报告（2010～2011）
著（编）者：梁庆寅 陈广汉 2011年6月出版/定价：59.00元

环渤海蓝皮书
环渤海区域经济发展报告（2011）
著（编）者：周立群 2011年7月出版/估价：59.00元

关中天水经济区蓝皮书
中国关中-天水经济区发展报告（2011）
著（编）者：李忠民 2011年1月出版/定价：59.00元

中国省会经济圈蓝皮书
合肥经济圈经济社会发展报告No.3（2010~2011）
著（编）者：董昭礼 盛志刚 王开玉
2011年3月出版/定价：79.00元

长株潭城市群蓝皮书
长株潭城市群发展报告（2011）
著（编）者：张 萍 2011年8月出版/估价：69.00元

海峡经济区蓝皮书
海峡经济区发展报告（2010）：平潭综合实验区
著(编)者：李闽榕　王秉安　2011年4月出版/定价：35.00元

中原蓝皮书
中原经济区发展报告（2011）
著(编)者：刘怀廉　欧继中　2011年3月出版/定价：68.00元

海峡西岸蓝皮书
海峡西岸经济区发展报告（2010）
著(编)者：张志南　李闽榕　2011年6月出版/定价：68.00元

武汉城市圈蓝皮书
武汉城市圈经济社会发展报告(2010～2011)
著(编)者：肖安民　2011年6月出版/估价：69.00元

武汉城市圈蓝皮书
武汉城市圈房地产发展报告(2010~2011)
著(编)者：王　涛　2011年6月出版/估价：69.00元

北部湾蓝皮书
泛北部湾合作发展报告(2011)
著(编)者：古小松　2011年6月出版/估价：65.00元

广西北部湾经济区蓝皮书
广西北部湾经济区开放开发报告(2011)
著(编)者：北部湾(广西经济区规划建设管理委员会办公室
　　　　　广西社会科学院、广西北部湾发展研究院
2011年7月出版/估价：89.00元

大湄公河次区域蓝皮书
大湄公河次区域合作发展报告(2010～2011)
著(编)者：刘　稚　2011年4月出版/定价：69.00元

澳门蓝皮书
澳门经济社会发展报告(2010～2011)
著(编)者：郝雨凡　吴志良　2011年4月出版/定价：69.00元

北京蓝皮书
北京经济发展报告(2010～2011)
著(编)者：梅　松　2011年4月出版/定价：59.00元

北京蓝皮书
北京城乡发展报告(2010～2011)
著(编)者：黄　序　2011年4月出版/定价：59.00元

上海蓝皮书
上海经济发展报告(2011)
著(编)者：沈开艳　2011年1月出版/定价：59.00元

河南经济蓝皮书
2011年河南经济形势分析与预测
著(编)者：刘永奇　2011年3月出版/定价：78.00元

河南蓝皮书
河南经济发展报告(2011)
著(编)者：张　锐　谷建全　2011年1月出版/定价：49.00元

河南蓝皮书
河南城市发展报告(2011)
著(编)者：林宪斋　喻新安　王建国
2011年1月出版/定价：49.00元

山西蓝皮书
山西资源型经济转型发展报告(2011)
著(编)者：李志强　容和平　2011年4月出版/定价：55.00元

黑龙江蓝皮书
黑龙江社会发展报告(2011)
著(编)者：艾书琴　2011年1月出版/定价：65.00元

黑龙江蓝皮书
黑龙江经济发展报告(2011)
著(编)者：曲　伟　2011年1月出版/定价：69.00元

黑龙江产业蓝皮书
黑龙江产业发展报告（2011）
著(编)者：于　渤　2011年7月出版/估价：59.00元

陕西蓝皮书
陕西经济发展报告(2011)
著(编)者：杨尚勤　石　英　裴成荣
2011年3月出版/定价：59.00元

陕西蓝皮书
榆林经济社会发展报告(2011)
著(编)者：胡志强　杨尚勤　石　英
2011年8月出版/估价：69.00元

辽宁蓝皮书
2011年辽宁经济社会形势分析与预测
著(编)者：曹晓峰　张　晶　张卓民
2011年1月出版/定价：69.00元

广州蓝皮书
中国广州经济发展报告(2011)
著(编)者：李江涛　刘江华　2011年6月出版/估价：59.00元

广州蓝皮书
中国广州农村发展报告(2011)
著(编)者：李江涛　汤锦华　2011年7月出版/估价：49.00元

广州蓝皮书
2011年中国广州经济形势分析与预测
著(编)者：庾建设　李兆宏　王旭东
2011年6月出版/估价：59.00元

经济特区蓝皮书
中国经济特区发展报告(2011)
著(编)者：钟　坚　2011年7月出版/估价：85.00元

深圳蓝皮书
深圳经济发展报告(2011)
著(编)者：吴　忠　2011年4月出版/定价：59.00元

武汉蓝皮书
武汉经济社会发展报告(2011)
著(编)者：刘志辉　2011年6月出版/估价：49.00元

温州蓝皮书
2011年温州经济社会形势分析与预测
著(编)者：金　浩　王春光　胡瑞怀
2011年3月出版/定价：69.00元

扬州蓝皮书
扬州经济社会发展报告(2010)
著(编)者：张爱军　董　雷　2011年1月出版/定价：79.00元

湖南蓝皮书
2011年湖南产业发展报告
著(编)者：梁志峰　2011年6月出版/估价：59.00元

湖南蓝皮书
2011年湖南经济展望
著(编)者：梁志峰　2011年6月出版/估价：59.00元

行业报告类

服务业蓝皮书
中国服务业发展报告No.9
著(编)者：荆林波 史 丹 夏杰长
2011年3月出版 / 定价：59.00元

服务外包蓝皮书
中国服务外包发展报告（2010~2011）
著(编)者：王 力 刘春生 黄育华
2011年11月出版 / 估价：59.00元

住房绿皮书
中国住房发展报告（2010~2011）
著(编)者：倪鹏飞 2011年1月出版 / 定价：59.00元

金融中心蓝皮书
中国金融中心发展报告（2011）
著(编)者：王 力 2011年7月出版 / 估价：49.00元

房地产蓝皮书
中国房地产发展报告No.8
著(编)者：潘家华 李景国 2011年5月出版 / 定价：59.00元

企业蓝皮书
"中华老字号"发展报告（2011）
著(编)者：张继焦 2011年7月出版 / 估价：49.00元

汽车蓝皮书
中国汽车产业发展报告（2011）
著(编)者：国务院发展研究中心产业经济研究部
　　　　　中国汽车工程学会 大众汽车集团(中国)
2011年7月出版 / 估价：59.00元

商会蓝皮书
中国商会发展报告（2011）
著(编)者：黄孟复 2011年7月出版 / 估价：49.00元

商业蓝皮书
中国商业发展报告(2010~2011)
著(编)者：荆林波 林景华 2011年5月出版 / 定价：49.00元

中国商品市场蓝皮书
中国商品市场竞争力报告（2011）
著(编)者：商品市场竞争力报告课题组
2011年7月出版 / 估价：59.00元

会展经济蓝皮书
中国会展经济发展报告（2011）
著(编)者：王方华 过聚荣 2011年7月出版 / 估价：55.00元

资本市场蓝皮书
中国场外交易市场发展报告（2010~2011）
著(编)者：高 峦 2011年1月出版 / 定价：59.00元

旅游绿皮书
2011年中国旅游发展分析与预测
著(编)者：张广瑞 刘德谦 宋瑞
2011年4月出版 / 定价：59.00元

产权市场蓝皮书
中国产权市场发展报告（2010~2011）
著(编)者：曹和平 2011年10月出版 / 估价：59.00元

中国旅游安全蓝皮书
(待定)
著(编)者：郑向敏 2011年7月出版 / 估价：59.00元

私募市场蓝皮书
中国私募股权市场发展报告（2011）
著(编)者：曹和平 2011年10月出版 / 估价：59.00元

休闲绿皮书
2011年中国休闲发展报告
著(编)者：刘德谦 高舜礼 宋瑞
2011年4月出版 / 定价：75.00元

中国农业竞争力蓝皮书
中国省域农业竞争力发展报告（2010~2011）
著(编)者：郑传芳 2011年8月出版 / 估价：89.00元

信息化蓝皮书
中国信息化形势分析与预测（2011）
著(编)者：周宏仁 2011年8月出版 / 估价：98.00元

中国林业竞争力蓝皮书
中国省域林业竞争力发展报告（2010~2011）
著(编)者：郑传芳 2011年9月出版 / 估价：139.00元

电子政务蓝皮书
中国电子政务发展报告（2011）
著(编)者：洪 毅 王长胜 2011年6月出版 / 估价：59.00元

珠三角流通业蓝皮书
珠三角流通业发展报告（2010~2011）
著(编)者：王先庆 2011年6月出版 / 估价：59.00元

电子商务服务业蓝皮书
中国电子商务服务业发展报告（2011）
著(编)者：荆林波 2011年9月出版 / 估价：49.00元

食品药品蓝皮书
食品药品安全与监管政策研究报告（2011）
著(编)者：唐民皓 2011年5月出版 / 定价：59.00元

软件产业蓝皮书
中国软件产业发展报告（2011）
著(编)者：李 颖 毕开春 黄 鹏 陈新河
2011年7月出版/估价：59.00元

餐饮产业蓝皮书
中国餐饮产业发展报告（2011）
著(编)者：杨 柳 2011年7月出版 / 估价：59.00元

金融蓝皮书
中国银行业风险管理报告（2011）
著(编)者：王 力 2011年7月出版 / 估价：59.00元

交通运输蓝皮书
中国交通运输业发展报告（2011）
著(编)者：崔民选 王军生 2011年6月出版 / 估价：59.00元

体育蓝皮书
中国体育产业发展报告（2011）
著(编)者：江和平 张海潮 2011年12月出版/估价：69.00元

金融蓝皮书
中国商业银行竞争力报告（2011）
著(编)者：王松奇 2011年11月出版 / 估价：49.00元

茶叶产业蓝皮书
中国茶叶产业研究报告（2011）
著(编)者：荆林波 2011年8月出版 / 估价：59.00元

茶业蓝皮书
中国茶产业研究报告(2011)
著(编)者：杨江帆 2011年11月出版 / 估价：49.00元

能源蓝皮书
中国能源发展报告(2011)
著(编)者：崔民选 2011年7月出版 / 估价：69.00元

煤炭蓝皮书
中国煤炭工业发展报告(2011)
著(编)者：岳福斌 2011年11月出版 / 估价：50.00元

测绘蓝皮书
中国测绘发展研究报告(2011)
著(编)者：徐德明 2011年12月出版 / 估价：58.00元

物联网蓝皮书
中国物联网发展报告(2011)
著(编)者：黄桂田 龚六堂 张全升
2011年5月出版 / 定价：59.00元

产业安全蓝皮书
中国产业安全报告(2010~2011)
著(编)者：李孟刚 2011年6月出版 / 估价：59.00元

广州蓝皮书
中国广州创意产业发展报告(2011)
著(编)者：王晓玲 2011年9月出版 / 估价：49.00元

广州蓝皮书
中国广州汽车产业发展报告(2011)
著(编)者：李江涛 朱名宏
2011年9月出版 / 估价：49.00元

深圳蓝皮书
深圳与香港文化创意产业发展报告(2011)
著(编)者：乐 正 2011年8月出版 / 估价：55.00元

国际问题类

世界经济黄皮书
2011年世界经济形势分析与预测
著(编)者：王洛林 张宇燕 2011年1月出版 / 定价：49.00元

国际形势黄皮书
全球政治与安全报告 (2011)
著(编)者：李慎明 张宇燕 2011年1月出版 / 定价：49.00元

世界社会主义黄皮书
世界社会主义跟踪研究报告(2010~2011)
著(编)者：李慎明 2011年3月出版 / 定价：79.00元

欧洲蓝皮书
欧洲发展报告(2010~2011)
著(编)者：周 弘 沈雁南 2011年3月出版 / 定价：69.00元

亚太蓝皮书
亚太地区发展报告 (2011)
著(编)者：李向阳 2011年1月出版 / 定价：49.00元

拉美黄皮书
拉丁美洲和加勒比发展报告(2010~2011)
著(编)者：吴白乙 2011年4月出版 / 定价：79.00元

中东非洲黄皮书
中东非洲发展报告NO.13(2010~2011)
著(编)者：杨 光 2011年6月出版 / 估价：49.00元

俄罗斯东欧中亚黄皮书
俄罗斯东欧中亚国家发展报告(2011)
著(编)者：吴恩远 2011年9月出版 / 估价：59.00元

上海合作组织黄皮书
上海合作组织发展报告(2011)
著(编)者：吴恩远 2011年6月出版 / 估价：49.00元

新兴经济体蓝皮书
金砖国家经济社会发展报告 (2011)
著(编)者：林跃勤 周 文 2011年4月出版 / 定价：89.00元

美国蓝皮书
美国问题研究报告(2011)
著(编)者：黄 平 倪 峰 2011年6月出版 / 定价：69.00元

日本蓝皮书
日本发展报告(2011)
著(编)者：李 薇 2011年4月出版 / 定价：49.00元

日本经济蓝皮书
日本经济与中日经贸关系发展报告(2011)
著(编)者：王洛林 张季风 2011年5月出版 / 定价：79.00元

韩国蓝皮书
韩国发展报告(2011)
著(编)者：牛林杰 刘宝全 2011年6月出版 / 估价：59.00元

越南蓝皮书
越南国情报告(2011)
著(编)者：古小松 2011年9月出版 / 估价：49.00元

创社科经典　　出传世文献

社会科学文献出版社
SOCIAL SCIENCES ACADEMIC PRESS(CHINA)

社会科学文献出版社成立于1985年，是直属于中国社会科学院的人文社会科学专业学术出版机构。

成立以来，特别是1998年实施第二次创业以来，依托于中国社会科学院丰厚的学术出版和专家学者两大资源，坚持"创社科经典，出传世文献"的出版理念和"权威、前沿、原创"的产品定位，社会科学文献出版社先后策划出版了著名的图书品牌和学术品牌"皮书"系列、《列国志》、"社科文献精品译库"、"全球化译丛"、"气候变化与人类发展译丛"、"近世中国"等一大批既有学术影响又有市场价值的系列图书。在国内原创著作、国外名家经典著作大量出版的同时，社会科学文献出版社长期致力于中国学术出版走出去，先后与荷兰博睿出版社合作面向海外推出了《经济蓝皮书》、《社会蓝皮书》等近十余种皮书的英文版；此外，《从苦行者社会到消费者社会》、《二十世纪中国史纲》、《中华人民共和国法制史》等三种著作列选新闻出版总署"经典中国国际出版工程"。面对数字化浪潮的冲击，社会科学文献出版社力图从内容资源和数字平台两个方面实现传统出版的再造，先后推出了皮书数据库、列国志数据库、中国田野调查数据库等一系列数字产品。

原创出版、译著出版、国际出版、数字出版的齐头并进使社会科学文献出版社的知名度和美誉度日益提高，确立了人文社会科学著作出版的权威地位。社长谢寿光入选"全国新闻出版行业领军人才工程"，并荣获第十届韬奋出版奖、"2008～2009年度数字出版先进人物"称号。

在新的发展时期，社会科学文献出版社提出了新的创业目标：精心打造人文社会科学成果推广平台，发展成为一家集图书、期刊、声像电子和数字出版物为一体，面向海内外高端读者和客户，具备独特竞争力的人文社会科学内容资源经营商和海内外知名的专业学术出版机构。

2011年2月，中国社会科学院在京西宾馆召开全国皮书研讨会

2010年9月，首届皮书学术委员会成立仪式暨第一次会议在京举行

皮书数据库
www.pishu.com.cn

皮书数据库二期全新上线

• 皮书数据库（SSDB）是社会科学文献出版社整合现有皮书资源开发的在线数字产品，全面收录"皮书系列"的内容资源，并以此为基础整合大量相关资讯构建而成。

• 皮书数据库现有中国经济发展数据库、中国社会发展数据库、世界经济与国际政治数据库等子库，覆盖经济、社会、文化等多个行业、领域，现有报告30000多篇，总字数超过5亿字，并以每年4000多篇的速度不断更新累积。2009年7月，皮书数据库荣获"2008~2009年中国数字出版知名品牌"。

• 2011年3月，皮书数据库二期正式上线，开发了更加灵活便捷的检索系统，可以实现精确查找和模糊匹配，并与纸书发行基本同步，可为读者提供更加广泛的资讯服务。

更多信息请登录

中国皮书网
http://www.pishu.cn

中国皮书网的BLOG [编辑]
http://blog.sina.com.cn/pishu

中国皮书网	皮书微博	皮书博客
http://www.pishu.cn	http://weibo.com/pishu	http://blog.sina.com.cn/pishu

---

请到各地书店皮书专架 / 专柜购买，也可办理邮购

咨询 / 邮购电话：010-59367028　59367070　　　　邮　　箱：duzhe@ssap.cn

邮购地址：北京市西城区北三环中路甲29号院3号楼华龙大厦13层读者服务中心

邮　编：100029

银行户名：社会科学文献出版社发行部

开户银行：中国工商银行北京北太平庄支行

账　号：0200010009200367306

网上书店：010-59367070　qq：1265056568

网　址：www.ssap.com.cn　　www.pishu.cn

"两化"融合蓝皮书

BLUE BOOK
OF INTEGRATION OF INFORMATIZATION
AND INDUSTRIALIZATION

中国"两化"融合发展报告（2011）

主　编／朱金周
工业和信息化部电信研究院

DEVELOPMENT REPORT ON INTEGRATION
OF INFORMATIZATION AND INDUSTRIALIZATION
OF CHINA(2011)

社会科学文献出版社
SOCIAL SCIENCES ACADEMIC PRESS (CHINA)

法 律 声 明

　　"皮书系列"（含蓝皮书、绿皮书、黄皮书）为社会科学文献出版社按年份出版的品牌图书。社会科学文献出版社拥有该系列图书的专有出版权和网络传播权，其 LOGO（▮）与"经济蓝皮书"、"社会蓝皮书"等皮书名称已在中华人民共和国工商行政管理总局商标局登记注册，社会科学文献出版社合法拥有其商标专用权，任何复制、模仿或以其他方式侵害（▮）和"经济蓝皮书"、"社会蓝皮书"等皮书名称商标专有权及其外观设计的行为均属于侵权行为，社会科学文献出版社将采取法律手段追究其法律责任，维护合法权益。

　　欢迎社会各界人士对侵犯社会科学文献出版社上述权利的违法行为进行举报。电话：010 - 59367121。

社会科学文献出版社

法律顾问：北京市大成律师事务所

"两化"融合蓝皮书编委会

顾 问	杨泽民	莫 玮	韩 夏	秦 海	黄利斌
	钱廷硕	刘树苹	祝 军	雷震洲	蒋林涛
主 任	曹淑敏				
副 主 任	张延川				
委 员	何亚琼	黎烈军	李毅凯	文 剑	张 望
	王安平	王 鹏	陈金桥	何庆立	余晓辉
	胡坚波	鲁春丛	刘占霞	刘高峰	匡佩远
主 编	朱金周				
主编助理	王婉丽				
编 写 组	陆 玲	文彩霞	李媛恒	董温彦	王宇翔
	马淑韫	王 岩	张 寰	许立东	胡善冰
	王 涛	张 建	刘 畅	邹艳蕊	毛善雄

主编简介

朱金周　男，1975年7月出生于河南省上蔡县。经济学博士，高级工程师。现为工业和信息化部电信研究院规划设计研究所部门负责人。专注于政策研究和咨询工作，主要研究领域包括工业和通信业等产业经济运行规律、产业竞争力、区域经济以及"两化"融合、三网融合等。近年来，主持和参与工业和信息化部、国家发展和改革委员会等中央部委和相关国有大型企业委托课题80余项，其中负责完成课题50余项。在《改革》、《经济社会体制比较》和《人民邮电报》等业内外核心期刊上发表学术论文百余篇；出版了《电信竞争力：理论与实践》、《电信竞争力：评价与对策》和《电信转型：通向信息服务业的产业政策》等三部专著。

摘　要

　　推动信息化和工业化深度融合是发展现代产业体系、提高产业核心竞争力的重要途径，是实现国民经济又好又快发展的战略任务。本报告的主要任务是解释区域经济发展中影响"两化"融合的关键要素，据此提出"两化"融合的指标体系和评价方法，并通过实证分析和区域比较，探索推进"两化"融合的战略方向和政策措施。理论框架、实证分析（包括总体评价和具体评价）、案例研究、战略方向和统计报告等部分构成了报告主体。在理论框架部分，基于供求模型等基本经济学理论，通过辩证剖析"两化"融合的相关理论研究成果，我们独立开发出"两化"融合 DSP 模型和由 4 个层级共 182 个具体指标构成的评价指标体系。在实证分析部分，我们首先对 2010 年各省份"两化"融合进程进行了综合比较并对融合硬度、融合软度以及融合深度进行了分项比较，对各变量之间、不同层级之间的基本关系进行了定量评价；然后对 2010 年我国 31 个省份（除港澳台以外）的"两化"融合进程及其优势、劣势分别进行了综合评析，总结其基本特征，并对各省份"两化"融合的发展趋势做了初步预测。在案例研究部分，我们系统总结了南京、青岛、珠江三角洲、呼包鄂乌以及唐山暨曹妃甸等国家级"两化"融合试验区推动"两化"融合的基础条件，及其 2010 年的最新进展和经验探索。在战略方向部分，基于对我国"两化"融合所处阶段的基本判断，我们提出了推进"两化"深度融合的两大战略目标、三大战略任务和五大保障措施。另外，在附录中，我们还汇总了 2010 年各省份"两化"融合分项和具体指标的统计报告。本报告可供工业化、信息化和"两化"融合相关管理部门作决策参考，也可为相关理论和实证研究提供借鉴。

Abstract

Promoting deep integration of informatization and industrialization is an important way to improve the modern industry system and its core competitiveness, and is a strategic task to achieve sound and fast national economy development. The main tasks of this report are to explain the key elements that affect regional economic development in its integration, to propose the index system and evaluation methods, and to promote strategic directions and policies measures of regional integration of by exploring the empirical analysis and comparison. The main parts of the report are theoretical framework, empirical analysis (including the overall assessment and specific assessment), case studies, strategic direction and statistical reports. In theoretical framework section, we established the DSP model and evaluation index system composed of four levels and 182 specific indicators based on dialectical analysis of the relevant theoretical research results of the integration and the basic economic theory of supply and demand model. In of empirical analysis section, firstly we made comprehensive comparison of integration and sub-comparison according to three aspects, followed by quantitative evaluations between variables and different levels, and then we conducted a comprehensive assessment on the process, strengths and weaknesses of the informatization and industrialization integration in 31 provinces of China in 2010, respectively, as well as trend predictions and forecasts through basic features and evaluation. In case study section, we systematically summed up basic conditions, explored the latest progress and experiences of informatization and industrialization integration in pilot areas including Nanjing, Qingdao, the Pearl River Delta, Uzbekistan, and Tangshan, etc. In strategic direction section, we proposed two strategic objectives, three major strategic tasks and five security measures to promote the depth of integration of informatization and industrialization based on the judgments on the stage of integration. In the appendix, we summarized specific indicators reports on the integration in 31 provinces of China (Except Hong Kong, Macao and Taiwan). This report could be used to make decisions about industrialization, information technology and integration for related institution, as well as a relevant reference for theoretical and empirical research.

目　录

B Ⅰ　中国"两化"融合进程：理论框架

B.1　"两化"融合的概念模型 ································· 001

B.2　"两化"融合的评价体系 ································· 020

B Ⅱ　中国"两化"融合进程：总体评价

B.3　"两化"融合：区域比较 ································· 032

B.4　"两化"融合：定量发现 ································· 047

B Ⅲ　中国"两化"融合进程：具体评价

B.5　广东省"两化"融合进程 ································· 067

B.6　江苏省"两化"融合进程 ································· 073

B.7　北京市"两化"融合进程 ································· 079

B.8　浙江省"两化"融合进程 ································· 085

B.9　上海市"两化"融合进程 ································· 091

B.10　山东省"两化"融合进程 ································· 097

B.11　福建省"两化"融合进程 ································· 103

B.12 天津市"两化"融合进程 …………………………………… 109

B.13 四川省"两化"融合进程 …………………………………… 115

B.14 河南省"两化"融合进程 …………………………………… 121

B.15 辽宁省"两化"融合进程 …………………………………… 127

B.16 河北省"两化"融合进程 …………………………………… 134

B.17 湖南省"两化"融合进程 …………………………………… 140

B.18 安徽省"两化"融合进程 …………………………………… 147

B.19 陕西省"两化"融合进程 …………………………………… 154

B.20 湖北省"两化"融合进程 …………………………………… 160

B.21 重庆市"两化"融合进程 …………………………………… 167

B.22 江西省"两化"融合进程 …………………………………… 174

B.23 黑龙江省"两化"融合进程 ………………………………… 180

B.24 吉林省"两化"融合进程 …………………………………… 187

B.25 山西省"两化"融合进程 …………………………………… 193

B.26 广西壮族自治区"两化"融合进程 ………………………… 200

B.27 云南省"两化"融合进程 …………………………………… 207

B.28 内蒙古自治区"两化"融合进程 …………………………… 213

B.29 海南省"两化"融合进程 …………………………………… 220

B.30 甘肃省"两化"融合进程 …………………………………… 226

B.31 宁夏回族自治区"两化"融合进程 ………………………… 232

B.32 新疆维吾尔自治区"两化"融合进程 ……………………… 239

B.33 青海省"两化"融合进程 …………………………………… 246

B.34 贵州省"两化"融合进程 …………………………………… 252

B.35 西藏自治区"两化"融合进程 ……………………………… 258

ℬⅣ 中国"两化"融合进程：案例研究

B.36 南京市"两化"融合试验进程分析 ………………………… 264

B.37　青岛市"两化"融合试验进程分析 ……………………… 271

B.38　珠江三角洲"两化"融合试验进程分析 ………………… 279

B.39　呼包鄂乌地区"两化"融合试验进程分析 ……………… 286

B.40　唐山暨曹妃甸"两化"融合试验进程分析 ……………… 292

B V　中国"两化"融合进程：战略方向

B.41　"两化"融合的四个阶段　……………………………… 299

B.42　"两化"融合的战略目标 ………………………………… 302

B.43　推进"两化"深度融合的战略任务 ……………………… 304

B.44　推进"两化"深度融合的战略措施 ……………………… 309

B.45　附录　中国"两化"融合进程统计报告 ………………… 319

B.46　主要参考文献 …………………………………………… 375

皮书数据库阅读**使用指南**

CONTENTS

B I   Process of Informatization and
Industrialization of China: Theory Framework

B. 1   Concepts and Model   / 001
B. 2   Evaluation System   / 020

B II   Process of Informatization and
Industrialization of China: General Evaluation

B. 3   Integration of Informatization and Industialization:
        Regional Comparison   / 032
B. 4   Integration of Informatization and Industialization:
        Quantitative Analysis   / 047

B III   Process of Informatization and
Industrialization of China: Specific Evaluation

B. 5   Guangdong Province   / 067
B. 6   Jiangsu Province   / 073

B. 7　Beijing　　　　　　　　　　　　　　　　　　　/ 079

B. 8　Zhejiang Province　　　　　　　　　　　　　　/ 085

B. 9　Shanghai　　　　　　　　　　　　　　　　　　/ 091

B. 10　Shandong Province　　　　　　　　　　　　　/ 097

B. 11　Fujian Province　　　　　　　　　　　　　　　/ 103

B. 12　Tianjin　　　　　　　　　　　　　　　　　　　/ 109

B. 13　Sichuan Province　　　　　　　　　　　　　　/ 115

B. 14　Henan Province　　　　　　　　　　　　　　　/ 121

B. 15　Liaoning Province　　　　　　　　　　　　　　/ 127

B. 16　Hebei Province　　　　　　　　　　　　　　　/ 134

B. 17　Hunan Province　　　　　　　　　　　　　　　/ 140

B. 18　Anhui Province　　　　　　　　　　　　　　　/ 147

B. 19　Shaanxi Province　　　　　　　　　　　　　　/ 154

B. 20　Hubei Province　　　　　　　　　　　　　　　/ 160

B. 21　Chongqing　　　　　　　　　　　　　　　　　/ 167

B. 22　Jiangxi Province　　　　　　　　　　　　　　　/ 174

B. 23　Heilongjiang Province　　　　　　　　　　　　/ 180

B. 24　Jilin Province　　　　　　　　　　　　　　　　/ 187

B. 25　Shanxi Province　　　　　　　　　　　　　　　/ 193

B. 26　Guangxi Zhuang Autonomous Region　　　　　/ 200

B. 27　Yunnan Province　　　　　　　　　　　　　　/ 207

B. 28　Inner Mongolia Autonomous Region　　　　　/ 213

B. 29　Hainan Province　　　　　　　　　　　　　　　/ 220

B. 30　Gansu Province　　　　　　　　　　　　　　　/ 226

B. 31　Ningxia Hui Autonomous Region　　　　　　　/ 232

B. 32　Xinjiang Uygur Autonomous Region　　　　　　/ 239

B. 33　Qinghai Province　　　　　　　　　　　　　　　　　　/ 246

B. 34　Guizhou Province　　　　　　　　　　　　　　　　　　/ 252

B. 35　Tibet Autonomous Region　　　　　　　　　　　　　　/ 258

B IV Process of Informatization and Industrialization of China: Case Study

B. 36　Nanjing　　　　　　　　　　　　　　　　　　　　　　/ 264

B. 37　Qingdao　　　　　　　　　　　　　　　　　　　　　　/ 271

B. 38　Pearl River Delta　　　　　　　　　　　　　　　　　　/ 279

B. 39　The Region of Hohhot, Baotou, Ordos and Wuhai　　　　/ 286

B. 40　Caofeidian of Tangshan　　　　　　　　　　　　　　　/ 292

B V Process of Informatization and Industrialization of China: Strategic Direction

B. 41　Four Stages　　　　　　　　　　　　　　　　　　　　/ 299

B. 42　Strategic Objectives　　　　　　　　　　　　　　　　/ 302

B. 43　Strategic Tasks　　　　　　　　　　　　　　　　　　/ 304

B. 44　Strategic Measures　　　　　　　　　　　　　　　　　/ 309

B. 45　Appendix: Statistical Reports on Integration of Informatization
　　　and Industrialization of China　　　　　　　　　　　　/ 319

B. 46　References　　　　　　　　　　　　　　　　　　　　　/ 375

中国"两化"融合进程：理论框架

Process of Informatization and Industrialization of China：Theory Framework

B.1
"两化"融合的概念模型

一 "两化"融合的本质

作为一种经济现象的"两化"融合，与信息化几乎同时出现，是工业化与信息化相互作用、功能互补、协同发展的产物。但是，"两化"融合这一概念本身则是在较晚时候才出现的——准确来讲，2007 年 10 月党的"十七大"报告才首次正式提出。[①] 工业化是现代化的必由之路，包括传统工业化和新型工业化（也可以称为现代工业化）两个阶段。从传统工业化走向新型工业化，是 ICT[②]等科学技术进步、产业革命推进带来的必然结果，也是信息化推进的必然结果。

---

① 胡锦涛：《高举中国特色社会主义伟大旗帜　为夺取全面建设小康社会新胜利而奋斗》，人民出版社，2007。

② ICT（信息与通讯技术，Informational and Communication Technology）是"21 世纪社会发展的最强有力的动力之一，并将迅速成为世界经济增长的重要动力"。事实证明，ICT 已经成为我国战略性新兴产业的重要组成部分。

因此，新型工业化道路的精髓就在于"两化"融合。由于工业化进程不同，不同国家和地区"两化"融合的起点并不一致。发达国家和地区基本上是在完成工业化以后才开始进入信息化快速发展阶段的。换句话说，发达国家和地区是在工业化完成之后才主动推进"两化"融合的，其"两化"融合的核心是信息化，所以才有了智慧地球、数字欧洲（从 e-Europe 到 i–2010）、数字韩国（从 e-Korea 到 u-Korea）、数字日本（从 e-Japan 到 u-Japan，再到 i-Japan）等信息化战略的提出。由于现代科技进步和全球信息化的影响，未实现工业化的发展中国家已经不能按照发达国家传统工业化道路去实现工业化和进入新型工业化阶段了。我国必须走以信息化带动工业化、以工业化促进信息化的道路，推进"两化"融合发展，才是探索新型工业化道路的有效途径。因此，对中国来说，"两化"融合既是一个崭新的、富有挑战性的理论问题，又是一个具有战略意义的现实课题。

"两化"融合，在我国已经成为一个热门话题，并出现了不少有关"两化"融合的研究成果，但各家看法经常相互矛盾，更缺少放诸四海而皆准的理论。之所以会出现这种现象，问题或者在于他们的研究对象存在差异（例如，从区域、产业、企业等不同视角研究"两化"融合问题），或者在于对"两化"融合的定义尚未形成相对一致的认识。这些不一致可以从我们对已有研究成果的综述中看出端倪。本报告的主要任务就是解释区域经济发展中影响"两化"融合的关键要素，并据此提出"两化"融合的指标体系和评价方法，然后通过实证分析和区域比较探索推进"两化"融合的战略方向和政策措施。

（一）第一类观点："两化"融合就是工业信息化

此类观点是将"两化"融合定义为工业信息化。杨海成[1]、刘健[2]认为，信息化与工业化融合是指在一个工业化的进程中，利用信息和信息技术，并使之渗透到工业领域的相关要素（包括工业技术、工业装备、工业环节、工业产品）中，进而使之能够形成支撑工业能力的新型工业装备，提升工业素质和工业能力的过程。龚炳铮[3]认为，信息化与工业化的融合包括"两化"发展战略的融合，

[1] 杨海成：《"两化"融合的再思考》，《中国制造业信息化》2009 年第 1 期。
[2] 刘健：《加快信息化和工业化融合促进产业结构优化升级》，《上海信息化》2009 年第 2 期。
[3] 龚炳铮：《信息化与工业化融合探讨》，《中国信息界》2008 年第 1 期。

信息技术与工业技术、IT 设备与工业装备的融合，信息资源与材料、能源等工业资源的融合，虚拟经济与工业经济的融合等过程。后者事实上指出"两化"融合具有层次性的基本特征。金江军①也提出，"两化"融合体现为技术融合、产品融合、业务融合和产业衍生四个层次。史炜、马聪卉、王建梅②等在研究中也持同样观点。

在实践中，无论是对于工业行业或者工业企业，推进"两化"融合就是推进工业行业或者工业企业的信息化进程。例如，2009 年以来，为在各个行业和区域逐步推进"两化"融合，工业和信息化部先后发布《关于推进消费品工业两化融合的指导意见》、《关于进一步加强原材料工业管理工作的指导意见》、《关于鼓励政府和企业发包促进我国服务外包产业发展的指导意见》和《工业和信息化部关于支持福建省加快海峡西岸经济区工业和信息化发展的意见》等，对消费品工业、原材料工业、服务外包产业等重点行业和海峡西岸等重点区域的"两化"融合工作给予指导。2010 年 9 月，为鼓励企业充分利用"两化"融合在节能减排中的作用，工业和信息化部设立了中国石油天然气集团公司、中国石化集团公司等 60 个企业作为首批"两化"融合促进节能减排试点示范企业，同时确立了江苏扬农化工集团有限公司、江苏索普（集团）有限公司等 45 个"两化"融合促进节能减排试点示范重点关注企业。工业行业和工业企业推进"两化"融合的切入点就是利用信息化带动行业和企业发展。但是，从宏观上讲，如果仅仅将"两化"融合等同于工业信息化，重视信息化，忽视工业化，就会有较大片面性。

（二） 第二类观点："两化"融合就是全面信息化

工业化是一个多层次、多维度的概念，狭义上是指工业的发展，广义（还可以细分为中义和广义）上是指三次产业的产业化和经济社会转型的过程。第二类观点虽然也认为"两化"融合就是信息化，但与第一类观点不同的是，此类观点是从广义上理解工业化的。因此，他们认为"两化"融合是三次产业的

① 金江军：《信息化与工业化融合理论体系研究》，赛迪顾问电子政务咨询事业部，http：// data. ccidconsulting. com/lhrh/sdsd/wedinfo/2010/08/1281661887774510. htm。

② 史炜、马聪卉、王建梅：《工业化和信息化融合发展的对策研究》，《数字通信世界》2010 年第 2 期。

信息化或者是经济、社会、文化等全方位的信息化，是全面的信息化。金江军认为，信息化与工业化融合发展的特征是全方位、多层次、跨领域、一体化。信息化不只是与某个门类工业融合，而是与所有工业门类都融合；信息化不只是与工业企业的某个环节融合，而是与采购、设计、生产、销售、客服等多个环节融合；信息化与工业化融合不仅体现在技术、产品层面，还体现在管理、产业层面。此外，信息化与工业化融合还把生产和管理紧密地结合起来，实现管控一体化。[①] 邹生认为"两化"融合不仅包括信息化与工业经济的融合，还包括信息化与农业、服务业的融合。这里指的"两化"融合就是充分利用信息技术和信息资源，将其与工业化的生产方式结合起来，加快工业化发展升级，促进工业经济向信息经济转变的过程，既包括工业生产的信息化，也包括支撑工业生产的农业和服务业的信息化。[②]

还有一些学者认为"两化"融合的范围更为宽泛，不只是信息化与三次产业的融合，还包括其与经济社会的融合。安筱鹏提出"两化"融合是工业产品的融合、生产方式的融合、产业发展的融合、制度与观念的融合[③]；经济学家周叔莲认为，信息化与工业化融合，其内涵是国民经济各个领域应用信息技术，在技术、产品、业务、市场等多个层次实现融合，是生产力、产业结构、经济结构、社会形态、生活方式全面剧烈转变的过程[④]；童有好认为，信息化和工业化的融合主要是信息技术与设计、制造技术的融合，信息技术与传统工业的融合，信息技术与服务业的融合，信息化与企业的生产、经营和管理的融合，信息化与资源、能源供给体系的融合，信息化与人民生活的融合及信息化和社会主义和谐社会建设的融合。[⑤]

从融合的范围层次看，"两化"融合主要集中在三个层次：宏观社会层面、中观产业层面和微观企业层面。从宏观社会层面来看，信息化与工业化融合使社会经济基础、结构、生产力与生产关系从工业社会向信息社会过渡，确保实现社

① 金江军：《信息化与工业化融合理论体系研究》，赛迪顾问电子政务咨询事业部，http://data.ccidconsulting.com/lhrh/sdsd/wedinfo/2010/08/1281661887774510.htm。
② 邹生：《信息化与工业化融合的内涵、难点和对策探讨》，《机电工程技术》2008年第7期。
③ 安筱鹏：《工业化与信息化融合的四个层次》，《中国信息界》2008年第5期。
④ 周叔莲：《历史机遇：推进信息化与工业化融合》，2008年1月30日《光明日报》。
⑤ 童有好：《信息化与工业化融合的方向、思路和举措》，http://www.cnii.com.cn/20080308/ca462399.htm，2008年4月29日。

会经济信息化。从中观产业层面来看，信息化与工业化融合使产业结构、行业结构升级换代，促使经济增长方式从粗放式向集约式转变，推进工业经济向信息经济过渡。从微观企业融合来看，信息化与工业化融合体现为全面信息化基础上的企业生产过程的自动化、管理方式的网络化、决策支持的智能化、业务流程的集成化、商务运营的电子化，即全面信息化、网络化、集成化、智能化、自动化、电子化。[①] 童有好、张海涛、辛立艳、石文堂[②]在研究中持有相近观点。

从与"两化"融合评价密切相关的信息化评价来看，国内外在信息技术应用评价方面开展了广泛的研究，取得了大量成果。按照评价服务对象和用途不同，也主要从宏观、中观和微观三个层面进行评价。宏观层面的评价主要针对一个国家或地区的信息化水平及其信息技术应用环境等进行度量和评估；中观层面主要针对行业信息化水平及其信息技术应用环境等进行度量和评估；微观层面主要针对企业信息化水平及其信息技术应用环境等进行度量和评估。2009 年，工业和信息化部在机械、汽车、钢铁、石化、轻工、纺织和食品七个行业开展的"两化"融合发展水平评估工作就属于中观层面的评价。

以上两类观点的共性是将"两化"融合理解为信息化，区别在于对工业化的理解是狭义的还是广义的，狭义的工业化仅指工业的发展，广义的工业化则指社会经济全面进步。张海涛、辛立艳认为，广义的"两化"融合指的是工业化作为一个时代、一个社会发展阶段的代表；而狭义的信息化与工业化融合，指的就是制造业的信息化，让制造业和信息化发展结合起来。[③] 喻兵则认为：广义的"两化"融合是指工业化的社会进程和信息化的社会进程相结合的过程；狭义的"两化"融合是指工业生产和信息技术应用相结合的过程，即工业信息化方向，工业发展反过来又给信息技术提供了广泛的应用平台，促进了计算机、通信等信息技术的发展和进步。[④] 这些学者定义的狭义的"两化"融合仅仅是工业信息化，而广义的"两化"融合是指信息化与经济社会的结合，分别对应前文的第一类观点与第二类观点。

---

① 龚炳铮：《信息化与工业化融合探讨》，《中国信息界》2008 年第 1 期。
② 石文堂：《建立省级工业与信息化融合服务平台的探讨》，《经济师》2009 年第 10 期。
③ 张海涛、辛立艳：《信息化与工业化微观层面融合的价值计量分析》，《学习与探索》2009 年第 4 期。
④ 喻兵：《关于信息化和工业化融合的思考》，《特区经济》2008 年第 12 期。

（三）第三类观点："两化"融合就是工业化和信息化的结合过程

"两化"融合一方面指全面采用现代信息技术和成果对传统工业进行升级，实现经济增长方式的转变；另一方面指在信息化进程中不断采用工业化的先进成果来加速信息化进程，提升信息化的广度和深度。[①] 杨冰之提出了跨越式发展战略下的工业化与信息化互动关系模式，他认为工业化与信息化不是两个截然分开的前后发展阶段，也不是可以截然划分的并行阶段，而是可以互相促进、融合发展的。[②] 这就是在实践中总结出的经验——"信息化带动工业化，工业化促进信息化"的一种互助合作的关系——新型工业化道路和有根基的新型信息化模式。新型工业化和新型信息化之间互为支撑、互相协作，二者共同推进将实现社会跨越式发展（见图1）。甘中达则从生产力三要素的角度论述"两化"融合的内涵，从劳动者演变的角度来看，就是劳动者的信息素养不断提高，以及具有信息素养的劳动者成为社会劳动的主体；从生产工具角度来看，就是传统能量转换工具的智能化，并引发经济从工业经济向服务经济转型，从服务经济向现代服务经济转型的过程；从劳动对象的角度来看，信息日益成为生产函数中最重要的生产要素。[③] 该定义首次将"两化"融合的内涵引向生产力的三要素，尤其是从生产工具角度，整合了信息化与工业化两个要素，明确了信息化对工业化的作用路径。

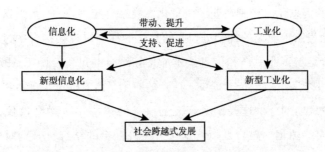

图1 跨越式发展战略下工业化与信息化的互动关系

---

① 郭永宏、陈淑梅：《"三全"信息化是"两化"融合的度量衡》，《电信技术》2009年第2期。

② 杨冰之：《信息化与工业化的基本内涵》，《数码世界》2003年第8期。

③ 甘中达：《信息化与工业化融合的理论与道路选择》，电子工业出版社，2009。

"两化"融合是全方位、多层次、跨领域、一体化的系统性融合。从融合的范围层次出发，金江军将"两化"融合理解为技术融合、产品融合、业务融合和产业衍生四个层次。但是，王金杰则认为如此理解较为狭隘，遂补充其概念，认为"两化"融合还表现为由前四个层次融合导致的社会价值模式、经济增长方式、社会生活方式的转变。[①] 龚炳铮则从融合广度、融合深度与融合绩效三个层面提出一套"两化"融合评价体系，体系中定性与定量指标兼有，且同时适用于产业、行业与企业的"两化"融合效果评价。[②] 与金江军的"两化"融合准备度体系不同，该指标体系反映了"两化"融合的表现形式及其效益，即以一定的工业化与信息化水平为基础，通过市场主体的努力，"两化"融合效果最终在企业、产业上的表现。此种观点虽然不是理论探索，而是试图直接建立"两化"融合的评价指标体系，但是，将"两化"融合分为融合广度、融合深度与融合绩效，尤其是融合绩效的概念更接近于"两化"融合的本来面目。

（四）从国家和区域层面看，"两化"融合的唯一意义就是信息化和工业化实现相互促进、和谐共生的过程

　　"两化"融合概念的提出是个渐进的过程，从模糊到清晰，从萌芽到成熟，从抽象到具体，是工业化进程与信息化进程重叠发展的必然结果。2001 年 10 月，中国共产党十五届五中全会公报指出，继续完成工业化是我国现代化进程中艰巨的历史任务，大力推进国民经济和社会信息化，是覆盖现代化全局的战略举措。要以信息化带动工业化，发挥后发优势，实现社会生产力的跨越式发展。2002 年 10 月，"十六大"报告提出"实现工业化仍然是我国现代化进程中艰巨的历史任务。信息化是我国加快实现工业化和现代化的必然选择。坚持以信息化带动工业化，以工业化促进信息化，走出一条科技含量高、经济效益好、资源消耗低、环境污染少、人力资源优势得到充分发挥的新型工业化道路"[③]。2007 年 10 月，"十七大"报告强调，必须"全面认识工业化、信息化、城镇化、市场化、国际化深入发展的新形势、新任务"，同时首次明确提出"发展现代产业体

---

①　王金杰：《我国信息化与工业化融合的机制与对策研究》，南开大学经济与社会发展研究院论文，2009 年 5 月。

②　龚炳铮：《信息化与工业化融合探讨》，《中国信息界》2008 年第 1 期。

③　江泽民：《全面建设小康社会开创中国特色社会主义事业新局面》，人民出版社，2002。

系，大力推进信息化与工业化融合发展"①，"两化"融合成为我国实现国民经济又好又快发展的战略任务。2010 年 10 月，十七届五中全会进一步指出，"推动信息化和工业化深度融合，加快经济社会各领域信息化"。

"两化"融合战略的提出，充分体现了党和国家对工业化和信息化认识的进一步深化、重视程度的进一步提高，必将对我国工业化、信息化建设，以及经济、社会、政治、文化等各方面的发展产生极其深远的影响。当前，工业和信息化部推进"两化"融合的工作部署是在企业、地区和行业三个层面选准切入点，抓好试点，典型示范，总结推广。但是，从某种意义上说，行业和企业层面开展的"两化"融合，其实质只是信息化，只有上升到国家或者区域战略层面看，"两化"融合才更具有实践意义。2009 年，为有效推进"两化"融合，工业和信息化部先后设立了 8 个国家级信息化与工业化融合试验区，即内蒙古呼包鄂乌、上海、重庆、珠三角、广州、南京、青岛和唐山暨曹妃甸，摸索具有中国特色的"两化"融合道路，积累经验，逐步向全国推广。

"两化"融合的提出不是一步到位的，这个历程印证了"两化"融合不同于工业信息化，也不同于经济、社会、政治、文化等各领域的全面信息化。但是，"两化"融合又离不开工业化和信息化。离开工业化和信息化的"两化"融合是空中楼阁。"两化"融合深刻揭示了工业化和信息化发展的内在关系，是工业化和信息化相互作用的产物，是一个工业化和信息化产生化学反应的过程。从国家和区域层面来看，"两化"融合就是信息化和工业化相互渗透、循环提升，信息化水平持续追赶以至超越工业化水平，信息化进程和工业化进程从量的积累迈向质的变化，最终达到和谐共生、均衡发展状态的过程。

二 "两化"融合 DSP 模型

经济学中的供给与需求模型为创建"两化"融合的理论模型提供了方法论基础。供求模型是现代经济学中一个重要的基础框架和一个有效的分析工具，如图 2 所示。

---

① 胡锦涛：《高举中国特色社会主义伟大旗帜　为夺取全面建设小康社会新胜利而奋斗》，人民出版社，2007。

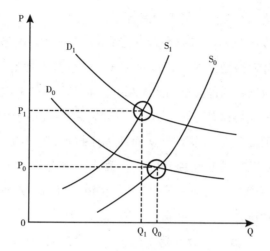

图2　经济学经典供求模型均衡点示意图

　　在供求模型中，信息化是"两化"融合的供给方，工业化是"两化"融合的需求方。在"两化"融合发展过程中，信息化供给与工业化需求相互渗透、循环提升，供求双方不断形成相对均衡，最终形成的均衡点是供求双方发生"化学"反应的结果。在供求模型中，此均衡点就是信息化供给曲线和工业化需求曲线的交点（如图3所示），这类似于供求模型中的供给曲线与需求曲线的交点形成的均衡价。

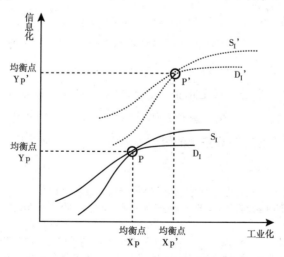

图3　"两化"融合 DSP 模型均衡点示意图

信息化供给曲线和工业化需求曲线都不是一成不变的，必然随着外力（环境）变化而不断发生位移。"两化"融合的动力机制既有内部激励因素，又有外部激励因素。外部激励因素包括政府引导、信息技术推动、市场竞争促动、倒逼机制、需求拉动；内部激励因素包括共生原理、羊群效应、网络效应、协同效应、竞争优势、协同和竞争的互动、创新。[①] "两化"融合的动力也来源于系统的"自我否定"这一特性，从而使工业技术、信息技术达到新一轮的水平，进而使工业化、信息化提升到与"两化"融合技术相匹配的水平，最终带来"两化"融合水平的新一轮提升。[②] 在传导机制、激励机制、运作机制的作用下，外部经济因素——企业、市场、政府与"两化"融合相互影响和相互作用，推动"两化"融合从技术融合—产品融合—业务融合—产业融合与新产业衍生的梯度上展开，进而带来整个社会价值模式、经济增长方式、社会生活方式的改变。

内外部环境变化都会导致信息化供给曲线和工业化需求曲线发生位移，形成新的均衡点。政府可以创造条件加快信息化进程和工业化进程，使信息化供给曲线和工业化需求曲线发生位移，进而推进"两化"融合不断向前发展，最终形成"两化"深度融合。各层次的政府部门对"两化"融合的影响力，最容易看到的是政策的作用。例如，可以通过政府出资或政策扶持的方式，推动"两化"融合；[③] 还可以通过试点示范和点、线、面、体全方位推进"两化"融合。政府通过实施"两化"融合试点示范工程和试点示范区域，一方面积累"两化"融合的经验，另一方面，用实际企业或区域的成功案例来带动其他企业和地区实施"两化"融合。从国家层面考虑，要较好地实施"两化"融合，需要从点、线、面、体全方位进行推进。点是指企业的"两化"融合，线是指行业的"两化"融合，面是指区域的"两化"融合，体是指国家层面的"两化"融合。[④] 因此，政府即使不是"两化"融合发展的第一推动力，也是外部环境的重要构成部分。

---

① 吴胜武、沈斌：《信息化与工业化融合》，浙江大学出版社，2010。

② 王金杰：《我国信息化与工业化融合的机制与对策研究》，南开大学经济与社会发展研究院论文，2009 年 5 月。

③ 金江军：《信息化与工业化融合理论体系研究》，赛迪顾问电子政务咨询事业部，http：//data. ccidconsulting. com/lhrh/sdsd/wedinfo/2010/08/1281661887774510. htm。

④ 吴胜武、沈斌：《信息化与工业化融合》，浙江大学出版社，2010。

漠视政府政策对"两化"融合的影响,"正如过度夸大或者过度贬低市场作用一样,是不切实际的"①。

外部环境的变化导致信息化供给曲线和工业化需求曲线发生位移,进而形成新的信息化供给曲线和工业化需求曲线。新的信息化供给曲线和工业化需求曲线形成一个新的交点,也就是新的均衡点。信息化供给曲线和工业化需求曲线如此不断位移,将会产生无穷多的信息化供给曲线和工业化需求曲线形成的交点,即均衡点。所有这些均衡点连接成一条新的曲线,我们称之为"一体化曲线",如图4所示。

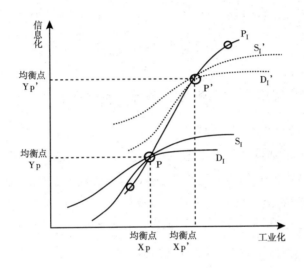

图4 "两化"融合 DSP 模型示意图

该曲线是信息化供给曲线和工业化需求曲线相互作用的产物,反映了"两化"融合的绩效状况。"两化"融合就是信息化供给与工业化需求相互渗透、相互依存、互为条件、共生共长,形成一体化各均衡点的过程,进而构成了信息化和工业化水平持续循环提升、信息化持续追赶并最终超越工业化的大循环。在此循环过程中,信息化供给与工业化需求不断碰撞,形成新的均衡状态,工业化逐步向新型工业化转变。因此,一个国家或者地区为什么能不断推进"两化"融合?答案必须从供给要素、需求要素和均衡点要素谈起。这些要素可能造成本国或者本地区"两化"融合跨越式发展,也可能导致"两化"融合停滞不前,这

---

① 迈克尔·波特:《国家竞争优势》,李明轩等译,华夏出版社,2002。

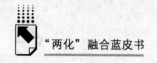

些要素及其相互关系构成了"两化"融合 DSP 模型。

（1）需求要素（D）——一个国家或地区"两化"融合的需求状况，取决于工业化进程，是融合硬度优势。

（2）供给要素（S）——一个国家或地区"两化"融合供给状况，取决于信息化进程，是融合软度优势。

（3）均衡点要素（P）——一个国家或地区"两化"融合的均衡状况，取决于一体化进程，是融合深度优势。

三 "两化"融合的三大支柱

（一）融合硬度——"两化"融合的基础标志

1. 融合硬度的内涵

融合硬度的物质载体是工业化。从 18 世纪 70 年代英国率先发起"工业革命"开始，世界范围内的工业化实践已经走过 200 多年的历程。工业化是一个多层次、多维度的概念，当前人们对工业化的理解主要有三个层次：第一层次（狭义），工业化就是工业的发展，是工业生产活动取得主导地位的历史过程；第二层次（中义），工业化就是产业化，即工业化＝农业产业化＋工业产业化＋服务业产业化；第三层次（广义）：工业化就是经济社会转型的过程，即产业革命引发的一个从农业社会向工业社会转型的历史过程，即工业化不仅是农业、工业和服务业的产业化，也是一场经济社会转型的"革命"过程。在研究工业化和信息化融合的过程中，工业化并不能狭隘地仅仅理解为工业发展——工业化是人类社会生产、生活活动由以农业生产方式为主向以工业生产方式为主转变的社会发展过程——既包括大力发展工业使之成为国民经济的主导产业，同时也包括用大工业的思想、理念和方法改造提升农业和服务业；它既是一个产业发展升级的过程，也是社会生产经营方式向规范化、标准化、规模化、专业化、社会化发展的过程。

2. 融合硬度的特征

工业化经历了产业革命、轻工业化、重工业化、高加工化之后，进入了后工业化（高技术化）时代。在这个过程中，产品的知识、技术含量不断提高，对自然资源的依赖程度不断降低。尤其是 20 世纪 70 年代以后，随着计算机网络和通信技术的快速发展,第二产业在国民经济中的比重不断下降,第三产业比重迅速上升,以电子信息技术为代表的高科技产业蓬勃发展。工业化的发展,为"两化"融合提供坚实的载体,对"两化"融合起到了重要的基础支撑作用,是"两化"融合的基础标志。

从产生上看,工业化是"两化"融合的源泉。信息基础设施建设、信息技术装备、重大应用工程、生产集成电路、通信设备和电子产品等,都需要以工业化的发展为载体和后盾。

从发展阶段上看,先有工业化后有"两化"融合。工业化是工业社会的集中体现,而"两化"融合是工业化发展到一定阶段才出现的一种发展形态。工业化是"两化"融合发展的必要条件。我国的工业化进程大致可以分为三个阶段,即工业化道路探索阶段(新中国成立前后至20世纪70年代末)、传统工业化道路阶段(20世纪70年代末至20世纪末21世纪初)、新型工业化(工业现代化)道路阶段(21世纪初以来)。实证研究表明,我国工业现代化进程正处于起步阶段,经验估计是,其水平相当于工业现代化国家20%的水平。[1]

从作用上看,工业化是"两化"融合的需求主体。随着社会经济的高速发展,工业化进程也加速发展,对"两化"融合发展提出了相应的应用需求,发展中国家发展传统产业,必须依靠高新技术加以改造,才能更好地适应社会经济的快速发展,才能与现实的生产力要求相协调。同时,市场需求向多样化、个性化的方向发展,企业为了获得竞争优势,必须在生产产品的过程中,有效地应用信息、自动化和现代管理等科学技术,才能生产出市场需求的高效、低耗、清洁、多样化的产品,才能保持企业在激烈竞争的市场环境中立于不败之地。这样就使信息获得了巨大的应用市场和发展空间。实证研究也表明,工业化对信息化的影响速度要大于信息化对工业化的影响速度,并且工业化对信息化的影响更为稳定。[2]

3. 融合硬度的构成

作为"两化"融合中的需求方,融合硬度描述的是工业化发展状况,不仅反映一个国家或地区当前工业化的发展状况,也反映一个国家或地区工业化未来

① 陈佳贵、黄群慧:《中国工业化与工业现代化问题研究》,经济管理出版社,2009。

② 俞立平、潘云涛、武夷山:《工业化与信息化互动关系的实证研究》,《中国软科学》2009年第1期。

的发展趋势，并以此探讨工业化对"两化"融合在需求上的支撑拉动作用。融合硬度是"两化"融合的一个子系统，由规模、质量和速度三位一体构成。基于此，我们认为融合硬度主要包括工业化规模、工业化质量和工业化速度三个方面。

（1）工业化规模。与工业化进程相适应，一个国家或地区的工业增长遵循一定的规律。工业化规模，一个综合性较强的概念，是一个持续不断的多层次的结构转换过程，其中包括国民经济各次产业的生产结构、就业结构的有序转换，生产手段和各种资源配置结构的转换，以及由此引起的社会生产组织方式的转换。所以，工业发展程度会在工业的效率和工业结构方面得以体现，并且由于上述两个方面的变化进而影响到就业结构，而反过来，就业结构在一定程度上也反映了工业发展的程度。

（2）工业化质量。融合硬度是质和量的辩证统一体。融合硬度质量的本质是工业化质量。结构和谐、绿色发展是工业化质量的重要标志。产业经济学理论揭示，工业结构从重工业化、高加工化到技术集约化呈现阶段性规律变化趋势。而进入20世纪90年代以来，有关环境质量和经济增长关系的"环境库兹涅茨曲线"也被经济学家提出和证实。环境和资源是工业发展的"终极约束"，新型工业化道路就是要形成绿色工业生产体系，保证工业与环境的协调发展。

（3）工业化速度。工业化速度反映了融合硬度的潜在能力。工业化速度是"两化"融合过程中隐含着的一个重要的衡量工业化需求的目标，一是因为目前我们国家工业化整体水平并不高，工业化道路还有较长的距离，要实现工业化和信息化不断消融，没有一定的速度是不行的；二是因为"两化"融合概念的提出，在一定程度上就是要解决在新的工业化阶段和新的发展环境下，在信息化高速发展的情况下，如何继续保持高速的增长，从而实现2020年GDP比2000年翻两番的战略目标；三是中国面临的许多现实的和潜在的矛盾仍必须在发展中逐步解决，没有一定的发展速度，许多问题将会变得更尖锐。当然，片面的发展速度也是不可取的，我们将它与工业化进程和工业化质量结合在一起，促使三者协调发展，这是"两化"融合思想的应有之义。

（二）融合软度——"两化"融合的核心标志

1. 融合软度的内涵

融合软度的物质载体是信息化。1966年，日本科技界和经济研究机构在探讨信息产业和信息社会的发展问题时，率先提出"信息化"这一概念来描述人类社会的进化过程。信息化是一个多层次、多维度的概念，当前人们对信息化的理解主要有三个层次：第一层次，信息化是伴随计算机网络的发展所产生的信息获取和交流方式的革命性变化，与此相联系的是"信息高速公路"、网络经济等概念；第二层次，信息化是继工业化之后的一种社会经济形态的演变过程，与此相联系的是后工业社会、信息社会等概念；第三层次，信息化是以计算机、互联网和移动通信为主要标志的信息技术、信息产品、信息获取和交流的手段及方法在社会经济中的运用和普及的过程，以及由此而带来的人们的生产方式、工作方式、生活方式等方面的革命性变革。我国 2006 年发布的《2006～2020 年国家信息化发展战略》也指出，信息化是充分利用信息技术，开发利用信息资源，促进信息交流和知识共享，提高经济增长质量，推动经济社会发展转型的历史进程。① 信息化已经成为提升工业产业生产效率和附加值，推进从生产型工业向服务型工业转变的不可或缺的重要手段。

2. 融合软度的特征

融合软度指信息化水平，也就是信息产业的发展水平，是"两化"融合中的供给方，也是"两化"融合的核心标志。从某种程度上说，"两化"融合就是工业经济逐步实现信息化的过程，是信息技术及相关服务不断应用到工业生产领域，促进工业发展方式转变，推动企业管理水平和生产效率提高，从而实现工业经济更好更快发展的动态融合过程。因此，信息化水平和信息产业的发展在"两化"融合进程中居于特殊重要的地位，是实现"两化"融合的关键和核心。

从产生上看，信息化是"两化"融合的支撑。融合硬度（工业化水平）为"两化"融合提供了基本的物质基础和支撑条件，也是"两化"融合初期（硬融合时期）所要完成的主要任务。当工业化水平发展到一定阶段，信息产业产生并开始发展，社会整体的信息化水平不断提高；与此同时，工业发展本身也越来越依靠信息技术和相关服务的支撑，在这种情况下，信息化日益成为带动工业发展的重要力量，"两化"融合逐步进入"软融合时期"，即工业经济的发展对信息技术和相关信息化手段的依赖度越来越大，信息化作为"助推器"、"倍增器"

---

① 国务院：《2006～2020 年国家信息化发展战略》（中办发〔2006〕11 号），http：//xxhs. miit. gov. cn/n11293472/n11295327/n11297172/11645862. html。

和"催化剂",为工业化提供强大的技术支持和服务保障,从而促进工业化水平的大幅度提升。

从发展阶段上看,信息化与"两化"融合同时产生。信息化是信息社会的集中体现。信息化发展的过程,是一个新的观念和新的技术通过文化而不断扩散的过程。显然,这个过程不是一蹴而就的,而是一个"创新扩散"的过程。[①]

从作用上看,信息化是"两化"融合的供给要素。信息化本身具有强大的生命力和推动力,信息化的迅速发展必然对各类信息装备和信息基础设施等产生新的巨大需求,而这些信息装备大部分需要工业中的装备制造业的加工生产来满足,因而将创造出巨大的工业市场规模,这必将加快工业化的发展。因此可以说,信息化为"两化"融合发展提供了强大的动力引擎。因此,信息化作为供给方,对工业化的供给水平因自身发展水平的不断变化而变化,而且也受工业化水平的反作用。将信息化发展水平作为"两化"融合维度之一,既是"两化"融合内在关系的理论要求,也是动力机制的内在根据。

3. 融合软度的构成

作为"两化"融合中的主要供给方,融合软度描述的是信息化发展状况,不仅反映一个国家或地区当前信息化的发展状况,也反映一个国家和地区信息化未来的发展趋势,并以此探讨信息化对工业化在硬件、软件和技术服务上的支撑推动作用。融合软度是"两化"融合的一个子系统,由规模、质量和速度三位一体构成。基于此,我们认为融合软度主要包括信息化规模、信息化质量、信息化速度三个方面。

(1)信息化规模。信息化是指充分利用信息技术,开发利用信息资源,促进信息交流和知识共享,提高经济增长质量,推动经济社会发展转型的历史进程。实证研究表明,虽然不能企望短期内的信息化就能快速推进工业化,但信息化适度超前发展对工业化确有带动作用。[②] 信息化遵循"梅特卡夫法则",即网络的价值等于网络节点数的平方。网络联系的数量以及网络的作用不是成正比增长,而是成指数增长。一台电脑的作用是有限的,众多的电脑通过网络连起来,事物的性质就发生了根本变化。"云计算"更是将梅特卡夫法则运用到极致。因

① 周宏仁:《中国信息化形势分析与预测(2010)》,社会科学文献出版社,2010。
② 刘伦武:《中国工业成熟度与信息萌发度的关系》,《经济纵横》2006 年第 9 期。

此，信息基础设施水平、计算机拥有量、互联网接入等信息化规模奠定了"两化"融合的坚实基础。

（2）信息化质量。信息化发展不仅要有量的增长，更要有质的保障。推进"两化"融合，走新型工业化道路，根本目的就是要促进节约资源、提高资源利用率和生产效率，提高企业的管理水平和科学决策水平，从而实现更好的经济效益；绝不能为了信息化而信息化，不重视科学规划，不重视建设质量和产出效益，盲目地搞投资建设，这样的结果只能是造成更多的浪费，影响工业经济的发展。信息化建设要逐步从以投入为导向转变到以效益为导向的轨道上，这样才符合信息化发展的初衷，也才能真正体现走新型工业化道路的理念。

（3）信息化速度。评测信息化水平，不仅要看现时的发展规模和水平，还要考虑以后的发展潜力。信息化速度就是衡量信息化发展潜力的重要因素，通过分析比较过去的信息化发展历程，明确其发展轨迹，结合现实其他因素的思考，预测其今后一段时间的增长速度和趋势。这对于考量一个地区的信息化发展水平，进而明确其"两化"融合发展水平和潜力，都是十分重要的。

（三）融合深度——"两化"融合的质量标志

1. 融合深度的内涵

融合深度的物质载体是一体化。供给曲线和需求曲线的交点就是均衡点。所谓一体化就是工业化需求曲线和信息化供给曲线达到相对均衡状态的产物，是"两化"融合的直接表现形式。一体化反映了"两化"融合的表现形式及其效益，即以一定的工业化和信息化水平为基础，通过市场主体的努力，"两化"融合最终的绩效水平。具体表现是市场活动主体自身的数字化水平和ICT在经济、社会、政治文化渗透的过程，比较典型的是电子商务、电子政务等。电子商务是网络化的新型经济活动，其核心是通过电子商务的发展，促进网络经济与实体经济的高度融合，促进信息化与工业化的融合。"两化"融合，不仅仅是狭隘的信息化和工业化的融合，更是一个内涵丰富、外延广阔的概念，反映的除了工业领域与信息化的融合之外，还包括社会经济生活其他方面——第一、第三产业，政府公共管理和社会服务等的信息化。因此，从推进"两化"融合的整体战略层面考虑，电子政务对最终实现"两化"融合也有至关重要的意义。

2. 融合深度的特征

融合深度的物质载体是一体化。作为信息化供给曲线和工业化需求曲线的均衡点，融合深度反映了"两化"融合的成效，决定了"两化"融合的深度，是"两化"融合的质量标志。

从产生上看，一体化是"两化"融合的结果和最终表现形式。融合深度反映了"两化"融合的最终绩效状况和实际价值。一体化作为供求追求动态均衡的产物，具有被动作用，随着工业化和信息化的发展而进步。

从发展阶段上看，一体化与"两化"融合同时产生，是"两化"融合的集中体现。"两化"融合是一个长期的历史发展过程，在"两化"融合的不同阶段，工业化需求和信息化供给具有差异性，信息化内部构成也具有差异性。总体上看，随着"两化"融合的深入发展，工业化和信息化水平不断上升，其均衡点，即一体化水平也将不断上升。但是，一体化并不必然与信息化和工业化保持同步发展。

从作用上看，一体化是"两化"融合的均衡点要素。企业数字化应用程度不断加深。全球电子商务发展日新月异，应用创新和模式创新成果丰硕，电子商务与传统产业的深度结合、融合，改变了企业的生产经营、销售及组织形态，正在突破国家和地区的界限，推动世界范围内的产业结构调整和资源优化配置，并加速经济全球化的进程。电子政务亦能提高政府绩效、推动社会民主化进程。

3. 融合深度的构成

作为"两化"融合中的供求平衡的交点，融合深度描述的是一体化发展状况，不仅反映一个国家或地区当前"两化"融合的绩效水平，也反映一个国家和地区"两化"融合绩效水平未来发展趋势，并以此探讨一体化对信息化供给与工业化需求相互作用的效果。融合深度是"两化"融合的一个子系统，由规模、质量和速度三位一体构成。基于此，我们认为融合深度主要包括一体化规模，一体化质量和一体化速度三个方面。

（1）一体化规模。量变是质变的前提。没有规模的一体化是不可想象的。信息化规模和工业化规模的均衡点是一体化规模。信息技术是"两化"融合的技术基础和核心要素，目前国内产业的关键技术——数控、自动化、电子等绝大部分技术掌握在发达国家手中，这不仅直接影响了"两化"融合的顺利开展，也关系到"两化"融合长远发展的有效性、持续性。因此，增加研发投入、加强自主创新，以及进行模仿创新或引进消化吸收再创新成为推进"两化"融合的战略之举。从企业的角度来说，"两化"融合的主要工作和直接表现结果毫无疑问是对 ERP、SCM、CRM 等信息系统的应用，通过应用这些融信息技术和先进管理理念于一体的信息系统，来整合企业资源、优化业务流程、提高生产效率、节约交易成本，以此实现企业信息化水平和综合竞争能力的有效提升。无论是从我国目前的工业化进程和水平来说，还是从企业信息化过程中的绩效以及暴露出来的各种问题来看，都充分说明信息化与工业化融合的必要性与紧迫性。而深化应用 ERP 等信息系统是"两化"融合的重要组成部分和直接应用实践。具体说来，就是企业将 ERP 等先进管理理论和信息技术的应用与企业生产经营业务模式和业务流程的重组相融合，通过有效应用 ERP 等全面推动企业管理创新，提升企业竞争力。

（2）一体化质量。一体化质量反映了"两化"融合绩效的效益水平。研发与创新不仅关系着信息化的供给质量，也关系着工业化需求能否得到满足的问题，最终决定了"两化"融合的层次水平和可持续发展能力。由于经济主体推动"两化"融合的努力最终会体现在融合的表现形式上，所以"两化"融合深度在表现形式上由技术融合、产品融合、业务融合和产业融合的程度来衡量。在技术融合环节，表现为利用 CAD/CMD 的比重，数控、机械电子、自动化设备占总设备数的比重，数字信息化研发占总研发的比重，制造业中 IT 研发人员占总研发人员的比重；在产品融合环节，表现为数字化、电子化产品的比重；在业务融合环节，表现为企业使用 OS、ERP、企业门户、电子商务的比重；在产业融合环节主要体现为信息产业与高新技术产业的比重、信息服务业比重。

（3）一体化速度。一体化速度是反映融合深度发展潜力的指标。一体化速度主要表现在一体化规模的变化速度和一体化质量的变化速度上。2000 年以后，我国"两化"融合的一体化程度快速提升，出现了一批高水平的应用成果。电子商务和电子政务的发展从无到有，逐步缩小与世界发达国家和地区的差距，加速了经济、社会、文化等信息化进程。新兴技术的广泛渗透与需求结构加速升级相结合，将极大地推动一体化速度。基于互联网的应用模式不断创新，物联网、云计算、三网融合、虚拟化和自然语言等基于互联网的新技术、新业务、新形态不断涌现。2007～2009 年，我国网络零售交易额年均增长速度为 117.0%，是同期社会消费品零售总额年均增长速度的 6.5 倍。因此，"两化"融合发展潜力巨大，对国民经济的辐射作用明显增强。

B.2

"两化" 融合的评价体系

一 "两化" 融合的指标体系

"两化" 融合 DSP 模型分析的逻辑推论和直观表现就是建立 "两化" 融合的评价指标体系。根据 DSP 模型及其三大支柱的分析，我们可以建立 "两化" 融合的一般框架函数，即：

$$M = W\{I_D, I_S, I_P\}$$

其中，M——"两化" 融合；

I_D——融合硬度（"两化" 融合的需求要素，工业化）；

I_S——融合软度（"两化" 融合的供给要素，信息化）；

I_P——融合深度（"两化" 融合的均衡点要素，一体化）。

在上述理论分析的基础上，遵循科学性、准确性、全面性和可行性（尤其是数据的可获得性）等建立评价指标体系的基本原则，我们构建了 "两化" 融合评价指标体系，包括 4 个层级，一级指标包括 3 个大类，分别反映融合硬度、融合软度和融合深度；二级指标包括 9 个中类，分别从规模、质量、速度三个方面反映每个大类的具体发展情况；三级指标共 27 个，进一步对每个中类指标从宏观、中观、微观三个层面进行了细分，以求能更清晰、全面地反映各个具体方面的状况；四级指标共 182 个，尽可能详尽、细致地反映 "两化" 融合的发展情况（见表 1）。

表 1 "两化" 融合发展程度评价指标体系

指标名称	数据来源	备　注
I1 融合硬度		
I1.1 工业化规模		
I1.1.1 工业化规模宏观指标		
I1.1.1.1 地区 GDP	中国统计年鉴（2009）	
I1.1.1.2 城市化率	中国统计年鉴（2009）	城镇人口比重

指标名称	数据来源	备　注
II.1.1.3 电力消费量	中国统计年鉴(2009)	
II.1.2 工业化规模中观指标		
II.1.2.1 工业总产值	中国统计年鉴(2009)	
II.1.2.2 工业增加值	中国统计年鉴(2009)	
II.1.2.3 主营业务收入	中国统计年鉴(2009)	各地区规模以上工业企业主要指标
II.1.2.4 规模以上工业企业利润总额	中国统计年鉴(2009)	各地区规模以上工业企业主要指标
II.1.2.5 工业制成品出口总额	各地方统计年鉴(2009)	
II.1.2.6 产品销售税金及附加	各地方统计年鉴(2009)	
II.1.3 工业化规模微观指标		
II.1.3.1 企业单位个数	中国统计年鉴(2009)	
II.1.3.2 工业从业人员人数	中国统计年鉴(2009)	
II.1.3.3 城镇单位就业人员平均劳动报酬	中国统计年鉴(2009)	
II.2 工业化质量		
II.2.1 工业化质量宏观指标		
II.2.1.1 地区人均 GDP	中国统计年鉴(2009)	
II.2.1.2 单位地区生产总值电耗	中国统计年鉴(2009)	
II.2.1.3 单位工业增加值能耗(规模以上,当量值)	中国统计年鉴(2009)	
II.2.2 工业化质量中观指标		
II.2.2.1 工业增加值占地区 GDP 的比重	中国统计年鉴(2009)	
II.2.2.2 高新技术产业产值占工业总产值比重	各地方统计年鉴(2009)	
II.2.2.3 工业从业人员占总就业人员的比重	中国统计年鉴(2009)	
II.2.2.4 工业制成品占出口产品的比重	中国统计年鉴(2009)	各地区规模以上工业企业主要指标
II.2.3 工业化质量微观指标		
II.2.3.1 全员劳动生产率	各地方统计年鉴(2009)	
II.2.3.2 总资产贡献率	中国统计年鉴(2009)	各地区规模以上工业企业主要经济效益指标
II.2.3.3 成本费用利润率	中国统计年鉴(2009)	各地区规模以上工业企业主要经济效益指标

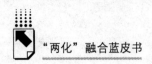

续表

指标名称	数据来源	备　注
I1.2.3.4 产品销售率	中国统计年鉴(2009)	各地区规模以上工业企业主要经济效益指标
I1.2.3.5 流动资产周转次数（次/年）	中国统计年鉴(2009)	各地区规模以上工业企业主要经济效益指标
I1.2.3.6 流动资产年平均余额	中国统计年鉴(2009)	各地区规模以上工业企业主要经济效益指标
I1.3 工业化速度		
I1.3.1 工业化速度宏观指标		
I1.3.1.1 人均 GDP 增长率	中国统计年鉴(2009)	
I1.3.1.2 城市化率增长率	中国统计年鉴(2009)	
I1.3.1.3 电力消费量增长率	中国统计年鉴(2009)	
I1.3.1.4 单位工业增加值能耗增长率	中国统计年鉴(2009)	
I1.3.2 工业化速度中观指标		
I1.3.2.1 工业总产值增长率	中国统计年鉴(2009)	
I1.3.2.2 工业增加值增长率	中国统计年鉴(2009)	
I1.3.2.3 工业增加值占地区 GDP 比重增长率	中国统计年鉴(2009)	
I1.3.2.4 工业就业增长率	中国统计年鉴(2009)	
I1.3.2.5 工业从业人员占总就业人员比重的增长率	中国统计年鉴(2009)	
I1.3.2.6 工业制成品占出口产品的比重的增长率	中国统计年鉴(2009)	
I1.3.3 工业化速度微观指标		
I1.3.3.1 全员劳动生产率增长率	中国统计年鉴(2009)	
I1.3.3.2 总资产贡献率增长率	中国统计年鉴(2009)	
I1.3.3.3 成本费用利润率增长率	中国统计年鉴(2009)	
I1.3.3.4 产品销售率增长率	中国统计年鉴(2009)	
I1.3.3.5 企业单位个数增长率	中国统计年鉴(2009)	
I1.3.3.6 城镇单位就业人员平均劳动报酬增长率	中国统计年鉴(2009)	
I2 融合软度		
I2.1 信息化规模		
I2.1.1 信息化规模宏观指标		
I2.1.1.1 信息产业增加值		
I2.1.1.2 信息产业从业人员		
I2.1.1.3 信息产业企业个数		

指标名称	数据来源	备　注
I2.1.2 信息化规模中观指标		
I2.1.2.1 信息产业制造业工业增加值	中国信息产业年鉴（2009）	
I2.1.2.2 信息产业制造业税金总额	中国信息产业年鉴（2009）	
I2.1.2.3 信息产业制造业出口交货值	中国信息产业年鉴（2009）	
I2.1.2.4 信息制造业利润总额	中国信息产业年鉴（2009）	
I2.1.2.5 电气机械及器材制造业产值	各地方统计年鉴（2009）	
I2.1.2.6 通信设备、计算机及其他电子设备制造业产值	各地方统计年鉴（2009）	
I2.1.2.7 通信业投资额	2009 中国通信统计年度报告	
I2.1.2.8 通信业务收入	2009 中国通信统计年度报告	
I2.1.2.9 广播电视产业增加值	2010 年中国广播电影电视发展报告	
I2.1.2.10 广播电视网络收入	2010 年中国广播电影电视发展报告	
I2.1.2.11 付费数字电视收入	2010 年中国广播电影电视发展报告	
I2.1.3 信息化规模微观指标		
I2.1.3.1 互联网带宽	2009 中国通信统计年度报告	互联网带宽端口数
I2.1.3.2 网民数	中国信息年鉴（2009）	
I2.1.3.3 互联网带宽接入用户	2009 中国通信统计年度报告	
I2.1.3.4 固定电话用户数	2009 中国通信统计年度报告	
I2.1.3.5 移动电话用户数	2009 中国通信统计年度报告	
I2.1.3.6 有线广播电视用户	2010 年中国广播电影电视发展报告	
I2.1.3.7 数字电视用户	2010 年中国广播电影电视发展报告	
I2.1.3.8 付费数字电视用户	2010 年中国广播电影电视发展报告	
I2.2 信息化质量		
I2.2.1 信息化质量宏观指标		
I2.2.1.1 信息消费水平		
I2.2.1.2 信息化投入产出比率		

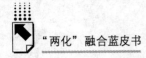
续表

指标名称	数据来源	备　注
I2.2.1.3 信息产业增加值占地区 GDP 的比重		
I2.2.1.4 信息产业从业人员占总就业人员的比重	中国信息产业年鉴(2009)	
I2.2.2 信息化质量中观指标		
I2.2.2.1 信息产业制造业出口交货值占工业出口交货值的比重	中国信息产业年鉴(2009)	
I2.2.2.2 电气机械及器材制造业占装备制造业比重	各地方统计年鉴(2009)	
I2.2.2.3 通信设备、计算机及其他电子设备制造业占装备制造业比重	各地方统计年鉴(2009)	
I2.2.2.4 人均通信业务收入	2009 中国通信统计年度报告	
I2.2.2.5 通信业务收入占地区 GDP 的比重	2009 中国通信统计年度报告	
I2.2.2.6 通信业投资额占地区 GDP 的比重	2009 中国通信统计年度报告	
I2.2.3 信息化质量微观指标		
I2.2.3.1 人均互联网带宽		
I2.2.3.2 网民普及率	2009 中国通信统计年度报告	网民数/地区人数
I2.2.3.3 互联网(宽带接入用户)普及率	2009 中国通信统计年度报告	
I2.2.3.4 固定电话普及率	2009 中国通信统计年度报告	
I2.2.3.5 移动电话普及率	2009 中国通信统计年度报告	
I2.2.3.6 居民家庭平均每百户家用电脑拥有量	中国信息年鉴(2009)	
I2.2.3.7 每百人局用交换机容量	中国信息年鉴(2009)	
I2.2.3.8 有线电视入户率	中国信息年鉴(2009)	
I2.2.3.9 电视综合人口覆盖率	2010 年中国广播电影电视发展报告	
I2.2.3.10 广播综合人口覆盖率	2010 年中国广播电影电视发展报告	

续表

指标名称	数据来源	备　注
I2.2.3.11 全员劳动生产率	中国信息产业年鉴(2009)	
I2.2.3.12 总资产贡献率	中国信息产业年鉴(2009)	
I2.2.3.13 资产负债率	中国信息产业年鉴(2009)	
I2.2.3.14 资本保值增值率	中国信息产业年鉴(2009)	
I2.2.3.15 流动资产周转率	中国信息产业年鉴(2009)	
I2.2.3.16 产品销售率	中国信息产业年鉴(2009)	
I2.2.3.17 工业成本费用利润率	中国信息产业年鉴(2009)	
I2.3 信息化速度		
I2.3.1 信息化速度宏观指标		
I2.3.1.1 信息化投入产出比率增长率		
I2.3.1.2 信息产业增加值增长率		
I2.3.1.3 信息消费水平增长率		通信业务收入增长率
I2.3.1.4 信息产业从业人员增长率		
I2.3.1.5 信息产业企业个数增长率		
I2.3.2 信息化速度中观指标		
I2.3.2.1 信息产业制造业工业增加值增长率	中国信息产业年鉴(2009)	
I2.3.2.2 信息产业制造业税金总额增长率	中国信息产业年鉴(2009)	
I2.3.2.3 信息产业制造业出口交货值增长率	中国信息产业年鉴(2009)	
I2.3.2.4 通信业务收入增长率	2009 中国通信统计年度报告	
I2.3.2.5 人均通信业务收入增长率	2009 中国通信统计年度报告	
I2.3.2.6 通信业投资额增长率	2009 中国通信统计年度报告	
I2.3.2.7 广播电视网络收入增长率	2010 年中国广播电影电视发展报告	
I2.3.2.8 付费数字电视收入增长率	2010 年中国广播电影电视发展报告	
I2.3.3 信息化速度微观指标		
I2.3.3.1 互联网带宽增长率	2009 中国通信统计年度报告	
I2.3.3.2 网民增长率	中国信息年鉴(2009)	

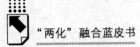
续表

指标名称	数据来源	备　注
I2.3.3.3 人均互联网带宽增长率	2009 中国通信统计年度报告	
I2.3.3.4 互联网带宽接入用户增长率	2009 中国通信统计年度报告	
I2.3.3.5 固定电话用户增长率	2009 中国通信统计年度报告	
I2.3.3.6 移动电话用户增长率	2009 中国通信统计年度报告	
I2.3.3.7 有线电视入户率增长率	中国信息年鉴(2009)	
I2.3.3.8 广播人口覆盖增长率	中国信息年鉴(2009)	
I2.3.3.9 电视综合人口覆盖增长率	中国信息年鉴(2009)	
I2.3.3.10 有线广播电视用户增长率	2010 年中国广播电影电视发展报告	
I2.3.3.11 数字电视用户增长率	2010 年中国广播电影电视发展报告	
I2.3.3.12 付费数字电视用户增长率	2010 年中国广播电影电视发展报告	
I2.3.3.13 全员劳动生产率增长率	中国信息产业年鉴(2009)	
I2.3.3.14 总资产贡献率增长率	中国信息产业年鉴(2009)	
I2.3.3.15 资产负债率增长率	中国信息产业年鉴(2009)	
I2.3.3.16 资本保值增值率增长率	中国信息产业年鉴(2009)	
I2.3.3.17 流动资产周转率增长率	中国信息产业年鉴(2009)	
I2.3.3.18 产品销售率增长率	中国信息产业年鉴(2009)	
I2.3.3.19 工业成本费用利润率增长率	中国信息产业年鉴(2009)	
I3 融合深度		
I3.1 一体化规模		
I3.1.1 一体化规模宏观指标		
I3.1.1.1 年电子商务交易额		
I3.1.1.2 政府机构互联网接入数		
I3.1.1.3 政府机构局域网拥有数		
I3.1.1.4 建有 OA 和业务系统的政府机构数		
I3.1.1.5 技术市场成交额	中国信息年鉴(2009)	
I3.1.1.6 国内专利年授权数量	中国统计年鉴(2009)	
I3.1.1.7 "两化"融合重点项目工程年投资额		

续表

指标名称	数据来源	备 注
I3.1.2 一体化规模中观指标		
I3.1.2.1 软件技术服务收入	中国信息产业年鉴(2009)	
I3.1.2.2 软件外包服务收入	中国信息产业年鉴(2009)	
I3.1.2.3 软件产业主营业务及附加税	中国信息产业年鉴(2009)	
I3.1.2.4 数控、机械电子、自动化设备采购额		
I3.1.3 一体化规模微观指标		
I3.1.3.1 重点工业企业电子商务交易额	中国电子商务年鉴(2004~2008)	
I3.1.3.2 重点工业企业电子商务销售额	中国电子商务年鉴(2004~2008)	
I3.1.3.3 网商规模		网商发展规模指数
I3.1.3.4 网商交易额		网商发展规模指数
I3.1.3.5 大中型工业企业 R&D 人员数	中国统计年鉴(2009)	按地区分大中型工业企业研究与试验发展(R&D)活动情况
I3.2 一体化质量		
I3.2.1 一体化质量宏观指标		
I3.2.1.1 年电子商务交易额占总交易额比重		
I3.2.1.2 网商密度		网商普及指数
I3.2.1.3 网商交易额比率		
I3.2.1.4 中国行业电子商务网站 TOP 100 各地比重	中国电子商务年鉴(2009)	
I3.2.1.5 政府机构互联网接入率		
I3.2.1.6 政府机构局域网拥有率		
I3.2.1.7 政府网站绩效水平		政府网站绩效指数
I3.2.1.8 建有 OA 和业务系统的政府机构所占的比率		
I3.2.1.9 平均 IP 病毒感染量	中国信息安全年鉴(2009)	
I3.2.2 一体化质量中观指标		
I3.2.2.1 软件技术服务收入占 GDP 比重		

续表

指标名称	数据来源	备　　注
I3.2.2.2 软件外包服务收入占 GDP 比重	中国信息产业年鉴(2009)	
I3.2.2.3 R&D 经费内部支出占 GDP 比重	中国信息年鉴(2009)	
I3.2.2.4 软件研发人员占从业人员比重	中国信息产业年鉴(2009)	
I3.2.3 一体化质量微观指标		
I3.2.3.1 网商发展经营水平		网商发展经营水平指数
I3.2.3.2 重点工业企业电子商务销售额占主营业务收入比重	中国电子商务年鉴(2004~2008)	
I3.2.3.3 数控、机械电子、自动化设备采购占企业总设备采购数的比重		
I3.2.3.4 CAD 等辅助设计技术在各行业的应用率		
I3.2.3.5 企业 ERP 系统应用率		
I3.2.3.6 财务管理软件应用率		
I3.2.3.7 企业 SCM/CRM 应用率		
I3.2.3.8 大中型工业企业 R&D 人员占工业从业人员比重		按地区分大中型工业企业研究与试验发展活动情况
I3.3 一体化速度		
I3.3.1 一体化速度宏观指标		
I3.3.1.1 年电子商务交易额增长率		
I3.3.1.2 政府网站绩效增长率	中国信息年鉴(2008/2009)	
I3.3.1.3 技术市场成交额增长率	中国信息年鉴(2008/2009)	
I3.3.1.4 国内专利年授权增长率	中国信息年鉴(2008/2009)	
I3.3.1.5 平均 IP 病毒感染增长率	中国信息安全年鉴(2009)	
I3.3.1.6 "两化"融合重点项目工程年投资增长率		
I3.3.2 一体化速度中观指标		
I3.3.2.1 软件技术服务收入增长率	中国信息产业年鉴(2008/2009)	
I3.3.2.2 软件外包服务收入增长率	中国信息产业年鉴(2008/2009)	
I3.3.2.3 数控、机械电子、自动化设备采购增长率		
I3.3.2.4 R&D 经费内部支出增长率	中国信息年鉴(2008/2009)	

续表

指标名称	数据来源	备　注
I3.3.2.5 软件研发人员增长率	中国信息产业年鉴(2008/2009)	
I3.3.3 一体化速度微观指标		
I3.3.3.1 重点工业企业电子商务交易额增长率		
I3.3.3.2 重点工业企业电子商务销售额增长率		
I3.3.3.3 重点工业企业电子商务销售额占主营业务收入比重增长率		
I3.3.3.4 网商规模增长率		网商发展规模指数
I3.3.3.5 网商交易额增长率		
I3.3.3.6 网商发展经营水平增长率		网商发展经营水平指数
I3.3.3.7 大中型工业企业 R&D 人员增长率	中国信息年鉴(2008/2009)	
I3.3.3.8 大中型工业企业 R&D 人员占工业从业人员比重增长率		
I3.3.3.9 CAD 等辅助设计技术在各行业的应用率增长率		
I3.3.3.10 企业 ERP 系统应用率增长率		
I3.3.3.11 财务管理软件应用率增长率		
I3.3.3.12 企业 SCM/CRM 应用率增长率		

二　"两化"融合的评价方法

（一）数据来源

数据的质量——准确性、可靠性和完整性，在很大程度上决定了最终评测结果的可信度和价值量，只有获得大量准确、可靠、权威、完整的数据资料，并对其进行科学合理的处理和分析，才能保证得出科学、准确、有价值的结论和结论建议。所以，必须充分重视数据的获取和处理工作，认真严谨，一丝不苟，保质保量，从源头上保证评测工作的准确性、可信性和可靠性。

数据的搜集和筛选是本报告的基础性工作。本报告全部采用客观指标，数据

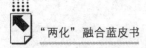

主要来源于相关年份的《中国统计年鉴》、《中国信息年鉴》、《中国信息产业年鉴》、《中国电子信息制造业年鉴》、《中国电子商务年鉴》和《中国信息安全年鉴》等；部分数据还来自《2009中国通信统计年度报告》和《2010年中国广播电影电视发展报告》等年度报告以及国家统计局、工业和信息化部等政府部门的相关统计数据。

（二）数据处理

由于各项指标存在量纲的差别，数值可能相差几个数量级，因此首先要对数据指标进行无量纲化处理。无量纲化处理有多种方法，为了保证处理以后各指标值的可比性、可加性，我们决定采用直线型无量纲化处理方法中的归一化法，又叫极值法，其基本原理是：将各指标的原始数值处理后，统一规化为 ［0，1］ 之间的数值，该值的大小反映了原指标数值的大小（数量大小、信息差异），公式如下：

$$X'_i = \frac{X_i - \min\{X_i\}}{\max\{X_i\} - \min\{X_i\}}(i = 1,2,\cdots,n)$$

其中，X'_i 是各指标处理后的标准值，$\max\{X_i\}$、$\min\{X_i\}$ 分别是各指标的原始最大值、最小值。这样处理后，各指标的数值均处在 ［0，1］ 之间，具有同一性，可以方便加总、计算，得出总分。

此外，考虑到一小部分指标是"逆向指标"，就是指标数值越大越"不好"，例如单位产值能耗、成本等，这就需要首先对其进行"同趋化处理"，使转化后指标数值的大小跟其"好坏"程度成正比，具体方法如下：

$$X'_i = \frac{\max\{X_i\} - X_i}{\max\{X_i\} - \min\{X_i\}}(i = 1,2,\cdots,n)$$

这样处理后，"逆向指标"指标数值就由"越小越好"变为"越大越好"，且保留了原始值的信息差异；同时，指标数值仍均在 ［0，1］ 之间，方便和其他各"正向指标"处理后的标准值进行比较、加总、计算，得出所有指标的综合得分。

（三）计量模型

要准确、规范、合理地评价各地区的"两化"融合发展水平，不但要有恰当、科学、可行的指标体系和完备翔实的数据，构建科学、合理的评价模型（评测模型）也至关重要。如果把一个指标评测项目比作人体的话，那么指标体系是骨架，数据是血肉，而评价模型就是贯通整个人体的血管——正是评价模型把指标体系和数据连接到了一起，打通了整个报告的"经脉"，使建立在指标体系基础上的数据得以利用和升华，从而得到最有价值和思想的"大脑"部分——评测结果及分析结论和建议。

根据所研究问题的具体特点，并参考相关领域其他课题的评价模型，我们提出了评测各地区"两化"融合发展程度的评测模型——"'两化'融合发展进程综合指数"模型，如下所示：

$$S_{总} = \sum_{i=1}^{n} X_i \times P_i (i = 1,2,3,\cdots,n)$$

其中，$S_{总}$ 表示一个地区"两化"融合发展程度的总得分，i 表示指标的个数，对计算总分来说，这里 $n=3$，二、三、四级指标的计算也类似；X_i 表示各个具体指标的得分或处理后标准值（对四级指标而言）；P_i 表示各个指标的权重系数，这里为了客观分析、发现影响"两化"融合的"关键指标"，我们采用了平均赋值法，所以各指标的权重系数 =1/该指标所在层次的指标总数。

（四）计量方法

根据对各指标无量纲化处理的结果——指标标准值，对各省份的各底层指标（四级指标）数据进行加总计算，由四级指标向上逆推，依次计算出各三级指标、二级指标、一级指标的得分——"两化"融合硬度指数、"两化"融合软度指数和"两化"融合深度指数，最后汇总得出各省份的"两化"融合发展进程总得分——"两化"融合综合指数，并以此为依据进行各省份排名和后续的评价分析。

中国"两化"融合
进程：总体评价

Process of Informatization and Industrialization
of China：General Evaluation

B.3
"两化"融合：区域比较

一 2010 年"两化"融合综合区域比较

"两化"融合综合排名是依据前文所构建的"两化"融合评价体系，通过系统收集全国 31 个省份①的"两化"融合指标数据，并对原始数据加以标准化处理及统计整理所得，如表 1 所示。进一步，通过测算 31 个省份"两化"融合综合指数排名的上四分位、中位、下四分位值，可将各省份"两化"融合综合排名划分为第一、第二、第三、第四，共四级梯度，分别对应 31 个省份"两化"融合综合发展横向对比具有相当优势、具有一般优势、发展较为落后以及处于发展劣势这四个发展层次，如图 1 所示。

由表 1 可见，31 个省份不均匀地分布在 0.190 ~ 0.609 的区间内（可能区间

---

① 实证评测未包括香港、澳门及台湾地区的发展数据。

为［0，1］）。广东省凭借综合实力排名第 1，指数大幅领先第 2 名江苏省约 14%。排在前五名的地区除北京市外，都有突出的工业化基础优势。北京市是唯一一个融合软度指数高于融合硬度指数的地区。这印证了北京市利用自身的人才优势，着力于发展信息产业、转变经济发展方式的成效明显。另外，西部省份综合排名大都比较靠后，东西部发展水平差距明显。

表1 2010 年"两化"融合综合指数排名

排　名	地　区	梯　度	融合指数	排　名	地　区	梯　度	融合指数
1	广　东	1	0.609	17	重　庆	3	0.307
2	江　苏	1	0.534	18	江　西	4	0.294
3	北　京	1	0.476	19	黑龙江	4	0.291
4	浙　江	1	0.472	20	吉　林	4	0.277
5	上　海	1	0.467	21	山　西	4	0.264
6	山　东	2	0.410	22	广　西	4	0.257
7	福　建	2	0.342	23	云　南	4	0.257
8	天　津	2	0.341	24	内蒙古	4	0.255
9	四　川	2	0.340	25	海　南	4	0.245
10	河　南	2	0.340	26	甘　肃	4	0.239
11	辽　宁	2	0.335	27	宁　夏	4	0.235
12	河　北	3	0.324	28	新　疆	4	0.231
13	湖　南	3	0.323	29	青　海	4	0.221
14	安　徽	3	0.318	30	贵　州	4	0.219
15	陕　西	3	0.315	31	西　藏	4	0.190
16	湖　北	3	0.309				

（1）第一梯度，包含广东、江苏、北京、浙江和上海共五个省份。这五个省份的"两化"融合综合指数集中在 0.467 ~ 0.609 区间段内。从绝对数值看，五个省份的得分均不在高水平层次，但考虑到我国"两化"融合发展处于起步期，如此的得分水平在全国 31 个省份中的横向比较中已经具有一定的领先优势。这其中，排名第 1 的广东省与排名第 2 的江苏省之间综合指数差距达到 0.075，排名第 2、第 3 的江苏省、北京市之间综合指数差距达到 0.058，广东省、江苏省较其他省份的领先优势较为明显。而列第 3 位、第 4 位、第 5 位的北京市、浙江省与上海市三者之间的绝对差距则很小，相邻两两差距不超过 0.005。从地理区位上看，除北京市外，其余四个省份均处沿海发达地区，当地活跃的社会经济发展势头在一定程度上促动了其"两化"融合的发展；而北京作为首都，在发展环境、机遇以及便利性方面也颇具优势。

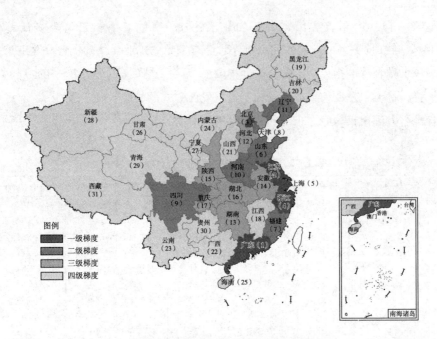

图1　2010年"两化"融合综合排名梯度分布

（2）第二梯度，包括山东、福建、天津、四川、河南、辽宁共六个省份。其"两化"融合综合指数得分分布在0.335～0.410区间段内。从分值上看，与前一梯度具有相似情况的是，第二梯度"两化"融合综合指数绝对分值同样处于较低分数区间，但与其他省份对比看仍具有一定发展优势。整体观察，第二梯度中各省份之间指数绝对分值差距很小，排名处于领先的山东省仅比同梯度排名最后的辽宁省高出0.075。特别是处于中间位置的福建、天津、四川、河南四省份，相邻省份两两差距可算微乎其微，几乎可以说这几个省份在"两化"融合综合评价方面处于同一水平线。综合来看，第二梯度中的六个省份综合水平相当，排位紧凑，但与第一梯度省份相比仍有较为明显的差距。从地理区位上看，第二梯度省份分布较为分散，既有处于沿海位置的辽宁、天津、山东、福建，又有地处我国中部的河南省，还有处于西部的四川省，这说明随着我国西部大开发战略、中部崛起战略的深入推行，中、西部地区也在逐渐追赶沿海发达省份的社会经济发展水平。

（3）第三梯度，包含河北、湖南、安徽、陕西、湖北、重庆六个省份。其"两化"融合综合指数得分分布在0.307～0.324区间段内。从绝对分值上观察，省份间的"两化"融合综合指数排位虽不如第二梯度省份间竞争那样激烈，但分值差距同样没有大幅拉开。居于首位与末位的河北与重庆两省份，融合综合指数得分相差不足 0.018，特别是排名前两位的河北、湖南，两者仅有微弱分差。相比之下，居于第三梯度后两位的湖北、重庆两地与前几位省份差距则较为明显。从省份所处地理区位上看，第三梯度所包含的省份中，半数省份（湖南、安徽、湖北）地处我国中部，另有两省份（陕西、重庆）地处我国西部，而仅有河北省位于我国东部地区。这说明我国中部、西部地区在"两化"融合综合指数发展方面略处劣势，但与第二梯度省份绝对分值差距并非很大，在后续发展中若能把握方向，仍具有很强的赶超能力。

（4）第四梯度，包含江西、黑龙江、吉林在内的共 14 个省份。14 个省份"两化"融合综合指数绝对分值均处于 0.3 以下，从分值角度看处于发展的低水平区段。从梯度内部观察，黑龙江、吉林、山西这相邻三个省份间差距较大，两两分值差均超过 0.01；然后便是海南省与排名上一位的内蒙古自治区差距为 0.01，这几省恰好将最后一梯度内的 14 个省份进行了二次划分。而处于最末位的西藏与其他省份差距明显，其与上一位排名的贵州分值差为 0.029，"两化"融合综合发展劣势较为突出。从图 2 中便可清楚看到，第四梯度内省份多数位于我国西部地区，可以形象地将此现象形容为，我国西部地区正呈现"两化"融合的"荒漠状"发展状况。

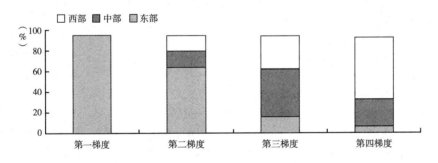

图 2　2010 年我国"两化"融合综合指数各梯度东、中、西部省份分布

纵观我国 31 个省份"两化"融合综合指数梯度图，通过上述分析我们可以清楚发现，现阶段我国东部省份占据全部第一梯度名额以及第二梯度超过半数排位，中部省份多集中在第三梯度内，在第二梯度内也有少量省份分散，而西部省份在第四梯度内聚集数量最多，在第二、第三梯度内仅有少量分布。因此，东部省份在第一、二、三、四梯度内分布数量呈逐层递减趋势，而西部省份则反之，呈现随梯度下降而分布数量逐层递增的发展趋势。这也可在图2中清晰反映出来。

二 2010年"两化"融合硬度区域比较

融合硬度即工业化水平，是"两化"融合的基础标志。表2是2010年全国31个省份"两化"融合硬度排名情况。江苏的领先优势十分明显，说明江浙一带工业发展无论从规模、质量还是速度方面都在全国领先。河南也进入第一梯度值得关注，虽然河南在另外两大支柱表现不佳。通过测算31个省份"两化"融合硬度指数排名的上四分位、中位、下四分位值，可将各省份融合硬度按排名划分为四个梯度，分别对应31个省份"两化"融合硬度发展横向对比具有相当优势、具有一般优势、发展较为落后以及处于发展劣势这四个发展层次，如表2所示。

表2 2010年"两化"融合硬度指数排名

排　名	地　区	梯　度	融合指数	排　名	地　区	梯　度	融合指数
1	江　苏	1	0.676	17	湖　北	3	0.426
2	广　东	1	0.646	18	陕　西	3	0.422
3	浙　江	1	0.573	19	江　西	3	0.412
4	山　东	1	0.549	20	吉　林	3	0.401
5	上　海	1	0.521	21	内蒙古	3	0.388
6	河　南	1	0.517	22	山　西	3	0.372
7	天　津	2	0.488	23	新　疆	4	0.363
8	河　北	2	0.470	24	广　西	4	0.339
9	重　庆	2	0.463	25	海　南	4	0.335
10	北　京	2	0.460	26	青　海	4	0.328
11	黑龙江	2	0.458	27	云　南	4	0.311
12	辽　宁	2	0.458	28	甘　肃	4	0.286
13	安　徽	2	0.451	29	贵　州	4	0.268
14	四　川	2	0.446	30	宁　夏	4	0.267
15	福　建	2	0.443	31	西　藏	4	0.248
16	湖　南	2	0.441				

由表2可见，31个省份不均匀地分布在0.248~0.676的区间内（可能区间为［0，1］）。江苏省凭借其在工业化发展方面的显著优势在31个省份中排在首

位,通过对比观察"两化"融合硬度排名与"两化"融合综合排名可以发现,
"两化"融合综合排位前五名的省份中,有四个省份(广东、江苏、浙江、上
海)在硬度排名中同样位列前五。另外,纵观全部31个省份的融合硬度指数可
以发现,多数西部及西南部省份融合硬度排名靠后,而包括长三角地区在内的沿
海发达地区整体融合硬度水平较高,双方差距较为明显。

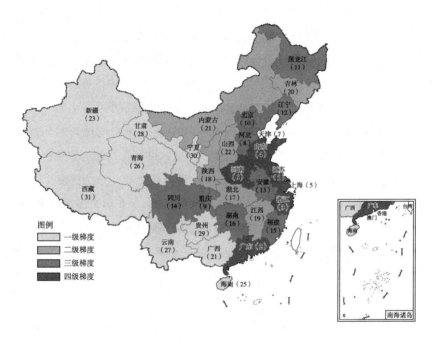

图3 2010年"两化"融合硬度排名梯度分布

(1)第一梯度,包含江苏、广东、浙江、山东、上海、河南共六个省份。
这六个省份的"两化"融合硬度指数集中在0.517~0.676区间段内,从绝对数
值看六个省份的得分均处于中高水平区段,这与我国现阶段的工业发展整体情况
基本相符。通过对比第一梯度六个省份的融合硬度得分,我们可以发现,两两前
后差距中,只有排名第3位的浙江省与第2位的广东省差距较为明显,指数相差
0.073,占到浙江省硬度得分的12.8%。而其余第一梯度省份间差距则相对较
小,尤其排名第5与第6的上海与河南两省份,得分相差仅为0.004,可以说综
合来看地区间工业化发展水平不相上下,差距微乎其微。从地理区位上看,除河
南外,其余五个省份均处沿海地理区位,便利的交通环境、当地社会经济的活跃

发展与工业结构的逐步转型发展，都为这些省份的工业化发展打下了良好的基础。而河南省近年来中小企业快速发展，企业活力不断增强，同时市场需求总体平稳，产业集聚效应也逐渐凸显，2010 年河南全年高技术产业和装备制造业增长率双双高于 30%，河南省工业步入较快发展阶段。

（2）第二梯度，包括天津、河北、重庆、北京、黑龙江、辽宁、安徽、四川、福建、湖南共十个省份。其"两化"融合硬度指数得分分布在 0.441 ~ 0.488 区间段内。从绝对分值上看，与前一梯度六个省份的差距明显拉开，第二梯度"两化"融合硬度指数绝对分值已处于中偏低区间段，但与第三、第四梯度省份对比，仍具有一定发展优势。整体观察，第二梯度中各省份的工业化水平得分较第一梯度更为集中，省份之间指数绝对分值差距很小，排名领先的天津市仅比同梯度排名最后的湖南省高不足 0.05。特别是处于中间位置的北京、黑龙江、辽宁、安徽四省份，两两差距可算微乎其微，可以在整体上评价这几省份在"两化"融合工业化发展方面不分伯仲。从地理区位上看，第二梯度十个省份中有八个省份分布在我国东部及中部地区，特别是河北、安徽、福建、湖南四省，与第一梯度省份包围衔接紧密。而另一方面，西部地区的重庆、四川两省份也入列"两化"融合硬度排名第二梯队，这也从一个侧面印证了"两化"融合综合排名的分布布局，即在一定的工业化基础之上，我国西部地区"两化"融合正在逐步追赶东部、中部的发展水平。

（3）第三梯度，包含湖北、陕西、江西、吉林、内蒙古、山西六个省份。其"两化"融合硬度指数得分分布在 0.372 ~ 0.426 区间段内。从绝对分值上观察，省份间的"两化"融合硬度指数分值差距同样没有大幅拉开。居于第三梯度首位与末位的湖北与山西两省，硬度指数得分差距刚刚超过 0.05。其中，排名靠前的湖北与陕西两省，融合硬度水平可谓旗鼓相当，两方绝对指数差距微小，而排名靠后的内蒙古与山西两省不仅地理位置毗邻，其融合硬度整体水平也同样相近。纵观第三梯度六个省份的地理分布，其中山西、陕西、湖北、江西四省恰好被第一与第二梯度中的大部分省份所包围，集中在一块狭长地带，更为巧合的是，同一梯度的六省全部相连，从地处中部的吉林逐渐向西部延伸。全部六个省份中，三个省份分布在中部地区，三个省份分布在西部地区，两方占比均等，这说明我国西部地区正在逐渐地追赶中部乃至东部地区的融合硬度发展水平。

（4）第四梯度，包含新疆、广西、海南、青海、云南、甘肃、贵州、宁夏、西藏共九个省份。其"两化"融合综合指数绝对分值均处于 0.248~0.363 区段，从分值角度看处于发展的低水平区间。仔细观察梯度内各省份的绝对得分，其中处于后四位的甘肃、贵州、宁夏、西藏四省的绝对得分均在 0.3 之下，是我国工业化整体水平最不发达的地区，"两化"融合硬度水平劣势较为突出。从图 3 中可清楚看到，第四梯度内省份除海南省外，其余八省均位于我国西部地区。海南省因受其特殊的地理位置与主体功能区定位等因素影响，不可能大规模发展省内工业。而我国西部的融合硬度发展虽然正在努力追赶中部及东部水平，但其在我国整体工业发展中仍处于相对落后的地位。

纵观我国 31 个省份"两化"融合硬度指数梯度图，通过上述分析我们可以清楚发现，现阶段我国东部省份几乎全部分布在融合硬度指数的第一梯度与第二梯度中（只有海南省因受其地理位置、历史发展、主体功能区定位等因素影响难以大规模发展工业而处于第四梯度）。因此，东部省份的融合硬度水平基本上在全国 31 个省份中处于领先以及相对领先位置，是我国融合硬度水平提升的重要驱动力量。中部省份则横跨第一梯度、第二梯度、第三梯度，大有逐步追赶东部省份的发展势头。而西部省份在第二梯度、第三梯度、第四梯度中的占比逐渐增加，呈现随梯度下降而分布数量逐层递增的发展趋势，说明西部地区的工业化水平整体停留在我国落后及相对落后水平阶段。这也可在图 4 中清晰反映出来。

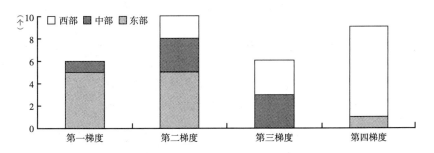

图 4 2010 年我国"两化"融合硬度指数各梯度东、中、西部省份分布

三 2010 年"两化"融合软度区域比较

融合软度即信息化水平，是"两化"融合的重要支柱之一。融合软度描述的是信息化发展状况，既反映了当地信息化发展现状，同时也反映未来的发展趋

势。我国31个省份"两化"融合软度指数排名如表3所示。

通过测算31个省份"两化"融合软度指数排名的上四分位、中位、下四分位值，可将省份融合软度指数排名划分为第一、第二、第三、第四，共四级梯度，分别对应31个省份"两化"融合软度发展横向对比具有相当优势、具有一般优势、发展较为落后以及处于发展劣势这四个发展层次，如表3所示。

表3　2010年"两化"融合软度指数排名

排　名	地　区	梯　度	融合指数	排　名	地　区	梯　度	融合指数
1	广　东	1	0.648	17	云　南	4	0.246
2	江　苏	1	0.525	18	广　西	4	0.245
3	上　海	1	0.405	19	江　西	4	0.242
4	北　京	1	0.401	20	重　庆	4	0.233
5	浙　江	2	0.375	21	山　西	4	0.232
6	山　东	2	0.339	22	河　南	4	0.232
7	福　建	2	0.299	23	内蒙古	4	0.231
8	四　川	2	0.296	24	吉　林	4	0.226
9	辽　宁	2	0.292	25	青　海	4	0.212
10	天　津	2	0.289	26	新　疆	4	0.209
11	陕　西	3	0.271	27	贵　州	4	0.208
12	湖　北	4	0.268	28	宁　夏	4	0.202
13	河　北	4	0.266	29	甘　肃	4	0.199
14	安　徽	4	0.266	30	海　南	4	0.196
15	湖　南	4	0.260	31	西　藏	4	0.187
16	黑龙江	4	0.247				

通过观察表3中全部数据可以发现，我国31个省份融合软度得分跨度较大，分布在0.187~0.648区间段之间，广东省以突出的领先优势（绝对指数高于第2名江苏省0.123，占江苏省自身比重23%），使得其信息化发展水平在全部省份中居于首位。通过对比观察"两化"融合软度排名与"两化"融合综合排名可以发现，"两化"融合综合排名前7位的省份与"两化"融合软度排名前7位省份完全一致，仅有部分省份调换了先后排位次序。如此高的一致性，反映出我国"两化"融合软度水平可以在相当程度上反映出我国"两化"融合的综合水平。同时，纵观全部31个省份的软度指数可以发现，除一些地处沿海发达地区的省份以及四川省、陕西省外，我国整体"两化"融合软度水平偏低，大部分省份信息化发展属于起步阶段。

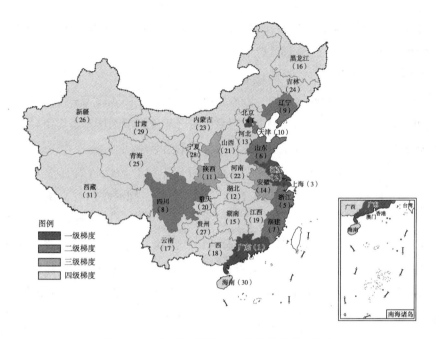

图5 2010年"两化"融合软度排名梯度分布

（1）第一梯度，包含广东、江苏、上海、北京四个省份。四个省份的"两化"融合软度指数集中在0.401～0.648区间段内，虽属同一梯度，但四省份间的指数跨度较大，仅从绝对指数观察已从中高水平下落至中偏低水平。但与其余几个梯度省份得分相比，第一梯度省份领先优势仍非常明显。其中排名第1位的广东省，绝对分值领先第2名江苏省0.123，江苏省与排名第3位上海市的差值也高达0.120。这与之前"两化"融合综合指数、"两化"融合硬度指数的密集分布状况有较大不同。从地理区位上看，这四个省份都属我国东部地区，具有较高的社会经济发展水平特别是融合硬度发展水平作为良好基础，加上当地活跃的信息产业与信息化发展，使得这些区域内的"两化"融合软度水平相较其他省份更高一筹。

（2）第二梯度，包括浙江、山东、福建、四川、辽宁、天津共六个省份，其"两化"融合软度指数得分分布在0.289～0.375区间段内。从绝对分值上看，与前一梯度四个省份的差距明显拉开，虽然仍属第二梯度，但整体的指数得分已经很低，这也在很大程度上反映出我国目前融合软度整体水平处于较低位置。整体观察，第二梯度中各省份的融合软度水平得分较第一梯度明显集中了很多，省份之间指数绝对分值差距较小，排名领先的浙江省与同梯度排名最后的天津市得分差距不到 0.09。特别是最后几位的福建、四川、辽宁、天津四省份，融合软度发展水平整体接近。从地理区位上看，第二梯度六个省份中除四川省外，其余五个省份也同处东部地区。至此，第一、第二梯度共计十个省份，其中有九个省份地处我国东部，仅有西部四川一省入列第二梯度，中部省份无一位处前列。如此鲜明对比，可以较明显地反映出我国目前融合软度发展的严重不均衡局面，东部地区领先优势凸显，中西部地区还具有极大的追赶空间。

（3）与"两化"融合综合指数以及"两化"融合硬度指数有很大不同的是，融合软度指数的第三梯度只包含陕西一个省份，同时陕西省也是唯一一个处于 0.27 分数档的省份。陕西省是西部地区融合软度分值达到第二高度的省份，甚至同样超越了全部中部地区省份的软度指数。这与陕西省在信息化方面实施的举措密不可分，近年来，陕西省重点推进政务信息化、农村信息化，积极部署信息资源开发利用和企业信息化、城市信息化的普及工作。并通过"三大应用计划"、"三大支撑体系"等多项建设的推行，落实"两化"融合发展战略。

（4）"两化"融合软度指数第四梯度覆盖范围较广，包含湖北、河北、安徽等在内的共计 20 个省份，与广阔的地理覆盖面形成鲜明对照的是，此梯度内全部省份的软度指数集中在 0.187 ~ 0.268 区间段，20 个省份首末位间的绝对差距也仅有 0.081。31 个省份中有 20 个处于融合软度的最末发展梯度，占到全部省份的 64.5%。如此高的劣势占比，足以反映出我国现阶段融合软度整体处于起步发展阶段。这其中，除海南与河北外，其余 18 个省份均分布在我国中部与西部地区，中部地区省份共 8 个，西部地区省份共 10 个。并且随地理位置的不断西移，省份所处排名逐渐后靠。这说明我国的融合软度发展正呈现自东向西，东部沿海地区省份前行拉动、中西部地区渗透追赶的发展态势。

与融合综合指数以及融合硬度指数分布图有较大不同的是，我国"两化"融合软度指数分布图中，中部、西部省份的梯度分布更为集中。通过上述分析我们可以清楚发现，东部地区仅有河北与海南两省排名居后，其余省份处在我国信息化发展的前驱地位，特别是沿海经济发达省份的信息化水平，领先优势明显，大有拉动引领的发展势头。而现阶段我国中部省份全部集中在第四梯度，西部地区虽横跨第二、第三、第四三个梯度，但其绝大多数也分布在第四梯度。四川省与陕西省的突出表现，在一定程度上反映出目前我国西部地区在大力发展工业化的基础上，同时着力推行信息化建设，逐步缩小与东部发达省份之间的水平差距。

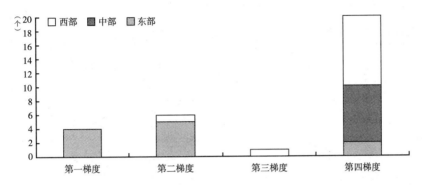

图6 2010年我国"两化"融合软度指数各梯度东、中、西部省份分布

四 2010年"两化"融合深度区域比较

"两化"融合深度是"两化"融合的直接表现形式，也是"两化"融合最终的绩效水平，表4即展示了我国31个省份"两化"融合深度指数排名。

表4 2010年"两化"融合深度指数排名

排名	地区	梯度	融合指数	排名	地区	梯度	融合指数
1	北京	1	0.567	17	湖北	3	0.233
2	广东	1	0.534	18	甘肃	4	0.232
3	上海	1	0.474	19	江西	4	0.227
4	浙江	1	0.467	20	重庆	4	0.225
5	江苏	1	0.402	21	云南	4	0.213
6	山东	2	0.342	22	吉林	4	0.205
7	福建	2	0.285	23	海南	4	0.204
8	四川	2	0.281	24	广西	4	0.188
9	河南	2	0.273	25	山西	4	0.188
10	湖南	2	0.268	26	贵州	4	0.182
11	辽宁	3	0.254	27	黑龙江	4	0.168
12	陕西	3	0.253	28	内蒙古	4	0.148
13	天津	3	0.246	29	西藏	4	0.135
14	宁夏	3	0.237	30	青海	4	0.123
15	安徽	3	0.237	31	新疆	4	0.121
16	河北	3	0.235				

通过测算 31 个省份"两化"融合深度指数排名的上四分位、中位、下四分位值，可将省份深度排名划分为第一、第二、第三、第四，共四级梯度，分别对应 31 个省份"两化"融合深度发展横向对比具有相当优势、具有一般优势、发展较为落后以及处于发展劣势这四个发展层次，如图 7 所示。

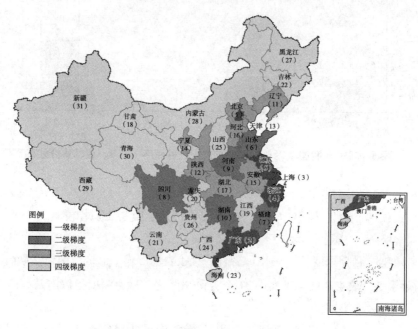

图 7 2010 年"两化"融合深度排名梯度分布

通过观察表 4 中全部数据可以发现，我国 31 个省份融合深度得分跨度较大，不均匀地分布在 0.121 ~ 0.567 区间段之间（可能区间为 ［0，1]）。北京市与广东省一体化发展水平领先优势明显，分居融合深度指数排名的前两位。与融合软度指数相似的是，"两化"融合综合排位前 7 位的省份同样与"两化"融合软度排名前 7 位省份完全一致，同样是仅有部分省份调换了先后排位次序。至此，我国"两化"融合综合指数、软度指数与深度指数三项排名的排名前 7 位省份集合相同。高度的一致性体现出我国"两化"融合软度与深度水平可以在相当程度上反映出我国"两化"融合的综合水平。同时，从分布地图上整体观察，我国的"两化"融合深度水平要优于融合软度的发展水平，"荒漠状"的现象在融合深度层面得到一定程度缓解。

（1）第一梯度，包含北京、广东、上海、浙江、江苏共五个省份。第一梯度省份的"两化"融合深度指数集中在 0.402 ~ 0.567 区间段内，其中北京、广东与另外三省份拉开距离，同时江苏省与同一梯度内的省份差距较大。整体观察，第一梯度省份融合深度绝对指数已从中等水平下落至中偏低水平。但与第二、第三、第四梯度省份相比，领先优势仍很明显。这一现象与"两化"融合软度指数的分布状况有相似之处。从地理区位上看，这五个省份均地处我国东部地区，对比观察这些省份的"两化"融合硬度、融合软度指数可以发现，除北京市融合硬度指数位列全国第十外，其余省份融合硬度、融合软度指数也均在全国排名前五位。这在一定程度上说明，良好的工业化基础，加上活跃的信息化发展程度，会为"两化"融合发展带来强劲的支撑与驱动力。

（2）第二梯度，包括山东、福建、四川、河南、湖南共五个省份，其"两化"融合深度指数得分分布在 0.268 ~ 0.342 区间段内。从绝对分值上看，与前一梯度五个省份的差距明显拉开，虽然仍属第二梯度，但整体的指数得分已偏低，这也在很大程度上反映出我国目前融合深度整体水平处于较低位置。整体观察，第二梯度中各省份的融合深度水平得分较第一梯度明显集中了很多，省份之间指数绝对分值差距较小。从地理区位上看，第二梯度五个省份中东、中、西部均有包括，省份个数分别为两个、两个以及一个。与前文分析的融合软度第二梯度多集中在东部地区的情况相比，东部地区独领优势、地域差距显著的情况得到缓解，融合深度省份分布更为均衡。并且西部地区一体化追赶势头已经初步显现。

（3）第三梯度，包含辽宁、陕西、天津、宁夏、安徽、河北、湖北共计七个省份，其"两化"融合深度指数得分分布在 0.233 ~ 0.254 区间段内。此梯度内省份的指数仍未拉开距离，绝对分值的集中度仍然较高，特别是宁夏、安徽、河北、湖北四地的融合深度分值差距微乎其微，可谓融合深度水平相当。从地理区位上分析，这七个省份分布在东、中、西部的个数分别为三个、两个以及两个，分布较为均衡。至此，纵观我国"两化"融合深度发展水平，东部地区具有较强的领先拉动力，但中部、西部地区的跟进势头也非常明显，特别是中间水平段省份，地理位置分布均匀，这一点从图8中也可清晰看出。

（4）第四梯度，"两化"融合深度指数第四梯度覆盖范围较广，包含甘肃、江西、重庆等在内的共计 14 个省份，与广阔的地理覆盖面形成鲜明对照的是，此梯度内全部省份的融合深度指数集中在 0.121 ~ 0.232 区间段。此梯度省份

"两化"融合深度指数已经属于发展的低端阶段，其中有8个省份指数绝对分值低于0.2，这在很大程度上反映出，我国目前还有相当一部分区域省份的一体化发展刚刚起步，未来还有很大的提升空间。从地理区位上观察，14个省份中共有9个省地处我国西部，而仅有海南省地处我国东部，这与其工业化水平、信息化水平在全国位置偏后有较大关联。

从图8中可以清晰看出，我国"两化"融合深度指数梯度排名的东、中、西部分布较硬度、软度指数更为均衡。东部省份少有的横跨四个完整梯度，而西部省份则努力追赶使得更多省份入列第二、第三梯度，中部地区在第二、第三、第四梯度中的省份数量逐层增加。虽然中、西部地区省份更多地跻身前两梯度，但这两区域仍占据后两个梯度的大部分席位，这不难看出，我国东部省份在"两化"融合深度发展方面的领先势头明显，"两化"融合整体效果显现也较中、西部地区更为突出。另一方面，对比观察四个梯度所包含省份数目可以清晰发现，我国多数省份在"两化"融合深度方面发展层级较低，后续发展空间广阔。

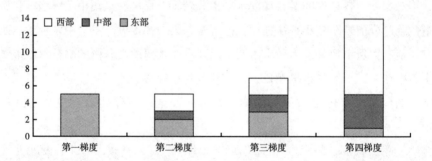

图8　2010年我国"两化"融合深度指数各梯度东、中、西部省份分布

B.4

“两化”融合：定量发现

一　相关分析

（一）相关分析原理

相关分析是研究变量间密切程度的统计方法。如果存在相关关系，其相关的方向和密切程度如何，这个探究过程在统计学上称为相关分析。严格意义上，相关关系包含两类，一类是变量间具有确定性关系的函数关系，比如几何计算公式；另一类是变量间非确定性的关系，如经济变量在宏观上存在关系，但并未精确到可以用函数关系来表达。相关分析在社会经济分析中具有十分广泛的应用，如投资与经济总量、工业制成品出口额与工业规模、科技投入与高新技术产业产值等之间的关联关系均可以运用相关性进行分析。

变量间的相关关系通常用相关系进行衡量。相关系数是变量之间相关程度的指标，通常用 r 表示，相关系数的取值范围为 [−1，1]。相关系数的绝对值越大，误差越小，变量之间的线性相关程度越高；相关系数绝对值越接近 0，误差越大，变量之间的线性相关程度越低。

而针对于序列间的关联分析，灰色关联分析方法应用非常广泛。灰色关联理论是我国学者邓聚龙教授于 20 世纪 80 年代初创立并发展起来的，以部分信息已知、部分信息未知的“小样本、贫信息”不确定性系统为研究对象，通过对已知信息的开发生成，提取有价值信息，形成对系统运行规律的确切描述。

灰色关联分析的基本思想是根据序列曲线几何形状的相似程度来判断其联系是否紧密，曲线越接近，相应序列之间的关联度就越大，反之越小。与数理统计方法相比，对样本量的多少和数据分布没有特殊要求，而且计算量小，易于编程实现[1]。

---

[1]　邓聚龙：《灰理论基础》，华中科技大学出版社，2002。

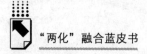

在计算过程中需要确定参考数列和比较数列。反映系统行为特征的数据序列称为参考序列，影响系统行为因素组成的数据序列称为比较序列。

通过数理统计的方法可以计算出经济发展与"两化"融合水平之间的相关系数，但不能反映序列中各个省份与经济发展的关联性。灰色关联分析则可以解决这一问题，对31个省份经济水平与"两化"融合水平关联度进行比较分析。关联系数计算公式如下：

$$\varepsilon_i(t) = \frac{\min\limits_i \min\limits_t |X_0(t) - X(t)| + \rho \max\limits_i \max\limits_t |X_0(t) - X_i(t)|}{|X_0(t) - X_i(t)| + \rho \max\limits_i \max\limits_t |X_0(t) - X_i(t)|}$$

其中 $X_0(t)$ 序列为参考数列，$X_i(t)$ 为比较数列，ρ 为分辨系数，在 $0 \sim 1$ 之间，一般取 $\rho = 0.5$。

（二）相关系数结果分析

在本章节中，首先运用最常用的相关系数计算方法（Pearson 法）分析我国各省份经济发展水平与"两化"融合综合水平之间的关系，同时分别计算各省份经济发展水平分别与融合硬度、融合软度和融合深度的相关系数，比较其结果。数据处理运用 SPSS 软件，数据均经过标准处理。

首先，通过折线图分析地区经济水平与"两化"融合综合指数得分之间的大体走势。本节采用人均 GDP 指标衡量地区经济发展水平，根据各地融合综合得分由低到高一次排列，对应人均 GDP 水平，绘制相关折线图如图 1 所示。

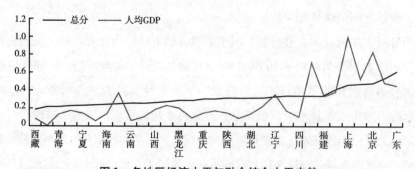

图 1　各地区经济水平与融合综合水平走势

可以看出，人均 GDP 与融合综合水平之间存在着线性相关性，随着从西藏自治区到广东省融合得分的不断增高，地区人均 GDP 呈现曲折上升趋势。图 1

中，各省份融合得分曲线比较平缓，而经济发展水平曲线波动较大，这说明"两化"融合对地区经济发展有显著的影响，各省份经济增长对工业化和信息化融合进程非常敏感，当然，由于各省份经济特征有所差异，也会导致经济发展随着融合综合分数曲线的上升呈现波动。在此基础上，计算我国 31 个省份人均 GDP 与融合综合得分的相关系数（见表 1）。

表 1 人均 GDP 与融合综合水平相关系数

项　　目		融合总分	人均 GDP
融合总分	皮尔森相关	1	0.706 **
	概　　率 *	—	0.000
	个　　数	31	31
人均 GDP	皮尔森相关	0.706 **	1
	概　　率	0.000	—
	个　　数	31	31

* Sig.（2 - tail - d）；
** 置信区间为 1%。

在上面的结果中，变量间的相关系数是用方阵的形式给出的。每一行和每一列的两个变量对应的格子中就是这两个变量相关分析结果，共分为三列，分别是相关系数、P 值和样本数。由于这里只分析了两个变量，因此给出的是 2 * 2 的方阵。结果显示，我国地区经济发展与"两化"融合综合水平之间的相关系数为 0.706，关联度较高，P 值为 0.000，在 1% 的置信水平下，统计结果显著。这一相关系数反映了地区经济水平序列与融合水平序列相关度达到了一定高度，说明我国现阶段"两化"融合已经对经济发展做出了重要的贡献，"两化"融合指标可以反映出地区经济发展的水平。

考虑到"两化"融合的三项分指标，采用相同方法分别计算得到人均 GDP 与融合硬度、融合软度、融合深度之间的相关系数，结果如表 2 所示。

表 2 地区经济发展与融合分项指标的关联系数

项　　目	融合硬度	融合软度	融合深度
相关系数	0.592	0.628	0.736

如表 2 所示，地区经济发展水平与融合硬度、融合软度、融合深度的关联性依次为 0.592、0.628 和 0.736。融合硬度、融合软度、融合深度三项指标分别代表了"两化"融合的三大支柱，表中结果则反映了地区经济发展与"两化"融合内部因素的关联性。融合硬度是"两化"融合的基础标志，表现为工业化的发展为"两化"融合提供坚实的载体，也为信息化发展提供基础，所以工业化是提高地区综合经济实力的基础保障。但经济要实现可持续的质的飞跃，必须要走新型的工业化道路，实现信息化与工业化的融合，因此，相比融合软度和融合深度，融合硬度与经济发展之间的关联性最低。融合软度是"两化"融合的核心标志，在"两化"融合进程中居于特殊重要的地位，如果说融合硬度是"两化"融合的必要性因素，融合软度则是其充分性因素，融合软度比融合硬度更能反映地区经济发展水平，两者相关系数居中。融合深度是"两化"融合的质量标志，取决于融合硬度与融合软度水平差距和信息服务业的产业化水平，由于综合了两者优势，融合深度与经济综合发展水平关联度最高，关联度为 0.736。

融合硬度、软度和深度与经济发展水平关联性的依次增强反映了社会经济发展的历程，从工业化到信息化，再到两者的融合，社会的进步带来生产关系和生产方式的转变，经济社会才能在量的积累上实现质的突破。在我国现阶段，大部分地区已经处于工业化后期，工业化与信息化已经具备了一定的融合条件，两者相互促进才能更好地发挥对经济发展的贡献作用。

（三）关联度排名分析（灰色关联）

本小节运用灰色关联法计算我国 31 个省份经济发展水平分别与"两化"融合综合水平、融合硬度、融合软度和融合深度的关联系数，并分别进行排名分析。

1. 各地区经济发展水平与"两化"融合综合水平关联度

从表 3 可以看出，各地区经济发展水平与"两化"融合水平的关联度并不与人均 GDP 或是融合综合得分成正比例关系。关联度排名靠前的福建、辽宁和山东融合综合得分和人均 GDP 排名相差不大，都属于"两化"融合的第二梯队，说明这三个省份"两化"融合虽然距离第一梯队省份地区尚有差距，但其"两化"融合进程对地区经济发展的带动作用非常明显，经济发展正处于高速发展时

表3 各地区人均GDP与"两化"融合综合指数关联系数

关联系数排名	地区	关联系数	融合水平排名	人均GDP排名	关联系数排名	地区	关联系数	融合水平排名	人均GDP排名
1	福建	0.986	7	10	17	广东	0.659	1	6
2	辽宁	0.961	11	9	18	广西	0.658	22	25
3	山东	0.921	6	7	19	重庆	0.656	17	19
4	吉林	0.877	20	11	20	陕西	0.649	15	18
5	浙江	0.872	4	4	21	河南	0.643	10	17
6	江苏	0.862	2	5	22	湖南	0.624	13	21
7	新疆	0.846	28	16	23	甘肃	0.623	26	30
8	山西	0.794	21	14	24	云南	0.610	23	29
9	青海	0.786	29	22	25	江西	0.606	18	26
10	黑龙江	0.783	19	13	26	贵州	0.584	30	31
11	宁夏	0.771	27	20	27	安徽	0.574	14	27
12	河北	0.763	12	12	28	四川	0.565	9	24
13	内蒙古	0.739	24	8	29	北京	0.461	3	2
14	西藏	0.739	31	28	30	天津	0.453	8	3
15	海南	0.733	25	23	31	上海	0.364	5	1
16	湖北	0.697	16	15					

期。关联度排名居中间的省份有西藏、海南、湖北等地，融合综合得分和人均GDP排名都较为靠后，尤其是融合得分排名落后于人均GDP排名，工业化和信息化融合对当地经济发展的贡献作用并不十分显著。较为特殊的就是北京、天津和上海三市，"两化"融合综合指数与经济发展的关联度最低，这说明了这三大城市在经济发展已经达到较高水平的情况下，现阶段工业化与信息化的融合对经济发展的贡献作用呈边际递减趋势，"两化"融合需要寻找新的融合方式和模式以推动经济质的增长。

2. 各地区经济发展水平与融合硬度水平关联度

我国31个省份经济发展水平与融合硬度水平的关联系数及其排名见表4。

如表中结果，各地经济发展与工业化水平关联度高低水平不具有明显规律。关联度排名靠前的是内蒙古、辽宁和浙江等地，三者分别属于融合硬度水平的第三梯队、第二梯队和第一梯队，这与当地工业化与信息化发展结构有关，说明这些省份现阶段经济发展受工业化发展的影响最为显著，大力推进工业化发展将对经济发展有极强的促进作用。关联系数排名居中的省份有海南、天津和甘肃等地区，

表4 各地区人均GDP与融合硬度关联系数

关联系数排名	地 区	关联系数	关联系数排名	地 区	关联系数
1	内蒙古	0.948	17	广 西	0.559
2	浙 江	0.863	18	河 北	0.558
3	辽 宁	0.748	19	云 南	0.550
4	福 建	0.742	20	湖 北	0.549
5	宁 夏	0.713	21	黑龙江	0.546
6	山 东	0.646	22	贵 州	0.534
7	西 藏	0.646	23	陕 西	0.528
8	吉 林	0.645	24	湖 南	0.502
9	山 西	0.618	25	重 庆	0.490
10	新 疆	0.618	26	江 西	0.490
11	青 海	0.615	27	四 川	0.472
12	江 苏	0.615	28	河 南	0.468
13	广 东	0.610	29	安 徽	0.458
14	海 南	0.602	30	北 京	0.451
15	天 津	0.582	31	上 海	0.389
16	甘 肃	0.568			

工业化发展对当地经济发展虽有一定的促进作用，但效果并不明显。而安徽、北京和上海等地经济发展与融合硬度关联系数排名最为靠后，说明当地融合硬度发展已经达到较高水平，对于这些省份的发展应更多地注重产业结构的调整。

3. 各地区经济发展水平与融合软度水平关联度

我国31个省份经济发展水平与融合软度的关联系数及其排名见表5。

如表5所示，吉林、福建、新疆和河北等地的经济发展与信息化水平关联度最高，其中，吉林、新疆和河北三省均属于融合软度发展的第四梯队，福建省属于第二梯队，说明在地区融合软度落后的情况下，加大信息化建设力度能大大促进当地经济的发展，尤其是吉林、新疆和河北等地应在其坚实的融合硬度基础之上充分实施区域的信息化。关联系数排名居中的省份是重庆、湖北和西藏等地，由于信息化和工业化发展的不平衡，导致这些省份的信息化发展受内在和外在因素的阻碍，从而抑制了融合软度发展对经济发展的带动作用。同样，北京、天津和上海三市的关联度排名最后，在这些经济综合实力雄厚的一线城市，工业化和信息化发展对经济明显的刺激作用已经有所减弱，信息化发展面临一定的发展瓶颈。

表5　各地区人均GDP与融合软度关联系数

关联系数排名	地　区	关联系数	关联系数排名	地　区	关联系数
1	吉　林	1.000	17	陕　西	0.718
2	福　建	0.909	18	湖　南	0.717
3	新　疆	0.903	19	内蒙古	0.697
4	河　北	0.893	20	浙　江	0.682
5	山　东	0.892	21	甘　肃	0.678
6	江　苏	0.885	22	江　西	0.677
7	黑龙江	0.883	23	广　西	0.675
8	山　西	0.866	24	安　徽	0.637
9	辽　宁	0.845	25	云　南	0.623
10	宁　夏	0.844	26	四　川	0.617
11	河　南	0.837	27	广　东	0.608
12	海　南	0.832	28	贵　州	0.597
13	青　海	0.806	29	天　津	0.420
14	重　庆	0.782	30	北　京	0.414
15	湖　北	0.769	31	上　海	0.338
16	西　藏	0.745			

4. 各地区经济发展水平与融合深度水平关联度

我国31个省份经济发展水平与融合深度水平的关联系数及其排名见表6。

表6　各地区人均GDP与融合深度关联系数

关联系数排名	地　区	关联系数	关联系数排名	地　区	关联系数
1	山　西	0.993	17	宁　夏	0.768
2	河　北	0.982	18	辽　宁	0.764
3	青　海	0.978	19	河　南	0.751
4	吉　林	0.934	20	陕　西	0.750
5	黑龙江	0.909	21	湖　南	0.704
6	山　东	0.901	22	江　西	0.700
7	福　建	0.873	23	安　徽	0.679
8	新　疆	0.868	24	云　南	0.669
9	浙　江	0.860	25	四　川	0.636
10	西　藏	0.854	26	甘　肃	0.632
11	湖　北	0.845	27	贵　州	0.630
12	海　南	0.814	28	内蒙古	0.585
13	江　苏	0.801	29	北　京	0.536
14	重　庆	0.798	30	天　津	0.397
15	广　东	0.790	31	上　海	0.367
16	广　西	0.774			

如表 6 所示，与上述关联系数排名相同，地区经济发展水平与融合深度发展的关联度排名也不随融合深度系数变化。山西、河北和青海等地一体化系数排名均靠后，人均 GDP 排名居中，而关联度排名最靠前，这三个省说明这些地区一体化进程会大大促进综合经济的发展，应该更加注重融合体制的建立，增强工业化和信息化发展的契合。关联度排名居中的是重庆、广东和广西等地区，融合深度水平对经济发展有一定的促进作用，但效果不如山西、河北和青海等地显著。北京、天津和上海三市经济发展与融合深度水平关联度最低，原因与上述解释相同，由此可见，对于经济高度发达的地区，"两化"融合还需要突破现有发展模式，寻找进一步推进深度融合的发展方式。

二　聚类分析

（一）聚类分析原理

聚类分析是数据挖掘领域中一个非常活跃的研究领域，所谓聚类就是按照事物的某些属性，把事物聚集成类，使类间的相似性尽可能小，类内的相似性尽可能大。聚类是一个无监督的学习过程，它同分类的根本区别在于：分类是需要事先知道所依据的数据特征，而聚类是要找到这个数据特征，因此，在很多应用中，聚类分析作为一种数据预处理过程，是进一步分析和处理数据的基础。

本章节选用聚类分析法中凝聚的层次聚类方法。层次聚类方法对给定的数据集进行层次的分解，直到某种条件满足为止。凝聚的层次聚类是一种自底向上的策略，首先将每个对象作为一个簇，然后合并这些原子簇为越来越大的簇，直到所有的对象都在一个簇中，或者某个终结条件被满足，绝大多数层次聚类方法属于这一类，它们只是在簇间相似度的定义上有所不同。

（二）分析过程简要说明

在本章节中，我们首先选用 31 个省份各自的融合硬度、融合软度、融合深度评价指数得分作为样本数据，运用 SPSS（社会科学统计软件），对各省份"两化"融合综合得分进行层次聚类分析；之后运用同样方法，分别以对应的二级指标项得分为样本数据，对 31 个省份各自的融合硬度、融合软度、融合深度指数进行聚类分析。最终获得"两化"融合综合指数、融合硬度指数、融合软度指数、融合深度指数共四组层次聚类分析结果。

（三）聚类分析结果及分析

由于层次聚类分析的演算是依据 31 个省份各自融合硬度、融合软度、融合深度发展水平为主要的聚类依据，并遵循同类之间相似性最大，异类之间相似性尽可能小的聚类原则。因此我们可以说，同类别之间各省份在其融合硬度、融合软度、融合深度的整体发展结构较为相似。但同时，同类省份之间在融合硬度、融合软度、融合深度发展结构相似，并不能说明其在"两化"融合综合评价指数之间的差距也最小，因聚类是在充分权衡并保证三个细分指标项之间整体差距最小，因此有可能出现某省综合指数因受其中一个细分项的影响，与同类其他省份相比处于相对偏高或偏低水平。本章节的"两化"融合综合指数聚类分析并未出现该种现象，但同样的分析方法，在 31 个省份融合硬度、融合软度、融合深度指数聚类分析中均出现类似现象。

1. 31 个省份"两化"融合综合指数层次聚类分析结果

表7 31 个省份"两化"融合综合指数层次聚类

聚　类	所　含　省　份
第一类	广东、江苏
第二类	北京、浙江、上海
第三类	山东、福建、天津、河南、四川、辽宁、河北、湖南、安徽、陕西、湖北、重庆、江西、黑龙江、吉林
第四类	山西、广西、云南、内蒙古、海南、甘肃、宁夏、新疆、青海、贵州、西藏

图 2 所示是作为"两化"融合综合指数第一聚类的广东、江苏两省其各自融合硬度、融合软度、融合深度指数的波折对比图。从图中两条波折线的延伸方向可以看出，广东、江苏两省普遍在融合硬度方面发展较快，而相较之下融合深度则明显劣于融合硬度与融合软度的发展水平，特别是江苏省，其融合硬度、融合软度、融合深度呈逐渐下滑的发展趋势。因此，我们可以将该类省份的"两化"融合发展总结为"工业带动型"发展模式。

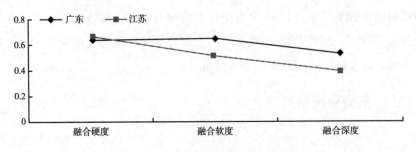

图 2　"两化"融合综合指数第一聚类

从图 3 中我们可以较为清晰地看出，作为"两化"融合综合指数第二聚类的北京、浙江、上海三省份，其融合硬度、融合深度水平均高于融合软度整体发展水平，三项细分指标呈现"V"形发展势头。说明这三个省份"两化"融合工业基础较高，同时融合程度较深。反而该类省份的融合软度水平在三个细分指标中处于相对劣势，应在后续的发展中进一步强化融合软度的发展地位，提升"两化"融合的软度水平。因此，我们可以将该聚类内所包含省份的"两化"融合发展总结为"工业、一体双驱动型"发展模式。

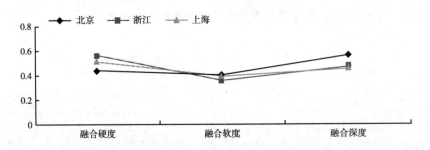

图 3　"两化"融合综合指数第二聚类

从图 4 中可以看出，"两化"融合综合指数第三聚类中的 15 个省份基本都遵循先下滑，再趋平的波折趋势。各省份的融合硬度发展程度相对都较高，融合软度水平明显劣于融合硬度发展水平，而融合深度发展与融合软度相比则相对趋缓。这在一定程度上说明，该类省份的工业化为"两化"融合发展提供了一定的融合硬度基础，但信息化程度所对应的融合软度基础与硬度基础差距较为明显，在一定程度上制约了融合深度，反映在细分指标则为融合深度指数与融合软度指数相对持平，处于同一发展水平线。因此，我们可以将该聚类内所包含省份的"两化"融合发展总结为"工业拉动、一体趋缓型"发展模式。

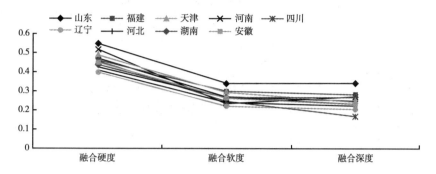

图4 "两化"融合综合指数第三聚类

图5反映了"两化"融合综合指数聚类分析中第四类省份的三大支柱的整体发展趋势。和前三大聚类相似的是，第四聚类省份的融合硬度发展程度同样为三个细分项中水平最高的一项，信息化水平劣于工业化，但下滑趋势较第三聚类稍缓；但与前三个聚类发展趋势不同的是，第四聚类省份的融合深度程度与融合软度相较，发展水平不一，聚类内部分省份如甘肃省、海南省以及宁夏回族自治区的融合深度水平略高于其融合软度水平或基本持平，而多数省份的融合深度水平略逊于其融合软度水平。这两种发展趋势相应的与第三聚类和第一聚类内省份的融合状况相似，但考虑到第四聚类内省份的发展绝对数在31个省份中相对较低，因此与其他聚类相应地拉开了距离。

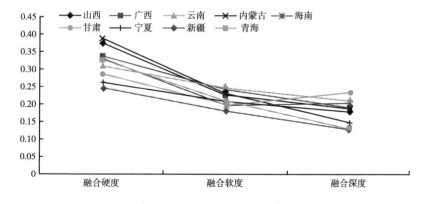

图5 "两化"融合综合指数第四聚类

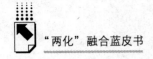

2. 31 个省份融合硬度指数层次聚类分析结果

表 8 31 个省份"两化"融合硬度指数层次聚类

聚　类	所　含　省　份
第一类	江苏、广东、浙江、山东
第二类	上海、河南、天津、河北、北京、辽宁、黑龙江、福建
第三类	重庆、安徽、四川、湖南、湖北、陕西、江西、吉林、新疆
第四类	内蒙古、山西、广西、海南、青海、云南、甘肃、贵州、宁夏、西藏

与"两化"融合综合指数聚合分析方法相似的，对 31 个省份"两化"融合硬度指数进行聚类分析，同样得出四个聚合分类，分别如图 6~9 所示。

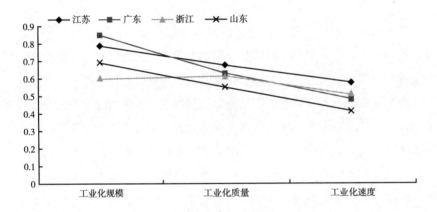

图 6　"两化"融合硬度指数第一聚类

图 6 所示的为"两化"融合硬度指数聚合分析的第一类省份集合，江苏、广东、浙江、山东四省在工业化指数的三个细分构成项目——工业化规模、工业化质量、工业化速度方面的发展趋势与结构相近。从图中可以看出，四省的工业化规模发展水平普遍居于三个细分项的首位，只有浙江省工业化规模略低于其工业化质量，而四省的工业化速度则相对发展较缓，融合硬度指数构成项整体呈现逐渐下滑的发展趋势。

这与该聚类省份自身的融合硬度基础有很大程度上的关联，四省自身的融合硬度发展程度都处于全国前列，从总量上观察已经达到了相当的发展规模。因此在总量达到一定发展水平后，若仍保持原有的工业结构和增长模式，便会直接影响进一步提升的空间，以至于很难维持原有高速增长的发展势头，这也可以在一定程度上解释该类四省在工业化速度方面所处的相对薄弱地位。因此在后续的发展中，此类省份应着眼于调整工业经济的发展结构，改变原有工业着重规模发展的工业模式，更多强调工业化质量与工业化速度方面的提升。这也与我国近年来一直倡导的调整工业整体发展结构，以及在"十二五"期间实现我国转型升级的工业发展方向相吻合。我们可以将此类省份的融合硬度发展归结为"规模相当、增速趋缓"型发展模式。

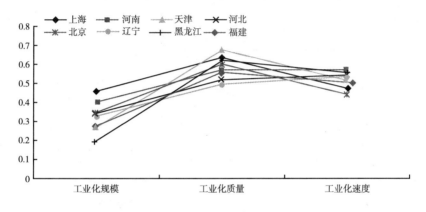

图7 "两化"融合硬度指数第二聚类

"两化"融合硬度指数聚类的第二类包含上海、河南、天津、北京等八个省份，该聚类内省在工业化发展状态方面的特征较为明显且共性较强。各省份工业化质量发展水平较高，工业化规模水平相对较低，并且除辽宁、河北两省外，其他各省份工业化质量水平高于工业化速度水平。各省的融合硬度发展趋势基本呈现工业化规模到工业化质量快速增长，工业化质量到工业化速度趋缓下降的"倒V"形发展形势。

呈现此种发展分布的省份又可归结为两种工业发展状态。以上海、北京为例的省份，已基本步入"后工业阶段"，较少依靠大范围拓展工业规模提升工业水平，反之是不断提升高新技术产业比重，逐步调整原有工业结构，注重技术创新。因此其工业化发展规模与质量、速度相比，为相对弱项。而以河北、黑龙江等为例的省份，其工业化仍处在规模扩张、总量不断攀升阶段，这与北京、上海等地区其工业化规模指数较低的原因是有较大区别的，且在后续的发展趋势中将会逐步显现出差别。我们可以将该聚类内所包含省份的融合硬度发展总结为"质量拉动型"发展模式。

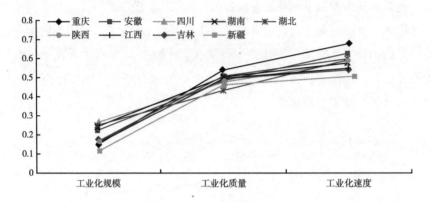

图8 "两化"融合硬度指数第三聚类

融合硬度指数聚类分析的第三类共包含九个省份，其融合硬度发展特征同样具有很强的共性。整体趋势呈现工业化规模、质量、速度逐层递增的发展态势，且其工业化规模水平绝对值均处在0.3以下，属于较低发展阶段，总量正大规模扩张，这也可以在一定程度上解释了其快速的增长势头。此类省份在后续的发展中，除着力发展规模外，还应注重工业结构的科学均衡，避免单纯总量扩张而忽视技术创新与高新产业的同步发展，导致日后同样面临工业结构调整的局面。我们可以将该聚类内所包含省份的融合硬度发展总结为"规模起步、速度拉升型"发展模式。

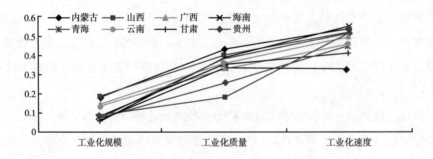

图9 "两化"融合硬度指数第四聚类

融合硬度指数聚类分析的最后一类包含十个省份，其发展共性为：工业化规模水平不高，但工业化速度发展较快，这与第三聚类中省份的发展模式相似。但因第四聚类内省份的发展绝对数在 31 个省份中相对较低，因此与其他聚类相应地拉开了距离。

3. 31 个省份融合软度指数层次聚类分析结果

表9　31 个省份"两化"融合软度指数层次聚类

聚　类	所　含　省　份
第一类	广东、江苏
第二类	上海、北京
第三类	浙江、山东、福建、辽宁、天津
第四类	四川、陕西、湖北、河北、安徽、湖南、黑龙江、云南、广西、江西、重庆、陕西、河南、内蒙古、吉林、青海、新疆、贵州、宁夏、甘肃、海南、西藏

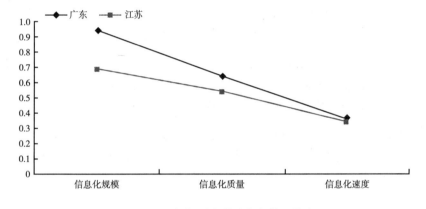

图10　"两化"融合软度指数第一聚类

我国 31 个省份"两化"融合软度指数聚类分析中第一聚类包含广东、江苏两省，此两省在融合软度整体发展结构上颇为相似。三个细分构成项目信息化规模、信息化质量与信息化速度呈现清晰的逐层下降发展状态。特别是广东省，其信息化规模已经达到相当程度水平，信息化规模指数超过 0.9，已经进入较高的规模发展阶段。但两省在信息化速度发展方面的劣势也相当明显，信息化速度指数得分不足 0.4，表明现阶段两省在信息化发展后劲动力有所欠缺，缺乏下一个信息化增长点的进一步刺激。此聚类省份融合软度发展状态可以总结为"规模领先、速度趋缓型"发展模式。

"两化"融合软度指数聚类分析的第二聚类包括上海、北京两市，此两市的

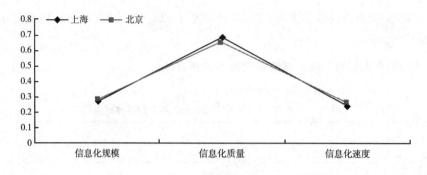

图11 "两化"融合软度指数第二聚类

信息化发展结构极为相似，且绝对水平也几乎相同，可以说北京、上海两市在信息化发展方面齐头并进且步调趋同。两市的信息化规模水平并不占优，绝对水平得分不足0.3，这与两市在信息产业制造业方面并未显示出突出优势水平。但同时两市信息化质量发展程度较高，绝对得分均接近0.7，说明两市在信息化普及等质量指标完成方面成效明显，这与两市的国际化大都市定位所强调的信息通信便捷性，以及其信息产业发展所带来的较高附加值有一定相关性。最后，两市的信息化速度水平同样不尽理想，这反映了两市信息化的未来发展势头难以保持迅猛的状态，还需要新的路径和理念对已有的成效进行巩固和提升，均衡信息化各方面的发展趋势。因此，此类省份的融合软度发展状态可以总结为质量突出的"倒V"形发展模式。

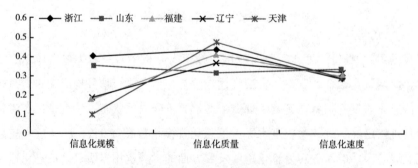

图12 "两化"融合软度指数第三聚类

"两化"融合软度指数聚类分析的第三大类包含浙江、山东等在内的共五个省份。此五个省份在信息化整体发展状态上，初看结构有些凌乱，但进一步观察便可发现，除山东省外，其他四省的发展结构与第二聚类中的北京、上海所引领的发展模式颇为相似，同样为信息化质量优势突出，但考虑到此类省份的信息化细分项目中的绝对得分水平较上一聚类省份偏低，因此难以归为同一聚类。

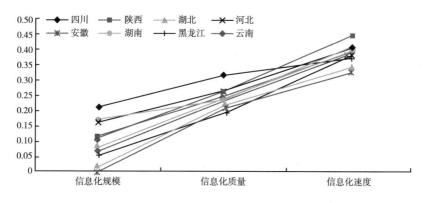

图13　"两化"融合软度指数第四聚类

　　"两化"融合软度指数聚类分析的最后一大聚类，所包含省份高达22个。这些省份虽然其中个别如四川等少数地区呈现"倒V"形融合软度发展结构，但从整体发展趋势来看，这22个省份均遵循信息化规模、信息化质量、信息化速度逐层递增的发展模式。大范围省份具有如此高的结构相似度，这在很大程度上影响并最终决定了我国现阶段的信息化发展状态和所遵循的发展模式，可以说此类省份是体现我国融合软度实力现状的"主力军"。

　　进一步观察此类省份融合软度现状可以发现，各省份在信息化规模上普遍处于较低发展层次。拥有最高信息化规模得分的四川省，绝对水平不足0.25，而最后排位几个省份则几近为0，说明我国的信息化规模发展还很不够，尚未进入大规模扩张的阶段，融合软度发展刚刚起步；而信息化质量发展则明显高出一个档次，绝对水平得分区间集中在0.15～0.25之间，此得分区间虽然程度仍在较低水平徘徊，但说明我国的融合软度起步阶段便注重质量的发展。信息产业作为一种基础产业，同时也是信息时代最重要的新兴产业，是现在乃至未来国民经济发展的重要推动力，其质量程度直接影响了我国社会经济的整体发展质量，因此从起步阶段便重量同时重质是绝对必要的。最后，因为处于起步阶段，因此融合软度的发展可以保持一个相对较高的增进速度，这也解释了该类省份的信息化速度在三个细分结构项目中能够脱颖而出，成为信息化整体发展的拉动分支。因此，此聚类内省份的融合软度发展可以总结为"规模起步、速度趋前"型发展模式。

4. 31 个省份融合深度指数层次聚类分析结果

表10 31 个省份"两化"融合深度指数层次聚类

聚　类	所　含　省　份
第一类	广东
第二类	北京、上海
第三类	浙江、江苏、山东
第四类	福建、四川、河南、湖南、辽宁、陕西、天津、宁夏、安徽、河北、湖北、甘肃、江西、重庆、云南、吉林、海南、广西、山西、贵州、黑龙江、内蒙古、西藏、青海、新疆

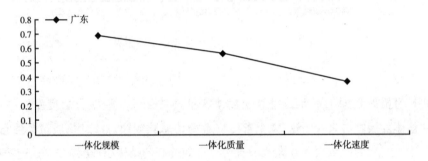

图14 "两化"融合深度指数第一聚类

我国31个省份"两化"融合深度指数聚类分析第一聚类只包含广东一省，其一体化整体发展趋势呈现规模、质量、速度逐层下滑的状态。其中一体化规模发展水平较高，规模绝对指数接近0.7，但速度指数不足0.4。因此，我们可以将此类融合深度发展状况总结为"规模领先，速度趋缓"型发展模式。

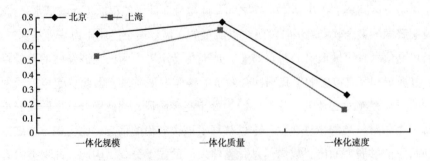

图15 "两化"融合深度指数第二聚类

"两化"融合深度指数聚类分析的第二大类包含北京、上海两市。从发展结构来看，两地区融合深度整体趋势颇具相似性。北京、上海同为一体化质量优势突出，一体化速度明显落后的发展现状。同时，北京、上海的一体化规模也达到了相当的发展水平，尤其北京一体化规模指数同样接近0.7，说明北京、上海两地区已经有了一定的一体化基础，其现阶段的发展路径也能够保证一体化质量的实现，但现阶段发展速度较为缓慢，可能由于需要新的增长点刺激，也可能因为目前的发展模式需要一定时间累计才会达到显现出飞跃效果的阶段。因此，我们可以将此类省份的融合深度发展状况总结为"质量突出，速度趋缓"型发展模式。

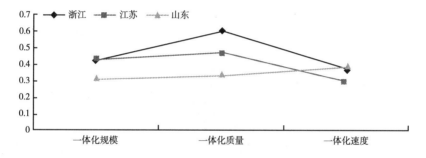

图16 "两化"融合深度指数第三聚类

"两化"融合深度聚类分析的第三聚类包含浙江、江苏、山东共三个地区，其中浙江、江苏地区的融合深度发展模式与上海、北京所代表的发展模式颇为相似，但考虑到此两地区的一体化规模、质量、速度三项的指数绝对数值与上一聚类省份绝对水平差距较大，因此难以归为同一聚类。而山东省虽与浙江、江苏同属第三聚类，但与另两者不同的是，山东省一体化质量并非三个细分项目中发展程度最高的一项，但考虑到聚类分析是综合三项的分布结构，权衡保证类别内相似度最高，因此也可将山东省划为第三聚类。

"两化"融合深度指数聚类分析的第四聚类所包含省份最为庞大，类别内省份高达25个之多。与融合软度指数聚类分析相似的是，该聚类内省份的一体化发展结构代表了我国现阶段"两化"融合一体化的发展状态与发展水平。从图17中可以较为清晰地看到，目前聚类内省份的一体化规模绝对得分集中在［0，0.1］区间内，发展程度相当初级，说明绝大多数省份的一体化工作还属于刚刚

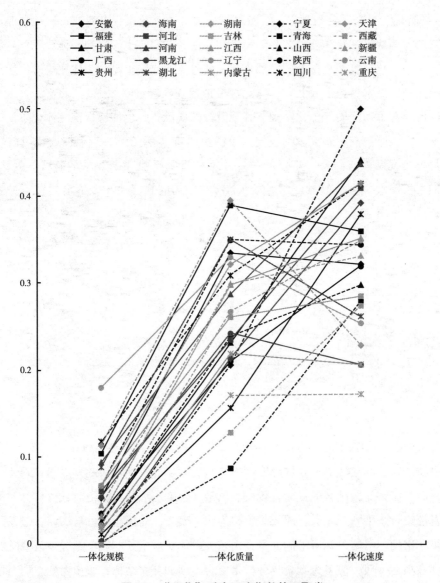

图17　"两化"融合深度指数第四聚类

起步阶段，尚未积累成可测度现实效果。而一体化质量的分布则较为分散，发展较好的省份一体化质量几近0.4，而发展较弱的城市其绝对水平不足0.1，说明我国目前各省份在"两化"融合深度方面起步角度不一，但各省份若想在后续的融合发展中获得较好融合效果，更应从初始阶段便引入一体化质量的监控和测度，为"两化"融合的未来演进提供良好的发展平台。

中国"两化"融合进程：具体评价

Process of Informatization and Industrialization
of China：Specific Evaluation

$\mathbb{B}.5$
广东省"两化"融合进程

一 总体情况分析

（一）经济概况

2010 年，广东省生产总值突破 4.5 万亿元，财政总收入达到 1.16 万亿元，人均 GDP 超过 7000 美元（按现行汇率计算），各项主要经济指标均实现两位数增长、超额完成全年预期目标和"十一五"规划发展目标。三次产业结构为 5.0∶50.4∶44.6。广东省大力推进六大产业和八大载体建设，现代产业体系初见雏形。软件和信息服务产业发展环境不断优化，产业集聚效应不断凸显，结构不断优化提升，服务体系不断完善，国际化程度不断提高。城市化率达到 63.4%。截止到 2010 年底，广东省移动电话和互联网用户数分别达到 9624.6 万户和 1400 万户，普及率分别达到 99.9% 和 14.5%。成功开展"两化"融合试点示范工作，推广"4 个 100"① 等示范工程。

（二）综合分析

2010 年，广东省"两化"融合综合排名为全国第 1 位，综合指数达到 0.609，明显高于位居第 2 的江苏省。融合硬度列全国第 2 位（指数：0.646），其指数仅略低于位于第 1 的江苏省（指数：0.676）。融合软度列全国第 1 位（指数：0.648），其指数是全国均值（指数：0.282）的 2.3 倍。融合深度位列全国第 2（指数：0.534），其指数是全国均值（指数：0.263）的 2.03 倍。

（三）具体分析

融合硬度方面。2010 年，广东省工业化规模和工业化质量均处于优势地位，分别列全国第 1 位和第 7 位（指数：0.838 和 0.624），尤其是工业化规模远远高于全国平均水平（指数：0.272）。工业化速度处于劣势地位，列全国第 24 位（指数：0.477），低于全国平均水平（指数：0.523）。从雷达图（图 1）上可以看出，从工业化规模、质量、速度三个细分层面指数来看，广东省工业化规模明显优于另两项的发展水平，是"拉动"现阶段广东省融合硬度发展的驱动力。

融合软度方面。2010 年，广东省信息化规模和信息化质量均处于优势地位，分别列全国第 1 位和第 3 位（指数：0.936 和 0.643），但是信息化速度却列全国第 19 位（指数：0.365），几乎等同于全国平均水平（指数：0.364）。在雷达图上可较为清晰地看出，信息化规模指数明显高于其质量和速度指数，是"拉动"广东省融合软度发展进程的主要驱动力，同融合硬度发展并驾齐驱。

融合深度方面。2010 年，广东省一体化规模、质量和速度均高于全国平均水平（指数：0.325），其中一体化规模和一体化质量的优势较明显，分别排在全国第 1 位和第 4 位（指数：0.686 和 0.557），一体化速度居全国第 12 位（指数：0.359），略高于全国平均水平。可以看出，广东省融合软度的三个方面以较为均衡的态势发展。

---

① 广东省信息化和工业化融合"4 个 100"示范工程，参见《珠江三角洲地区国家级信息化和工业化融合试验区实施方案》粤信厅〔2009〕94 号。

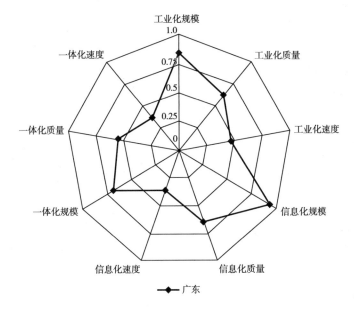

图1 广东省"两化"融合雷达图

二 优势和劣势

(一)总体状况

2010年,广东省"两化"融合优势指标共有58个,占指标总数的42.3%;劣势指标共有33个,占指标总数的24.1%。二者共有91个指标,占指标总数的66.4%(见表1)。这说明广东省"两化"融合的优势和劣势都非常明显。

(二)融合硬度

融合硬度是反映"两化"融合基础水平的指标。2010年,广东省"两化"融合硬度优势指标共16个,占该类指标总数(41个)的39.0%;劣势指标共6个,占该类指标总数的14.6%。这也进一步说明,广东省推进融合硬度的优势在总体中占有一定的比重,同时要更大程度地发挥融合软度和融合深度的综合优势。

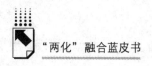

表1 2010年广东省"两化"融合优劣势指标

单位：个，%

项　目		优势指标		劣势指标	
		数量	占比	数量	占比
融合硬度	工业化规模	10	83.3	0	0.0
	工业化质量	5	38.5	2	15.4
	工业化速度	1	6.3	4	25.0
	小　计	16	39.0	6	14.6
融合软度	信息化规模	20	90.9	1	4.5
	信息化质量	9	42.9	4	19.0
	信息化速度	3	12.0	14	56.0
	小　计	32	47.1	19	27.9
融合深度	一体化规模	7	77.8	2	22.2
	一体化质量	2	18.2	2	18.2
	一体化速度	1	12.5	4	50.0
	小　计	10	35.7	8	28.6
合　计		58	42.3	33	24.1

其中：工业化规模优势指标共10个，占该类指标总数的83.3%，无工业化规模劣势指标，在一定程度上反映了广东省工业化发展的规模优势和绝对驱动力。

工业化质量优势指标共5个，占该类指标总数的38.5%；工业化质量劣势指标共2个，占该类指标总数的15.4%。单位地区生产总值电耗、单位工业增加值能耗等指标均处于优势地位（指数：0.755和0.878），距离绿色经济、低碳发展的目标越来越近。

工业化速度优势指标1个，占该类指标总数的6.3%；工业化速度劣势指标共4个，占该类指标总数的25.0%，劣势情况较为明显。2008年以来，广东省工业经济在国内外经济形势变化和金融危机的强劲袭击下，工业经济运行进入相对低谷阶段。受制于其地理区域与人口状况，再加上广东省已有的融合硬度水平和整体的经济发展结构，势必会影响到其融合硬度发展速度。

（三）融合软度

融合软度是反映"两化"融合核心内容的指标。2010年，广东省"两化"融合软度优势指标共32个，占该类指标总数（68个）的47.1%；劣势指标共

19 个，占该类指标总数的 27.9%。

其中：信息化规模优势指标共 20 个，占该类指标总数的 90.9%；信息化规模劣势指标共 1 个，占该类指标总数的 4.5%。这也说明广东省具有较为明显的信息化规模优势。

信息化质量优势指标共 9 个，占该类指标总数的 42.9%；信息化质量劣势指标共 4 个，占该类指标总数的 19.0%。信息消费水平、信息化投入产出比及其增长率、信息产业从业人员占总就业人员的比重综合反映了广东省信息化水平的活跃程度。网民普及率、移动电话普及率、电视综合人口覆盖率、广播综合人口覆盖率指标则从互联网、电话通信、广电业务等多角度反映了广东省在信息通信产业发展的普遍程度，表明广东省已成为典型的信息化高普及率市场，是体现广东省融合软度发展高度的重要水平标志。

信息化速度优势指标共 3 个，占该类指标总数的 12.0%；信息化速度劣势指标共 14 个，占该类指标总数的 56.0%。广东省在信息化规模、信息化质量和信息化速度方面劣势指标数相等，但信息化速度在其中处于相对劣势。虽然广东省融合软度发展速度几乎与全国平均水平相当，但可以看出其后续发展速度在很大程度上受限于其现有的发展水平和人口规模。

（四）融合深度

融合深度是反映"两化"融合质量标志的指标。2010 年，广东省"两化"融合深度优势指标共 10 个，占该类指标总数（28 个）的 35.7%；劣势指标共 8 个，占该类指标总数的 28.6%。

其中：一体化规模优势指标 7 个，占该类指标总数的 77.8%；一体化规模劣势指标 2 个，占该类指标总数的 22.2%。广东省一体化规模优势较为明显，并且优劣势状况两极分明。

一体化质量优势指标共 2 个，占该类指标总数的 18.2%；一体化质量劣势指标共 2 个，占该类指标总数的 18.2%。广东省一体化质量优劣势并不明显，大部分指标处于中间状态，有较大的空间挖掘和发展自身的优势资源。

一体化速度优势指标 1 个，占该类指标总数的 12.5%；一体化速度劣势指标 4 个，占该类指标总数的 50.0%。软件研发人员增长率是广东省一体化速度的唯一优势指标，这是由广东省的地理位置、国际化程度和产学研联盟进程共同

作用的结果，但政府网站绩效增长率、技术市场成交额增长率、国内专利年授权增长率和软件外包服务收入增长率四项指标具有较为明显的劣势，导致广东省一体化速度与一体化规模和一体化质量相比处于劣势。

三　结论与展望

通过以上分析可以看出，广东省"两化"融合综合水平居全国第 1 位。三大支柱指标均处于全国前列，其中，融合软度更是列全国第 1 位，其余两项均列全国第 2 位。总体来说，三大支柱呈现高速且均衡的发展态势，遥遥领先于其他各省，融合软度以绝对优势为融合硬度和融合深度的进程提供拉动和润滑作用，为广东省"两化"融合的综合实力创造了绝对优势。

从发展模式看，广东省属于"工业化带动型"。广东省是我国改革开放的先锋，是承接世界制造业梯次转移的"桥头堡"，也是"两化"融合的"排头兵"。广东省的工业化规模处于全国前列，从总量上观察已经达到了相当的发展规模，因此，在总量达到一定发展水平后，若想保持原有的工业机构和增长模式，便会直接影响进一步提升的空间，以至于很难维持原有的高速发展势头，因此应重点保持融合硬度发展的质量水平。融合软度的三个方面呈现了较明显的梯度，信息化速度劣势比较明显，凸显了广东省在信息化发展的后劲动力不强。同样，在融合深度方面，质量优势突出，相比之下速度劣势较为明显。

推进"两化"深度融合，广东省应在保持现有的规模优势和质量水平下，谋求新的增长点，聚焦国家战略和广东省重点产业，以"两化"融合促进经济发展方式转变、产业结构优化升级为主线，以工业化和信息化为双动力，着力推进信息化与现代制造业、现代服务业、新兴产业的深度融合，切实增强产业自主创新能力。工业化的发展重点要转移到提高发展质量和效益上，实现节能降耗、清洁生产，优化产业结构，逐步走向绿色经济和低碳发展的道路。信息化的发展重点要转移到产品技术升级与企业自主创新等方面，突破现有的信息化发展框架，谋求其信息化发展的新一次增长点。一体化的发展重点要转移到信息技术改造提升传统产业、装备制造数字化上，实现信息技术和产业跨越式融合发展。

B.6
江苏省"两化"融合进程

一 总体情况分析

（一）经济概况

江苏是中国东部沿海对外开放度最高的地区之一，经初步核算，2010年江苏省GDP超过4万亿元，人均GDP达到7700美元，经济发展质量和效益进一步获得提升。三次产业结构比例为6.2∶53.2∶40.6，产业结构进一步变"轻"。城市化率达到55.60%。信息基础设施发展良好。截止到2010年底，江苏省移动电话和互联网用户数分别达到5923.1万户和1048.4万户，普及率分别达到76.7%和13.6%。江苏省总体上正由我国工业大省向工业强省转变，坚持"两个率先"（即率先建成全面小康社会与率先基本实现现代化），开创科学发展新局面。2010年7月30日，江苏省经信委印发了《江苏省信息化和工业化融合示范区认定办法（试行）》，在全国率先启动了"两化"融合示范区创建工作。

（二）综合分析

2010年，江苏省"两化"融合综合排名全国第2位，综合指数达到0.534。位列广东省之后，且与广东省（指数：0.609）的"两化"融合综合指数存在一定差距。融合硬度列全国第1位（指数：0.676），但与融合硬度排名第2位的广东省（指数：0.646）相较领先优势并不十分明显，其指数是全国平均值（指数：0.363）的1.86倍。融合软度列全国第2位（指数：0.525），其指数是全国平均值（指数：0.282）的1.86倍。融合深度列全国第5位（指数：0.402），其指数是全国平均值（指数：0.263）的1.53倍。

（三）具体分析

融合硬度方面。2010年，江苏省融合硬度三项细分指标工业化规模、工业化质量、工业化速度发展水平均达到一定实力。特别是江苏省工业化规模（指数：0.782），已经处于高位发展水平，仅次于工业化规模位列全国第1的广东省（指数：0.838），远高于全国平均水平（指数：0.272）。从雷达图（见图1）中可以清晰看出，江苏省工业化规模、工业化质量、工业化速度发展水平呈现逐渐递减的整体态势，仍为工业经济规模占先的发展阶段。其工业化质量（指数：0.670）位列全国第2，工业化速度（指数：0.575）位列全国第7。

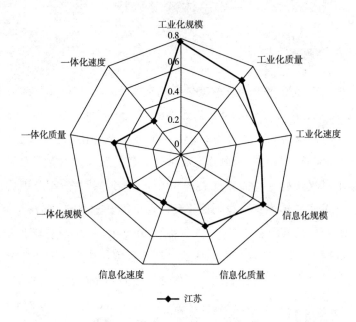

图1 江苏省"两化"融合雷达图

融合软度方面。2010年，江苏省信息化规模与信息化质量发展水平均处全国前列，但其信息化速度指标却明显落后，远低于前两者在全国的排名。其中，江苏省信息化规模（指数：0.685）位列全国第2，信息化质量（指数：0.538）位列全国第4，而信息化速度（指数：0.354）却排名全国第21位，与排名第1的青海省（指数：0.451）差距明显，较其他省份仅处于中等发展水平。江苏省融合软度发展态势也可在雷达图上清晰地反映出来，其信息化规模与信息化质量分项明显突起，而信息化速度明显凹陷，为融合软度发展短板。这与江苏省现有信息化发展水平有直接关联，在达到一定规模与水平后，必然会限制其高速增长的发展势头。

融合深度方面。江苏省一体化规模、一体化质量与一体化速度绝对指数均不归属高段水平,但三者的相对排位却差别明显。其中一体化规模与一体化质量在全国处于相对优势地位(指数:0.428和0.482),均位列全国第5位。而其一体化速度则处于相对劣势地位(指数:0.296),位列全国第20位。后者在相当程度上拉低了江苏省融合深度的整体水平。特别在一体化速度方面,技术市场活跃度偏低、软件研发人员后备不足、软件外包服务增长缓慢等均造成江苏省一体化速度明显处于相对落后位置,同时也不利于江苏省整体经济结构调整与转型升级。

二 优势和劣势

(一) 总体状况

2010 年,江苏省"两化"融合优势指标共有 35 个,占指标总数的 25.5%;劣势指标共有 30 个,占指标总数的 21.9%。二者共有 65 个指标,占指标总数的 47.4%(见表 1)。这说明江苏省"两化"融合优势、劣势整体比重较均等,指标水平结构均衡。

表 1 2010 年江苏省"两化"融合优劣势指标

单位:个,%

项 目		优势指标		劣势指标	
		数量	占比	数量	占比
融合硬度	工业化规模	8	66.7	0	0.0
	工业化质量	6	46.2	2	15.4
	工业化速度	4	25.0	3	18.8
	小 计	18	43.9	5	12.2
融合软度	信息化规模	8	36.4	0	0.0
	信息化质量	6	28.6	5	23.8
	信息化速度	1	4.0	11	44.0
	小 计	15	22.1	16	23.5
融合深度	一体化规模	1	11.1	3	33.3
	一体化质量	1	9.1	3	27.3
	一体化速度	0	0.0	3	37.5
	小 计	2	7.1	9	32.1
总 计		35	25.5	30	21.9

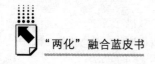

（二）融合硬度

融合硬度是反映"两化"融合基础水平的指标。2010 年，江苏省"两化"融合硬度优势指标共 18 个，占该类指标总数（41 个）的 43.9%；劣势指标共 5 个，占该类指标总数的 12.2%。通过数据可以清晰地反映出，江苏省在融合硬度方面具有绝对优势，其近一半的指标均在全国各省份中处于领先地位。较高的融合硬度水平为江苏省"两化"融合提供了坚实的发展根基。

其中：工业化规模优势指标 8 个，占该类指标总数的 66.7%；不存在工业化规模劣势指标。这说明江苏省工业化规模发展在全国所有省份中领先优势明显，且该层面短板项并不突出，整体发展较为均衡。江苏省工业化规模的领先优势也在很大程度上印证了工业在江苏省主导产业中的重要地位；同时反映出近些年来，特别是随着中国正式加入世界贸易组织，江苏省在工业化规模上进行的扩张。

工业化质量优势指标 6 个，占该类指标总数的 46.2%；工业化质量劣势指标 2 个，占该类指标总数的 15.4%。工业在地区所占比重较大，是江苏省地方经济的重要支柱。但同时其工业产品创新不足，高新技术产业产值占工业总产值比重（指数：0.230）较低；另一方面，工业产品利润较低，成本费用利润率（指数：0.155）指标较低直接反映出工业经营成果不理想，工业企业经济效益较低。

工业化速度优势指标 4 个，占该类指标总数的 25.0%；工业化速度劣势指标 3 个，占该类指标总数的 18.8%。与江苏省工业增加值规模逐年壮大情形有所不同，江苏工业增加值增速从 2005 年开始增速逐年下行，同时考虑到其已有的工业化规模和质量水平已经达到一定发展程度，势必会影响到其工业化速度。

（三）融合软度

融合软度是反映"两化"融合核心内容的指标。2010 年，江苏省"两化"融合软度优势指标共 15 个，占该类指标总数（68 个）的 22.1%；劣势指标共 16 个，占该类指标总数的 23.5%。

其中：信息化规模优势指标 8 个，占该类指标总数的 36.4%；信息化规模尚无劣势指标。这也说明江苏省信息化规模在全国具有一定的领先优势，且发展短板并不凸显，整体水平较为均衡。特别其在广电覆盖面、信息产业制造业规模方面在全国均处于发展前列。

信息化质量优势指标 6 个，占该类指标总数的 28.6%；信息化质量劣势指标 5 个，占该类指标总数的 23.8%。其中，信息化投入产出比率（指数：0.872）的领先反映了江苏省信息化水平的整体收益良好，活跃度较高。信息产业增加值占地区 GDP 的比重（指数：0.861）与信息产业制造业出口交货值占工业出口交货值的比重（指数：1.000）从一定程度上反映了江苏省信息产业在地方经济中的重要性以及其参与国际市场竞争的能力。但另一方面，江苏省通信业投资与收入占比落后，反映出通信业在当地社会经济中扮演较弱角色。

信息化速度优势指标 1 个，占该类指标总数的 4.0%；信息化速度劣势指标 11 个，占该类指标总数的 44%。江苏省在信息化速度发展方面处于相对劣势，一定程度上也受制于其现有的信息化规模与质量水平，使得其很难继续保持高速增长的发展势头。其中，问题较为集中的是江苏省人均通信业务收入的增长劣势，涵盖互联网、移动通信以及广电等多项业务，说明江苏省信息化亟须发展创新型业务模式，培育新的业务增长点。

（四）融合深度

融合深度是反映"两化"融合质量标志的指标。2010 年，江苏省"两化"融合深度优势指标共 2 个，占该类指标总数（28 个）的 7.1%；劣势指标共 9 个，占该类指标总数的 32.1%。

其中：一体化规模优势指标 1 个，占该类指标总数的 11.1%；一体化规模劣势指标 3 个，占该类指标总数的 33.3%。其中优势较为明显的是江苏省软件技术服务水平，但整体技术市场活跃度与软件产业发展水平却并不占先。

一体化质量优势指标 1 个，占该类指标总数的 9.1%；一体化质量劣势指标 3 个，占该类指标总数的 27.3%。其中电子商务为相对发展较弱项目，同时江苏省 2010 年来的一系列举措，如大力推进国际电子商务也是其转变现状的重要途径。

一体化速度优势指标 0 个；一体化速度劣势指标 3 个，占该类指标总数的 37.5%。说明江苏省在一体化速度方面不具发展优势。与一体化质量层面相类似的，一体化速度的相对发展弱项仍集中在技术市场整体活跃程度不高以及软件产业增长动力不足。导致这种局面的主要原因在于近几年金融危机对软件产业的影

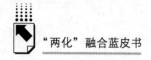

响，产业投入的资金及政策力度不强，以及区域整体经济发展结构仍在调整过程中，有利于技术产业跨越发展的内外环境尚未形成。

三　结论与展望

通过以上分析可以看出，江苏省"两化"融合综合水平位居全国第2位。在三大支柱中，融合硬度力拔头筹，位列各省份第1；融合软度位列全国第2，融合深度列全国第5位，均处于各省份发展前列。从指数来看，江苏省融合硬度、融合软度、融合深度呈逐渐下滑的发展趋势。

从发展模式看，江苏省属于"工业化带动型"。江苏省近年来工业化规模扩张效果显著，已经发展成为我国的工业大省，未来关键是提高工业化质量水平，从工业大省逐步转变为工业强省，发展包括循环经济、低碳经济在内的新型工业经济。一体化是江苏省"两化"融合的相对发展弱项，特别是一体化速度发展劣势明显。总的来看，江苏省工业优势突出，为"两化"融合发展提供了坚实的基础，同时融合软度发展水平也在各省份中占先，但在融合深度发展方面仍需强劲的发展动力支持。

推进"两化"深度融合，江苏省应依托六大新兴产业的倍增跨越发展，积极把握新兴产业发展的高成长性规律，同时实现现代服务业与先进制造业的深度融合，加快提升制造业的附加值与竞争力，切实增强产业自主创新能力。实施新兴产业倍增、服务业提速、传统产业升级三大计划，是江苏省深入贯彻落实科学发展观，加快转变经济发展方式，推动经济转型升级，增创新的发展优势的战略举措。工业化的发展以优化结构、提档升级、实现可持续发展为目标，以自主创新、技术改造、节能减排为工作重点，推动工业经济向科技创新型发展模式转型升级。信息化以调结构、促发展为主线，推动电子信息产品制造业转型升级，以扩大产业规模为重点，推动软件产业继续保持快速发展，并努力提升社会各领域的信息技术应用水平。一体化的发展将深入开展"两化融合江苏行"活动，为全省工业和软件业搭建合作交流平台，大力培育和引进生产型信息技术服务，通过"两化"融合推动建立现代产业体系，把高新技术产业开发区、经济技术开发区、工业园区和其他产业集聚区作为主要培育和认定对象，积极推动江苏省开发区的"二次创业"，提升各工业园区的核心竞争力，依托无锡物联网产业基地促进传感技术的广泛应用，带动传感网产业发展。

北京市"两化"融合进程

一 总体情况分析

(一)经济概况

2010 年,北京市 GDP 突破 1.3 万亿元,经济总量跨越万亿元大关,"十一五"期间累计比"十五"期间翻了一番。人均 GDP 突破 10000 美元大关,比"十五"末期 2005 年的 5600 美元翻了一番,达到中上等国家收入水平。三次产业结构为 0.9:24.1:75,由高水平的"二、三、一"演变为高水平的"三、二、一"格局。城市化率达到 85%。信息基础设施发展良好。截止到 2010 年底,北京市移动电话和互联网用户数分别达到 2129.8 万户和 498.4 万户,普及率分别达到 121.4% 和 28.4%。北京服务经济和总部经济特征明显,处于后工业化阶段。2010 年 5 月 8 日,北京市经济和信息化委员会颁布《推进"两化"融合促进经济发展的实施意见》(京经信委发〔2010〕51 号)。

(二)综合分析

2010 年,北京市"两化"融合综合排名全国第 3 位,综合指数达到 0.476。位列广东、江苏之后,但其与综合排名位列全国第 1 的广东省(指数:0.609)的差距较为明显。融合硬度列全国第 10 位(指数:0.460),其指数仅略超过全国平均值(指数:0.363)。融合软度列全国第 4 位(指数:0.401),其指数是全国平均值(指数:0.282)的 1.42 倍。融合深度列全国第 1 位(指数:0.567),其指数是全国平均值(指数:0.263)的 2.16 倍。

(三)具体分析

融合硬度方面。从雷达图分项指数观察,2010 年,北京市工业化规模和工业化速度均处于劣势地位，分别列全国第 8 位和第 28 位（指数：0.342 和 0.442）。尤其是工业化规模尚不到位列全国第 1 的广东省（指数：0.838）的 50%，略高于全国平均水平（指数：0.272）。从雷达图上可以看出，在工业化规模、质量、速度三个细分层面指数来看，北京市工业化质量明显优于另两项的发展水平，是现阶段"拉动"北京市融合硬度发展的驱动力。工业化质量列全国第 7 位（指数：0.595），低于全国平均水平（见图 1）。

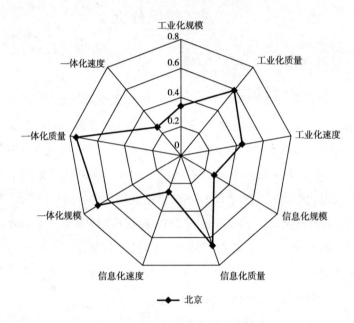

图 1　北京市"两化"融合雷达图

融合软度方面。2010 年，北京市信息化规模和信息化速度分别列全国第 6 位和第 30 位（指数：0.274 和 0.264），但是信息化质量却位于全国第 2 位（指数：0.664），远高于前两项在全国的排名。在雷达图上可较为清晰地看出，北京市融合软度构成图呈尖端突起状，信息化质量指数明显高于其规模和速度指数。北京市信息化规模指数较低，且与排名第 1 的广东省（指数：0.936）绝对值差距明显，这与北京市区域面积较小以及人口数量直接相关。

融合深度方面。2010 年，北京市一体化规模和一体化质量均处于全国优势地位（指数：0.680 和 0.756），分别列全国第 2 位和第 1 位。而其一体化速度则处于劣势地位（指数：0.263），列全国第 24 位。后者在很大程度上拉低了北京市融合深度的整体水平。北京市一体化规模得分较高，说明其在电子商务交易活跃度、电子政务普及程度、软件技术与外包收入以及技术市场的活跃程度方面都实现了相当的覆盖面。而较高的一体化质量得分则体现了其以上发展类别在地区经济与社会发展中所作出的相对贡献也达到了一定水平。

二 优势和劣势

（一）总体状况

2010 年，北京市"两化"融合优势指标共有 42 个，占指标总数的 30.7%；劣势指标共有 53 个，占指标总数的 38.7%。二者共有 95 个指标，占指标总数的69.4%（见表 1）。这说明北京市"两化"融合的优势和劣势都非常明显。

表 1 2010 年北京市"两化"融合优劣势指标

单位：个，%

项　　目		优势指标		劣势指标	
		数量	占比	数量	占比
融合硬度	工业化规模	2	16.7	9	75.0
	工业化质量	5	38.5	3	23.1
	工业化速度	3	18.8	6	37.5
	小　计	10	24.4	18	43.9
融合软度	信息化规模	0	0.0	12	54.5
	信息化质量	13	61.9	4	19.0
	信息化速度	3	12.0	17	68.0
	小　计	16	23.5	33	48.5
融合深度	一体化规模	5	55.6	1	11.1
	一体化质量	5	45.5	0	0.0
	一体化速度	6	75.0	1	12.5
	小　计	16	57.1	2	7.1
合　　计		42	30.7	53	38.7

（二）融合硬度

融合硬度是反映"两化"融合基础水平的指标。2010 年，北京市"两化"

融合硬度优势指标共 10 个,占该类指标总数(41 个)的 24.4%;劣势指标共 18 个,占该类指标总数的 43.9%。这也进一步说明,北京市不具有融合硬度的绝对优势。推进"两化"融合发展,需要更大程度上发挥融合软度和融合深度的综合优势。

其中:工业化规模优势指标 2 个,占该类指标总数的 16.7%;工业化规模劣势指标 9 个,占该类指标总数的 75.0%。这与北京市服务经济和总部经济特征明显的基本特征有关,在一定程度上反映了目前北京市经济发展整体上已处于"后工业化"时代,工业经济在地区经济总量中所占的比重已相对较小,服务业所占比重不断提高并成为第一大"支柱产业",这也符合经济发展的一般规律。

工业化质量优势指标 5 个,占该类指标总数的 38.5%;工业化质量劣势指标 3 个,占该类指标总数的 23.1%。北京市高耗能、高耗水行业所占比重依然较大。单位地区生产总值电耗、单位工业增加值能耗等指标均处于相对优势地位(指数:0.836 和 0.855),说明北京市高耗能、高耗水行业逐步向距离绿色经济、低碳发展的目标行进。

工业化速度优势指标 3 个,占该类指标总数的 18.8%;工业化速度劣势指标 6 个,占该类指标总数的 37.5%。2008 年以来,北京市工业经济在国内外经济形势变化和金融危机强劲袭击下,工业经济运行进入相对低谷阶段。受制于其地理区域与人口状况等因素,同时考虑到北京市已有的融合硬度水平和整体的经济发展结构,势必会影响到其工业化速度。

(三) 融合软度

融合软度是反映"两化"融合核心内容的指标。2010 年,北京市"两化"融合软度优势指标共 16 个,占该类指标总数(68 个)的 23.5%;劣势指标共 33 个,占该类指标总数的 48.5%。

其中:北京不具备信息化规模优势指标;信息化规模劣势指标 12 个,占该类指标总数的 54.5%。这也说明北京市目前不存在信息化规模的领先优势。

信息化质量优势指标 13 个,占该类指标总数的 61.9%;信息化质量劣势指标 4 个,占该类指标总数的 19.0%。信息消费水平、信息化投入产出比及其增长率综合反映了北京市信息化水平的活跃程度。信息产业增加值占比与信息产业制造业出口交货值占比整体反映了北京市信息产业的规模以及在一个侧面反映其在国际市场的活跃度。人均通信业务收入及其增长率、人均互联网带宽以及各项普及率、覆盖率指标则从互联网、电话通信、广电业务等多角度反映了北京市在信息通信产业发展的普遍程度，表明北京已成为典型的信息化高普及率市场，是体现北京融合软度发展高度的重要水平标志。

信息化速度优势指标 3 个，占该类指标总数的 12.0%；信息化速度劣势指标 17 个，占该类指标总数的 68.0%。北京市在信息化规模与信息化速度方面劣势指标偏多，二者在全国的相对排名差距甚远。仔细分析北京市的发展阶段，就不难发现，在固有的区域和人口因素影响下，北京市的信息化规模要达到较高的水平，后续难度较大；而其信息化速度则又在很大程度上受制于现有的发展水平，这也是全国 29 个省份可以在信息化速度方面超越北京的原因所在。

（四）融合深度

融合深度是反映"两化"融合质量标志的指标。2010 年，北京市"两化"融合深度优势指标共 16 个，占该类指标总数（28 个）的 57.1%；劣势指标共 2 个，占该类指标总数的 7.1%。

其中：一体化规模优势指标 5 个，占该类指标总数的 55.6%；一体化规模劣势指标 1 个，占该类指标总数的 11.1%。这也说明北京市一体化具有明显的规模优势。在融合硬度、融合软度和融合深度三大指标中，具有唯一的规模优势。

一体化质量优势指标 5 个，占该类指标总数的 45.5%，北京市一体化质量优势明显；不存在一体化质量劣势指标。

一体化速度优势指标 6 个，占该类指标总数的 75.0%；一体化速度劣势指标 1 个，占该类指标总数的 12.5%。就信息产业而言，北京市的电子信息设备制造业规模相对较小，但软件产业、信息系统集成服务业、信息化规划及咨询服务业在全国而言是居于前列的，这也是北京市的一体化规模与质量发展水平较高的重要原因。而北京软件产业发展放缓的主要原因：一是政府主导的推动力不足，二是优化产业发展环境的力度不够，三是促进软件产业发展的投入不足，四是金融危机对软件产业的影响较大。

三　结论与展望

通过以上分析可以看出，北京市"两化"融合综合水平位居全国第3位。在一级指标中，融合硬度处于全国中游水平，融合软度和融合深度都位居全国前列，其中融合深度位居全国第1位。从指数来看，北京市融合硬度、融合深度水平均高于融合软度整体发展水平，三项细分指标呈现"V"形发展势头。融合硬度较难为"两化"融合综合水平的提升创造相对优势。

从发展模式看，北京市属于"工业化、一体化双驱动型"。由于正处于"后工业化"阶段，北京市的工业化规模受城市政治、经济和社会等各方面影响，发展空间较小，关键是提高工业化质量水平，突出绿色经济、低碳发展。融合软度是北京市"两化"融合的洼地，规模劣势和速度劣势都比较明显。总的来看，北京服务经济和总部经济特征明显，制造业与服务业融合发展加速，但与世界城市的产业体系要求还有一定差距。

推进"两化"深度融合，北京市应聚焦国家战略和北京市重点产业，以"两化"融合促进经济发展方式转变、产业结构优化升级为主线，以信息化为动力，着力推进信息化与现代制造业、现代服务业、新兴产业的深度融合，切实增强产业自主创新能力。工业化的发展重点要转移到优化产业结构、提高发展质量和效益上，提高工业产业结构层级，追求发展质量与效益，不断提升战略影响力和综合竞争力。信息化的发展重点要转移到产品技术升级与应用服务创新等方面，突破现有的信息化发展框架，实现其信息化发展的新一次跃升。一体化的发展重点要从扩大规模、提高普及率逐步转移到加大技术研发支持力度、提高技术应用创新水平、推动信息技术在传统行业的全面渗透与深度融合上。

B.8
浙江省"两化"融合进程

一 总体情况分析

(一)经济概况

浙江是个经济大省,资源小省,人多地少,资源匮乏。但浙江的经济发展又远远走在全国的前列,较早进入了工业化中后期。2010 年,浙江省 GDP 达到 27100 亿元,人均 GDP 经初步核算超过 7600 美元,"十一五"期间年平均增长 11.8%。三次产业结构为 5.0∶51.9∶43.1 作为中国重点侨乡的浙江,面对国际金融危机的巨大冲击和多发频发的自然灾害,依然交出了一份令人瞩目的"十一五"答卷。浙江省中小企业发达,传统产业以块状、分散的形式花落各地,深度参与全球产业分工,其制造业市场是全球性的,服务业市场是区域性的,第三产业发展与发达国家和地区存在较大差异。正是第二产业迅速发展压制了第三产业的份额,经济地理因素又导致一个较小的第三产业足以服务一个较大的经济,这似乎是一个全球性的区域经济现象。浙江省城市化率达到 57.9%。截止到 2010 年底,浙江省移动电话和互联网用户数分别达到 5047.3 万户和 869.5 万户,普及率分别达到 97.4% 和 16.8%。

(二)综合分析

2010 年,浙江省"两化"融合综合排名为全国第 4 位,综合指数达到 0.472。位列广东、江苏、北京之后,略低于综合排名位列全国第 3 的北京市(指数:0.476)。融合硬度位列全国第 3(指数:0.573),其指数仅略超过全国均值(指数:0.427)。但是从指数绝对值看,浙江省融合硬度与位列第 1 的江苏(指数:0.676)差距并不显著。融合软度位列全国第 5 位(指数:0.375),其指数是全国均值(指数:0.282)的 1.33 倍。融合深度位列全国第 4(指数:0.467),其指数是全国均值(指数:0.263)的 1.78 倍。

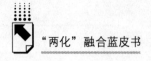

（三）具体分析

融合硬度方面。2010年，浙江省工业化规模和工业化质量在全国均处于相对优势地位，分别位列全国第4和第6（指数：0.603和0.614）。均远远高于全国平均水平（指数：0.272和指数：0.485）。工业化速度在全国排名中处于劣势地位，位列全国第22（指数：0.502），低于全国平均水平（指数：0.523）。从雷达图上可以看出，在工业化规模、质量、速度三个细分层面指数来看，浙江省工业化发展较为均衡，工业化速度相对处于劣势（见图1）。

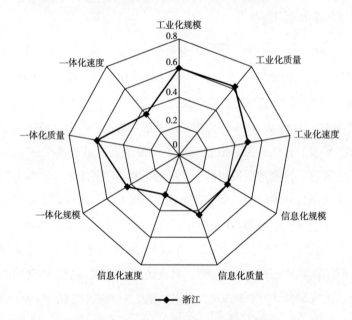

图1　浙江省"两化"融合雷达图

融合软度方面。2010年，浙江省信息化规模和信息化质量均处于全国优势水平，分别位列全国第3位和第6位（指数：0.400和0.434），但是信息化速度却位于全国第28位（指数：0.291），远低于前两者在全国的排名。在雷达图上可较为清晰地看出，浙江省融合软度构成图与融合硬度情形相似，信息化速度指数明显低于信息化规模和信息化质量指数。浙江省信息化速度指数较低，且不足全国平均水平，这与浙江省人口数量、产业结构息息相关。

融合深度方面。2010年，浙江省一体化规模和一体化质量均处于全国优势地位（指数：0.428 和 0.599），分别居全国第 4 位和第 3 位。而其一体化速度则处于相对劣势地位（指数：0.373），位列全国第 10 位。在雷达图上可较为清晰地看出，浙江省融合深度构成图与融合硬度及融合软度情形极为相似，一体化速度明显低于信息化规模和质量指数。随着国民经济快速发展，浙江省土地紧张局面进一步加剧，土地可挖掘的空间越来越小，且价格迅速增长，在一个侧面也体现了浙江省在经济发展规模和质量都居高不下的同时，增长速度存在着放缓的倾向。

二　优势和劣势

（一）总体状况

2010 年，浙江省"两化"融合优势指标共有 26 个，占指标总数的 19.0%；劣势指标共有 28 个，占指标总数的 20.4%。二者共有 54 个指标，占指标总数的 39.4%（见表1）。这说明浙江省"两化"融合的优势和劣势在指标体系中较不明显。

表1　2010 年浙江省"两化"融合优劣势指标

单位：个，%

项　　目		优势指标		劣势指标	
		数量	占比	数量	占比
融合硬度	工业化规模	2	16.7	0	0.0
	工业化质量	6	42.6	4	30.8
	工业化速度	1	6.3	2	12.5
	小　计	9	22.0	6	14.6
融合软度	信息化规模	7	31.8	0	0.0
	信息化质量	3	14.3	4	19.0
	信息化速度	1	4.0	11	44.0
	小　计	11	16.2	15	22.1
融合深度	一体化规模	2	22.2	3	33.3
	一体化质量	3	27.3	1	9.1
	一体化速度	1	12.5	3	37.5
	小　计	6	21.4	7	25.0
合　　计		26	19.0	28	20.4

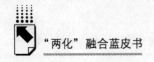

（二）融合硬度

融合硬度是反映"两化"融合基础水平的指标。2010 年，浙江省"两化"融合硬度优势指标共 9 个，占该类指标总数（41 个）的 22.0%；劣势指标共 6 个，占该类指标总数（41 个）的 14.6%。这也进一步说明，浙江省具有工业化的潜在优势，也存在着一定的劣势因素。推进"两化"融合发展，需要更大程度上发挥信息化和一体化的综合优势。

其中：工业化规模优势指标 2 个，占该类指标总数的 16.7%；无工业化规模劣势指标。这在一定程度上反映了目前浙江省经济发展整体上已处于"后工业化"时代，工业经济在地区经济总量中所占的比重已相对较大，服务业所占比重虽不断提高，但未见其成为支柱产业的趋势。

工业化质量优势指标 6 个，占该类指标总数的 42.6%；工业化质量劣势指标共 4 个，占该类指标总数的 30.8%。单位工业增加值能耗（逆向指标）（指数：0.834）作为优势指标，说明浙江省工业化进程又向绿色经济、低碳发展迈出了重要的一步。高新技术产业产值占工业产值比重（指数：0.243）等指标处于劣势，说明浙江省第三产业的发展还有待于进一步的提高。

工业化速度优势指标 1 个，占该类指标总数的 6.3%；工业化速度劣势指标共 2 个，占该类指标总数的 12.5%。浙江省工业化增长速度主要依托于城市化率这一优势指标（指数：0.819），由于地理人口因素造成的人均 GDP 劣势和现有规模下的工业总产值增长率又限制了工业化的综合发展速度，这也是维持一定规模和质量所要面临的瓶颈问题。

（三）融合软度

融合软度是反映"两化"融合核心内容的指标。2010 年，浙江省"两化"融合软度优势指标共 11 个，占该类指标总数（68 个）的 16.2%；劣势指标共 15 个，占该类指标总数的 22.1%。

其中：信息化规模优势指标 7 个，占该类指标总数的 31.8%；无信息化规模劣势指标。这也说明浙江省具有信息化规模的明显优势。

信息化质量优势指标 3 个，占该类指标总数的 14.3%；信息化质量劣势指标共 4 个，占该类指标总数的 19.0%。信息化投入产出比、信息化投入产出比增长率都反映了浙江省信息化的内在能量。电视综合人口覆盖率和广播综合人口覆盖率指标综合反映了浙江省信息化水平的活跃程度。通信业务收入占地区GDP比重、通信业投资额占地区GDP比重等指标的劣势情况都反映了浙江省在通信方面的发展潜力和空间。

信息化速度优势指标1个，占该类指标总数的4.0%；信息化速度劣势指标11个，占该类指标总数的44.0%。国内专利授权数量是浙江省信息化速度的唯一具有明显优势的指标，浙江省在信息化规模与信息化速度方面劣势指标偏多，二者在全国的相对排名差距甚远。仔细分析浙江省的发展阶段，就不难发现，在固有的区域和人口因素影响下，浙江省的信息化绝对规模要达到较高的水平，后续难度较大；而产业结构的固有特征又再一次限制了信息化的发展速度。

（四）融合深度

融合深度是反映"两化"融合质量标志的指标。2010年，浙江省"两化"融合深度优势指标共6个，占该类指标总数（28个）的21.4%；劣势指标共7个，占该类指标总数的25.0%。

其中：一体化规模优势指标2个，占该类指标总数的22.2%；一体化规模劣势指标3个，占该类指标总数的33.3%。这也说明浙江省一体化的规模优势并不明显，存在着一些一体化规模上的不足。

一体化质量优势指标3个，占该类指标总数的27.3%；一体化质量劣势指标1个，占该类指标总数的9.1%。浙江省一体化质量存在着一定的优势，突出表现在政府网站绩效水平和网上发展经营水平上。

一体化速度优势指标1个，占该类指标总数的12.5%；一体化速度劣势指标3个，占该类指标总数的37.5%。其中软件技术服务收入增长率是唯一的优势指标，政府网站绩效水平增长率、技术市场成交额增长率和软件外包服务增长率都存在放缓的迹象。在规模优势并没有达到应有水平的情况下增长速度出现放缓说明，浙江省的固有产业结构和出口加工型的国际产业结构分工在一定程度上限制了"两化"融合的发展规模和速度，同时金融危机对软件产业的冲击也不容忽视。

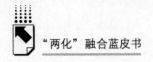

三　结论与展望

通过以上分析可以看出，浙江省"两化"融合综合水平居全国第4位。在三大支柱中，融合硬度、融合软度和融合深度都位居全国前列。从指数来看，浙江省工业化、一体化水平均高于信息化整体发展水平，三项细分指标呈现"V"形发展势头，但总体来说，三者发展情况较为均衡。

从发展模式看，浙江省属于"工业化、一体化双驱动型"。浙江省处于"后工业化"阶段，应加快结构调整，充分挖掘产能潜力，进一步推动全社会能效提高。但工业化的迅速发展给节能降耗带来巨大压力，加速信息化的发展意义重大，应加快装备制造业，促进制造业向高加工度化发展，延长产品加工链，加快从粗放型向集约型转型的步伐。"十二五"时期，在新的发展阶段，浙江省须切实转变招商引资观念，以优化产业结构为核心目标，改善环境、明确重点、创新方法，使浙江在外资引进的数量和质量都得到进一步提高；在利用外资的策略上重视关联环节，完善产业集群，积极融入跨国公司产业链，从而促进浙江经济结构调整和产业结构的优化。

工业化的发展重点要转移到优化产业结构、提高发展质量和效益、改善环境、提高工业产业结构层级，提高制造业的精细化程度和在国际分工中的地位。信息化的发展重点要转移到推进高科技的现代服务信息服务产业经济，扩大互联网基础设施建设，不断推进浙江省信息化的力度和深度上，尤其是促进浙江农村信息化建设进程。一体化的发展重点要从业务融合和产品融合两个方面着手，在政府投资引导和企业技术更新需求双重影响下，推动信息技术在全行业的全面渗透和深度融合。

B.9
上海市"两化"融合进程

一 总体情况分析

(一)经济概况

2010 年,根据初步测算上海全市 GDP 达到 1.7 万亿元,按可比价格计算比上年增长 9.9%。人均 GDP 达到 27359 元。三次产业结构为 0.7:42.3:57.0,产业结构持续优化,继续以三、二、一产业的比重顺序调整,六大产业基地迅速发展,工业结构向技术密集型、资金密集型发展。2010 年,上海城市化率达到 88.6%。信息基础设施发展良好。截止到 2010 年底,上海市移动电话和互联网用户数分别达到 2361.6 万户和 486.7 万户,普及率分别达到 122.9% 和 25.3%。上海始终是全国经济的领头羊,是我国最大的综合性工业城市,具有发达的外向型经济,并且已经提前进入了后工业化的发展阶段。2009 年 9 月,上海市政府同意市经济和信息化委员会《关于推进信息化与工业化融合促进产业能级提升的实施意见》,同月,工业和信息化部向上海市颁发了"国家级推进信息化和工业化融合试验区"铜牌。

(二)综合分析

2010 年,上海市"两化"融合综合排名全国第 5 位,综合指数达到 0.467。位列广东、江苏、北京、浙江之后,其与综合排名列全国第 1 位的广东省(指数:0.609)的差距较为明显。融合硬度列全国第 5 位(指数:0.521),从指数绝对值看,上海市融合硬度与列第 1 位的江苏省(指数:0.676)有一定差距。融合软度列全国第 3 位(指数:0.405),其指数是全国平均值(指数:0.282)的 1.44 倍。融合深度列全国第 3 位(指数:0.474),其指数是全国平均值(指数:0.263)的 1.80 倍。

(三)具体分析

融合硬度方面。2010 年,上海市工业化规模与工业化质量在全国均处于相对领先地位，分列全国第5位和第3位（指数：0.456和0.636）。上海市工业化速度处于劣势地位，位列全国第25（指数：0.471），与工业化速度位列全国第1的重庆市（指数：0.684）差距明显，甚至尚不足全国平均水平（指数：0.523）。从雷达图上可以看出，在工业化规模、质量、速度三个细分层面指数来看，上海市工业化质量明显优于另两项的发展水平，是"拉动"现阶段上海市工业发展的主要驱动力。这与上海市不断优化产业结构，着力发展先进制造业，提升工业核心竞争力直接相关（见图1）。

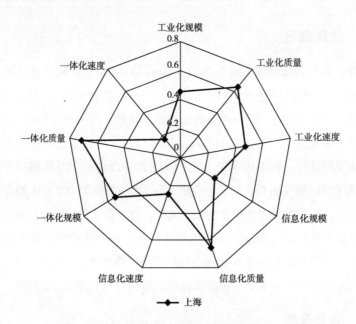

图1　上海市"两化"融合雷达图

融合软度方面。2010年，上海市信息化规模和信息化质量均处于全国领先水平，分别位列全国第5和第1（指数：0.279和0.680），特别是信息化质量分项，是全国平均水平（指数：0.305）的2.2倍。但上海市的信息化速度却位列全国第31（指数：0.256），与该分项全国平均水平（指数：0.364）差距仍然较大。在雷达图上可较为清晰地看出，上海市融合软度构成图呈尖端突起状，信息化质量指数明显高于其规模和速度指数，信息化规模与速度两项虽然绝对指数差距不大，但在全国的相对排位却差别明显。上海市信息化规模指数较低，且与排名第1的广东省（指数：0.936）绝对值差距明显，这受其区域面积及区域人口数量直接限制。而考虑到上海市已有的信息化规模和质量水平,若不寻找新的发展模式,将使其很难保持较高的增长速度。

融合深度方面。2010 年,上海市一体化规模和一体化质量均处于全国优势地位(指数:0.537 和 0.720),分别位列全国第 3 位和第 2 位。而其一体化速度则与前两项反差极大,处于绝对劣势地位(指数:0.165),位列全国第 31 位,仅略高于全国平均水平(指数:0.325)的一半。一体化速度在相当大程度上拉低了上海市融合深度的整体水平。上海市一体化规模与一体化质量水平较高,得益于近年来上海市在"两化"融合推进方面采取的一系列举措,逐步实现信息技术应用在产业各领域的全面渗透,努力形成适合特大型城市发展的现代产业体系,特别是信息技术在工业领域的渗透发展。

二 优势和劣势

(一)总体状况

2010 年,上海市"两化"融合优势指标共有 35 个,占指标总数的 25.5%;劣势指标共有 47 个,占指标总数的 34.3%。二者共有 82 个指标,占指标总数的 59.8%(见表 1)。这说明上海市"两化"融合的优势和劣势都较为明显。

表1 2010 年上海市"两化"融合优劣势指标

单位:个,%

项　目		优势指标		劣势指标	
		数量	占比	数量	占比
融合硬度	工业化规模	2	16.7	2	16.7
	工业化质量	5	38.5	2	15.4
	工业化速度	2	12.5	5	31.3
	小　计	9	22.0	9	22.0
融合软度	信息化规模	0	0.0	7	31.8
	信息化质量	14	66.7	5	23.8
	信息化速度	3	12.0	16	64.0
	小　计	17	25.0	28	41.2
融合深度	一体化规模	3	33.3	2	22.2
	一体化质量	6	54.5	2	18.2
	一体化速度	0	0.0	6	75.0
	小　计	9	32.1	10	35.7
总　　计		35	25.5	47	34.3

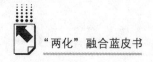

（二）融合硬度

融合硬度是反映"两化"融合基础水平的指标。2010 年，上海市"两化"融合硬度优势指标共 9 个，占该类指标总数（41 个）的 22.0%；劣势指标共 9 个，占该类指标总数的 22.0%。这在一定程度上反映出，上海市融合硬度达到一定的发展水平，工业规模、质量都颇具优势，整体工业根基深厚，为推进"两化"融合提供坚实的发展基础。

其中：工业化规模优势指标 2 个，占该类指标总数的 16.7%；工业化规模劣势指标 2 个，占该类指标总数的 16.7%。反映上海市工业化规模的优劣势较为均衡，经济发展整体上已处于"后工业化"时代，工业整体从规模发展向转型升级调整，着力发展先进制造业。

工业化质量优势指标 5 个，占该类指标总数的 38.5%；工业化质量劣势指标 2 个，占该类指标总数的 15.4%。上海市工业效益需进一步提升，总资产贡献率与成本费用利润率（指数：0.176 和 0.036）较其他省份偏低，需要进一步引进先进技术，并通过自主创新和技术改造等手段，提升上海市工业的整体效益水平。

工业化速度优势指标 2 个，占该类指标总数的 12.5%；工业化速度劣势指标 5 个，占该类指标总数的 31.3%。尤其在工业总产值增速、工业增加值增速方面在全国各省份中居于后位。上海市曾在全国赫赫有名的制造业近年来逐渐呈现下滑趋势，急需新的工业增长点加以刺激，带动上海工业的新一轮腾飞。以新能源汽车、先进重大装备等高新产业将抢占新一轮产业发展制高点。

（三）融合软度

融合软度是反映"两化"融合核心内容的指标。2010 年，上海市"两化"融合软度优势指标共 17 个，占该类指标总数（68 个）的 25.0%；劣势指标共 28 个，占该类指标总数的 41.2%。

其中：信息化规模优势指标 0 个；信息化规模劣势指标 7 个，占该类指标总数的 31.8%。这直接说明了上海市信息化规模在全国各省份中并无突出优势发展项。移动电话用户总数、数字及付费数字电视用户总数均在各省份排位中相对落后，这直接受限于上海市区域面积及人口总数。

信息化质量优势指标 14 个，占该类指标总数的 66.7%；信息化质量劣势指标

5 个，占该类指标总数的 23.8%。信息化投入产出比综合反映了上海市融合软度水平的活跃程度。信息产业增加值占比与信息产业制造业出口交货值占比在一个侧面反映上海市信息产业在区域经济以及国际市场的活跃度。人均通信业务收入、人均互联网带宽以及各项普及率、覆盖率指标则从互联网、电话通信、广电业务等多角度反映了上海市在信息通信产业发展的普遍程度，从各个角度凸显上海市已入列融合软度较高水平发展梯列，表明上海已成为典型的信息化高普及率市场。

信息化速度优势指标 3 个，占该类指标总数的 12.0%；信息化速度劣势指标 16 个，占该类指标总数的 64.0%。上海市在信息化速度方面劣势指标明显高于优势项目，导致其信息化速度整体水平在各省份中居于末位。其中，信息产业规模增长率整体偏低，这与上海市信息化规模相应指标相对应。且上海市信息化各项普及率指标增速相对落后于其他省份，这很大程度上受限于其现有的信息化普及水平，在固有的区域和人口因素影响下，已经达到相当信息普及水平的上海市很难再保持高位的增长速度。上海市需要在信息化方面寻找到新的增长点，努力实现数字化、网络化、智能化的"智慧城市"建设。

（四）融合深度

融合深度是反映"两化"融合质量标志的指标。2010 年，上海市"两化"融合深度优势指标共 9 个，占该类指标总数（28 个）的 32.1%；劣势指标共 10 个，占该类指标总数的 35.7%，这反映出上海市"两化"融合深度优劣势相对均衡。

其中：一体化规模优势指标 3 个，占该类指标总数的 33.3%；一体化规模劣势指标共 2 个，占该类指标总数的 22.2%。上海市在企业电子商务方面优势较为突出，近年来上海市涌现了一大批模式新颖、运营良好的电子商务企业，形成了若干个电子商务集聚发展的区域，已具备了相当的电子商务发展基础和规模，但还需进一步培育全国领先的国际贸易电子商务平台。

一体化质量优势指标 6 个，占该类指标总数的 54.5%；一体化质量劣势指标共 2 个，占该类指标总数的 18.2%。上海市一体化质量优势明显，在软件外包服务收入占比（指数：0.0182）还需强化。

一体化速度优势指标 0 个；一体化速度劣势指标 6 个，占该类指标总数的 75.0%，说明上海市在一体化速度方面并无突出优势项，且多数指标均为发展弱项。深入分析便可发现，上海市在软件技术和外包服务增长速度、技术市场的活跃度、电子政务发展速度等方面均在全国各省中相对落后。而上海市也在2010年出台《上海市振兴工业软件专项行动方案（2010～2012 年）》，明确而务实地提出发展工业软件的思路、发展目标和服务举措，上海也因此成为全国首家推出专项行动方案发展工业软件的城市，为上海"两化"融合的发展提供技术支撑。

三 结论与展望

通过以上分析可以看出，上海市"两化"融合综合水平位居全国第 5 位。在三大支柱中，融合硬度、融合软度和融合深度都在全国 31 个省份中处于相对领先位置，分列全国第 5 位，第 3 位与第 3 位。从指数来看，上海市工业化、一体化水平均高于信息化整体发展水平，三项细分指标呈现"V"形发展势头。说明其"两化"融合工业基础较高，同时融合程度较深，而在后续的发展中进一步强化信息化的发展地位，提升"两化"融合的软度水平。

从发展模式看，上海市属于"工业化、一体化双驱动"型。上海市处于"后工业化"阶段，已经具有较完备的产业体系和较大体量的产业规模，未来关键是大力推进信息化在工业领域的应用渗透。信息化是上海市"两化"融合的相对弱势分项，其中信息化速度劣势尤为明显。总的来看，信息技术已在上海市产业各领域得到一定程度应用、渗透与融合，极大提升了产业技术创新能力和发展能级，但与现代化国际大都市要求还有一定差距。

推进"两化"深度融合，上海市应以加快提升产业能级、构建现代产业体系为总体目标，通过"两化"融合提升传统产业、壮大支柱产业、发展新兴产业，促进上海工业由大变强，确保上海经济又好又快发展。工业化的发展重点要以先进制造业作为全面推进"两化"融合的核心内容，在大力发展先进制造业的过程中，以重点行业为主体，推广信息技术在各产业门类的深入应用，以优化产品功能为着力点，不断提高工业产品信息化含量。信息化的发展重点要以"两化融合"为契机，大力发展电子信息产业和相关新兴产业，通过实施"电子强市计划"、"软件振兴计划"、"新兴产业扶持计划"等一系列举措培育新的经济增长点。一体化的发展重点要从持续推进电子商务环境建设、发展多项创新融合，将"两化"融合从低附加值的简单应用向高附加值的创新整合提升，着力推动产业融合与优化升级。

B.10

山东省"两化"融合进程

一 总体情况分析

（一）经济概况

2010 年，山东省实现生产总值 39416.2 亿元，按可比价格计算，同比增长 12.5%。第一产业增加值 3588.3 亿元，增长 3.6%；第二产业增加值 21398.9 亿元，增长 13.4%，第三产业增加值 14429.0 亿元，增长 13.0%。产业结构调整取得明显成效，三次产业比例为 9.1∶54.3∶36.6。人均 GDP 超过 6000 美元。与其他发达省份相比，山东省的产业结构仍然存在不足，第一产业产值比重与就业比重仍然较大；第二产业中重工业化率较高，高新技术产业发展不足，第三产业发展速度较慢。城市化率达到 48.32%。信息基础设施发展良好。截止到 2010 年底，山东省移动电话和互联网用户数分别达到 6160.4 万户和 966.9 万户，普及率分别达到 65.4% 和 10.2%。

（二）综合分析

2010 年，山东省"两化"融合综合排名全国第 6 位，综合指数达到 0.410，与综合排名位列全国第 1 的广东省（指数：0.609）的差距较为明显。融合硬度位列全国第 4（指数：0.549），其指数较明显地超过全国平均值（指数：0.427）。融合软度位列全国第 6（指数：0.339），其指数是全国均值（指数：0.282）的 1.20 倍。融合深度位列全国第 6（指数：0.342），其指数是全国均值（指数：0.263）的 1.30 倍。

（三）具体分析

融合硬度方面。2010 年，山东省工业化规模处于相对优势地位，位列全国第3（指数：0.690）；工业化质量列全国第10位（指数：0.547），保持高于全国均值（指数：0.485）的位置。工业化速度很明显的处于全国劣势地位，列全国第30位（指数：0.411），低于全国平均水平（指数：0.523）。从雷达图上可以看出，在工业化规模、质量、速度三个细分层面指数来看，山东省工业化规模明显优于另两项的发展水平，是"拉动"现阶段山东省融合硬度发展的驱动力（见图1）。

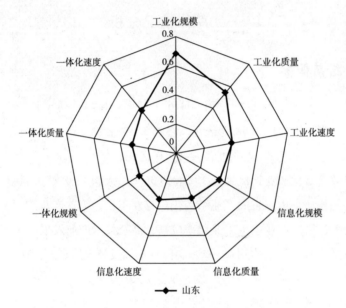

图1　山东省"两化"融合雷达图

　融合软度方面。2010年，山东省信息化规模处于全国优势水平，列全国第4位（指数：0.357），但仍低于全国平均水平（指数：0.427），这说明全国各省份信息化规模程度较不均衡，只在少数几个省份出现高度发达的情况。信息化质量列全国第9位（指数：0.324），略高于全国平均水平（指数：0.305）。而信息化速度处于全国劣势水平，列全国第24位（指数：0.336），低于全国平均水平（指数：0.364）。在雷达图（图1）上可较为清晰地看出，山东省融合软度构成图呈逐层下降的梯度状，信息化速度指数明显低于其规模和质量指数，而信息化质量指数又明显低于其规模指数。

　融合深度方面。2010年，山东省一体化规模、一体化质量和一体化速度均处于全国优势地位（指数：0.310，0.330和0.386），分别位列全国第6位、第

11 位和第 8 位。虽不明显名列前茅，但却以均衡的得分稳居一体化综合排名的第 6 位。一方面说明了山东省在"两化"融合进程中均衡发展的态势，另一方面又指明了山东省"两化"融合的巨大潜力和上升空间。

二 优势和劣势

（一）总体状况

2010 年，山东省"两化"融合优势指标共有 21 个，占指标总数的 15.3%；劣势指标共有 46 个，占指标总数的 33.6%。二者共有 67 个指标，占指标总数的 48.9%（见表 1）。

表 1 2010 年山东省"两化"融合优劣势指标

单位：个，%

项　　目		优势指标		劣势指标	
		数量	占比	数量	占比
融合硬度	工业化规模	8	66.7	2	16.7
	工业化质量	4	30.8	2	15.4
	工业化速度	1	6.3	4	25.0
	小　计	13	31.7	8	19.5
融合软度	信息化规模	1	4.5	9	40.9
	信息化质量	3	14.3	8	38.1
	信息化速度	2	8.0	10	40.0
	小　计	6	8.8	27	39.7
融合深度	一体化规模	0	0.0	3	33.3
	一体化质量	1	9.1	5	45.5
	一体化速度	1	12.5	3	37.5
	小　计	2	7.1	11	39.3
合　计		21	15.3	46	33.6

（二）融合硬度

融合硬度是反映"两化"融合基础水平的指标。2010 年，山东省"两化"融合硬度优势指标共 13 个，占该类指标总数（41 个）的 31.7%；劣势指标共 8

个，占该类指标总数的 19.5%。这也进一步说明，山东省融合硬度优劣势情况相当，相比之下优势条件更为明显，在各种优势指标崭露头角的情况下，对劣势指标的隐现也不容忽视。推进"两化"融合发展，需要更大程度上发挥融合软度和融合深度的综合优势。

其中：工业化规模优势指标 8 个，占该类指标总数的 66.7%；工业化规模劣势指标 2 个，占该类指标总数的 16.7%。这在一定程度上反映了目前山东省经济发展整体上仍处于蓬勃发展阶段，工业经济在地区经济总量中所占的比重仍然居高不下，同时服务业所占比重不断提高，并与工业发展一争高下。

工业化质量优势指标 4 个，占该类指标总数的 30.8%；工业化质量劣势指标 2 个，占该类指标总数的 15.4%。山东省高耗能、高耗水行业所占比重依然较大，但耗能情况有所缓解。单位地区生产总值电耗、单位工业增加值能耗等指标均处于优势地位（指数：0.781 和 0.762）。

工业化速度优势指标 1 个，占该类指标总数的 6.3%；工业化速度劣势指标 4 个，占该类指标总数的 25.0%。山东省在城市化率增长率上呈现出绝对优势水平，山东省城镇化加速发展在获得资源环境巨大支撑和保障的同时，对资源环境本身产生了重要影响，一方面，城镇化可以集约化利用土地、水等各种资源，降低环境管理成本；另一方面，城镇化加速发展对各种资源的需求量不断增加，对环境的承载力提出更高要求。

（三）融合软度

融合软度是反映"两化"融合核心内容的指标。2010 年，山东省"两化"融合软度优势指标共 6 个，占该类指标总数（68 个）的 8.8%；劣势指标共 27 个，占该类指标总数的 39.7%，山东省融合软度劣势情况较为明显。

其中：信息化规模优势指标 1 个，占该类指标总数的 4.5%；信息化规模劣势指标 9 个，占该类指标总数的 40.9%。这也说明山东省不具有信息化规模的优势。

信息化质量优势指标共 3 个，占该类指标总数的 14.3%；信息化质量劣势指标共 8 个，占该类指标总数的 38.1%。信息化投入产出比、电视综合人口覆盖率、广播综合人口覆盖率综合反映了山东省信息化水平的活跃程度。信息产业从业人员占总就业人员的比重、通信设备、计算机及其他电子设备制造业占装备制造业比重、人均通信业务收入、通信业务收入占地区 GDP 的比重、通信业投资额占地区 GDP 的比重、网民普及率等指标呈明显的劣势状态，表明山东省信息化普及程度偏低，产业发展亟待推进。

信息化速度优势指标共 2 个，占该类指标总数的 8.0%；信息化速度劣势指标共 10 个，占该类指标总数的 40.0%。山东省在信息化质量与信息化速度方面劣势指标偏多，二者在全国的相对排名差距甚远。山东作为一个人口大省，信息化绝对规模要达到较高的水平，后续难度较大；而其信息化速度则又在很大程度上受制于现有的发展水平。

（四）融合深度

融合深度是反映"两化"融合质量标志的指标。2010 年，山东省"两化"融合深度优势指标共 2 个，占该类指标总数（28 个）的 7.1%；劣势指标共 11 个，占该类指标总数的 39.3%。

其中：一体化规模劣势指标共 3 个，占该类指标总数的 33.3%。山东省一体化规模在技术市场成交额和软件外包服务收入呈现明显的劣势情况。无优势指标。

一体化质量优势指标 1 个，占该类指标总数的 9.1%。一体化质量劣势指标 5 个，占该类指标总数的 45.5%。R&D 经费内部支出占 GDP 比重是一体化质量唯一优势指标，可见政府对高新技术及研发工作的高度重视，但网商密度、软件技术服务收入占 GDP 比重、软件外包服务收入占 GDP 比重等指标又综合反映了山东省一体化质量在投入与产出方面并不完全匹配的情况。

一体化速度优势指标 1 个，占该类指标总数的 12.5%；一体化速度劣势指标 3 个，占该类指标总数的 37.5%。软件技术服务收入增长率指标是山东省一体化速度的唯一优势指标。总体来讲，一体化速度有放缓的趋势，一方面应加强政府主导的推动力量，另一方面要加大力度优化产业发展环境。

三　结论与展望

通过以上分析可以看出，山东省"两化"融合综合水平位居全国第 6 位。在三大支柱中，融合硬度、融合软度和融合深度都位居全国前列。从指数来看，山东省工业化高于信息化和一体化水平，是拉动"两化"融合的动力。

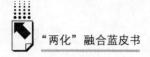

从发展模式看，山东省属于"工业拉动、一体趋缓型"。山东省正面临后工业化发展态势，人均 GDP 的增长和城市化是工业化进程的主要动力，工业结构调整和三次产业结构调整也对山东省工业化进程的发展产生深远影响，应在维持工业化规模现有水平下，逐步提高工业化质量水平，实现节能降耗、绿色经济和低碳发展并重。面对山东省信息化的突出劣势情况，着力找准发力点和支撑点，使信息化加速渗透到社会经济的各个领域，实现科学发展、和谐发展和率先发展。

推进"两化"深度融合，山东省应围绕重点行业、抓好关键环节、加快建设融合实验区、突破重点高端领域，逐步调整产业结构和转变经济发展方式，提高"两化"融合对社会经济发展的贡献率，实现信息技术与农业技术、工业技术的紧密结合，逐步构筑起新型的生产方式。工业化的发展重点要转移到产业结构升级、改变过度依靠投资和出口拉动型经济的现状、提高发展质量和效益上；信息化的重点要转移到加快信息技术自主创新和产业化、拓宽信息化投融资渠道、健全信息化法制体系、提高公众信息素质上，改造传统产业信息技术，积极构建现代产业体系；一体化的重点应转移到新信息技术在三次产业中广泛融合上，初步建立起新的产业结构，实现三次产业结构协调配套发展，基本确立以先进制造业、现代服务业、数字农业、低碳经济为主要内容的新信息时代经济体系。

B.11
福建省“两化”融合进程

一 总体情况分析

（一）经济概况

2010 年，福建省继续保持“十一五”期间的高速增长态势，全年 GDP 达到 1.38 万亿元，同比增长 13.8%，“十一五”期间累计比“十五”期间翻了一番，财政总收入 2056 亿元，增长 21.3%。2010 年人均 GDP 达 36508 元，比 2005 年（18476 元）翻了一番。三次产业结构为 9.5∶51.3∶39.2，结构优化明显，截至 2009 年底城市化率达到 33.96%[①]。通信业发展成效显著，在全省经济发展中发挥了先导作用。截止到 2010 年底，福建省移动电话和互联网用户数分别达到 3021.8 万户和 471.6 万户，普及率分别达到 83.3% 和 13.0%。福建服务经济发展稳定，处于工业化中期的后阶段。目前，福建省依据其生态环境和新兴产业等方面优势，委托福建信息主管（CIO）网开展“借鉴台湾经验加快推进福建省信息化与工业化融合”课题研究。

（二）综合分析

2010 年，福建省“两化”融合综合排名全国第 7 位，综合指数达到 0.342。位列上海、山东之后，其与综合排名位列全国第 6 的山东省（指数：0.410）的差距较为明显，但与位列第 8 的天津市（指数：0.341）差距甚微。融合硬度位列全国第 15 位（指数：0.443），其指数仅略超过全国平均值（指数：0.363），与北京相近；从指数绝对值看，福建省融合硬度与位列第 2 的广东（指数：0.646）差距并不显著。融合软度列全国第 7 位（指数：0.299），其指数略高全

---

① 《福建总人口达 3498.7 万人，城镇人口呈现小幅增长》，福州新闻网，2010 年 2 月 14 日。

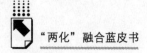

国均值（指数：0.282）。融合深度同样列全国第 7 位（指数：0.285），略高于全国均值（指数：0.263）。

（三）具体分析

融合硬度方面。2010 年，福建省工业化规模、工业化质量和工业化速度三大指标都不处于优势地位，三者排名均不靠前。相比之下，工业化速度处于劣势地位明显，列全国第 21 位（指数：0.504），低于全国平均水平（指数：0.523）。由于全国各省工业化速度整体水平集中度较高，并无极端数值，所以福建省与位列全国第 1 的重庆市工业化速度（指数：0.684）差距并不大。从雷达图上可以看出，在工业化规模、质量、速度三个细分层面绝对指数来看，福建省工业化质量和工业化速度明显优于工业化规模的发展水平，是"拉动"现阶段福建省工业发展的驱动力。工业化规模列全国第 10 位（指数：0.271），略低于全国平均水平（见图 1）。

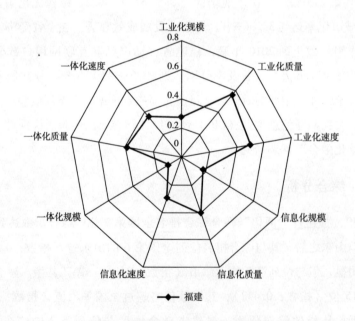

图 1 福建省"两化"融合雷达图

融合软度方面。2010 年，福建省信息化规模和信息化速度分别排名第 9 位和第 27 位（指数：0.181 和 0.303），两者排名虽然悬殊，但评价得分都较低。信息化规模略高于全国平均水平，信息化速度低于全国平均水平。福建省信息化质量位于全国第7（指数：0.412），与排名第1的上海市（指数：0.680）差距不大。在雷达图上可较为清晰地看出，福建省融合软度构成图呈尖端突起状，信息化质量指数明显高于其信息化规模和信息化速度指数。福建省信息化规模指数较低，且与排名第1的广东省（指数：0.936）绝对值差距明显，这说明福建省信息化的发展更加注重质量，在发展规模和速度上都有很大的提升空间。

融合深度方面。2010年，福建省一体化三项细分指标排名比较相近，一体化质量排名最为靠前，为第7位（指数：0.390），指数几乎是排名第1的北京市（指数：0.756）的50%，一体化速度略高于全国平均水平。一体化规模排名第10位（指数：0.105），不足排名第1的广东省（指数：0.686）的16%，并且低于全国平均水平。与融合软度类似，福建省融合深度构成图也呈尖端突起状，一体化速度和一体化规模在很大程度上拉低了福建省融合深度的整体水平。当然，融合深度的水平受融合硬度和融合软度影响较大，由于福建省土地资源短缺，交通条件不够便利，工业化规模、信息化规模和信息化速度都处于低水平阶段，造成融合的规模和速度指标都较滞后。福建省较高的一体化质量水平说明，虽然其在电子商务交易活跃度、电子政务普及程度、软件技术与外包收入以及技术市场的活跃程度方面的覆盖并不广泛，但在地区经济与社会发展中所作出的相对贡献却达到了一定水平。

二 优势和劣势

（一）总体状况

2010年，福建省"两化"融合优势指标共有9个，占指标总数的6.6%；劣势指标共有56个，占指标总数的40.9%。二者共有65个指标，占指标总数的47.5%（见表1）。这说明福建省"两化"融合优势不突出。

（二）融合硬度

融合硬度是反映"两化"融合基础水平的指标。2010年，福建省"两化"

融合硬度优势指标共 5 个, 占该类指标总数 (41 个) 的 12.2%; 劣势指标共 11 个, 占该类指标总数的 26.8%。这说明, 福建省不具有工业化的绝对优势。

表1 2010 年福建省"两化"融合优劣势指标

单位: 个, %

项　目		优势指标		劣势指标	
		数量	占比	数量	占比
融合硬度	工业化规模	0	0.0	6	50.0
	工业化质量	4	30.8	4	30.8
	工业化速度	1	6.3	1	6.3
	小　计	5	12.2	11	26.8
融合软度	信息化规模	0	0.0	13	59.1
	信息化质量	2	9.5	5	23.8
	信息化速度	1	4.0	12	48.0
	小　计	3	4.4	30	44.1
融合深度	一体化规模	0	0.0	9	100.0
	一体化质量	1	9.1	2	18.2
	一体化速度	0	0.0	4	50.0
	小　计	1	3.6	15	53.6
总　计		9	6.6	56	40.9

其中: 工业化规模指标不具有优势; 工业化规模劣势指标共 6 个, 占该类指标总数的 50.0%。这在很大程度上表明福建省不具有工业化发展的规模优势。

工业化质量优势指标与劣势指标各为 4 个, 分别占该类指标总数的 30.8%。从总体上看, 在工业化进程中福建省节能工作进展较快, 单位地区生产总值电耗、单位工业增加值能耗等指标均处于优势地位 (指数: 0.752 和 0.835), 正向绿色经济、低碳发展的目标快速迈进。但福建省高技术产业有待大力发展, 高新技术产业产值占 GDP 比重指标处于劣势地位 (指数: 0.085)。

工业化速度优势指标与劣势指标各为 1 个, 分别占该类指标总数的 6.3%。今年来, 随着经济发展方式的转变和海峡西岸经济区的建设, 福建省融合硬度发展保持着平稳的发展速度, 各项指标基本都处于中等增长水平, 城市化水平与全国大部分省份增长态势相同, 成为福建省唯一的优势指标 (指数: 0.025)。

(三) 融合软度

融合软度是反映"两化"融合核心内容的指标。2010 年, 福建省"两化"

融合软度优势指标 3 个，占该类指标总数（68 个）的 4.4%；劣势指标共 30 个，占该类指标总数的 44.1%。

其中：信息化规模尚无优势指标；信息化规模劣势指标共 13 个，占该类指标总数的 59.1%。这也说明福建省不具有信息化规模的优势。

信息化质量优势指标共 2 个，占该类指标总数的 9.5%；信息化质量劣势指标共 5 个，占该类指标总数的 23.8%。信息产业从业人员占比、电气机械器材制造业比重、通信设备等电子设备比重、通信业务收入与通信业投资比重等指标反映了福建省信息化水平还不够活跃。电视与广播综合人口覆盖率两个指标体现了福建省通信业发展的基础设施完善水平，现代化的信息化多面普及进程有待进一步加快。

信息化速度优势指标 1 个，占该类指标总数的 4.0%；信息化速度劣势指标共 12 个，占该类指标总数的 48.0%。与信息化规模和信息化质量相比，福建省信息化速度排名最为靠后。福建省信息化消费水平增长率、信息产业制造业增加值增长率、信息产业制造业出口交货值和通信业收入增长率等指标都处于劣势，反映了福建省信息化速度滞后的原因。分析福建省信息化整体情况，就不难发现，受信息化规模的影响，福建省的信息化速度在全国范围内处于较低水平，信息化发展达不到一定规模，信息化速度必要受其影响。

（四）融合深度

融合深度是反映"两化"融合质量标志的指标。2010 年，福建省"两化"融合深度优势指标共 1 个，占该类指标总数（28 个）的 3.6%；劣势指标共 15 个，占该类指标总数的 53.6%。

其中：一体化规模尚无优势指标；一体化规模劣势指标共 9 个，占该类指标总数的 100%。这也说明受工业化规模、工业化速度、信息化规模、信息化速度劣势的影响，福建省一体化在规模方面不具优势。

一体化质量优势指标 1 个，是融合深度中唯一的优势指标，占该类指标总数的 9.1%；一体化质量劣势指标共 2 个，占该类指标总数的 18.2%。除工业化速度指标之外，福建省一体化质量劣势指标占比最低。

一体化速度尚无优势指标；一体化速度劣势指标共 4 个，占该类指标总数的 50.0%。就信息产业而言，由于工业化、信息化规模和速度指标都较为滞后，福

建省一体化进程速度指标劣势明显。技术市场成交额与专利授权增长率增长缓慢，软件外包服务等高新产业收入增长、高技术人才增长指标都为劣势。

三　结论与展望

通过以上分析可以看出，福建省"两化"融合综合水平位居全国第 7 位。在三大支柱中，融合硬度处于全国中间水平，融合软度和融合深度都位居全国中等偏上水平，排名均为第七位。从指数来看，福建省融合硬度高于融合软度整体发展水平和融合深度水平，三项细分指标呈现"V"形发展势头。融合硬度较难为"两化"融合综合水平的提升创造相对优势，应更多从提升融合软度水平的角度出发促进福建省"两化"融合。

从发展模式看，福建省属于"信息化、一体化双驱动型"。福建省已处于"后工业化"阶段，工业化规模受城市政治、经济和社会等各方面影响，发展空间较小，关键是提高工业化质量水平，而雷达图显示了工业化速度和质量是拉动现阶段工业化整体发展的驱动因素。融合软度是影响福建省"两化"融合的洼地，速度劣势和规模劣势都比较明显，从而影响一体化进程较为滞后。总的来看，福建省制造业与服务业融合较为注重发展质量，但与国内先进城市还有较大差距。

推进"两化"深度融合，福建省应继续大力发展工业和信息业基础产业建设，进一步提升工业化速度和信息化速度，为实现一体化进程质量提升提供量的基础。就现阶段发展情况而言，福建省现代信息产业制造业、电子设备制造业等发展较为缓慢，这在很大程度上制约了制造业与服务业的融合。结合当前国家战略，福建省应重点发展现代工业制造业与信息产业重点项目，在工业化与信息化规模与速度差距逐步缩小的基础上，以"两化"融合促进经济发展方式转变、产业结构优化升级为主线，以信息化为动力，充分发挥信息技术的渗透性和创新性优势，并提升在生产、管理和服务环节中的节能减排能力，着力发展计算机软件业、电子制造业等现代高新产业，推进信息化与现代制造业、现代服务业、新兴产业的深度融合，通过增强产业自主创新能力保障工业化、信息化和一体化质量。

B.12

天津市"两化"融合进程

一 总体情况分析

(一) 经济概况

天津作为拥有中国第四大工业基地和第三大外贸港口的大都市,自从 2006 年滨海新区发展上升为国家政策后,重新走上了高速发展的道路。2010 年天津全市国内生产总值突破 9000 亿元,达到 9108.83 亿元,比上年净增 1586.98 亿元,按可比价格计算,增长 17.4%,是"十五"末的 2.3 倍,也是自 1985 年以来,天津GDP 增速最快的一年。人均生产总值超过 1 万美元,达到中上等国家收入水平。三次产业结构为 1.6∶53.1∶45.3,城市化率达到 78.01%。信息基础设施发展良好。截止到 2010 年底,天津市移动电话和互联网用户数分别达到 1089.8 万户和 173.0万户,普及率分别达到 88.7% 和 14.1%。在天津市委、市政府的正确领导下,天津市信息化与工业化融合成效显著,应用信息技术提升改造传统产业步伐明显加快,电子商务已成为企业开拓市场的"助推器",助力产业结构调整和发展方式的转变,企业竞争力明显增强。"两化"融合为天津工业快速发展赢得了先机,也为实现产业高端化、高质化、高新化、集约化和绿色化发展奠定了基础。

(二) 综合分析

2010 年,天津市"两化"融合综合排名为全国第 8 位,综合指数达到0.341。位于第二梯度,在四个直辖市中排名第 3,综合来看处于一般优势地位。融合硬度列全国第 7 位(指数:0.488),其指数是全国均值(指数:0.363)的1.34 倍。融合软度列全国第 10 位(指数:0.289),其指数略高于全国均值(指数:0.282)。融合深度列全国第 13 位(指数:0.246),其指数低于全国均值(指数:0.263)。

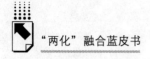

（三）具体分析

融合硬度方面。2010 年，天津市工业化规模处于劣势地位，位列全国第 11（指数：0.268），指数仅占第一名广东省（指数：0.838）的 32%，低于全国平均水平（指数：0.272）。从雷达图上可以看出，在工业化规模、质量、速度三个细分层面指数来看，天津市工业化质量优势最明显，工业化质量位列全国第 1（指数：0.676），是"拉动"现阶段天津市工业发展的驱动力。工业化速度（指数：0.521）处于一般水平（见图 1）。近年来，随着天津滨海新区的开发建设，一大批高新技术产业项目陆续上线，带动天津市工业经济跨上新台阶，形成了新的八大优势支柱产业——航空航天、石油化工、装备制造、电子信息、生物医药、新能源、新材料等；这些产业都是技术水平高、科技含量与附加值高、发展潜力与战略地位高的新型工业产业，对带动天津市整体经济的发展将起到重要的引擎作用。

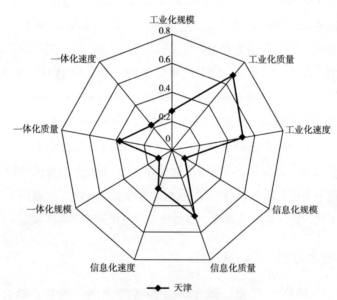

图 1　天津市"两化"融合雷达图

融合软度方面。2010 年，天津市信息化规模和信息化速度均处于劣势地位，分别位列全国第 19 和第 29（指数：0.104 和 0.285），但是信息化质量却位于全国第 5（指数：0.478），远高于前两者在全国的排名。在雷达图（图 1）上可较为清晰地看出，天津市融合软度构成图呈尖端突起状，信息化质量指数明显高于其规模和速度指数。天津市信息化规模指数较低，且与排名第 1 位的广东省（指数：0.936）绝对值差距明显，这与天津市区域面积较小以及人口数量直接相关。

融合深度方面。2010 年，天津市一体化规模位列全国第 9 位（指数：0.113），低于全国平均水平；一体化质量位列全国第 6 位（指数：0.394），高于全国平均水平（指数 0.322）；一体化速度列位全国第 27 位（指数：0.229），远低于全国平均水平（指数：0.325）。总体来看，一体化质量相对较好，但天津市融合深度整体水平仍然较低。天津市一体化质量得分较高，说明其在电子商务交易活跃度、电子政务普及程度、软件技术与外包收入以及技术市场的活跃程度方面在地区经济与社会发展中所作出的相对贡献达到了一定水平。

二　优势和劣势

（一）总体状况

2010 年，天津市"两化"融合优势指标共有 19 个，占指标总数的 13.9%；劣势指标共有 70 个，占指标总数的 51.1%。二者共有 89 个指标，占指标总数的 65%（见表 1）。这说明天津市"两化"融合的优势较小，劣势非常明显。

表 1　2010 年天津市"两化"融合优劣势指标

单位：个，%

项　目		优势指标		劣势指标	
		数量	占比	数量	占比
融合硬度	工业化规模	1	8.3	10	83.3
	工业化质量	7	53.8	2	15.4
	工业化速度	5	31.3	2	12.5
	小　计	13	31.7	14	34.1
融合软度	信息化规模	0	0.0	21	95.5
	信息化质量	3	14.3	4	19.0
	信息化速度	2	8.0	14	56.0
	小　计	5	7.4	39	57.4
融合深度	一体化规模	0	0.0	8	88.9
	一体化质量	1	9.1	3	27.3
	一体化速度	0	0.0	6	75.0
	小　计	1	3.6	17	60.7
总　　计		19	13.9	70	51.1

（二）融合硬度

融合硬度是反映"两化"融合基础水平的指标。2010 年，天津市"两化"融合硬度优势指标共 13 个，占该类指标总数（41 个）的 31.7%；劣势指标共 14 个，占该类指标总数的 34.1%。这也进一步说明，天津市融合硬度的优势和劣势方面都比较明显。

其中：工业化规模优势指标 1 个，占该类指标总数的 8.3%；工业化规模劣势指标共 10 个，占该类指标总数的 83.3%。这与天津市是直辖市区所占面积和人口等相对较少，工业总体规模较小有关，同时也在一定程度上反映了天津一段时间工业发展相对慢速的状态。

工业化质量优势指标共 7 个，占该类指标总数的 53.8%；工业化质量劣势指标共 2 个，占该类指标总数的 15.4%。天津市工业化质量优势明显。单位地区生产总值电耗、单位工业增加值能耗等指标均处于优势地位（指数：0.797 和 0.852），正向绿色经济、低碳发展的目标迈进。

工业化速度优势指标共 5 个，占该类指标总数的 31.3%；工业化速度劣势指标共 2 个，占该类指标总数的 12.5%。自从 2006 年滨海新区发展上升为国家政策后，天津重新走上了高速发展的道路。因此，发展速度明显加快。

（三）融合软度

融合软度是反映"两化"融合核心内容的指标。2010 年，天津市"两化"融合软度优势指标共 5 个，占该类指标总数（68 个）的 7.4%；劣势指标共 39 个，占该类指标总数的 57.4%。

其中：天津市尚无信息化规模优势指标；信息化规模劣势指标共 21 个，占该类指标总数的 95.5%。与天津市区域面积和人口规模有限直接相关。

信息化质量优势指标共 3 个，占该类指标总数的 14.3%；信息化质量劣势指标共 4 个，占该类指标总数的 19.0%。信息产业制造业出口交货值占工业出口交货值的比重反映了天津市信息产业在国际市场的活跃度。电气机械及器材制造业占装备制造业比重、电视综合人口覆盖率、广播综合人口覆盖率等多角度反映了天津市在信息通信产业发展的普遍程度，同时天津在很多领域还处于劣势地位。

信息化速度优势指标共 2 个，占该类指标总数的 8.0%；信息化速度劣势指标共 14 个，占该类指标总数的 56.0%。天津市在信息化规模与信息化速度方面劣势指标偏多，二者在全国的相对排名差距甚远。仔细分析天津市的发展阶段，不难发现，在固有的区域和人口因素影响下，天津市的信息化绝对规模优势不会太高；而其信息化速度则在很大程度上受制于现有的发展水平，这也是全国 28 个省份可以在信息化速度方面超越天津的主要原因之一。

（四）融合深度

融合深度是反映"两化"融合质量标志的指标。2010 年，天津市"两化"融合深度优势指标共 1 个，占该类指标总数（28 个）的 3.6%；劣势指标共 17 个，占该类指标总数的 60.7%。

其中：不存在一体化规模优势指标；但一体化规模劣势指标达 8 个，占该类指标总数的 88.9%。这也说明天津市在一体化方面不具备规模优势，并且劣势明显占比高达近九成。

一体化质量优势指标 1 个，占该类指标总数的 9.1%；一体化质量劣势指标共 3 个，占该类指标总数的 27.3%。天津市一体化质量是在规模、质量和速度中唯一具有优势指标的分项。

不存在一体化速度优势指标；一体化速度劣势指标共 6 个，占该类指标总数的 75.0%。天津市的政府网站绩效增长率、技术市场成交额增长率、软件外包服务以及软件研发、网商规模等相应增长率指标居于后列，体现了天津市在电子商务、电子政务以及软件产业方面的后增力量不足，需要政府及产业增加相应人力财力投资，以信息化建设带动天津市信息产业及电子商务、电子政务等的整体水平跃升。

三　结论与展望

综合以上分析，天津市"两化"融合综合水平位居全国第 8 位，与其整体经济发展水平相比稍显落后，而且与排名在前列的几个省份有较明显的差距。在二级指标中，融合硬度、融合软度和融合深度在全国排位逐层下滑，分别列全国第 7 位、第 10 位与第 13 位。三项指数的绝对分值也相应逐层递减，天津市的工业基础比较雄厚，尤其是食品饮料、纺织服装、轻化工等传统优势产业，在全国占有重要地位，加之近年来天津市不断发展新型工业产业，对带动天津市整体经济的发展将起到重要的带动作用。

从发展模式看，天津市属于"工业拉动、一体趋缓型"发展模式。天津市自身工业基础较好，为"两化"融合打下了良好的融合硬度基础。新的八大优势支柱产业——航空航天、石油化工、装备制造、电子信息、生物医药、新能源、新材料等都是技术水平高、科技含量与附加值高、发展潜力与战略地位高的新型工业产业。相比而言，天津市的融合软度和融合深度发展水平就稍显"滞后"，不仅规模较小、质量不够高，而且发展速度也比较慢。所以，天津市今后在推动"两化"融合工作中要重点抓好信息产业发展和信息技术的推广应用，尤其是信息技术及相关管理理念在改造、提升传统产业中的应用，大力发展信息化水平高的高新技术产业，全面提高产业层级和综合竞争力。

推进"两化"深度融合，天津市应在工业化方面努力实现制造业信息化、用高新技术改造提升传统产业、实现产业链向高端拓展，推进工业从生产型制造向服务型制造转变、实现增长方式从规模速度型向创新效益型转变，保证实现全市工业逐步呈现设计信息化、装备智能化、流程自动化、管理现代化的良好发展态势。信息化方面，天津市应推进骨干传输网和宽带无线网络建设，实施光纤到户工程。园区、行业、企业试点"两化"融合示范工程；积极稳妥推进广电和电信业务双向进入试点，探索形成保障三网融合规范有序开展的政策体系和体制机制，促进软件和信息服务业发展；加快建设"数字天津"及物联网示范工程。一体化方面，天津市应重点突破高新技术在融合过程中的应用，软件产业的规模化、技术化成长，寻找新的增长点，以及在电子商务及电子政务方向的扩大与提升。

B.13
四川省"两化"融合进程

一 总体情况分析

（一）经济概况

2010 年，四川省 GDP 超过 16700 亿元，涨幅约在 15%。人均 GDP 达到 20646 元。四川省三次产业结构为 14.7∶50.7∶34.6，产业结构已经由"一、三、二"型到"一、二、三"型，再到"二、三、一"型，正朝着优化和升级的良好态势发展。城市化率达到 38.7%。信息基础设施得到进一步发展。截止到 2010 年底，四川省移动电话和互联网用户数分别达到 4156.4 万户和 526.4 万户，普及率分别达到 50.8% 和 6.4%。四川省目前正处于工业化中期阶段，坚持贯彻工业强省的主导战略也是四川省国民经济发展的战略方针。

（二）综合分析

2010 年，四川省"两化"融合综合排名全国第 9 位，综合指数达到 0.340，其与综合排名位列全国第 1 的广东省（指数：0.609）的差距较为明显，略高于广东省综合指数得分的 1/2。融合硬度列全国第 14 位（指数：0.446），其指数仅略超过全国平均水平（指数：0.363）。融合软度列全国第 8 位（指数：0.296），同样略高于全国平均水平（指数：0.282）。融合深度列全国第 8 位（指数：0.281），与全国平均水平相当（指数：0.263）。

（三）具体分析

融合硬度方面。2010 年，四川省工业化规模和工业化质量与工业化速度相比均处于相对劣势地位，分别列全国第 12 位和第 19 位（指数：0.268 和 0.482），两项指数均不足全国平均水平（指数：0.272 和 0.485），在全国各省份中属于中等偏下发展水平。四川省工业化速度分项发展较为突出，列全国第5位（指数：0.588），与排位全国第1的重庆市（指数：0.684）差距并不显著。从雷达图上可以看出，在工业化规模、质量、速度三个细分层面指数来看，四川省工业化速度明显优于另两项的发展水平，是"拉动"现阶段四川省融合硬度发展的驱动力（见图1）。

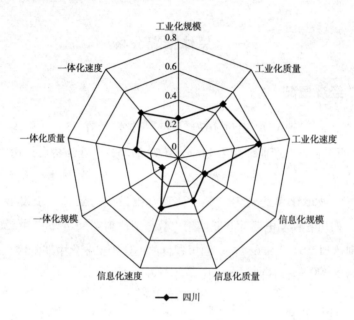

图1 四川省"两化"融合雷达图

融合软度方面。2010年，四川省信息化规模和信息化质量均处于全国平均水平，分别列全国第7位和第10位（指数：0.214和0.308），均略高于全国平均水平（指数：0.177和0.305）。但是信息化速度却位于全国第20位（指数：0.363），远低于信息化规模和信息化质量在全国的相对排位，并且略低于该项的全国平均水平（指数：0.364）。在雷达图上可较为清晰地看出，四川省融合软度整体发展同样呈现尖端凸起状，信息化规模与信息化质量虽然在全国排位较信息化速度占先，但从指数的绝对得分来看，前两项却与信息化速度差距较为明显。

融合深度方面。2010年，四川省一体化规模和一体化质量分别列全国第8位和第14位（指数：0.118和0.310），虽然排名在各省份中居于中前，但其指数得分却均低于全国平均水平（指数：0.141和0.322）。相比之下，四川省一体化速度则处于相对优势地位（指数：0.414），位列全国第 5 位。后者在很大程度上提升了四川省融合深度的整体水平。四川省一体化规模得分很低，说明其在电子商务交易活跃度、电子政务普及程度、软件技术与外包收入以及技术市场的活跃程度方面的覆盖程度都较低，还有很大的提升空间。而较高的一体化速度得分则体现了近年来四川省坚持产业结构调整，以"两化"融合、"两化"互动带动区域经济整体水平提升，"工业领衔雁阵，三产比翼齐飞"的发展战略。把战略性新兴产业的发展放在第一位，做大战略性新兴产业的总量来调整总体结构，同时发展壮大特色优势产业，做优存量、调结构。

二　优势和劣势

（一）总体状况

2010 年，四川省"两化"融合优势指标共有 6 个，占指标总数的 4.4%；劣势指标共有 54 个，占指标总数的 39.4%。二者共有 60 个指标，占指标总数的 43.8%（见表 1）。这表明四川省"两化"融合的优势并不突出，且多数指标在全国居于中等水平。

表 1　2010 年四川省"两化"融合优劣势指标

单位：个，%

项　目		优势指标		劣势指标	
		数量	占比	数量	占比
融合硬度	工业化规模	0	0.0	7	58.3
	工业化质量	1	7.7	4	30.8
	工业化速度	1	6.3	1	6.3
	小　计	2	4.9	12	29.3
融合软度	信息化规模	0	0.0	12	54.5
	信息化质量	1	4.8	11	52.4
	信息化速度	0	0.0	6	24.0
	小　计	1	1.5	29	42.6
融合深度	一体化规模	0	0.0	1	11.1
	一体化质量	1	9.1	8	72.7
	一体化速度	2	25.0	4	50.0
	小　计	3	10.7	13	46.4
总　计		6	4.4	54	39.4

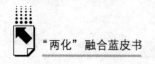

（二）融合硬度

融合硬度是反映"两化"融合基础水平的指标。2010 年，四川省"两化"融合硬度优势指标共 2 个，占该类指标总数（41 个）的 4.9%；劣势指标共 12 个，占该类指标总数的 29.3%。这也进一步说明，四川省不具有工业化的绝对优势，多数工业指标在全国居于中等水平。推进"两化"融合发展，四川省工业化提供了一定的基础，但仍需在大力发展信息化一体化的同时，壮大区域工业化水平。

其中：工业化规模尚无优势指标；工业化规模劣势指标共 7 个，占该类指标总数的 58.3%。四川省正处于工业化中期阶段，由于在四川工业基础形成的年代，更多是出于战备因素的考虑，因此四川省工业整体布局趋于分散化，这也在一定程度上影响到其整体工业规模的发展。未来四川省应聚焦于区域工业的集中、集约、集群化发展，提升整体工业规模水平。

工业化质量优势指标 1 个，占该类指标总数的 7.7%；工业化质量劣势指标共 4 个，占该类指标总数的 30.8%。其中劣势指标反映出四川省工业的效益偏低，高新技术产业发展水平有待提升。如成本费用利润率、高新技术产业产值占工业总产值比重（指数：0.155 和 0.209）在各省份中均处于劣势。

工业化速度优势指标 1 个，占该类指标总数的 6.3%；工业化速度劣势指标 1 个，占该类指标总数的 6.3%。四川省在融合硬度方面速度优劣势均不突出，而从其排名（位列全国第 5 位）则可以看出，四川省在融合硬度方面近年来保持较高速度发展。这与四川省所处工业化中期阶段直接相关，现阶段正是四川省工业赶超全国平均水平的关键时期，同时借助抗震救灾、恢复重建也是四川省调整生产力布局的绝佳机会。

（三）融合软度

融合软度是反映"两化"融合核心内容的指标。2010 年，四川省"两化"融合软度优势指标共 1 个，占该类指标总数（68 个）的 1.5%；劣势指标共 29 个，占该类指标总数的 42.6%，这表明四川省在融合软度发展方面几乎不具突出发展优势。

其中：不存在信息化规模优势指标；信息化规模劣势指标共 12 个，占该类指标总数的 54.5%。四川省信息化规模整体发展的劣势较为突出，特别在信息产业及信息产业制造业方面劣势指标较为集中，这也反映出四川省信息化的未来发展重点，即着力提升信息产业在区域经济中的比重和贡献。

信息化质量优势指标 1 个，占该类指标总数的 4.8%；信息化质量劣势指标共 11 个，占该类指标总数的 52.4%。这其中，信息产业增加值占比与信息产业制造业出口交货值占比整体反映了四川省信息产业在区域经济中的比重偏低。人均通信业务收入以及各项通信、互联网普及率、覆盖率指标则从互联网、电话通信、广电业务等多角度反映了四川省在信息通信方面的普及程度不足，需要进一步提高信息通信普及率，实现区域信息化水平的提升。

信息化速度尚无优势指标；信息化速度劣势指标共 6 个，占该类指标总数的 24.0%。四川省信息化速度发展与全国平均水平相当，但其绝对水平得分明显高于信息化规模与信息化质量指数得分。仔细分析四川省的信息化发展阶段，就不难发现，从现有的信息化普及程度与信息产业发展程度来看，四川省还有很大的发展潜力和发展前景，这也为其信息化速度提供了较大的提升空间，其中软件服务外包、集成电路设计、嵌入式软件、行业应用软件和新型服务业态等都可能成为四川省信息产业的未来增长点。

（四）融合深度

融合深度是反映"两化"融合质量标志的指标。2010 年，四川省"两化"融合深度优势指标共 3 个，占该类指标总数（28 个）的 10.7%；劣势指标共 13 个，占该类指标总数的 46.4%。

其中：一体化规模尚无优势指标；一体化规模劣势指标 1 个，占该类指标总数的 11.1%。这也说明四川省一体化规模方面绝大多数指标在全国居于中等水平。

一体化质量优势指标 1 个，占该类指标总数的 9.1%；一体化质量劣势指标共 8 个，占该类指标总数的 72.7%。这直接反映了四川省一体化质量劣势明显，其中电子商务突出为四川省"两化"融合发展弱项，在网商数量、电子商务交易额、电子商务网站发展水平等多项指标都需进一步强化。

一体化速度优势指标共 2 个，占该类指标总数的 25.0%；一体化速度劣势指标共 4 个，占该类指标总数的 50.0%。就未来的信息化发展来看，四川省应积极扶持电子商务发展，有效降低贸易成本，充分认识电子商务在经济贸易中的

作用；同时，充分利用信息技术提高现代物流业的发展水平；第三，通过信息化手段，建设相应的高度集中、准确的数据与信息收集处理系统，推动诚信体系信息化和数据化；最后，通过引进新技术新项目构建创新平台。着力发展6大信息产业集群，打造"智能四川"。

三　结论与展望

通过以上分析可以看出，四川省"两化"融合综合水平位居全国第9位。在三大支柱中，融合硬度处于全国中游水平，列全国第14位；融合软度和融合深度在各省份排位相对靠前，均列全国第8位。从绝对指数水平来看，四川省工业化、信息化、一体化遵循先下滑，再趋平的波折趋势，三项细分指标呈现"L"形发展势头。

从发展模式看，四川省属于"工业拉动、一体趋缓型"发展模式。经过近年来的不断演进，四川省正处于工业化中期阶段，目前是赶超全国平均水平的关键时期。用战略性新兴产业引领产业优化升级，做大增量调结构。四川省融合软度与融合深度的发展绝对指数均不高，尤其是规模层次发展较为落后，属于"两化"融合整体进程的洼地。总的来看，由于历史原因四川省经济布局整体偏向分散，在未来的生产力布局方面，就要促进集中、集约、集群化发展，在专业发展的基础上，实现规模化。使四川省工业发展方式，从自身的集中集约发展变成和服务业之间互动发展，让工业从"微笑曲线"底端，向两端（设计和营销）发展。

推进"两化"深度融合，四川省应聚焦战略性新兴产业，按照"关键技术产业化、重点产品市场化、布局方式集聚化"要求，切实推进战略性新兴产业发展。以"两化"融合（工业化和信息化融合）和"两化"互动（工业化和城市化联动）为主线，以信息化为升级平台，坚持"工业强省"的主导战略不动摇，关注工业调结构和转变发展方式。工业化的发展重点要依托产业园区，将园区布局和城市功能区规划相结合，使工业化的过程成为城市发展的过程。信息化的发展重点要转移到工业软件创新与信息普及上，以信息化作为工业化的升级平台，加快发展电子信息高端产业和软件及信息服务产业。一体化的发展重点要首先确保融合的规模与范围，提升产业的融合广度与质量，从电子商务、电子政务、软件产业等多角度入手培育"两化"融合的增长点。

河南省"两化"融合进程

一　总体情况分析

（一）经济概况

2010 年，河南省地区生产总值为 22942.68 亿元，比上年同期增长 12.2%，其中工业生产较快增长，运行态势趋于平稳。人均 GDP 为 24183 元，三次产业结构为 14.2∶57.7∶28.1。2010 年，河南全省全部工业增加值完成 11950.8 亿元，同比增长 15.4%，较去年同期提高 3.8 个百分点。规模以上工业增加值同比增长 19%，较去年同期提高 4.4 个百分点，高于全国平均水平 3.3 个百分点，38 个行业大类全部实现正增长。2010 年，河南省高技术产业和装备制造业分别同比增长 31.9%、30.6%，电子、机械行业投资快速增长分别增长 69.1%、29.1%。同时河南 2010 年在家电下乡产品销售量及销售额均保持全国第一位，淘汰产能总数和企业数亦均居全国第一。但是也要清醒地看到，与其他发达省份相比，河南省工业经济运行中的一些深层次矛盾并没有得到根本解决，部分经济指标增速在全国位次后移、在中部地区比较靠后，依旧面临着保持经济较快增长和调结构、促转型、增效益的双重任务和压力。2010 年河南省城市化率达到 37.7%。信息基础设施发展良好。截止到 2010 年底，河南省移动电话和互联网用户数分别达到 4402.0 万户和 642.5 万户，普及率分别达到 46.4% 和 6.8%。

（二）综合分析

2010 年，河南省"两化"融合综合排名全国第 10 名，综合指数达到 0.340，与综合排名位列全国第 1 的广东省（指数：0.609）的差距较为明显，其指数仅略超过全国均值（指数：0.324），属于第二梯队。融合硬度列全国第 6 位（指数：0.517），其指数较明显地超过全国均值（指数：0.427）。但是从指数绝对值看，河南省融合硬度与位列第 1 的江苏（指数：0.676）也有一定差距。融合软度位列全国第 22 位（指数：0.232），其指数略低于全国均值（指数：0.282）。融合深度位列全国 9 位（指数：0.273），其指数略高于全国均值（指数：0.263）。

（三）具体分析

融合硬度方面。2010 年，河南省工业化规模处于相对优势地位，列全国第 6 位（指数：0.408），高于全国均值（指数：0.272）；工业化质量列位全国第 8 位（指数：0.576），保持高于全国均值（指数：0.485）的位置。工业化速度列全国第 8 位（指数：0.567），高于全国平均水平（指数：0.523）。从雷达图上可以看出，在工业化规模、质量、速度三个细分层面指数来看，河南省工业化质量和速度明显优于规模的发展水平，是"拉动"现阶段河南省融合硬度发展的驱动力（见图1）。

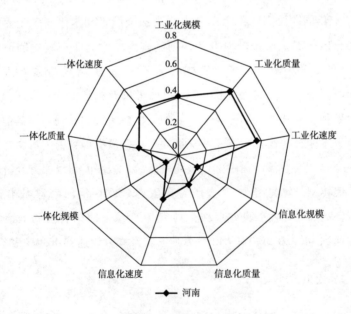

图 1　河南省"两化"融合雷达图

融合软度方面。2010 年，河南省信息化规模处于全国中等水平，列全国第 13 位（指数：0.155），但仍低于全国平均水平（指数：0.177），这说明全国各省份信息化规模程度较不均衡，只在少数几个省份出现高度发达的情况，而河南省并不属于其中，属于中等偏上水平。信息化质量列全国第 23 位（指数：0.213），低于全国平均水平（指数：0.305）。而信息化速度处于全国中下水平，列全国第 25 位（指数：0.326），略低于全国平均水平（指数：0.364）。在雷达图上可较为清晰地看出，河南省融合软度构成图呈逐层上升的梯度状，信息化速度指数明显高于其规模和质量指数，而信息化质量指数也明显高于其规模指数。

融合深度方面。2010 年，河南省一体化规模、一体化质量和一体化速度均处于全国优势地位（指数：0.095、0.287 和 0.436），分别位列全国第 11 位、第 17 位和第 3 位，不仅一体化速度名列前茅，而且以均衡的得分稳居融合深度排名的第 9 位（指数：0.273）。这些指数，一方面说明了河南省在"两化"融合进程中均衡发展的态势和良好速度；另一方面，又指明了河南省"两化"融合的巨大潜力和上升空间。

二 优势和劣势

（一）总体状况

2010 年，河南省"两化"融合优势指标共有 12 个，占指标总数的 8.8%；劣势指标共有 55 个，占指标总数的 40.1%。二者共有 67 个指标，占指标总数的 48.9%（见表 1）。

（二）融合硬度

融合硬度是反映"两化"融合基础水平的指标。2010 年，河南省"两化"融合硬度优势指标共 8 个，占该类指标总数（41 个）的 19.5%；劣势指标共 7 个，占该类指标总数的 17.1%。这也进一步说明，河南省融合硬度优劣势情况相当，相比之下优势条件较为明显，在各种优势指标崭露头角的情况下，对劣势指标的隐现也不容忽视。推进"两化"融合发展，需要更大程度上发挥融合软度和融合深度的综合优势。

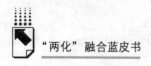

表1　2010年河南省"两化"融合优劣势指标

单位：个，%

项　目		优势指标		劣势指标	
		数量	占比	数量	占比
融合硬度	工业化规模	1	8.3	3	25.0
	工业化质量	4	30.8	2	15.4
	工业化速度	3	18.8	2	12.5
	小　计	8	19.5	7	17.1
融合软度	信息化规模	0	0.0	11	50.0
	信息化质量	1	4.8	12	57.1
	信息化速度	3	12.0	11	44.0
	小　计	4	5.9	34	50.0
融合深度	一体化规模	0	0.0	8	88.9
	一体化质量	0	0.0	4	36.4
	一体化速度	0	0.0	2	25.0
	小　计	0	0.0	14	50.0
合　计		12	8.8	55	40.1

　　其中：工业化规模优势指标1个，占该类指标总数的8.3%；工业化规模劣势指标共3个，占该类指标总数的25.0%。这与河南省服务经济和人力资本经济特征明显的基本特征有关，在一定程度上反映了目前河南省经济发展整体上仍处于蓬勃发展阶段，工业经济在地区经济总量中所占的比重不低，就业人口比重较大，但是人均收入水平和技术含量较低，提升空间较大。

　　工业化质量优势指标共4个，占该类指标总数的30.8%；工业化质量劣势指标共2个，占该类指标总数的15.4%。河南省高耗能、高耗水行业所占比重依然较大，但耗能情况总体有所缓解。河南省工业增加值占GDP比重、劳动生产率、城市化增长率等指标均处于优势地位。

　　工业化速度优势指标共3个，占该类指标总数的18.8%；工业化速度劣势指标共2个，占该类指标总数的12.5%。河南省在城市化率增长率上呈现出绝对优势水平，河南省城镇化加速发展在获得资源环境巨大支撑和保障的同时，对资源环境本身产生了重要影响，一方面，城镇化可以集约化利用土地、水等各种资源，降低环境管理成本；另一方面，城镇化加速发展对各种资源的需求量不断增加，对环境的承载力提出更高要求。

（三）融合软度

融合软度是反映"两化"融合核心内容的指标。2010 年，河南省"两化"融合软度优势指标共 4 个，占该类指标总数（68 个）的 5.9%；劣势指标共 34 个，占该类指标总数的 50.0%，河南省融合软度劣势情况较为明显。

其中：信息化规模尚无优势指标；信息化规模劣势指标共 11 个，占该类指标总数的 50.0%。这也说明河南省完全不具有信息化规模的优势，需要增强这方面的建设和投入。

信息化质量优势指标 1 个，占该类指标总数的 4.8%；信息化质量劣势指标共 12 个，占该类指标总数的 57.1%。广播综合人口覆盖率的优势综合反映了河南省信息化水平的活跃程度。信息产业从业人员占总就业人员的比重、信息产业制造业出口交货值占工业出口交货值的比重、人均通信业务收入、通信业务收入占地区 GDP 的比重、通信业投资额占地区 GDP 的比重、网民普及率等指标呈明显的劣势状态，表明河南省信息化普及程度偏低，产业结构亟待调整。

信息化速度优势指标共 3 个，占该类指标总数的 12.0%；信息化速度劣势指标共 11 个，占该类指标总数的 44.0%。河南省在信息化质量与信息化速度方面劣势指标偏多，二者在全国的相对排名差距甚远。河南作为一个人口大省，信息化绝对规模要达到较高的水平，后续难度较大；而其信息化速度则又在很大程度上受制于现有的发展水平。

（四）融合深度

融合深度是反映"两化"融合质量标志的指标。2010 年，河南省"两化"融合不存在融合深度优势指标；劣势指标共 14 个，占该类指标总数的 50.0%。

其中：一体化规模劣势指标共 8 个，占该类指标总数的 88.9%。河南省一体化规模在技术市场成交额、国内专利年授权数量、软件技术服务收入、软件外包服务收入、软件产业主营业务及附加税、重点工业企业电子商务交易额、重点工业企业电子商务销售额、网商规模呈现明显的劣势情况。无优势指标。

一体化质量劣势指标共 4 个，占该类指标总数的 36.4%。网商密度、中国行业电子商务网站 TOP100 各地比重、软件技术服务收入占 GDP 比重、软件外包服务收入占 GDP 比重综合反映了河南省一体化质量在投入与产出方面并不完全

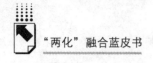

匹配的情况。无优势指标。

一体化速度劣势指标共 2 个,占该类指标总数的 25.0%。技术市场成交额增长率、软件外包服务收入增长率表示技术市场成交和外包业务在河南并不活跃。总体来讲,一体化速度有放缓的趋势,一方面应加强政府主导的推动力量;另一方面,要加大力度优化产业发展环境。河南省在一体化速度方面不存在优势指标。

三 结论与展望

通过以上分析可以看出,河南省"两化"融合综合水平位居全国第 10 位。在三大支柱中,融合硬度和融合深度都位居全国前列,但是融合软度中等偏下。从指数来看,河南省融合硬度高于融合软度和融合深度水平,是拉动"两化"融合的动力。

从发展模式看,河南省属于"工业拉动、一体趋缓型"。河南省正面临后工业化发展态势,从国内形势看,我国经济发展正处于由回升向好向稳定增长转变的关键时期,国家实施积极的财政政策和稳健的货币政策,增强宏观调控的针对性、灵活性、有效性,进一步扩大国内需求,促进中部地区尤其是河南这种消费和人口大省的崛起,启动"十二五"规划等,有利于工业经济保持平稳较快发展。

加快推进"两化"深度融合,河南省应围绕研究出台重点行业的"两化"融合指导意见,完善企业信息化水平评测体系,建立企业信息化激励机制。深化农村信息化应用,提升农村信息服务水平。继续推进 3G 网络建设、二代网络升级改造和信息化服务应用工作。加强技术改造,实施垂直整合,突破关键技术,加快汽车、电子信息、装备制造、食品、轻工、建材等六大高成长性产业发展,改造提升有色、化工、钢铁、纺织服装等四大传统优势产业,培育发展先导产业和生产性服务业,打造产业发展新优势。加快技术创新平台建设,实施质量兴企工程。同时应当继续深化部省和省际战略合作,制订实施承接产业转移行动计划,组织专题对接活动。创建承接产业转移示范基地,推动生产性服务功能区和公共服务平台建设。推动产业集群式转移,建设竞争力强的特色基地。

B.15

辽宁省"两化"融合进程

一 总体情况分析

(一) 经济概况

2010 年，辽宁省生产总值（GDP）达到 1.75 万亿元，"十一五"期间年均增长 13%，人均生产总值超过 5000 美元。三次产业结构比例为 8.9∶54.0∶37.1。工业各行业发展良好，老工业基地改造取得积极进展，高新技术产业发展势头良好，2010 年辽宁省以石油化工、冶金、机械、电子为主体的门类齐全的工业体系更加完善，规模以上工业增加值、利税等指标居全国前十位，原油加工、钢材、轻型客车、造船、数控机床等产量在全国名列前茅。信息化建设取得良好进展，辽宁省在稳步推进普遍服务、信息下乡和电子政务工程的基础上，2010 年在沈阳市试点地铁公交卡合一，试点推行电子病历，试行效果良好。截止到 2010 年底，辽宁省移动电话和互联网用户数（不含手机上网用户）分别达到 3341.8 万户和 595.6 万户，普及率分别达到 77.37% 和 13.8%。在工业化和信息化良好发展的基础上，辽宁省积极推进"两化"融合工作，辽宁省大连市成为我国三网融合试点城市，沈阳成立"两化融合企业联盟"，以市场化手段整合沈阳装备工业与软件产业的全部资源，沈阳国际软件园获"2010 中国工业软件优秀产业环境奖"。

(二) 综合分析

2010 年，辽宁"两化"融合综合排名全国第 11 位，综合指数为 0.335，高于全国平均水平（指数：0.324），"两化"融合程度在全国处于中上游位置。融合硬度列全国第 12 位（指数：0.458），高于全国平均水平（指数：0.427）。融合软度列全国第 9 位（指数：0.292），略高于全国均值（指数：0.282）。融合深度列全国第 11 位（指数：0.254），略低于全国均值（指数：0.263）。从排名综合来看，辽宁"两化"融合水平较高，融合硬度、融合软度、融合深度三个维度平衡发展，互相促进，其中从指数看，融合硬度、融合软度都高出全国平均水平，而这两者作为"两化"融合基础进一步促进融合深度的发展。

（三）具体分析

融合硬度方面。2010 年，辽宁省工业化规模位列全国第 9 位（指数：0.335），远远高于全国平均水平（指数：0.272），工业化质量位列全国第 17 位（指数：0.494），略高于全国平均水平（指数：0.485），工业化速度位列全国第 13 位（指数：0.545），高于全国平均水平（指数：0.523）。从排名情况来看，辽宁工业化规模具有相对优势，远远高于全国平均水平，工业化速度也较快，但工业化质量排名相对落后，但仍高于全国平均水平。从雷达图上亦看出，辽宁省工业化规模、质量、速度都发展较好，多维度保障工业化发展（见图 1）。

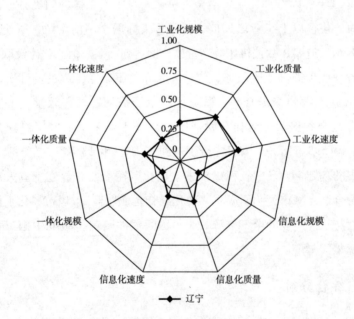

图 1　辽宁省"两化"融合雷达图

融合软度方面。2010 年，辽宁信息化规模指标位于全国第 8 位（指数：0.191），略高于全国平均水平（指数：0.177）；信息化质量指标亦位于全国第 8

位（指数：0.368），远远高于全国平均水平（指数：0.305）；信息化速度指标位于全国第 26 位（指数：0.317），明显低于全国平均水平（指数：0.424）。其中信息化规模和信息化质量指标较好，均高于全国平均水平，居于全国前列，但信息化速度指标较差，这主要由于辽宁省属于信息化较为发达的省份，目前信息化程度已经达到较高水平，且尚未找到新的信息化投资建设点，故表现速度较差。而在雷达图（见图 1）上可较为清晰地看出，辽宁省信息化质量指标尤为良好，从指数上来看，也远远优于全国平均水平。

融合深度方面。2010 年，辽宁省一体化规模位列全国第 7 名（指数：0.180），远远高于全国平均水平（指数：0.141）；一体化质量位列全国第 12 名（指数：0.330），高于全国平均水平（指数：0.322）；一体化速度列全国第 26 位（指数：0.253），远远低于全国平均水平（指数：0.325）。表明当前辽宁省一体化程度较为发达，且质量较为良好，而较高的一体化规模亦导致其一体化速度较低，未来辽宁省在东北老工业基地振兴战略的进一步推进下，将寻找到"两化"融合的更多切入点，一体化速度将有所提升。

二 优势和劣势

（一）总体状况

2010 年，辽宁省"两化"融合优势指标共有 12 个，占指标总数的 8.8%；劣势指标共有 52 个，占指标总数的 38.6%。二者共有 64 个指标，占指标总数的 46.7%（见表 1）。辽宁"两化"融合水平超过一半的指标处于全国中上等水平，近 10% 表现出优势，超过 45% 表现出劣势，总体水平较高，但也存在明显劣势。从优劣势指标数量来看，优势主要体现在速度指标上，其次是质量指标；劣势主要体现在融合软度上，融合软度劣势指标占总劣势指标的 57.7%。

（二）融合硬度

融合硬度是反映"两化"融合基础水平的指标。2010 年，辽宁"两化"融合硬度优势指标为 5 个，占该类指标总数（41 个）的 12.2%；劣势指标共 6 个，占该类指标总数的 14.6%，存在明显优劣势的指标共占 26.8%；其中融合硬度优

表1 2010年辽宁省"两化"融合优劣势指标

单位：个，%

项　目		优势指标		劣势指标	
		数量	占比	数量	占比
融合硬度	工业化规模	0	0.0	3	25.0
	工业化质量	2	15.4	3	23.1
	工业化速度	3	18.8	0	0.0
	小　计	5	12.2	6	14.6
融合软度	信息化规模	0	0.0	12	54.6
	信息化质量	3	14.3	7	33.3
	信息化速度	4	16.0	11	44.0
	小　计	7	10.3	30	44.1
融合深度	一体化规模	0	0.0	8	89.0
	一体化质量	0	0.0	4	36.4
	一体化速度	0	0.0	4	50.0
	小　计	0	0.0	16	57.1
合　计		12	8.8	52	38.0

势指标占总优势指标的41.7%，而工业化速度优势指标占融合硬度优势指标的60%。综合考虑融合硬度三个维度指标排名，辽宁省工业化程度较高，整体均衡发展，但优势指标仍然较少，有待进一步提高。

其中：辽宁省尚无工业化规模优势指标，但劣势指标为3个，占该类指标总数的25%，主要劣势指标为：规模以上工业企业利润、工业制成品出口总额、城镇单位就业人员平均劳动报酬。由此表明，辽宁省工业从总量上来看居于全国前列，但出口潜力有待发掘，工业企业资本效率、居民收入有待提高。

工业化质量优势指标共2个，占该类指标总数的15.4%；工业化质量劣势指标共3个，占该类指标总数的23.1%。其中，优势指标为：工业增加值占地区GDP的比重、产品销售率；劣势指标主要集中在：高新技术产业产值占工业总产值比重、总资产贡献率、成本费用利润率。同工业化规模劣势表现出同样的特征，即工业企业资本效率不够高，这与辽宁省是我国东北老工业基地的重要省份有关，其传统工业（如钢铁等）发展较好，而高新技术产业较落后于广东、上海等发达工业地区，因此导致工业企业资本效率不高。

工业化速度优势指标共3个，占该类指标总数的18.8%，不存在劣势指标。

从工业化速度指数在全国的排名来看，工业化速度较之规模排名较为靠后，但在优劣势指标数量上却表现出优势，这由于辽宁工业化程度较为成熟，导致工业化速度不高，但是在辽宁省部分新兴产业和传统产业改造的带动下，导致工业化速度指标良好，也为未来辽宁省工业化速度的提高奠定基础。

（三）融合软度

融合软度是反映"两化"融合核心内容的指标。2010年，辽宁省"两化"融合软度优势指标共7个，占该类指标总数（68个）的10.3%；劣势指标共30个，占该类指标总数的44.1%。

其中：信息化规模优势不明显，不存在优势指标；信息化规模劣势指标共12个，占该类指标总数的54.6%。从前文指标排名具体分析可知，辽宁省信息化规模排名为第8位，但从优劣势指标来看，却并未表现出明显的优势。这表明辽宁省信息化整体发展较为平衡，没有明显的优势，但劣势也不明显；辽宁省信息产业以及相关产业仍然不够发达，但居民以及企业的信息化水平却有了长足发展，通信业投资以及发展状况良好。

信息化质量优势指标为3个，占该类指标总数的14.3%；信息化质量劣势指标为7个，占该类指标总数的33.3%。优势主要体现在电气机械及器材制造业占装备制造业比重、电视综合人口覆盖率、广播综合人口覆盖率不高；劣势主要体现在信息产业不够发达，信息化投入产出比不高等方面。

信息化速度优势指标共4个，占该类指标总数的16%；信息化速度劣势指标共11个，占该类指标总数的44%。从信息化速度指数排名看，信息化速度位列全国第26位，低于全国平均值，较为落后，但从优劣势分析，信息化速度优势指标占融合软度优势指标的大多数（57.1%）。由此表明，之前辽宁省信息化建设推进主要以居民信息化、部分现代技术产业企业信息化以及电子政务等传统信息化为主，其发展已经趋于饱和，因此与多数传统信息化尚未完成的省份相比，其从排名上较为落后；但随着东北老工业基地振兴、辽宁省传统工业转型升级的加速推进，传统工业经济转型所带来的信息化机遇为未来辽宁省信息化提供了机遇，目前已在部分指标上有所体现。总体来讲，未来在辽宁省信息化速度指数的提高下，其信息化进程将进一步加速。

（四）融合深度

融合深度是反映"两化"融合质量标志的指标。2010 年，辽宁省"两化"融合深度尚无优势指标，劣势指标共 16 个，占该类指标总数的 57.1%。

其中：一体化规模尚无优势指标；但一体化规模劣势指标达 8 个，占该类指标总数的 89%，仅有一个指标居于全国中等水平，即软件技术服务收入指标。此表明辽宁省信息化技术市场不够发达，科研人员数量显现不足。

一体化质量尚无优势指标也为；一体化质量劣势指标共 4 个，占该类指标总数的 36.36%。劣势指标主要为：网商密度、中国行业电子商务网站 TOP100 各地比重、软件外包服务收入占 GDP 比重、重点工业企业电子商务销售额占主营业务收入比重。

一体化速度尚无优势指标；劣势指标共 4 个，占该类指标总数的 50.00%。主要劣势指标为：技术市场成交额增长率、国内专利年授权增长率、软件外包服务收入增长率、网商规模增长率。一体化规模劣势指标分析中指出，辽宁省目前存在一定程度科研人员匮乏的状态，但是一体化速度优劣势指标分析中得出，辽宁省软件研发人员增长率在全国处于中上等水平，因此未来省内科研人员将持续增加，有利于辽宁省一体化进程推进；但辽宁省网商规模表现出劣势的同时，网商规模增长率仍然表现出劣势，未来辽宁省网商规模扩大受到限制，应当适当改善网商投资给予政策支持，改善网商投资环境。

三 结论与展望

通过以上分析可以看出，辽宁省"两化"融合综合水平位居全国第 11 位。融合硬度、融合软度明显高于全国平均水平，但融合深度低于全国平均水平。总体来说，辽宁省"两化"融合水平较高，其中工业化和信息化发展良好，但在两者的融合过程中存在一定差距。从三大支柱的细分指标排名看，规模和质量指标优于速度指标，表明传统意义上的工业化和信息化在辽宁省已经较为发达；但从优劣势指标数量分析，速度指标仍然有较多指标表现出优势，此表明辽宁省在传统工业改造升级和经济转型方面，已经摸索出一定发展途径，未来辽宁省"两化"融合速度将有所提高，从而进一步提高"两化"融合整体水平。

辽宁省是我国传统的工业发展的重要省份，但受其原有计划经济体制束缚，出现了产业结构老化和经济相对衰退的现象；近几年辽宁省实行"沿海经济带开发开放"、"沈阳经济区建设"、"突破辽西北"三大区域发展战略以来，辽宁加快发展振兴的热流处处涌动。上文分析可知，目前辽宁省融合硬度和融合软度已经表现出一定规模优势，较大的总量规模导致发展速度和潜力不大，因此若想进一步提高其发展速度，必须转换传统工业和信息化发展模式，寻求新的突破口。因此未来应在保障工业化和信息化质量的同时，寻找"两化"融合的新的切入点。

辽宁省工业战线应继续深入贯彻落实科学发展观，全面振兴辽宁老工业基地，加强和改善工业经济宏观调控，以提高经济效益为中心，以发展现代装备制造业、高加工度原材料工业和建设新型产业基地为重点，围绕工业结构调整、提高企业自主创新能力、发展循环经济、"五点一线"沿海经济带开发和县域工业发展，稳定发展工业经济。提高科研人员素质和数量，改善投资环境，提高企业运行效率，提高信息产业发展，并借助传统工业经济转型升级和老工业基地振兴的契机，推动工业化和信息化的深度融合，实现整体经济绿色、效益、稳定发展。

B.16
河北省"两化"融合进程

一 总体情况分析

(一) 经济概况

河北省是我国经济开发潜力较大的区域，2010 年，河北省 GDP 超过 2 万亿元，人均 GDP 超过 28000 元，比 2005 年增长 88%。经济转型和产业结构调整取得一定进展，三次产业结构大致为 12.68∶53∶31.19，产业结构渐趋合理。城市化率超过 43%。信息基础设施发展良好，截止到 2010 年底，河北省移动电话和互联网用户数分别达到 4353.5 万户和 667.0 万户，普及率分别达到 61.9% 和 9.5%。河北省总体上正由工业资源消耗大省向工业强省转变，加快工业结构优化和企业兼并重组，加大技术改造力度，注重以信息化带动产业升级。"十二五"期间，河北省将通过调整工业结构的"三大任务"、"十项措施"和信息化建设的"八项重点工作"推进信息化与工业化融合，其中唐山暨曹妃甸地区已被正式列入国家信息化和工业化融合试验区。

(二) 综合分析

2010 年，河北省"两化"融合综合排名全国第 12 位，综合指数为 0.324。在全国范围内处于中下水平，与排名第 1 的广东省（指数：0.609）的"两化"融合综合指数存较大差距。融合硬度列全国第 8 位（指数：0470），指数是全国平均值（指数：0.363）的 1.29 倍，相比融合综合水平，河北省融合硬度较有优势。融合软度列全国第 13 位（指数：0.266），其指数低于全国均值（指数：0.282）。融合深度列全国第 16 位（指数：0.235），同样低于全国均值（指数：0.263），融合软度与融合深度水平不具优势。

(三) 具体分析

融合硬度方面。2010 年，河北省工业化质量与工业化速度发展水平较强一些,而工业化规模水平较低。其中,工业化质量(指数:0.518)排名第13,处于中等水平,高于全国平均水平(指数:0.485)。工业化速度(指数:0.543)排名第14,略高于全国平均水平(指数:0.523)。工业化规模虽然位于第7名,指数却不到排名第1的广东省(指数:0.838)的50%。从雷达图(见图1)上可以看出,河北省工业发展属于质量与速度拉动规模增长的模式,工业规模并不占优势。随着资源过度消耗,河北省越来越注重技术创新和企业兼并重组,在工业化质量与速度发展上有所提升。

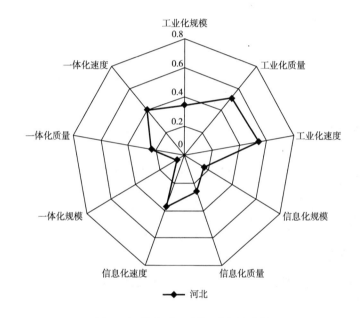

图1 河北省"两化"融合雷达图

融合软度方面。2010年,河北省融合软度三项细分指标排名均不靠前,发展水平较为落后。信息化规模(指数:0.164)排名第11,与排名第一的广东省(指数:0.936)规模相差甚远,且低于全国平均水平(指数:0.177)。信息化质量(指数:0.264)排名第12,同样低于全国平均水平(指数:0.305),与信息化规模都为凹陷状态。信息化速度(指数:0.371)排名第17,在雷达图上相比于信息化规模和质量为明显突起。目前河北省信息化建设还处于初始阶段,发展速度较快,但规模和质量增长缓慢。

融合深度方面。2010年,河北省一体化速度、一体化质量和一体化规模指标呈现逐渐降低趋势，同融合软度三项指标相似。一体化规模（指数：0.061）排名第16，在三者中处于最劣势地位，不足全国平均水平（指数：0.141）的一半。一体化质量（指数：0.236）排名第22，低于全国平均水平（指数：0.322）。一体化速度（指数：0.409）排名第6，具有较明显优势。可以看出，河北省工业化规模和质量、信息化规模和质量发展不足影响了一体化的规模与质量，导致融合的整体水平不高。

二 优势和劣势

（一）总体状况

2010年，河北省"两化"融合优势指标共有14个，占指标总数的10.2%；劣势指标共有63个，占指标总数的46.0%。二者共有77个指标，占指标总数的56.2%（见表1）。这说明河北省"两化"融合优势、劣势整体比重非常不均等，整体指标水平结构不均衡。

表1 2010年河北省"两化"融合优劣势指标

单位：个，%

项　　目		优势指标		劣势指标	
		数量	占比（%）	数量	占比（%）
融合硬度	工业化规模	0	0.0	4	33.3
	工业化质量	4	30.8	3	23.1
	工业化速度	4	25.0	2	12.5
	小　计	8	19.5	9	22.0
融合软度	信息化规模	0	0.0	13	59.1
	信息化质量	2	9.5	13	61.9
	信息化速度	3	12.0	10	40.0
	小　计	5	7.4	36	52.9
融合深度	一体化规模	0	0.0	9	100.0
	一体化质量	0	0.0	6	54.5
	一体化速度	1	12.5	3	37.5
	小　计	1	3.6	18	64.3
总　　计		14	10.2	63	46.0

（二）融合硬度

融合硬度是反映"两化"融合基础水平的指标。2010年，河北省"两化"融合硬度优势指标有 8 个，占该类指标总数（41 个）的 19.5%；劣势指标共 9 个，占该类指标总数的 22.0%。数据分析表明，河北省的工业化发展优劣势均等，领先指标和落后指标基本各占 1/5，而大部分指标处于中等水平，发展潜力较大。

其中：工业化规模没有优势指标，劣势指标 4 个。这说明河北省工业规模面临发展瓶颈，将近 2/3 的指标表现为中等水平，工业制成品出口、产品销售及企业数量方面处于低谷。这与河北省工业发展特点较为吻合，工业在河北省占据非常重要的地位，但由于产业结构的不合理、生产技术的落后使得资源的浪费现象严重，投入产出比较低，低端产业比重较高，工业营业收入低于同类企业，同时也反映了河北省企业兼并、重组、淘汰带来的总体工业规模一定程度的减小。

工业化质量优势指标共 4 个，占该类指标总数的 30.8%；工业化质量劣势指标共 3 个，占该类指标总数的 23.1%。2010 年，河北省工业占全省 GDP 比重、工业制成品占出口产品比重、产品销售率和流动资产周转率都较高，占据较强优势，这体现了全省工业结构优化、淘汰落后产能工作的初步成效。但高新技术产业产值占工业总产值比重、成本费用利润率仍然较低，工业化质量提升需要进一步加大技术研发投入。

工业化速度优势指标共 4 个，占该类指标总数的 25%；工业化速度劣势指标共 2 个，占该类指标总数的 12.5%。河北省工业基础雄厚，主要产业仍然以工业为主，2010 年，城市化率、工业增加值占地区 GDP 比重和工业增加值增长迅速，由于工业化规模和质量发展程度并不高，工业化速度优势使河北省具有较大发展潜力。

（三）融合软度

融合软度是反映"两化"融合核心内容的指标。2010 年河北省"两化"融合软度优势指标共 5 个，占该类指标总数（68 个）的 7.4%；劣势指标共 36 个，占该类指标总数的 52.9%。

其中：信息化规模无优势指标，劣势指标共 13 个，占该类指标总数（22 个）的 59.1%。这说明河北省信息化面临着很大的发展空间，信息产业增加值、企业个数、信息产业制造业工业增加值和利润都与发达地区差距很大，这一现状与河北省重视工业有紧密关联。

信息化质量优势指标 2 个，占该类指标总数的 9.5%；信息化质量劣势指标共 13 个，占该类指标总数的 61.9%。河北省信息化质量发展不容乐观，只有电视和广播综合人口覆盖率达到较高水平，而信息产业制造业出口交货值占工业出口交货值比重、通信设备制造业占制造业比重、人均通信业收入、通信业投资额比重这些反映信息化质量的重要指标均为劣势指标，与居民生活相关的互联网、固定电话和移动电话普及率也处于低水平。虽然河北省在通信业投资、信息化投入产出方面有所发展，但要提升信息化质量还将面临巨大挑战。

信息化速度优势指标共 3 个，占该类指标总数的 12%；信息化速度劣势指标共 10 个，占该类指标总数的 40%。相比于信息化规模与质量，河北省信息化速度具有较多的优势和较少的劣势。其中，信息化投入产出比率、互联网宽带接入用户增长迅速，网民增长率与人均互联网带宽增长率排名也较靠前，体现了经济发展对信息服务的需求。受限于信息化的规模和质量，信息产业制造业增加值和出口交货值、通信业务收入、人均通信业务收入、信息产业从业人员增长仍然缓慢。

（四）融合深度

融合深度是反映"两化"融合质量标志的指标。2010 年，河北省"两化"融合深度优势指标只有 1 个，占该类指标总数（28 个）的 3.6%；劣势指标共 18 个，占该类指标总数的 64.3%。

其中：衡量一体化规模的 9 个指标均为劣势指标。融合软度、硬度是融合深度发展的基础，河北省工业化和信息化规模均没有优势指标，尤其是信息化规模的劣势指标占比为 59.1%，在这一客观条件下，软件服务收入、重点工业企业电子商务交易等指标必然都不占优势。

一体化质量没有优势指标，劣势指标共 6 个，占该类指标总数的 54.5%。受一体化规模的影响，软件技术服务和外包服务收入占 GDP 比重、重点工业企业电子商务销售额占主营业务收入比重等都处于低水平。

一体化速度具有 1 个优势指标，也是一体化发展的唯一优势指标，占该类指标总数的 12.5%，一体化速度劣势指标共 3 个，占该类指标总数的 37.5%。河北省一体化速度与信息化发展状况相符，由于经济生活对信息服务需求的增加，互联网宽带接入用户和网民的快速增长为网商规模增长提供了基础。当然，一体化速度劣势也相当明显，反映高新技术的软件服务业增长仍然较慢。

三 结论与展望

通过以上分析可以看出，河北省"两化"融合综合水平居全国第12位，融合指数（指数：0.324）为全国平均水平。从三大融合维度来看，融合硬度、融合软度和融合深度排名依次降低。从融合指数来看，融合硬度（指数：0.470）排名第8，高于全国平均水平（指数：0.427）；融合软度（指数：0.266）排名第13，低于全国平均水平（指数：0.282）；融合深度（指数：0.235）排名第16，也低于全国平均水平（指数：0.263）。

由此得出，河北省属于"工业化带动、信息化促进"型。河北省是工业大省，工业增加值占GDP比重很高，近年来，河北省注重工业企业的兼并重组，采取措施优化行业结构，提高资源利用率，在工业化质量方面有所改善。河北省要想成为工业大省和工业强省，关键还是工业结构优化，提高行业集中度，发展具有影响力的品牌企业，这就需要加大创新技术的运用，发挥信息技术在工业生产、管理和销售中的作用。河北省经济转型和社会生活发展都需要信息化的快速发展，目前信息化规模和质量发展还很弱，但信息化速度发展优势已经有所显现，为工业化发展起到一定的促进作用。

推进"两化"深度融合，河北省应在加快工业化的基础之上加大信息化发展力度。一直以来，河北省努力发展工业，尤其是钢铁等重工业，从而造成资源和环境代价巨大，虽然工业增加值占GDP比重较高，但工业产值、工业企业主营业务收入在全国范围内并不具优势。目前河北省处于工业化转型时期，工业经济增长内在动力依然不足，工业产品竞争力不强，缺乏核心技术、自主知识产权和自主品牌，解决这些问题需要在提高产业集中度的基础上充分发展现代制造业，增加规模以上工业企业的科研机构，保持其在石化、装备产业中的优势，并积极运用现代信息技术增强企业创新能力。当前信息化的发展不仅成为助力工业转型的重要因素，还成为经济社会生活的迫切需求，结合这一发展契机，"两化"融合必须以提高信息化覆盖率和提升信息化水平为切入点，利用工业基础大力发展信息产业制造业，尤其是通信设备和电子设备制造业等，发展软件服务产业，为逐步扩大一体化规模奠定基础。

B.17

湖南省"两化"融合进程

一 总体情况分析

(一)经济概况

2010 年,湖南省生产总值突破 1.5 万亿元,达到 15902.12 亿元,同比增长幅度达到 14.5%,三次产业结构比为 14.7:46.0:39.3。全省规模以上工业实现增加值 5890.29 亿元,财政总收入达到 1862.88 亿元,人均 GDP 超过 20000 元,各项主要经济指标均实现两位数增长,超额完成全年预期目标和"十一五"规划发展目标。2010 年,湖南省大力推进产业园区建设,园区工业产业体系基本形成,产业集聚水平提高,现代产业体系粗具雏形,产业园区工业已成为促进全省产业集聚和区域经济发展的重要支柱。湖南省经济结构体系不断优化提升,服务体系不断完善,国际化程度不断提高,2010 年中国—东盟自贸区全面启动以来,湖南省与东盟累计实现进出口额 10.6 亿美元,同比增长 50.4%。软件和信息服务产业发展环境不断优化,产业集聚效应不断凸显,形成以长沙软件园为代表的省内软件企业、系统集成企业、信息服务业企业共同发展的局面。城市化率达到 43.2%。截止到 2010 年底,湖南省移动电话和互联网用户数(不含手机上网用户)分别达到 3257 万户和 347.5 万户,普及率分别达到 50.8% 和 5.8%。

(二)综合分析

2010 年,湖南省"两化"融合综合排名为全国第 13 位,综合指数达到 0.323,"两化"融合程度在全国处于中间位置,与居第 12 位的河北省"两化"融合程度相近,但与排名前茅的广东、江苏、浙江、北京、上海等有明显差距。融合硬度列全国第 16 位(指数:0.441),其指数仅略低于位于第 15 的福建省(指数:0.443)。融合软度列全国第 15 位(指数:0.260),其指数略低于全国平均值（指数：0.282）。融合深度列全国第 10 位（指数：0.268），其指数基本与全国平均值（指数：0.263）差不多。综合来看，基本处于全国中等水平，融合深度方面发展较为良好。

（三）具体分析

融合硬度方面。2010 年，湖南省工业化规模和工业化质量发展较为平庸，均列全国第 14 位（指数：0.243 和 0.503），其中工业化规模略低于全国平均水平（0.272），工业化质量略高于全国平均水平（0.485）。湖南省在融合硬度方面的优势指标为：工业化速度，列全国第 6 位（指数：0.577），高于全国平均水平（指数：0.523）。从雷达图上可以看出，从工业化规模、质量、速度三个细分层面指数来看，湖南省工业化速度明显优于另两项的发展水平，是"拉动"现阶段湖南省工业发展的驱动力，并且工业化质量也在稳步改善，但工业化规模受到当地工业发展客观条件的约束，发展相对受限（见图1）。

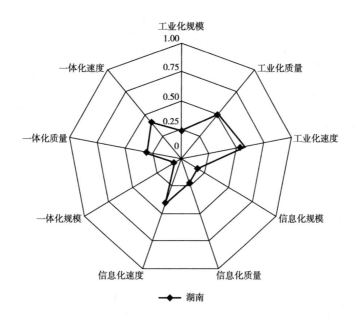

图1　湖南省"两化"融合雷达图

融合软度方面。2010 年，与融合硬度指标特点相近，湖南省信息化速度在全国明显处于优势地位，列全国第 5 位（指数：0.412），明显高于全国平均水平（指数：0.364）。而信息化规模和信息化质量指标均不理想，分别列全国第12位和第24位（指数：0.163和0.206），信息化规模略低于全国平均水平（指数：0.177），尤其是信息化质量指标明显低于全国平均水平（指数：0.305），在全国居于较低水平。在雷达图上可较为清晰地看出，信息化速度指数明显高于其质量和速度指数，是"拉动"湖南省信息化发展进程的主要驱动力。

融合深度方面。2010年，湖南省一体化规模、一体化质量均低于全国平均水平（全国平均指数分别为：0.141和0.322），分别列全国第14位和第13位（指数：0.068和0.321），其中一体化规模与排名前列的省份，例如广东、北京、浙江、上海等，差距很大。一体化速度列全国第4位（指数：0.415），明显高于全国平均水平（指数：0.325）。就目前湖南省"两化"融合发展状况而言，一体化规模不高，质量仍处于劣势，但从速度看，发展态势良好。

二　优势和劣势

（一）总体状况

2010年，湖南省"两化"融合优势指标共有9个，占指标总数的6.57%；劣势指标共有62个，占指标总数的45.26%。二者共有71个指标，占指标总数的51.8%（见表1）。表明湖南省"两化"融合水平仍然存在较大的劣势，主要集中在融合软硬度以及融合深度的规模和质量方面，当前发展速度较为良好，优势指标相对较少。

（二）融合硬度

融合硬度是反映"两化"融合基础水平的指标。2010年，湖南省"两化"融合硬度优势指标仅5个，占该类指标总数（41个）的12.2%；劣势指标共11个，占该类指标总数的26.8%。这表明，湖南省推进工业化方面表现并不突出，与工业化程度较高的省份仍然有较大差距，但工业化速度较快，未来工业化进程在信息化和一体化的综合作用下，将有较突出表现。

表1 2010年湖南省"两化"融合优劣势指标

单位：个，%

项 目		优势指标		劣势指标	
		数量	占比	数量	占比
融合硬度	工业化规模	0	0.0	7	58.3
	工业化质量	3	23.1	3	23.1
	工业化速度	2	12.5	1	6.3
	小　计	5	12.2	11	26.8
融合软度	信息化规模	0	0.0	15	68.2
	信息化质量	0	0.0	14	66.7
	信息化速度	3	12.0	6	24.0
	小　计	3	4.4	35	51.5
融合深度	一体化规模	0	0.0	9	100.0
	一体化质量	0	0.0	4	36.4
	一体化速度	1	12.5	3	37.5
	小　计	1	3.6	16	57.1
合　计		9	6.6	62	45.3

其中：湖南省尚无工业化规模优势指标，但劣势指标有7个，占该类指标总数的58.33%，在一定程度上反映了湖南省工业化发展属于后起之秀，目前处于发展阶段，尚未形成工业化发展的规模优势。

工业化质量优势指标共3个，占该类指标总数的23.1%；工业化质量劣势指标共3个，占该类指标总数的23.1%。湖南省经济在全国排名处于中等，人均GDP相对较低，且近几年湖南省高耗能、高耗水行业所占比重依然较大，使得单位地区生产总值电耗、单位工业增加值能耗等指标均处于劣势地位（指数：0.797和0.722），距离绿色经济、低碳发展的目标还有较大距离。表明今后湖南省在快速工业化的道路上，要着重注意提高工业化质量，以达到可持续发展的目标。

工业化速度优势指标共2个，占该类指标总数的12.50%；工业化速度劣势指标共1个，占该类指标总数的6.3%。相对工业化规模和质量，湖南省在速度方面优势较为明显。相较于工业经济腾飞较早的东部沿海各省份，湖南省工业发展起步较晚，工业经济大幅增长出现在"十一五"时期，尤其是"十一五"后期，其工业经济发展基数相对工业大省较低；另外，"十一五"时期，湖南省明

确提出把推进新型工业化作为富民强省的第一推动力,集中精力谋工业、抓工业,加速推进新型工业化进程,在此发展方针的指导下,工业化速度不断加快。在两方面作用下,使得湖南省工业化发展速度较快,在全国居于较前列。

(三)融合软度

融合软度是反映"两化"融合核心内容的指标。2010年,湖南省"两化"融合软度优势指标共3个,占该类指标总数(68个)的4.4%;劣势指标共35个,占该类指标总数的51.5%。

其中:信息化规模优势不明显,不存在优势指标;信息化规模劣势指标共15个,占该类指标总数的68.2%。表明与信息化程度较高的省份而言,湖南省在信息化规模上具有较为明显劣势,这与湖南省经济发展在全国的位置以及工业化程度具有较大关系。

信息化质量尚无优势指标;但信息化质量劣势指标却达14个,占该类指标总数的66.7%。总体上湖南省信息化质量不高,主要反映在:宏观指标方面,湖南省信息产业仍然较为落后,信息产业从业人员占总就业人员的比重较低,信息产业产值以及相关产业的发展程度仍不成熟;中观指标方面,湖南省通信业创收和投资水平不高;微观指标方面,湖南省互联网普及率、固定电话及移动电话普及率、电视综合人口覆盖率、广播综合人口覆盖率指标则从互联网、电话通信、广电业务等多角度反映了湖南省信息化质量方面的劣势。总体来讲,湖南省信息通信产业发展不够发达,整体企业、居民信息化程度不高,表明湖南省信息化质量有待提高。

信息化速度优势指标共3个,占该类指标总数的12.0%;信息化速度劣势指标共6个,占该类指标总数的24.0%。相对信息化规模、信息化质量而言,湖南信息化速度方面处于绝对优势,从全国情况来看,也名列前茅。这表明,虽然目前湖南省信息化规模并无优势,但由于湖南省近几年工业经济的发展、信息产业的发展以及人均GDP的提高,较高的信息化速度将不断提高信息化规模指标,同时在发展过程中应当注重其信息化质量,保障长远发展的动力。

(四)融合深度

融合深度是反映"两化"融合质量标志的指标。2010年,湖南省"两化"

融合深度优势指标 1 个，占该类指标总数（28 个）的 3.57%；劣势指标共 16 个，占该类指标总数的 57.14%。

其中：一体化规模尚无优势指标；但一体化规模劣势指标却达 9 个，占该类指标总数的 100%。表明湖南省一体化规模存在绝对的劣势，100% 的指标处于全国的较低水平。

一体化质量尚无优势指标；一体化质量劣势指标共 4 个，占该类指标总数的 36.36%，绝大多数指标处于中等水平，少数指标表现出劣势。湖南省一体化质量有待进一步改善提高。

一体化速度优势指标 1 个，占该类指标总数的 12.5%；一体化速度劣势指标共 3 个，占该类指标总数的 37.5%。政府网站绩效增长率是湖南省一体化速度的唯一优势指标，表明湖南省在"电子政务"等工程的顺利实施下，政府网站、政府信息化办事效率等方面有了显著提高，但技术市场成交额增长率、国内专利年授权增长率和软件外包服务增长率三项指标表现为明显的劣势，相对一体化规模和一体化质量而言，一体化速度仍然是湖南省的优势方面。

三 结论与展望

通过以上分析可以看出，湖南省"两化"融合综合水平居全国第 13 位。融合硬度、融合深度和融合软度三项二级指标均处于全国平均水平，其中，融合深度指标相对较好，列全国第 10 位，融合软度列全国第 15 位，融合硬度列全国第 16 位。总体来说，湖南省"两化"融合水平仍居全国平均水平，但各维度增长速度指标都较为突出，表明湖南省整体"两化"融合表现出较良好的发展势头。在未来的一段时间里虽然仍然与东部"两化"融合水平较高的省份有一定差距，但是在较快发展速度和良好"两化"融合势头的促进下，湖南省"两化"融合水平将持续提高，在全国的排名也将持续提高。

从发展历程看，湖南省正处于由"农业强省"向"经济强省"转变的关键时期。"十一五"期间，湖南省以"科学跨越、富民强省"为目标，坚持不懈推进"一化三基"，加快"两个转变"、实施"三个强省"、坚守"四条底线"，将湖南省由"农业大省"转变为"现代工业大省"。在此方针的指导和发展背景下，湖南省集中表现为目前工业化和信息化水平虽然不高，但工业化、信息化以

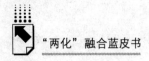

及融合的速度都较快，是我国中部崛起探索的典范。但在发展的过程中，应当以"实现又快又好"发展为目标，保持快速发展的同时，注重发展速度，协同发展工业经济结构，寻找优势产业。2010年，湖南高速公路的建设模式被全国誉为"湖南速度"，使得湖南高速公路发展跃居全国前茅，这一基建工程的推进，也将为"两化"融合加速推进带来契机。

"十一五"时期，湖南明确提出把推进新型工业化作为富民强省的第一推动力，集中精力谋工业、抓工业，加速推进新型工业化进程。"十二五"期间，应当坚持"工业化"和"信息化""两手抓"、"两手都要硬"的方针，推进"两化"深度融合。湖南省应在保持目前较快发展速度的前提下，做出长远规划，注重发展质量，实现可持续发展；同时谋求湖南工业和信息产业的新的增长点，寻找"两化"融合新的切入点，聚焦湖南省经济发展重点产业，以产业园区"两化"融合建设为核心，全面推进"两化"融合进程。从而实现经济发展方式转变、产业结构优化升级，最终推动湖南省"经济强省"战略，提高人民生活水平。

安徽省"两化"融合进程

一 总体情况分析

(一) 经济概况

2010 年，安徽省实现 GDP 12263.4 亿元，比上年增长 14.5%，增幅比上年提高 1.6 个百分点，为 1995 年以来最高水平。三次产业结构比例为 14.1∶52.1∶33.8。2010 年，全省工业经济运行呈现高开稳走、快速增长的良好发展态势，超额完成年度目标任务，全年规模以上工业增加值达到 5601.89 亿元，同比增长 23.6%，增速居全国前列。2010 年，安徽省信息化相关产业发展良好，产业发展环境不断优化，产业集聚效应不断凸现，电子信息制造业累计完成工业增加值 202.9 亿元，同比增长 23.6%，软件产业增长率达到 20% 以上。安徽省信息化程度不断提高，城市化率达到 42.1%。截止到 2010 年底，安徽省移动电话和互联网用户数（不含手机上网用户）分别达到 2798.7 万户和 341.9 万户，普及率分别达到 45.6% 和 5.6%。安徽省在工业化和信息化工作良好发展的基础上，积极推进"两化"融合工作，督促中小企业利用信息化发展工业生产，在发展"两化"融合、促进节能减排等方面都取得了良好进展。

(二) 综合分析

2010 年，安徽省"两化"融合综合排名居全国第 14 位，综合指数达到 0.318，低于全国平均水平（指数：0.324），"两化"融合程度在全国处于中间偏下位置，与排名前茅的广东、江浙、北京、上海等有明显差距，但与处于全国"两化"融合中等水平的中部省份相差不大。融合硬度列全国第 13 位（指数：0.451），高于全国平均水平（指数：0.427）。融合软度列全国第 14 位（指数：0.266），其指数低于全国均值（指数：0.282）。融合深度列全国 15 位（指数：

0.237），低于全国均值（指数：0.263）。综合来看，安徽省"两化"融合水平基本处于全国中等水平，融合硬度、融合软度以及融合深度各维度发展平衡。

（三）具体分析

融合硬度方面。2010 年，安徽省工业化规模列全国第 15 位（指数：0.227），工业化质量列全国第 18 位（指数：0.488），其中工业化规模低于全国平均水平（0.272），工业化质量虽然排名靠后，但略高于全国平均水平（0.485）。安徽省在融合硬度方面的优势指标为：工业化速度，列全国第 2 位（指数：0.637），明显高于全国平均水平（指数：0.523），与排名第 1 的重庆（指数：0.683）相差不大，在工业化速度方面具有绝对优势。从雷达图上可以看出，从工业化规模、质量、速度三个细分层面指数来看，安徽省工业化速度明显优于另两项的发展水平，是"拉动"现阶段安徽省工业发展的驱动力，安徽省属于中部省份，是农业大省，相比于东部沿海等较发达的省份，安徽工业经济不够发达，其当前的发展规模和发展质量不够高，但制度等良好宏观经济和市场环境保障了安徽省工业化速度上的优势，同时速度上的绝对优势保障了工业化规模的持续扩大和工业化质量的不断提高（见图1）。

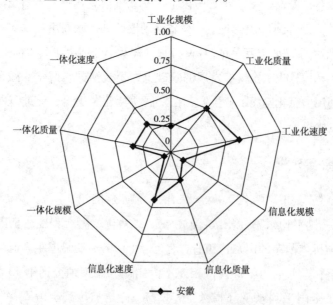

图1　安徽省"两化"融合雷达图

融合软度方面。2010年，安徽省信息化规模和信息化质量指标均列全国第15位（指数：0.126和0.248），均明显低于全国平均水平（指数：0.177和0.305），与广东、江苏、浙江、北京、上海等信息化水平高的省份更是有着极为明显的差距。信息化速度列全国第4位（指数：0.424），远远高于全国平均水平（指数：0.364），与信息化速度高的青海、陕西等省份相差不多，在信息化速度上具有绝对优势。而在雷达图上可较为清晰地看出，安徽省信息化速度指标相对信息化规模、信息化质量两指标较好，信息化水平在高速度的保障下将持续提高。

融合深度方面。2010年，安徽省一体化规模列全国第18位（指数：0.054），明显低于全国平均水平（指数：0.141），一体化质量位列全国第10名（指数：0.335），略高于全国平均水平（指数：0.322），两者与名列前茅的省份，例如广东、北京、浙江、上海等，差距很大。一体化速度列全国第17位（指数：0.321），明显低于全国平均水平（指数：0.325）。可以看出，目前安徽省"两化"融合一体化程度各维度指标发展较为均衡，一体化质量发展较好，其指数高于全国平均水平，但一体化规模和速度指标均低于全国水平，表明安徽省一体化程度缺乏内在动力，其原因主要是工业化水平和信息化水平发展不够成熟。

二 优势和劣势

（一）总体状况

2010年，安徽省"两化"融合优势指标共有17个，占指标总数的12.4%；劣势指标共有68个，占指标总数的49.6%（见表1）。二者共有85个指标，占指标总数的62.0%。可见，作为相对处于"两化"融合水平中等的中部省份（其优劣势指标占总指标的50%左右），安徽省"两化"融合情况表现出优劣势指标相对明显的特征，存在明显的优势和劣势，部分指标发展良好。未来安徽省"两化"融合发展的重点任务是运用本省已存在的优势指标，改善劣势指标，以使工业化水平、信息化水平以及融合水平协调均衡发展。

表1 2010年安徽省"两化"融合优劣势指标

单位:个,%

项目		优势指标		劣势指标	
		数量	占比	数量	占比
融合硬度	工业化规模	0	0.0	10	83.3
	工业化质量	3	23.1	4	30.8
	工业化速度	6	37.5	0	0.0
	小计	9	22.0	14	34.2
融合软度	信息化规模	0	0.0	17	77.3
	信息化质量	1	4.8	13	61.9
	信息化速度	6	24.0	7	28.0
	小计	7	10.3	37	54.4
融合深度	一体化规模	0	0.0	9	100
	一体化质量	1	9.1	5	45.5
	一体化速度	0	0.0	3	37.5
	小计	1	3.6	17	60.7
合计		17	12.4	68	49.6

(二)融合硬度

融合硬度是反映"两化"融合基础水平的指标。2010年,安徽省"两化"融合硬度优势指标为9个,占该类指标总数(41个)的22.0%;劣势指标共14个,占该类指标总数的34.2%,存在明显优劣势的指标共占56.1%。这表明,安徽省绝大部分指标表现出明显的优劣势,融合硬度的优势指标是安徽省"两化"融合所有指标的主要优势所在,占总优势指标的52.9%。上述分析表明,目前安徽省工业化进程的推进发展稳定,融合硬度指标的良好表现为进一步推进"两化"融合工作提供了较好的硬件基础水平。

其中:安徽省尚无工业化规模优势指标,但劣势指标却达10个,占该类指标总数的83.33%,表现出安徽省目前工业发展水平的绝对劣势,这与安徽省是我国农业大省,工业经济发展较晚有关,目前工业经济发展水平较低,安徽省还是我国人口大省,工业增加值尤其是人均工业增加值在全国处于较低水平。

工业化质量优势指标共3个,占该类指标总数的23.1%;工业化质量劣势指标共4个,占该类指标总数的30.8%。优势指标为:单位地区生产总值电耗、工业制成品占出口产品的比重以及产品销售率；劣势指标主要集中在：人均GDP、高新技术产业产值占工业总产值比重、成本费用利润率、流动资产年平均余额。这主要与安徽省经济发展状况和工业经济运行环境有关，安徽省工业发展质量相对较高，但主要是一般工业品的生产，电子产品以及技术含量较高的产品发展不够成熟。表明今后安徽省在快速工业化的进程上，要适当调整工业产品结构，从调结构中提高工业产品技术含量，从而提高工业的信息化水平。

工业化速度优势指标共 6 个，占该类指标总数的 37.5%，不存在明显的工业化速度劣势指标。相对工业化规模和质量，安徽省在工业化速度上具有绝对竞争优势，速度优势也是融合硬度主要优势的表现方面，占融合硬度优势的66.7%。这表明，安徽省在"着力推动经济发展方式转变和经济结构调整"的方针指导下，省内城市化进程、工业经济以及商业环境等方面都取得了卓越成效，省内城市化率、工业总产值增加值率、总投资贡献增长率、成本费用利润率、企业单位个数增长率、城镇单位就业人员平均劳动报酬增长率等指标在全国表现突出，省内工业发展迅速提高，人均收入不断增加，保障了足够的消费动力来促进工业发展。

（三）融合软度

融合软度是反映"两化"融合核心内容的指标。2010 年，安徽省"两化"融合软度优势指标共 7 个，占该类指标总数（68 个）的 10.3%；劣势指标共 37个，占该类指标总数的 54.4%。

其中：信息化规模优势不明显，不存在优势指标；信息化规模劣势指标共17 个，占该类指标总数的 77.3%。表明相对信息化程度较高的省份而言，安徽省在信息化规模上处于较为明显的劣势，主要表现在安徽省信息产业以及相关产业不够发达，产值及从业人员数均不高，这与安徽省工业经济发展、人均收入水平有关。

信息化质量优势指标为 1 个，占该类指标总数的 4.8%；但信息化质量劣势指标为 13 个，占该类指标总数的 61.9%，呈现出明显的劣势。故总体上安徽省信息化质量偏差，宏观方面反映在通信业及电子制造业不够发达；中观方面主要反映在安徽省通信业以及相关上下游产业企业发展不良好，受投资环境和当地人均收入影响；从微观方面讲，安徽省网民普及率、互联网普及率、固定电话普及率、移动电话普及率、有线电视普及率存在劣势，表明安徽省由于受人口大省和工业、信息产业不够发达等因素的影响，居民信息化水平不高。

信息化速度优势指标共 6 个，占该类指标总数的 24.0%；信息化速度劣势指标共 7 个，占该类指标总数的 28.0%。从信息化速度全国排名情况分析，信息化速度相对信息化规模、信息化质量具有优势；从优劣势分析，信息化速度优势指标也占了融合软度优势指标的绝大多数，且劣势不明显。这表明，目前安徽省虽由于受省经济状况、地理位置等多重因素的影响，信息化水平不高，但部分推进工作已经取得良好进展，且较快的信息化发展速度将不断促进安徽省信息化水平的提高。

（四）融合深度

融合深度是反映"两化"融合质量标志的指标。2010 年，安徽省"两化"融合优势指标 1 个，占该类指标总数的 3.57%，劣势指标共 17 个，占该类指标总数的 60.71%。相对融合软硬度来说，融合深度表现最不理想，与安徽省工业和信息业发展有直接关系。

其中：一体化规模尚无优势指标；而一体化规模劣势指标却达 9 个，占该类指标总数的 100%。与处于"两化"融合发展中等水平的中部省份相同，安徽省一体化规模存在绝对的劣势，100% 的指标处于全国的较低水平。

一体化质量优势指标 1 个，占该类指标总数的 9.1%；一体化质量劣势指标共 5 个，占该类指标总数的 45.5%。大多数指标处于中等水平，部分指标表现出劣势。优势体现在政府网站绩效水平上，表明安徽省电子政务工作推进绩效良好；劣势表现在网站及软件产业发展程度不高，网站数量以及质量都有待进一步加强。

一体化速度尚无优势指标；一体化速度劣势指标共 3 个，占该类指标总数的 37.5%，大多处于全国中等水平。安徽省政府网站绩效增长率、技术市场成交额增长率、软件外包服务增长率三项指标表现为明显的劣势，未来安徽省高技术产业以及信息软件产业发展仍需进一步加强，但相对一体化规模和一体化质量而言，一体化速度仍然是安徽省的相对优势，这与安徽省一体化进程起步较晚有关。

三　结论与展望

通过以上分析可以看出，安徽省"两化"融合综合水平位居全国第 14 位。融合硬度、融合深度和融合软度三项二级指标均处于全国平均水平，其中，融合硬度指标相对较好，高于全国平均水平，融合软度和融合深度均低于全国平均水平。总体来说，安徽省"两化"融合水平居全国平均水平，三大支柱速度指标绝对优于规模、质量指标，呈明显的稳步提高态势。其中，安徽省在近年招商引资和营造良好商业环境的政策指引下，工业化水平有了显著提升，且良好的环境和制度安排使未来安徽省工业表现出强劲的增长势头，呈现"增长速度较快、结构调整优化、效益明显回升"的发展格局。信息化程度进程也持续加速，配合工业化的高速发展，以及国家层面政策的推进实施，安徽省"两化"融合进程将持续加速，且有排名上升的势头。

煤炭开采和洗选业、烟草制品业、电气机械及器材制造业、非金属矿物制品业、交通运输设备制造业是安徽省工业经济的五大支柱产业，2010 年这五大行业实现利税占全省规模以上工业的 44.9%，且行业发展势头良好。整体上，安徽省实行东向发展战略，积极与长三角对接，皖江承接产业转移示范区等稳步发展，以上五大支柱产业为工业经济注入支撑力。工业经济的良好发展为安徽省信息化发展和"两化"融合一体化进程提供了基础保障。

从安徽省"两化"融合发展状况来看，"两化"融合工作已经进入稳步推进阶段，其融合硬度发展较好，且信息化发展迅速，因此应在工业化良好发展的基础上，利用较好的信息化技术和实践平台，全面推广"两化"融合工作，更好更快地实施安徽省东向发展、承接长三角部分工业转移的战略。

B.19
陕西省"两化"融合进程

一 总体情况分析

（一）经济概况

2010 年，陕西省 GDP 达到 10012 亿元左右，万亿元经济总量目标得以实现，比 2005 年翻一番多，占全国的比重由 2.1% 提高到 2.5%。初步测算，GDP 排名从"十五"末的全国第 19 位前移到第 16 位。人均 GDP 突破 4000 美元，位次从全国第 22 位前移到 14 位。三次产业结构比例为 9.9∶53.9∶36.2，城市化率达到 43.5%。信息基础设施发展势头良好。截止到 2010 年底，陕西省移动电话和互联网用户数分别达到 2518.2 万户和 308.3 万户，普及率分别达到 66.8% 和 8.2%。2010 年 6 月 11 日，工业和信息化部与陕西省政府在北京签署合作协议，正式建立全面部省合作机制，共同推进关中先进制造业基地建设。

（二）综合分析

2010 年，陕西省"两化"融合综合排名居全国第 15 位，综合指数达到 0.315，略低于全国平均水平（指数：0.324）。融合硬度列全国第 18 位（指数：0.422），略超过全国平均水平（指数：0.363），指数绝对值与排名前列的江苏（指数：0.675）和广东（指数：0.646）差距并不十分显著。融合软度排名较融合硬度靠前，列全国第 11 位（指数：0.271），其指数略低于全国平均值（指数：0.282）。融合深度列全国第 12 位（指数：0.253），也低于全国平均值（指数：0.263）。

（三）具体分析

融合硬度方面。2010 年，陕西省工业化规模和工业化质量均处于劣势地位，分别列全国第 19 位和第 15 位（指数：0.168 和 0.502），尤其是工业化规模指数只有全国平均水平（指数：0.272）的 61.8%。从雷达图上可以看出，从工业化规模、质量、速度三个细分层面指数来看，陕西省工业化速度明显优于另两项的发展水平，是"拉动"现阶段陕西省工业发展的驱动力。工业化速度列全国第 4 位（指数：0.596），与排名第 1 的重庆（指数：0.684）相差不远（见图 1）。

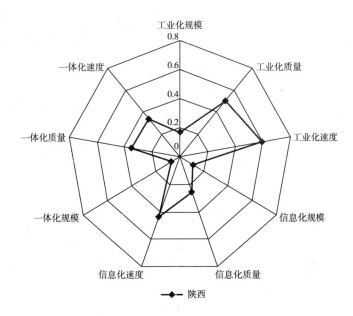

图 1 陕西省"两化"融合雷达图

融合软度方面。2010 年，陕西省融合软度三项指标优劣势情况与融合硬度相同，陕西省信息化规模和信息化质量均低于全国平均水平，分别列全国第 17 位和第 13 位（指数：0.114 和 0.258），但是信息化速度却居全国第 2 位（指数：0.441），远高于前两者在全国的排名。在雷达图上可较为清晰地看出，陕西省融合软度呈现折线型依次突起，信息化速度指数明显高于其信息化规模和质量指数。陕西省信息化规模和质量指数低，与全省产业结构和较低的城镇人口比例直接相关。

融合深度方面。2010 年，陕西省一体化三项指标均处于中上水平，尤其是一体化规模（指数：0.066）居第 15 位，其指数低于全国平均水平（指数：0.141）的一半。一体化速度与一体化规模（指数：0.343）排名相同，与一体化速度排名第 1 的宁夏（指数：0.500）相差不大。一体化质量（指数：0.350）排第 9 位，与前两者相比略有领先优势。说明陕西省电子商务交易、电子政务普及程度、软件技术市场虽然不够活跃，但已经对地区经济和社会发展作出了一定的贡献，这也是陕西省工业化速度和信息化速度优势的体现。

二 优势和劣势

（一）总体状况

2010 年，陕西省"两化"融合优势指标共有 14 个，占指标总数的 10.2%；劣势指标共有 65 个，占指标总数的 47.4%。二者共有 79 个指标，占指标总数的 57.6%（见表 1）。这说明陕西"两化"融合劣势较为明显。

表 1 2010 年陕西省"两化"融合优劣势指标

单位：个，%

项 目		优势指标		劣势指标	
		数量	占比	数量	占比
融合硬度	工业化规模	0	0.0	10	83.3
	工业化质量	2	15.4	2	15.4
	工业化速度	5	31.3	1	6.3
	小 计	7	17.1	13	31.7
融合软度	信息化规模	0	0.0	17	77.3
	信息化质量	1	4.8	10	47.6
	信息化速度	4	16.0	9	36.0
	小 计	5	7.4	36	52.9
融合深度	一体化规模	0	0.0	9	100.0
	一体化质量	2	18.2	5	45.5
	一体化速度	0	0.0	2	25.0
	小 计	2	7.1	16	57.1
总 计		14	10.2	65	47.4

（二）融合硬度

融合硬度是反映"两化"融合基础水平的指标。2010 年，陕西省"两化"融合硬度优势指标共 7 个，占该类指标总数（41 个）的 17.1%；劣势指标共 13

个，占该类指标总数的31.7%。总体来说，陕西省工业化优势和劣势都不明显，工业经济质量的增长还有较大空间。

其中：工业化规模不具优势指标，劣势指标共10个，占该类指标总数的83.3%。这与陕西省经济整体情况在全国处于中等水平有关，虽然近年来工业发展迅速，主导地位不断增强，但工业经济总量还是处于中等水平。陕西省是地处西北的农业大省，城镇化进程困难重重，这一社会结构特征导致工业增加值、主营业务收入、工业制成品出口额、人均GDP等指标都处于劣势。随着城镇化进程速度的加快，陕西省工业规模将会有飞跃性的提高。

工业化质量优势指标和劣势指标各2个，分别占该类指标总数的15.4%。陕西省是西部最为发达的省份之一，虽然工业经济总量不高，但在保持工业快速发展的同时注重新型工业体系的建设，工业增加值占地区GDP比重、高新技术产业产值占工业比重都具有优势，在提升工业增长质量方面有很大潜力。

工业化速度优势指标共5个，占该类指标总数的31.3%；工业化速度劣势指标1个，占该类指标总数的6.3%。陕西省工业经济规模排名18，距离工业大省和工业强省还有一定距离，所以，未来几年工业经济增长速度还有较大的提升空间。随着工业化质量的不断提高，人均GDP、城市化率、总资产贡献率、成本费用利润率和就业人员劳动报酬增长都处于优势地位，当然，在工业快速增长的同时，要推进节能减排工作，逐步降低单位工业增加值能耗。

（三）融合软度

融合软度是反映"两化"融合核心内容的指标。2010年，陕西省"两化"融合软度优势指标共5个，占该类指标总数（68个）的7.4%；劣势指标共36个，占该类指标总数的52.9%。

其中：信息化规模尚无优势指标；信息化规模劣势指标共17个，占该类指标总数的77.3%。这也说明陕西省不具有信息化规模的优势，并且劣势非常明显，信息化规模形势严峻。

信息化质量优势指标1个，占该类指标总数的4.8%；信息化质量劣势指标共10个，占该类指标总数的47.6%。这一现状与陕西省工业比重高、服务业比重低的产业结构相吻合。信息产业增加值占比、信息产业从业人员就业占比反映了全省信息化水平活跃度很低。信息化规模小直接导致通信业务收入、通信业投资额占 GDP 比重低，信息产业在国际市场活跃度低。由于城镇人口结构偏低，互联网和网民普及率较低。但信息产业对社会经济的贡献已经有所显现，全员劳动生产率得到很大提升。

信息化速度优势指标共 4 个，占该类指标总数的 16.0%；信息化速度劣势指标共 9 个，占该类指标总数的 36.0%。相比于信息化规模和质量，信息化速度具有较大优势。陕西省信息化规模和质量要想达到较高水平，就必须加快信息化速度。工业快速增长带来的经济基础使得全省信息化基础设施建设有所保障，表现在广播电视网络收入增长率、有线电视用户增长率和广播人口覆盖增长率方面。从目前陕西省产业结构和城镇化水平来看，城市和部分先进乡镇的信息化水平将会有大的飞跃，在信息化规模到达高水平之前信息化速度都是促进全省信息化进程的主要动力。

（四）融合深度

融合深度是反映"两化"融合质量标志的指标。2010 年，陕西省"两化"融合深度优势指标共 2 个，占该类指标总数（28 个）的 7.1%；劣势指标共 16 个，占该类指标总数的 57.1%。

其中：一体化规模不具有优势指标；劣势指标共 9 个，占该类指标总数的 100%。这说明陕西省一体化规模完全不具有优势，这与工业化规模和信息化规模具有很高的劣势指标比例相关联。

一体化质量优势指标 2 个，该类指标总数的 18.2%；劣势指标共 5 个，占该类指标总数的 45.5%。由于工业化质量和信息化质量在个别指标方面具有优势，一体化质量也有所提升，表现为政府网站绩效水平和软件研发人员占从业人员的比重较高。陕西省一体化质量优势明显，不存在劣势指标。

一体化速度尚无优势指标；一体化速度劣势指标共 2 个，占该类指标总数的 25%。陕西省工业化速度和信息化速度增长都较快，分别带动工业和信息产业的发展，但工业化规模和信息化规模还没有达到一定水平，一体化规模指标全部表现为劣势，一体化速度面临较大阻碍，尤其是反映现代信息化水平的技术市场成交额、软件技术服务收入、软件外包服务收入等指标劣势明显。

三　结论与展望

综合以上分析，陕西省"两化"融合综合水平居全国第 15 位，与经济整体水平相符。在二级指标中，融合硬度、融合软度和融合深度都处于全国中等水平，融合硬度排名更为靠后。但从指数来看，陕西省融合硬度水平高于融合软度水平和融合深度水平，后两者水平和排名相当，三项细分指标呈现"倒 V"形发展势头，融合硬度较软度融合和融合深度为"两化"融合综合水平的提升创造较多优势。

从发展模式看，陕西省属于"工业化驱动"型。陕西省处于工业化中后期阶段，虽然工业增加值占 GDP 比重很高，但工业经济绝对总量依然不够高，工业化规模受地理环境、交通环境和城镇化进程的影响难以进一步提高，未来工业化的发展主要依靠现代制造工业，尤其是装备制造业的发展，提高工业从业人员比重和业务收入。相比工业化发展速度，陕西省第三产业发展略显不足，信息化规模和质量劣势相当明显，但信息化速度具有很显著的优势。总体来说，由于信息化规模尚处于初级阶段，长期形成的非城镇经济和人口比重偏重的结构难以尽快改善，一体化还面临较大困难。

推进"两化"深度融合，陕西省应在稳定工业发展速度的基础上，尽快发展具有竞争力的新型工业，而不是一味地提高工业增加值占 GDP 比重，要通过工业经济质量的提高提升工业在全省经济发展中的主导作用。近年来，陕西省在原有制造业为主的工业基础上，形成了新型能源化工、先进装备制造、食品、医药、航空航天制造业等为主体的供应体系，但能源过度消耗现象严重。为使经济发展能有良好的环境，陕西需要进一步优化工业结构，加强先进装备制造业、食品等现代工业的集中度，形成多点支撑的良好发展格局，逐步改变对能有重化工业的过度依赖。在此基础上，陕西省应运用其良好的供应基础，大力推进信息产业的发展，加快第三产业尤其是信息服务业的发展，逐步缩小工业与第三产业增速差，结合政府和企业力量加大工业行业信息化和社会居民生活信息化的应用范围和力度，改善三次产业从业人员结构，提高通信业人员收入水平，吸引信息技术、软件外包服务人才，通过信息化进程的加快推进城镇化进程，从而促进一体化的发展。

B.20
湖北省"两化"融合进程

一　总体情况分析

(一) 经济概况

2010 年，湖北省实现 GDP 15806.09 亿元，比上年增长 14.8%，全省居民消费价格总水平（CPI）同比上涨 2.9%，低于全国平均水平（3.3%）的涨幅。三次产业结构比例为 13.6∶49.1∶37.3。工业经济在"调结构、推转型、促融合、壮规模"的方针指导下，湖北省 2010 年全年规模以上工业营业收入突破 2 万亿元，利润、税金均超千亿元，增加值突破 6000 亿元，增速居全国第 4 位、中部第 1 位。2010年，湖北省"两圈一带"发展战略取得良好进展，多数市州较快增长，"两圈"工业协调发展。软件和信息服务产业发展环境不断优化，产业集聚效应不断凸显。城市化率达到 46%。截止到 2010 年底，湖南省移动电话和互联网用户数（不含手机上网用户）分别达到 3454.7 万户和 459.4 万户，普及率分别达到 60.4% 和 8.0%。2010 年，湖北省积极推进"两化"融合试点工作，确定了武汉钢铁工程技术集团自动化有限责任公司等 62 家企业为 2010 年度湖北省信息化与工业化融合试点示范企业，开展了"湖北省两化融合典型解决方案"征集等工作，并取得积极进展。

(二) 综合分析

2010 年，湖北省"两化"融合综合排名全国第 16 位，综合指数达到 0.309，略低于全国平均水平（指数：0.324），"两化"融合程度在全国处于中间偏下位置，与名列前茅的广东、江苏、浙江、北京、上海等有明显差距。融合硬度列全国第 17 位（指数：0.426），其指数明显低于居第 16 位的湖南省（指数：0.441），与位于第 18 位的陕西省（指数：0.422）较为相近。融合软度位列全国第 12 位（指数：0.268），其指数略低于全国均值（指数：0.282）。融合深度列全国 17 位（指数：0.233），低于全国均值（指数：0.263）。综合来看，基本处于全国中等水平，融合软度方面发展较为良好。

（三）具体分析

融合硬度方面。2010 年，湖北省工业化规模列全国第 13 位（指数：0.244），工业化质量列全国第 21 位（指数：0.434），其中工业化规模低于全国平均水平（0.272），工业化质量亦低于于全国平均水平（0.485）。湖北省在融合硬度方面的优势指标为：工业化速度，列全国第 3 位（指数：0.599），明显高于全国平均水平（指数：0.523），但远远低于排名前两位的重庆、安徽（指数：0.684 和 0.637）。从雷达图上可以看出，从工业化规模、质量、速度三个细分层面指数来看，湖北省工业化速度明显优于另两项的发展水平，是"拉动"现阶段湖北省工业发展的驱动力，由于近年湖北省建立稳步发展工业的战略部署，工业化规模有了一定提升，相对工业化质量指标较好，工业化质量居于全国较低水平（见图 1）。

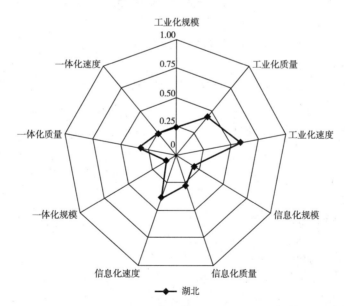

图 1　湖北省"两化"融合雷达图

融合软度方面。与融合硬度相比，湖北省融合软度指标表现较好。2010 年，湖北省信息化规模和信息化质量指标分别列全国第 10 位和第 11 位（指数：0.167 和 0.265），但仍然低于全国平均水平（指数：0.177 和 0.305），与广东、江苏、浙江、北京、上海等信息化水平高的省份有着极为明显的差距。信息化速度列全国第 14 位（指数：0.373），略高于全国平均水平（指数：0.364）。而在雷达图（见图 1）上可较为清晰地看出，湖北省信息化规模、信息化质量、信息化速度三者发展比较平衡，但总体发展速度较为缓慢，目前信息化程度有待提高。

融合深度方面。2010 年，湖北省一体化规模列全国第 12 名（指数：0.088），低于全国平均水平（指数：0.141），一体化质量列全国第 8 名（指数：0.351），高于全国平均水平（指数：0.322），两者相距排名前茅的省份，例如广东、北京、浙江、上海等，差距很大。一体化速度列全国第 25 位（指数：0.261），明显低于全国平均水平（指数：0.325），属于湖北省的主要劣势指标。可见，目前湖北省"两化"融合发展状况良好，一体化规模和质量能够协同平衡发展，但整体缺乏驱动力，一体化速度较为缓慢。

二 优势和劣势

（一）总体状况

2010 年，湖北省"两化"融合优势指标共有 11 个，占指标总数的 8.0%；劣势指标共有 62 个，占指标总数的 45.3%。二者共有 73 个指标，占指标总数的 53.3%（见表 1）。表明湖北省"两化"融合总体表现平庸，优势指标相对较少，仍然存在较大的劣势，整体"两化"融合发展较为平衡，但缺少内在动力，"两化"融合目前发展速度较慢。

（二）融合硬度

融合硬度是反映"两化"融合基础水平的指标。2010 年，湖北省"两化"融合硬度优势指标为 7 个，占该类指标总数（41 个）的 17.1%；劣势指标共 11 个，占该类指标总数的 26.8%，存在明显优劣势的指标共占 43.9%。这表明，湖北省绝大部分指标处于中间状态，不存在明显劣势，但拉动力亦不足，与工业化程度较高的省份仍然有较大差距。在优势指标中，工业化速度优势指标占了 71.4%，表明目前湖北省工业化进程的推进发展稳定，基本条件已经具备，今后工业化进程将有较大突破。

表1 2010年湖北省"两化"融合优劣势指标

单位：个，%

项　　目		优势指标		劣势指标	
		数量	占比	数量	占比
融合硬度	工业化规模	0	0.0	7	58.3
	工业化质量	2	15.4	3	23.1
	工业化速度	5	31.3	1	6.3
	小　计	7	17.1	11	26.8
融合软度	信息化规模	0	0.0	14	63.6
	信息化质量	1	4.8	10	47.6
	信息化速度	3	12.0	10	40.0
	小　计	4	5.9	34	50.0
融合深度	一体化规模	0	0.0	9	100
	一体化质量	0	0.0	5	45.5
	一体化速度	0	0.0	3	37.5
	小　计	0	0.0	17	60.7
合　　计		11	8.0	62	45.3

其中：湖北省尚无工业化规模优势指标，但劣势指标有7个，占该类指标总数的58.3%，在一定程度上反映了湖北省工业化发展较晚，目前尚未形成工业化发展的规模优势，工业化模式仍处于探索阶段。

工业化质量优势指标共2个，占该类指标总数的15.4%；工业化质量劣势指标共3个，占该类指标总数的23.1%。劣势指标主要集中在：人均GDP、成本费用利润率、流动资产年平均余额。这主要与湖北省经济发展状况和工业经济运行环境有关，湖北省一定程度上存在企业竞争和运营宏观环境不够完善的问题，整个工业发展质量较低。表明今后湖北省在快速工业化的进程上，应当将改善企业投资和竞争宏观环境作为促进工业化的重中之重。

工业化速度优势指标共5个，占该类指标总数的31.3%；工业化速度劣势指标1个，占该类指标总数的6.3%。相对工业化规模和质量，湖北省在工业化速度方面具有绝对竞争优势。这表明，湖北省在近几年"两圈一带"规划，以及调结构，降能耗，实现工业生态绿色发展的发展指导下，整体工业经济运行制度、政府管理企业的效率以及市场竞争环境方面有了一定程度改善，使得省内城市化率、工业增加值率、工业就业增长率、工业从业人员占总就业人员的比重增

163

长率以及总投资贡献增长率有了明显改善，为未来湖北省工业经济腾飞做好了必要准备。

（三）融合软度

融合软度是反映"两化"融合核心内容的指标。2010 年，湖北省"两化"融合软度优势指标共 4 个，占该类指标总数（68 个）的 5.9%；劣势指标共 34 个，占该类指标总数的 50.0%。

其中：信息化规模优势不明显，不存在优势指标；信息化规模劣势指标共 14 个，占该类指标总数的 63.6%。表明相对信息化程度较高的省份而言，湖北省在信息化规模上具有较为明显劣势，这与湖北省工业经济发展、人均收入水平有关。

信息化质量优势指标为 1 个，但信息化质量劣势指标为 10 个，分别占该类指标总数的 4.8% 和 47.6%，50% 左右的指标处于中等水平，有将近一半的劣势指标。故总体上湖北省信息化质量中等，存在一定程度劣势，宏观方面主要反映在信息产业增加值占地区 GDP 的比重、信息产业从业人员占总就业人员的比重指标方面，这与湖北省软件和信息产业发展不成熟有关；中观方面主要反映在湖北省电气机械及器材制造业占装备制造业比重，通信设备、计算机及其他电子设备制造业占装备制造业比重，人均通信收入、通信业务收入占地区 GDP 的比重以及通信业投资额占地区 GDP 的比重，这表明湖北省通信业以及相关上下游产业不够发达；从微观方面讲，湖北省网民普及率、互联网普及率、固定电话普及率存在劣势。

信息化速度优势指标共 3 个，占该类指标总数的 12.0%；信息化速度劣势指标共 10 个，占该类指标总数的 40.0%。从信息化速度全国排名情况分析，信息化速度与信息化规模、信息化质量持均衡发展，但从优劣势分析，信息化速度优势指标占了融合软度优势指标的绝大多数。这表明，虽然目前湖北省信息化推进工作稳步平衡发展，但有助于提高信息化速度的制度和宏观环境问题已经得到一定改善，未来湖北省信息化速度将进一步提高，从而进一步拉动湖北省信息化规模和质量的提高。

（四）融合深度

融合深度是反映"两化"融合质量标志的指标。2010 年，湖北省"两化"

融合深度劣势指标共 17 个，占该类指标总数的 60.7%，不存在优势指标。相对于融合软度和硬度来说，融合深度表现最不理想。

其中：一体化规模尚无优势指标，但一体化规模劣势指标却达 9 个，占该类指标总数的 100%。表明湖北省一体化规模存在绝对的劣势，100% 的指标处于全国的较低水平。

一体化质量尚无优势指标，一体化质量劣势指标共 5 个，占该类指标总数的 45.5%，大多数指标处于中等水平，部分指标表现出劣势。湖北省网站及软件产业发展程度不高，网站数量以及质量都有待进一步加强，一体化质量总体处于全国中等水平。

一体化速度尚无优势指标，一体化速度劣势指标共 3 个，占该类指标总数的 37.5%，大多处于全国中等水平。湖北省技术市场成交额增长率、软件外包服务增长率和软件研发人员增长率三项指标表现为明显的劣势，但相对一体化规模和一体化质量而言，一体化速度的劣势指标相对占比较少仍然是湖北省的相对优势。

三　结论与展望

通过以上分析可以看出，湖北省"两化"融合综合水平位居全国第 16 位。融合硬度、融合深度和融合软度三项指标均处于全国平均水平，其中，融合软度指标相对较好，列全国第 12 位，融合硬度和融合深度均列全国第 17 位。总体来说，湖北省"两化"融合水平居全国平均水平，从三大支柱规模、质量和速度来看，呈现均衡发展的态势。其中，湖北省目前工业化程度有待提高，但工业化速度表现出绝对优势，未来一段时间内，在湖北省"两圈一带"经济发展布局以及相关优惠政策的带动下，工业化程度将不断提高；信息化程度保持稳步发展，"两化"融合在基础条件（工业化）不断夯实的前提下，融合将不断深入，但仍然与北京以及东部各省"两化"融合水平较高的省份有一定差距。

从发展战略看，湖北省整体形成"两圈一带"的发展战略，即以"武汉城市圈"和"鄂西生态文化圈"、"湖北长江经济带新一轮开放开发"为核心的发展战略。该发展战略的提出，指明了湖北省的发展方向，同时也为湖北省"两化"融合工作的深入开展提供契机。在湖北省政府和省经济与信息化委员会的带领下,"两化"融合已在省内开展试点工作,且不断扩大试点范围,取得一定成效,形成了未来"两化"融合工作较为成熟的推广模式;同时组织领导班子积极学习工信部关于"两化"融合的精神和各省推广经验,已经形成一批推广"两化"融合的较为专业的队伍,为未来湖北省"两化"融合工作的大范围展开奠定了基础。

从湖北省"两化"融合发展状况来看,其融合软度发展较好,且工业化发展迅速,因此应准确把握工业腾飞的契机,利用较好的信息化技术和实践平台,全面推广"两化"融合工作,实现经济发展方式转变,促进全省人民生活水平的提高。

B.21
重庆市"两化"融合进程

一 总体情况分析

（一）经济概况

2010 年，重庆市实现地区生产总值（GDP）7894.24 亿元，按可比价格计算，比上年增长 17.1%，增速创被确立为直辖市以来的新高。与 2010 年全国 GDP 增长 10.3% 的速度相比，重庆市高于全国平均水平 6.8 个百分点。2010 年，三次产业结构为 1:6:36:4.16，第一产业增加值 685.39 亿元，增长 6.1%；第二产业增加值 4356.41 亿元，增长 22.7%；第三产业增加值 2852.44 亿元，增长 12.4%。2010 年，重庆城镇家庭人均总收入 18990.54 元，比上年增长 11.8%，其中城镇人均可支配收入 17532 元，增长 11.3%。与其他发达省份相比，重庆人均收入绝对额比全国平均水平仍低 1577 元，虽然在西部排第 2 位，但是在全国排名只居第 11 位。作为我国直辖市中较新的一员和西部重镇，重庆依旧面临着保持经济较快增长和调结构、促转型、增效益的双重任务和压力。重庆城市化率达到 51.59%。信息基础设施发展良好。截止到 2010 年底，重庆移动电话和互联网用户数分别达到 1664.4 万户和 263.1 万户，普及率分别达到 58.2% 和 9.2%。

（二）综合分析

2010 年，重庆"两化"融合综合排名全国第 17 名，综合指数仅为 0.307，与综合排名全国第 1 位的广东省（指数：0.609）的差距较为明显，仅为最高值的一半，同时其指数低于全国均值（指数：0.324）。融合硬度列全国第 9 位（指数：0.463），其指数略超过全国均值（指数：0.427）。但是从指数绝对值看，重庆融合硬度与列第 1 位的江苏（指数：0.676）也有一定差距。融合软度列全国第 20 位（指数：0.233），其指数低于全国均值（指数：0.282）。融合深度列全国 20 位（指数：0.225），其指数略低于全国均值（指数：0.263）。

（三）具体分析

融合硬度方面。2010 年，重庆工业化规模处于相对优势地位，列全国第 20 位（指数：0.160），低于全国均值（指数：0.272）；工业化质量列全国第 11 位（指数：0.544），保持高于全国均值（指数：0.485）的水平。工业化速度列全国第 1 位（指数：0.684），高于全国平均水平（指数：0.523）。从雷达图上可以看出，从工业化规模、质量、速度三个细分层面指数来看，重庆工业化质量和速度明显优于其工业化规模的发展水平，尤其是工业化速度非常迅速，是"拉动"现阶段重庆工业发展的驱动力（见图 1）。

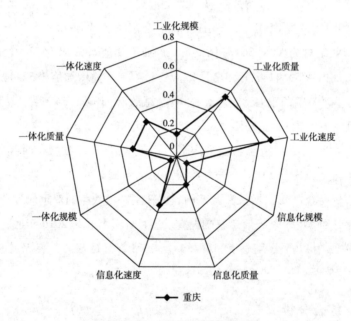

图 1　重庆"两化"融合雷达图

融合软度方面。2010 年，重庆信息化规模处于全国中等水平，列全国第 21 位（指数：0.083），远低于全国平均水平（指数：0.177），这说明重庆的信息化规模程度较为落后。信息化质量列全国第 19 位（指数：0.231），略低于全国平均水平（指数：0.305）。而信息化速度处于全国中下水平，列全国第 11 位

（指数：0.383），略高于全国平均水平（指数：0.364）。在雷达图上可较为清晰地看出，重庆融合软度构成图呈逐层跃增的梯度状，信息化速度指数明显高于其规模和质量指数，而信息化质量指数也明显高于其规模指数。

融合深度方面。2010 年，重庆一体化规模、一体化质量和一体化速度均处于全国中游水平（指数：0.044，0.300 和 0.330），分别列全国第 19 位、第 15 位和第 16 位，处在一体化综合排名的第 20 位（指数：0.225）。一方面，说明了重庆在"两化"融合进程中存在着规模落后，并且质量速度都不高的问题；另一方面，又指明了重庆"两化"融合的巨大潜力和上升空间。

二 优势和劣势

（一）总体状况

2010 年，重庆"两化"融合优势指标共有 10 个，占指标总数的 7.3%；劣势指标共有 77 个，占指标总数的 56.2%。二者共有 87 个指标，占指标总数的 63.5%（见表 1）。

表 1 2010 年重庆"两化"融合优劣势指标

单位：个，%

项 目		优势指标		劣势指标	
		数量	占比	数量	占比
融合硬度	工业化规模	0	0.0	11	91.7
	工业化质量	3	23.1	3	23.1
	工业化速度	5	31.3	1	6.3
	小 计	8	19.5	15	36.3
融合软度	信息化规模	0	0.0	21	95.5
	信息化质量	0	0.0	12	57.1
	信息化速度	2	8.0	11	44.0
	小 计	2	2.9	44	64.7
融合深度	一体化规模	0	0.0	9	100.0
	一体化质量	0	0.0	5	45.5
	一体化速度	0	0.0	4	50.0
	小 计	0	0.0	18	64.3
合 计		10	7.3	77	56.2

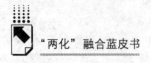

（二）融合硬度

融合硬度是反映"两化"融合基础水平的指标。2010 年，重庆"两化"融合硬度优势指标共 8 个，占该类指标总数（41 个）的 19.5%；劣势指标共 15 个，占该类指标总数的 36.3%。这也进一步说明，重庆工业化不具有绝对的优势，劣势相比优势较为明显，推进"两化"融合发展，重庆工业化提供了一定的基础，但仍需大力扩大规模，在实现信息化一体化的同时，壮大区域工业化水平。

其中工业化规模劣势指标共 11 个，占该类指标总数的 91.7%。这与重庆交通不便利和山地地理特征明显有关，在一定程度上反映了目前重庆工业经济发展整体上仍处于非常落后的阶段，工业经济规模较小且从业人员报酬率和就业率都较低。工业化规模无优势指标。重庆正处于工业化中期阶段，由于重庆在工业基础形成的年代是按照战备来考虑布局的，因此重庆工业整体布局趋于分散化，未来重庆将聚焦于区域工业的集中、集约、集群化发展，提升整体工业规模水平。

工业化质量优势指标共 3 个，占该类指标总数的 23.1%；工业化质量劣势指标共 3 个，占该类指标总数的 23.1%。重庆高耗能、高耗水行业所占比重依然较大，且单位产值的电耗非常高。高新技术产业产值占工业总产值比重、工业制成品占出口产品的比重、产品销售率等指标均处于优势地位。

工业化速度优势指标共 5 个，占该类指标总数的 31.3%；工业化速度劣势指标共 1 个，占该类指标总数的 6.3%。重庆市工业化近年来保持较高速度发展。这与重庆仍处于工业化中期阶段直接相关，现阶段正是重庆工业赶超全国平均水平的关键时期，同时抗震救灾、恢复重建也是重庆调整生产力布局的绝佳机会。重庆在人均 GDP 增长率、城市化率增长率、企业个数和产品增长率上呈现绝对优势水平。重庆城镇化加速发展在获得直辖市政策优惠的巨大支撑和保障的同时，从工业化中期阶段进入了加速发展的关键时期，对各种资源的需求量不断增加，对环境的承载力提出更高要求。

（三）融合软度

融合软度是反映"两化"融合核心内容的指标。2010 年，重庆"两化"融合软度优势指标共 2 个，占该类指标总数（68 个）的 2.9%；劣势指标共 44 个，占该类指标总数的 64.7%，重庆融合软度劣势情况较为明显。

其中：信息化规模优势指标尚无；信息化规模劣势指标共 21 个，占该类指标总数的 95.5%。除了有线广播电视用户属于中等水平外，其他指标全部处于相对劣势，这也说明重庆完全不具有信息化规模的优势，需要增强这方面的建设和投入。

信息化质量无优势指标；信息化质量劣势指标共 12 个，占该类指标总数的 57.1%。信息产业从业人员占总就业人员的比重、信息产业制造业出口交货值占工业出口交货值的比重、人均通信业务收入、通信业务收入占地区 GDP 的比重、通信业投资额占地区 GDP 的比重、网民普及率等指标呈明显的劣势状态，表明重庆信息化普及程度偏低，通信基础建设落后，通信业务和产业结构亟待调整。

信息化速度优势指标共 2 个，占该类指标总数的 8.0%；信息化速度劣势指标共 11 个，占该类指标总数的 44.0%。重庆信息化速度的优势体现在信息产业制造业税金总额增长率和广播人口覆盖增长率上。重庆在信息化速度方面劣势指标偏多，在信息化规模和质量上处于绝对的劣势。重庆的信息化发展处于非常初级的阶段，从现有的信息化普及程度与信息产业发展程度来看，重庆还有很大的发展潜力和发展前景，这也为其信息化规模和质量的提高提供了较大的空间。

（四）融合深度

融合深度是反映"两化"融合质量标志的指标。2010 年，重庆"两化"融合深度尚无优势指标；劣势指标共 18 个，占该类指标总数（28 个）的 64.3%。

其中：一体化规模尚无优势指标；一体化规模劣势指标共 9 个，占该类指标总数的 100%。重庆一体化规模在技术市场成交额、国内专利年授权数量、软件技术服务收入、软件外包服务收入、软件产业主营业务及附加税、重点工业企业电子商务交易额、重点工业企业电子商务销售额、网商规模等各方面呈全面的劣势。

一体化质量劣势指标共 5 个，占该类指标总数的 45.5%。网商密度、中国行业电子商务网站 TOP 100 各地比重、软件技术服务收入占 GDP 比重、软件外包服务收入占 GDP 比重、重点工业企业电子商务销售额占主营业务收入比重综合反映了重庆一体化质量在投入与产出方面并不完全匹配的情况。无优势指标。

一体化速度劣势指标共 4 个，占该类指标总数的 50.0%。技术市场成交额增长率、软件外包服务收入增长率等指标表明重庆在此方面发展缓慢。就未来的信息化发展来看，重庆应积极扶持电子商务发展，有效降低贸易成本，建设相应的高度集中、准确的数据与信息收集处理系统，推动工业信息化和数据化。

三　结论与展望

通过以上分析可以看出，重庆“两化”融合综合水平居全国第 17 位。在三大支柱中，融合硬度居全国前列（第 9 位），但是融合软度和融合深度都处于中等偏下（第 20 位）。从指数来看，重庆工业化，尤其是工业化速度位居全国第1，明显高于信息化和一体化水平，是拉动“两化”融合前行的动力。

从发展模式看，在一系列优惠政策（“两江新区”十大政策、内地首个保税港区、全国最大的西永综合保税区、西部大开发、综合配套改革试验区、国务院3 号文件政策等）助推、市场形势向好、新增长点不断形成、投资与消费“双轮全力驱动”等因素有力支撑下，重庆工业总体呈现“总量接连刷新纪录、增长速度位居前列、发展质量持续向好、结构调整不断优化、工业投资再上台阶、招商引资快速跟进”的良好局面，工业经济正驶入持续、快速、健康发展的轨道，各项重点指标再创历史新高：全口径工业总产值突破万亿元大关，重庆工业全面步入新一轮快速增长通道的态势已初步形成。将“引进来”、“走出去”并重，加快内陆开放高地建设，探索建立面向中国市场的海外投资新模式，力争未来五年实现境外投资 300 亿美元。将对应资源、商品、技术、劳动力四个市场，从四个方面展开工作：一是收购铁矿石、铝矿石、石油、天然气、煤炭等资源；二是到海外建设粮食、食用油等基础性商品生产基地；三是收购拥有先进装备或技术的海外项目；四是对境外优质品牌类加工企业，通过收购股权，将加工基地转移到重庆，将产品销往全球。

推进“两化”深度融合，重庆应围绕当前全球信息技术革命性突破带来两大战略性机遇：一是通信终端的巨大发展；二是通信网络特别是云计算体系中的数据中心。在“十二五”时期形成重庆两个最大战略性新兴产业集群。一方面，重庆通过产业链全流程垂直整合，构建起“多头在内、一头在外”的加工贸易新模式，吸引惠普、宏基等在重庆建设产能上亿台的全球最大笔记本电脑基地。另一方面，重庆将与国家有关部门通力合作，以机制与模式创新为突破口，全力争取打造国内最大数据处理基地，最终做成上百万台服务器、上千亿美元规模的"云"，成为全球数据开发处理中心。同时，重庆还将加快建设以结算为主要特色的内陆金融中心：一是继续壮大银行、证券、保险业；二是提速建设区域性要素市场；三是发展三大结算体系，包括推进加工贸易离岸结算中心、电子商务国际结算中心、跨境贸易人民币结算试点等。

B.22
江西省"两化"融合进程

一 总体情况分析

(一) 经济概况

2010年,江西省GDP达到9435亿元,直逼万亿元大关,同比增长14%,创下1993年以来的最高增幅;全省人均GDP跨过3000美元大关,显现"省富民富"的可喜势头,全省多项主要经济指标增幅继续领跑中部地区。江西三次产业间的结构向高度化演进,且演进速度快于全国,三次产业结构调整为12.8:55.0:32.2,第二产业和第三产业在整个产业结构中的比重越来越重,这说明江西的产业结构越来越优化,三次产业间的活动单位数量和结构呈"二、三、一"状态。但这种产业顺序的形成并不是以农业和工业的充分发展为基础,工业内部结构不合理,工业投资存在明显的逆比较优势倾向;重工业越来越重,轻工业越来越轻;加工工业产出结构高加工度不高,缺乏竞争能力,导致江西工业经济效益难以改善。城市化率达到43.18%。截止到2010年底,江西省移动电话和互联网用户数分别达到1811.3万户和253.4万户,普及率分别达到40.9%和5.7%。

(二) 综合分析

2010年,江西省"两化"融合综合排名居全国第18位,综合指数达到0.294,位列湖北、重庆之后,不到全国平均水平(指数:0.324),江西省融合硬度、融合软度和融合深度均列全国第19位,指数分别为:0.412、0.242和0.227,这三项指标都不足全国平均水平(对应指数:0.427、0.282和0.263)。江西省融合硬度、融合软度和融合深度三个层面在全国排名中所处的位置十分均衡,这也说明"两化"融合的整体效果发挥得较为明显。

（三）具体分析

融合硬度方面。2010 年，江西省工业化规模处于劣势地位，列全国第 22 位（指数：0.155），工业化质量和工业化速度均处于全国优势地位，分别列第 12 位和第 10 位（指数：0.529 和 0.553），均高于其对应的全国平均水平（指数：0.485 和 0.523）。从雷达图（见图 1）上可以看出，从工业化规模、质量、速度三个细分层面指数来看，江西省工业化质量和工业化速度明显优于工业化规模的发展水平，工业化规模是江西省融合硬度中的短板，需要另两项发挥拉动作用。

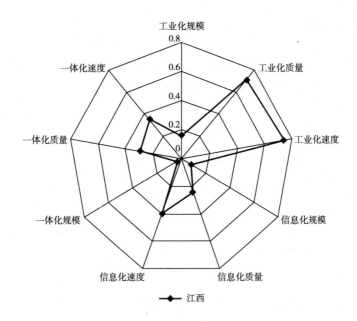

图 1　江西省"两化"融合雷达图

融合软度方面。2010 年，江西省信息化规模和信息化质量均处于全国劣势水平，分别列全国第 23 位和第 16 位（指数：0.082 和 0.245），低于其相应的全国平均水平（指数：0.177 和 0.305）。信息化速度处于全国优势水平，列全国第 8 位（指数：0.399），高于全国平均水平（指数：0.364）。在雷达图上可较为清晰地看出，江西省融合软度构成图呈逐级递增状，信息化速度指数明显高于其规模和质量指数。信息化规模指数在三者中处于劣势地位。

融合深度方面。2010 年，江西省一体化规模和一体化质量均处于全国劣势地位（指数：0.032 和 0.298），分别位列全国第 21 和第 16，不足全国平均水平（指数：0.141 和 0.322），而其一体化速度则处于中上地位（指数：0.351），位列全国第 13，高于全国平均水平（指数：0.325），后者在很大程度上拉高了江西省融合深度的整体水平。在雷达图上可以较清晰地看出，江西省融合深度构成图与其融合硬度类似，存在规模上的短板与质量和速度的双拉动效应。

二 优势和劣势

（一）总体状况

2010 年，江西省"两化"融合优势指标共有 11 个，占指标总数的 8.0%；劣势指标共有 76 个，占指标总数的 55.5%。二者共有 87 个指标，占指标总数的 63.5%（见表 1）。可见，江西省"两化"融合的劣势情况非常明显。

表 1　2010 年江西省"两化"融合优劣势指标

单位：个，%

项　目		优势指标		劣势指标	
		数量	占比	数量	占比
融合硬度	工业化规模	0	0.0	10	83.3
	工业化质量	4	30.8	5	38.5
	工业化速度	3	18.8	1	6.3
	小　计	7	17.1	16	39.0
融合软度	信息化规模	0	0.0	22	100.0
	信息化质量	0	0.0	12	57.1
	信息化速度	3	12.0	9	36.0
	小　计	3	4.4	43	63.2
融合深度	一体化规模	0	0.0	9	100.0
	一体化质量	0	0.0	5	45.5
	一体化速度	1	12.5	3	37.5
	小　计	1	3.6	17	60.7
合　计		11	8.0	76	55.5

（二）融合硬度

融合硬度是反映"两化"融合基础水平的指标。2010 年，江西省"两化"

融合硬度优势指标共7个，占该类指标总数（41个）的17.1%；劣势指标共16个，占该类指标总数的39%。这也进一步说明，江西省不具有工业化的绝对优势。推进"两化"融合发展，需要更大程度上发挥信息化和一体化的综合优势。

其中：工业化规模尚无优势指标；工业化规模劣势指标共10个，占该类指标总数的83.3%。这与江西省服务经济和总部经济特征明显的基本特征有关，江西省经济发展整体上已处于工业化中期阶段，第二产业在三次产业中的比重逐步增大，在这一过程中，一些劣势情况仍然显现。

工业化质量优势指标共4个，占该类指标总数的30.8%；工业化质量劣势指标共5个，占该类指标总数的38.5%。工业制成品占出口产品的比重、产品销售率、流动资产周转次数、单位地区生产总值电耗这四项指标是江西省工业化质量的优势指标，说明工业制成品有一定的国际活跃度，并且在发展绿色和低碳经济的道路上具有很大潜力。地区人均GDP、高新技术产业产值占工业总产值比重、全员劳动生产率、成本费用利润率等五项指标呈现劣势状态，反映出江西省在工业化发展的道路上在高新技术力量方面存在不足。

工业化速度优势指标共3个，占该类指标总数的18.8%；工业化速度劣势指标1个，占该类指标总数的6.3%。说明江西省工业化发展速度优势情况明显，其中城市化率增长率这一优势指标在很大程度上反映了城市化在江西省工业崛起的过程中发挥的重大作用。

（三）融合软度

融合软度是反映"两化"融合核心内容的指标。2010年，江西省"两化"融合软度优势指标共3个，占该类指标总数（68个）的4.4%；劣势指标共43个，占该类指标总数的63.2%。

其中：信息化规模尚无优势指标；信息化规模劣势指标共22个，占该类指标总数的100%。这也说明江西省不具有信息化规模的优势。

信息化质量优势尚无指标；信息化质量劣势指标共12个，占该类指标总数的57.1%。说明江西省信息化建设存在明显的质量不足，尤其体现在信息产业增加值占地区GDP的比重、信息产业从业人员占总就业人员的比重、通信设备、计算机及其他电子设备制造业占装备制造业比重、人均通信业务收入、通信业务收入占地区GDP的比重和通信业投资额占地区GDP的比重等12个方面，突出反

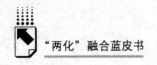

映了江西省在信息技术改造等传统行业方面的滞后和不足。

信息化速度优势指标共 3 个，占该类指标总数的 12.0%；信息化速度劣势指标共 9 个，占该类指标总数的 36.0%。江西省在信息化投入产出率、有线电视用户、广播人口覆盖三个方面展现迅猛的增长势头。然而在信息产业制造业工业增加值增长率、信息产业制造业出口交货值增长率、人均通信业务收入增长率、通信业投资额增长率、付费数字电视收入增长率等九个方面凸显了不足。

（四）融合深度

融合深度是反映"两化"融合质量标志的指标。2010 年，江西省"两化"融合深度优势指标 1 个，占该类指标总数（28 个）的 3.6%；劣势指标共 17 个，占该类指标总数的 60.7%。

其中：一体化规模尚无优势指标；一体化规模劣势指标共 9 个，占该类指标总数的 100%。这也说明江西省一体化不具有规模优势。

一体化质量尚无优势指标数；一体化质量劣势指标共 5 个，占该类指标总数的 45.5%。江西省一体化质量劣势明显，不存在优势指标。

一体化速度优势指标 1 个，占该类指标总数的 12.5%；一体化速度劣势指标共 3 个，占该类指标总数的 37.5%。平均 IP 病毒感染增长率是江西省一体化速度唯一的优势指标，在一个侧面说明了江西省信息化安全建设卓有成效，但在技术市场成交额增长率、国内专利年授权增长率、软件外包服务收入增长率三个方面反映了制约江西省一体化速度的关键因素，突出说明了江西省优化产业发展环境的力度不够，促进软件产业发展的投入不足，这也是与其他发达省份拉开差距的主要原因。

三　结论与展望

通过以上分析可以看出，江西省"两化"融合综合水平居全国第 18 位。在三大支柱中，融合硬度、融合软度和融合深度均列全国第 19 位。从指数来看，江西省工业化水平高于信息化和一体化整体发展水平，三项细分指标呈现先下滑再趋平的趋势，融合硬度是拉动另两项指标发展的主要驱动力。

从发展模式看，江西省属于"工业拉动、一体趋缓"型。江西省处于工业化中期，工业竞争力相对落后，长期以来工业发展一直受地理区位、经济体制、工业基础设施等因素的束缚，但近年来在各方支持下，江西省的工业化也开始呈现喜人的增长势头。信息化的功能拓展是江西省工业发展的重要动力，然而目前融合软度在信息化规模、质量和速度三个方面的劣势都十分明显，优势仍然不足。总的来看，江西省在产业融合和一体化改造的过程中正加速发展，但与世界城市的产业体系要求还有很大的差距。

推进"两化"深度融合，江西省应聚焦国家战略和江西省重点产业，以"两化"融合促进经济发展方式转变，优化产业结构，不断开拓信息化的疆土，用信息化来改造传统产业，着力推进信息化与现代制造业、现代服务业、新兴产业的深度融合，切实增强产业自主创新能力，实现工业化与城市化的协调行进。工业化的发展重点要在保证质量和速度的前提下合理调整规模，优化资源的有效配置，提高加工深度和精度，实现高效清洁生产；信息化的发展重点要转移到加大覆盖率和与传统产业融合上，积极发展高新技术产业，重视国际合作与技术交流；一体化的发展重点要从扩大规模、提高普及率着手，完善行业信息服务平台，增强企业实施信息化的自主性，拓宽高新技术应用领域，积极推进电子商务发展，推动信息技术在传统行业的全面渗透与深度融合。

B.23
黑龙江省"两化"融合进程

一 总体情况分析

（一）经济概况

2010 年，黑龙江省地区生产总值（GDP）突破 10000 亿元，同比增长 12.5%
以上；2010 年黑龙江省全口径财政收入 1730.7 亿元，自然口径增长 20.2%。全省
加快结构调整和发展方式转变，2010 年，三次产业结构为 12.7∶49.8∶37.5。黑
龙江省围绕科学发展、加快发展的主题，以"八大经济区"和"十大工程"建
设为着力点，在保障农业生产的同时，工业经济有了很大突破。2010 年工业增
加值突破 4000 亿元，实现了新的突破，工业运行保障能力稳步提高，结构调整
升级成效显著，自主创新能力不断增强；2010 年工业节能降耗成效也非常明显，
同比下降 6% 左右。由于黑龙江省主要以农业为主，老工业基地的振兴仍在进行
中，信息化程度较为落后，但同时也意味着黑龙江信息化产业拥有巨大的潜力和
机遇。目前黑龙江省电子政务、农村信息化、企业信息化方面已经做了很多工
作，并取得一定进展。截止到 2010 年底，黑龙江省移动电话和互联网用户数
（不含手机上网用户）分别达到 2072 万户和 326.1 万户，普及率分别达到
54.2% 和 8.5%，城市化率达到 55.5%。黑龙江省在工业化和信息化工作良好发
展的基础上，积极推进"两化"融合工作。

（二）综合分析

2010 年，黑龙江省"两化"融合综合排名居全国第 19 位，综合指数为
0.291，明显低于全国平均水平（指数：0.324），"两化"融合程度在全国处于
中下游位置，与江西（指数：0.293）"两化"融合程度最为相近。融合硬度列
全国第 11 位（指数：0.458），高于全国平均水平（指数：0.427）。融合软度列

全国第16位（指数：0.247），低于全国均值（指数：0.282）。融合深度列全国27位（指数：0.168），远低于全国均值（指数：0.263）。综合来看，黑龙江"两化"融合水平较差，其中融合硬度程度相对较高，但融合深度方面处于全国较差水平。这主要在于，黑龙江省是东北三省之一，曾是新中国工业的摇篮，之后虽然老工业基地出现衰败，但仍然具有一定工业发展基础，且在近几年老工业基地振兴以及新兴工业的发展带动下，黑龙江省工业发展迎来了前所未有的机遇，因此其工业化指标相对较高。

（三）具体分析

融合硬度方面。2010年，黑龙江工业化规模列全国第17位（指数：0.191），明显低于全国平均水平（指数：0.272），工业化质量列全国第4位（指数：0.624），远远高于全国平均水平（指数：0.485），工业化速度列全国第9位（指数：0.559），略高于全国平均水平（指数：0.523）。从雷达图上可以看出，在工业化规模、质量、速度三个细分层面指数来看，黑龙江省工业化质量和速度指标相对较好，其中工业化质量居于全国前茅，工业化规模仍然与全国平均水平存在一定的差距（见图1）。

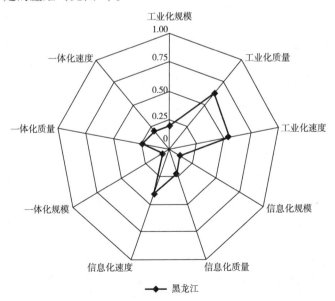

图1 黑龙江省"两化"融合雷达图

融合软度方面。2010 年，黑龙江信息化规模指标位于全国第 16 位（指数：0.117），信息化质量指标位于全国第 21 位（指数：0.224），信息化速度指标位于全国第 7 位（指数：0.401），三项指标均低于全国平均水平（指数：0.177、0.305 和 0.424）。但信息化速度指标相对较好，从全国排名来看，明显好于全国大多数省份，在信息化速度上表现出相对优势。而在雷达图（见图 1）上可较为清晰地看出，黑龙江省信息化速度相对信息化规模、信息化质量较好，表现出信息化速度上的优势，信息化规模在近几年有了一定发展，信息化质量存在较为明显的劣势。

融合深度方面。2010 年，黑龙江省一体化规模列全国第 17 位（指数：0.055），一体化质量列全国第 20 位（指数：0.244），一体化速度列全国第 29 位（指数：0.206），均远远低于全国平均水平（指数：0.141、0.322 和 0.325）。表明当前黑龙江省工业化和信息化一体化程度较低，也主要由工业化和信息化水平较为落后所限制，尤其是一体化速度上的劣势，表明黑龙江省"两化"融合深度驱动力不足。

二　优势和劣势

一　总体状况

2010 年，黑龙江省"两化"融合优势指标共有 12 个，占指标总数的 8.76%；劣势指标共有 80 个，占指标总数的 58.4%。二者共有 92 个指标，占指标总数的 67.2%（见表 1）。可见，黑龙江省"两化"融合水平相对较低，存在少量优势指标，但劣势指标达到了将近 60%，劣势相当明显，其中绝大部分劣势体现在融合软度上，即其信息化水平由于受到当地经济文化的影响相对落后，其次主要劣势是体现在融合深度上，而这又受到信息化水平不高的短板所限，而工业化程度在黑龙江省"八大经济区"和"十大工程"的战略部署下，发展较好。

（二）融合硬度

融合硬度是反映"两化"融合基础水平的指标。2010 年，黑龙江省"两化"

表1　2010年黑龙江省"两化"融合优劣势指标

单位：个，%

项　目		优势指标		劣势指标	
		数量	占比	数量	占比
融合硬度	工业化规模	0	0.0	10	83.3
	工业化质量	4	30.8	2	15.4
	工业化速度	2	12.5	3	18.8
	小　计	6	14.6	15	36.6
融合软度	信息化规模	0	0.0	19	86.4
	信息化质量	3	14.3	14	66.7
	信息化速度	3	12.0	12	48.0
	小　计	6	8.8	45	66.2
融合深度	一体化规模	0	0.0	9	100
	一体化质量	0	0.0	6	54.6
	一体化速度	0	0.0	5	62.5
	小　计	0	0.0	20	71.4
合　计		12	8.8	80	58.4

融合硬度优势指标为6个，占该类指标总数（41个）的14.6%；劣势指标共15个，占该类指标总数的36.6%，存在明显优劣势的指标共占51.2%。这表明，黑龙江省超过半数指标表现出明显的优劣势，劣势指标相对较多，但总体仍然向好，黑龙江融合硬度的优势指标占其总优势指标的50%。上分析表明目前黑龙江省工业化发展较为良好，已经形成较为成熟的优势产业，同时新型产业经过一定时间的培养已经初具规模。

其中：黑龙江尚无工业化规模优势指标，但劣势指标却达10个，占该类指标总数的83.3%，城市化率、规模以上工业企业利润总额处于全国中等水平。黑龙江省仍然是一个以农业为主的省份，其现代工业发展相对沿海工业化发展较早的省份，发展较晚；另外黑龙江省属于东北老工业地区，由于我国经济结构发展的转变，老工业出现衰败，而新兴工业尚未大规模发展，不及现代工业发展较好的省份，因此在规模上表现出劣势。

工业化质量优势指标共4个，占该类指标总数的30.8%；工业化质量劣势指标仅2个，占该类指标总数的15.4%。优势指标为：单位地区生产总值电耗、工业增加值占地区GDP的比重、成本费用利润率、产品销售；劣势指标主要为：人均 GDP、流动资产年平均余额。黑龙江工业化质量优劣势指标共占总指标的 46.2%，50%以上居于全国中等地位，优势指标占比是劣势指标的 2 倍。这表明黑龙江省在发展工业的同时，注重节能减排，绿色发展，生态发展，在促进工业发展速度的同时，注重资本效率和环境效益。

工业化速度优势指标共 2 个，占该类指标总数的 12.5%，存在 3 个劣势指标，占指标总数的 18.8%，黑龙江工业发展进程中，在保障工业发展质量的同时，工业化速度也较快，城市化速度和工业制成品出口等有了显著增长和改善，这与黑龙江省的地理位置与俄罗斯相邻有关，在经贸上有广泛合作，有利于黑龙江省工业的发展。

（三）融合软度

融合软度是反映"两化"融合核心内容的指标。2010 年，黑龙江省"两化"融合软度优势指标共 6 个，占该类指标总数（68 个）的 8.8%；劣势指标共 45 个，占该类指标总数的 66.2%。融合软度总体水平不高，存在明显的劣势，绝大多数指标呈现劣势，但是融合软度也表现了一定的优势，其优势指标占总优势指标的 50%。

其中：信息化规模优势不明显，不存在优势指标；信息化规模劣势指标共 19 个，占该类指标总数的 86.4%。表明黑龙江信息化水平处于初级阶段，其信息产业以及相关产业发展都比较落后，居民以及企业的信息化水平也不高，目前省信息化工作仅在局部开展，大规模开展仍需要经济和技术的进一步提高。

信息化质量优势指标为 3 个，占该类指标总数的 14.3%，但信息化质量劣势指标为 14 个，占该类指标总数的 66.7%，绝大部分呈现出明显的劣势。信息化质量优势主要体现在：人均互联网带宽、电视综合人口覆盖率、广播综合人口覆盖率。

信息化速度优势指标共 3 个，占该类指标总数的 12.0%；信息化速度劣势指标共 12 个，占该类指标总数的 48.0%。从优劣势分析，信息化速度和信息化质量优势指标各占了融合软度优势指标的 50%。这表明，虽然目前黑龙江省信息化程度不高，发展受到当地收入和地理条件的局限，但由于黑龙江省"普遍服务"、"村通工程"等的推进，信息化速度正呈现增长趋势。

（四）融合深度

融合深度是反映"两化"融合质量标志的指标。2010 年，黑龙江"两化"融合深度尚没有优势指标，但劣势指标共 20 个，占该类指标总数的 71.43%。相对融合软硬度来说，融合深度表现最不理想。

其中：一体化规模尚无优势指标，但一体化规模劣势指标却达 9 个，占该类指标总数的 100%。表明目前黑龙江省"两化"融合处在起步阶段，目前的工作仍处于准备阶段。

一体化质量尚无优势指标也为，一体化质量劣势指标共 6 个，占该类指标总数的 54.55%，主要劣势体现在黑龙江省相关网站数量、质量以及软件外包服务发展不良，电子信息投资及从业人数较少。

一体化速度尚无优势指标，一体化速度劣势指标共 5 个，占该类指标总数的 62.50%。黑龙江省政府网站绩效增长率、技术市场成交额增长率、国内专利年授权增长率、软件外包服务增长率和软件研发人员增长率 5 指标表现为明显的劣势。表明黑龙江省高技术人才较为缺乏，而这也导致高技术产业发展相对落后。

三　结论与展望

通过以上分析可以看出，黑龙江省"两化"融合综合水平位居全国第 19 位。其中，融合硬度（工业化）发展较好，高于全国平均水平，列为全国前列；融合软度（信息化）和融合深度（一体化）指标相对发展较差。总体来说，黑龙江省"两化"融合水平在全国发展较为滞后，工业化发展较好，但受到信息化发展的限制而导致一体化进程的落后。从各维度（融合硬度、融合软度、融合深度）的规模、质量、速度比较，规模劣势最为明显，而质量和速度指标较好，表现出稳步增长的态势。

从发展布局来看，黑龙江省设立了"八大经济区"，根据不同经济区的区域特点，发展各自的优势产业，即哈大齐工业走廊建设区，东部煤电化基地建设区，东北亚经济贸易开发区，大小兴安岭生态功能保护区，两大平原农业综合开发试验区，北国风光特色旅游开发区，哈牧绥东对俄贸易加工区，高新科技产业集中开发区。工业经济和生态农业齐发展，走绿色工业化道路。围绕这一发展中心，黑龙江省政府、工信委等相关部门依据国家东北老工业基地振兴规划等文件中的产业政策，立足黑龙江省资源优势、产业优势、技术优势和市场优势，采取了诸多促进工业发展的政策，例如省工信委每年重点推进 100 个新兴产业大项目和 20 项自主创新成果产业化项目，同时，重点培育壮大 50 户新兴产业龙头骨干企业，培育建设 10 个新兴产业示范基地。一系列政策促进和保障了黑龙江工业化的快速推进。在政策的强有力支持和保障下，上文分析得出目前黑龙江工业化与发达省份有一定差距，但成效显著，而较高的工业化速度将进一步促进黑龙江省工业化和信息化在"十二五"期间的进一步提高。

未来"十二五"期间，黑龙江省在国家战略、区域政策以及工业经济发展水平的推动下，信息化水平将持续提高，配合良好的工业发展成果和前景，其"两化"融合将有一个较大进展，达到全国平均水平。

B.24

吉林省"两化"融合进程

一 总体情况分析

(一)经济概况

2010 年,吉林省实现地区生产总值 8577.06 亿元,比 2009 年增长 13.7%,比全国增长 10.3% 的平均水平高 3.4 个百分点;比吉林省 2009 年 13.3% 的增幅高 0.4 个百分点。初步测算,吉林省人均 GDP 为 31306 元,增长 13.6%。从总量看,2010 年,吉林省实现 GDP 8577.06 亿元,不仅表明吉林省经济总体跃上了一个较大的平台,更为 2011 年进入"万亿元 GDP"的行列打下坚实的基础。吉林省在产业结构上存在不尽合理的现实,三次产业的结构比例为 12.2∶51.5∶36.3,第一产业比重过高,第三产业发展缓慢,第二产业实力不强,且脱离第一、第三产业独立发展。现代服务业和生产性服务业在第三产业中所占比重较小,服务业企业规模小,抗风险能力较差。城市化率达到 53.32%。信息基础设施发展良好。截止到 2010 年底,吉林省移动电话和互联网用户数分别达到 1805.4 万户和 285.1 万户,普及率分别达到 65.9% 和 10.4%。吉林省正处于工业化中期的前半阶段,工业化进程的速度在不断加快。工业结构向合理化方向转变的趋势十分明显,重化工特征有所改善。另外,产业形态发生明显变化。从 2008 年开始,农产品加工业总产值跃居全省各工业门类第二位,形成了汽车、石化、农产品加工"三足鼎立"之势,使吉林省抗经济波动的能力得到增强。

(二)综合分析

2010 年,吉林省"两化"融合综合排名居全国第 20 位,综合指数为 0.277。融合硬度列全国第 20 位(指数:0.401),其指数不足全国平均值(指数:0.427)。融合软度列全国第 24 位(指数:0.226),其指数同样不足全国平均水平（指数：0.282）。融合深度位列全国第 22 位（指数：0.205），低于全国平均值（指数：0.263）。

（三）具体分析

融合硬度方面。2010 年，吉林省工业化规模处于全国劣势地位，列全国第 21 位（指数：0.156），低于全国平均水平（指数：0.272），工业化质量和工业化速度均处于全国优势地位，分别居全国第 16 位和第 12 位（指数：0.501 和 0.546），均高于全国平均水平（指数：0.485 和 0.523）。从雷达图（见图 1）上可以看出，在工业化规模、质量、速度三个细分层面指数来看，吉林省工业化规模明显低于另两项的发展水平，是现阶段吉林省工业发展的短板因素，需要发挥另两项的带动作用。

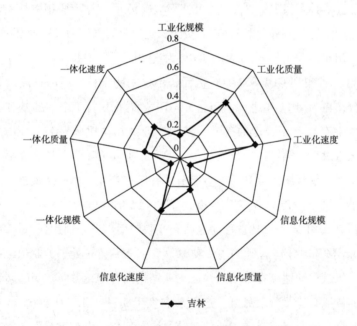

图 1 吉林省"两化"融合雷达图

融合软度方面。2010 年，吉林省信息化规模和信息化质量均处于全国劣势地位，分别列全国第 22 位和第 20 位（指数：0.082 和 0.224），但是信息化速度情况要好于另两项，居全国第 15 位（指数：0.372），略高于全国平均水平（指数：0.364）。在雷达图上可较为清晰地看出，吉林省融合软度构成图呈逐级递增状，信息化速度指数明显高于其信息化规模和信息化质量指数。吉林省信息化规模指数较低，且与排名第 1 的广东省（指数：0.936）绝对值差距明显。

融合深度方面。2010 年，吉林省一体化规模、质量和速度整体上处于较低水平，其中一体化规模列全国第 13 位（指数：0.068），虽然名次处于全国前列，但从指数绝对值上看，仍不足全国平均水平（指数：0.141）。一体化质量列全国第 19 位（指数：0.261），不足全国平均水平（指数：0.322）。一体化速度列全国第 21 位（指数：0.285）同样不足全国平均水平（指数：0.325）。吉林省一体化整体得分较低，说明其在电子商务交易活跃度、电子政务普及程度、软件技术与外包收入以及技术市场的活跃程度方面都还没有实现相覆盖面和完善程度，具有较大上升空间。

二　优势和劣势

（一）总体状况

2010 年，吉林省"两化"融合优势指标共有 11 个，占指标总数的 8.0%；劣势指标共有 79 个，占指标总数的 57.7%。二者共有 90 个指标，占指标总数的 65.7%。（见表 1）。这说明吉林省"两化"融合的劣势十分明显，优势指标不突出。

表 1　2010 年吉林省"两化"融合优劣势指标

单位：个，%

项　　目		优势指标		劣势指标	
		数量	占比	数量	占比
融合硬度	工业化规模	0	0.0	11	91.7
	工业化质量	3	23.1	4	30.8
	工业化速度	2	12.5	0	0.0
	小　计	5	12.2	15	36.6
融合软度	信息化规模	0	0.0	22	100.0
	信息化质量	2	9.5	15	71.4
	信息化速度	4	16.0	8	32.0
	小　计	6	8.8	45	66.2
融合深度	一体化规模	0	0.0	9	100.0
	一体化质量	0	0.0	5	45.5
	一体化速度	0	0.0	5	62.5
	小　计	0	0.0	19	67.9
合　　计		11	8.0	79	57.7

（二）融合硬度

融合硬度是反映"两化"融合基础水平的指标。2010 年，吉林省"两化"融合硬度优势指标共 5 个，占该类指标总数（41 个）的 12.2%；劣势指标共 15 个，占该类指标总数的 36.6%。吉林省工业化优势情况不明显，劣势指标偏多。推进"两化"融合发展，需要更大程度上发挥信息化和一体化的综合优势。

其中：工业化规模尚无优势指标；工业化规模劣势指标共 11 个，占该类指标总数的 91.7%。说明吉林省不具备发展工业化的规模优势，这也与吉林省经济发展整体上处于工业化中期的前半阶段有关，但过多的劣势指标，在一定程度上反映了现阶段吉林省工业化发展的不足，也指明了未来改进的方向和动力，符合经济发展的一般规律。

工业化质量优势指标共 3 个，占该类指标总数的 23.1%；工业化质量劣势指标共 4 个，占该类指标总数的 30.8%。吉林省工业化质量的优劣势情况几乎相当，劣势情况相对明显。优势指标中单位地区生产总值电耗与高新技术产业产值占工业总产值比重反映了吉林省逐步改善高耗能、高耗水行业所占比重，向着绿色经济和低碳发展的目标快速行进。

工业化速度优势指标共 2 个，占该类指标总数的 12.5%；工业化速度尚无劣势指标。城市化率增长率和产品销售率增长率两项指标在众多指标中呈现出明显的优势状态，说明吉林省工业经济和城市化发展的步调日趋协调和完善。

（三）融合软度

融合软度是反映"两化"融合核心内容的指标。2010 年，吉林省"两化"融合软度优势指标共 6 个，占该类指标总数（68 个）的 8.8%；劣势指标共 45 个，占该类指标总数的 66.2%。

其中：信息化规模尚无优势指标；信息化规模劣势指标共 22 个，占该类指标总数的 100%。这也说明吉林省不具有信息化规模的优势。

信息化质量优势指标共 2 个，占该类指标总数的 9.5%；信息化质量劣势指标共 15 个，占该类指标总数的 71.4%。吉林省信息化质量仅在电视综合人口覆盖率和广播综合人口覆盖率两方面表现出明显的优势状态。但在互联网普及率、有线电视入户率、网民普及率、居民家庭平均每百户家用电脑拥有量、人均通信业务收入、信息产业从业人员占总就业人员的比重、信息产业制造业出口交货值占工业出口交货值的比重、通信设备、计算机及其他电子设备制造业占装备制造业比重等 15 个方面反映了吉林省信息化发展仍处于低级阶段、信息化普及程度不高、通信业发展滞后的现状。

信息化速度优势指标共 4 个，占该类指标总数的 16.0%；信息化速度劣势指标共 8 个，占该类指标总数的 32.0%。吉林省信息化速度的优势指标要远远地大于其信息化规模的情况，二者在全国的排名也有一定差距。这种情况充分反映了吉林省信息建设起步晚、规模小的现实，也预示了近几年内有较大的上升空间和速度优势。

（四）融合深度

融合深度是反映"两化"融合质量标志的指标。2010 年，吉林省"两化"融合深度尚无优势指标；劣势指标共 19 个，占该类指标总数的 67.9%。

其中：一体化规模优势指标数为 0 个；一体化规模劣势指标共 9 个，占该类指标总数的 100%。这也说明吉林省一体化不具有规模优势。

一体化质量尚无优势指标；一体化质量劣势指标共 5 个，占该类指标总数的 45.5%。吉林省一体化质量同样不具备明显优势。

一体化速度尚无优势指标；一体化速度劣势指标共 5 个，占该类指标总数的 62.5%。吉林省一体化不具备速度优势。就一体化而言，吉林省存在一体化规模小、质量水平低和速度缓慢的现实，一方面原因是政府主导的推动力不足，另一方面原因是优化产业发展的环境力度不够。吉林省在推进一体化的道路上任重而道远。

三　结论与展望

通过以上分析可以看出，吉林省"两化"融合综合水平位居全国第 20 位。在三大支柱中，融合硬度、融合软度和融合深度均处于全国中下游水平。从指数来看，吉林省融合硬度远远高于融合软度和融合深度的平均水平，三项细分指标呈现下滑趋势，融合软度基础与硬度基础差距较为明显，在一定程度上制约了其融合深度。

从发展模式看,吉林省属于"工业拉动、一体趋缓"型。吉林省处于工业化中期的前半阶段,作为我国计划经济时期重要的老工业基地,吉林省在产业发展中经历过辉煌,也承受过改革的阵痛,并一度陷入低谷。借着国家振兴东北老工业基地战略的实施,吉林省加大探索产业发展新思维和新路径,破解阻碍产业发展的突出矛盾,产业发展呈现转型的趋势,昔日的工业巨人如今正在实现新的崛起。信息化是吉林省"两化"融合的洼地,规模劣势和质量劣势都比较明显。总的来看,制造业与服务业融合程度还没有达到全国平均水平,推进"两化"融合还有很长的一段路要走。

推进"两化"深度融合,吉林省应聚焦重点产业,集中力量做大汽车、农产品加工和石油化工三大支柱产业,以"两化"融合推进重点产业的转型升级,以增量带动结构优化,以创新为突破点,以信息化为动力,实现信息化与现代制造业、现代服务业和战略性新兴产业深度融合。工业化的发展重点要转移到做大总量,优化结构,提高效益上,提高工业产品的层次,追求质量和效益,走出一条低碳经济和绿色发展之路。信息化的重点要转移到提高信息产业普及率、加快信息业基础设施建设,不断优化产品技术结构,开展信息化建设,重视信息化管理。一体化的发展重点要转移到大力发展信息技术与优势制造业相融合信息系统,提高制造产品信息技术含量和附加值,培育面向制造业的新兴行业,推动信息技术在传统行业的全面渗透和深度融合。

B.25

山西省"两化"融合进程

一 总体情况分析

(一) 经济概况

2010年,山西省宏观经济发展环境良好,GDP增速重新回到两位数。2010年山西省全年GDP 9088.1亿元,增长13.9%,增速比上年加快8.5个百分点,比全国GDP增速高3.6个百分点,三次产业结构呈现明显的"二、三、一"特征,三产比例为6.2∶56.8∶37。工业经济形势向好,尤其是省属企业发展取得良好经济效益的同时,拉动了山西省经济起暖回升。整体宏观经济向好的同时,2010年,山西省进一步加快结构调整和产业升级步伐,煤炭资源整合取得重大进展,企业联合重组加快推进,重点项目建设成效显著,经济运行质量和效益进一步提高,转型发展速度和质量进一步提升。山西省是我国煤炭的主要产地,重工业比较发达,由此也造成节能减排工作任务较重,2010年山西省在信息化建设和"两化"融合工作的推进下,节能减排成效显著。截止到2010年底,山西省移动电话和互联网用户数(不含手机上网用户)分别达到2205.2万户和353.1万户,普及率分别达到64.3%和10.3%,城市化率达到45.99%。山西省在省内开展"两化"融合的初步试点和推进工作,同时于2010年8月8日与工业和信息化部签署了《关于加快山西省工业转型发展、推进"两化"融合合作框架协议》,以更好更快地促进中部地区崛起,推进山西省资源型经济转型发展,加快推进山西新型工业化进程。

(二) 综合分析

2010年,山西省"两化"融合综合排名为全国第21位,综合指数达到0.264,"两化"融合程度在全国处于中间偏下位置,与吉林、广西、云南等省的"两化"融合程度相近,与东部和发展较好的中部省份有较大差距。融合硬度列全国第 22 位（指数：0.372），其指数明显低于全国均值（指数：0.427）。融合软度列全国第 21 位（指数：0.232），其指数低于全国均值（指数：0.282）。融合深度列全国第 25 位（指数：0.188），其指数亦明显低于全国均值（指数：0.263）。综合来看，山西省各指标都明显低于全国平均水平，"两化"融合水平偏差，三大支柱（软度、硬度、深度）没有明显差距，均衡发展。

（三）具体分析

融合硬度方面。2010 年，山西省工业化规模列全国第 16 位（指数：0.194），明显低于全国平均水平（0.272）；工业化质量列全国第 23 位（指数：0.406），低于全国平均水平（0.485）。工业化速度列全国第 19 位（指数：0.517），略低于全国平均水平（指数：0.523）。相对较为优势的指标是工业化规模，这和山西省是一个资源经济大省有关。从雷达图上可以看出，在工业化规模、质量、速度三个细分层面指数来看，山西省工业化速度优于工业化质量指标，稳定的工业化速度将持续维持工业化的稳步推进，工业化质量不高的现状要求未来加快山西省资源经济的转型升级，延长资源加工产业链，提高资源利用率，同时发展高科技产业，形成现代工业体系（见图 1）。

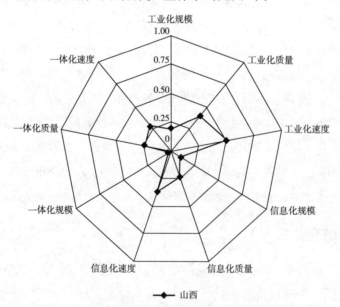

图 1　山西省"两化"融合雷达图

融合软度方面。2010 年，山西省信息化规模列全国第 20 位（指数：0.087），明显低于全国平均水平（指数：0.177），信息化质量列全国第 18 位（指数：0.242），低于全国平均水平（指数：0.305），信息化速度列全国第 18 位（指数：0.368），略低于全国平均水平（指数：0.364）。三项指标均在全国居于较低水平，但从三指标的排名来看，均优于山西省"两化"融合的综合排名，表明山西省相对而言，信息化进程较为良好。在雷达图（见图 1）上可较为清晰地看出，信息化速度指数明显高于其质量和规模指数，是"拉动"山西省信息化发展进程的主要驱动力。

融合深度方面。2010 年，山西省一体化规模列全国第 22 名（指数：0.027），远远低于全国平均水平（指数：0.141），一体化质量列全国第 21 名（指数：0.239），低于全国平均水平（指数：0.322），一体化速度列全国第 19 位（指数：0.298），低于全国平均水平（指数：0.325）。可看出就目前山西省"两化"融合发展状况而言，一体化程度不高，速度指标排名相对靠前，但发展动力仍显不足。

二　优势和劣势

（一）总体状况

2010 年，山西省"两化"融合优势指标共有 5 个，占指标总数的 3.7%；劣势指标共有 81 个，占指标总数的 59.1%。优劣势指标共有 86 个指标，占指标总数的 62.8%（见表 1）。表明山西省"两化"融合发展较好的指标相对较少，劣势指标很明显，主要集中在融合软度上，有较多信息化相关的劣势指标。

（二）融合硬度

融合硬度是反映"两化"融合基础水平的指标。2010 年，山西省"两化"融合硬度优势指标仅 4 个，占该类指标总数（41 个）的 9.8%；劣势指标共 18 个，占该类指标总数的 43.9%。表明山西省工业化进程中存在明显的劣势，而这些劣势是工业化进程中的短板，这与近几年山西省煤炭行业进行整改有关，目前正处在改革中期，新的煤炭产业模式初现，尚未发挥其优势。

表1　2010年山西省"两化"融合优劣势指标

单位：个，%

项目		优势指标		劣势指标	
		数量	占比	数量	占比
融合硬度	工业化规模	0	0.0	10	83.3
	工业化质量	2	15.4	5	38.5
	工业化速度	2	12.5	3	18.8
	小　计	4	9.8	18	43.9
融合软度	信息化规模	0	0.0	22	100.0
	信息化质量	0	0.0	12	57.1
	信息化速度	1	4.0	11	44.0
	小　计	1	1.5	45	66.2
融合深度	一体化规模	0	0.0	9	100
	一体化质量	0	0.0	6	54.6
	一体化速度	0	0.0	3	37.5
	小　计	0	0.0	18	64.3
合　计		5	3.7	81	59.1

其中：山西省尚无工业化规模优势指标，但劣势指标有10个，占该类指标总数的83.3%，在一定程度上反映了山西省尚未形成工业化发展的规模优势，主要在于山西省属于重工业省份，主要以煤炭工业以及其相关行业为主，现代工业发展不完善，且传统工业发展面临资源、环境以及体制困境。

工业化质量优势指标共2个，占该类指标总数的15.4%；工业化质量劣势指标共5个，占该类指标总数的38.5%。工业化质量的优势指标为：工业增加值占地区 GDP 的比重、产品销售率；劣势主要表现在：地区人均 GDP、高新技术产业产值占工业总产值比重、全员劳动生产率、成本费用利润率、流动资产年平均余额。

工业化速度优势指标共2个，占该类指标总数的12.5%；工业化速度劣势指标共3个，占该类指标总数的18.8%。工业化速度的优势指标为：城市化率增长率、城镇单位就业人员平均劳动报酬增长率；主要劣势指标为：工业从业人员占总就业人员比重的增长率、全员劳动生产率增长率、企业单位个数增长率。综上表明，山西省目前的产业优势较为单一，基本以资源性产业为主，应当积极开发技术含量较高的特色产业作为优势产业，形成复合型的特色产业体系，以弥补资源产业的不足，给传统经济注入活力，促进工业经济稳定发展。

（三）融合软度

融合软度是反映"两化"融合核心内容的指标。2010 年，山西省"两化"融合软度优势指标 1 个，占该类指标总数（68 个）的 1.5%；劣势指标 45 个，占该类指标总数的 66.2%。

其中：信息化规模优势不明显，不存在优势指标；信息化规模劣势指标共 22 个，占该类指标总数的 100%。表明山西省信息产业起步晚，目前仍不发达，未形成产业规模优势。

信息化质量尚无优势指标，但信息化质量劣势指标却达 12 个，占该类指标总数的 57.14%。主要劣势反映在：宏观指标方面，信息产业增加值占地区 GDP 的比重、信息产业从业人员占总就业人员的比重；中观指标方面，信息产业制造业出口交货值占工业出口交货值的比重、电气机械及器材制造业占装备制造业比重、通信设备、计算机及其他电子设备制造业占装备制造业比重、人均通信业务收入、通信业务收入占地区 GDP 的比重、通信业投资额占地区 GDP 的比重；微观方面讲，互联网普及率、居民家庭平均每百户家用电脑拥有量、每百人局用交换机容量、全员劳动生产率。总体来讲，山西省信息通信产业发展不够发达，整体企业信息化程度有待提高，居民电话普及率情况较好，但互联网普及情况不够乐观。

信息化速度优势指标 1 个，占该类指标总数的 4%；信息化速度劣势指标共 11 个，占该类指标总数的 44%，绝大多数指标处于全国平均水平。相对信息化规模、信息化质量而言，山西信息化速度方面处于绝对优势。这表明，虽然目前山西省信息化规模和质量指标并无优势，但近年山西省在"普遍服务"、"村通工程"、"信息下乡"、企业信息化以及信息产业较快发展速度的带动下，整体信息化速度水平相对较高。

（四）融合深度

融合深度是反映"两化"融合质量标志的指标。2010 年，山西省"两化"

融合深度优势指标 0 个；劣势指标共 18 个，占该类指标总数的 64.3%。

其中：一体化规模尚无优势指标；但一体化规模劣势指标却达 9 个，占该类指标总数的 100%。表明山西省一体化规模存在绝对的劣势，100% 的指标处于全国的较低水平。

一体化质量尚无优势指标；一体化质量劣势指标共 6 个，占该类指标总数的 54.6%。劣势表现在：网商密度、中国行业电子商务网站 TOP100 各地比重、软件技术服务收入占 GDP 比重、软件外包服务收入占 GDP 比重、网商发展经营水平、重点工业企业电子商务销售额占主营业务收入比重。表明山西省网商、软件等相关行业发展不够。

一体化速度尚无优势指标；一体化速度劣势指标共 3 个，占该类指标总数的 37.50%。技术市场成交额增长率、国内专利年授权增长率和软件外包服务增长率 3 项指标表现为明显的劣势，但相对一体化规模和一体化质量而言，一体化速度仍然是山西省的优势方面。

三　结论与展望

通过以上分析可以看出，山西省"两化"融合综合水平居全国第 21 位。融合硬度、融合深度和融合软度三项指标均处于全国平均水平以下，其中，融合软度指标相对较好，列全国第 21 位，融合硬度列全国第 22 位，融合深度列全国第 25 位。总体来说，山西省"两化"融合水平居全国较差水平，但各维度增长速度指标稍显优势，表明山西省整体"两化"融合开始凸显良好的势头，但向好趋势初现，未来速度指标将继续改善。在未来的一段时间里在持续改善和提高的速度指标带动下，山西省"两化"融合水平将有一定提高，部分缩小与发达省份的差距，但差距仍然较大，主要由于山西省资源性经济转型是一项长期而艰巨的任务，而新型高技术产业发展仍需较长时间方可形成规模优势。

从发展战略看，以建成新型能源和工业基地为主要发展战略方向，煤炭、钢铁、焦化、煤化工、建材为山西省优势产业。未来应当以此为指导，一方面推进山西省传统工业转型发展，另一方面发展先进装备制造、新材料、生物医药、节能环保等基础好、潜力大的新兴产业，创建国家新型工业化产业示范基地，双管齐下，推进工业化建设。同时，积极开展城乡"三网融合"试点及物联网规模应用、电子政务业务协同试点、"数字化太原"建设、3G及光纤宽带网络建设、无线电监测网络及相关技术设施建设等，提升信息化水平。这将为未来"两化"融合发展注入新的活力，进一步推进山西省信息化与工业化融合，在山西省有条件的地区建立"两化"融合试验区，重点提升煤炭、电力、焦化、冶金、机械制造、化工等重点行业和企业"两化"融合发展水平，以点带面促进"两化"融合发展。

B.26

广西壮族自治区"两化"融合进程

一　总体情况分析

（一）经济概况

2010 年，广西壮族自治区 GDP 达到 9502.39 亿元，同比增长 14.2%。人均 GDP 达到 19568 元，比 2005 年的 1000 美元翻了一番。广西壮族自治区产业结构已经由"二、三、一"型到"三、二、一"型，再到"二、三、一"型，三次产业结构调整为 17.58∶47.47∶34.95，工业增长速度逐步加快。城市化率为 39.20%。信息基础设施得到进一步发展。截止到 2010 年底，广西壮族自治区移动电话和互联网用户数分别达到 2214.5 万户和 330.1 万户，普及率分别达到 45.6% 和 6.8%。广西壮族自治区目前正处于工业化中期阶段，坚持贯彻工业强省的主导战略也是广西壮族自治区国民经济发展的战略方针，工业化加速度全国排名第十。2010 年，工业和信息化部与广西壮族自治区政府在南宁签署《加快转变发展方式促进广西工业结构优化升级战略合作框架协议》，把广西建设成为西部地区重要的先进制造业基地和面向东盟的国际区域经济合作新高地。2011 年工业和信息化部公布了第二批 66 个"国家新型工业化产业示范基地"名单，广西有两个园区上榜。

（二）综合分析

2010 年，广西壮族自治区"两化"融合综合排名全国第 22 位，综合指数达到 0.257，其与综合排名列全国第 1 位的广东省（指数：0.609）的差距较为明显，其指数不到广东省综合指数的 1/2。融合硬度位列全国第 24（指数：0.339），其指数低于全国平均水平（指数：0.363）。融合软度列全国第 18 位（指数：0.245），同样低于全国平均水平（指数：0.282）。融合深度列全国 24 位（指数：0.188），低于全国平均水平（指数：0.263）。

（三）具体分析

融合硬度方面。2010 年，广西壮族自治区工业化规模、工业化质量和工业化速度三项指标均处于劣势地位，分别列全国第 23 位、第 26 位和第 23 位，（指数：0.153、0.361 和 0.501），三项指数均不足全国平均水平（指数：0.272、0.485 和 0.523），在全国各省份中属于偏下水平。虽然排名相差不多，相比工业化规模和工业化质量，广西壮族自治区工业化速度与排名靠前的省份和全国平均水平相差最少。从雷达图上可以看出，从工业化规模、质量、速度三个细分层面指标来看，广西壮族自治区工业化速度明显优于另两项的发展水平，是"拉动"现阶段广西壮族自治区工业发展的驱动力（见图 1）。

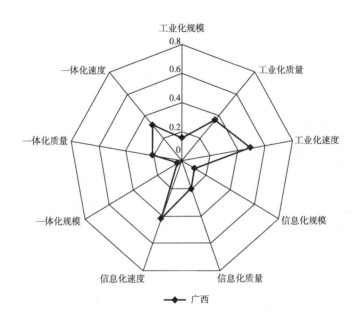

图 1　广西壮族自治区"两化"融合雷达图

融合软度方面。2010 年，广西壮族自治区信息化规模、信息化质量处于全国偏下水平，分别位列全国第 18 和第 25（指数：0.106 和 0.205），均远远低于排名第 1 位的指数水平（指数：0.936 和 0.680），并且均低于全国平均水平（指数：0.177 和 0.305）。信息化速度却位于全国第 3（指数：0.425），远高于另外两个分项在全国的相对排位，与排名第 1 位的青海省（指数：0.451）水平

相近。在雷达图上可较为清晰地看出,广西壮族自治区信息化整体发展同样呈现三项指标依次凸起状,信息化速度表现出非常明显的发展优势,拉动全省信息化发展。

融合深度方面。2010年,广西壮族自治区一体化规模、一体化质量和一体化速度三项指标均处于全国偏下水平,分别位列全国第20、第26和第18(指数:0.035、0.210和0.320),均低于全国平均水平(指数:0.141、0.322和0.325)。由于广西壮族自治区工业化和信息化发展都处于全国偏下水平,一体化发展水平必然处于落后水平。在三项指标中,一体化速度指标得分与排名第一的宁夏(指数:0.450)差距最小,是相对具有优势的指标。表现在雷达图上,与工业化和信息化指标相同,指标依次呈现上升趋势,但指标得分差距较少。

二 优势和劣势

(一)总体状况

2010年,广西壮族自治区"两化"融合优势指标9个,占指标总数的6.6%;劣势指标74个,占指标总数的54%。二者共有83个指标,占指标总数的60.6%(见表1)。这表明广西壮族自治区"两化"融合的劣势较为突出,只有少数指标在全国居于中等水平。

(二)融合硬度

融合硬度是反映"两化"融合基础水平的指标。2010年,广西壮族自治区"两化"融合硬度优势指标共3个,占该类指标总数(41个)的7.3%;劣势指标共17个,占该类指标总数的41.5%。这说明,广西壮族自治区工业化劣势因素明显,劣势指标个数仅仅略低于处于全国中等指标个数。广西壮族自治区虽然注重工业化发展,工业发展速度较快,但工业化进程仍然较为落后,工业化有待加强。

其中:工业化规模优势指标0个;工业化规模劣势指标共11个,占该类指标总数的比重高达91.7%。广西壮族自治区正处于迈入工业化中期阶段,由于

表1 2010年广西壮族自治区"两化"融合优劣势指标

单位：个，%

项　　目		优势指标		劣势指标	
		数量	占比	数量	占比
融合硬度	工业化规模	0	0.0	11	91.7
	工业化质量	0	0.0	3	23.1
	工业化速度	3	18.8	3	18.8
	小　计	3	7.3	17	41.5
融合软度	信息化规模	0	0.0	20	90.9
	信息化质量	0	0.0	13	61.9
	信息化速度	4	16.0	5	20.0
	小　计	4	5.9	38	55.9
融合深度	一体化规模	0	0.0	9	100.0
	一体化质量	1	9.1	8	72.7
	一体化速度	1	12.5	2	25.0
	小　计	2	7.1	19	67.9
合　　计		9	6.6	74	54.0

山地多平地少，人口城市化率严重偏低，属于典型的工业后发展地区，突出表现在：规模不大、总量偏小，工业结构不合理，产业层次不高。近年来，广西壮族自治区非常注重工业园区的发展，把工业园区作为承接东部产业转移的重要平台，"十一五"期间，各工业园区基础设施力度不断加大，产业集聚效应逐步显现，园区工业实现快速发展。但由于基础薄弱，广西壮族自治区需要加大力度扩大工业产业规模。

工业化质量优势指标0个；工业化质量劣势指标共3个，占该类指标总数的23.1%。相比工业化规模，广西壮族自治区工业化质量指标大部分为中等水平，劣势指标大大减少。广西壮族自治区虽然属于后发展地区，但非常重视工业产业结构的优化和工业园区的建设，所以，工业化质量相对有较大提升。

工业化速度优势指标各有3个，分别占该类指标总数的18.8%。相比工业化规模和工业化质量，广西壮族自治区工业化速度优势较为明显，其带动作用在雷达图中表现就非常明显，具体为城市化率、工业增加值和工业增加值占地区GDP比重增长迅速。2010年，广西规模以上工业增加值增幅居全国之首，有色金属、石化、机械、建材和电子等多个行业产值增速超过45%。

（三）融合软度

融合软度是反映"两化"融合核心内容的指标。2010年，广西壮族自治区"两化"融合软度优势指标共4个，占该类指标总数（68个）的5.9%；劣势指标共38个，占该类指标总数的55.9%，这表明广西壮族自治区在融合软度发展方面劣势较为突出。

其中：信息化规模尚无优势指标；信息化规模劣势指标20个，占该类指标总数的90.9%。广西信息化规模整体发展的劣势非常突出，几乎所有指标均为全国偏下等水平。这与广西壮族自治区工业化规模发展相关，由于工业化进程落后，信息化发展不具备相应发展条件，发展较为滞后。未来，广西壮族自治区将在工业化发展的基础上，着力提升信息产业在区域经济中的比重和贡献。

信息化质量尚无优势指标；信息化质量劣势指标13个，占该类指标总数的61.9%。广西壮族自治区信息化质量发展的大部分指标也都处于劣势，其中，信息产业增加值占比、信息产业制造业出口交货值占比，以及电气机械及器材制造业占装备制造业比重等指标均反映了广西壮族自治区信息产业规模小和产业层次低。由于城市人口占比低，网民普及率、互联网普及率和移动电话普及率等指标都处于落后水平。广西壮族自治区需要在扩大信息产业规模的基础上，大力提升信息产业的投资，发展先进信息制造业，并进一步通过加快城市化率以提高信息通信普及率。

信息化速度优势指标4个，占该类指标总数的16.0%；信息化速度劣势指标共5个，占该类指标总数的20.0%。相比信息化规模和信息质量，广西壮族自治区信息化速度发展具有一定优势。从整体看，广西壮族自治区属于后发展地区，尤其是信息化速度在全国排名第三，具体表现为信息化投入产出比率、互联网带宽接入用户增长率较快，这与工业化和城市化率的快速增长有关。在全自治区信息产业发展达到一定规模之前，广西还有很大发展空间。

（四）融合深度

融合深度是反映"两化"融合质量标志的指标。2010年，广西壮族自治区"两化"融合深度优势指标共2个，占该类指标总数（28个）7.1%；劣势指标共19个，占该类指标总数的67.9%。

其中：一体化规模尚无优势指标；一体化规模劣势指标共9个，占该类指标总数的100%。这说明广西壮族自治区一体化规模发展面临很多的困难，在工业化中期、信息化初期阶段，一体化规模处于偏下水平。

一体化质量优势指标1个，占该类指标总数的9.1%；一体化质量劣势指标共8个，占该类指标总数的72.7%。工业化质量和信息化质量发展劣势直接导致一体化质量的滞后，软件业、电子商务等产业都是广西壮族自治区"两化"融合的弱项。广西壮族自治区在扩大工业生产规模、建设产业园区的同时，应加大对工业企业的研发投入，提升工业产业的信息化水平。

一体化速度优势指标1个，占该类指标总数的12.5%；一体化速度劣势指标共2个，占该类指标总数的25%。就未来的信息化发展来看，广西壮族自治区应加大信息产业的研发投入，增加专利申请数量，同时积极拓展电子商务业务，加快网商规模的增长率，更好的承接东部先进信息产业链的转移。

三　结论与展望

通过以上分析可以看出，广西壮族自治区"两化"融合综合水平位居全国第22位。在三大支柱中，融合软度处于全国中下水平，列全国第18位；融合硬度和融合深度在各省份排位相对靠后，均列全国第24位。从绝对指数水平来看，广西壮族自治区工业化、信息化、一体化遵循依次下滑趋势。

从发展模式看，广西壮族自治区属于"信息拉动型"发展模式。从20世纪90年代开始，广西壮族自治区加速发展工业，以较高的年均工业化加速度不断提高工业增加值占GDP的比重，通过建设工业产业园区加强产业集中度，优化产业结构，但由于起步较晚，地理环境和人口结构的不利因素，广西壮族自治区工业化还处于工业化中期的初级阶段。广西壮族自治区信息化发展同样面临较大困难，信息通信基础设施规模的扩展还有待加大力度，提高居民信息化应用质量，并通过"国家新型工业化产业示范基地"的设立，加强对装备、电子、纺织等行业的信息化应用。

推进"两化"深度融合，广西壮族自治区应基于以百色工业区、玉柴工业园为主体的国家新型工业化产业示范基地，按照布局集中、用地集约、产业集聚的原则，围绕走新型工业化道路要求，做好"两化"融合、节能环保、循环经济等工作，并且在创建过程中不断顺应国际科技创新和产业化发展的新趋势。从工业化发展阶段和趋势来看，广西的增长速度和潜力是较大的，特别是随着中国—东盟关系的日益密切，泛珠三角区域开始了新的篇章，这对于广西的发展既是极大的机遇，又是严峻的挑战，与此同时，各级政府也认识到了信息产业对经济发展的带动作用，要在工业化发展的过程中不断提升信息产业的层次，促进现代制造工业和现代装备工业的发展，为一体化发展奠定良好的基础。从政府层面来看，应通过政策引导、资金支持和信息技术产品与服务支持等，推进"两化"融合工作。

B.27

云南省"两化"融合进程

一 总体情况分析

（一）经济概况

2010 年，云南省经济运行呈现高开稳走态势，全省生产总值突破 7000 亿元大关，达到 7220.14 亿元，同比增长 12.3%。人均 GDP 达到 15749 元，比上年增长 11.6%。云南省三次产业结构比为 15.3∶44.7∶40.0，二产和三产在整个产业结构的比重越来越大，三次产业间的活动单位数量和结构呈"二、三、一"状态。但云南省重化工业大多是资源加工型、产业上游型企业，资源依赖程度高，产业结构单一。云南省城市化率达到 34%。截止到 2010 年底，云南省移动电话和互联网用户数分别达到 2244.5 万户和 224.1 万户，普及率分别达到 49.1% 和 4.9%。2010 年，昆明市获批成为云南省"两化融合"试验区，且昆明市已先后制定了关于推进"两化融合"的年度计划及三年发展规划。

（二）综合分析

2010 年，云南省"两化"融合综合排名全国第 23 位，综合指数达到 0.257，不足全国平均水平（指数：0.324），云南省融合硬度、融合软度和融合深度在全国排名分别为第 27 位，第 17 位与第 21 位。指数分别为：0.310、0.246 和 0.213，这三项指标都低于全国平均水平（指数：0.427、0.282 和 0.263）。云南省在融合硬度、融合软度和融合深度三个层面在全国排名中所处的位置前后略有起伏，其中融合软度在三项排名中最靠前，相应的也对其融合深度起到了一定的拉升作用。

（三）具体分析

融合硬度方面。2010 年，云南省工业化规模处于劣势地位，列全国第 24 位（指数：0.141），工业化质量和工业化速度虽绝对分值逐渐上升，但全国排位反而随之下滑，分别列全国第 29 位和第 26 位（指数：0.334 和 0.456），均低于其对应的全国平均水平（指数：0.485 和 0.523）。这种发展状态反映出云南工业化质量与工业化速度的整体发展状况要明显优于工业化规模发展水平。从雷达图（见图 1）上可以看出，工业化规模是云南省"两化"融合硬度中的短板，需要另两项发挥拉动作用。

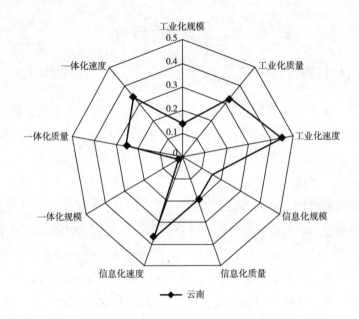

图 1　云南省"两化"融合雷达图

融合软度方面。2010 年，云南省信息化规模和信息化质量分别列全国第 14 位和第 26 位（指数：0.152 和 0.203），低于其相应的全国平均水平（指数：0.177 和 0.305）。信息化速度处于全国优势水平，列全国第 9 位（指数：0.385），高于全国平均水平（指数：0.364）。在图 1 上可较为清晰地看出，云南省融合软度构成图呈逐级递增状，信息化速度指数明显高于其规模和质量指数。信息化规模指数在三者中处于劣势地位。

融合深度方面。2010 年，云南省一体化规模和一体化质量均处于全国劣势地位（指数：0.022 和 0.268），分别列全国第 24 位和第 18 位，低于全国平均水平（指数：0.141 和 0.322），而其一体化速度则处于优势地位（指数：0.349），列全国第 14 位，高于全国平均水平（指数：0.325），后者在很大程度上拉高了云南省融合深度的整体水平。从雷达图上可以较清晰地看出,云南省融合深度构成图虽不若其融合硬度构成图那样逐层递增趋势显著,但同样存在规模上的短板与质量和速度的双拉动效应。这与目前一些省份自身规模优势不足,而发展后劲显现有直接关联,因此该类省份的速度发展往往在全国排位较为靠前。

二 优势和劣势

(一)总体状况

2010 年,云南省"两化"融合优势指标共有 8 个,占指标总数的 8.0%;劣势指标共有 76 个,占指标总数的 55.5%。二者共有 84 个指标,占指标总数的 63.5%(见表1)。这说明云南省"两化"融合的劣势情况非常明显。

表1 2010 年云南省"两化"融合优劣势指标

单位:个,%

项目		优势指标		劣势指标	
		数量	占比	数量	占比
融合硬度	工业化规模	0	0.0	11	91.7
	工业化质量	0	0.0	4	30.8
	工业化速度	1	6.3	3	18.8
	小　计	1	2.4	18	43.9
融合软度	信息化规模	2	9.1	16	72.7
	信息化质量	1	4.8	12	57.1
	信息化速度	3	12.0	10	40.0
	小　计	6	8.8	38	55.9
融合深度	一体化规模	0	0.0	9	100.0
	一体化质量	0	0.0	6	54.5
	一体化速度	1	12.5	5	62.5
	小　计	1	3.6	20	71.4
合　计		8	5.8	76	55.5

(二)融合硬度

融合硬度是反映"两化"融合基础水平的指标。2010 年,云南省"两化"

融合硬度优势指标共 1 个，占该类指标总数（41 个）的 2.4%；劣势指标共 18 个，占该类指标总数的 43.9%。这也进一步说明，云南省不具有融合硬度的绝对优势。推进"两化"融合发展，需要更大程度上发挥融合软度和融合深度的综合优势。

其中：工业化规模尚无优势指标；工业化规模劣势指标共 11 个，占该类指标总数的 91.7%。云南省工业规模发展劣势突出，无论是工业总产值、工业增加值抑或是规模工业企业个数与工业从业人数均在全国排名靠后。虽然云南是我国的资源大省，过去云南省工业增长主要依靠以烟草产业为主的轻工业，但产业结构单一严重影响了经济的稳定。云南省重化工业大多是资源加工型、产业上游型企业，资源依赖程度高，产业结构单一，市场变化受宏观经济运行周期影响较大，结果是"一荣俱荣，一损俱损"。

工业化质量尚无优势指标；工业化质量劣势指标共 4 个，占该类指标总数的 30.8%。云南省在地区人均 GDP、流动资产年平均余额、成本费用利润率等指标呈现出劣势状态，反映出云南省在工业化发展的道路上，工业整体效益水平方面存在不足。未来一段时间，云南省工业企业应围绕"主业、相关多元、战略转型"三条结构调整主线，将现有主业做精做强，相关多元做大做优，转型升级做新做实，打造多业支撑的新型工业发展"路线图"。如此的工业战略部署，可以在一定程度上提升云南省工业的综合实力，以及工业整体效益水平。

工业化速度优势指标共 1 个，占该类指标总数的 6.3%；工业化速度劣势指标共 3 个，占该类指标总数的 18.8%。云南省工业化发展速度较发展规模与发展质量来讲优势明显，其中城市化率增长率这一优势指标，在很大程度上反映了城市化的进程发展在云南省工业崛起的过程中发挥的重大作用。

（三）融合软度

融合软度是反映"两化"融合核心内容的指标。2010 年，云南省"两化"融合软度优势指标共 6 个，占该类指标总数（68 个）的 8.8%；劣势指标共 38 个，占该类指标总数的 55.9%。

其中：信息化规模优势指标数为 2 个，占该类指标总数的 9.1%；信息化规模劣势指标共 16 个，占该类指标总数的 72.7%。这说明云南省在信息化规模方面发展劣势显著，其中重点表现在信息产业规模与通信、广电相关用户数方面在全国 31 个省份中排名居后，这表明云南省应着力提升通信及广电的基础网络建设，并充分把握产业转移带来的机遇，发展云南省信息产业与其他高技术产业，以此加大产业结构调整与转型升级力度。

信息化质量优势指标数为 1 个，占该类指标总数的 4.8%；信息化质量劣势指标共 12 个，占该类指标总数的 57.1%。说明云南省信息化建设质量不高，尤其体现在信息产业增加值占地区 GDP 的比重，信息产业从业人员占总就业人员的比重，通信设备、计算机及其他电子设备制造业占装备制造业比重，人均通信业务收入、通信业务收入占地区 GDP 的比重和通信业投资额占地区 GDP 的比重等方面，突出反映了云南省在信息技术改造传统行业方面的滞后和不足。

信息化速度优势指标共 3 个，占该类指标总数的 12.0%；信息化速度劣势指标共 10 个，占该类指标总数的 40%。云南省在信息化投入产出率、广播电视网络收入增长率、广播人口覆盖三个方面展现迅猛的增长势头。然而在信息产业制造业相关指标、人均通信业务收入增长率等方面表现出不足。

（四）融合深度

融合深度是反映"两化"融合质量标志的指标。2010 年，云南省"两化"融合深度优势指标共 1 个，占该类指标总数（28 个）的 3.6%；劣势指标共 20 个，占该类指标总数的 71.4%。

其中：一体化规模尚无优势指标；一体化规模劣势指标共 9 个，占该类指标总数的 100%。这也说明云南省一体化不具有规模优势。

一体化质量尚无优势指标；一体化质量劣势指标共 6 个，占该类指标总数的 54.5%。云南省一体化质量劣势同样明显，不存在优势指标。

一体化速度优势指标共 1 个，占该类指标总数的 12.5%；一体化速度劣势指标共 5 个，占该类指标总数的 62.5%。平均 IP 病毒感染增长率是云南省一体化速度唯一优势指标，在一个侧面说明了云南省信息化安全建设卓有成效。但在技术市场成交额增长率、国内专利年授权增长率、软件技术及外包服务收入增长率等方面存在劣势，此均为制约云南省一体化速度的关键因素，突出说明了云南省目前在高技术研发与环境培养方面明显不足，这也是制约其一体化乃至"两化"融合整体水平提升的因素之一。

三　结论与展望

通过以上分析可以看出，云南省"两化"融合综合水平位居全国第23位。融合硬度、融合软度和融合深度分别列全国第27位，第17位与第21位。从指数来看，云南省融合硬度、融合软度和融合深度发展水平逐层递减，但其排名却不与指数的趋势相同。

从各项指数得分观察，云南省属于"工业化带动型"发展模式。近些年来，云南省工业化进程和结构调整加快，但工业发展中仍然面临较多问题和矛盾。30多年来，云南经济持续高速增长，但传统经济发展模式导致环境污染、生态退化，资源存量和环境承载能力迅速下降。能源消费处于"高碳消耗"状态，属"碳密集型"的经济增长，面临的国际压力日趋增大。投资消费失衡、产能过剩以及区域、城乡差距扩大等问题突出。未来，云南省应主动调整和优化工业结构，构建绿色化、低碳化的工业体系，加快工业向绿色、低碳、低废的理性发展模式转型。促进工业发展由主要依靠资金和矿产资源支撑，向更多地依靠生态资本、人力资本和技术进步支撑转变。

推进"两化"深度融合，云南省应聚焦国家战略和云南省重点产业，立足现有产业优势，结合国家发展战略，重点发展七个大类的装备制造，包括汽车和新型柴油发动机、高档数控机床、轨道交通建设和养护装备、自动化物流成套装备、矿冶重化成套设备、高端电力装备以及新型农业和生物资源加工专业装备。实现工业结构由低级化向高级化、由刚性向弹性方向发展，使工业发展步入人力资源、优势资源得到充分发挥，轻重工业比例协调，资源、环境压力得以减缓，总量快速、持续增长的发展道路；信息化的发展重点要加快推进信息化工程，实现信息技术与制造技术的集成，不断增强产品竞争能力，同时抓住产业转移的发展机遇提升信息产业整体竞争实力；一体化的发展重点要确立以"两化"融合为主要特征的产业发展模式，实现信息技术应用在产业各领域的全面渗透，基本形成适合云南省发展的现代产业体系。

B.28

内蒙古自治区"两化"融合进程

一 总体情况分析

(一)经济概况

2010 年,内蒙古自治区生产总值(GDP)达 11620 亿元,增速 15%,跨过万亿元门槛,三次产业结构比例为 9.4∶54.6∶35.9,二、三产业在国民经济中的地位不断提升。工业经济总量继续保持高速增长,优势产业在工业中的地位持续提升。2010 年,全区规模以上工业实现工业总产值 13446.5 亿元,同比增长31.4%;六大优势行业(能源、冶金、农畜产品加工和化工、装备制造、高新技术)实现工业总产值达 12660 亿元,同比增长 30.2%,占全区规模以上工业的94.2%;装备制造业实现工业总产值同比增长达 40%,是六大行业中增长速度最快的。内蒙古经济开发区的产业积聚效应增强,开发区规模经济优势显现。在国家战略和政策的指导下,内蒙古信息化建设较发达地区仍比较落后,但也取得了巨大成绩。2010 年,内蒙古自治区仍然从居民企业信息化、电子政务、电子商务等方面,稳步推进区内信息化,并与相关单位签署战略合作协议,以提高区内信息化速度和信息化质量,2010 年,内蒙古自治区与中国电子信息产业发展研究院正式签署战略合作协议。截止到 2010 年底,内蒙古自治区移动电话和互联网用户数(不含手机上网用户)分别达到 2034 万户和 190.5 万户,普及率分别达到 84% 和 7.9%。内蒙古自治区在工业化和信息化良好发展的基础上,积极推进"两化"融合工作。

(二)综合分析

2010 年,内蒙古"两化"融合综合排名全国第 24 位,综合指数为 0.255,远远低于全国平均水平(指数:0.324),"两化"融合程度在全国处于下游位置,与东部、中部以及部分发展较好的西部省份(例如陕西)有较大的差距。融合硬度列全国第 21 位(指数:0.388),低于全国平均水平(指数:0.427)。融合软度位列全国第 23 位(指数:0.231),亦低于全国均值(指数:0.282)。融合深度列全国第 28 位(指数:0.148),低于全国均值(指数:0.263)。综合来看,内蒙古"两化"融合水平较差,尤其是融合深度,仅优于西藏、青海、新疆三个西部省份。

(三) 具体分析

融合硬度方面。2010 年,内蒙古工业化规模位列全国第 18 位(指数:0.191),远远低于全国平均水平(指数:0.272),工业化质量位列全国第 22 位(指数:0.433),略低于全国平均水平(指数:0.485),工业化速度位列全国第 15 位(指数:0.539),略高于全国平均水平(指数:0.523)。从排名情况来看,内蒙古工业化速度相对具有优势,工业化规模排名虽然靠前,但却相对距离全国平均水平较大。从雷达图上亦看出,在工业化规模、质量、速度三个细分层面指数来看,内蒙古工业化速度是目前其工业化的重要优势力量,拉动内蒙古的工业化进程(见图1)。

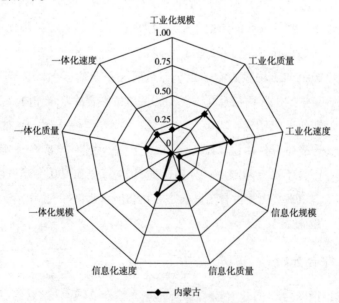

图1　内蒙古自治区"两化"融合雷达图

融合软度方面。2010 年，内蒙古信息化规模指标位于全国第 24 位（指数：0.067），信息化质量指标位于全国第 17 位（指数：0.242），信息化速度指标位于全国第 10 位（指数：0.384），三项指标均明显低于全国平均水平（指数：0.177、0.305 和 0.424）。其中信息化速度指标相对较好，虽然仍然低于全国平均水平，但从全国排名来看，处于较前位置，与江西、云南、黑龙江信息化速度持平。而在雷达图（见图 1）上可较为清晰地看出，内蒙古信息化速度相对信息化规模、信息化质量较好，信息化质量也有一定保证，在这两者的拉动下，信息化规模有所发展，但规模指标相对仍然较差，不构成相对优势。

融合深度方面。2010 年，内蒙古一体化规模位列全国第 26 名（指数：0.016），一体化质量位列全国第 24 名（指数：0.220），一体化速度列全国第 28 位（指数：0.207），均远远低于全国平均水平（指数：0.141、0.322 和 0.325）。表明当前内蒙古受工业化和信息化水平较为落后所限制，工业化和信息化一体化程度较低，一体化质量指标相对较好。

二 优势和劣势

（一）总体状况

2010 年，内蒙古"两化"融合优势指标共有 11 个，占指标总数的 8.0%；劣势指标共有 77 个，占指标总数的 56.2%。二者共有 88 个指标，占指标总数的64.2%（见表 1）。表明内蒙古"两化"融合水平较低，存在少量优势指标，但劣势指标近 63%，劣势相当明显；优势主要体现在工业化水平上，其次是信息化水平，表明内蒙古已经具备了较好的"两化"融合硬件和软件条件，但在两者一体化上仍然存在较大差距。

（二）融合硬度

融合硬度是反映"两化"融合基础水平的指标。2010 年，内蒙古"两化"融合硬度优势指标为 6 个，占该类指标总数（41 个）的 14.6%；劣势指标共 15 个，占该类指标总数的 36.6%，存在明显优劣势的指标共占 51.2%。这表明，内蒙古约

表1 2010年内蒙古自治区"两化"融合优劣势指标

单位：个，%

项 目		优势指标		劣势指标	
		数量	占比	数量	占比
融合硬度	工业化规模	0	0.0	10	83.3
	工业化质量	2	15.4	3	23.1
	工业化速度	4	25.0	2	12.5
	小 计	6	14.6	15	36.6
融合软度	信息化规模	0	0.0	20	90.9
	信息化质量	1	4.8	12	57.1
	信息化速度	4	16.0	8	32.0
	小 计	5	7.4	40	58.8
融合深度	一体化规模	0	0.0	9	100
	一体化质量	0	0.0	7	63.6
	一体化速度	0	0.0	6	75.0
	小 计	0	0.0	22	78.6
合 计		11	8.0	77	56.2

达一半的指标表现出明显的优劣势，且其中劣势指标占多数，劣势较为明显；融合硬度的优势指标是内蒙古"两化"融合所有优势指标的重要组成部分，占总优势指标数的54.6%。上分析表明目前内蒙古工业化为未来"两化"融合提供了良好的基础条件。

其中：内蒙古尚无工业化规模优势指标，但劣势指标却达10个，占该类指标总数的83.3%，只有城市化率、电力消费量指标处于全国中等水平。内蒙古属于资源型经济，煤炭、稀土等资源较为丰富，以资源为基础衍生的工业较为发达，形成一定规模，但产业链较短且较为低端，此造成整体工业经济的规模优势不明显。

工业化质量优势指标共2个，占该类指标总数的15.4%；工业化质量劣势指标共3个，占该类指标总数的23.1%。相对工业化规模指标，工业化质量表现出明显的优势，且劣势不明显，整体工业化质量较高。其中，优势指标为：工业增加值占地区GDP的比重、全员劳动生产率；劣势指标主要集中在：高新技术产业产值占工业总产值比重、工业从业人员占总就业人员的比重、流动资产年平均余额。内蒙古工业经济依赖资源经济，此特点使得高技术产业比重较低以及工业相关指标存在相对劣势。

工业化速度优势指标共 4 个，占该类指标总数的 25%，存在 2 个劣势指标，占指标总数的 12.5%，内蒙古工业化速度较快，不存在明显的劣势指标，且表现出较大的优势。优势主要集中在：人均 GDP 增长率、城市化率增长率、工业总产值增长率、城镇单位就业人员平均劳动报酬增长率。这些优势指标明显可看出近几年内蒙古工业经济以及人均报酬等方面所取得的成就，与中西部省份比较，一般中西部省份人均 GDP 指标都表现为劣势，而内蒙古表现出优势，可见内蒙古工业发展速度快的同时，工业化质量也较高。

（三）融合软度

融合软度是反映"两化"融合核心内容的指标。2010 年，内蒙古"两化"融合软度优势指标共 5 个，占该类指标总数（68 个）的 7.4%；劣势指标共 40 个，占该类指标总数的 58.8%。

其中：信息化规模优势不明显，不存在优势指标；信息化规模劣势指标共 20 个，占该类指标总数的 90.9%。表明内蒙古信息化水平仍处于初级阶段，区内信息产业以及相关产业不够发达，居民以及企业的信息化水平均不高。

信息化质量优势指标为 1 个，占该类指标总数的 4.8%，但信息化质量劣势指标为 12 个，占该类指标总数的 57.1%，呈现出明显的劣势。优势主要体现在信息消费水平，这与内蒙古人均 GDP 较高有关，但由于其信息化起步较晚，因此仍然在规模上表现为居民互联网等普及率不高。

信息化速度优势指标共 4 个，占该类指标总数的 16.0%；信息化速度劣势指标共 8 个，占该类指标总数的 32.0%。从优劣势分析，信息化速度优势指标占了融合软度优势指标的绝大多数（80.0%）。这表明内蒙古信息化发展具有明显速度优势，其信息化起步发展较晚，但是在国家战略、区内政策以及区内经济发展的强劲推动下，信息化速度发展较快。

（四）融合深度

融合深度是反映"两化"融合质量标志的指标。2010 年，内蒙古"两化"融合深度尚没有优势指标，但劣势指标共 22 个，占该类指标总数的 78.57%。相对融合软硬度来说，融合深度表现最为不理想。

其中：一体化规模尚无优势指标，但一体化规模劣势指标却达9个，占该类指标总数的100%。表明目前内蒙古"两化"融合处在起步阶段。

一体化质量尚无优势指标，一体化质量劣势指标共7个，占该类指标总数的63.64%，主要表现在内蒙古相关网站质量、数量、网商数量以及软件外包服务发展、电子商务等不良，这与内蒙古工业经济发展特点为以资源为基础的工业有关。

一体化速度尚无优势指标，一体化速度劣势指标共6个，占该类指标总数的75.00%。内蒙古自治区政府网站绩效增长率、网商规模增长率指标相对较好，处于中间位置，其他指标均表现劣势。表明虽然目前内蒙古工业化和信息化水平有了一定的基础，尤其是工业化基础较好，但现代工业体系仍未完全建立，传统工业产业链较为低端，仍有采用粗放发展战略的现象，成为内蒙古一体化发展较为落后的原因之一。

三 结论与展望

通过以上分析可以看出，内蒙古"两化"融合综合水平位居全国第24位。融合硬度、融合深度和融合软度三项指标均低于全国平均水平，其中，融合硬度指标相对较好，尤其是速度指标，表现出较为强劲的工业化加速势头；融合深度指标相对发展较差，一体化进程缓慢。总体来说，内蒙古"两化"融合水平在全国发展较为滞后，三大支柱的速度指标优于其规模、质量指标，表现出较好的稳步提高态势，质量指标优于规模指标，表现出良好的发展态势。总体来讲，内蒙古在"资源型经济转型升级"的发展方针下，工业化程度高于其信息化水平，信息化水平持续提高，表现出改善势头，而信息化水平相对较低、传统工业面临升级压力成为阻碍其一体化进程的重要因素，同时转型升级压力又为信息化推进一体化进程加速提供了前所未有的机遇。

从发展战略看，内蒙古着力发展以资源为基础的优势产业，同时对资源型经济进行转型升级。进入21世纪以来，内蒙古借力国家经济进入重化工业阶段的契机，结合地区实际，形成了能源、冶金、农畜产品加工和化工、装备制造、高新技术六大优势特色产业体系。前文分析也阐述了内蒙古六大优势产业在内蒙古经济中的重要地位，以其为核心，工业化正处在前所未有的关键时期。"十二五"期间，内蒙古将建设国家新型能源重化工业基地、建设国家稀土研发生产应用储备基地和交易中心、建设国家绿色农畜产品生产加工基地、发展壮大装备制造业、培育战略性新兴产业（新能源、新材料、新医药、信息技术和节能环保等）等，欲巩固优势的同时，形成现代产业体系，这为未来"两化"融合工程的推进提供了契机，以信息化推进工业化，确保"十二五"期间上述战略的顺利实施，以工业化助力信息化，促进内蒙古信息化建设发展。

未来内蒙古在推进"两化"融合过程中，首先，应该注意工业化和信息化的内在关系，善于用信息化推进工业化，保证工业化质量的同时，提高工业化速度，最终形成工业化规模优势；其次，应当注意信息产业的发展，在维持原有产业优势的同时，发展信息产业，使信息产业能够为工业发展服务，为居民和企业信息化发展服务。

ℬ.29
海南省"两化"融合进程

一 总体情况分析

（一）经济概况

2010年，海南省全年实现地区生产总值2052.12亿元，比上年增长15.8%，同比提高4.1个百分点，比全国GDP增速高5.5个百分点。海南经济增长速度创下1994年以来新高。2010年海南省整体经济快速增长，经济效益大幅提高。产业结构不断改善，2010年，海南省三次产业结构比例为26.3：27.6：46.1，第三产业仍是省内经济的主导产业。经济结构调整实现历史性转型，由"三、一、二"型转变为"三、二、一"型；三大需求增势强劲，对经济增长拉动作用明显。城市化率达到49.13%。信息化建设发展速度较快，但总体水平较低。截止到2010年底，海南省移动电话和互联网用户数分别达到594.3万户和67.6万户，普及率分别达到68.8%和7.8%。海南省岛屿经济特点显著，处于工业化的初级阶段，带有后工业社会的特征，近年来工业发展速度较快，但产业优势尚不明显。

（二）综合分析

2010年，海南省"两化"融合综合排名全国第25位，综合指数达到0.245。融合硬度列全国第25位（指数：0.334），其指数低于全国平均值（指数：0.427）。融合软度列全国第30位（指数：0.196），其指数远远低于全国平均值（指数：0.282）。融合深度列全国23位（指数：0.204），同样低于全国平均水平（指数：0.263）。

（三）具体分析

融合硬度方面。2010年，海南省工业化规模和工业化速度均处于劣势地位，分别位列全国第 31 位和第 24 位（指数：0.062 和 0.390）。均不足全国平均水平（指数：0.272 和 0.485）。工业化速度在三者中处于优势地位，列全国第 11 位（指数：0.552），略高于全国平均水平（指数：0.523）。从雷达图上可以看出，在工业化规模、质量、速度三个细分层面指数来看，海南省工业化规模明显低于另两项的发展水平，是海南省融合硬度中的短板，三者呈现逐级递增的趋势，工业化速度是拉动现阶段海南省工业化发展的主要驱动力（见图 1）。

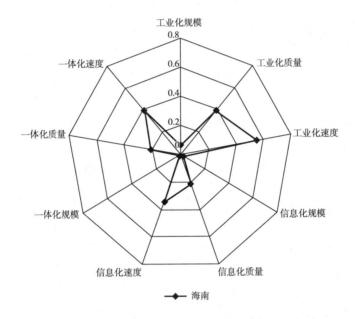

图 1　海南省"两化"融合雷达图

融合软度方面。2010 年，海南省信息化规模、信息化质量和信息化速度均处于全国劣势地位，分别位列全国第 28 位、第 22 位和第 22 位（指数：0.019、0.218 和 0.350），其中信息化规模在三者中劣势情况最为明显，低于后两项在全国的排名。在雷达图上可较为清晰地看出，海南省融合软度构成图同样呈现梯度递增状。信息化规模指数明显低于其质量和速度指数，是海南省融合软度的短板因素，也是拉低海南省融合软度排名的主要因素，这也与海南省岛屿经济、信息化起步较晚等因素直接相关（见图 1）。

融合深度方面。2010 年，海南省一体化规模和一体化质量均处于全国劣势地位（指数：0.004 和 0.214），分别位列全国第 28 位和第 25 位。而其一体化速度则处于优势地位（指数：0.392），位列全国第7位。后者在很大程度上拉高了海南省融合深度的整体水平。海南省一体化速度得分较高，说明其在技术市场成交额、技术市场服务收入以及技术市场活跃程度都取得了迅猛的提高，其增长速度位于全国前列。

二 优势和劣势

（一）总体状况

2010年，海南省"两化"融合优势指标共有12个，占指标总数的8.8%；劣势指标共有81个，占指标总数的59.1%。二者共有93个指标，占指标总数的67.9%。（见表1）。这说明海南省"两化"融合的优势指标不多，劣势情况十分明显。

表1 2010年海南省"两化"融合优劣势指标

单位：个，%

项　目		优势指标		劣势指标	
		数量	占比	数量	占比
融合硬度	工业化规模	0	0.0	11	91.7
	工业化质量	2	15.4	4	30.8
	工业化速度	3	18.8	3	18.8
	小　计	5	12.2	18	43.9
融合软度	信息化规模	0	0.0	20	90.9
	信息化质量	0	0.0	11	52.4
	信息化速度	3	12.0	12	48.0
	小　计	3	4.4	43	63.2
融合深度	一体化规模	0	0.0	9	100.0
	一体化质量	2	18.2	8	72.7
	一体化速度	2	25.0	3	37.5
	小　计	4	14.3	20	71.4
合　计		12	8.8	81	59.1

（二）融合硬度

融合硬度是反映"两化"融合基础水平的指标。2010年，海南省"两化"

融合硬度优势指标共5个，占该类指标总数（41个）的12.2%；劣势指标共18个，占该类指标总数的43.9%。这也进一步说明，海南省不具有工业化的绝对优势。推进"两化"融合发展，需要更大程度上发挥信息化和一体化的综合优势。

其中：工业化规模尚无优势指标；工业化规模劣势指标共11个，占该类指标总数的91.7%。说明海南省不具有工业化规模的绝对优势，这与海南省工业基础薄弱，工业企业的技术水平较低，中小企业多等因素直接相关，而这些企业由于自身的规模很难形成辐射作用。这也正说明海南省正处于工业化发展初级阶段，符合经济发展的一般规律。

工业化质量优势指标共2个，占该类指标总数的15.4%；工业化质量劣势指标共4个，占该类指标总数的30.8%。单位地区生产总值电耗和产品销售率是海南省工业化质量的优势指标，这主要与海南省第三产业为主的产业特点有关，具有走绿色经济和低碳发展的巨大潜力，但也同时说明了其工业发展较晚，规模较小。

工业化速度优势指标共3个，占该类指标总数的18.8%；工业化速度劣势指标共3个，占该类指标总数的18.8%。海南省工业化速度优劣势情况相当，城市化率增长率、单位工业增加值能耗增长率和全员劳动生产率增长率三项指标是海南省工业化速度的优势指标，工业总产值增长率、工业增加值增长率和工业增加值占地区GDP比重增长率三项指标是海南省工业化速度的劣势指标。海南省通过工业化和城镇化，实现经济社会的协调发展，改变城乡"二元"结构，实现城乡协调发展，处理好经济发展与环境保护之间的关系，为工业化发展提供质量保证和速度支撑。

（三）融合软度

融合软度是反映"两化"融合核心内容的指标。2010年，海南省"两化"融合软度优势指标共3个，占该类指标总数（68个）的4.4%；劣势指标共43个，占该类指标总数的63.2%。

其中：信息化规模尚无优势指标；信息化规模劣势指标共20个，占该类指标总数的90.9%。表明海南省不具有信息化规模的优势。

信息化质量尚无优势指标；信息化质量劣势指标共11个，占该类指标总数的 52.4%。说明海南省不具有信息化质量的绝对优势，尤其在信息产业增加值占地区 GDP 的比重、信息产业从业人员占总就业人员的比重、信息产业制造业出口交货值占工业出口交货值的比重、人均通信业务收入、通信业务收入占地区 GDP 的比重等 11 个方面呈现出明显的劣势状态。

信息化速度优势指标共 3 个，占该类指标总数的 12.0%；信息化速度劣势指标共 12 个，占该类指标总数的 48.0%。海南省在信息化速度方面的劣势指标偏多，反映了海南省信息化的发展在很大程度上受制于现有的发展水平，但在信息化投入产出比率增长率、通信业投资额增长率、互联网带宽接入用户增长率这三个方面展现了海南省信息化发展的强劲势头与活力，说明后续力量较强，后发优势明显。

（四）融合深度

融合深度是反映"两化"融合质量标志的指标。2010 年，海南省"两化"融合深度优势指标共 4 个，占该类指标总数（28 个）的 14.3%；劣势指标共 20 个，占该类指标总数的 71.4%。

其中：一体化规模尚无优势指标；一体化规模劣势指标共 9 个，占该类指标总数的 100%。这也说明海南省一体化不具有规模优势。

一体化质量优势指标共 2 个，占该类指标总数的 18.2%；一体化质量劣势指标共 8 个，占该类指标总数的 72.7%。海南省一体化质量劣势明显，存在少量优势指标。

一体化速度优势指标共 2 个，占该类指标总数的 25.0%；一体化速度劣势指标共 3 个，占该类指标总数的 37.5%。海南省在技术市场成交额增长率和软件技术服务收入增长率方面展现了独有的优势，但在国内专利年授权增长率、软件外包服务收入增长率和网商规模增长率方面的不足。

三 结论与展望

通过以上分析可以看出，海南省"两化"融合综合水平位居全国第 25 位。融合硬度、融合软度和融合深度均列全国末端，其中融合软度劣势较为明显。从指数来看，海南省融合硬度高于融合软度和融合深度的发展水平，但仍处于全国下游水平,三大支柱指标呈现出下滑趋势,在"两化"融合综合指数聚类分析中处于第四梯度。

从发展模式看,海南省属于"工业化、一体化双驱动型"与"工业化拉动型"之间。海南省处于工业化初级阶段,工业基础薄弱,工业企业的技术水平较低,中小企业多,第三产业主要以传统的商业零售业、饮食业、旅游业为主,现代服务业还没有得到真正的发展,房地产业处于调整时期,生产性服务业刚刚起步。在整个"中国制造"的大环境下,海南很难建立"大而全"的现代工业体系,必须选择后发优势比较强的行业。信息化是海南省"两化"融合的洼地,规模、质量和速度的劣势都比较明显。总的来看,海南省岛屿经济特点十分明显,与台湾的面积接近,在这方面可以借鉴一些台湾工业化发展和产业结构优化的有效经验,加速制造业与服务业的融合,拉近与世界城市产业体系的差距。

推进"两化"深度融合,海南省应聚焦国家战略和海南省重点产业,调整和优化产业结构;全面改造提升传统产业,大力发展新兴产业;旅游先行,带动现代服务业逐渐成长壮大为海南的主导产业;从重视陆地逐步走向陆地与海洋并举,在继续完善本地区政策的基础上,不断拓展空间和有效途径。工业化的发展重点要转移以"分步走"的渐进策略调整优化产业结构,使三次产业结构不仅在构成上发生很大变化,而且在质量上有了明显提升。信息化的发展重点要转移增大覆盖率和产品技术升级等方面,完善信息化发展框架,解决瓶颈问题,实现信息化发展的稳步攀升。一体化发展的重点要转移到扩大规模和提高普及率上,有效整合资源,发展产业集群,实现积聚效应,推动信息技术在传统行业的全面渗透与深度融合。

B.30
甘肃省"两化"融合进程

一 总体情况分析

（一）经济概况

2010 年，经济初步测算，甘肃省 GDP 实现 4119.46 亿元，增长 11.7%，人均 GDP 为 15631 元。甘肃省产业结构不尽合理，主要存在农业基础设施薄弱、工业技术开发能力偏低以及服务业发展滞后等问题，近年来第一产业的比重逐渐下降，第二产业比重上升，第三产业比重下降，三次产业结构由上年的 14.7∶45.1∶40.2 调整为 14.5∶48.2∶37.3，进入产业结构升级与高度化准备阶段。城市化率为 32.65%。信息化建设正在稳步推进。截止到 2010 年底，甘肃省移动电话和互联网用户数分别达到 1390.1 万户和 112.2 万户，普及率分别达到 52.8% 和 4.3%。甘肃省工业现阶段具有从初期向中期转变的特征，在农业发展水平落后，轻工业尚未发展起来的情况下，重工业具有脱离其他产业而自我服务自我扩张的相对独立性，一、二产业之间的关联性差，这种"孤岛"型的产业结构严重制约了甘肃经济的快速发展。

（二）综合分析

2010 年，甘肃省"两化"融合综合排名居全国第 26 位，综合指数为 0.239。融合硬度列全国第 28 位（指数：0.286），远远低于全国平均水平（指数：0.427）。从指数绝对值看，甘肃省融合硬度与列第 1 位的广东（指数：0.609）差距极其明显。融合软度位列全国第 29 位（指数：0.199），其指数同样不足全国平均水平（指数：0.282）。融合深度位列全国 18 位（指数：0.232），其指数仍不足但接近全国平均水平（指数：0.263）。

（三）具体分析

融合硬度方面。2010 年，甘肃省工业化规模、工业化质量和工业化速度均处于劣势地位，分别位列全国第 28 位、第 27 位和第 29 位（指数：0.086、0.357 和 0.414）。从雷达图上可以看出，在工业化规模、质量、速度三个细分层面指数来看，甘肃省工业化规模明显低于另两项的发展水平，是现阶段甘肃省工业发展的短板因素，需要发挥另两项的拉动力量（见图 1）。

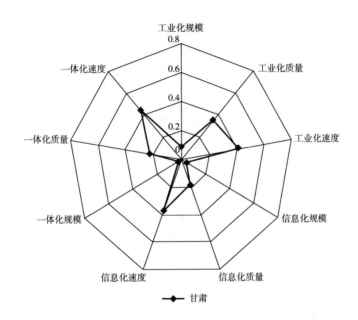

图 1 甘肃省"两化"融合雷达图

融合软度方面。2010 年，甘肃省信息化规模和信息化质量均处于全国劣势水平，分别列全国第 27 位和第 28 位（指数：0.043 和 0.184），但是信息化速度却位于全国第 16 位（指数：0.372），远高于前两者在全国的排名，且高于全国平均水平（指数：0.364）。在雷达图上可较为清晰地看出，甘肃省融合软度构成图呈逐级递增状，信息化速度指数明显高于其规模和质量指数。甘肃省信息化规模指数较低，且与排名第 1 的广东省（指数：0.936）绝对值差距明显，这与甘肃省地理区位和其信息化发展阶段直接相关。

融合深度方面。2010 年，甘肃省一体化规模和一体化质量均处于全国劣势地位（指数：0.025 和 0.231），均列全国第 23 位。而其一体化速度却在全国遥遥领先（指数：0.441），位列全国第 2。后者在很大程度上拉高了甘肃省融合深度的整体水平。

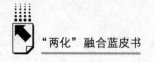

二 优势和劣势

（一）总体状况

2010 年，甘肃省"两化"融合优势指标共有 9 个，占指标总数的 6.6%；劣势指标共有 86 个，占指标总数的 62.8%。二者共有 95 个指标，占指标总数的 69.4%（见表 1）。这说明甘肃省"两化"融合的劣势十分明显。

表 1 2010 年甘肃省"两化"融合优劣势指标

单位：个，%

项　目		优势指标		劣势指标	
		数量	占比	数量	占比
融合硬度	工业化规模	0	0.0	12	100.0
	工业化质量	2	15.4	6	46.2
	工业化速度	1	6.3	4	25.0
	小　计	3	7.3	22	53.7
融合软度	信息化规模	0	0.0	22	100.0
	信息化质量	2	9.5	15	71.4
	信息化速度	3	12.0	11	44.0
	小　计	5	7.4	48	70.6
融合深度	一体化规模	0	0.0	9	100.0
	一体化质量	0	0.0	5	45.5
	一体化速度	1	12.5	2	25.0
	小　计	1	3.6	16	57.1
合　计		9	6.6	86	62.8

（二）融合硬度

融合硬度是反映"两化"融合基础水平的指标。2010 年，甘肃省"两化"融合硬度优势指标共 3 个，占该类指标总数（41 个）的 7.3%；劣势指标共 22 个，占该类指标总数的 53.7%。这也进一步说明，甘肃省不具有工业化的绝对优势。推进"两化"融合发展，需要更大程度上发挥信息化和一体化的综合优势。

其中：工业化规模尚无优势指标；工业化规模劣势指标共 12 个，占该类指标总数的 100%。说明甘肃省不具有工业化的规模优势，这与甘肃省传统优势产业结构单一、产业链条短、同其他产业的关联度小、辐射能力弱等问题有直接关系。

工业化质量优势指标共 2 个，占该类指标总数的 15.4%；工业化质量劣势指标共 6 个，占该类指标总数的 46.2%。工业制成品占出口产品的比重和产品销售率两个指标是甘肃省工业化质量的仅有的优势指标。总资产贡献率、成本费用利润率、全员劳动生产率等六项指标呈现出明显的劣势状态，说明甘肃省工业化距离高附加值、高产出率和高新技术含量还有很大的差距。

工业化速度优势指标 1 个，占该类指标总数的 6.3%；工业化速度劣势指标共 4 个，占该类指标总数的 25%。城市化率增长率是甘肃省工业化速度唯一的优势指标。在电力消费量增长率、工业总产值增长率、总资产贡献率增长率和成本费用利润率增长率四个方面呈现出明显的劣势。说明甘肃省传统行业这种比重高、重化工业明显的特征制约了工业化水平的快速增长。

（三）融合软度

融合软度是反映"两化"融合核心内容的指标。2010 年，甘肃省"两化"融合软度优势指标共 5 个，占该类指标总数（68 个）的 7.4%；劣势指标共 48 个，占该类指标总数的 70.6%。

其中：信息化规模尚无优势指标；信息化规模劣势指标共 22 个，占该类指标总数的 100%。这也说明甘肃省不具有信息化规模的优势。

信息化质量优势指标共 2 个，占该类指标总数的 9.5%；信息化质量劣势指标共 15 个，占该类指标总数的 71.4%。信息消费水平和全员劳动生产率是甘肃省信息化质量的仅有的优势指标，与此同时甘肃省在信息产业增加值占地区GDP 的比重、信息产业从业人员占总就业人员的比重、人均通信业务收入、通信设备、计算机及其他电子设备制造业占装备制造业比重、通信业务收入占地区GDP 的比重、网民普及率等 15 个方面都反映了明显的不足，也反映了甘肃省在信息化建设起步阶段的现实情况。

信息化速度优势指标共 3 个，占该类指标总数的 12.0%；信息化速度劣势指标共 11 个，占该类指标总数的 44.0%。在信息化投入产出比率增长率、移动

电话用户增长率、广播人口覆盖增长率三个方面反映了甘肃省信息化建设飞速发展的状况，但仍在有线电视用户增长率、数字电视用户增长率、全员劳动生产率增长率等诸多方面存在严重的不足。

（四）融合深度

融合深度是反映"两化"融合质量标志的指标。2010年，甘肃省"两化"融合深度优势指标共1个，占该类指标总数（28个）的3.6%；劣势指标共16个，占该类指标总数的57.1%。

其中：一体化规模尚无优势指标；一体化规模劣势指标共9个，占该类指标总数的100%。这也说明甘肃省不具备一体化的规模优势。

一体化质量尚无优势指标；一体化质量劣势指标共5个，占该类指标总数的45.5%。甘肃省一体化质量劣势明显，不存在优势指标。

一体化速度优势指标1个，占该类指标总数的12.5%；一体化速度劣势指标共2个，占该类指标总数的25.0%。甘肃省地处西北内陆，久未打破闭塞的总格局，文化保守意味着创新的缺失，就信息产业而言，这也是甘肃省电子信息设备制造业、软件产业和系统集成服务业发展滞后的原因。

三 结论与展望

通过以上分析可以看出，甘肃省"两化"融合综合水平位居全国第26位。其三大支柱，融合硬度、融合软度和融合深度均处于全国下游水平。从指数来看，甘肃省融合硬度水平高于融合软度和融合深度的平均发展水平。三项细分指标呈现"V"形发展势头。处于"两化"融合综合指数聚类中的第四聚类。

从发展模式看，甘肃省介于"工业化、一体化双驱动"型与"工业拉动"型之间，处于工业化初期向中期转变的阶段，产业链短、产业布局分散、企业规模小、民营经济发展缓慢，造成甘肃省产业支撑力弱，工业竞争力不强，迫切需要建立优势产业集群，为现有企业规模扩张和新企业的吸纳的良好平台，实现合理的工业化规模，同时要提高工业化质量水平，走上一条绿色经济、低碳发展的道路。信息化是甘肃省"两化"融合的洼地，起步晚、基础薄弱。迫切需要政策支撑和环境改善，企业要加快大胆改革和锐意创新，逐步缩小与其他省份的差距，走出一条有自己特色的"两化"融合道路。

推进"两化"深度融合，甘肃省应以产业集群化发展为方向，以市场配置资源为基础，以做大做强特色优势产业和培育新兴产业为主线，以信息化为突破点，坚持总量适度扩张与优化结构相结合，改造提升传统优势产业与培育新兴产业相结合，发展循环经济，争取将国家支持与自主发展相结合，加快结构调整，优化工业布局。工业化的发展重点要转移到优化产业结构、增强自主创新上，推进建立一批各具特色、分工协作、资源互补的产业集群和新型工业化基地。信息化的发展重点要转移到增强企业自主创新能力，为工业调整振兴提供基础支撑，逐步实现产品技术升级，加大创新应用服务。一体化的发展重点要先定位于扩大规模、提高普及率，推动信息技术在传统行业的深度融合和全面渗透上，建立起一套以大企业为龙头、产业产品为链条、中小企业紧密配套的大中小企业合作共赢的现代产业组织体系。

B.31
宁夏回族自治区"两化"融合进程

一 总体情况分析

(一)经济概况

2010 年,宁夏回族自治区实现地区生产总值(GDP)1643 亿元(现价),按可比价格计算,同比增长 13.4%,比上年加快 1.5 个百分点,创全区 1986年以来又一新高。第二产业产值比重继续上升,产业结构为 9.8:50.7:39.5。财政收入节节高升。2010 年,全区实现一般预算总收入 286.8 亿元,其中地方财政一般预算收入完成 153.6 亿元,增长 37.7%,增加额 42 亿元,是 1996 年以来增长最快的一年。全区财政一般预算支出达到 555.9 亿元,增长 29.9%。各行业发展势头良好,增长速度惊人,2010 年,全区物流产业发展良好,全年完成社会物流总额 2556.98 亿元,同比增长 35.2%,其他产业增速也保持在 20% 以上。同时宁夏回族自治区产业积聚效应逐渐增强,开发区和产业园区规模经济优势显现。城市化率达到 46.1%。信息化工作稳步推进,宁夏回族自治区从居民企业信息化、电子政务、电子商务等方面,稳步推进区内信息化,截止到 2010年底,宁夏回族自治区移动电话和互联网用户数(不含手机上网用户)分别达到 437.3 万户和 43 万户,普及率分别达到 70% 和 6.9%,在工业化和信息化良好的发展的基础上,"两化"融合工作稳步进行。

(二)综合分析

2010 年,宁夏"两化"融合综合排名为全国第 27 位,综合指数为 0.235,远远低于全国平均水平(指数:0.324),"两化"融合程度在全国处于下游位置。融合硬度列全国第 30 位(指数:0.267),明显低于全国平均水平(指数:0.427)。融合软度列全国第 28 位(指数:0.202),亦低于全国均值(指数:

0.282）。融合深度列全国第 14 位（指数：0.237），略低于全国均值（指数：0.263）。综合来看，宁夏"两化"融合水平较差，其中融合硬度最差，位列全国倒数第 2 位，仅优于西藏自治区，融合软度次之，融合深度方面发展较为良好。

（三）具体分析

融合硬度方面。2010 年，宁夏工业化规模列全国第 26 位（指数：0.093），远远低于全国平均水平（指数：0.272），工业化质量列全国第 31 位（指数：0.186），低于全国平均水平（指数：0.485），工业化速度列全国第 16 位（指数：0.522），略低于全国平均水平（指数：0.523）。从排名情况来看，宁夏工业化速度相对具有优势，基本达到全国平均水平。从雷达图上亦看出，在工业化规模、质量、速度三个细分层面指数来看，宁夏工业化速度是目前其工业化的重要优势力量，拉动宁夏工业化进程，工业化质量和工业化规模较为落后，尤其是工业化质量居全国最后第 1 位（见图 1）。

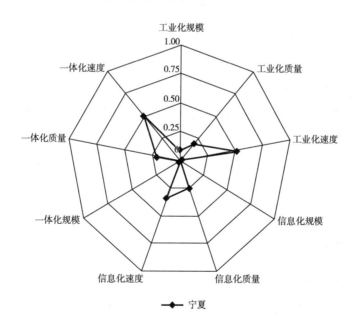

图 1　宁夏回族自治区"两化"融合雷达图

融合软度方面。2010 年，宁夏信息化规模指标位于全国第 29 位（指数：0.012），信息化质量指标位于全国第 14 位（指数：0.249），信息化速度指标位于全国第 23 位（指数：0.344），三项指标均明显低于全国平均水平（指数：0.177、0.305 和 0.424），其中信息化质量指标较好，但仍低于全国平均水平。而在雷达图（见图 1）上可较为清晰地看出，宁夏信息化速度、信息化质量较信息化规模发展较好，保证信息化质量，驱动信息化发展速度，在这两者的拉动下，信息化规模有所发展，但规模处于相对劣势。

融合深度方面。2010 年，宁夏一体化规模列全国第 29 位（指数：0.004），远远低于全国平均水平（指数：0.141）；一体化质量列全国第 27 位（指数：0.207），低于全国平均水平（指数：0.322）；一体化速度列全国第 1 位（指数：0.500），远远高于全国平均水平（指数：0.325）。表明当前宁夏工业化和信息化一体化程度较低，受工业化和信息化水平较为落后所限制，一体化质量指标相对较好。

二 优势和劣势

（一）总体状况

2010 年，宁夏"两化"融合优势指标共有 8 个，占指标总数的 5.8%；劣势指标共有 76 个，占指标总数的 55.5%。二者共有 84 个指标，占指标总数的 61.3%（见表 1）。表明宁夏"两化"融合水平较低，存在少量优势指标，但劣势指标占比超过 55%，劣势相当明显；优势主要体现在速度指标上，其次是质量指标，规模优势不明显；劣势主要体现在融合软度上，融合软度劣势指标占总劣势指标的 50%。

（二）融合硬度

融合硬度是反映"两化"融合基础水平的指标。2010 年，宁夏"两化"融合硬度优势指标为 3 个，占该类指标总数（41 个）的 7.3%；劣势指标共 19 个，占该类指标总数的 46.3%，存在明显优劣势的指标共占 53.7%。宁夏约超过一半的指标表现出明显的优劣势，且其中劣势指标占多数，劣势较为明显；其中融合硬度优势指标占总优势指标的 25%，而工业化质量优势指标占融合硬度优势指标的 33.3%，工业化速度优势指标占融合硬度优势指标的 66.7%。综合考虑融合硬

表1 2010年宁夏回族自治区"两化"融合优劣势指标

单位：个，%

项　目		优势指标		劣势指标	
		数量	占比	数量	占比
融合硬度	工业化规模	0	0.0	10	83.3
	工业化质量	1	7.7	7	53.9
	工业化速度	2	12.5	2	12.5
	小　计	3	7.3	19	46.3
融合软度	信息化规模	0	0.0	20	90.9
	信息化质量	1	4.8	10	47.6
	信息化速度	2	8.0	8	32.0
	小　计	3	4.4	38	55.9
融合深度	一体化规模	0	0.0	9	100
	一体化质量	0	0.0	6	54.6
	一体化速度	2	25.0	4	50.0
	小　计	2	7.1	19	67.9
合　计		8	5.8	76	55.5

度三个维度指标排名，表明宁夏整体工业化水平不高，工业化速度较快，基本达到全国平均水平。

其中：宁夏尚无工业化规模优势指标，但劣势指标却达10个，占该类指标总数的83.3%，只有城市化率、城镇单位就业人员平均劳动报酬指标处于全国中等水平。宁夏具有较强的资源优势，有丰富的特色农副产品资源、矿产资源、能源优势，相关工业围绕以上资源优势衍生产业链，目前产业链较短，工业经济总量不大，产业结构单一，从规模上尚不存在优势。

工业化质量优势指标共1个，占该类指标总数的7.7%；工业化质量劣势指标共7个，占该类指标总数的53.9%。相对工业化规模指标，从优劣势指标上看，工业化质量表现出一定优势；但从前文工业化质量全国排名看，宁夏较为落后。其中，优势指标为：工业增加值占地区GDP的比重；劣势指标主要集中在：地区人均GDP较低，工业经济不够发达，尤其是高新技术产业更是表现明显劣势，同时企业运行效率有待进一步提高。

工业化速度优势指标共2个，占该类指标总数的12.5%，存在2个劣势指标，占指标总数的12.5%，宁夏工业化速度较快，不存在明显的劣势指标，且

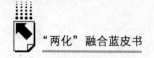

表现出一定优势。优势主要集中在：城市化率增长率、工业制成品占出口产品的比重的增长率；劣势主要体现在：电力消费量增长率、成本费用利润率增长率。表明宁夏工业发展速度较快，但在集约型发展、绿色发展等方面存在较大劣势。

（三）融合软度

融合软度是反映"两化"融合核心内容的指标。2010 年，宁夏"两化"融合软度优势指标共 3 个，占该类指标总数（68 个）的 4.4%；劣势指标共 38 个，占该类指标总数的 55.9%。

其中：信息化规模优势不明显，不存在优势指标；信息化规模劣势指标共 20 个，占该类指标总数的 90.9%。表明宁夏信息化水平仍处于初级阶段，区内信息产业以及相关产业不够发达，居民以及企业的信息化水平均不高，但近几年宁夏通信业投资等指标处于全国中等水平，投资的增加为较快的信息化发展速度奠定基础。

信息化质量优势指标为 1 个，占该类指标总数的 4.8%，但信息化质量劣势指标为 10 个，占该类指标总数的 47.6%，呈现出明显的劣势。优势主要体现在全员劳动生产率，这与宁夏人口近几年较快的发展速度有关，但由于宁夏信息产业起步较晚，因此在信息产业及相关产业发展、居民互联网普及率方面较为落后。

信息化速度优势指标共 2 个，占该类指标总数的 8%；信息化速度劣势指标共 8 个，占该类指标总数的 32%。从优劣势分析，信息化速度优势指标占了融合软度优势指标的绝大多数（66.7%）。这表明宁夏信息化发展具有明显速度优势，一方面由于近年宁夏信息化政策、项目、投资等方面力度加大，另一方面与其信息化发展起步较晚，规模总量小有关。

（四）融合深度

融合深度是反映"两化"融合质量标志的指标。2010 年，宁夏"两化"融合深度优势指标共 2 个，占该类指标总数的 7.1%，劣势指标共 19 个，占该类指标总数的 67.9%。相对中西部省份一体化指标而言，宁夏一体化指标发展相对较好。

其中：一体化规模尚无优势指标，但一体化规模劣势指标却达 9 个，占该类指标总数的100%，表明目前宁夏"两化"融合处在起步阶段。

一体化质量尚无优势指标，一体化质量劣势指标共6个，占该类指标总数的54.6%。劣势主要表现在宁夏软件外包服务发展、电子商务、工业企业电子商务销售以及企业R&D人才方面。

一体化速度优势指标共2个，占该类指标总数的25.0%，一体化速度劣势指标共4个，占该类指标总数的50.0%。优势指标为：国内专利年授权增长率、网商规模增长率；劣势指标为：技术市场成交额增长率、平均IP病毒感染增长率、软件外包服务收入增长率、软件研发人员增长率。由此表明，宁夏一体化进程中，网商发展势头良好，但是技术发展、软件外包以及研发人才方面存在较大劣势，而这也制约了其发展速度的进一步提高。

三 结论与展望

通过以上分析可以看出，宁夏"两化"融合综合水平位居全国第27位。融合硬度、融合深度和融合软度三项指标均低于全国平均水平，其中，融合深度指标相对较好，尤其是融合深度速度指标，位列全国第1位，表现出良好的一体化推进势头，但由于工业化和信息化发展水平的限制，一体化速度将在未来有所减缓；融合软度指标发展也相对次之，在信息化方面在通信投资和政策拉动下，信息化水平有所发展；融合硬度指标排名相对落后，这与宁夏经济发展类型有关，在未来中央西部大开发战略等支持下，在区政府建立特色工业化的指导下，融合硬度指数将提高，缩小与中东部和西部部分省份的差距。总体来说，宁夏"两化"融合水平在全国发展较为滞后，三大支柱（融合硬度、融合软度和融合深度）中，速度指标优于质量指标和规模指标，表现出较好的稳步提高态势。总体来讲，与全国大部分省份融合硬度优于软度、软度优于深度的特点来看，宁夏表现出不同，其恰好相反，这与宁夏主要依赖资源优势发展，处在产业链低端，工业发展受到限制有关；另外在中央普遍服务等惠民工程、西部大开发战略政策促进下，宁夏居民信息化和企业信息化有了较大进步。

从宁夏工业经济发展历史来看，20世纪60年代中后期，国家"三线"建设奠定了宁夏工业的基础，并在改革开放以后得到了快速发展，进入21世纪宁夏工业开始走新型工业化道路。目前宁夏工业初步形成了以煤炭、电力为基础产业，以石化、冶金、机械、轻纺、建材、医药为支柱行业的工业结构，呈现出了能源工业、传统和特色产业、高新技术产业共同快速发展的新格局。但总体仍然以能源工业和传统特色产业为主，高新技术产业发展仍较为落后，主要依赖其资源优势（特色农副产品资源、矿产资源、能源优势）。在该发展路径的指导下，宁夏工业化进程持续加速，如文中所述宁夏工业化速度位列全国 16 名，基本达到全国平均水平。但宁夏经济总量不大，产业结构较为单一，产业积聚并不明显，虽然近几年形成了以宁东能源化工产业集群、新材料产业集群、灵武同心羊绒产业集群为核心的产业园区，但产业积聚仍待加强。

因此，未来在宁夏工业化的持续推进下，宁夏产业积聚效应和规模优势将不断提高。目前宁夏产业园区达数十个，园区规模将进一步扩大，而产业园区式发展有利于产业信息化的进一步推进，为"两化"融合提供了良好的平台，宁夏"两化"融合水平在国家政策和区内产业园区发展的推动下，"两化"融合指数将不断提高，逐步缩小和发达省份的差距。

$\mathbb{B}$. 32
新疆维吾尔自治区"两化"融合进程

一 总体情况分析

(一)经济概况

2010 年,新疆实现 GDP 5418.81 亿元,比上年增加 1141.76 亿元,突破 5000 亿元大关,按可比价格计算,比上年增长 10.6%,增速比上年加快 2.5 个百分点。人均 GDP 为 25103 元,三次产业结构比例为 19.9∶46.8∶33.3。新疆在"东有深圳、西有喀什"国家战略背景下,建立喀什经济特区,新疆以实现跨越式发展和长治久安为目标,紧紧抓住西部大开发战略所带来的机遇,以经济结构的调整和优化为主轴,加快资源优势向产业优势转换。2010 年新疆工业经济实现飞速发展,目前呈现出持续、健康、快速发展的态势,已基本形成了以石油开采、石油化工为主导,以纺织、钢铁、建材、食品为支柱,包括有色金属、煤炭、电力、机械、化工等行业,适应新疆区情的资源型工业结构体系。由于新疆地处偏远,信息化程度落后于中部、东部省份,但同时也给新疆信息化产业带来了巨大的潜力和机遇。2009 年新疆与中国移动签署战略合作框架,在 2010 年底与中国电信签订"十二五"信息化跨越发展战略合作框架协议,2010 年 10 月中国最大的管理软件提供商用友软件股份有限公司与新疆经信委以及新疆大学、新疆教育学院、新疆果业集团等多家高校、企业签订战略合作协议,一系列新疆信息产业发展成果,为推进新疆信息化进程奠定了基础。截止到 2010 年底,新疆移动电话和互联网用户数(不含手机上网用户)分别达到 1359.9 万户和 160.4 万户,普及率分别达到 63% 和 7.4%,城市化率为 39.85%。新疆在工业化和信息化工作良好的发展的基础上,保障新疆稳定和信息安全的同时,积极推进"两化"融合工作。

(二)综合分析

2010 年,新疆"两化"融合综合排名居全国第 28 位,综合指数为 0.231,

远远低于全国平均水平（指数：0.324），"两化"融合程度在全国处于下游位置，与东部、中部以及部分发展较好的西部省份（例如陕西）有较大的差距。融合硬度列全国第23位（指数：0.363），低于全国平均水平（指数：0.427）。融合软度列全国第26位（指数：0.209），亦低于全国均值（指数：0.282）。融合深度列全国第31位（指数：0.121），低于全国均值（指数：0.263）。综合来看，新疆"两化"融合水平较差，尤其是融合深度，在全国处于发展落后的位置。

（三）具体分析

融合硬度方面。2010年，新疆工业化规模列全国第25位（指数：0.111），远远低于全国平均水平（指数：0.272），工业化质量列全国第20位（指数：0.466），略低于全国平均水平（指数：0.485），工业化速度列全国第20位（指数：0.512），略低于全国平均水平（指数：0.523）。从雷达图上可以看出，在工业化规模、质量、速度三个细分层面指数来看，整体呈现均衡发展，且由于受到新疆地理位置、文化政治差异以及经济状况的影响，总体融合硬度程度较为落后（见图1）。

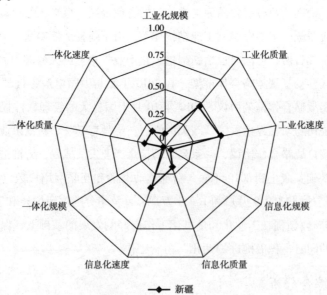

图1　新疆维吾尔自治区"两化"融合雷达图

融合软度方面。2010 年，新疆信息化规模指标位于全国第 26 位（指数：0.056），信息化质量指标位于全国第 27 位（指数：0.192），信息化速度指标位于全国第 13 位（指数：0.377），三项指标均明显低于全国平均水平（指数：0.177、0.305 和 0.424）。其中信息化速度指标相对较好，虽然仍然低于全国平均水平，但从全国排名来看，处于中等位置，与重庆、西藏、湖北信息化速度持平。而在雷达图（见图 1）上可较为清晰地看出，新疆信息化速度相对信息化规模、信息化质量较好，但信息化速度仍有进一步提高的空间，新疆在与三大运营商以及部分软件企业的战略协议签订的驱动力下，信息化速度较不断提高，信息化水平在未来"十二五"期间将有重要突破。

　　融合深度方面。2010 年，新疆一体化规模位列全国第 25 名（指数：0.019），一体化质量列全国第 28 名（指数：0.171），一体化速度列全国第 30 位（指数：0.172），均远远低于全国平均水平（指数：0.141、0.322 和 0.325）。表明当前新疆融合深度程度较低，也主要由融合硬度和软度水平较为落后所限制。

二　优势和劣势

（一）总体状况

　　2010 年，新疆"两化"融合优势指标共有 9 个，占指标总数的 6.6%；劣势指标共有 86 个，占指标总数的 62.8%。二者共有 95 个指标，占指标总数的 69.3%（见表 1）。表明新疆"两化"融合水平较低，存在少量优势指标，但劣势指标达到了将近 63%，劣势相当明显，未来主要鼓励发展劣势方面，以提高劣势明显指标发展，达到协同发展。

（二）融合硬度

　　融合硬度是反映"两化"融合基础水平的指标。2010 年，新疆"两化"融合硬度优势指标为 5 个，占该类指标总数（41 个）的 12.2%；劣势指标共 17 个，占该类指标总数的 41.5%，存在明显优劣势的指标共占 53.7%。这表明，新疆绝大部分指标表现出明显的优劣势，存在较多的劣势，而融合硬度的优势指标

表1 2010 年新疆维吾尔自治区"两化"融合优劣势指标

单位：个，%

项 目		优势指标		劣势指标	
		数量	占比	数量	占比
融合硬度	工业化规模	0	0.0	11	91.7
	工业化质量	3	23.1	5	38.5
	工业化速度	2	12.5	1	6.3
	小 计	5	12.2	17	41.5
融合软度	信息化规模	0	0.0	22	100.0
	信息化质量	1	4.8	14	66.7
	信息化速度	3	12.0	11	44.0
	小 计	4	5.9	47	69.1
融合深度	一体化规模	0	0.0	9	100
	一体化质量	0	0.0	9	81.8
	一体化速度	0	0.0	4	50.0
	小 计	0	0.0	22	78.6
合 计		9	6.6	86	62.8

是新疆"两化"融合所有优势指标的重要组成部分，占总优势指标的 55.6%。上述分析表明目前新疆工业化进程的推进发展稳定，虽然目前工业经济发展存在诸多劣势，但是在今年中央和新疆维吾尔自治区政府合力发展新疆的政策支持下，工业化程度将提高很快。

其中：新疆尚无工业化规模优势指标，但劣势指标却达 11 个，占该类指标总数的 91.7%，只有城市化率处于全国中等水平。新疆资源丰富，原材料工业经济是其主体部分，但由于交通运输条件以及开采难度大等因素影响，原材料工业规模仍然受到限制，其他工业更是发展较晚，不够发达，此造成新疆工业化规模绝对劣势，目前新疆工业建设与内地相比还有很大差距。

工业化质量优势指标共 3 个，占该类指标总数的 23.1%；工业化质量劣势指标共 5 个，占该类指标总数的 38.5%。优势指标为：全员劳动生产率、成本费用利润率、产品销售率；劣势指标主要集中在：人均 GDP、高新技术产业产值占工业总产值比重、工业从业人员占总就业人员的比重、工业制成品占出口产品的比重、流动资产年平均余额。新疆经济不够发达、资源丰富，但技术水平不高，这些特点都决定了新疆仍然不是一个工业化高水平发展地区，使得高技术产业比重较低以及工业相关指标存在相对劣势。但相对工业化规模而言,新疆工业化质量指标相对表现较好,充分证明了虽然新疆工业化处于前期阶段,但是融合硬度的成果是值得肯定的。

工业化速度优势指标共 2 个,占该类指标总数的 12.5%,存在 1 个劣势指标,占指标总数的 6.3%,相对而言,新疆工业化速度较快,不存在明显的劣势指标。这充分肯定了新疆在 2005 年开始实施新型工业化建设以来,在建立独具特色和优势的支柱产业方面取得成就,工业经济发展势头开始向好,使得新疆城市化率增长率、工业制成品占出口产品的比重的增长率保持了较高的增长速度。

(三) 融合软度

融合软度是反映"两化"融合核心内容的指标。2010 年,新疆"两化"融合软度优势指标共 4 个,占该类指标总数(68 个)的 5.9%;劣势指标共 47 个,占该类指标总数的 69.12%。

其中:信息化规模优势不明显,不存在优势指标;信息化规模劣势指标共 22 个,占该类指标总数的 100%。表明新疆融合软度水平处于初级阶段,新疆信息产业以及相关产业发展比较落后,居民以及企业的信息化水平均不高,这与当地人均收入以及经济发展有着直接的关系。

信息化质量优势指标为 1 个,占该类指标总数的 4.76%,但信息化质量劣势指标为 14 个,占该类指标总数的 66.67%,呈现出明显的劣势。

信息化速度优势指标共 3 个,占该类指标总数的 12.0%;信息化速度劣势指标共 11 个,占该类指标总数的 44.0%。从优劣势分析,信息化速度优势指标占了融合软度优势指标的绝大多数(75%)。这表明,目前新疆在融合软度工作方面取得了较大的成效,同时国家在新疆"普遍服务"、"村通工程"等推进,也为新疆融合软度的快速发展起到推动作用。

(四) 融合深度

融合深度是反映"两化"融合质量标志的指标。2010 年,新疆"两化"融合深度尚没有优势指标,但劣势指标共 22 个,占该类指标总数的 78.57%。相对融合软硬度来说,融合深度表现最不理想。

其中:一体化规模尚无优势指标,但一体化规模劣势指标却达 9 个,占该类指标总数的100%。表明目前新疆"两化"融合处在起步阶段。

一体化质量方面不存在优势指标，一体化质量劣势指标共9个，占该类指标总数的81.82%，新疆相关网站质量以及软件外包服务发展不良。

一体化速度方面同样不存在优势指标，一体化速度劣势指标共4个，占该类指标总数的50.00%，相对于一体化规模和质量较好，但劣势仍然很明显。新疆政府网站绩效增长率、技术市场成交额增长率、软件外包服务增长率和网商规模增长率4项指标表现为明显的劣势。综合考虑新疆融合深度程度，其发展较为落后。

三 结论与展望

通过以上分析可以看出，新疆"两化"融合综合水平位居全国第28位。融合硬度、融合深度和融合软度三项二级指标均低于全国平均水平，其中，融合深度指标相对发展较差。总体来说，新疆"两化"融合水平在全国发展较为滞后，三大支柱整体上观察，速度指标优于规模、质量指标，表现出较好的稳步提高态势。总体来讲，新疆在"大力发展工业"的发展方针下，融合硬度水平高于其融合软度水平，而融合软度水平较低又成为阻碍其融合深度进程的重要因素。

从发展战略上讲，新疆实施优势资源转换战略，走新型工业化道路，建立新疆特色优势产业。2010年5月，中央新疆工作会议上中央正式批准喀什设立经济特区，特区经济以发展工业为主、实行工贸结合，并相应发展旅游、房地产、金融、饮食服务等第三产业。该经济区的建立为新疆工业经济的发展、"两化"融合进程推进提供了良好的契机。另外，新疆坚持"挟优挟强"的政策导向，优先发展钢铁、有色、化工、建材、装备制造、轻工、纺织等具有资源优势和市场需求的产业，鼓励发展电子信息、新材料、新能源、生物医药等高技术产业和战略新兴产业，充分发挥科技在产业发展中的支撑引领作用。该发展方向，必将进一步提高新疆的融合软度水平。

"两化"融合的推进需要依赖新疆工业化和信息化两个维度的前行。因此新疆一方面应坚定不移地实施以市场为导向的优势资源转换战略，充分利用资源优势和现有工业基础，因地制宜，重点突破，积极引入、构建大企业大集团，做大做强支柱产业和特色工业，走出一条符合区情、产业优势明显、科技含量高、经济效益好、市场竞争力强、人力资源充分发挥的新型工业化道路，全面快速提升工业化整体水平。另一方面，继续积极与基础运营商以及其他增值服务企业合作，共同推进信息化建设，同时稳步推进中央提出的"普遍服务""信息下乡"工程，在保障信息安全和地区稳定的基础上，提高人民信息化水平。目前新疆在"两化"融合方面已经取得一定成就，"十二五"期间新疆"两化"融合将有一个较大进展，但受地理位置和当前发展水平相对较低的影响，仍然将稍低于中东部省份。

B.33

青海省"两化"融合进程

一 总体情况分析

（一）经济概况

2010 年，青海省实现生产总值 1342 亿元，同比增长 14.5%，创 30 年来最高增速。人均 GDP 突破 10000 美元大关，比 2005 年的 5600 美元翻了一番，达到中上等国家收入水平。随着现代工业的建立与发展，青海省基本形成了以第一产业为基础、第二产业为主导、第三产业居重要位置的产业结构，但产业结构层次仍然很低，三次产业之间不协调，产业内部结构不合理，尤其是第三产业发展滞后，低于全国平均水平。2010 年，青海省三次产业结构比例为 10.0∶55.1∶34.9，城市化率达到 41.90%。信息基础设施发展良好。截止到 2010 年底，青海省移动电话和互联网用户数分别达到 397.8 万户和 34.9 万户，普及率分别达到 71.4% 和 6.3%。青海省存在经济总量小、产业链条短、附加值低、精深加工和资源综合利用程度不高及资源消耗高、环境污染仍然严重等问题，严重制约了青海省经济发展的步伐。

（二）综合分析

2010 年，青海省"两化"融合综合排名全国第 29 位，综合指数达到 0.221。仅位于贵州、西藏之前。融合硬度列全国第 26 位（指数：0.328），其指数不足全国平均水平（指数：0.427）。融合软度列全国第 25 位（指数：0.212），其指数同样不足全国平均水平（指数：0.282）。融合深度列全国 30 位（指数：0.123），仅略高于位于全国最后一名的新疆（指数：0.121）。

（三）具体分析

融合硬度方面。2010 年，青海省工业化规模、工业化质量、工业化速度均

低于全国平均水平，处于劣势地位，分别列全国第 29 位、第 25 位和第 18 位
（指数：0.082、0.385 和 0.518）。从雷达图上可以看出，在工业化规模、质量、
速度三个细分层面指数来看，青海省融合硬度指标呈阶递增状分布，工业化速度
指数高于工业化质量指数和工业化规模指数，工业化速度明显优于另两项的发展
水平，是"拉动"现阶段青海省工业化发展的驱动力（见图1）。

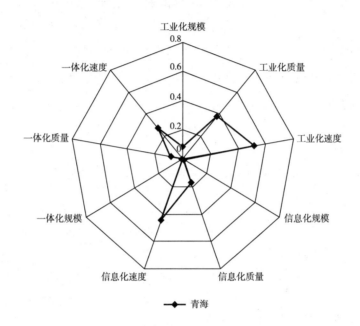

图1　青海省"两化"融合雷达图

融合软度方面。2010 年，青海省信息化规模和信息化质量均处于全国极端
劣势水平，均列全国第 30 位（指数：0.009 和 0.175），但是信息化速度却位于
全国第 1 位（指数：0.451），与前两项排名形成鲜明对比，说明青海省信息化发
展的速度走在全国的前端，是拉动信息化规模和质量的主要驱动力。在雷达图上
可较为清晰地看出，青海省融合软度构成图同样呈现阶梯递增态势，信息化速度
指数明显高于其规模和质量指数。青海省信息化规模和质量指数较低，这在一个
侧面加大了信息产业的发展速度。

融合深度方面。2010 年，青海省一体化规模、一体化质量和一体化速度均
处于全国劣势地位（指数：0.002、0.088 和 0.279），分别列全国第 30 位、第 31
位和第 22 位。与融合硬度、融合软度相似，青海省融合深度在规模、质量和速

度的三个细分层面呈现阶梯递增态势，在整体上低于全国平均水平的情况下，一体化速度相对来说处于三者中的优势地位，并且在很大程度上拉高了青海省融合深度的整体水平。

二 优势和劣势

（一）总体状况

2010 年，青海省"两化"融合优势指标共有 11 个，占指标总数的 8.0%；劣势指标共有 86 个，占指标总数的 62.8%。二者共有 97 个指标，占指标总数的 70.8%（见表 1）。这说明青海省"两化"融合的劣势非常明显。

表 1 2010 年青海省"两化"融合优劣势指标

单位：个，%

项　　目		优势指标		劣势指标	
		数量	占比	数量	占比
融合硬度	工业化规模	0	0.0	10	83.3
	工业化质量	2	15.4	4	30.8
	工业化速度	2	12.5	2	12.5
	小　计	4	9.8	16	39.0
融合软度	信息化规模	0	0.0	22	100.0
	信息化质量	1	4.8	15	71.4
	信息化速度	6	24.0	9	36.0
	小　计	7	10.3	46	67.6
融合深度	一体化规模	0	0.0	9	100.0
	一体化质量	0	0.0	10	90.9
	一体化速度	0	0.0	5	62.5
	小　计	0	0.0	24	85.7
合　　计		11	8.0	86	62.8

（二）融合硬度

融合硬度是反映"两化"融合基础水平的指标。2010 年，青海省"两化"融合硬度优势指标共 4 个，占该类指标总数（41 个）的 9.8%；劣势指标共 16

个,占该类指标总数的39.0%。这也进一步说明,青海省不具有工业化的绝对优势。推进"两化"融合发展,需要更大程度上发挥融合软度和融合深度的综合优势。

其中:工业化规模尚无优势指标;工业化规模劣势指标共10个,占该类指标总数的83.3%。说明青海省目前尚不具备发展工业化的规模优势,这与青海省的产业结构和城乡二元经济结构有关,工业经济在地区经济总量中所占的比重相对较小,服务业的发展水平更难与发达社会相较量,这一客观情况也与青海省在经济发展整体上处于工业化初级阶段密切相关,符合经济发展的一般规律。

工业化质量优势指标共2个,占该类指标总数的15.4%;工业化质量劣势指标共4个,占该类指标总数的30.8%。青海省工业化质量优劣势情况相当,其中工业增加值占地区GDP的比重、成本费用利润率是工业化质量优势指标,反映了青海省工业化水平正逐步提高,产业结构不断优化。地区人均GDP、单位地区生产总值电耗、高新技术产业产值占工业总产值比重、流动资产年平均余额是工业化质量劣势指标,说明青海省工业化水平尚处于低级阶段,工业产业还无法充分的为地区经济发展贡献主导力量,高耗能、高耗水行业所占比重依然较大,距离绿色经济、低碳发展还有一定差距。

工业化速度优势指标共2个,占该类指标总数的12.5%;工业化速度劣势指标共2个,占该类指标总数的12.5%。城市化率增长率和城镇单位就业人员平均劳动报酬增长率两项指标都处于全国优势水平,说明青海省正在工业化逐步发展的依托下逐渐向城市化方向发展。

(三)融合软度

融合软度是反映"两化"融合核心内容的指标。2010年,青海省"两化"融合软度优势指标共7个,占该类指标总数(68个)的10.3%;劣势指标共46个,占该类指标总数的67.6%。

其中:信息化规模尚无优势指标;信息化规模劣势指标共22个,占该类指标总数的100%。这也说明青海省不具有信息化规模的优势。

信息化质量优势指标1个,占该类指标总数的4.8%;信息化质量劣势指标共15个,占该类指标总数的71.4%。全员劳动生产率是青海省信息化质量的唯一优势指标,此优势指标是全省实现信息化快速健康有序发展的关键指标,说明青海省具有高度信息化水平的潜在优势和发展动力。信息产业增加值占地区GDP的比重、信息产业从业人员占总就业人员的比重、信息产业制造业出口交货值占工业出口交货值的比重、人均通信业务收入、通信业务收入占地区GDP的比重、通信业投资额占地区GDP的比重、人均互联网带宽等15项指标是青海省信息化质量的劣势指标，反映了青海省信息化在国内和国际市场的活跃程度均欠佳，信息通信产业发展的普及程度不高，这也与青海省地理环境、人口因素以及经济发展所处的阶段有关。

信息化速度优势指标共6个，占该类指标总数的24.0%；信息化速度劣势指标共9个，占该类指标总数的36.0%。青海省信息化速度的优劣势情况几乎相当，其中劣势情况相对明显，但在全国融合软度速度排名中，青海省处于全国领跑的佼佼者，说明即使在有大量劣势存在的情况下，青海省仍能展现出其在信息产业的旺盛生命力，然而在信息产业从业人员增长率、信息产业制造业工业增加值增长率、信息产业制造业出口交货值增长率、人均通信业务收入增长率等九个方面仍然反映了目前青海省信息化建设的不足，需重视提高，以免后劲不足。

（四）融合深度

融合深度是反映"两化"融合质量标志的指标。2010年，青海省"两化"融合深度尚无优势指标；劣势指标共24个，占该类指标总数的85.7%。

其中：一体化规模尚无优势指标；一体化规模劣势指标共9个，占该类指标总数的100%。这也说明青海省一体化不具有规模优势。

一体化质量尚无优势指标；一体化质量劣势指标共10个，占该类指标总数的90.9%。青海省一体化质量劣势明显，不存在优势指标。

一体化速度尚无优势指标；一体化速度劣势指标共5个，占该类指标总数的62.5%。劣势主要表现在：技术市场成交额增长率、国内专利年授权增长率、软件技术服务收入增长率、软件外包服务收入增长率、软件研发人员增长率五个方面，成为制约青海省一体化快速发展的关键原因。需提高高新技术在"两化"融合中的关键性作用，重视知识经济对产业发展的促进作用，提高国际合作，逐步建立产业发展的良好环境。

三　结论与展望

通过以上分析可以看出，青海省"两化"融合综合水平位居全国第 29 位。融合硬度、融合软度和融合深度都位居全国末端。从指数来看，青海省在"两化"融合指数聚类中处于第四梯度，融合硬度、融合软度水平均高于融合深度发展水平，且呈现下滑趋势。

从发展模式看，青海省介于"工业化、一体化双驱动"型与"工业拉动"型之间。青海省处于工业化发展初级阶段，工业化规模受政治、经济和社会及近期自然灾害等各方面影响，起步晚，基础弱，但也意味发展空间巨大，关键是提高工业化规模和质量，保证速度水平，逐步走向一条绿色经济、低碳发展的道路。总的来看，青海作为我国经济欠发达省份，工业化和城市化水平低，加快推进工业化和城市化进程，加快信息产业建设工作，对于促进青海省经济社会快速健康发展有着重要意义。

推进"两化"深度融合，青海省应聚焦国家战略和青海省重点产业，加快产业结构优化，以工业化为主导，以信息化为动力，保证质量，提高速度，着力推进信息化与现代制造业、现代服务业和新兴产业的深度融合，加大高新技术在产业升级中的主导力量。工业化的发展重点要转移到优化产业结构、提升工业制成品的高技术含量和精细度，努力改变工业化发展的劣势环境，提高工业化发展质量，重视节能环保和清洁生产。信息化的发展重点要在保持高速发展的势头下，逐步扩大信息产业规模，重视与制造业、服务业的深度融合，提高信息质量，保证信息安全，从而实现其信息化的跨越式发展。一体化的发展要结合青海省的实际情况和所处的初级发展阶段，重点要放在扩大规模、提高普及率上，从而循序渐进的实现高新技术与传统行业的全面渗透。

B.34
贵州省"两化"融合进程

一 总体情况分析

(一)经济概况

2010 年, 贵州省 GDP 达到 4593.97 亿元, 比上年增长 12.8%, 增速比上年加快 1.4 个百分点, 比全国高 2.5 个百分点, 三次产业结构为 13.7:39.2:47.1。2010 年, 城镇居民人均可支配收入达到 14142.74 元, 比上年增加 1280.21 元, 扣除物价因素, 比上年增长 7%。农民人均纯收入达到 3471.93 元, 比上年增加 466.52 元, 扣除物价因素, 比上年增长 12.6%。贵州省目前产业发展的总体情况是农业基础薄弱, 工业发展滞后, 第三产业素质不高, 三次产业的发展相对不足, 仍处于低水平的发展状态。产业结构具有资源型、重型化、初级化的典型特征。城市化率为 29.89%。信息基础设施发展良好。截止到 2010 年底, 贵州省移动电话和互联网用户数分别达到 1800.6 万户和 149.7 万户, 普及率分别达到 47.4% 和 3.9%。从人均 GDP、三次产业比例、就业结构及城市化水平综合看来, 贵州省现在仍处于工业化发展初级阶段。

(二)综合分析

2010 年, 贵州省"两化"融合综合排名全国第 30 位, 综合指数为 0.219。仅高于西藏自治区。融合硬度列全国第 29 位 (指数: 0.268), 其指数未达全国平均水平 (指数: 0.427)。融合软度列全国第 27 位 (指数: 0.208), 未达全国平均水平 (指数: 0.282)。融合深度列全国 26 位 (指数: 0.182), 同样未达全国平均水平 (指数: 0.263)。

(三)具体分析

融合硬度方面。2010 年, 贵州省工业化规模、工业化质量和工业化速度均处于劣势地位，分别位列全国第 27 位、第 30 位和第 27 位（指数：0.091、0.261 和 0.452）。尤其是工业化规模尚不足位列全国第 1 的广东省（指数：0.838）的 1/9，远远低于于全国平均水平（指数：0.272）。从雷达图上可以看出，在工业化规模、质量、速度三个细分层面指数来看，贵州省工业化规模、质量和速度呈逐级递增的态势，工业化速度明显优于另两项的发展水平，是"拉动"现阶段贵州省工业化发展的驱动力（见图 1）。

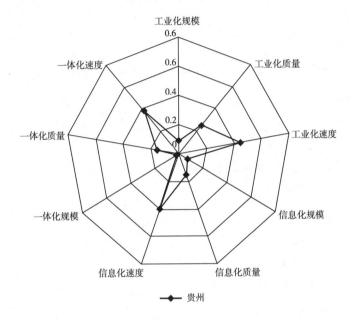

图 1　贵州省"两化"融合雷达图

融合软度方面。2010 年，贵州省信息化规模和信息化质量均处于全国劣势水平，分别位列全国第 25 位和第 31 位（指数：0.065 和 0.153），但是信息化速度却位于全国第 6 位（指数：0.407），远高于前两者在全国的排名。在雷达图上可较为清晰地看出，贵州省融合软度构成图呈尾端突起状，信息化速度指数明显高于其规模和质量指数。贵州省信息化质量指数较低，列全国最后一名，仅为全国平均水平的一半。

融合深度方面。2010 年，贵州省一体化规模和一体化质量均处于全国劣势地位（指数：0.012 和 0.156），分别列全国第 27 位和第 29 位。而其一体化速度则处于相对优势地位（指数：0.379），列全国第 9 位。后者在很大程度上拉高了贵州省融合深度的整体水平。贵州省一体化速度得分较高，说明其在技术市场成交额增长率、软件技术服务收入增长率、网商规模增长率等方面都逐步实现相当的规模和速度，尤其是平均 IP 病毒感染增长率指标呈现显著的优势状态，在一个侧面也体现了贵州省保证一体化高速增长的同时也逐渐向高质量跨越。

二 优势和劣势

（一）总体状况

2010 年，贵州省"两化"融合优势指标共有 9 个，占指标总数的 6.6%；劣势指标共有 80 个，占指标总数的 58.4%。二者共有 89 个指标，占指标总数的 65%（见表 1）。这说明贵州省"两化"融合的劣势十分明显。

表 1   2010 年贵州省"两化"融合优劣势指标

单位：个，%

项　目		优势指标		劣势指标	
		数量	占比	数量	占比
融合硬度	工业化规模	0	0.0	12	100.0
	工业化质量	0	0.0	6	46.2
	工业化速度	2	12.5	4	25.0
	小　计	2	4.9	22	53.7
融合软度	信息化规模	0	0.0	19	86.4
	信息化质量	1	4.8	15	71.4
	信息化速度	5	20.0	6	24.0
	小　计	6	8.8	40	58.8
融合深度	一体化规模	0	0.0	9	100.0
	一体化质量	0	0.0	6	54.5
	一体化速度	1	12.5	3	37.5
	小　计	1	3.6	18	64.3
合　计		9	6.6	80	58.4

（二）融合硬度

融合硬度是反映"两化"融合基础水平的指标。2010 年，贵州省"两化"

融合硬度优势指标共 2 个，占该类指标总数（41 个）的 4.9%；劣势指标共 22 个，占该类指标总数的 53.7%。这也进一步说明，贵州省不具有工业化的绝对优势。推进"两化"融合发展，需要更大程度上发挥信息化和一体化的综合优势。

其中：工业化规模尚无优势指标；工业化规模劣势指标共 12 个，占该类指标总数的 100%。全部指标都显示出显著的劣势状态，说明贵州省不具备工业化规模的优势，处于绝对劣势的状况。这与贵州省工业基础薄弱，起步晚，工业技术水平落后有关，也反映了目前贵州省经济发展整体上处于工业化初级阶段的经济状况。

工业化质量尚无优势指标；工业化质量劣势指标共 6 个，占该类指标总数的 46.2%。其中工业化质量劣势体现在高新技术产业产值占工业总产值比重、地区人均 GDP、工业从业人员占总就业人员的比重、全员劳动生产率、成本费用利润率、流动资产年平均余额六项指标上，说明贵州省工业产品高加工化、高附加值化、高新技术化不明显，亟待在这方面提高工业化质量水平。向着绿色经济和低碳发展的目标行进。

工业化速度优势指标共 2 个，占该类指标总数的 12.5%；工业化速度劣势指标共 4 个，占该类指标总数的 25.0%。其中工业化速度优势体现在城市化率增长率和城镇单位就业人员平均劳动报酬增长率上，说明贵州省的城市化水平正迅速提高。工业化速度劣势体现在电力消费量增长率、单位工业增加值能耗增长率、工业就业增长率、工业从业人员占总就业人员比重的增长率上，反映出贵州省现有工业化水平和整体经济发展结构的不足。

（三）融合软度

融合软度是反映"两化"融合核心内容的指标。2010 年，贵州省"两化"融合软度优势指标共 6 个，占该类指标总数（68 个）的 8.8%；劣势指标共 40 个，占该类指标总数的 58.8%。

其中：信息化规模尚无优势指标；信息化规模劣势指标共 19 个，占该类指标总数的 86.4%。这也说明贵州省不具有信息化规模的优势。

信息化质量优势指标 1 个，占该类指标总数的 4.8%；信息化质量劣势指标共 15 个，占该类指标总数的 71.4%。全员劳动生产率指标数呈现明显的优势状态，展现出贵州省经济发展具有明显的效率条件。人均通信业务收入、信息产业增加值占地区 GDP 的比重、信息产业从业人员占总就业人员的比重、信息产业制造业出口交货值占工业出口交货值的比重、通信业务收入占地区 GDP 的比重、网民普及率等十五项指标呈现出明显的劣势状况，在不同的侧面显示了贵州省信息化水平的活跃程度欠佳，通信业发展的普及程度有待提高，尤其说明了贵州省与高度发达的信息化市场尚存在较大差距。这种情况的存在也与贵州省人口、地理等自然因素以及欠发达的历史现状息息相关。

信息化速度优势指标共 5 个，占该类指标总数的 20.0%；信息化速度劣势指标共 6 个，占该类指标总数的 24.0%。贵州省信息化速度的优势与劣势指标数相当，劣势情况相对明显，尤其体现在信息行业的各项增长率指标上，但广播电视网络收入增长率、网民增长率、互联网带宽接入用户增长率、广播人口覆盖增长率则拉高了信息化速度水平的整体得分。在基础差、起步晚的情况下，贵州省信息化却存在着独有的后发优势，这又会在很大程度上提高信息化速度水平，进而提高质量，加大规模。

（四）融合深度

融合深度是反映"两化"融合质量标志的指标。2010 年，贵州省"两化"融合深度优势指标共 1 个，占该类指标总数（28 个）的 3.6%；劣势指标共 18 个，占该类指标总数的 64.3%。

其中：一体化规模尚无优势指标；一体化规模劣势指标共 9 个，占该类指标总数的 100%。这也说明贵州省一体化不具有规模优势。

一体化质量尚无优势指标；一体化质量劣势指标共 6 个，占该类指标总数的 54.5%。贵州省一体化质量劣势明显，不具有优势指标。

一体化速度优势指标 1 个，占该类指标总数的 12.5%；一体化速度劣势指标共 3 个，占该类指标总数的 37.5%。就信息产业而言，贵州省的电子信息设备制造业规模相对较小，软件产业、信息系统集成服务业、信息化规划及咨询服务业也有待发展，这也是贵州省的一体化规模与质量发展水平较低的重要原因。

三 结论与展望

通过以上分析可以看出，贵州省"两化"融合综合水平居全国第 30 位。在三大支柱中，融合硬度、融合软度和融合深度都排名靠后，其中融合深度在三者中相对较好。从指数来看，贵州省工业化、信息化水平均高于一体化整体发展水平，三项细分指标呈现下滑趋势。

从发展模式看，贵州省介于"工业化、一体化双驱动"型与"工业化带动"型之间。贵州省处于工业化发展初级阶段，省内工业化水平参差不齐，滞后与趋前进一步加大落差，规模受城市政治、经济和社会等各方面影响，基础较为薄弱，但发展空间和潜力极大，工业化质量水平仍处于欠发达的程度，亟待走出一条绿色经济、低碳发展的道路。信息化整体劣势情况比较明显，须加大信息资源整合共享建设。总的来看，贵州省面临电子信息产业经济总量和产业规模较小的客观情况，应加快"数字贵州"建设步伐，推进信息技术在社会各领域的广泛应用，增强信息技术防灾抗灾和推动经济社会发展能力，逐步缩小与其他省份的差距。

推进"两化"深度融合，贵州省应加快城市信息化、电子商务建设步伐，提高信息产业整体发展水平。进一步加强信息服务业建设。充分发挥信息服务业在推进新型工业化、促进经济社会发展方式转变和生态文明建设中的重要作用。工业化的发展重点要转移到优化产业结构、提高发展质量和效益上，改变固有的经济、社会"二元结构"，从而为工业化快速发展提供速度和质量保障。信息化的发展重点要转移到加强信息安全保障体系建设，建立健全信息安全等级保护制度和信息安全评估体系上，实现信息化与信息安全协调发展。一体化的发展重点要在保证速度的前提下扩大规模、提高普及率、保证管理能力和水平，优化"两化"融合的发展基础，进一步提高速度，实现贵州省"两化"融合的跨越式发展。

B.35

西藏自治区"两化"融合进程

一 总体情况分析

(一)经济概况

2010 年,西藏自治区全区 GDP 达到 507.46 亿元,按可比价格计算,比上年增长 12.3%,明显快于上半年,比全国平均水平高 2.0 个百分点。人均 GDP 为 17497 元。作为欠发达地区,西藏农牧民占人口总数的近 80%,第一、二、三产业的就业结构大致为 54.6%、10.5% 和 34.9%。三次产业结构比例为 13.4:32.3:54.3。工业生产较快增长,企业效益迅速提高。总体而言,西藏第一产业发展缓慢,结构亟须优化;建筑业竞争优势大于工业,第二产业发展不平衡;第三产业发展势头好,产业效率高。截止到 2010 年底,西藏移动电话和互联网用户数分别达到 157.6 万户和 10.4 万户,普及率分别达到 54.4% 和 3.6%,城市化率为 23.80%。经过几十年的建设,特别是中央第三次西藏工作座谈会以来,西藏的基础设施建设取得了明显成效,产业建设得到了显著提升,自我发展能力和积累能力全面提高,为经济发展奠定了牢固基础。

(二)综合分析

2010 年,西藏"两化"融合综合排名为全国第 31 位,综合指数达到 0.190,居全国最后一位,与其他省份差距十分明显。融合硬度位列全国第 31 位(指数:0.248),其指数大大低于全国均值(指数:0.363)。融合软度列全国第 31 位(指数:0.187),其指数仍然不足全国平均水平(指数:0.282)。融合深度列全国 29 位(指数:0.135),其指数约为全国平均水平(指数:0.263)的一半,略高于位于全国最后两位的青海和新疆(指数:0.123 和 0.121)。

（三）具体分析

融合硬度方面。2010 年，西藏工业化规模、工业化质量和工业化速度均处于绝对劣势地位，分别列全国第 30 位、第 28 位和第 31 位（指数：0.074、0.337 和 0.334），均远远低于全国平均水平（指数：0.272、0.485 和 0.523）。从雷达图上可以看出，在工业化规模、质量、速度三个细分层面指数来看，西藏工业化规模明显低于工业化质量和工业化速度的发展水平，成为西藏自治区工业发展的短板（见图 1）。

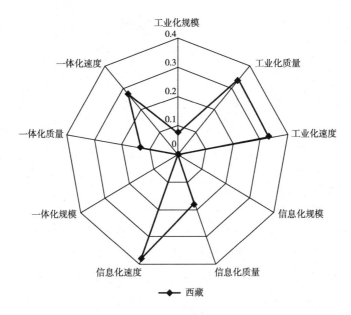

图 1　西藏"两化"融合雷达图

融合软度方面。2010 年，西藏信息化规模和信息化质量均处于全国劣势水平（指数：0.000[①] 和 0.176），但是信息化速度却位于全国第 12 位（指数：0.383），高于全国平均水平（指数：0.364），并远远高于前两者在全国的排名。在雷达图上可较为清晰地看出，西藏融合软度构成图呈梯度增加状，信息化速度指数明显高于其规模和质量指数。西藏信息化规模指数较低，与全国平均水平

---

① 因数据不全导致。

（指数：0.427）差距较明显，这与西藏区域地理条件以及人口数量等因素直接相关。

融合深度方面。2010 年，西藏一体化规模、一体化质量和一体化速度均处于全国劣势地位（指数：0.000①、0.130 和 0.274）。其一体化规模和质量均处于绝对劣势地位，相对而言一体化速度在三者中处于相对优势地位，但仍低于全国平均水平（指数：0.325）。在雷达图上可以看出，西藏地区融合深度在规模、质量和速度三个细分层面的分布构成图与融合软度构成图极为相似。

二　优势和劣势

（一）总体状况

2010 年，西藏"两化"融合优势指标共有 14 个，占指标总数的 10.2%；劣势指标共有 92 个，占指标总数的 67.2%。二者共有 106 个指标，占指标总数的 77.4%（见表 1）。可见，西藏"两化"融合的优势和劣势都非常明显。

（二）融合硬度

融合硬度是反映"两化"融合基础水平的指标。2010 年，西藏"两化"融合硬度优势指标共 5 个，占该类指标总数（41 个）的 12.2%；劣势指标共 28 个，占该类指标总数的 68.3%。这也进一步说明，西藏不具有工业化的绝对优势，劣势较为明显，推进"两化"融合发展，需要更大程度上发挥信息化和一体化的综合优势。

其中：西藏在工业化规模方面不存在优势指标；工业化规模劣势指标共 11 个，占该类指标总数的 91.7%。这与西藏地区的地理环境和人口因素等基本特征有关，在一定程度上反映了目前西藏地区工业经济基础薄弱，不具备工业化的规模优势，中央和地方政府应制定相关政策扶持重点行业重点领域的基础建设。相对来说，西藏地区第三产业产值偏高，而第二产业尤其是工业产值偏低，呈现

---

① 因数据不全导致。

表1 2010年西藏"两化"融合优劣势指标

单位：个，%

项 目		优势指标		劣势指标	
		数量	占比	数量	占比
融合硬度	工业化规模	0	0.0	11	91.7
	工业化质量	3	23.1	9	69.2
	工业化速度	2	12.5	8	50.0
	小 计	5	12.2	28	68.3
融合软度	信息化规模	0	0.0	20	90.9
	信息化质量	3	14.3	16	76.2
	信息化速度	5	20.0	6	24.0
	小 计	8	11.8	42	61.8
融合深度	一体化规模	0	0.0	9	100.0
	一体化质量	1	9.1	9	81.8
	一体化速度	0	0.0	4	50.0
	小 计	1	3.6	22	78.6
合 计		14	10.2	92	67.2

出"U"形结构，就业演进速度远远慢于产值结构演进速度，存在工业体系已基本齐全且重型化特征比较明显的特殊情况，由此可以看出现阶段西藏地区的经济发展水平可以合理地定位于工业化初级阶段。

工业化质量优势指标共3个，占该类指标总数的23.1%；工业化质量劣势指标共9个，占该类指标总数的69.2%。西藏地区单位地区生产总值电耗、单位工业增加值能耗和工业制成品占出口产品比重等指标均处于相对优势地位，说明西藏在实现绿色经济、低碳发展上具有较大的潜力和优势。

工业化速度优势指标共2个，占该类指标总数的12.5%；工业化速度劣势指标共8个，占该类指标总数的50.0%。进入21世纪以来，西藏工业的单位产值增长对于单位GDP增长的贡献基本超过了第一、三产业。基于推动西藏经济加速增长进而实现跨越式发展的内在需要，大力发展包括工业在内的第二产业，加快西藏的适度工业化进程势在必行。

（三）融合软度

融合软度是反映"两化"融合核心内容的指标。2010年，西藏"两化"融合软度优势指标共 8 个，占该类指标总数（68 个）的 11.8%；劣势指标共 42 个，占该类指标总数的 61.8%。

其中：信息化规模尚无优势指标；信息化规模劣势指标共 20 个，占该类指标总数的 90.9%。这也说明西藏不具有信息化规模的优势。

信息化质量优势指标共 3 个，占该类指标总数的 14.3%；信息化质量劣势指标共 16 个，占该类指标总数的 76.2%。通信业务收入占地区 GDP 的比重、通信业投资额占地区 GDP 的比重这两项指标呈现出明显的优势状态，综合反映了西藏信息化水平的活跃程度。较高的全员劳动生产率反映了西藏地区信息化发展的良好态势。然而众多的劣势指标也表明了西藏地区发展信息化的薄弱基础，同时也在一个侧面反映了西藏地区在信息化质量建设方面的上升空间和再造潜力。

信息化速度优势指标共 5 个，占该类指标总数的 20.0%；信息化速度劣势指标共 6 个，占该类指标总数的 24.0%。西藏在信息化速度方面优劣势情况大致相当，相对而言劣势指标偏多。信息化投入产出比率增长率、信息化消费水平增长率、通信业务收入增长率、移动电话用户增长率、广播人口覆盖增长率五项指标呈现较为明显的优势状态，这也与西藏地区信息化所处的飞速成长阶段有关，在东部省份的带动作用下，西藏自治区在信息化的道路上具备较大的后发优势与增长潜力。

（四）融合深度

融合深度是反映"两化"融合质量标志的指标。2010 年，西藏"两化"融合深度优势指标 1 个，占该类指标总数（28 个）的 3.6%；劣势指标共 22 个，占该类指标总数的 78.6%。

其中：一体化规模尚无优势指标；一体化规模劣势指标共 9 个，占该类指标总数的 100%。这也说明西藏一体化不具有规模优势。

一体化质量优势指标 1 个，占该类指标总数的 9.1%；一体化质量劣势指标共 9 个，占该类指标总数的 81.8%。西藏地区一体化质量劣势明显，平均 IP 病毒感染量是其唯一优势指标。

一体化速度尚无优势指标；一体化速度劣势指标共 4 个，占该类指标总数的 50.0%。西藏地区一体化速度劣势明显，目前情况下不具备速度优势。西藏在技术市场成交额增长率、软件技术服务收入增长率、软件外包服务收入增长率、软件研发人员增长率这四项指标上呈现了明显不足，进而也说明"两化"融合在西藏自治区的基础薄弱，需要政府的主导推动力，同时营造利于产业发展的良好环境。

三　结论与展望

通过以上分析可以看出，西藏"两化"融合综合水平居全国第 31 位，处于全国末端水平。在二级指标中，融合硬度、融合软度和融合深度都处于全国末端位置。从指数来看，西藏信息化水平介于工业化水平和一体化水平之间，工业化水平高于其余两项，处于全国"两化"融合指数类聚的第四类。

从发展模式看，西藏介于"工业化、一体化双驱动"型与"工业化带动"型之间。西藏处于工业化的初级阶段，产业薄弱环节在工业，但最具后发优势，最具希望和潜力的也是在工业。西藏自治区工业和信息化厅积极组织力量开展有"中国特色、西藏特点的新型工业化路子"的课题调研，发挥后发优势，转变工业经济发展方式，提高发展的质量和效益；统筹区内外两种资源，使工业经济的大发展成为改善民生的重要渠道；健全完善政策措施，进一步改善投资软环境；推动工业化和信息化整合，实现良性发展；学习和借鉴发达国家或地区的发展和管理经验。总的来看，虽然西藏地区与其他省份的差距较为明显，但"两化"融合的进程具有巨大的潜力和上升空间。

推进"两化"深度融合，西藏应进一步推进经济和社会信息化水平，要积极达到"十二五"工业和通信业深度融合标准，加大考核力度；要支持战略新兴产业的培育和发展，信息化要提前介入，走出一条新型工业化道路。西藏脆弱的生态环境和资源瓶颈因素，要求西藏必须充分发挥全国先进技术广泛运用的后发优势，将信息化与工业化更为有机地结合起来，才能走出一条资源节约、环境优化的新型工业化道路，实现经济发展与人口、资源、环境之间的良性发展。今后一段时间，西藏以信息化推动工业化的重点是：企业管理信息化，推广应用财务管理、人力资源管理软件和 ERP 系统，从根本上提升企业的经营管理水平，促进企业内部资源更加有效的配置；市场推广和营销信息化，利用电子商务平台，拓宽市场销路；生产过程自动化，推进信息技术在医药、电力等领域的广泛应用；研发手段信息化，努力突破核心技术，发展具有知识产权的产品，使传统产品焕发新的活力。

中国"两化"融合
进程：案例研究

Process of Informatization and
Industrialization of China: Case Study

B.36
南京市"两化"融合试验进程分析

一 南京市"两化"融合基础条件

（一）工业以重化工业为主，新兴产业发展较为迅速

作为老工业基地，南京市拥有雄厚的产业基础，目前已经形成了以电子信息、石油化工、汽车制造和钢铁四大优势产业和新能源、新材料、生物医药、新型光电、环保装备、航空航天、轨道交通装备、高端船舶制造等八大新兴产业为主导，拥有36个工业行业、200多个工业门类、2000多个大类产品的综合性工业产业体系。工业是南京市经济增长的主要力量，2008年，南京市的经济增长中，约有46%来自于工业的贡献。而重工业又占其工业的绝大部分比重，四大支柱产业中，就有石化、钢铁、汽车三大重型产业，近几年来，在全国重化工业加速发展的背景下，重化工业快速增长更是成为全市经济增长的重要推动力量。

同时，在坚持走新型工业化道路方针的指引下，南京以新兴产业为主的高新技术产业发展较为迅速，2008 年南京市高新技术产业完成工业总产值 2800 亿元，同比增长超过 20%，占全市规模以上工业总产值的 43.3%。

2009 年，南京市工业经济以加大产业投入为核心、以强力推进工业大项目建设为抓手，全力以赴"保增长、促转型"，实现了平稳较快发展。一是投入总量稳步增加。2009 年，全市工业在 2008 年基础上，完成固定资产投入 1300.4 亿元，同比增长 20.3%，占全部工业投资的比重由 2008 年同期的 42.8% 提高至 48.3%，企业研发经费投入占工业销售收入的比重达到 2.1%。二是产业链项目顺利推进。2009 年，南京市 365 个重点工业项目完成投资 489.6 亿元，占到全部工业投资额的 37.6%。三是产业投资结构进一步优化。传统优势产业高端化、新兴产业规模化投入强度加大。四是生产保持稳定增长。2009 年，规模以上工业增加值实现 1459.48 亿元，同比增长 12.1%，实现工业总产值 6756 亿元，同比增长 3%。

从以上数据可以看出，南京市的工业为"两化"融合奠定了坚实的基础。然而，近几年来其规模以上工业增加值在长三角经济圈中的地位有所下降，凸显了其发展动力不足的问题，这使得"两化"融合发展成为必然，需要通过工业化与信息化融合发展，提高其工业的技术创新能力、产品竞争力，实现产业结构的调整和优化提升。

（二）信息化基础建设快速推进，电子信息产业全国领先

1. 信息化基础建设快速推进，信息化应用水平逐步提高

目前，南京已建成骨干层、汇聚层和接入层宽带城域网络，基本实现了南京的全覆盖，南京广电网络已经成为国家及省广电干线网络的重要节点，整体建设和发展水平步入全国同类城市前列。2008 年，南京启动了"无线宽带城市"建设。2009 年，在无线宽带上网的基础上进一步实现重点系统应用，使无线宽带网络覆盖范围超过 600 平方千米，建成高宽、高可靠性、全覆盖的无线接入网络，同时南京市 3G 业务网络布点快速推进（见专栏）。经过近年来的快速发展，南京市信息化带动工业化工作已从"十五"初期的企业简单财务管理、办公自动化（OA）、门户网站、初步的仓储管理等，发展到目前的计算机辅助设计（CAD）、计算机辅助制造（CAM）和计算机辅助工艺（CAPP）等，并向产品数

据管理（PDM）、集中控制（DCS）和计算机集成制造（CIMS）延伸。企业信息化带动工业化整体水平出现了质的飞跃，大大促进了产业结构调整与优化。

专栏　南京市 3G 网络建设与业务发展

南京是全国 TD-SCDMA 28 个建设城市之一，南京移动的第一阶段 TD 网络建设 1000 个基站和 800 个室内分布系统，主设备投资 14.6 亿元，将形成以南京市区、区县城区和主要高速公路、铁路为覆盖目标的一个全覆盖的高速数据网络。目前，基站主设备安装累计完成 350 个，分布系统主设备安装累计完成 130 个，开通无线站点近 40 个，实现了标准语音、可视电话等业务的调测开通，2009 年 5 月将陆续实现 1800 个无线站点的开通运行。南京联通，在 2009 年上半年完成 WCDMA 网络建设，推出基于 WCDMA 技术标准的融合通信、视频会议、视频共享、视频购物、流媒体手机电视、3G 上网卡等多项 3G 业务。

（资料来源：南京市经济和信息化委员会）

2. 电子信息制造业稳步增长，软件业持续高速发展

电子信息产业是南京市四大优势产业之一，近年来，全市电子信息产业呈现又好又快的发展势头。产业规模由 2002 年的 283 亿元快速增加到 2008 年的 1827 亿元，年均增长率达到 36.4%；电子信息产业占工业的比重也逐年上升，由 2002 年的 15.6% 上升到 2008 年的 29%，对全市经济发展的支撑带动作用愈发显著。对于产业发展具有强大渗透与倍增作用的南京软件产业，近年来也一直以超常规态势快速发展。2008 年，南京软件产业实现销售收入达 470 亿元，同比增长 30%，在国内主要城市中仅次于北京、深圳、上海，居第四位，实现软件出口 8 亿美元。目前，南京软件企业数累计已突破 1200 家，通过 CMM/CMMI（软件能力成熟度模型/集成模型）2 级以上认证企业 40 家，在国内外证券市场上市的软件企业 14 家，被认定为国家规划布局内的重点软件企业 11 家，入围中国软件业务收入百强企业 8 家。累计登记认定软件产品 3174 个，2008 年，10 个软件产品获得"中国优秀软件产品"称号，位列年度全国第一，累计 39 个软件产品获得"中国优秀软件产品"称号，位列全国第二。①

① 《南京市信息化和工业化融合试验区》，http://www.ciotimes.com，2009 年 8 月 15 日。

二 2010 年南京市"两化"融合新进展

2010 年，南京市坚持贯彻落实科学发展观，紧紧围绕"转型发展、创新发展、跨越发展"这一主题，按照国家工信部信息化和工业化融合试验区 2010 年重点工作指导计划和南京市信息化和工业化融合试验区建设方案的要求，积极探索、开拓创新、扎实推进，"两化"融合各项工作有序开展。

（一）有序推动六类共性平台建设

2010 年，南京市按照协同管理设计、工业服务分离、安全节能监测、商务电子交易、数据开发共享和实用人才培训等 6 个模式，加快综合信息化公共服务平台建设，加大政策扶持力度。在对 2009 年"两化"融合十大综合信息化服务平台实行为期两年的总额为 600 万元的财政支持基础上，对 2010 年第二批"两化"融合十大综合信息化服务平台，财政拿出 3000 万元进行平台建设补助，增加扶持力度。并计划今后每年将排出十个平台，利用这些公共服务平台的助推力、辐射力、带动力，加快全市信息化进程。

（二）有序推动示范工作

2010 年，南京市积极组织开展申报江苏省"两化"融合示范企业、"两化"融合示范区的工作。围绕南京市百亿元企业、重点骨干企业、行业龙头企业和高成长性企业，通过初步审查、专家评审等程序，组织进行 2010 年首批江苏省信息化与工业化融合示范企业和试点企业的申报工作，并形成一批颇具规模的"两化"融合省级试点企业。同时，围绕南京市区县、重点开发区、产业集聚区，组织进行 2010 年省级首批"两化"融合示范区的申报工作。借举办中国南京软博会的机遇，开辟约 500 平方米的"两化"融合展区，全方位展示十大公共平台阶段性建设成就。在企业、产业、区域形成多层次、多形式的"两化"融合示范典型，通过典型的示范作用，有效地带动了整个产业和区域的创新。

（三）有序推动评估体系探索

为了全面把握南京市"两化"融合发展水平，科学系统地判断和评估企业、

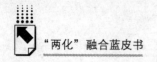

行业、区域"两化"融合的发展基础和所处的发展阶段以及未来发展需求,南京市在 2010 年积极开展《"两化"融合试验区监测评估体系和发展思路研究》课题,探索建立了由三级指标体系构成的南京市信息化与工业化融合发展水平评估指标体系。

(四) 有序推动物联网产业规划编制

2010 年 7 月,南京市召开物联网大会,并发布《南京市物联网产业"十二五"发展规划纲要》,明确了南京市物联网产业的发展方向、工作目标和任务措施,形成全市物联网产业发展的纲领性文件。南京市主要围绕物联网产业链,重点培育核心产业,鼓励发展支撑产业,以应用促进相关产业发展,实现上下游产业的联动、跨专业、行业的联动,共同推动物联网的发展。逐步实现以物联网带动产业发展,利用物联网大规模产业化和应用对传统产业的重大变革,重点推进带动效应明显的现代装备制造业、现代服务业、现代物流业等产业发展。

三 南京市推进"两化"融合的经验探索

(一) 十大平台取得成效

2009 年,南京市推出的"两化"融合十大综合信息化服务平台取得了显著成效。十大"两化"融合综合信息化服务平台 2009 年共实现销售收入 630.7 亿元、利润 13.2 亿元,2010 年上半年共实现销售收入 384.8 亿元和利润 10.9 亿元,分别较 2008 同期增长 40.30% 和 75.28%。

南京钢铁联合有限公司的南钢钢铁行业整体信息化平台的实施,到 2010 年上半年,已使其存货资金一年降低 17.2%,提高设备作业率 2.7 个百分点。2010年上半年平台产生的直接经济效益为 4050 万元,2010 年上半年实现销售收入238 亿元和利润 7.5 亿元,增幅创历史新高,分别达到 40% 和 150%。

焦点科技股份有限公司基于 SaaS 的中小企业信息化电子商务平台,不断满足中小企业产品管理、销售和采购管理、客户资源管理的需要。2010 年上半年实现销售收入 1.38 亿元和利润 6611 万元,增幅分别高达 39.75% 和 64.9%。

2010 年,南京联创科技股份有限公司已将大型多功能服务支撑与软件开发协同管理平台成功应用在中国电信、中国移动、中国联通三大运营商42家省公司，遍及全国30多个省份。2010年上半年，该公司在国内电信市场中的综合市场占有率第一，达到70%。

2010年，南京烽火星空通信发展有限公司已建设大型企业移动信息化平台集成项目70多个，成为中国电信、中国移动、中国联通的战略合作伙伴以及企业信息化领域的一线厂商。

2010年，红太阳集团有限公司打造的红太阳供应链协同电子商务平台，将企业的及时交货率由93%提高到100%、综合经济效益（毛利率）由30%提高到50%。

（二）物联网推进取得新进展

2010年，南京物联网产业研究院、南京物联网应用研究院、南京邮电大学物联网科技园、南京物联网应用与服务示范园和南京物联网产业联盟揭牌成立，形成南京市物联网产业发展的五大新平台，成为南京市推动"两化"融合的新亮点。

南京物联网产业研究院在物联网重点应用领域进行市场开拓，以打造"政产学研"创新合作平台为发展定位。南京物联网应用研究院组织开展和完成了《南京城市管网数字化系统建设项目建议书》、《南京智能交通系统建设项目建议书》和《南京智慧医疗系统建设项目建议书》的编制工作。南京市物联网产业联盟参加了2010年海峡两岸信息服务产业交流及合作会议的筹备和协调等有关工作，组织入盟企业参会，开展两岸物联网相关领域企业对接；并组织召开2010年10月在南京市举行的中国首届物联网标准工作会议，加强联盟网站建设，及时发布物联网领域相关信息。南京物联网展示体验中心多次组织召开体验中心建设研讨会和工作推进会，明确了由市、区政府共同筹建、南京物联网应用研究院承担管理与运营、南京邮电大学提供物联网技术支撑的建设模式，由物联网应用研究院、凯捷和IBM共同规划和编制体验中心建设方案。

（三）三网融合试点取得新突破

2010年7月，南京市被列入国家首批三网融合12个试点城市之一，这既是对南京以信息化为核心的现代化建设所取得成就的充分肯定，也体现了南京在长三角地区及国家沿海发展战略中所具有的重要地位与作用。三网融合的重要基础是"两化"融合,其强调的是如何真正的利用网络有效融合,将技术融合后建立统一的操作平台,再渗透到工业的标准化流程当中去。

南京市现已建成一套完善的 IPTV 业务运营体系。在内容运营、业务系统、业务网络、承载网络、IPTV 终端上已形成规模,在全国率先具备了拓展数据业务宽带业务许可证。同时,南京市成立了三网融合工作协调小组。协调小组由市委常委、常务副市长任组长,分管副市长任副组长,市委、市政府多个部门主要负责人参加。协调小组下设办公室,办公室设在市经信委,负责组织实施市协调小组制定的三网融合工作的规划、计划和政策措施。南京市现已制定三网融合试点工作实施方案。明确了四大工作目标、六项主要工作和三项保障措施,确定了三网融合试点企业重点工程和三网融合产品技术开发应用重点项目。

(四) 软件名城取得新成果

2010 年,南京市被国家工信部授予"中国软件名城"称号。南京市现已涌现一大批软件企业,集聚大批软件人才,软件从业人员超过 13 万人,拥有 5 家国家级研发中心。

软件业特别是工业软件产业,是能够使机械化、电气化、自动化的生产装备具备数字化、网络化、智能化特征的核心技术。通过技术创新、资源集成、关键技术联合开发、知识产权互惠共享等方式,在制约产业发展的重要领域形成技术攻关的主力军和创新集群,突破一批国外知识产权壁垒,带动南京市工业软件产业整体发展,为强化产业渗透融合关系,促进工业软件的研发与应用进一步走向良性循环的发展道路而努力。

青岛市"两化"融合试验进程分析

一 青岛市"两化"融合基础条件

青岛市地处山东半岛东南部，濒临黄海，与日、韩隔海相望，北靠环渤海经济圈，南与长三角相望，地理区位优势明显，是我国重要的经济中心城市和沿海开放城市，也是全国十五个副省级城市之一。

青岛是一个美丽的沿海港口城市，是山东省最大的工业城市，也是中国著名的"品牌之都"。2009 年，全市实现生产总值 4890.33 亿元，按可比价格计算，比上年增长 12.2%①。其中，第一产业增加值 230.25 亿元，同比增长 3.0%；第二产业增加值 2449.80 亿元，同比增长 12.7%；第三产业增加值 2210.28 亿元，同比增长 12.5%。全年城市居民人均可支配收入 22368 元，比上年增长 9.3%；农民人均纯收入 9249 元，同比增长 8.7%。全年累计完成国内税收 378 亿元，同比增长 29%。青岛市工业经济品牌效应显著，有海尔、海信、澳柯玛、双星、青岛啤酒、南车股份、颐中烟草、白雪等一大批国内外知名品牌，包括 46 个中国名牌和中国世界名牌、91 个"山东省著名商标"，青岛因此赢得了"名牌之城"的美誉。

2009 年 3 月，青岛市被国家工业和信息化部正式确定为"国家级两化融合试验区"，自此"两化"融合工作全面深入展开。到目前为止，青岛市由于其厚实的工业基础和扎实的信息化工作，已经为"两化"融合打下了良好的基础，并取得初步成效。

（一）青岛市工业门类齐全，工业基础雄厚，是我国重要的工业生产基地

除了传统的纺织服装、食品饮料、橡胶加工等轻工业以外，青岛市近年来已

---

① 青岛市统计信息网，http：//www.stats－qd.gov.cn。

逐步形成了石油化工、造船、电子信息、港口、家电、汽车制造六大产业集群，以及家电电子、交通运输设备、石化、新材料四大工业基地。青岛市工业经济特色明显，品牌效应突出，总的来说有以下三大特色[①]：一是国家级战略项目集中；二是大企业主导格局形成；三是名牌带动效应突出。青岛市不仅门类齐全，知名产品众多，而且工业规模也很庞大。2009年，规模以上工业企业完成增加值2338.13亿元，比上年增长14.9%；工业总产值9375.33亿元，同比增长16.06%。工业增加值及总产值在全国副省级城市中分别居第三位和第五位[②]。其中装备制造业增势强劲，2009年全年完成产值2966.44亿元，同比增长21.86%，高于全市工业整体6.6个百分点；高新技术产业产值达4427.53亿元，同比增长15.42%，占规模以上工业比重达46.51%。根据青岛市工业经济运行指挥部资料，2008年，青岛规模以上工业企业达到5150户，产值过亿元企业1392户，过十亿元企业82户。良好的工业化基础为青岛市"两化"融合工作奠定了坚实的物质基础和载体。

（二）青岛市信息化建设快速发展，信息产业发展态势良好

工业经济蓬勃发展的同时，青岛市多年来坚持以打造国家信息产业基地和区域信息中心为目标，以建设"数字青岛"为蓝图，全面实施"信息强市"战略，大力发展电子通信和信息服务产业，信息化工作取得了显著成效。1999年，青岛被列为国家首批电子商务试点城市；2004年，青岛市被授予国家电子信息产业基地；2005年，青岛高新技术产业开发区被命名为国家（青岛）通信产业园，经济技术开发区被命名为国家（青岛）家用电子产品产业园；2005年，中国城市电子商务成熟度排名中，青岛市位列第六。

自成为2008年北京奥运会合作伙伴城市之后，为了真正体现"科技奥运，数字奥运"的风采，青岛市政府高度重视、支持奥运会的相关信息化建设工作，并以此为契机，带动全市范围内的信息化建设热潮，使全市的信息基础设施建设水平迈上了一个新台阶。

---

① 吴胜武、沈斌：《信息化与工业化融合：从"中国制造"走向"中国智造"》，浙江大学出版社，2010。
② 2009年我国副省级城市经济排名，百度资讯。

同时，青岛市电子信息设备制造业发展迅速。青岛市以家电和电子制造业为突破口，通过硬工业和软技术的双轮驱动，产业集群取得了突飞猛进的发展，产业销售收入以年均30%以上的速度增长，一个规模庞大、产业链条日益完整的电子信息产业集群正在加速形成。在发展电子信息设备制造业的同时，青岛市积极创造条件大力发展软件产业：正在建设的（2010年）青岛市南软件产业基地总投资达到12.9亿元，吸引了百余家国内外知名软件企业入驻，成为青岛市软件产业的新象征。软件业与电子信息设备制造业的双轮驱动，促进了青岛市电子信息产业的快速发展，规模以上通信设备、计算机及其他电子设备制造业工业企业数及信息产业主营业务收入实现跃升，青岛也被评为首批"国家电子信息产业基地"。

　　多年来，青岛市信息产业坚持以建设国家信息产业基地和区域性信息中心为目标，以建设"数字青岛"、服务"数字奥运"为重点，以基础网络设施建设和信息资源开发利用为核心，全面实施"信息强市"战略，加快信息产业结构调整步伐，努力推进城市信息化建设进程和电子信息产品制造业的发展，取得了显著成就。由于青岛在信息产业和信息化方面的突出成绩①，青岛市被确定为国家电子信息产业基地，并先后被确定为电子商务、电子政务、企业基础信息交换、金卡工程RFID等方面的全国试点城市，其两大园区被命名为国家信息产业园。

专栏　青岛市信息化工作全面铺开

　　电子商务应用逐步推广。自1999年青岛市被列为国家首批电子商务试点城市以来，全市已有5000多家企业建立网站，并在全国率先实现了全市20多家大型超市、商场的网上交易，2008年网上交易额占交易支付比重的42%，近几年企业年均电子商务交易额达300多亿元，并呈继续快速增长势头。青岛海关率先在全国海关系统实现关区全部报单应用计算机处理。青岛金融系统普遍开办了网上银行业务、电子联行等业务，全面实现了各银行之间的联网通用与跨行交易②。

　　电子政务建设国内领先。青岛市通过建设高性能的政务专网和功能完善的电子政务核心系统，以集约化模式推进电子政务应用，走出了一条"低投入建设、

---

　①　吴胜武、沈斌：《信息化与工业化融合：从"中国制造"走向"中国智造"》，浙江大学出版社，2010。

　②　中华硕博网新闻中心——http：//news. china - b. com。

大规模应用，低成本运行、高水平服务"的电子政务发展之路，较好地改善了机关的办公条件，提高了机关工作效率和管理服务水平，实现了广泛的互联互通和多个领域的"一站式"服务。

信息服务业蓬勃发展，方兴未艾。一是加强了企业信息资源的开发利用，以建立企业基础信息交换平台为总体目标，立足于跨部门信息共享和政务协同，开展了企业基础信息共享和应用工程试点工作，并取得了显著成绩；完成了基础地理信息系统、基础地理信息数据库以及重点地区的三维地理信息数据库建设。二是积极推进"金卡工程"，在多个领域广泛应用非金融 IC 卡，取得了显著的经济效益和社会效益。三是城市便民信息服务系统日益完善，"数字奥运"配套工程"城市综合数字化服务亭"已实现了查询、费用代收代缴等功能，12319 热线呼叫中心等社区服务体系日臻完善。

（资料来源：人民网）

（三）以点带面，"示范"先行，重点突破，"两化"融合初现成效

示范园区、示范企业、示范项目、示范服务机构有序上线，充分发挥带动作用。青岛市成立了国家级信息化和工业化融合试验区领导小组，制定了青岛市国家级信息化和工业化融合试验区重点工作计划，进一步明确了"两化"融合示范园区、示范企业、示范项目和服务机构。经过筛选，选择城阳区作为"两化"融合示范园区；选择海尔、海信、青岛啤酒等作为示范企业；青岛高校信息产业有限公司、高信软件、山东东软系统集成有限公司等 10 家单位为"两化"融合示范服务机构；示范项目则选择已上线运行、取得较好综合效益的企业信息化建设项目，包括海信集团 CRM 建设项目、海尔集团支持大规模定制和即需即供模式的产品研发和制造信息化项目、澳柯玛电动科技有限公司 ORACLE ERP 在制造企业的示范应用项目等 20 个项目。

青岛市致力于把产业信息化与信息产业发展结合起来，把"两化"融合与技术改造结合起来，通过加大对企业的资金扶持力度，发挥政策优惠对企业的引导作用，建立企业信息化建设项目库①。青岛市不断充实完善"两化"融

---

① 青岛市信息产业局网站，青岛市人民政府相关文件。

合项目库,该项目库共有 101 个项目,总投资 79.6 亿元,预计新增产值 380.9 亿元。此外,围绕重点行业,将培育 25 个重点企业和 50 个重点项目作为示范;组织实施"两化"融合发展三年滚动计划,引导扶持"两化"融合项目顺利推进。

应用信息技术改造传统产业效果显著。近几年来,青岛市政府在企业信息化工程中投入资金达 2000 多万元,带动企业信息化建设投入达 3.5 亿元。主要工业行业及大型工业企业都建立了内部计算机管理系统,CAD、CAM 和自动控制系统在各工业部门得到了广泛的应用。通过信息化与工业化融合,实现了企业节能减耗;通过信息化技术(MIS、ERP、决策支持系统等)实施企业管理,降低了企业的运营成本,提高了管理的科学性和有效性[①]。

二 2010 年青岛市"两化"融合新进展

2010 年以来,青岛市"两化"融合工作认真贯彻落实国家工信部佛山会议精神,以"转方式、调结构"为契机,按照市委、市政府"环湾保护,拥湾发展"战略,围绕落实青岛市七大产业推进方案和新兴产业发展意见,选择重点行业,在企业、行业、区域三个层面加快国家级"两化"融合试验区建设步伐,以"两化"融合工作来提升传统产业、壮大支柱产业、发展新兴产业。

(一) 加大中小企业信息化扶持力度

2010 年,青岛市与电信运营商、阿里巴巴等合作建设和应用中小企业行业信息化公共服务平台,共同推进中小企业电子商务。2010 年,青岛·阿里巴巴中小企业电子商务工程启动,采取"政府扶持一点、企业拿一点、运营企业让利一点"的方式,政府两年扶持资金 500 万元,运营企业免费开展 200 场培训,培训 10000 家企业。同时,开展中小企业移动信息化"动力 100"[②] 专项活动,

---

① 吴胜武、沈斌:《信息化与工业化融合:从"中国制造"走向"中国智造"》,浙江大学出版社,2010。
② "动力 100"是中国移动面向集团客户推出的统一的业务标识。

可以使全市 2.3 万户中小企业享受到移动信息化所带来的方便快捷服务。

建设青岛市中小企业公共服务平台。依托青岛市中小企业信息网,服务机构逐步入住,将成为中小企业反映诉求、寻求帮助、获取信息、学习交流、提升综合素质,享受公益性或非营利性服务的主要渠道和场所。

(二) 积极推动物联网等重点项目的开展

2010 年青岛市政府工作报告提出"推动物联网和互联网结合,推广传感网应用"的要求,并将推动物联网发展列为重点工作任务。相关规划基本完成,在城市管理、智慧港口、智能交通、数字家庭、智能家电、数字化生产线等重点领域物联网应用与服务方面筛选了一批示范工程和项目,相关的产业链如 RFID 应用正在形成。

青岛市结合"环湾保护,拥湾发展"战略,实施老企业搬迁改造,提前规划谋划企业信息化建设。一方面,强化工业园区的信息化基础设施建设指导;另一方面,平度新河化工功能区、胶南董家口功能区、莱西姜山轻工业功能区充分考虑未来企业信息化建设需求,提前谋划信息化基础设施建设。

(三) 结合青岛自身特点,优先对重点行业、优势行业进行技术改造

2010 年,青岛市支持家电龙头企业、传统服装业、橡胶轮胎行业、食品饮料行业的技术改造和升级转型[1],支持建设一批面向本地产业集群、优势行业的中小企业信息化公共服务平台,探索家电企业、服装业个性化大规模定制的经营模式,橡胶轮胎产品全生命周期管理的经营模式,以及食品饮料行业协同电子商务平台等新兴经营模式或业态。同时加速推进产业升级和转型,带动产业集群发展。

(四) 为"两化"融合营造良好政策环境

主要集中在创造利用信息技术改造的技术开发费税前扣除政策和用于环保、节能等安全设备投资额的抵免政策等。青岛市充分发挥财政资金引导作用,强化

---

[1]　金江军:《八大国家级"两化"融合试验区建设情况述评》,赛迪顾问信息化咨询中心。

企业投资主体意识，鼓励企业、金融机构、其他投资主体加大对"两化融合"的资金投入。青岛市财政每年从信息产业专项资金中拿出一定比例的资金支持"两化"融合项目。有效整合、配置优化社会资源，体现第三方项目监理、第三方咨询服务、资金监管服务等中介机构的优势地位，充分发挥各行业协会在推进本行业"两化"融合中的作用。

三 青岛市推进"两化"融合的经验探索

（一）青岛市搭建推广"一个平台+四大工程"

政府在推进"两化"融合中占主导地位，同时要充分发挥各行业、企业的主体性作用。为了体现"高效、实用、前瞻、协同"的思想，青岛"两化"融合着力搭建"一个平台"，打造"四大工程"。

"一个平台"即"面向行业的信息化公共服务平台"。该平台借助大企业集团电子商务应用形成的良好环境与条件，推进重点行业业务协同公共服务平台建设，促进其上、下游中小企业电子商务的发展，建立通过电子商务整合资源的新型供销模式；不断完善信用服务、安全认证、网上支付、现代物流等支撑体系建设，推动B2B（企业对企业）和B2C（企业对消费者）电子商务的应用；建立产品数字化的公共服务平台，打造一批能开发出自主知识产权的开放型产、学、研结合的重点实验室。

"四大工程"建设包括基础环境工程、示范园区工程、现代服务业带动工程、中小企业信息化服务工程。基础环境工程重点建设3G网络、无线宽带网络，以及中美、中韩海底光缆出口信息网络，充分发挥首批RFID（射频识别）示范城市及国家信息产业基地的优势。示范园区主要是海尔和海信引领的电子信息产业园、青岛宏大纺机引领的纺织机械产业园、城阳区新材料产业园、市北区创意产业园、海西湾船舶产业集群。现代服务业重点发展服务外包、现代物流、信息服务、创意产业、现代商贸等。中小企业信息化服务工程将面向纺织服装、家电电子、纺织机械、汽车零部件等行业，建设包括采购、销售、零售、售后服务在内的专业化供应链服务平台，以及以电子商务和企业信息化共性技术服务为主要内容的中小企业信息化公共服务平台。

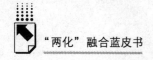

（二）"点、线、面、体"有机结合，充分发挥"示范模式"的带动作用

青岛市以示范企业为点，以示范服务机构为线，以示范园区为面，以示范项目为体，全面发挥示范机构（单位）的带动作用，集中力量在传统优势行业（家电电子、纺织服装、造船）和重点行业（石油化工、钢铁机械）进行突破，整合专家力量和行业先进经验，依托专业信息服务机构的技术支撑，在示范企业先行实施一批规模较大、水平较高、技术先进的示范项目，并探索"两化"融合的有效模式，总结有益经验，在取得一定实施效果和较好的实施效益后再逐步推广到其他企业。这样既可以在较短时间内取得若干较高水平的融合典范成果，又可以为接下来的大规模推广积累经验、提供借鉴、减少风险、节省成本，使"示范效应"的价值发挥到最大。

（三）大力建设"融合项目库"[①]

围绕示范企业和示范项目，青岛市建成了庞大的"两化"融合项目库。2010 年，项目库已达到 101 个项目，总投资已达 79.6 亿元。项目群中有 93 个是来自"两化"融合重点推进的家电电子、纺织服装、石化化工、食品饮料、汽车机车船舶、机械钢铁这六大行业，占到项目总数的 92%。

---

① 赛迪顾问在线，http://www.cciddata.com。

珠江三角洲"两化"融合试验进程分析

一　珠江三角洲"两化"融合基础条件

珠江三角洲位于广东省东南部、珠江下游，毗邻港澳，与东南亚地区隔海相望，海陆交通便利，地缘优势明显，是我国改革开放的先行区，也是目前我国经济最发达的地区之一。珠江三角洲经济区包括广州、深圳、珠海、佛山、江门、东莞、中山、惠州和肇庆共 9 个市，总人口 4230 万，土地总面积 41698 平方公里，其中建设用地（包括城市建设用地、建制镇建设用地和村庄建设用地）面积 6640 平方公里①。

（一）珠江三角洲地区拥有雄厚的工业基础

珠江三角洲地区工业总产值的增长以 1990 年为界发生了明显的变化，工业化进程呈现两个发展阶段。1979～1990 年为第一阶段，工业总产值的增长较慢；1990 年以后，珠江三角洲地区工业化进入第二阶段，高新技术产业的发展使工业总产值迅猛增长。珠江三角洲工业基地是我国重要的轻工业基地。到 2010 年，珠江三角洲地区已经形成了以轻工业为主、重化工业较发达、工业门类较多、产品竞争能力较强的工业体系。家用电器、消费类电子、纺织服装、食品饮料、医药、玩具、手表、自行车、多种日用小商品等轻工业均居全国前列。尤其是电子工业的产值占全国 20%，已成为全国重要的新兴电子工业基地，成为全球电子工业品的最大出口基地之一。

（二）珠江三角洲信息产业与信息化水平全国领先

珠江三角洲较高的信息产业与信息化发展水平为"两化"融合工作的开展

---

① 百度百科，http://baike.baidu.com/view/33354.htmJHJ2。

奠定了坚实的基础。2009 年，珠三角地区正式被工业和信息化部确定为国家级信息化和工业化融合试验区，自此，珠江三角洲地区"两化"融合工作全面展开，各地市结合自身特点开拓创新、突出重点，扎实推进信息化与工业化融合工作，并取得了初步成效。

珠三角地区是电子信息产品加工密集地区，东岸是以深圳、东莞、惠州为主的电子信息产品产业群，西岸是以广州、佛山、江门、珠海为主的电器产品产业群。这些以高科技为核心的新兴产业在珠三角的产业转型升级、加快经济发展方式转变中扮演了重要角色。

近年来，广东省政府统一部署工作方案，成立了专门的领导机构，重点项目分层、有序展开。广东省部署落实推进珠江三角洲地区国家级信息化和工业化融合试验区建设的具体任务和工作措施。积极推动龙头企业做大做强产业链，发挥引领行业发展的带动作用。2009 年 10 月，广东省经济和信息化委员会正式挂牌成立，专门负责珠三角地区国家级"两化"融合试验区的建设、领导工作①。2009~2010 年又着力部署实施了一批支撑"两化"融合发展的建设项目、公共技术服务平台和产业园区，如产品研发和制造公共服务平台、物流相关信息服务与电子商务平台、节能环保与质量检测平台、广州科学城现代信息服务业发展专区等。珠三角地区"两化"融合的特点是先行先试，构建"两化"融合创新中心；具体推进策略分为按区域、行业、企业三个层次，分领域开展示范工程；强调提升企业的自主创新能力，注重培育"两化"融合新兴产业，重视发展电子商务和物联网。促进信息化与工业化相融合，建设以珠江三角洲地区为中心的南方物流信息交换中枢，进一步确立了珠江三角洲地区的国际电子商务中心地位。

二 2010 年珠江三角洲"两化"融合新进展

珠三角地区"两化"融合的主要任务是运用信息技术改造传统产业、发展"两化"融合产生的新兴产业、推进信息技术在节能减排中的应用、发挥信息化对技术创新的支撑作用、深化信息技术在服务业中的应用等。

2010 年 5 月，工信部促进"两化"融合工作小组发布了《国家两化融合试

---

① 金江军：《八大国家级"两化"融合试验区建设情况述评》，赛迪顾问信息化咨询中心。

验区工作报告》，对 2009 年全国 8 个"两化"融合试验区的工作进行了全面总结。2010 年，珠三角地区积极落实《珠江三角洲地区改革发展规划纲要（2008～2020 年)》提出的构建现代产业体系的要求，重点推进信息化与工业化融合。珠江三角洲国家级"两化"融合试验区按照《信息化和工业化融合试验区 2010 年重点工作指导计划》和《珠江三角洲地区国家级信息化和工业化融合试验区实施方案》（以下简称《实施方案》）确定的各项任务开展工作，进展基本顺利。

（一）自主创新能力进一步增强，产业转型升级加快

2010 年上半年，珠江三角洲地区新增 3 个企业国家重点实验室，新认定 21 个省级工程中心、85 个省级企业技术中心。专利申请量和授权量分别为 17288 件和 5709 件，均居全国首位，先进工业机器人和数控装备等重点领域取得一系列自主知识产权。区域创新体系进一步完善，其中深圳推进核心技术产业化率先建成创新型城市。

在金融危机冲击中，珠三角三大传统产业（食品、服装、家电）经受住了考验，工业增加值增速高于工业平均增速。工业生产在 2009 年同期较低基数上较快增长，对经济增长拉动力增强。2010 年上半年，广东省规模以上工业实现增加值 8749.37 亿元，同比增长 17.9%，现代产业发展较快，比重上升。高技术制造业和先进制造业增加值增速分别为 21.2% 和 19.9%，均高于全行业平均增速，高技术产业和先进制造业占规模以上工业增加值的比重由 2009 年的 66.1% 上升到 2010 年上半年的 67.5%，提高 1.4 个百分点。上半年服务业增加值 8685.54 亿元，增长 8.0%，服务业占 GDP 比重 44.2%，已成为拉动经济增长的主导力量。

（二）深化信息技术应用，促进产业转型升级

2010 年，珠江三角洲地区深化信息技术在机床、汽车、船舶、重型机械设备、家电等产品开发、设计与创新上的渗透融合，提高产品信息技术含量和附加值，增强了企业的竞争力。同时，推进生产装备与过程的信息化和自动化，推广综合集成制造、敏捷制造、柔性制造、精密制造等先进制造技术，推进现代装备制造业发展。利用信息化手段，加强对高耗能高污染行业的能源资源消耗和污染排放联网的监测。重点针对冶金、电力、石化、建材、造纸等高污染行业开展生

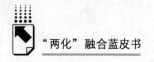

产工艺流程信息技术改造，减少污染物排放。加强信息化在节能环保行业的准入、管理和行政执法监督等方面的应用。

专栏 珠江三角洲深化信息技术行业应用

广州本田利用信息技术完善生产管理和下游零配件供应的"即时送达"（JIT），实现了低零配件库存的生产模式，在原有生产场地不变的基础上，广汽本田产销量从 2008 年 1~6 月的 10.97 万辆提升至 2010 年 1~6 月的 18.15 万辆，同比增长 65%；广船国际的灵便性液货船占领国内市场半壁江山；广州数控通过信息技术的应用，其 GSK 系列数控产品成为国内行业第一品牌；科达机电陶瓷机械占领国内 80% 市场，成为亚洲第一、世界第二的行业龙头。

在企业生产技术模式提升方面，佛山维尚公司采用"定制化"柔性生产技术模式后，公司日产能力较之前增长了 6~8 倍，交货周期从 30 天缩短到 10 天左右，其劳动生产率达到了同行业的 60 倍以上，为企业的跨越式发展奠定了坚实的技术基础。

在节能降耗、清洁生产方面，佛山新明珠集团在传统的陶瓷行业中，利用信息技术实施重大耗能设备的智能控制改造，通过多生产线对多产品品种的生产方式创新，成功地实现了陶瓷产品低废品率，从而提高了生产线转产品种的节能水平。在佛山地区陶瓷企业从数百家压缩到 20 多家时，由于其节能降耗和清洁生产的水平达到了严格的标准而被保留了下来，产品也畅销全国。

（资料来源：广东省政府网站）

（三）谋划和推进"两化"融合重大工程项目

一是实施新兴产业培育工程。围绕当地优势产业领域，重点扩展汽车电子产业规模。发展特色基础制造装备技术，重点发展高档数控系统和关键功能部件的核心技术及批量制造技术。发展船舶电子产业高端领域，优化升级船舶电子产业结构。加快发展计算机产业链上游环节，提升产品制造配套供应能力。发展基于新一代宽带无线移动通信和三网融合的新兴产业，推动高端增值业务和各种创新应用业务。加快提升 3G 通信设备的本地配套比例。发展面向生产制造的高端现代信息服务业。积极发展航空电子产业。

二是实施 2010 年"两化"融合"4 个 100"示范工程。在现代信息服务业专项资金中设立"两化"融合专题,力图培植行业信息化应用标杆企业。2010 年度的"4 个 100"示范工程在传统产业数字化改造、装备制造数字化、应用信息技术实现清洁生产和节能降耗四个方面评选出示范企业共 100 家。通过示范企业,确立行业标杆,带动各行业"两化"融合工作的推广。

三是实施"物联网"工程。2010 年 8 月,广东省完成《关于加快我省物联网发展建设智慧广东的实施意见》(征求意见稿),积极推动南方物流公共信息平台建设,《南方物流公共服务平台建设方案》也已进入实施阶段。加快推进 RFID 的大规模应用,通过 RFID 技术应用将信息技术渗透到工业化的各个方面,粤港 RFID 技术交流进一步扩大试点范围。2010 年 1 月,广东省成立了全国首个地方性的无线射频(RFID)标准化技术委员会,为其未来物联网的发展打下坚实的基础。

四是大力发展电子商务。2010 年,广州继续深化与阿里巴巴合作,并于 7 月成功举办了第四届中国网货交易会。深圳市被国家批准为创建国家电子商务示范城市、佛山市乐从镇被工信部授予国家级电子商务试点。完成《乐从电子商务"十二五"发展规划》初稿的编制工作。

(四) 建立信息化与工业化融合创新中心

在推进"两化"融合的工作中,企业的自主创新能力十分重要,这是实现企业生产方式转变、促进产业优化升级、提高产业链协同竞争能力的根本途径。因此,珠三角地区积极打造信息技术服务体系以及完善制造业信息化服务,培养推进产业发展的服务支撑能力,支撑中小企业公共信息技术应用需求,组织"两化"融合重点项目研发和建设。

三 珠江三角洲推进"两化"融合的经验探索

(一) 加强指导,制定"两化"融合政策文件并推进落实

一是出台《推进信息化和工业化融合(2010～2012 年)行动计划》,从企

业、行业、区域三个层面着力，以示范带动为手段，指导各行业、各领域推动信息技术的不断渗透和融合。要求各地市在企业、区域和行业三个层面的"两化"融合和新兴产业培植方面下大力气，力争完成对试验区典型案例的经验总结和提炼工作，推进珠江三角洲地区信息化和工业化融合的纵深发展。二是研究编制以"两化"融合为重点的《广东省国民经济和社会信息化"十二五"专项规划》。规划以"两化"融合为工作重点，准确把握信息技术发展趋势，力图兼具前瞻性和可操作性，以达到指导广东省"两化"融合长远发展的目的。

（二）加强对各级部门、地方企业的"两化"融合培训

一是加强对政府有关职能部门及地市信息化主管部门领导干部的培训与指导，加强地方优势产业的调整和升级，促进区域经济发展方式转变。二是加强对企业的培训，营造"两化"融合的良好氛围，覆盖整个工业企业。由各地"4 个100"工程示范企业进行经验分享，发挥示范推广作用，大大加快了信息技术的转移和扩散。

（三）加强财政扶持力度，积极争取各方支持

一是整合现有资源。2010 年，广东省经信委在现代信息服务业专项资金中设立"两化"融合专项资金，大力扶持"两化"融合"4 个100"示范工程。将现有的技术改造、技术创新、中小企业和商贸流通等专项资金中针对"两化"融合的项目单列出来，给予一定的支持或政策性倾斜，形成项目成果共享的局面。二是争取部门和地方支持。积极争取国家有关部门、省有关部门的资金支持，组织广东省"4 个100"示范工程企业申报国家重点项目及省直相关项目。调动地方及企业的积极性，促进珠三角各地市合理配置"两化"融合资金扶持。

（四）找准"两化"融合切入点、推动产业转型升级

一是抓"两化"融合创新关键共性信息技术突破。广东省着重推进产品开发、设计与创新的信息化，深化信息技术在机床、汽车、船舶、重型机械设备、家电等产品上的渗透融合，提高产品信息技术含量和附加值，增强企业的竞争力。同时大力推进生产装备与过程的信息化和自动化。推广综合集成制造、敏捷制造、柔性制造、精密制造等先进制造技术，推进现代装备制造业发展。

二是发展"两化"融合新兴产业,促进产业高级化发展。加快推进数字家庭行动计划,促进智能网络化电子产品、移动消费电子产品、数字音视频内容传输关联设备等数字家庭产业发展。突出发展汽车电子、医疗电子、机床电子、娱乐玩具电子、船舶电子等新型优势产业,以及以太阳能光伏发电、半导体照明等为代表的绿色能源产业。

三是利用信息化手段促进传统产业整合和产业集群的优化升级,大力扶持公共服务平台的建设。以各类信息技术服务平台建设为重点,提高企业的生产能力和物流效率,提高企业的业务管理能力和参与国际市场竞争的能力。2010 年,利用现代信息服务业专项扶持资金,重点扶持广东省优势产业集群和中小企业的现代信息服务业公共服务平台,有效地支撑了高端产业和传统产业发展。同时,针对非珠江三角洲地区正积极承接珠三角的转移产业,构建了提升区域产业水平的公共服务平台,有效提升转移产业和当地优势产业的核心竞争力。

四是深化信息技术在现代服务业中的应用,促进工业化发展。大力发展涵盖信息传输服务、数字内容服务和信息技术服务的现代信息服务业。支持电子商务、空间地理信息、网络增值、数字媒体内容等现代信息服务业创新项目建设,"招央企、引院所",加强与国际著名公司合作,带动社会投资约 100 亿元,大力促进现代信息服务业发展。

B.39

呼包鄂乌地区"两化"融合试验进程分析

一 呼包鄂乌地区"两化"融合基础条件

呼包鄂乌地区是内蒙古自治区经济发展速度最快、综合经济实力最强和最具发展活力的区域,也是我国北方非常重要的产业密集区。该地区不但工业化水平较高、特色优势产业发展强劲,而且自然资源富集、区位优势明显、科技与教育资源集中,许多企业的信息化已经具备一定基础。

2008 年 11 月,呼包鄂地区成为工业和信息化部批准的第一个国家级"两化"融合试验区。2009 年 2 月,增加乌海市为国家级"两化"融合创新试验区。在呼包鄂乌地区建设"两化"融合试验区,有利于探索不同于东南沿海经济发达地区的"两化"融合推进道路,有利于总结、提炼出适用于欠发达地区的"两化"融合推进经验。

(一)依托当地资源,发展特色工业

呼包鄂乌地区是国家重要的能源重化工和纺织基地。羊绒年产量占全国产量的 1/2,占全世界产量的 1/3,煤炭储量占全国的 1/6,天然气探明储量占全国的 1/3,白云鄂博稀土总储量约占世界已探明储量的 1/2 以上。呼包鄂乌地区工业门类较为齐全,特色产业发展强劲,形成了能源、化工、冶金、装备制造、农畜产品加工和高新技术六大主导产业,四地之间还具有互补互动和协调发展的有利条件。在《国家主体功能区规划》中,对呼包鄂给出了全国重要的能源化工基地、农畜产品加工基地、稀土高新技术产业和北方重要的冶金、装备制造业基地的功能定位。

依托资源而不依赖资源,正是呼包鄂乌四市持续快速发展的秘诀。如今,这里的煤炭转化率已经达到 50%,煤化工、煤制油、天然气化工、氯碱化工等优势特色产业链正在形成。在西部大开发期间,结合资源禀赋优势,内蒙古积极进

286

行产业结构的战略调整，确立了能源、冶金、化工、农畜产品加工、装备制造、高新技术六大产业为优势特色产业，六大优势产业对全区经济的贡献超过60%。同时，呼包鄂乌四市之间在相互竞争的同时，互补性、依赖性也越来越强。2009年，面对国际金融危机的冲击，呼包鄂乌四市企业抱团取暖，如包钢与鄂尔多斯市的硅铁、工业硅企业之间存在产品互为上下游的关系，就采取"易货贸易"的方式解决资金困难，取得了良好效果。

（二）企业信息化进程加速

近年来，内蒙古自治区结合信息化建设和信息产业发展的实际，制定了一系列指导内蒙古信息化建设和信息产业发展的规范性文件。出台了《内蒙古党委、政府关于大力推进信息化的决定》，并制定了《内蒙古自治区信息化"十一五"专项规划》、《内蒙古自治区信息化领导小组关于贯彻落实〈2006～2020国家信息化发展战略〉的实施意见》、《内蒙古自治区推进信息化和工业化融合指导意见》、《呼包鄂地区推进信息化和工业化融合创新试验区实施意见》等规范性文件。

随着呼包鄂乌四市新型工业化进程的加快推进，信息化与工业化融合进度明显加快，大型企业带动、中小企业跟进的全区企业信息化格局在试验区正逐步形成，特别是大型龙头企业成效显著。一是中小企业互联网应用普及率达到了30%以上，规模以上企业普及率达到了90%。二是信息技术对产业的改造提升有明显成效。在装备制造、冶金、绒纺、稀土、电力、电子、化工、建材、乳业、制药等行业中，计算机辅助设计、计算机辅助制造、计算机辅助工艺计划、计算机辅助工程、产品生命周期管理等应用率达到了60%。三是企业管理信息化水平显著提高。规模以上企业财务管理系统应用率达到了90%，供应链管理系统/客户关系管理系统应用率达到了40%，企业制造源计划系统、企业资源计划系统的应用率达到了30%。四是50%的中小企业具有不同程度的信息化应用。这些为"两化"融合的进一步发展奠定了坚实的基础。

二　2010年呼包鄂乌地区"两化"融合新进展

为了贯彻党的"十七大"关于"两化融合"的精神，2008年，工信部批准

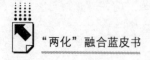
呼包鄂地区为国家首个"两化"融合试验区。2009年3月23日,在呼和浩特新城区鸿盛工业园设立"呼包鄂地区国家信息化和工业化融合创新实验基地",目前该区在"两化"融合上已经取得了一些喜人的成果。

(一) 高科技项目纷纷落户

从实验基地挂牌以来,经过半年时间的大力协调和招商引资,目前基地已引进签约或正在签约的企业和项目近20家(项)。其中"三网融合"呼和浩特示范基地项目、F-12高强有机纤维产业化项目、通信级塑料光纤科研项目、广东亚仿集团公司、中网福通信息股份有限公司、内蒙古大宗畜牧商品交易所、内蒙古京蒙碳纳米材料高科技有限责任公司、内蒙古工大博远风电装备制造有限公司等项目均为国内或区内领先的高科技项目。

(二) 政企合作密切,产学研进一步结合

2010年7月12日,自治区经济和信息化委员会与用友软件股份有限公司在包头市签署"两化融合战略合作协议"。用友软件公司将进一步加大对呼包鄂地区的投入,并在引导企业自主创新、战略规划发展、核心竞争力提升等方面提供帮助。

呼包鄂乌地区政府、企业、学校、研究所积极合作共同推进"两化"融合。新城区积极开展专项招商引资,与北京理工大学、内蒙古工业大学和呼和浩特市荣联房地产开发有限责任公司签订协议,在新城区鸿盛工业园区建设内蒙古创意软件基地。

(三) "两化"融合惠及民生

作为试验区"六大工程"之一的"信息化便民服务一体化工程"顺利开通。此项工程能安全、便捷地完成各种消费程序并及时准确地进行结算,同时让消费者在消费中实现消费收益。同时,在"一卡通"刷卡消费过程中,利用信息化手段把分散的消费信息数据资料收集整合起来,形成统一管理的、具有开发价值的消费信息资源,实现信息资源的增值收益,将无形消费市场资源变成全社会的宝贵财富。

(四) 加快推进煤炭行业信息化系统建设

为全面提升全区煤炭行业整体管理与服务水平,推动煤炭行业的数字化、精

细化、智能化进程，呼包鄂乌试验区将煤炭行业信息化作为"两化融合"的一项重要内容来抓，以求典型示范，全面推进"两化融合"的广度与深度。2009年出台了《鄂尔多斯市煤炭业务管理信息化项目规划实施方案》，经过前期的大量工作，项目全面启动实施，投资5000万元，已初步完成系统硬件采购、软件开发集成，以及首批信息化工作人员业务培训等任务。2010年工程项目顺利推进，一期工程任务，即 GIS 基础平台开发、计划煤矿资源管理开发和安全监控查询分析开发等项目预计将全面显现典型示范效应。

（五）努力打造物流信息化试点示范基地

重点扶持且总投资达33亿元的企业重点服务项目"鄂尔多斯物流信息港"于2010年正式开工建设。2010年物流信息港已获批为国家物流信息化典型和试点示范基地之一，各项建设工作正在顺利进行。物流信息港计划建设物流信息管理平台、物流资源整合中心、"公路港"运营中心、"一站式"商务中心、司机及配套服务区等五大核心区域，将建成集行业管理、资源整合、信息交易、仓储运输、零担快运、分拨配送、展示展销、物流商务、配套服务等诸多功能于一体的日均30000人的区域性物流信息港，将极大推进鄂尔多斯物流产业信息化、网络化、智能化、集约化发展。

三 呼包鄂乌地区推进"两化"融合的经验探索

（一）坚持政府推动，运营商支撑，企业主导，IT 服务企业提供技术支持的原则

自治区经济和信息化委员会做好政策引导，规范市场，着力营造良好的企业信息化发展环境。调动运营商的积极性，由运营商搭建平台，提供网络支持、技术支持。充分发挥市场在资源配置中的基础性作用，突出企业作为信息化的主体地位。鼓励社会第三方力量发挥其技术、人才、网络等优势参与到中小企业信息化建设当中来。通过在全区范围开展培训、参观、经验交流、论坛活动，提高全区中小企业对信息化的认识。搭建中小企业信息化服务平台，通过统一的系统平台和服务界面，为中小企业提供标准化的产品、服务和一揽子信息化解决方案。

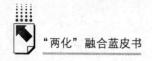

（二）因地制宜，分类指导，抓好试点，宣传推广中小企业信息化成功案例

及时总结经验和成功做法，以点带面，点面结合，发挥典型引路作用。按照以上工作思路，分别在呼伦贝尔、通辽、巴彦淖尔三市先行试点，重点建设区域中小企业信息化统一应用平台，并逐步建立和完善有效的运行机制，为全区中小企业信息化建设提供了经验。2010年，试点地区信息化统一平台运行良好，有近3000家中小企业享受到了信息化成果。

（三）打造呼包鄂乌"两化"融合"六大工程"和"九大平台"

更进一步，呼包鄂乌地区"两化"融合工作将从以下六个方面着手：一是深入不同类型的企业进行专业调研，帮助企业编制"两化"融合建设方案，并对其进行分类指导；二是积极做好"两化"融合的"六大工程"和"九大平台"的调研工作（详见专栏），同时围绕"两化"融合的具体项目进行筛选和确定，储备一批有影响、可推广、具有示范作用的建设项目；三是组建"两化"融合专家咨询组，对呼包鄂乌地区"两化"融合建设及政策、技术、方案等方面的工作进行推进、论证和指导；四是积极协调各级政府"两化"融合配套资金的落实，联合多部门制定、出台相应的指导性政策；五是按照工业和信息化部的工作安排及内蒙古自治区"两化"融合实施方案和要求，进一步做好三年工作任务的分解和前期准备工作；六是针对呼包鄂乌地区的50家龙头支柱企业"两化"融合示范企业和100家规模以上企业，开展调研，摸索制定企业的生产标准及建设模式。

专栏　呼包鄂乌地区"两化"融合"六大工程"与"九大平台"建设

六大工程

龙头企业信息化示范工程。以呼包鄂乌重点企业为基础，选择50家左右支柱产业中的龙头企业，全方位应用信息技术，起到示范和拉动作用。

规模以上企业信息化达标工程。在呼包鄂及乌海地区选择100家规模以上企业，重点推动企业运用信息技术提高产品设计和开发的能力。

中小型企业信息化普及工程。全部中小型企业互联网应用普及率达到80%

以上，规模以上中小企业普及率达 100%；生产过程的管理、财务、营销电子化比率达 40% 以上；电子商务应用水平有较大提高。

信息化基础设施覆盖工程。针对呼包鄂及乌海地区基础电信网络覆盖率不高的实际，使信息化基础设施建设能够满足信息化与工业化融合的需要。

信息化普及培训工程。采取多种方式，加快信息化人才培养。强化政府推动，学校、社会力量共同参与，企业自主培训的良性互动机制。

内蒙古消费信息资源开发工程。建设以开发消费信息资源为基础，服务民生、构建诚信体系为目标的消费信息资源数据库工程。

九大平台

中小企业信息化服务平台。建设中小企业信息化服务平台，逐步实现利用互联网逐步开展网上客户服务和网上贸易洽谈等商务活动。

电子商务服务平台。加快建立电子商务服务平台，重点推动企业对个人、个人对个人、企业对企业的电子商务。

技术创新服务平台。充分利用大专院校、科研院所、科技、专利等部门的资源，建立技术创新服务平台，推动技术创新及其成果的扩散和传播。

物流信息公共服务平台。加快建设具有高速、安全、可靠、便捷管理的物流信息公共服务平台，完成物流信息数据业务及其他业务的统一承载和传输。

企业诚信体系服务平台。为保障金融安全和市场经济活动的正常有序，加快建设自治区企业诚信体系。

乳业生产安全管理服务平台。建设乳业安全管理服务平台，利用 RFID 无线射频识别技术建立奶牛耳标档案数据库，对全过程进行管理。

网络安全服务平台。积极推动由电信运营商和专业的网络安全服务商紧密结合，建设信息网络安全服务平台，为企业提供信息网络安全全方位的专业服务。

节能减排和安全生产服务平台。推进冶金、电力、建材、重化工等高耗能行业普遍应用信息技术建立生产过程信息化管理系统、环境监测和污染排放监控监测系统。

消费信息综合服务平台。通过平台，实现消费信息的集中，把握市场的消费能力及消费趋向，为各生产、服务企业提供市场供求信息。

（资料来源：内蒙古自治区政府网站）

B.40
唐山暨曹妃甸"两化"融合试验进程分析

一 唐山暨曹妃甸"两化"融合基础条件

唐山地处环渤海湾中心地带，现辖 2 市 6 县 6 区和两个国有农场，总面积 13472 平方千米，人口 710 万。唐山市是中国特大城市之一，是中国重要煤炭产地，是一座具有百年历史的沿海重工业城市。唐山市是中国近代工业发祥地之一，被誉为"中国近代工业的摇篮"和"北方瓷都"。曹妃甸位于唐山南部沿海，拥有得天独厚的区位优势，产业发展支撑牢固：曹妃甸水资源可供量相对充裕；建设用地较充足，产业的区域配套能力较强，适合大规模、高密度发展现代重化工业；人力资源丰富，尤其是从事机械加工、装备制造等方面的技术工人数量大、水平高，京津的巨大人才储备和强大的研发能力也为曹妃甸开发建设提供了有力的人才、技术支撑①。

（一）工业基础雄厚，新区建设再次促发工业活力

2005 年初，国家发改委正式批复《关于首钢实施搬迁、结构调整和环境治理的方案》，首钢正式落户曹妃甸；2005 年 10 月，曹妃甸工业区被列为国家第一批发展循环经济试点产业园区；2006 年 3 月，被列入国家"十一五"发展规划；2009 年，唐山暨曹妃甸地区被正式列入国家信息化和工业化"两化"融合试验区。

百年积淀，工业基础牢固。唐山市是一个重工业的城市，被誉为中国近代工业的摇篮。其矿产资源丰富，工业历史悠久，是全国焦煤的主要产区和全国三大钢铁原料基地之一。经过一百多年的发展，唐山已成为全国重要的能源、原材料工业基地，形成了以煤炭、钢铁、电力、建材、机械、化工、陶瓷为主的支柱产

---

① 《唐山曹妃甸工业区简介》，http：//www.china.com.cn/city/zhuanti/07hb/2007 - 06/20/content_ 8415046.htm。

业，机电一体化、电子信息、生物工程、新材料四个高新技术产业群体扎实起步。开滦（集团）有限责任公司、唐山钢铁集团有限责任公司、唐山发电总厂、冀东水泥集团有限责任公司、唐山陶瓷集团有限公司、惠达陶瓷集团、南堡盐场、唐山三友碱业集团等大型企业集团，在全国同行业中占有重要地位。对外开放初步形成了全方位、多层次、宽领域的格局。2008 年，唐山市跻身全国 GDP 3000 亿元城市俱乐部；2009 年，实现 GDP 3781 亿元，同比增长 11.3%，在全国城市中排在第 18 位，在地级市中排第 4 位。

曹妃甸工业区建设拉抬唐山市乃至环渤海湾工业发展的高度。曹妃甸工业区的定位是以建设国家科学发展示范区为统揽，逐步把曹妃甸建成我国北方国际性能源、原材料主要集疏大港，世界级重化工业基地，国家商业性能源储备和调配中心，国家循环经济示范区。其产业发展方向是利用国内国际两种资源及两个市场，逐步建立以精品钢材、装备制造、精细化工、现代物流四大产业为主导，电力、海水淡化、建材、环保等关联产业循环配套，信息、金融、商贸、旅游等现代服务业协调发展的循环经济型产业体系。经过几年的规划和发展，工业区建设成果喜人①。

专栏　曹妃甸工业区蓬勃发展

大型项目纷纷落地。从 2005 年起，唐山曹妃甸正式拉开大规模开发建设序幕，大量高科技产业聚集。2009 年，唐山曹妃甸新区完成固定资产投资近 1100 亿元，仅 2010 年 3 月就集中开工了 800 余亿元的项目。2010 年上半年，曹妃甸新区累计开工重点项目已达 160 项，总投资 1384.7 亿元，为保障全年完成 1500 亿元投资奠定了坚实基础。2020 年前的 15 年左右唐山曹妃甸新区计划完成开发建设总投资将达到 20000 亿元。由于投资的拉动，初步测算，2010 年唐山曹妃甸新区国内生产总值可达到 1500 亿元，财政收入可达到 150 亿元。

工业基础设施日臻完善。25 万吨级矿石码头、煤炭码头与 30 万吨原油码头都已投入使用；通岛 1 号路、青曹公路、迁曹铁路、唐曹高速公路、司曹铁路陆续竣工通车，滦曹公路、滨海大道正在加紧建设，区域大的路网格局初步形成；供水工程已成功通水，预计近期年供水能力达到 8200 万吨，远期达到 1.8 亿吨；

---

① 《曹妃甸新区基本情况》，http：//news. sohu. com/20100814/n274209613. shtml。

供电工程一期 110 千伏线路 2005 年 7 月开始供电，二期 220 千伏变电站 2007 年底竣工；通信工程移动和固定通讯信号已覆盖全区，宽带光纤网、互联网业务进入企业和百姓家庭；造地工程和土地整理大规模展开，具备了大规模开发建设条件。

产业聚集步伐加快。首钢京唐钢铁厂项目 2007 年 3 月 12 日正式开工建设，目前一期一步工程已全线试生产，一期二步工程正在加紧建设，已形成 970 万吨钢生产能力；华润曹妃甸电厂 2×30 万千瓦机组项目已经并网发电。中国石油渤海湾生产支持基地、文丰板材精深加工、华电临港重工装备制造、冀东哈电风力发电、恒基伟业、豪华游艇、电动汽车、锂电池等一批产业项目陆续开工建设。同时，谋划了原油储备基地、玻璃建材、燃煤发电供热、海洋工程装备、大型炼化等一批重大产业项目，总投资超过 2000 亿元。

（资料来源：人民网）

（二）唐山市县域经济信息化扎实推进

2010 年来，唐山市信息化取得初步进展。2007 年，全市拥有通信光缆长度 2.9 万皮长公里，城域网出口带宽达到 69.6GB；电话机交换容量达到 475 万门，固定电话用户 215.84 万户，移动电话用户 455 万户；互联网用户 43.47 万户；有线电视用户 85.16 万户，其中数字电视用户 8.2 万户[①]。

2007 年，唐山市建成中国养殖商务网、中国农业经济信息网等县域经济特色网站，通过广泛开展网上技术服务和市场信息发布。以"农村经济信息村村通"工程为载体，整合涉农信息资源，利用村村通信息站（点）实现了进村到户。2007 年，在全市建成乡村信息站（点）1732 个，其中，临时站（点）700 个，吸引社会资金 2000 万元，初步形成涉农信息进村入户的服务链。2007 年通过信息站（点）发布农经信息 10 万余条，聘请农业专家现场讲课 150 场次，培训农民 6000 余人，转移农村剩余劳动力 3000 余人，为农民提供优良种子 170 多万斤，优质化肥 1000 多吨，团销农产品 1000 多万斤，建设便民电信综合收费站 800 多个。初步形成了一个涉农信息进村入户的服务链，使广大农民从中得到实惠。

---

① 闫贵娟：《唐山市县域经济信息化建设中的问题与发展对策》，《科学大众》2009 年第 6 期。

政府门户网站"唐山公众信息网"于 2007 年进行了全面设计与改版，以市政府网站为主体，以县（市）区政府和市直部门网站为延伸，形成了"树"形网站群。目前，有 15 个县（市）区政府（管委会）、30 多家市政府部门、150 多家单位建立了统一的办公网络，并在此基础上建立了政务信息资源库。以"12 金"为代表的电子政务应用体系建设加快，积极推进"百件实事网上办"活动，逐步扩大政府门户网站上公开服务的事项和内容，实现动态数据查询服务和在线服务办理。

二 2010 年唐山暨曹妃甸"两化"融合新进展

（一）以重点项目和龙头企业为突破口，"两化"融合效果显著

重点项目和龙头企业的"两化"融合取得积极效果。唐山市在"重点项目引路，主导行业龙头企业融合示范带动"的思路下，大力抓五个重点项目和五个主导产业龙头企业的"两化"融合渗透项目。唐山市首批确定了高速动车组供应链管理体系建设、开滦集团煤矿井下重大事故危险源识别检测及灾变预测预警、唐山北方（国际）钢铁电子交易中心、唐山市中小企业信息化公共服务平台、工业软件应用与产业化示范园区五个重点起步项目。在钢铁、装备制造、化工、建材、煤炭五大主导行业中挑选了首钢京唐、唐钢股份公司、三友集团、冀东水泥集团、开滦集团等龙头企业推进"两化"融合。

（二）工业数字化提升工程向纵深发展

2010 年，试验区工业数字化工程稳步推进。一是培育和筛选了一批"两化"融合重点企业，成功争取唐钢等 24 个企业列为省级百家"两化"融合重点企业；二是面向各县（市）区，征集 19 个重点项目，"两化"融合试验区覆盖面不断拓展，发挥重点企业和示范项目的引导示范作用；三是编制钢铁企业在线能源管控试点方案，抓好能源管理中心建设，促进工业动态仿真技术的推广应用；四是组织开展消费品行业"两化"融合调查工作，摸清消费品行业"两化"融合情况；五是组织开展物流信息化典型发现和试点工作，共确立省级试点示范项目 8 个，其中 2 个被列为国家级示范项目。

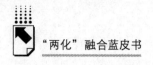

（三）基于光网络的三网融合试验示范项目逐步实施

2010年，融合试验区探索出了以曹妃甸工业区为代表的新建区模式。在政府指导下，通过集成服务平台建设，为各运营商、服务商提供平等的接入服务。用户可自由订制和选择电视、电话、宽带网络等业务。广电、电信运营商可以专注于服务内容和质量的改进；促进、建立"面向服务"的业务融合，让三网融合的成果"送惠于民"。建设国内第一个地区性"全光网络"。由政府引导，企业化管理，统筹规划、共建共享，实现曹妃甸工业区通信管网资源整合，将极大地减少基础建设投入，并简化网络管理，降低维护成本。加快国家标准申报工作。加强在规模化应用中的关键技术攻关，尽快形成示范规模。全面推进三网融合核心设备的研发和产业化。依托研发中心，在建设曹妃甸模式的三网融合试点中充分利用示范项目，加大科技攻关力度，努力攻克一批三网融合需要的核心技术，研发出一批具备自有知识产权的三网融合核心设备与核心平台。

（四）社会领域信息化工作全面展开

试验区在2010年编制了《"十二五"期间唐山市国民经济和社会发展信息化专项规划》，同时起草《"数字唐山"规划》；推广完善市民卡工程项目，筹划市级的数据中心和交换平台、数字唐山信息亭项目，推进无边界数字化健康服务平台建设。此外，试验区节能减排监控信息化支撑平台，以及城乡一体化服务管理信息系统得到进一步完善。

三　唐山暨曹妃甸推进"两化"融合的经验探索

（一）不同层面推进"两化"融合

唐山市在重点项目、重点行业的龙头企业、核心区域率先推进"两化"融合。首批重点项目有高速动车组供应链管理体系建设、开滦集团煤矿井下重大事故危险源识别检测及灾变预测预警、唐山北方（国际）钢铁电子交易中心、唐山市中小企业信息化公共服务平台、工业软件应用与产业化示范园区。在钢铁、装备制造、化工、建材、煤炭五大主导行业中挑选龙头企业推进"两化"融合。

在钢铁行业挑选了首钢京唐现代企业运营模式信息化支撑平台、唐钢股份公司整体信息化建设项目；在装备制造行业挑选了高速动车组供应链管理体系项目；在化工行业挑选了三友集团的碳化工序先进控制和优化系统项目；在建材行业挑选了冀东水泥集团信息化系统改造项目；在煤炭行业选择开滦集团煤矿井下重大事故危险源识别检测及灾变预测预警项目。在核心区域层面，选择曹妃甸作为"两化"融合先锋示范区。借助曹妃甸高密度建设的大好局势，在"两化"融合的一系列规划、基础设施建设、管理平台建设等方面进行有益探索。

（二）"两化"融合推进"借力引智"

"借力引智"① 是唐山推进"两化"融合工作的一个特色做法。唐山积极与中国科学院高新技术研究与转换中心、国家动态仿真中心合作，在唐山开展以动态仿真技术在工业领域应用为主题的"数字钢铁"、"数字水泥"、"数字煤矿"、"数字电厂"、"数字动车组"等建设工程，推动这些行业运用先进的数字仿真模型，有效地推动企业实现节能降耗和增产提效，并提升了核心竞争力；与东软集团合作，合力打造唐山东软软件园，同步共享东软优势资源，建设集技术开发与应用、技术交流与培训、技术推广与认证于一体的公共技术平台，争创国家级信息服务产业基地，建立 IT 人才培训基地和软件产品实验室；积极与河北理工大学等院校合作，初步建立钢铁、汽车、水泥、机电一体化等行业重点实验室，建立了软件测试平台。目前唐山市已拥有省级以上研发中心、工程中心和重点实验室六个。

（三）"两化"融合试验区建设促进了当地新兴产业发展

一是试验区建设引起了大批知名软件企业注目唐山。东软集团、神州数码来唐注册公司，并积极参与健康信息服务平台和市民卡工程建设，中软集团、河北电信、华迪、三川等公司纷纷与唐山市洽谈项目合作，这些为唐山市提升信息化水平注入了技术和资金，增添了新活力。二是试验区建设拉动了唐山市电子信息产业快速增长。2010 年上半年，唐山市电子信息产业一直保持着快速增长的态

---

① 《围绕科学示范区建设，推进"两化"融合纵深发展》，http：//epaper.cena.com.cn/shtml/zgdzb/20100427/25901.shtml。

势，唐山市入统企业 66 家，全行业完成主营业务收入 12.64 亿元，同比增长 30%；完成工业增加值 3.48 亿元，同比增长 20%；实现利税 1.10 亿元，同比增长 18%；完成出口交货值 1.74 亿元，同比增长 15%。三是试验区建设带动了信息服务业的飞速发展。中国钢铁产业网、中国耐材之窗网、中国钢锹网等一批专业化行业网站建设粗具规模。北方国际、天明公司等钢铁电子交易平台的建立，增强了唐山市钢铁产品销售的有序性，有助于提升唐山钢铁的市场话语权。

（四）实施了"两化"融合与区域战略融合对接

充分发挥信息技术的广泛渗透和倍增作用，着力培育具有市场优势和市场竞争力的主导产业，加快推进产业结构调整和转变经济发展方式，加快科学发展示范区建设步伐。曹妃甸把"两化"融合发展规划与整体发展规划统一步调，2009～2011 年为基础布局阶段，2012～2015 年为快速发展阶段，2016～2020 年为完善提高阶段。

中国"两化"融合
进程：战略方向

Process of Informatization and Industrialization
of China：Strategic Direction

𝔹.41
"两化"融合的四个阶段

　　"两化"融合是一个历史的发展过程。根据工业化、信息化和一体化的发展曲线变化（"两化"融合 DSP 模型），结合世界各国"两化"融合演进过程，可以将"两化"融合分为四个阶段，即"两化"融合准备期（又称纯粹工业化期）、"两化"硬融合期、"两化"软融合期以及"两化"和谐发展期（又称"两化"帕累托融合期）[1]（见图 1）。发展阶段与划分标准有关，也有人根据信息技术在工业领域的应用度和工业化对信息化的依赖度，将信息化与工业化融合分为初始级、基本级、适应级、成熟级、优化级五个阶段。[2]

① 朱金周：《电信业推动"两化"融合的基础条件和相关扶持政策措施建议》，《中国通信业发展报告（2009）》，人民邮电出版社，2010。

② 金江军：《信息化与工业化融合理论体系研究》，赛迪顾问电子政务咨询事业部，http：//data. ccidconsulting. com/lhrh/sdsd/wedinfo/2010/08/12816618877774510. htm。

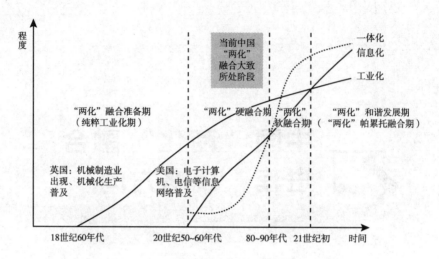

图1 "两化"融合的四个阶段

说明：由于各国和地区工业化进程不同，因此，"两化"融合所处阶段也不一样，本图大致反映工业化完成国家"两化"融合的历史进程，正在进行工业化的国家"两化"融合所处阶段普遍晚于工业化完成国家。

（一）"两化"融合准备期

第一阶段是"两化"融合准备期，也可以称为纯粹工业期。工业化是从英国开始的。20世纪初，英美等发达国家普遍完成了工业化。这个阶段，ICT仍然处于萌芽状态，在工业和社会经济各层面的应用还不普遍。经济发展主要依靠工业化推进。因此，这个阶段又称纯粹工业化期。

（二）"两化"硬融合期

第二阶段是"两化"硬融合期。20世纪50～60年代，电子计算机、电信等信息网络逐渐普及。以ICT在工业化中得到普遍应用为标志，信息化与工业化开始融合发展。但是，在这个阶段，信息化偏重于硬件应用，设备系统等硬件设备在信息化中的比重偏高、应用能力跟不上。该阶段的标志是，信息化水平普遍低于工业化水平，且一体化处于更低水平。

（三）"两化"软融合期

第三阶段是"两化"软融合期。20世纪80年代以来，随着互联网等新一代

ICT 的大规模广泛的应用，信息化支出中设备系统等硬件设备支出占比逐渐下降。很多国家和地区软件和服务比重整体上升。该阶段的标志是，信息化和工业化水平差距不断缩小，一体化水平持续上升。这个阶段得益于摩尔定律，即设备系统硬件等技术跨越式发展，而其价格大规模下降。ICT 和信息应用逐渐成为企业高质量的、基础性的战略资源。

（四）"两化"和谐发展期

第四阶段是"两化"和谐发展期，也可以称为"两化"帕累托融合期。ICT 和信息资源成为工业装备、工业能力、工业素质、工业活动的内在要素。该阶段的标志是，信息化水平接近或者超过工业化水平，工业化和信息化紧密融合在一起，且一体化水平得到进一步的提升。最终，工业化、信息化和一体化达到相对均衡状态，即帕累托均衡状态。所以我们也称这个阶段为帕累托融合期。

当前，我国信息化水平仍然低于工业化水平，更重要的是，我国一体化水平仍然较低。因此，我国"两化"融合进程仍然处于"两化"硬融合期。推进"两化"深度融合就是推进信息化与工业化从硬融合阶段逐步向软融合阶段转变。这个阶段的目标和任务有两个：一是在工业化进程中，提升信息化水平；二是提升工业化和信息化的均衡点，即提高一体化水平，需要工业化、信息化、一体化"三位"协同发展，才能有效推动"两化"融合进程。

B.42

"两化"融合的战略目标

基于我国"两化"融合所处发展阶段和区域差异较大等原因,可以将战略目标确定为总体目标和区域目标。从国家层面看,总体目标是推进"两化"深度融合。而根据各区域所处"两化"融合梯度的基本情况、存在问题及其深层次原因,结合国家战略,则可以确定处于不同梯度区域的"两化"融合具体目标。

一 "两化"融合的总体目标

推进信息化和工业化深度融合,建成新一代综合信息网络基础设施,实现工业化和信息化在地区、行业、企业三个层面的深度融合,从阶段性来看,现阶段我国"两化"融合的目标是快速由"两化"硬融合阶段向"两化"软融合阶段转化,工业化和信息化实现相互渗透、相互依存、互为条件、共生共长,构成"两化"水平持续循环提升、信息化持续追赶并最终超越工业化的大循环,最终进入"两化"和谐发展期。在此循环过程中,信息化供给与工业化需求的边界不断消融,工业化逐步向新型工业化转变。归根结底就是走出一条科技含量高、经济效益好、资源消耗低、环境污染少、人力资源得到充分发挥的新型工业化路子。促进经济增长中主要依靠第二产业带动向依靠第一、第二、第三产业协同带动转变,由主要依靠增加物质资源消耗向主要依靠科技进步、劳动者素质提高、管理创新转变。

二 "两化"融合的区域目标

根据"两化"融合综合指数排名的梯度分析和融合硬度、融合软度、融合深度的综合聚类分析,将全国31个省份(除港、澳、台地区以外)大体划分为三个区域。第一区域:在综合排名梯度中处于第一梯度的广东、江苏、北京、浙江、上海,这5个省份属于第一聚类和第二聚类;第二区域:在综合排名梯度中处于第二梯度和第三梯度的山东、福建、天津、四川、河南、辽宁、河北、湖南、安徽、陕西、湖北、重庆,这12个省份大致属于第三聚类;第三区域:在综合排名梯度中处于第四梯度的江西、黑龙江、吉林、山西、广西、云南、内蒙古、海南、甘肃、宁夏、新疆、青海、贵州、西藏,这14个省份全部属于第四聚类。

1. 一类区域"两化"融合发展目标

第一区域从地理区位上看,除北京外,均处于沿海发达地区,其"两化"融合的发展得益于当地活跃的经济环境和发展机遇。从工业化、信息化和一体化三个层面来看,这一分布区域在工业化道路上都已实现了相当的规模,信息化水平也有了很好的发展基础,一体化发展也在稳步攀升。从融合发展的阶段性来看,这一区域已处于"两化"硬融合期的末期,并在个别省份出现"两化"软融合期的雏形。因此这部分相对发达地区的区域目标为:稳固和强化工业化水平,重点加强信息化建设,努力实现融合硬度与融合软度的同步提升,逐步向"两化"软融合期跨越。

2. 二类区域"两化"融合发展目标

第二区域在地理区位上看,除个别省份位于我国东部沿海和西部,其他省份均地处我国中部地区。这一地区经济处于我国中游水平,但有逐步追赶东部沿海发达省份的趋势。从工业化、信息化和一体化三个层面来看,这一分布区域的工业化水平相对发达,甚至有些省份的工业化已取得相当的规模和水平,但信息化仍处于起步阶段,一体化的发展也受到了制约。因此这一区域的发展目标为:信息化水平大幅提高,逐步接近工业化水平,向"两化"融合发展阶段中"两化"硬融合后期迈进,融合硬度和融合软度的基础水平接近东部沿海发达地区。

3. 三类区域"两化"融合发展目标

第三区域在地理区位上看,基本处于我国西部地区和东北西南的边疆地带,这一地区的经济发展受到了地理环境、人口资源和历史因素的制约,与发达省份差距十分明显,"两化"融合综合指数呈现"荒漠状"的发展现状,在总体分数极低的情况下,工业化、信息化和一体化各层面仍然呈现出不均衡的发展状况,工业化发展情况相对较好,但较全国其他省份相比,薄弱的工业化基础仍无法为其信息化和一体化带来优势。因此这一区域的发展目标为:形成初步健全的工业体系,走向一条健康的"两化"硬融合道路,信息化发展粗具规模,"两化"融合在全行业向纵深方向发展,融合硬度和融合软度的基础水平逐步接近中部地区。

B.43

推进"两化"深度融合的战略任务

推进"两化"深度融合是发展现代产业体系、转变经济发展方式的战略路径。推进"两化"深度融合是个系统工程,需要全面加快工业化、信息化、一体化进程,提高融合硬度、融合软度和融合深度,促进信息化供给和工业化需求协同发展,不断推进供求均衡点从较低阶段向较高阶段转移。

一 加快工业化进程,提高融合硬度

加快工业化进程,也是不断提升"两化"融合硬度基础的重要举措。我国工业正处于改变发展方式,实现转型升级与产业结构优化的重要发展阶段,需要从改造传统产业、培育和发展战略性新兴产业与发展生产性服务业等多角度入手实施。

(一)改造提升传统制造业

提升传统制造业,应充分发挥信息技术在传统产业升级中的助推作用,推动传统制造产业在工业研发、设计、生产、管理、流通等环节广泛应用信息技术,促进传统产业改造提升。将信息技术、自动化技术、现代管理技术与制造技术相结合,带动产品设计方法和工具的创新、企业管理模式的创新、企业间协作关系的创新,实现产品设计制造和企业管理的信息化、生产过程控制的智能化、制造装备的数控化、咨询服务的网络化,从而全面提升制造业的竞争力。同时,提升传统制造业,推动产业转移和产业集聚也是一项重要举措。未来政府将进一步出台并落实支持地方工业和信息化发展的指导意见,协调重大项目布局,促进产业有序转移和进一步集聚。

(二)培育和发展战略性新兴产业

在提升改造传统产业的同时,加速我国工业化进程还应抓住机遇,大力培育和发展战略性新兴产业。一方面，应把科技创新作为中心环节，不断提升产业的核心竞争力，超前部署支撑战略性新兴产业发展的核心关键技术和前沿技术研究。同时，以规模化发展为目标，统筹技术开发、工程化标准制定、市场应用等创新环节，实施具有引领带动作用的重大产业创新发展工程，形成突破口和发展优势。另一方面，应强化市场需求的拉动作用，营造良好的市场环境。开拓市场，重点加强有利于新兴产业市场应用的关键基础设施建设，支持企业大力发展专业服务、增值服务等新业态，同时加强标准体系建设和完善市场准入制度，为战略性新兴产业发展营造公平竞争的市场环境。最后，应通过深化国际合作，尽快掌握关键核心技术，提升我国自主发展能力与核心竞争力。

（三）发展生产性服务业

当前，在我国全面调整经济结构、加快转变经济发展方式的战略方向之下，加快工业转型升级促发展已成为实现我国工业由大变强的根本途径，这也为生产性服务业提出了更高的要求。目前，生产性服务业已成为许多西方发达国家的支柱产业。我国应在充分认识生产性服务业重要意义的基础之上，科学规划布局，推动生产性服务业的集聚发展。大力提升生产性服务业在工业设计研发、工业软件与解决方案、物流服务与外包服务等重点领域的支撑能力，以及加快生产性服务业与先进制造业的融合发展。同时，努力承接发达国家在信息技术、业务流程等生产性服务业方面的国际转移，提升我国服务业的整体层次和水平，最终达到细化和深化专业化分工，提高资源配置效率，推动产业结构优化升级的发展目标。

二 加快信息化进程，提高融合软度

信息化作为"助推器"、"倍增器"和"催化剂"，为"两化"融合提供了必要的信息基础与先进的信息技术。加快我国的信息化进程，需在不断建设和完善信息网络基础的同时，提升信息产业基础支撑能力，并通过技术创新与深入应用提升"两化"融合的软度支撑。

（一）构建新一代综合信息网络基础设施

构建新一代综合信息网络基础设施，是推动我国信息化发展的重要支撑力量。积极部署物联网研发和应用，加快宽带普及。加速光纤接入网络建设，大力发展多种模式的光纤宽带接入，加快网络宽带化进程。建设光网城市，扩大农村地区光纤宽带网络覆盖范围，提高服务水平，缩小数字鸿沟。同时，统筹新一代移动通信发展。加快扩大 TD-SCDMA 等技术的 3G 网络覆盖范围和覆盖密度，提升网络质量，统筹推进 3G 网络向 LTE 的演进，综合利用各类宽带无线移动通信技术推进宽带无线城市建设，并且不断完善宽带骨干网。丰富干线光缆路由，优化国家骨干光缆网布局，提升基础网络的承载能力和安全水平。最后，加快建设有线无线结合、全程全网的下一代广播电视网，推进地面数字电视网络建设。加快推进电信网、广播电视网和互联网"三网"融合，构建宽带融合的信息网络基础设施。

（二）推动核心基础电子产业结构升级

坚持核心基础电子产业的创新发展，以核心关键技术引领产业结构升级，加大市场培育与产品应用，充分发挥基础电子产业在信息化与"两化"融合过程中的支撑作用。提升集成电路产业体系自主发展能力。加强技术创新引领，满足应用市场需求，优化产业结构着力发展集成电路设计业，突破部分关键设备、仪器和材料制约，推进产业链各环节的协调发展。增强新型显示器件产业的国际竞争力。以面板生产为重点，突破下一代显示技术，完善新型显示产业体系。推动电子元器件产业升级，电子产业技术创新和做大做强作用明显。突破新型显示器件关键技术，初步形成完整配套、相互支撑的电子元器件产业体系，同时鼓励企业通过新设、并购、重组、联合等形式，建立境外生产基地和营销网络，获取境外资源、先进技术和管理经验。支持电子元器件、系统整机、软件和信息服务企业组成各种形式的产业联盟，促进联合协同创新。加大国家投入，支持电子材料和关键元器件的研发，继续组织平板显示等专项工程，以科技重大专项带动社会投资。

（三）加快软件和信息服务业发展

软件产业的升级是拉动"两化"融合深入发展的重要力量，软件业的发展重点在于发展领域内的自主创新与研发性服务外包。适应重点行业和领域信息化发展需求，特别是加大工业软件研发与应用的力度，鼓励发展行业应用软件、嵌入式软件与解决方案。同时，支持面向移动互联网、云计算、物联网、三网融合应用的新兴网络应用软件研发。提高软件外包服务向规模化、高端化方向发展。建设软件与信息服务外包公共支撑平台，构建产业公共服务体系，充分发挥产业联盟的促进作用，发挥区域聚集效应。

大力发展信息服务业，首先加快发展信息技术服务业，加大信息化项目外包力度，加大 IaaS、DaaS、PaaS、SaaS 等云计算应用及服务的发展力度。同时，加快发展信息内容产业，建立数字内容加工处理与服务基地，加强文化信息基础设施建设，搭建数字内容公共服务平台。进一步加强支持数字内容处理与服务产业发展的支持力度，成立专门基地以推动中国动漫游戏、数字影音、数字媒体、多媒体课件等数字内容产业的发展，鼓励开发具有民族特色和自主知识产权的数字文化产品，培育新的经济增长点。

三　加快一体化进程，提高融合深度

作为"两化"融合的重要表现，我国的融合一体化进程将重点发展信息技术在关键领域行业与企业内的深度应用、引领技术创新与技术交流、运营信息技术提升电子政务与电子商务的综合能力与效果。

（一）提高信息技术在重点行业和关键领域的渗透率

提高重点行业和关键领域的数字化、电子化水平。推进信息化与产品研发设计的融合。加速推进以数字化设计为核心的产品创新系统，发展各种嵌入式软件技术，增加产品的技术含量和附加值。推进信息化与生产过程控制的融合。重点推广现代集成制造系统（CIMS）、计算机辅助制造（CAM）、分散控制系统（DCS）等信息技术，实现生产过程智能化和网络化。推进信息化与经营管理、决策的融合。推广企业资源管理、客户关系管理（CRM）和供应链管理（SCM）等应用，构建企业产、供、销协同式信息平台。推进信息化与营销、消费服务的融合。完善电子商务环境，构建信息化商贸模式。推进信息化与物流、供应链的融合。加快现代物流与电子商务的融合，实现信息流、资金流、物流的一体化运作。发挥信息技术在节能环保、发展低碳经济过程中的科技手段与推动作用。

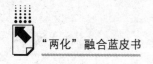

（二）提高信息技术在政务活动中的渗透率

运用信息技术提高电子政务的综合服务能力，将电子政务建设与信息技术的运营有机融合，与政府职能转变、组织结构调整、行政业务流程再造等有机结合。提高电子政务的普及面与应用广度，推动电子政务不断向全面化、智能化、公共便捷化发展，努力为社会提供涵盖就医、社会保障、就业、培训等多方面电子政务服务。提高电子政务的综合效率，不断建设与完善内部信息平台。在充分利用现有网络基础与信息技术的前提下，进行业务、资源、服务的整合与集成。实现政务信息资源的跨地区、跨部门、跨层级共享，实现业务协同，提升整体工作效率，同时达到降低社会公众的办事成本。提高电子政务的信息安全与抗网络侵袭能力，充分利用信息安全技术，建设电子政务监测预警体系与工作平台，提升电子政务安全防护能力。

（三）提高信息技术在商务活动中的渗透率

充分利用信息技术与手段，大力发展电子商务，推动"两化"融合的深度发展。利用信息技术，将电子商务作为网络经济与实体经济相结合的重要实现形式，以技术创新推动管理创新和体制创新，改造传统业务流程，促进生产经营方式由粗放型向集约型转变。应用信息技术手段，推进企业信息化建设，提升企业对电子商务的利用率，增强产、供、销协同运作能力，提高企业的市场反应能力、科学决策水平和经济效益。推动电子商务在重点行业与重点企业内的建设与应用，以产业链为基础，以供应链管理为重点，整合上下游关联企业相关资源，实现业务流程的融合和信息系统的互联互通。加强电子商务信息安全管理，应用信息技术采取适当的安全措施完成电子商务身份认证、信息加密传输，保障电子商务信息的完整性，提升电子商务安全防护能力。

B.44

推进"两化"深度融合的战略措施

基于对"两化"融合的综合评价和案例分析,明确我国"两化"融合发展中存在的问题和不足,为实现推进"两化"深度融合的战略目标和任务,需要更大程度地发挥市场配置资源的基础性作用,立足"两化"融合的规划指引、法制保障、体制创新、人才支撑等方面的顶层设计,坚持供求协同推进的主攻方向,加大财税金融政策支持力度,优化"两化"融合的空间布局,营造有利于中小企业"两化"融合发展的外部环境,创造优势,弥补不足,实现各区域"两化"进一步深度融合发展。

一 做好"两化"融合的顶层设计

顶层设计是在宏观上对"两化"融合的方方面面进行统筹规划,是将"两化"融合战略具体化,关系到"两化"融合的全局乃至成败。统筹考虑"两化"融合的各个方面、各个层次、各种参与力量、各种正面的促进因素和负面的限制因素,理解和分析影响"两化"融合的各种关系,从全局的视角出发,对"两化"融合的规划体系、法律法规、体制机制、人才队伍等基本问题进行总体的、全面的设计。

(一)完善优化"两化"融合规划体系

"两化"融合规划体系应是一个标本兼治,抓住机遇,立足长远,有目标、有重点、有抓手,务求实效的促进"两化"深度融合的总体谋划。"两化"融合是工业化、信息化及其两者产生化学反应的过程。因此,"两化"融合规划体系应当成为促进"两化"融合三大支柱协调发展和引导社会资源配置的重要指南。通过协调工业转型升级规划、信息化规划以及电子商务、电子政务等专项规划,统筹装备工业、原材料工业、消费品工业和信息产业、通信业等相关行业规划,促进信息化供给与工业化需求不断在新的起点上保持供求平衡,避免合成谬误。

国家"两化"融合规划体系还应当立足行业、企业等"两化"融合规划体系，统领区域"两化"融合规划。行业、企业和各区域"两化"融合规划体系应当有效承接国家"两化"融合规划体系。

（二）建立健全"两化"融合法律法规

加快建立"两化"深度融合发展的法制体系，促进政府产业调控走上法制化、规范化轨道。围绕推进"两化"深度融合的重点任务和要求，加强"两化"融合及其融合硬度、融合软度和融合深度等三大支柱领域相关法律法规的制定和修订、废止等清理工作，将推进"两化"深度融合的基本目标、措施和手段依法固定下来，依法支持工业化、信息化、一体化，进而推进"两化"深度融合。借鉴和吸收十大产业振兴规划制定和实施的经验教训，制定和出台《工业振兴法》，依法指导工业行业转型升级、产业振兴和推进"两化"融合发展。适应信息化发展需要，加快制定推进电信、有线电视、网络出版、个人信息保护、网络与信息安全等方面的法律制度。逐步完善电子商务、网上交易税收征管、网商工商注册、电子证据、电子支付、电子合同等相关规章制度，促进信息化和工业化协同发展、一体化发展。必要时，制定"两化"融合专门立法。

（三）深化"两化"融合管理体制改革

深刻把握"两化"融合发展规律，强化政府监管和市场监管，推进政企、政资、政事、政府与中介"四分开"，把该管的事项切实管好，把不该管的事项交给企业、交给市场。坚持市场化和法制化并重，充分发挥市场配置资源的基础性作用，提高政府统筹规划和协调指导"两化"融合的能力。深化重点行业体制改革，努力消除产业发展的体制性、机制性障碍，形成平等准入、公平竞争的市场环境。进一步简化审批手续，减少和规范行政审批，减少政府对微观经济运行的干预，落实民间投资进入"两化"融合相关领域的政策。优化利用外资结构，引导鼓励外资投向"两化"融合领域，保障产业安全和经济安全。坚定推进大部门制改革，进一步解决工业行业管理体制机构重叠、职责交叉、政出多门、权责不清等问题，加强地方工业行业机构调整、职能整合，理顺中央和地方工业行业管理机构的关系。充分发挥社会组织和中介服务机构等社会中介组织的桥梁作用。

（四）加强"两化"融合人才队伍建设

人才队伍建设是推进"两化"深度融合的坚强核心。加大引进与培养高端[①]和急需人才的力度，是推进"两化"深度融合的强力支撑。依托重大科技专项，重点在制约"两化"融合发展的核心技术和关键领域，着重在包含信息技术在内的高科技、经营管理、节能减排等方面加强高端人才的引进和培养。进一步完善技术人才的评价标准，加强与"两化"融合相适应的复合型高级技能人才队伍建设。鼓励企业与学校合作、企业与科研机构合作、企业与专业培训机构合作，培养直接面向"两化"融合发展第一线的关键人才。构建"两化"融合智力支撑体系。建立开放式、多层次的人才引进与流动机制，完善柔性引才用才机制。支持各层次产业人才参加继续教育，把对产业工人尤其是农民工工业化专业技能和信息化素质和能力的培训放在优先位置，开展国民信息素质状况动态监测和定期评估。

二　坚持供求协同推进的主攻方向

供求双方协同推进是促进"两化"融合发展的内在动力，在信息化与工业化相互渗透、循环提升的过程中，信息化为"两化"融合的供给方，工业化是"两化"融合的需求方。推进"两化"融合，必须坚持供给和需求协同发展，以供给促进需求、需求拉动供给，从而不断提升供求平衡点。坚持执行扩大内需是国家经济发展的长期战略方针，全面把握融合过程中的供需关系，促进供需双方协同发展，从供求关系的宏观和微观角度出发，对"两化"融合产业政策引导、推进产业结构优化升级、提升企业融合水平等方面进行说明。

（一）坚持扩大内需的政策取向

我国现阶段正处于"两化"硬融合阶段，信息化应用偏重于硬件、设备系

[①]　我国高层次人才十分短缺，能跻身国际前沿、参与国际竞争的战略科学家更是凤毛麟角。在158个国际一级科学组织及其包含的1566个主要二级组织中，我国参与领导层的科学家仅占总数的2.26%。从每万名劳动力中所占的比重来看，中国每万名劳动力R&D活动人口仅为每年15人，每万名劳动力研究人员仅为每年12人，而排名第一的芬兰，这两项指标值分别达到218人和150人（数据来源：中宏网）。

统等硬件，整体软件应用能力跟不上，信息化水平普遍低于工业化水平，即融合中的工业化需求大于信息化供给。要想进入"软融合"阶段，必须大力提升信息化供给水平，不断缩小工业化与信息化水平差距。以高新技术为核心的信息产品的供给往往是由需求决定的，积极加大对工业行业信息化、新型信息化产品的需求，是提升信息化供给水平的重要途径。在坚持当前扩大内需的战略环境下，紧紧抓住3G发展、宽带建设、三网融合等市场机遇，加快推进软件服务、现代物流、电子商务、工业设计以及工业金融等生产性服务业的发展，积极开拓新型消费领域，不断扩大和提升工业行业信息化的应用水平，并面向重点行业信息化建设需求，努力挖掘支撑"两化"融合发展的新兴技术体系和产品线，从产业、企业方面促进整体国民消费的结构升级。

（二）加强"两化"融合产业政策引导

"两化"融合涉及国民经济的各个产业领域，加强"两化"融合产业政策的引导，是国家重要的经济政策，可以促进融合供求市场机制发育，通过调整资源在不同领域的配置，促进产业结构的优化。构建现代工业体系的发展是"两化"融合的重要任务之一，积极发挥政府在装备工业、原材料工业和消费品工业领域的引导作用，建立以政府为主体的多元化投融资机制，完善专利申请和成果产业化应用机制。运用现代信息技术改造传统产业，提升装备制造业产业集中度，加强在冶金、航空航天、能源、基础设施等产业领域的现代装备制造业应用的专项引导，有针对性地实现重点产品国内制造，推进国产装备自主化，并鼓励各个地区探索发展具有当地特色的现代工业道路。在信息化建设方面，引导信息产业发展以工业转型升级为中心，注重发挥新一代信息技术的带动作用，支持战略性新兴产业发展，推进信息技术在交通、能源、水利等领域的深度应用，加快智能化的现代产业体系的建立。在完善电子信息产业体系的基础上，促进现代制造业与服务业有机融合，发展以生产性服务业为中心的现代服务业。

（三）推进产业结构优化升级

协同推进"两化"融合供求的主要目标在于不断优化产业结构，实现转变经济发展方式，建立资源节约型的现代新型工业体系和新一代信息产业体系。通过运用信息技术和先进适用技术改造提升制造业，促进煤炭、有色、化工、石化、机械、纺织等传统工业发展，提升其技术水平和市场竞争力，提高工业产品附加值，进一步提升消费品工业结构。顺应电子产品发展新趋势，大力发展集成电路、关键电子元器件、材料和设备等产业，统筹发展，合理布局，增强电子信息产业核心竞争力。利用信息化手段。着力推进信息技术在节能减排中的应用，积极发展面向高耗能行业的节能降耗信息技术的应用，重点推进钢铁、电力、建材等高耗能行业生产设备数字化和智能化，提高资源利用率，推进生产过程的自动化和智能化，减少资源浪费，促进资源节约型和环境友好型社会建设。

（四）提高企业"两化"融合水平

企业实现"两化"融合深度融合是融合供需平衡的重要体现，提高企业"两化"融合水平标志着信息化供给对工业化需求的满足程度，大力提升企业"两化"融合水平，可以更加有效地配合政府对各个产业发展的政策引导，最大限度地发挥政策效果。充分发挥各类企业自身特点提升其工业生产的信息化水平，鼓励传统大型企业的优化重组，集中其规模优势，淘汰落后产能，加大研发机构在企业内部的设立数量，吸引高新技术研发人才，建立集设计、创新和生产为一体的集成平台，通过信息化应用优化产品生产线，提高产品科技含量，推动企业产品价值链不断向高端跨越。依托国家重点工程和重点项目，加快新一代宽带无线移动通信、高档数控机床和基础制造装备等领域内的重大技术研发，整合科技资源，着力突破制约工业发展的核心技术和关键技术。积极与国家知名科研机构合作，逐步建立和完善科技创新成果转化政策引导机制，推动科研成果的产业化。加强对中小企业的资金担保力度，鼓励各类创业投资基金增加对中小企业投资，开展中小企业信息化试点，促进产业竞争能力和效率的持续提升。

三 加大财税金融政策支持力度

"两化"融合是一项长期而艰巨的工程，需要市场调节与宏观调控的有效配合，方能建立"两化"融合的长效机制。财税金融政策是我国宏观调控的基本工具和政策手段，也是推进"两化"深度融合的基本工具和政策手段。设立专项资金建立利益补偿机制，弥补"两化"融合推进市场盲点；实行税收优惠建立宏观调控机制，引导企业推进"两化"融合；创新金融产品和政策建立保障

机制，确保"两化"融合推进的投资环境。三种手段并举，以促进工业化和信息化各个层面的融合，有效推动我国宏观经济转型升级和稳定发展。

（一）推动设立"两化"融合专项资金，建立"两化"融合长效机制

设立"两化"融合专项资金建立利益补偿机制。"两化"融合建设是一项长期投资工程，且具有一定的外部性，尤其对于资本密集型产业和高耗能高污染行业，通过信息技术实行产业升级造成短期内成本提升、经济效益不良等现象，而"两化"融合带来的经济效益需要较长时间方能实现。因此设立专项资金，主要用于弥补"两化"融合过程中短期内产生的不经济，以改变部分行业、企业融合动力不足的现象，对影响"两化"融合的重大技术研发应用进行支撑。其主要用于以下方面：第一，对各省份重点"两化"融合工程予以支持；第二，对推进"两化"融合的关键信息技术研究予以专项资金支持；第三，作为风险补贴资金，对拥有较强"两化"融合发展潜力（亟须进行节能减排改造、信息化改造、安全生产改造等），但短期内进行改造会造成企业经济效益不良、融合动力不足的企业或行业进行风险补贴。

（二）优化"两化"融合财税支持政策体系

财税支持政策完善调控引导机制。"两化"融合建设除了存在市场调节盲点外，由于其是一个复杂长期的过程，还需要政府通过税收优惠、财政支持等手段予以鼓励、引导和促进。财税政策可通过税收减免发挥其杠杆作用，短期内激发市场主体进行"两化"融合的积极性，形成长期良性的融合机制。制定推进"两化"融合发展核心行业认定标准，对该行业予以一定的税收优惠政策，鼓励该行业发展，使其形成行业规模优势。根据本文建立的"两化"融合评价体系的微观层级，各省份对省内企业进行分类管理，对处于"两化"融合不同阶段的企业给予税收差别优惠待遇，并定期重新评定。对运用信息技术改造传统产业、信息技术含量较高的新型产业，给予贷款贴息优惠。加大"两化"融合关键技术研究财政支持，将重点项目纳入国家重大工程支持范围。财税资金来源，由中央和地方政府共同承担。

（三）完善"两化"融合金融支持政策体系

金融支持政策完善保障机制。"两化"融合长效机制的建立，在引导鼓励的

同时，仍需要建立并完善适应"两化"融合发展的金融支持体系，以保障其顺利进行。而金融支持体系的完善也将有利推动"两化"融合纵深发展，形成市场自主良好运转的长效机制。具体工作可从以下方面开展进行：通过调整利息杠杆引导和鼓励社会投资，对进行传统工业改造升级，发展新型信息化产业的企业给予优惠利率，对"两化"融合不同程度的企业实行差别贷款利率。完善"两化"融合型企业（即传统工业信息化改造升级、新型信息技术和服务企业以及新型工业企业）信贷体系和保险、担保联动机制，促进知识产权质押贷款等金融创新。设立专门通道引导"两化"融合型企业上市融资，适当降低"两化"融合型企业上市门槛，制定严格审核机制和退出机制，保证"两化"融合型企业上市质量。

四 优化"两化"融合空间布局

空间布局是主体功能区的建设，即基于不同环境特色、不同资源禀赋和承载能力，按照现有经济发展状况和发展潜力所确定的具有特定发展方向的空间单元。按照人口、环境、资源空间均衡的不同，科学地选择主导产业，并形成以主导产业为中心的产业集群，形成合理的空间布局至关重要。我国各省份之间"两化"融合进程并不一致，有些甚至存在较大差距。因此，推进"两化"融合，在整体提升的基础上，还要优化"两化"融合的空间布局，通过加强对"两化"融合的区域分类指导，进一步调整优化工业产业布局，推动"两化"融合实验区向纵深发展。

（一）加强"两化"融合的区域分类指导

在经历了经济发展的不同阶段之后，内部和外部等多因素共同决定了我国地区间经济发展极为不平衡，东部、中部和西部的工业化和信息化水平都有较大的差异。地区经济的不平衡导致"两化"融合具有明显的地域特色，"两化"融合综合排名结果印证了这种特点，对于处于融合水平较高地区的北京、沿海发达城市，建立创新型工业体系，注重在稳定工业化发展的基础上，加大科技创新力度，重点加强信息化应用与科技创新的结合，突破一体化进程中的壁垒。对于经济水平处于中游的中部地区，加大产业结构转型升级力度，大力实施对落后产能的重组和兼并，加大工业产业的集中度，努力向东南沿海城市工业化质量靠近，着重突出信息化建设，大力增加对信息产业的投资力度，提升信息化应用层次，从普及信息化基础设施向现代信息化应用过渡，不断减少工业化与信息化差距，为一体化发展提供坚实基础。对于经济较为落后的西部和东北西南的边疆地带，根据当地自然环境和人文环境特点，努力扩大现代工业化规模，积极承接发达地区产业链转移，逐步形成适合当地环境的健全的工业体系，同时不断扩大信息化普及范围，加快信息基础设施建设，使融合硬度和融合软度向中部地区水平靠近。

（二）调整优化重大生产力布局

根据"两化"融合供需协调发展理论，工业化需求是拉动信息化发展前提，也是提升"两化"融合整体水平的基础，从而工业产业的重大生产力布局是"两化"融合区域平衡的需求前提。针对东北地区等老工业基地国有企业比重大、生产不集中、运行机制落后等现状，应继续推进国有企业的战略调整，加大现代制造业等利润价值较大的工业产业规模，适当控制能源、重工业产业发展，积极承接东部产业链转移，提高资源利用率。对于我国经济最活跃的长江三角洲地区，主要是优化其工业产业结构，发挥其在全国范围内的带动和辐射作用，选择最具发展潜力的产业作为当地的主导产业，集中发展现代新型工业产业，针对东南各地区产业严重同构现象，将资源密集型的制造业产业转移到东部、西部资源充足的地区，丰富当地工业产业结构，提高工业品出口比例。认真落实西部大开发战略，利用资源开发优势，积极培养和壮大优势产业，积极发展深度加工、精细加工，形成有特色的新型优势产业。

（三）推动"两化"融合试验区向纵深发展

"两化"融合是一项涉及范围广阔的创新性工作，目前尚属于探索推进时期，设立"两化"融合试验区是推进"两化"融合的重要举措，推动"两化"融合试验区向纵深发展有助于"两化"融合在全国范围内推广的顺利进行。综合各试验区成功经验，充分发挥政府在推进"两化"融合中的主导地位，出台阶段性行动计划，积极搭建信息化服务综合平台和重大工程建设，对于重点项目、重点企业、核心区域进行专门指导，从多个层面推进"两化"融合。充分调动运营商积极性，由运营商提供网络支持、技术支持，突出企业作为信息化的主体地位。积极建设现代产业园区，大力发展现代服务业，建立基于信息化平台的新型供销模式，以示范企业为切入点，充分发挥"示范模式"的带动作用。联合研究单位与示范企业，积极开展物联网应用研究，大力引进高新技术人才，加强对政府有关职能部门领导干部的培训与指导，全面保证"两化"融合的顺利进行。

五　营造有利于中小企业"两化"融合的外部环境

资源禀赋和就业压力，决定了中小企业①在很长的时期内都是我国产业体系的重要组成部分，在国民经济增长中发挥着不可或缺的重要作用，中国经济持续稳定增长，相当程度上是依赖于中小企业的崛起。"两化"融合建设的推进，需要中小企业全面实施信息化建设，而"两化"融合有助于提升中小企业运作效率和效益，促进中小企业健康成长。近年来，促进中小企业"两化"融合的环境以及企业成长的外部环境虽有所改善，但是仍然面临很多困难。在这样的形势下，政府继续加大支持中小企业"两化"融合的力度，具有关键意义。

（一）优化中小企业"两化"融合的政策环境

全面落实国务院关于进一步扶持中小企业发展的若干意见，改善中小企业发展环境，充分利用各种社会资源，支持和引导中小企业健康协调发展。加快建立中小企业担保机构的速度并加大建设规模。加大对中小企业担保机构的财政支持力度，适度减免担保机构的营业税，鼓励它们为中小企业担保；建立国家和地方政府对担保机构的再担保机制，增加担保机构的信用，放大担保功能；开拓中小企业的多元化融资方式。创新中小企业金融产品，加快发展创业板市场，鼓励各类创业投资基金增加对中小企业投资；逐步扩大中央财政中小企业发展专项资金规模。着眼长远，加快建立国家中小企业发展基金和中小企业产业转移退出资金。引导中小企业按照"专、精、特、新"的方向集聚发展。继续实施中小企业知识产权战略推进工程和中小企业信息化推进工程。继续做好企业减负工作。

①　根据我国《关于印发中小企业标准暂行规定的通知》划分的标准，我国工业中小企业是指符合以下条件的工业企业：职工人数2000人以下，或销售额30000万元以下，或资产总额为40000万元以下。其中，中型企业须同时满足职工人数300人及以上，销售额3000万元及以上，资产总额4000万元及以上；其余为小型企业。

（二）实施中小企业"两化"融合工程，促进中小企业发展壮大

促进中小企业发展，实施中小企业成长工程，在完善中小企业融资担保体制的同时，首先，应通过财税和金融手段引导中小企业有序开展"两化"融合建设，提高中小企业运营效率，从根本上建立中小企业成长长效机制。其次，建立中小企业"两化"融合集群，"两化"融合具有规模效应，建立集群既能降低中小企业"两化"融合的成本支出，也能够通过学习和模仿，不断加快中小企业的"两化"融合进程。再次，根据行业性质以及企业发展状况，对中小企业进行分类，通过"试行—推广"的模式实施中小企业成长工程，即先培养重点行业和先进企业全面实施"两化"融合建设，再以点带面全面推进中小企业信息化建设，提高运营效率。最后，应当注意中小企业壮大过程中的兼并行为，鼓励优先发展的企业壮大，适当培育行业龙头企业。

（三）打造中小企业"两化"融合社会化服务体系和公共服务平台

加速推进建立层次合理、分工明确的中小企业"两化"融合社会化服务体系。一是加强引导，促进"两化"融合服务性市场（即信息技术服务市场、技术人才市场、"两化"融合方案咨询市场等）的发育。二是弥补市场空缺，建立"两化"融合公共服务机构，依托行业协会、大学和有关科研机构，建设"两化"融合促进中心。三是政府牵头建立"中小企业两化融合联盟"，促进企业联盟与省内或跨省软件园区或信息产业园区等信息化企业群合作，推进中小企业工业化和信息化的纵深融合，有利于提高融合质量降低融合成本。加大公共服务平台建设。建设公共技术平台、公共测试平台、公共信息平台，形成研发、设计、项目孵化、培训、信息交流、产品展示、商务服务等服务体系，促进产业竞争能力和效率的持续提升。由政府出资建立中小企业信息服务网，使更多的中小企业以方便的方式获得所需信息。

B.45

附录 中国"两化"融合进程统计报告

（一）"两化"融合

附表 1－1 2010 年"两化"融合综合指数及排名

融合硬度			融合软度			融合深度		
省　份	指　数	排　名	省　份	指　数	排　名	省　份	指　数	排　名
江　苏	0.676	1	广　东	0.648	1	北　京	0.567	1
广　东	0.646	2	江　苏	0.525	2	广　东	0.534	2
浙　江	0.573	3	上　海	0.405	3	上　海	0.474	3
山　东	0.549	4	北　京	0.401	4	浙　江	0.467	4
上　海	0.521	5	浙　江	0.375	5	江　苏	0.402	5
河　南	0.517	6	山　东	0.339	6	山　东	0.342	6
天　津	0.488	7	福　建	0.299	7	福　建	0.285	7
河　北	0.470	8	四　川	0.296	8	四　川	0.281	8
重　庆	0.463	9	辽　宁	0.292	9	河　南	0.273	9
北　京	0.460	10	天　津	0.289	10	湖　南	0.268	10
黑龙江	0.458	11	陕　西	0.271	11	辽　宁	0.254	11
辽　宁	0.458	12	湖　北	0.268	12	陕　西	0.253	12
安　徽	0.451	13	河　北	0.266	13	天　津	0.246	13
四　川	0.446	14	安　徽	0.266	14	宁　夏	0.237	14
福　建	0.443	15	湖　南	0.260	15	安　徽	0.237	15
湖　南	0.441	16	黑龙江	0.247	16	河　北	0.235	16
湖　北	0.426	17	云　南	0.246	17	湖　北	0.233	17
陕　西	0.422	18	广　西	0.245	18	甘　肃	0.232	18
江　西	0.412	19	江　西	0.242	19	江　西	0.227	19
吉　林	0.401	20	重　庆	0.233	20	重　庆	0.225	20
内蒙古	0.388	21	山　西	0.232	21	云　南	0.213	21
山　西	0.372	22	河　南	0.232	22	吉　林	0.205	22
新　疆	0.363	23	内蒙古	0.231	23	海　南	0.204	23
广　西	0.339	24	吉　林	0.226	24	广　西	0.188	24
海　南	0.335	25	青　海	0.212	25	山　西	0.188	25
青　海	0.328	26	新　疆	0.209	26	贵　州	0.182	26
云　南	0.311	27	贵　州	0.208	27	黑龙江	0.168	27
甘　肃	0.286	28	宁　夏	0.202	28	内蒙古	0.148	28
贵　州	0.268	29	甘　肃	0.199	29	西　藏	0.135	29
宁　夏	0.267	30	海　南	0.196	30	青　海	0.123	30
西　藏	0.248	31	西　藏	0.187	31	新　疆	0.121	31

（二）融合硬度、融合软度、融合深度

附表 2-1　2010 年融合硬度指数排名

工业化规模			工业化质量			工业化速度		
省　份	指　数	排　名	省　份	指　数	排　名	省　份	指　数	排　名
广　东	0.838	1	天　津	0.676	1	重　庆	0.684	1
江　苏	0.782	2	江　苏	0.670	2	安　徽	0.637	2
山　东	0.690	3	上　海	0.636	3	湖　北	0.599	3
浙　江	0.603	4	黑龙江	0.624	4	陕　西	0.596	4
上　海	0.456	5	广　东	0.624	5	四　川	0.588	5
河　南	0.408	6	浙　江	0.614	6	湖　南	0.577	6
河　北	0.348	7	北　京	0.595	7	江　苏	0.575	7
北　京	0.342	8	河　南	0.576	8	河　南	0.567	8
辽　宁	0.335	9	福　建	0.555	9	黑龙江	0.559	9
福　建	0.271	10	山　东	0.547	10	江　西	0.553	10
天　津	0.268	11	重　庆	0.544	11	海　南	0.552	11
四　川	0.268	12	江　西	0.529	12	吉　林	0.546	12
湖　北	0.244	13	河　北	0.518	13	辽　宁	0.545	13
湖　南	0.243	14	湖　南	0.503	14	河　北	0.543	14
安　徽	0.227	15	陕　西	0.502	15	内蒙古	0.539	15
山　西	0.194	16	吉　林	0.501	16	宁　夏	0.522	16
黑龙江	0.191	17	辽　宁	0.494	17	天　津	0.521	17
内蒙古	0.191	18	安　徽	0.488	18	青　海	0.518	18
陕　西	0.168	19	四　川	0.482	19	山　西	0.517	19
重　庆	0.160	20	新　疆	0.466	20	新　疆	0.512	20
吉　林	0.156	21	湖　北	0.434	21	福　建	0.504	21
江　西	0.155	22	内蒙古	0.433	22	浙　江	0.502	22
广　西	0.153	23	山　西	0.406	23	广　西	0.501	23
云　南	0.141	24	海　南	0.390	24	广　东	0.477	24
新　疆	0.111	25	青　海	0.385	25	上　海	0.471	25
宁　夏	0.093	26	广　西	0.361	26	云　南	0.456	26
贵　州	0.091	27	甘　肃	0.357	27	贵　州	0.452	27
甘　肃	0.086	28	西　藏	0.337	28	北　京	0.442	28
青　海	0.082	29	云　南	0.334	29	甘　肃	0.414	29
西　藏	0.074	30	贵　州	0.261	30	山　东	0.411	30
海　南	0.062	31	宁　夏	0.186	31	西　藏	0.334	31

附表 2-2 2010 年融合软度指数及排名

信息化规模			信息化质量			信息化速度		
省 份	指 数	排 名	省 份	指 数	排 名	省 份	指 数	排 名
广 东	0.936	1	上 海	0.680	1	青 海	0.451	1
江 苏	0.685	2	北 京	0.664	2	陕 西	0.441	2
浙 江	0.400	3	广 东	0.643	3	广 西	0.425	3
山 东	0.357	4	江 苏	0.538	4	安 徽	0.424	4
上 海	0.279	5	天 津	0.478	5	湖 南	0.412	5
北 京	0.274	6	浙 江	0.434	6	贵 州	0.407	6
四 川	0.214	7	福 建	0.412	7	黑龙江	0.401	7
辽 宁	0.191	8	辽 宁	0.368	8	江 西	0.399	8
福 建	0.181	9	山 东	0.324	9	云 南	0.385	9
湖 北	0.167	10	四 川	0.308	10	内蒙古	0.384	10
河 北	0.164	11	湖 北	0.265	11	重 庆	0.383	11
湖 南	0.163	12	河 北	0.264	12	西 藏	0.383	12
河 南	0.155	13	陕 西	0.258	13	新 疆	0.377	13
云 南	0.152	14	宁 夏	0.249	14	湖 北	0.373	14
安 徽	0.126	15	安 徽	0.248	15	吉 林	0.372	15
黑龙江	0.117	16	江 西	0.245	16	甘 肃	0.372	16
陕 西	0.114	17	内蒙古	0.242	17	河 北	0.371	17
广 西	0.106	18	山 西	0.242	18	山 西	0.368	18
天 津	0.104	19	重 庆	0.231	19	广 东	0.365	19
山 西	0.087	20	吉 林	0.224	20	四 川	0.363	20
重 庆	0.083	21	黑龙江	0.224	21	江 苏	0.354	21
吉 林	0.082	22	海 南	0.218	22	海 南	0.350	22
江 西	0.082	23	河 南	0.213	23	宁 夏	0.344	23
内蒙古	0.067	24	湖 南	0.206	24	山 东	0.336	24
贵 州	0.065	25	广 西	0.205	25	河 南	0.326	25
新 疆	0.056	26	云 南	0.203	26	辽 宁	0.317	26
甘 肃	0.043	27	新 疆	0.192	27	福 建	0.303	27
海 南	0.019	28	甘 肃	0.184	28	浙 江	0.291	28
宁 夏	0.012	29	西 藏	0.176	29	天 津	0.285	29
青 海	0.009	30	青 海	0.175	30	北 京	0.264	30
西 藏	0.000 *	—	贵 州	0.153	31	上 海	0.256	31

* 数据为"0.000"表示该项数据缺失,且不参加排名,下同。

附表 2－3　2010 年融合深度指数及排名

一体化规模			一体化质量			一体化速度		
省　份	指　数	排　名	省　份	指　数	排　名	省　份	指　数	排　名
广　东	0.686	1	北　京	0.756	1	宁　夏	0.500	1
北　京	0.680	2	上　海	0.720	2	甘　肃	0.441	2
上　海	0.537	3	浙　江	0.599	3	河　南	0.436	3
浙　江	0.428	4	广　东	0.557	4	湖　南	0.415	4
江　苏	0.428	5	江　苏	0.482	5	四　川	0.414	5
山　东	0.310	6	天　津	0.394	6	河　北	0.409	6
辽　宁	0.180	7	福　建	0.390	7	海　南	0.392	7
四　川	0.118	8	湖　北	0.351	8	山　东	0.386	8
天　津	0.113	9	陕　西	0.350	9	贵　州	0.379	9
福　建	0.105	10	安　徽	0.335	10	浙　江	0.373	10
河　南	0.095	11	山　东	0.330	11	福　建	0.359	11
湖　北	0.088	12	辽　宁	0.330	12	广　东	0.359	12
吉　林	0.068	13	湖　南	0.321	13	江　西	0.351	13
湖　南	0.068	14	四　川	0.310	14	云　南	0.349	14
陕　西	0.066	15	重　庆	0.300	15	陕　西	0.343	15
河　北	0.061	16	江　西	0.298	16	重　庆	0.330	16
黑龙江	0.055	17	河　南	0.287	17	安　徽	0.321	17
安　徽	0.054	18	云　南	0.268	18	广　西	0.320	18
重　庆	0.044	19	吉　林	0.261	19	山　西	0.298	19
广　西	0.035	20	黑龙江	0.244	20	江　苏	0.296	20
江　西	0.032	21	山　西	0.239	21	吉　林	0.285	21
山　西	0.027	22	河　北	0.236	22	青　海	0.279	22
甘　肃	0.025	23	甘　肃	0.231	23	西　藏	0.274	23
云　南	0.022	24	内蒙古	0.220	24	北　京	0.263	24
新　疆	0.019	25	海　南	0.214	25	湖　北	0.261	25
内蒙古	0.016	26	广　西	0.210	26	辽　宁	0.253	26
贵　州	0.012	27	宁　夏	0.207	27	天　津	0.229	27
海　南	0.004	28	新　疆	0.171	28	内蒙古	0.207	28
宁　夏	0.004	29	贵　州	0.156	29	黑龙江	0.206	29
青　海	0.002	30	西　藏	0.130	30	新　疆	0.172	30
西　藏	0.000	—	青　海	0.088	31	上　海	0.165	31

（三）工业化、信息化、一体化

附表 3-1 2010 年工业化规模指数及排名

工业化规模宏观指标			工业化规模中观指标			工业化规模微观指标		
省 份	指 数	排 名	省 份	指 数	排 名	省 份	指 数	排 名
广 东	0.873	1	广 东	0.941	1	江 苏	0.768	1
江 苏	0.739	2	江 苏	0.839	2	浙 江	0.716	2
山 东	0.675	3	山 东	0.835	3	广 东	0.701	3
浙 江	0.597	4	浙 江	0.496	4	山 东	0.560	4
上 海	0.567	5	河 南	0.400	5	上 海	0.451	5
北 京	0.476	6	上 海	0.350	6	北 京	0.411	6
辽 宁	0.447	7	辽 宁	0.296	7	河 南	0.399	7
河 北	0.446	8	河 北	0.296	8	河 北	0.302	8
河 南	0.425	9	湖 北	0.218	9	四 川	0.290	9
天 津	0.381	10	湖 南	0.216	10	安 徽	0.271	10
福 建	0.338	11	福 建	0.215	11	辽 宁	0.263	11
内蒙古	0.333	12	四 川	0.208	12	福 建	0.259	12
湖 北	0.318	13	黑龙江	0.181	13	天 津	0.256	13
四 川	0.304	14	天 津	0.168	14	湖 南	0.225	14
黑龙江	0.304	15	安 徽	0.157	15	西 藏	0.222	15
山 西	0.300	16	云 南	0.147	16	湖 北	0.197	16
湖 南	0.286	17	山 西	0.145	17	重 庆	0.169	17
吉 林	0.259	18	陕 西	0.144	18	广 西	0.161	18
安 徽	0.252	19	内蒙古	0.140	19	江 西	0.140	19
重 庆	0.229	20	北 京	0.140	20	山 西	0.138	20
陕 西	0.227	21	吉 林	0.122	21	陕 西	0.133	21
广 西	0.214	22	江 西	0.120	22	宁 夏	0.104	22
江 西	0.204	23	新 疆	0.102	23	内蒙古	0.100	23
云 南	0.181	24	广 西	0.084	24	青 海	0.099	24
新 疆	0.168	25	重 庆	0.081	25	云 南	0.096	25
宁 夏	0.161	26	贵 州	0.059	26	黑龙江	0.089	26
海 南	0.150	27	甘 肃	0.049	27	吉 林	0.088	27
甘 肃	0.139	28	青 海	0.019	28	贵 州	0.087	28
青 海	0.127	29	海 南	0.017	29	甘 肃	0.070	29
贵 州	0.125	30	宁 夏	0.015	30	新 疆	0.064	30
西 藏	0.000	—	西 藏	0.000	—	海 南	0.019	31

附表 3 – 2 2010 年工业化质量指数及排名

工业化质量宏观指标			工业化质量中观指标			工业化质量微观指标		
省　份	指　数	排　名	省　份	指　数	排　名	省　份	指　数	排　名
上　海	0.886	1	浙　江	0.759	1	黑龙江	0.702	1
北　京	0.841	2	江　苏	0.758	2	新　疆	0.659	2
天　津	0.786	3	天　津	0.739	3	河　南	0.628	3
浙　江	0.695	4	重　庆	0.718	4	山　东	0.583	4
广　东	0.694	5	广　东	0.692	5	江　苏	0.568	5
西　藏	0.693	6	福　建	0.657	6	内蒙古	0.520	6
江　苏	0.682	7	河　北	0.610	7	湖　南	0.509	7
山　东	0.641	8	河　南	0.609	8	天　津	0.501	8
福　建	0.640	9	黑龙江	0.593	9	陕　西	0.488	9
吉　林	0.587	10	江　西	0.587	10	广　东	0.485	10
辽　宁	0.583	11	上　海	0.584	11	海　南	0.471	11
黑龙江	0.579	12	北　京	0.561	12	河　北	0.465	12
湖　南	0.552	13	安　徽	0.560	13	江　西	0.463	13
重　庆	0.537	14	山　西	0.556	14	青　海	0.455	14
江　西	0.537	15	四　川	0.540	15	上　海	0.438	15
陕　西	0.536	16	辽　宁	0.513	16	吉　林	0.436	16
湖　北	0.521	17	吉　林	0.482	17	湖　北	0.420	17
海　南	0.519	18	陕　西	0.481	18	四　川	0.400	18
安　徽	0.506	19	甘　肃	0.467	19	安　徽	0.398	19
四　川	0.505	20	湖　南	0.449	20	浙　江	0.389	20
广　西	0.502	21	山　东	0.416	21	辽　宁	0.386	21
河　南	0.490	22	青　海	0.411	22	北　京	0.384	22
新　疆	0.489	23	湖　北	0.361	23	重　庆	0.378	23
河　北	0.479	24	内蒙古	0.317	24	福　建	0.366	24
内蒙古	0.462	25	广　西	0.296	25	云　南	0.347	25
云　南	0.432	26	宁　夏	0.291	26	山　西	0.321	26
山　西	0.341	27	新　疆	0.252	27	甘　肃	0.287	27
甘　肃	0.317	28	西　藏	0.239	28	广　西	0.286	28
贵　州	0.295	29	云　南	0.222	29	贵　州	0.271	29
青　海	0.288	30	贵　州	0.216	30	宁　夏	0.221	30
宁　夏	0.047	31	海　南	0.179	31	西　藏	0.080	31

附表 3 – 3 2010 年工业化速度指数及排名

工业化速度宏观指标			工业化速度中观指标			工业化速度微观指标		
省　份	指　数	排　名	省　份	指　数	排　名	省　份	指　数	排　名
天　津	0.653	1	河　北	0.722	1	重　庆	0.789	1
海　南	0.634	2	重　庆	0.670	2	安　徽	0.758	2
辽　宁	0.626	3	湖　北	0.638	3	江　苏	0.706	3
上　海	0.614	4	湖　南	0.635	4	河　南	0.688	4
吉　林	0.602	5	安　徽	0.633	5	陕　西	0.678	5
内蒙古	0.592	6	广　西	0.597	6	江　西	0.670	6
重　庆	0.592	7	宁　夏	0.595	7	湖　北	0.652	7
青　海	0.587	8	江　西	0.592	8	黑龙江	0.606	8
黑龙江	0.576	9	四　川	0.591	9	四　川	0.598	9
四　川	0.574	10	浙　江	0.587	10	海　南	0.594	10
陕　西	0.573	11	福　建	0.566	11	湖　南	0.594	11
新　疆	0.553	12	西　藏	0.564	12	吉　林	0.565	12
山　西	0.537	13	新　疆	0.556	13	北　京	0.531	13
河　南	0.528	14	山　西	0.554	14	内蒙古	0.525	14
安　徽	0.520	15	云　南	0.542	15	河　北	0.505	15
宁　夏	0.516	16	陕　西	0.538	16	青　海	0.499	16
湖　北	0.508	17	辽　宁	0.527	17	广　东	0.496	17
广　西	0.504	18	江　苏	0.516	18	山　东	0.485	18
湖　南	0.503	19	内蒙古	0.500	19	贵　州	0.484	19
山　东	0.503	20	黑龙江	0.493	20	天　津	0.483	20
江　苏	0.502	21	广　东	0.490	21	辽　宁	0.482	21
云　南	0.488	22	河　南	0.485	22	福　建	0.470	22
甘　肃	0.486	23	吉　林	0.473	23	山　西	0.459	23
福　建	0.475	24	青　海	0.467	24	浙　江	0.456	24
北　京	0.467	25	海　南	0.428	25	宁　夏	0.455	25
浙　江	0.462	26	天　津	0.426	26	新　疆	0.426	26
贵　州	0.449	27	贵　州	0.422	27	上　海	0.405	27
广　东	0.446	28	甘　肃	0.400	28	广　西	0.403	28
河　北	0.403	29	上　海	0.394	29	甘　肃	0.358	29
江　西	0.396	30	北　京	0.329	30	云　南	0.339	30
西　藏	0.296	31	山　东	0.247	31	西　藏	0.142	31

附表 3 - 4　2010 年信息化规模指数及排名

信息化规模宏观指标			信息化规模中观指标			信息化规模微观指标		
省　份	指　数	排　名	省　份	指　数	排　名	省　份	指　数	排　名
广　东	1.000	1	广　东	0.932	1	广　东	0.877	1
江　苏	0.635	2	江　苏	0.673	2	江　苏	0.746	2
北　京	0.361	3	浙　江	0.396	3	山　东	0.544	3
浙　江	0.288	4	山　东	0.332	4	浙　江	0.518	4
上　海	0.271	5	上　海	0.317	5	四　川	0.351	5
山　东	0.195	6	北　京	0.221	6	河　北	0.339	6
福　建	0.109	7	四　川	0.207	7	辽　宁	0.330	7
辽　宁	0.093	8	福　建	0.171	8	湖　北	0.309	8
天　津	0.087	9	云　南	0.157	9	河　南	0.307	9
四　川	0.083	10	辽　宁	0.150	10	云　南	0.292	10
陕　西	0.062	11	湖　南	0.145	11	湖　南	0.290	11
湖　北	0.059	12	湖　北	0.133	12	福　建	0.263	12
湖　南	0.053	13	安　徽	0.131	13	上　海	0.250	13
安　徽	0.038	14	河　南	0.123	14	北　京	0.241	14
河　南	0.036	15	河　北	0.121	15	黑龙江	0.239	15
河　北	0.032	16	天　津	0.100	16	广　西	0.224	16
江　西	0.024	17	黑龙江	0.090	17	安　徽	0.210	17
黑龙江	0.023	18	广　西	0.079	18	陕　西	0.203	18
吉　林	0.019	19	陕　西	0.078	19	山　西	0.186	19
重　庆	0.019	20	重　庆	0.073	20	重　庆	0.157	20
广　西	0.015	21	吉　林	0.071	21	吉　林	0.156	21
山　西	0.015	22	江　西	0.070	22	江　西	0.151	22
贵　州	0.008	23	内蒙古	0.066	23	贵　州	0.138	23
内蒙古	0.008	24	山　西	0.061	24	内蒙古	0.127	24
甘　肃	0.007	25	新　疆	0.059	25	天　津	0.124	25
云　南	0.007	26	贵　州	0.049	26	新　疆	0.103	26
新　疆	0.007	27	甘　肃	0.037	27	甘　肃	0.084	27
海　南	0.002	28	海　南	0.016	28	海　南	0.040	28
宁　夏	0.001	29	青　海	0.008	29	宁　夏	0.026	29
青　海	0.000	—	宁　夏	0.008	30	青　海	0.017	30
西　藏	0.000	—	西　藏	0.001	31	西　藏	0.000	—

附表3－5　2010年信息化质量指数及排名

信息化质量宏观指标			信息化质量中观指标			信息化质量微观指标		
省　份	指　数	排　名	省　份	指　数	排　名	省　份	指　数	排　名
广　东	0.877	1	广　东	0.402	1	上　海	0.863	1
上　海	0.828	2	西　藏	0.367	2	北　京	0.818	2
北　京	0.816	3	北　京	0.359	3	广　东	0.648	3
江　苏	0.739	4	上　海	0.348	4	浙　江	0.648	4
天　津	0.583	5	四　川	0.283	5	江　苏	0.604	5
福　建	0.501	6	天　津	0.277	6	天　津	0.574	6
浙　江	0.493	7	江　苏	0.269	7	福　建	0.528	7
山　东	0.448	8	辽　宁	0.262	8	辽　宁	0.491	8
陕　西	0.354	9	福　建	0.207	9	河　北	0.398	9
辽　宁	0.350	10	浙　江	0.161	10	山　东	0.386	10
山　西	0.329	11	山　东	0.137	11	黑龙江	0.384	11
江　西	0.327	12	安　徽	0.123	12	吉　林	0.384	12
安　徽	0.323	13	湖　北	0.115	13	湖　北	0.366	13
内蒙古	0.323	14	宁　夏	0.104	14	陕　西	0.364	14
湖　北	0.316	15	江　西	0.102	15	内蒙古	0.360	15
河　北	0.309	16	重　庆	0.088	16	重　庆	0.357	16
甘　肃	0.299	17	河　北	0.085	17	宁　夏	0.355	17
云　南	0.297	18	海　南	0.078	18	四　川	0.350	18
四　川	0.293	19	湖　南	0.067	19	河　南	0.338	19
宁　夏	0.288	20	山　西	0.062	20	海　南	0.337	20
河　南	0.284	21	陕　西	0.056	21	山　西	0.335	21
湖　南	0.275	22	广　西	0.055	22	新　疆	0.323	22
吉　林	0.257	23	黑龙江	0.050	23	广　西	0.316	23
贵　州	0.252	24	新　疆	0.045	24	江　西	0.305	24
重　庆	0.248	25	青　海	0.045	25	安　徽	0.296	25
广　西	0.244	26	内蒙古	0.045	26	云　南	0.287	26
海　南	0.241	27	吉　林	0.033	27	湖　南	0.277	27
青　海	0.241	28	云　南	0.025	28	青　海	0.239	28
黑龙江	0.238	29	贵　州	0.024	29	甘　肃	0.236	29
新　疆	0.208	30	河　南	0.018	30	贵　州	0.183	30
西　藏	0.000	—	甘　肃	0.016	31	西　藏	0.162	31

附表 3-6 2010 年信息化速度指数及排名

信息化速度宏观指标			信息化速度中观指标			信息化速度微观指标		
省 份	指 数	排 名	省 份	指 数	排 名	省 份	指 数	排 名
青 海	0.598	1	内蒙古	0.376	1	安 徽	0.539	1
陕 西	0.557	2	广 东	0.372	2	贵 州	0.535	2
江 西	0.553	3	青 海	0.362	3	广 西	0.496	3
黑龙江	0.530	4	新 疆	0.353	4	湖 南	0.488	4
广 西	0.507	5	宁 夏	0.333	5	陕 西	0.470	5
西 藏	0.483	6	重 庆	0.332	6	河 北	0.462	6
山 西	0.478	7	吉 林	0.324	7	内蒙古	0.448	7
海 南	0.468	8	海 南	0.312	8	云 南	0.444	8
云 南	0.463	9	四 川	0.310	9	吉 林	0.437	9
重 庆	0.459	10	湖 南	0.306	10	江 西	0.411	10
新 疆	0.453	11	黑龙江	0.297	11	湖 北	0.411	11
安 徽	0.453	12	陕 西	0.294	12	山 东	0.407	12
河 北	0.450	13	西 藏	0.287	13	甘 肃	0.407	13
江 苏	0.444	14	安 徽	0.280	14	河 南	0.405	14
湖 南	0.441	15	江 苏	0.279	15	山 西	0.404	15
河 南	0.439	16	湖 北	0.275	16	辽 宁	0.397	16
甘 肃	0.438	17	广 西	0.273	17	青 海	0.393	17
四 川	0.432	18	甘 肃	0.271	18	西 藏	0.379	18
湖 北	0.432	19	上 海	0.259	19	黑龙江	0.375	19
贵 州	0.429	20	贵 州	0.257	20	重 庆	0.359	20
浙 江	0.417	21	浙 江	0.253	21	四 川	0.346	21
广 东	0.406	22	云 南	0.246	22	江 苏	0.338	22
山 东	0.385	23	江 西	0.234	23	北 京	0.337	23
宁 夏	0.367	24	天 津	0.233	24	宁 夏	0.333	24
福 建	0.365	25	辽 宁	0.230	25	福 建	0.331	25
吉 林	0.355	26	山 西	0.222	26	新 疆	0.326	26
内蒙古	0.328	27	山 东	0.215	27	广 东	0.317	27
辽 宁	0.322	28	福 建	0.212	28	天 津	0.311	28
天 津	0.312	29	北 京	0.204	29	海 南	0.268	29
上 海	0.293	30	河 北	0.201	30	上 海	0.215	30
北 京	0.252	31	河 南	0.134	31	浙 江	0.204	31

附表 3-7 2010 年一体化规模指数及排名

一体化规模宏观指标			一体化规模中观指标			一体化规模微观指标		
省 份	指 数	排 名	省 份	指 数	排 名	省 份	指 数	排 名
北 京	0.643	1	北 京	0.819	1	广 东	0.918	1
广 东	0.598	2	广 东	0.542	2	上 海	0.700	2
浙 江	0.455	3	上 海	0.525	3	北 京	0.579	3
江 苏	0.404	4	江 苏	0.451	4	浙 江	0.549	4
上 海	0.385	5	浙 江	0.281	5	山 东	0.464	5
山 东	0.247	6	辽 宁	0.249	6	江 苏	0.429	6
辽 宁	0.134	7	山 东	0.221	7	天 津	0.164	7
四 川	0.128	8	吉 林	0.151	8	辽 宁	0.157	8
湖 北	0.097	9	四 川	0.137	9	福 建	0.152	9
天 津	0.096	10	福 建	0.090	10	河 南	0.144	10
河 南	0.085	11	陕 西	0.086	11	湖 北	0.110	11
福 建	0.072	12	天 津	0.080	12	河 北	0.109	12
湖 南	0.072	13	广 西	0.061	13	湖 南	0.097	13
重 庆	0.068	14	湖 北	0.057	14	四 川	0.088	14
黑龙江	0.056	15	河 南	0.054	15	安 徽	0.077	15
陕 西	0.056	16	黑龙江	0.038	16	黑龙江	0.069	16
河 北	0.052	17	甘 肃	0.036	17	陕 西	0.056	17
安 徽	0.050	18	安 徽	0.035	18	山 西	0.053	18
吉 林	0.033	19	湖 南	0.034	19	江 西	0.050	19
山 西	0.024	20	河 北	0.024	20	重 庆	0.046	20
甘 肃	0.022	21	江 西	0.024	21	云 南	0.040	21
江 西	0.022	22	重 庆	0.019	22	新 疆	0.034	22
广 西	0.019	23	内蒙古	0.012	23	广 西	0.024	23
云 南	0.018	24	贵 州	0.010	24	吉 林	0.022	24
新 疆	0.015	25	新 疆	0.009	25	内蒙古	0.021	25
内蒙古	0.015	26	云 南	0.008	26	甘 肃	0.015	26
贵 州	0.014	27	海 南	0.005	27	贵 州	0.011	27
青 海	0.005	28	山 西	0.003	28	宁 夏	0.007	28
宁 夏	0.005	29	宁 夏	0.001	29	海 南	0.003	29
海 南	0.004	30	西 藏	0.000	—	青 海	0.001	30
西 藏	0.000	—	青 海	0.000	—	西 藏	0.000	—

附表 3 - 8　2010 年一体化质量指数及排名

一体化质量宏观指标			一体化质量中观指标			一体化质量微观指标		
省　份	指　数	排　名	省　份	指　数	排　名	省　份	指　数	排　名
浙　江	0.822	1	北　京	0.783	1	上　海	0.870	1
北　京	0.724	2	上　海	0.602	2	北　京	0.762	2
上　海	0.689	3	辽　宁	0.476	3	广　东	0.632	3
广　东	0.629	4	江　苏	0.471	4	浙　江	0.610	4
福　建	0.481	5	陕　西	0.429	5	江　苏	0.561	5
海　南	0.446	6	天　津	0.415	6	湖　北	0.498	6
江　苏	0.414	7	广　东	0.409	7	天　津	0.437	7
陕　西	0.355	8	浙　江	0.364	8	安　徽	0.433	8
西　藏	0.353	9	山　东	0.353	9	湖　南	0.433	9
天　津	0.331	10	吉　林	0.349	10	福　建	0.414	10
四　川	0.330	11	甘　肃	0.300	11	山　东	0.393	11
湖　南	0.328	12	黑龙江	0.278	12	重　庆	0.373	12
广　西	0.319	13	福　建	0.276	13	河　南	0.362	13
吉　林	0.316	14	安　徽	0.275	14	四　川	0.348	14
安　徽	0.297	15	重　庆	0.269	15	江　西	0.347	15
湖　北	0.293	16	山　西	0.266	16	云　南	0.336	16
云　南	0.290	17	江　西	0.261	17	宁　夏	0.302	17
江　西	0.285	18	湖　北	0.261	18	河　北	0.301	18
山　西	0.269	19	河　南	0.255	19	内蒙古	0.297	19
黑龙江	0.262	20	四　川	0.252	20	辽　宁	0.270	20
重　庆	0.256	21	广　西	0.212	21	陕　西	0.266	21
山　东	0.245	22	湖　南	0.203	22	新　疆	0.238	22
河　南	0.245	23	宁　夏	0.201	23	甘　肃	0.195	23
辽　宁	0.243	24	河　北	0.194	24	黑龙江	0.191	24
河　北	0.212	25	云　南	0.179	25	山　西	0.184	25
甘　肃	0.199	26	内蒙古	0.174	26	贵　州	0.133	26
内蒙古	0.190	27	贵　州	0.163	27	吉　林	0.120	27
新　疆	0.175	28	海　南	0.143	28	青　海	0.102	28
贵　州	0.173	29	新　疆	0.101	29	广　西	0.100	29
宁　夏	0.118	30	青　海	0.046	30	海　南	0.054	30
青　海	0.115	31	西　藏	0.000	—	西　藏	0.037	31

附表 3-9 2010年一体化速度指数及排名

一体化速度宏观指标			一体化速度中观指标			一体化速度微观指标		
省 份	指 数	排 名	省 份	指 数	排 名	省 份	指 数	排 名
四 川	0.552	1	甘 肃	0.580	1	宁 夏	1.000	1
海 南	0.515	2	山 东	0.499	2	河 北	0.779	2
湖 南	0.468	3	海 南	0.462	3	河 南	0.666	3
江 西	0.416	4	广 东	0.414	4	甘 肃	0.591	4
河 南	0.404	5	浙 江	0.393	5	贵 州	0.589	5
陕 西	0.386	6	广 西	0.354	6	湖 南	0.527	6
重 庆	0.381	7	北 京	0.351	7	青 海	0.519	7
广 西	0.375	8	新 疆	0.327	8	云 南	0.517	8
贵 州	0.365	9	陕 西	0.325	9	福 建	0.499	9
福 建	0.356	10	江 西	0.294	10	吉 林	0.456	10
宁 夏	0.337	11	辽 宁	0.280	11	山 东	0.456	11
江 苏	0.337	12	山 西	0.276	12	内蒙古	0.446	12
安 徽	0.333	13	云 南	0.274	13	重 庆	0.444	13
湖 北	0.324	14	河 北	0.271	14	四 川	0.439	14
浙 江	0.322	15	安 徽	0.254	15	广 东	0.406	15
天 津	0.308	16	四 川	0.251	16	浙 江	0.403	16
西 藏	0.304	17	湖 南	0.249	17	山 西	0.386	17
北 京	0.262	18	河 南	0.240	18	安 徽	0.376	18
上 海	0.260	19	福 建	0.224	19	西 藏	0.370	19
广 东	0.257	20	江 苏	0.217	20	江 西	0.343	20
云 南	0.256	21	贵 州	0.182	21	江 苏	0.333	21
吉 林	0.240	22	天 津	0.181	22	陕 西	0.320	22
山 西	0.232	23	重 庆	0.165	23	湖 北	0.295	23
辽 宁	0.232	24	湖 北	0.163	24	黑龙江	0.263	24
黑龙江	0.205	25	宁 夏	0.162	25	辽 宁	0.249	25
山 东	0.202	26	吉 林	0.159	26	广 西	0.231	26
新 疆	0.190	27	黑龙江	0.150	27	海 南	0.200	27
河 北	0.178	28	上 海	0.150	28	天 津	0.199	28
青 海	0.170	29	西 藏	0.149	29	北 京	0.178	29
甘 肃	0.151	30	青 海	0.149	30	上 海	0.086	30
内蒙古	0.085	31	内蒙古	0.089	31	新 疆	0.000	—

（四）工业化指数及排名

附表 4 - 1　工业化规模宏观指数及排名

II.1.1.1 地区 GDP			II.1.1.2 城市化率			II.1.1.3 电力消费量		
省　份	指　数	排　名	省　份	指　数	排　名	省　份	指　数	排　名
广　东	1.000	1	北　京	0.944	1	广　东	1.000	1
山　东	0.869	2	天　津	0.828	2	江　苏	0.890	2
江　苏	0.847	3	河　北	0.292	3	山　东	0.778	3
浙　江	0.597	4	山　西	0.341	4	浙　江	0.663	4
河　南	0.510	5	内蒙古	0.441	5	河　北	0.598	5
河　北	0.447	6	辽　宁	0.567	6	河　南	0.562	6
上　海	0.377	7	吉　林	0.464	7	辽　宁	0.403	7
辽　宁	0.370	8	黑龙江	0.497	8	山　西	0.375	8
四　川	0.343	9	上　海	1.000	9	内蒙古	0.348	9
湖　北	0.310	10	江　苏	0.480	10	四　川	0.345	10
湖　南	0.305	11	浙　江	0.530	11	上　海	0.325	11
福　建	0.295	12	安　徽	0.271	12	福　建	0.306	12
北　京	0.286	13	福　建	0.414	13	湖　北	0.302	13
安　徽	0.240	14	江　西	0.284	14	湖　南	0.258	14
黑龙江	0.224	15	山　东	0.379	15	安　徽	0.245	15
内蒙古	0.209	16	河　南	0.203	16	云　南	0.237	16
广　西	0.192	17	湖　北	0.342	17	广　西	0.215	17
山　西	0.185	18	湖　南	0.296	18	陕　西	0.202	18
陕　西	0.183	19	广　东	0.618	19	北　京	0.197	19
江　西	0.172	20	广　西	0.236	20	贵　州	0.194	20
吉　林	0.171	21	海　南	0.385	21	甘　肃	0.193	21
天　津	0.169	22	重　庆	0.415	22	黑龙江	0.191	22
云　南	0.150	23	四　川	0.224	23	江　西	0.156	23
重　庆	0.133	24	贵　州	0.098	24	天　津	0.147	24
新　疆	0.108	25	云　南	0.157	25	吉　林	0.142	25
贵　州	0.083	26	西　藏	0.000	26	重　庆	0.138	26
甘　肃	0.079	27	陕　西	0.295	27	新　疆	0.137	27
海　南	0.030	28	甘　肃	0.145	28	宁　夏	0.125	28
宁　夏	0.020	29	青　海	0.277	29	青　海	0.089	29
青　海	0.016	30	宁　夏	0.339	30	海　南	0.035	30
西　藏	0.000	—	新　疆	0.258	31	西　藏	0.000	—

附表 4 – 2（1）　　工业化规模中观指数及排名

II.1.2.1 工业总产值			II.1.2.2 工业增加值			II.1.2.3 主营业务收入		
省　份	指　数	排　名	省　份	指　数	排　名	省　份	指　数	排　名
江　苏	1.000	1	广　东	1.000	1	江　苏	1.000	1
广　东	0.965	2	山　东	0.933	2	广　东	0.953	2
山　东	0.929	3	江　苏	0.873	3	山　东	0.933	3
浙　江	0.602	4	浙　江	0.600	4	浙　江	0.596	4
河　南	0.383	5	河　南	0.552	5	上　海	0.392	5
上　海	0.370	6	河　北	0.461	6	河　南	0.381	6
辽　宁	0.365	7	辽　宁	0.389	7	辽　宁	0.366	7
河　北	0.339	8	上　海	0.334	8	河　北	0.338	8
福　建	0.224	9	四　川	0.284	9	福　建	0.222	9
四　川	0.217	10	福　建	0.274	10	四　川	0.214	10
湖　北	0.198	11	湖　北	0.250	11	湖　北	0.196	11
天　津	0.184	12	湖　南	0.247	12	天　津	0.194	12
湖　南	0.170	13	黑龙江	0.226	13	湖　南	0.169	13
安　徽	0.164	14	山　西	0.226	14	北　京	0.169	14
北　京	0.153	15	内蒙古	0.219	15	安　徽	0.165	15
山　西	0.147	16	天　津	0.203	16	山　西	0.152	16
内蒙古	0.128	17	安　徽	0.201	17	江　西	0.128	17
江　西	0.125	18	陕　西	0.190	18	内蒙古	0.127	18
吉　林	0.123	19	江　西	0.159	19	黑龙江	0.123	19
黑龙江	0.112	20	吉　林	0.154	20	吉　林	0.122	20
陕　西	0.110	21	广　西	0.151	21	陕　西	0.108	21
广　西	0.089	22	北　京	0.126	22	广　西	0.085	22
重　庆	0.084	23	云　南	0.118	23	重　庆	0.085	23
云　南	0.075	24	重　庆	0.117	24	云　南	0.074	24
新　疆	0.062	25	新　疆	0.102	25	新　疆	0.066	25
甘　肃	0.053	26	贵　州	0.070	26	甘　肃	0.056	26
贵　州	0.045	27	甘　肃	0.069	27	贵　州	0.043	27
宁　夏	0.019	28	宁　夏	0.027	28	宁　夏	0.019	28
青　海	0.016	29	青　海	0.024	29	海　南	0.016	29
海　南	0.016	30	海　南	0.017	30	青　海	0.015	30
西　藏	0.000	—	西　藏	0.000	—	西　藏	0.000	—

附表 4－2（2） 工业化规模中观指数及排名

II.1.2.4 规模以上工业企业利润总额			II.1.2.5 工业制成品出口总额			II.1.2.6 产品销售税金及附加		
省 份	指 数	排 名	省 份	指 数	排 名	省 份	指 数	排 名
江 苏	1.000	1	广 东	1.000	1	山 东	1.000	1
山 东	0.988	2	江 苏	0.586	2	广 东	0.906	2
广 东	0.824	3	上 海	0.416	3	江 苏	0.576	3
河 南	0.575	4	浙 江	0.380	4	云 南	0.527	4
浙 江	0.411	5	山 东	0.229	5	湖 南	0.526	5
黑龙江	0.397	6	北 京	0.141	6	河 南	0.484	6
河 北	0.344	7	福 建	0.140	7	湖 北	0.408	7
陕 西	0.253	8	天 津	0.103	8	浙 江	0.388	8
上 海	0.243	9	辽 宁	0.103	9	辽 宁	0.358	9
湖 北	0.228	10	河 北	0.058	10	上 海	0.348	10
福 建	0.225	11	新 疆	0.047	11	四 川	0.291	11
四 川	0.212	12	黑龙江	0.040	12	河 北	0.234	12
辽 宁	0.196	13	四 川	0.031	13	安 徽	0.234	13
新 疆	0.195	14	湖 北	0.028	14	吉 林	0.221	14
内蒙古	0.193	15	安 徽	0.027	15	福 建	0.204	15
天 津	0.189	16	河 南	0.025	16	陕 西	0.191	16
湖 南	0.166	17	山 西	0.022	17	黑龙江	0.184	17
山 西	0.159	18	湖 南	0.020	18	山 西	0.167	18
安 徽	0.152	19	江 西	0.018	19	内蒙古	0.166	19
北 京	0.139	20	广 西	0.017	20	江 西	0.164	20
江 西	0.127	21	重 庆	0.013	21	贵 州	0.146	21
吉 林	0.099	22	陕 西	0.012	22	新 疆	0.136	22
云 南	0.077	23	云 南	0.011	23	天 津	0.136	23
重 庆	0.077	24	吉 林	0.011	24	北 京	0.113	24
广 西	0.057	25	内蒙古	0.008	25	重 庆	0.109	25
贵 州	0.045	26	贵 州	0.004	26	广 西	0.106	26
青 海	0.044	27	甘 肃	0.003	27	甘 肃	0.086	27
甘 肃	0.026	28	海 南	0.003	28	海 南	0.031	28
海 南	0.019	29	宁 夏	0.002	29	青 海	0.018	29
宁 夏	0.009	30	西 藏	0.001	30	宁 夏	0.014	30
西 藏	0.000	—	青 海	0.000	—	西 藏	0.000	—

附表4-3 工业化规模微观指数及排名

II.1.3.1 企业单位个数			II.1.3.2 工业从业人员人数			II.1.3.3 城镇单位就业人员平均劳动报酬		
省 份	指 数	排 名	省 份	指 数	排 名	省 份	指 数	排 名
江 苏	1.000	1	江 苏	1.000	1	北 京	1.000	1
浙 江	0.898	2	广 东	0.941	2	上 海	0.894	2
广 东	0.802	3	浙 江	0.881	3	西 藏	0.666	3
山 东	0.650	4	山 东	0.868	4	天 津	0.550	4
辽 宁	0.333	5	河 南	0.802	5	浙 江	0.370	5
上 海	0.286	6	河 北	0.611	6	广 东	0.360	6
河 南	0.285	7	四 川	0.545	7	江 苏	0.304	7
福 建	0.262	8	安 徽	0.495	8	青 海	0.270	8
四 川	0.208	9	湖 南	0.387	9	宁 夏	0.268	9
河 北	0.189	10	福 建	0.375	10	辽 宁	0.187	10
湖 南	0.188	11	湖 北	0.358	11	重 庆	0.171	11
湖 北	0.183	12	江 西	0.307	12	山 东	0.160	12
安 徽	0.173	13	广 西	0.283	13	内蒙古	0.152	13
天 津	0.120	14	辽 宁	0.269	14	安 徽	0.145	14
江 西	0.111	15	重 庆	0.245	15	福 建	0.141	15
北 京	0.109	16	山 西	0.208	16	山 西	0.139	16
重 庆	0.092	17	陕 西	0.201	17	陕 西	0.138	17
广 西	0.082	18	上 海	0.174	18	广 西	0.119	18
吉 林	0.079	19	黑龙江	0.169	19	四 川	0.117	19
山 西	0.066	20	云 南	0.161	20	新 疆	0.116	20
黑龙江	0.066	21	贵 州	0.127	21	河 南	0.109	21
陕 西	0.060	22	北 京	0.124	22	河 北	0.104	22
内蒙古	0.060	23	吉 林	0.109	23	湖 南	0.101	23
云 南	0.049	24	天 津	0.097	24	贵 州	0.096	24
贵 州	0.040	25	甘 肃	0.094	25	甘 肃	0.086	25
甘 肃	0.028	26	内蒙古	0.088	26	云 南	0.077	26
新 疆	0.027	27	新 疆	0.049	27	吉 林	0.077	27
宁 夏	0.012	28	宁 夏	0.031	28	湖 北	0.051	28
海 南	0.007	29	青 海	0.022	29	海 南	0.033	29
青 海	0.007	30	海 南	0.015	30	黑龙江	0.033	30
西 藏	0.000	—	西 藏	0.000	—	江 西	0.000	—

附表4-4　工业化质量宏观指数及排名

II.2.1.1 地区人均GDP			II.2.1.2 单位地区生产总值电耗			II.2.1.3 单位工业增加值能耗（规模以上，当量值）		
省　份	指　数	排　名	省　份	指　数	排　名	省　份	指　数	排　名
上　海	1.000	1	西　藏	1.000	1	西　藏	1.000	1
北　京	0.833	2	北　京	0.836	2	广　东	0.878	2
天　津	0.710	3	吉　林	0.807	3	上　海	0.866	3
浙　江	0.520	4	黑龙江	0.799	4	北　京	0.855	4
江　苏	0.482	5	湖　南	0.797	5	天　津	0.852	5
广　东	0.449	6	天　津	0.797	6	福　建	0.835	6
山　东	0.380	7	上　海	0.792	7	浙　江	0.834	7
内蒙古	0.367	8	海　南	0.792	8	江　苏	0.823	8
辽　宁	0.352	9	江　西	0.790	9	山　东	0.762	9
福　建	0.333	10	山　东	0.781	10	黑龙江	0.734	10
吉　林	0.231	11	湖　北	0.767	11	江　西	0.728	11
河　北	0.225	12	重　庆	0.763	12	吉　林	0.722	12
黑龙江	0.203	13	四　川	0.758	13	湖　南	0.722	13
山　西	0.181	14	安　徽	0.758	14	陕　西	0.718	14
湖　北	0.173	15	广　东	0.755	15	重　庆	0.705	15
新　疆	0.172	16	福　建	0.752	16	广　西	0.673	16
河　南	0.168	17	江　苏	0.743	17	安　徽	0.672	17
陕　西	0.148	18	陕　西	0.742	18	辽　宁	0.660	18
重　庆	0.144	19	辽　宁	0.738	19	四　川	0.653	19
宁　夏	0.141	20	广　西	0.737	20	海　南	0.634	20
湖　南	0.136	21	河　南	0.732	21	湖　北	0.624	21
青　海	0.134	22	浙　江	0.730	22	云　南	0.601	22
海　南	0.130	23	新　疆	0.715	23	新　疆	0.579	23
四　川	0.103	24	河　北	0.677	24	河　南	0.568	24
广　西	0.096	25	云　南	0.636	25	青　海	0.545	25
江　西	0.093	26	内蒙古	0.607	26	河　北	0.535	26
安　徽	0.089	27	山　西	0.527	27	甘　肃	0.432	27
西　藏	0.079	28	贵　州	0.491	28	内蒙古	0.412	28
云　南	0.059	29	甘　肃	0.467	29	贵　州	0.394	29
甘　肃	0.052	30	青　海	0.186	30	山　西	0.315	30
贵　州	0.000	—	宁　夏	0.000	—	宁　夏	0.000	—

附表4-5 工业化质量中观指数及排名

II.2.2.1 工业增加值占地区GDP的比重			II.2.2.2 高新技术产业产值占工业总产值比重			II.2.2.3 工业从业人员占总就业人员的比重			II.2.2.4 工业制成品占出口产品的比重		
省份	指数	排名	省份	指数	排名	省份	指数	排名	省份	指数	排名
山 西	1.000	1	北 京	1.000	1	浙 江	1.000	1	江 苏	1.000	1
天 津	0.982	2	吉 林	0.962	2	江 苏	0.942	2	广 东	0.988	2
河 南	0.905	3	陕 西	0.811	3	天 津	0.835	3	四 川	0.982	3
山 东	0.905	4	重 庆	0.783	4	上 海	0.801	4	重 庆	0.978	4
辽 宁	0.868	5	黑龙江	0.604	5	福 建	0.697	5	江 西	0.978	5
江 苏	0.862	6	湖 北	0.426	6	广 东	0.638	6	浙 江	0.973	6
河 北	0.852	7	海 南	0.395	7	河 北	0.619	7	西 藏	0.957	7
内蒙古	0.846	8	湖 南	0.367	8	山 东	0.587	8	福 建	0.956	8
广 东	0.834	9	广 西	0.322	9	江 西	0.471	9	河 南	0.945	9
浙 江	0.831	10	广 东	0.308	10	安 徽	0.461	10	安 徽	0.925	10
陕 西	0.828	11	上 海	0.304	11	河 南	0.454	11	天 津	0.851	11
黑龙江	0.812	12	天 津	0.289	12	重 庆	0.448	12	甘 肃	0.849	12
青 海	0.787	13	甘 肃	0.279	13	山 西	0.442	13	河 北	0.845	13
宁 夏	0.758	14	云 南	0.255	14	辽 宁	0.417	14	黑龙江	0.675	14
福 建	0.744	15	内蒙古	0.246	15	宁 夏	0.406	15	北 京	0.651	15
江 西	0.718	16	辽 宁	0.244	16	湖 北	0.392	16	青 海	0.556	16
新 疆	0.716	17	山 西	0.239	17	四 川	0.318	17	山 西	0.541	17
上 海	0.709	18	浙 江	0.234	18	北 京	0.317	18	湖 南	0.535	18
吉 林	0.701	19	福 建	0.233	19	青 海	0.301	19	辽 宁	0.523	19
重 庆	0.662	20	贵 州	0.232	20	陕 西	0.286	20	上 海	0.522	20
四 川	0.650	21	江 苏	0.230	21	黑龙江	0.280	21	新 疆	0.116	21
安 徽	0.649	22	四 川	0.209	22	广 西	0.266	22	吉 林	0.000	—
甘 肃	0.632	23	安 徽	0.205	23	湖 南	0.265	23	内蒙古	0.000	—
湖 南	0.630	24	江 西	0.180	24	吉 林	0.263	24	山 东	0.000	—
湖 北	0.627	25	山 东	0.174	25	内蒙古	0.179	25	湖 北	0.000	—
贵 州	0.608	26	河 南	0.131	26	甘 肃	0.107	26	广 西	0.000	—
广 西	0.595	27	河 北	0.123	27	新 疆	0.090	27	海 南	0.000	—
云 南	0.584	28	新 疆	0.083	28	云 南	0.050	28	贵 州	0.000	—
海 南	0.296	29	西 藏	0.000	—	贵 州	0.025	29	云 南	0.000	—
北 京	0.275	30	青 海	0.000	—	海 南	0.024	30	陕 西	0.000	—
西 藏	0.000	—	宁 夏	0.000	—	西 藏	0.000	—	宁 夏	0.000	—

附表 4-6（1） 工业化质量微观指数及排名

II.2.3.1 全员劳动生产率			II.2.3.2 总资产贡献率			II.2.3.3 成本费用利润率		
省 份	指 数	排 名	省 份	指 数	排 名	省 份	指 数	排 名
内蒙古	1.000	1	黑龙江	1.000	1	黑龙江	1.000	1
新 疆	0.931	2	河 南	0.722	2	新 疆	0.886	2
天 津	0.844	3	新 疆	0.664	3	青 海	0.795	3
海 南	0.742	4	湖 南	0.636	4	陕 西	0.627	4
青 海	0.705	5	山 东	0.567	5	西 藏	0.371	5
黑龙江	0.587	6	陕 西	0.504	6	内蒙古	0.344	6
吉 林	0.549	7	江 西	0.497	7	河 南	0.318	7
河 南	0.547	8	云 南	0.441	8	海 南	0.237	8
陕 西	0.543	9	江 苏	0.428	9	湖 北	0.211	9
云 南	0.536	10	河 北	0.418	10	云 南	0.195	10
北 京	0.529	11	内蒙古	0.417	11	贵 州	0.178	11
上 海	0.494	12	广 东	0.399	12	山 东	0.176	12
山 东	0.462	13	福 建	0.381	13	山 西	0.172	13
辽 宁	0.385	14	安 徽	0.374	14	湖 南	0.165	14
湖 北	0.376	15	青 海	0.363	15	河 北	0.162	15
河 北	0.354	16	海 南	0.363	16	江 西	0.158	16
重 庆	0.337	17	湖 北	0.331	17	福 建	0.156	17
四 川	0.337	18	山 西	0.318	18	江 苏	0.155	18
广 西	0.317	19	重 庆	0.315	19	四 川	0.155	19
江 苏	0.303	20	四 川	0.313	20	天 津	0.147	20
宁 夏	0.281	21	天 津	0.307	21	安 徽	0.135	21
湖 南	0.279	22	吉 林	0.288	22	重 庆	0.128	22
安 徽	0.266	23	贵 州	0.286	23	广 东	0.114	23
甘 肃	0.234	24	广 西	0.260	24	吉 林	0.103	24
贵 州	0.208	25	浙 江	0.236	25	北 京	0.094	25
江 西	0.184	26	辽 宁	0.176	26	浙 江	0.057	26
西 藏	0.109	27	上 海	0.176	27	广 西	0.057	27
浙 江	0.069	28	甘 肃	0.152	28	上 海	0.036	28
广 东	0.060	29	宁 夏	0.107	29	辽 宁	0.016	29
福 建	0.016	30	北 京	0.071	30	甘 肃	0.003	30
山 西	0.000	—	西 藏	0.000	—	宁 夏	0.000	—

附表 4-6（2） 工业化质量微观指数及排名

II.2.3.4 产品销售率			II.2.3.5 流动资产周转次数(次/年)			II.2.3.6 流动资产年平均余额		
省 份	指 数	排 名	省 份	指 数	排 名	省 份	指 数	排 名
北 京	1.000	1	河 南	1.000	1	江 苏	1.000	1
海 南	0.976	2	山 东	0.967	2	广 东	0.973	2
上 海	0.968	3	江 西	0.896	3	浙 江	0.783	3
湖 南	0.963	4	湖 南	0.876	4	山 东	0.680	4
江 西	0.945	5	河 北	0.808	5	上 海	0.476	5
天 津	0.922	6	吉 林	0.730	6	辽 宁	0.395	6
河 南	0.914	7	安 徽	0.664	7	河 北	0.282	7
黑龙江	0.908	8	内蒙古	0.651	8	河 南	0.270	8
江 苏	0.886	9	江 苏	0.638	9	四 川	0.242	9
重 庆	0.859	10	福 建	0.619	10	北 京	0.241	10
吉 林	0.835	11	广 东	0.619	11	福 建	0.225	11
新 疆	0.831	12	黑龙江	0.590	12	湖 北	0.212	12
湖 北	0.825	13	天 津	0.580	13	天 津	0.206	13
四 川	0.824	14	辽 宁	0.573	14	山 西	0.201	14
山 西	0.819	15	新 疆	0.573	15	安 徽	0.158	15
福 建	0.801	16	广 西	0.570	16	陕 西	0.150	16
甘 肃	0.797	17	湖 北	0.564	17	湖 南	0.132	17
安 徽	0.787	18	重 庆	0.531	18	黑龙江	0.129	18
辽 宁	0.770	19	四 川	0.531	19	内蒙古	0.123	19
河 北	0.767	20	海 南	0.492	20	云 南	0.112	20
浙 江	0.763	21	上 海	0.479	21	吉 林	0.109	21
广 东	0.743	22	甘 肃	0.469	22	江 西	0.097	22
陕 西	0.722	23	浙 江	0.427	23	重 庆	0.095	23
山 东	0.649	24	山 西	0.417	24	广 西	0.090	24
内蒙古	0.583	25	贵 州	0.391	25	新 疆	0.070	25
宁 夏	0.530	26	青 海	0.384	26	甘 肃	0.067	26
贵 州	0.505	27	宁 夏	0.384	27	贵 州	0.059	27
云 南	0.468	28	陕 西	0.381	28	宁 夏	0.026	28
青 海	0.460	29	北 京	0.368	29	青 海	0.020	29
广 西	0.422	30	云 南	0.332	30	海 南	0.017	30
西 藏	0.000	—	西 藏	0.000	—	西 藏	0.000	—

附表4-7 工业化速度宏观指数及排名

II.3.1.1 人均GDP 增长率			II.3.1.2 城市化率 增长率			II.3.1.3 电力消费量 增长率			II.3.1.4 单位工业增加值 能耗增长率		
省 份	指 数	排 名	省 份	指 数	排 名	省 份	指 数	排 名	省 份	指 数	排 名
内蒙古	1.000	1	广 西	1.000	1	上 海	1.000	1	西 藏	1.000	1
天 津	0.911	2	四 川	0.990	2	北 京	0.944	2	海 南	0.867	2
陕 西	0.865	3	河 南	0.985	3	天 津	0.828	3	新 疆	0.703	3
重 庆	0.754	4	安 徽	0.975	4	广 东	0.618	4	上 海	0.648	4
湖 北	0.705	5	云 南	0.966	5	辽 宁	0.567	5	四 川	0.619	5
宁 夏	0.701	6	湖 南	0.957	6	浙 江	0.530	6	甘 肃	0.605	6
河 南	0.678	7	河 北	0.953	7	黑龙江	0.497	7	青 海	0.544	7
辽 宁	0.676	8	江 西	0.946	8	江 苏	0.480	8	黑龙江	0.537	8
青 海	0.657	9	陕 西	0.935	9	吉 林	0.464	9	吉 林	0.514	9
吉 林	0.635	10	重 庆	0.926	10	内蒙古	0.441	10	辽 宁	0.412	10
贵 州	0.595	11	内蒙古	0.914	11	重 庆	0.415	11	浙 江	0.359	11
湖 南	0.586	12	贵 州	0.913	12	福 建	0.414	12	山 西	0.349	12
山 西	0.570	13	黑龙江	0.901	13	海 南	0.385	13	云 南	0.318	13
安 徽	0.527	14	福 建	0.888	14	山 东	0.379	14	安 徽	0.308	14
云 南	0.510	15	山 西	0.888	15	湖 北	0.342	15	福 建	0.299	15
广 西	0.504	16	宁 夏	0.877	16	山 西	0.341	16	山 东	0.285	16
山 东	0.483	17	江 苏	0.873	17	宁 夏	0.339	17	江 苏	0.278	17
四 川	0.463	18	湖 北	0.871	18	湖 南	0.296	18	广 西	0.278	18
海 南	0.428	19	青 海	0.869	19	陕 西	0.295	19	重 庆	0.274	19
新 疆	0.412	20	山 东	0.863	20	河 北	0.292	20	河 南	0.244	20
江 苏	0.379	21	甘 肃	0.861	21	江 西	0.284	21	广 东	0.210	21
黑龙江	0.371	22	海 南	0.858	22	青 海	0.277	22	陕 西	0.199	22
河 北	0.368	23	辽 宁	0.848	23	安 徽	0.271	23	贵 州	0.191	23
江 西	0.340	24	新 疆	0.841	24	新 疆	0.258	24	湖 南	0.174	24
甘 肃	0.331	25	天 津	0.839	25	广 西	0.236	25	宁 夏	0.147	25
福 建	0.300	26	浙 江	0.819	26	四 川	0.224	26	北 京	0.115	26
西 藏	0.183	27	北 京	0.810	27	河 南	0.203	27	湖 北	0.112	27
广 东	0.149	28	广 东	0.806	28	云 南	0.157	28	天 津	0.033	28
浙 江	0.141	29	吉 林	0.795	29	甘 肃	0.145	29	内蒙古	0.015	29
上 海	0.022	30	上 海	0.787	30	贵 州	0.098	30	江 西	0.015	30
北 京	0.000	—	西 藏	0.000	—	西 藏	0.000	—	河 北	0.000	—

附表4-8（1） 工业化速度中观指数及排名

II.3.2.1 工业总产值增长率			II.3.2.2 工业增加值增长率			II.3.2.3 工业增加值占地区 GDP 比重增长率		
省 份	指 数	排 名	省 份	指 数	排 名	省 份	指 数	排 名
内蒙古	1.035	1	广 西	1.000	1	广 西	1.000	1
安 徽	1.028	2	河 北	0.891	2	河 北	0.891	2
湖 北	1.028	3	江 西	0.703	3	江 西	0.703	3
江 西	1.026	4	湖 南	0.677	4	湖 南	0.677	4
湖 南	1.025	5	内蒙古	0.676	5	内蒙古	0.676	5
辽 宁	1.025	6	重 庆	0.635	6	重 庆	0.635	6
河 北	1.024	7	贵 州	0.530	7	贵 州	0.530	7
青 海	1.024	8	山 西	0.529	8	山 西	0.529	8
四 川	1.023	9	陕 西	0.512	9	陕 西	0.512	9
广 西	1.023	10	黑龙江	0.503	10	黑龙江	0.503	10
重 庆	1.022	11	浙 江	0.492	11	浙 江	0.492	11
陕 西	1.022	12	安 徽	0.482	12	安 徽	0.482	12
新 疆	1.021	13	湖 北	0.435	13	湖 北	0.435	13
吉 林	1.021	14	甘 肃	0.432	14	甘 肃	0.432	14
山 西	1.020	15	福 建	0.427	15	福 建	0.427	15
宁 夏	1.019	16	宁 夏	0.419	16	宁 夏	0.419	16
河 南	1.019	17	云 南	0.415	17	云 南	0.415	17
江 苏	1.019	18	河 南	0.391	18	河 南	0.391	18
山 东	1.018	19	青 海	0.385	19	青 海	0.385	19
黑龙江	1.017	20	吉 林	0.385	20	吉 林	0.385	20
天 津	1.017	21	新 疆	0.371	21	新 疆	0.371	21
贵 州	1.016	22	西 藏	0.347	22	西 藏	0.347	22
福 建	1.015	23	辽 宁	0.324	23	辽 宁	0.324	23
云 南	1.014	24	四 川	0.291	24	四 川	0.291	24
广 东	1.013	25	广 东	0.289	25	广 东	0.289	25
西 藏	1.012	26	天 津	0.251	26	天 津	0.251	26
甘 肃	1.009	27	江 苏	0.208	27	江 苏	0.208	27
浙 江	1.009	28	海 南	0.184	28	海 南	0.184	28
上 海	1.009	29	山 东	0.101	29	山 东	0.101	29
海 南	1.007	30	上 海	0.049	30	上 海	0.049	30
北 京	1.006	31	北 京	0.000	—	北 京	0.000	—

附表4-8（2）　工业化速度中观指数及排名

II.3.2.4 工业就业增长率			II.3.2.5 工业从业人员占总就业人员比重的增长率			II.3.2.6 工业制成品占出口产品的比重的增长率		
省份	指数	排名	省份	指数	排名	省份	指数	排名
湖北	1.000	1	宁夏	1.000	1	西藏	1.000	1
天津	0.917	2	湖北	0.933	2	黑龙江	0.938	2
云南	0.723	3	云南	0.687	3	新疆	0.887	3
宁夏	0.711	4	海南	0.683	4	辽宁	0.767	4
四川	0.635	5	四川	0.652	5	山西	0.713	5
吉林	0.591	6	安徽	0.649	6	上海	0.700	6
江苏	0.584	7	陕西	0.617	7	北京	0.693	7
重庆	0.565	8	江西	0.585	8	四川	0.654	8
陕西	0.564	9	河南	0.583	9	福建	0.651	9
江西	0.536	10	青海	0.557	10	浙江	0.650	10
河南	0.524	11	重庆	0.529	11	江苏	0.645	11
安徽	0.514	12	湖南	0.463	12	安徽	0.642	12
海南	0.510	13	吉林	0.455	13	重庆	0.638	13
福建	0.504	14	河北	0.433	14	广东	0.635	14
河北	0.465	15	江苏	0.432	15	河北	0.626	15
湖南	0.452	16	浙江	0.429	16	湖南	0.514	16
青海	0.451	17	福建	0.373	17	青海	0.000	—
浙江	0.448	18	辽宁	0.369	18	天津	0.000	—
西藏	0.420	19	新疆	0.340	19	内蒙古	0.000	—
广东	0.412	20	广东	0.302	20	吉林	0.000	—
辽宁	0.352	21	内蒙古	0.289	21	江西	0.000	—
新疆	0.344	22	甘肃	0.271	22	山东	0.000	—
内蒙古	0.321	23	广西	0.270	23	河南	0.000	—
上海	0.302	24	西藏	0.257	24	湖北	0.000	—
广西	0.289	25	上海	0.254	25	广西	0.000	—
山西	0.288	26	山西	0.242	26	海南	0.000	—
北京	0.265	27	贵州	0.241	27	贵州	0.000	—
甘肃	0.254	28	天津	0.121	28	云南	0.000	—
贵州	0.216	29	山东	0.111	29	陕西	0.000	—
山东	0.151	30	北京	0.012	30	甘肃	0.000	—
黑龙江	0.000	—	黑龙江	0.000	—	宁夏	0.000	—

附表 4-9（1） 工业化速度微观指数及排名

II.3.3.1 全员劳动生产率增长率			II.3.3.2 总资产贡献率增长率			II.3.3.3 成本费用利润率增长率		
省 份	指 数	排 名	省 份	指 数	排 名	省 份	指 数	排 名
重 庆	1.000	1	安 徽	1.000	1	安 徽	1.000	1
河 南	0.875	2	江 西	0.945	2	江 西	0.971	2
海 南	0.752	3	江 苏	0.909	3	陕 西	0.907	3
内蒙古	0.639	4	湖 北	0.875	4	江 苏	0.904	4
宁 夏	0.602	5	湖 南	0.859	5	黑龙江	0.716	5
甘 肃	0.572	6	陕 西	0.772	6	湖 北	0.697	6
吉 林	0.564	7	广 东	0.729	7	海 南	0.690	7
西 藏	0.549	8	黑龙江	0.722	8	重 庆	0.672	8
浙 江	0.541	9	海 南	0.650	9	湖 南	0.657	9
四 川	0.511	10	山 西	0.643	10	青 海	0.631	10
湖 北	0.495	11	青 海	0.627	11	山 东	0.606	11
广 西	0.493	12	四 川	0.615	12	广 东	0.588	12
陕 西	0.472	13	山 东	0.614	13	四 川	0.575	13
江 西	0.438	14	重 庆	0.594	14	新 疆	0.561	14
安 徽	0.425	15	内蒙古	0.575	15	河 南	0.546	15
湖 南	0.406	16	河 南	0.553	16	贵 州	0.539	16
河 北	0.403	17	福 建	0.544	17	山 西	0.533	17
青 海	0.401	18	河 北	0.513	18	浙 江	0.479	18
山 东	0.364	19	新 疆	0.476	19	河 北	0.479	19
北 京	0.346	20	贵 州	0.459	20	福 建	0.471	20
贵 州	0.335	21	浙 江	0.457	21	内蒙古	0.454	21
辽 宁	0.330	22	北 京	0.433	22	天 津	0.432	22
天 津	0.271	23	天 津	0.410	23	北 京	0.381	23
福 建	0.237	24	云 南	0.376	24	云 南	0.317	24
江 苏	0.212	25	辽 宁	0.341	25	辽 宁	0.297	25
广 东	0.169	26	吉 林	0.338	26	吉 林	0.273	26
黑龙江	0.154	27	宁 夏	0.337	27	上 海	0.268	27
云 南	0.122	28	广 西	0.332	28	宁 夏	0.226	28
新 疆	0.121	29	上 海	0.298	29	广 西	0.184	29
上 海	0.020	30	甘 肃	0.058	30	西 藏	0.037	30
山 西	0.000	—	西 藏	0.000	—	甘 肃	0.000	—

附表 4－9（2）　工业化速度微观指数及排名

II.3.3.4 产品销售率增长率			II.3.3.5 企业单位个数增长率			II.3.3.6 城镇单位就业人员平均劳动报酬增长率		
省　份	指　数	排　名	省　份	指　数	排　名	省　份	指　数	排　名
吉　林	1.000	1	江　苏	1.000	1	河　北	1.000	1
重　庆	0.820	2	重　庆	0.996	2	北　京	0.945	2
北　京	0.720	3	安　徽	0.765	3	陕　西	0.925	3
甘　肃	0.692	4	黑龙江	0.736	4	天　津	0.855	4
上　海	0.662	5	河　南	0.736	5	山　西	0.832	5
河　南	0.642	6	湖　北	0.673	6	内蒙古	0.806	6
江　西	0.636	7	辽　宁	0.644	7	青　海	0.797	7
江　苏	0.605	8	吉　林	0.641	8	辽　宁	0.791	8
福　建	0.605	9	四　川	0.586	9	安　徽	0.775	9
海　南	0.601	10	天　津	0.540	10	河　南	0.773	10
湖　北	0.595	11	上　海	0.532	11	贵　州	0.772	11
山　西	0.591	12	广　东	0.531	12	黑龙江	0.741	12
四　川	0.587	13	广　西	0.512	13	四　川	0.717	13
安　徽	0.584	14	云　南	0.511	14	云　南	0.705	14
浙　江	0.572	15	江　西	0.499	15	宁　夏	0.694	15
湖　南	0.567	16	湖　南	0.488	16	广　西	0.688	16
黑龙江	0.567	17	宁　夏	0.481	17	新　疆	0.662	17
陕　西	0.535	18	陕　西	0.458	18	重　庆	0.653	18
广　东	0.496	19	内蒙古	0.448	19	上　海	0.648	19
辽　宁	0.488	20	新　疆	0.438	20	山　东	0.623	20
天　津	0.390	21	山　东	0.437	21	江　苏	0.604	21
宁　夏	0.389	22	贵　州	0.417	22	福　建	0.589	22
贵　州	0.382	23	河　北	0.387	23	湖　南	0.586	23
新　疆	0.298	24	浙　江	0.379	24	湖　北	0.579	24
西　藏	0.266	25	福　建	0.371	25	甘　肃	0.574	25
山　东	0.266	26	北　京	0.359	26	吉　林	0.571	26
河　北	0.249	27	海　南	0.355	27	江　西	0.530	27
青　海	0.228	28	青　海	0.311	28	海　南	0.516	28
内蒙古	0.226	29	甘　肃	0.254	29	广　东	0.465	29
广　西	0.209	30	山　西	0.156	30	浙　江	0.309	30
云　南	0.000	—	西　藏	0.000	—	西　藏	0.000	—

附表 4 – 10　信息化规模宏观指数及排名

I2. 1. 1. 1 信息产业增加值			I2. 1. 1. 2 信息产业从业人员			I2. 1. 1. 3 信息产业企业个数		
省　份	指　数	排　名	省　份	指　数	排　名	省　份	指　数	排　名
广　东	1.000	1	广　东	1.000	1	广　东	1.000	1
江　苏	0.731	2	江　苏	0.539	2	北　京	0.723	2
上　海	0.317	3	浙　江	0.194	3	江　苏	0.635	3
北　京	0.237	4	上　海	0.182	4	浙　江	0.486	4
山　东	0.230	5	山　东	0.134	5	上　海	0.315	5
浙　江	0.183	6	北　京	0.122	6	山　东	0.220	6
福　建	0.107	7	福　建	0.090	7	辽　宁	0.145	7
天　津	0.097	8	四　川	0.067	8	福　建	0.130	8
四　川	0.072	9	辽　宁	0.063	9	陕　西	0.120	9
辽　宁	0.069	10	天　津	0.052	10	天　津	0.111	10
湖　北	0.040	11	陕　西	0.037	11	四　川	0.111	11
陕　西	0.029	12	湖　北	0.032	12	湖　南	0.109	12
河　南	0.027	13	湖　南	0.029	13	湖　北	0.104	13
安　徽	0.023	14	安　徽	0.026	14	安　徽	0.064	14
河　北	0.021	15	河　南	0.023	15	河　南	0.058	15
湖　南	0.020	16	江　西	0.022	16	河　北	0.056	16
江　西	0.016	17	山　西	0.021	17	黑龙江	0.053	17
重　庆	0.010	18	河　北	0.018	18	吉　林	0.038	18
吉　林	0.010	19	重　庆	0.012	19	重　庆	0.036	19
广　西	0.009	20	广　西	0.011	20	江　西	0.033	20
黑龙江	0.007	21	吉　林	0.010	21	广　西	0.024	21
内蒙古	0.007	22	黑龙江	0.009	22	山　西	0.017	22
山　西	0.005	23	甘　肃	0.006	23	云　南	0.016	23
贵　州	0.004	24	贵　州	0.004	24	新　疆	0.016	24
云　南	0.002	25	新　疆	0.003	25	贵　州	0.015	25
甘　肃	0.002	26	内蒙古	0.003	26	内蒙古	0.013	26
新　疆	0.002	27	云　南	0.002	27	甘　肃	0.012	27
海　南	0.001	28	海　南	0.001	28	海　南	0.005	28
宁　夏	0.001	29	宁　夏	0.000	—	宁　夏	0.003	29
青　海	0.000	—	青　海	0.000	—	青　海	0.000	—
西　藏	0.000	—	西　藏	0.000	—	西　藏	0.000	—

附表 4－11（1） 信息化规模中观指数及排名

I2.1.2.1 信息产业制造业工业增加值			I2.1.2.2 信息产业制造业税金总额			I2.1.2.3 信息产业制造业出口交货值			I2.1.2.4 信息制造业利润总额		
省份	指数	排名	省份	指数	排名	省份	指数	排名	省份	指数	排名
广东	1.000	1	广东	1.000	1	广东	1.000	1	广东	1.000	1
江苏	0.700	2	江苏	0.773	2	江苏	0.590	2	江苏	0.903	2
上海	0.284	3	山东	0.503	3	上海	0.370	3	北京	0.258	3
山东	0.229	4	浙江	0.335	4	山东	0.113	4	上海	0.256	4
浙江	0.170	5	四川	0.189	5	北京	0.108	5	浙江	0.233	5
北京	0.129	6	上海	0.167	6	浙江	0.104	6	山东	0.210	6
福建	0.108	7	天津	0.095	7	福建	0.101	7	福建	0.164	7
天津	0.100	8	河南	0.084	8	天津	0.092	8	天津	0.160	8
四川	0.057	9	福建	0.079	9	辽宁	0.031	9	四川	0.080	9
辽宁	0.051	10	辽宁	0.069	10	四川	0.014	10	辽宁	0.059	10
湖北	0.036	11	湖南	0.045	11	湖北	0.012	11	河北	0.052	11
河南	0.026	12	安徽	0.043	12	江西	0.005	12	河南	0.042	12
安徽	0.023	13	湖北	0.042	13	安徽	0.004	13	安徽	0.036	13
河北	0.020	14	河北	0.042	14	河北	0.004	14	湖北	0.029	14
陕西	0.017	15	陕西	0.037	15	山东	0.004	15	江西	0.011	15
江西	0.016	16	江西	0.031	16	湖南	0.003	16	内蒙古	0.011	16
湖南	0.014	17	北京	0.019	17	陕西	0.003	17	山西	0.010	17
广西	0.008	18	重庆	0.013	18	广西	0.002	18	陕西	0.007	18
内蒙古	0.006	19	贵州	0.011	19	河南	0.001	19	贵州	0.006	19
重庆	0.006	20	广西	0.009	20	内蒙古	0.001	20	广西	0.005	20
山西	0.005	21	内蒙古	0.008	21	海南	0.001	21	甘肃	0.004	21
吉林	0.004	22	山西	0.007	22	重庆	0.001	22	重庆	0.004	22
贵州	0.004	23	吉林	0.007	23	黑龙江	0.000	—	新疆	0.004	23
黑龙江	0.002	24	甘肃	0.006	24	吉林	0.000	—	海南	0.004	24
甘肃	0.001	25	新疆	0.005	25	新疆	0.000	—	云南	0.004	25
云南	0.001	26	黑龙江	0.005	26	云南	0.000	—	黑龙江	0.004	26
海南	0.001	27	云南	0.001	27	甘肃	0.000	—	吉林	0.003	27
新疆	0.001	28	海南	0.001	28	贵州	0.000	—	青海	0.002	28
宁夏	0.001	29	宁夏	0.001	29	青海	0.000	—	宁夏	0.002	29
青海	0.000	—	青海	0.000	—	宁夏	0.000	—	湖南	0.000	—
西藏	0.000	—	西藏	0.000	—	西藏	0.000	—	西藏	0.000	—

附表4-11（2） 信息化规模中观指数及排名

I2.1.2.5 电气机械及器材制造业产值			I2.1.2.6 通信设备、计算机及其他电子设备制造业产值			I2.1.2.7 通信业投资额			I2.1.2.8 通信业务收入		
省 份	指 数	排 名	省 份	指 数	排 名	省 份	指 数	排 名	省 份	指 数	排 名
广 东	1.000	1	广 东	1.000	1	广 东	1.000	1	广 东	1.000	1
江 苏	0.541	2	江 苏	0.630	2	江 苏	0.556	2	江 苏	0.523	2
浙 江	0.380	3	上 海	0.298	3	浙 江	0.556	3	浙 江	0.474	3
山 东	0.331	4	山 东	0.163	4	山 东	0.477	4	山 东	0.407	4
安 徽	0.114	5	天 津	0.127	5	四 川	0.440	5	上 海	0.335	5
上 海	0.094	6	北 京	0.125	6	河 南	0.400	6	北 京	0.319	6
辽 宁	0.093	7	福 建	0.112	7	河 北	0.378	7	四 川	0.282	7
福 建	0.072	8	浙 江	0.111	8	辽 宁	0.363	8	河 北	0.278	8
河 北	0.057	9	四 川	0.039	9	上 海	0.359	9	河 南	0.275	9
天 津	0.055	10	辽 宁	0.035	10	北 京	0.319	10	辽 宁	0.271	10
江 西	0.051	11	湖 北	0.026	11	湖 南	0.297	11	福 建	0.255	11
四 川	0.044	12	安 徽	0.011	12	福 建	0.289	12	湖 南	0.227	12
湖 南	0.040	13	江 西	0.010	13	湖 北	0.288	13	湖 北	0.218	13
北 京	0.039	14	湖 南	0.010	14	安 徽	0.261	14	安 徽	0.182	14
湖 北	0.029	15	河 北	0.006	15	黑龙江	0.232	15	陕 西	0.157	15
重 庆	0.028	16	重 庆	0.005	16	山 西	0.231	16	广 西	0.155	16
黑龙江	0.017	17	广 西	0.005	17	广 西	0.212	17	山 西	0.154	17
广 西	0.012	18	山 西	0.003	18	内蒙古	0.201	18	黑龙江	0.149	18
新 疆	0.011	19	黑龙江	0.001	19	陕 西	0.196	19	云 南	0.144	19
甘 肃	0.004	20	甘 肃	0.001	20	云 南	0.192	20	江 西	0.125	20
山 西	0.002	21	新 疆	0.001	21	吉 林	0.192	21	重 庆	0.105	21
吉 林	0.001	22	吉 林	0.001	22	新 疆	0.167	22	内蒙古	0.105	22
青 海	0.000	—	青 海	0.000	—	重 庆	0.148	23	吉 林	0.102	23
内蒙古	0.000	—	内蒙古	0.000	—	江 西	0.145	24	贵 州	0.096	24
河 南	0.000	—	河 南	0.000	—	甘 肃	0.133	25	新 疆	0.087	25
海 南	0.000	—	海 南	0.000	—	贵 州	0.132	26	天 津	0.086	26
贵 州	0.000	—	贵 州	0.000	—	天 津	0.113	27	甘 肃	0.068	27
云 南	0.000	—	云 南	0.000	—	海 南	0.054	28	海 南	0.032	28
西 藏	0.000	—	西 藏	0.000	—	青 海	0.023	29	宁 夏	0.012	29
陕 西	0.000	—	陕 西	0.000	—	宁 夏	0.016	30	青 海	0.007	30
宁 夏	0.000	—	宁 夏	0.000	—	西 藏	0.000	—	西 藏	0.000	—

附表4-11（3）　信息化规模中观指数及排名

I2.1.2.9 广播电视产业增加值			I2.1.2.10 广播电视网络收入			I2.1.2.11 付费数字电视收入		
省　份	指　数	排　名	省　份	指　数	排　名	省　份	指　数	排　名
广　东	1.000	1	广　东	1.000	1	云　南	1.000	1
江　苏	0.922	2	江　苏	0.868	2	浙　江	0.615	2
上　海	0.655	3	浙　江	0.732	3	江　苏	0.396	3
浙　江	0.642	4	山　东	0.583	4	四　川	0.279	4
北　京	0.633	5	四　川	0.426	5	上　海	0.268	5
山　东	0.575	6	上　海	0.402	6	安　徽	0.257	6
湖　南	0.519	7	湖　北	0.398	7	广　东	0.252	7
四　川	0.432	8	北　京	0.346	8	福　建	0.176	8
安　徽	0.347	9	湖　南	0.336	9	北　京	0.141	9
辽　宁	0.325	10	辽　宁	0.313	10	重　庆	0.141	10
河　南	0.316	11	福　建	0.287	11	新　疆	0.127	11
湖　北	0.292	12	黑龙江	0.283	12	湖　南	0.108	12
福　建	0.238	13	河　北	0.249	13	湖　北	0.098	13
吉　林	0.225	14	云　南	0.231	14	黑龙江	0.070	14
黑龙江	0.225	15	重　庆	0.227	15	山　东	0.062	15
河　北	0.224	16	吉　林	0.222	16	贵　州	0.060	16
广　西	0.208	17	广　西	0.213	17	江　西	0.051	17
陕　西	0.198	18	陕　西	0.207	18	内蒙古	0.046	18
内蒙古	0.179	19	江　西	0.177	19	辽　宁	0.043	19
新　疆	0.156	20	河　南	0.167	20	天　津	0.041	20
云　南	0.154	21	内蒙古	0.163	21	河　南	0.041	21
江　西	0.152	22	安　徽	0.161	22	陕　西	0.041	22
山　西	0.135	23	天　津	0.135	23	广　西	0.038	23
重　庆	0.128	24	贵　州	0.132	24	吉　林	0.022	24
甘　肃	0.103	25	山　西	0.119	25	河　北	0.016	25
贵　州	0.096	26	新　疆	0.084	26	海　南	0.014	26
天　津	0.092	27	甘　肃	0.076	27	甘　肃	0.008	27
青　海	0.036	28	海　南	0.050	28	西　藏	0.005	28
宁　夏	0.013	29	宁　夏	0.040	29	青　海	0.005	29
西　藏	0.001	30	青　海	0.018	30	山　西	0.003	30
海　南	0.000	—	西　藏	0.000	—	宁　夏	0.000	—

附表 4－12 （1） 信息化规模微观指数及排名

I2.1.3.1 互联网带宽			I2.1.3.2 网民数			I2.1.3.3 互联网带宽接入用户			I2.1.3.4 固定电话用户数		
省份	指数	排名	省份	指数	排名	省份	指数	排名	省份	指数	排名
广东	1.000	1	广东	1.000	1	广东	1.000	1	广东	1.000	1
江苏	0.627	2	浙江	0.457	2	江苏	0.848	2	江苏	0.787	2
山东	0.590	3	江苏	0.452	3	浙江	0.727	3	山东	0.653	3
浙江	0.542	4	山东	0.430	4	山东	0.673	4	浙江	0.627	4
河北	0.412	5	福建	0.296	5	河北	0.461	5	四川	0.452	5
河南	0.394	6	河北	0.286	6	河南	0.444	6	辽宁	0.445	6
上海	0.376	7	河南	0.274	7	辽宁	0.443	7	河南	0.425	7
辽宁	0.338	8	辽宁	0.242	8	北京	0.397	8	河北	0.389	8
北京	0.319	9	上海	0.236	9	上海	0.397	9	安徽	0.366	9
四川	0.286	10	四川	0.234	10	四川	0.349	10	福建	0.359	10
安徽	0.266	11	湖北	0.223	11	福建	0.324	11	湖南	0.336	11
福建	0.266	12	湖南	0.211	12	湖北	0.317	12	湖北	0.312	12
湖北	0.243	13	北京	0.207	13	湖南	0.249	13	上海	0.266	13
广西	0.225	14	山西	0.171	14	山西	0.243	14	北京	0.253	14
湖南	0.218	15	陕西	0.165	15	黑龙江	0.241	15	黑龙江	0.246	15
山西	0.211	16	广西	0.152	16	安徽	0.225	16	陕西	0.230	16
黑龙江	0.205	17	安徽	0.150	17	广西	0.215	17	广西	0.221	17
重庆	0.161	18	新疆	0.128	18	江西	0.206	18	山西	0.213	18
吉林	0.159	19	黑龙江	0.127	19	吉林	0.197	19	江西	0.210	19
江西	0.155	20	江西	0.125	20	陕西	0.192	20	重庆	0.173	20
陕西	0.150	21	重庆	0.122	21	重庆	0.173	21	云南	0.160	21
云南	0.135	22	云南	0.111	22	云南	0.148	22	吉林	0.159	22
天津	0.098	23	吉林	0.105	23	天津	0.135	23	新疆	0.150	23
内蒙古	0.096	24	天津	0.097	24	内蒙古	0.134	24	甘肃	0.121	24
新疆	0.093	25	贵州	0.086	25	新疆	0.102	25	贵州	0.120	25
贵州	0.086	26	内蒙古	0.075	26	贵州	0.094	26	内蒙古	0.117	26
甘肃	0.062	27	甘肃	0.062	27	甘肃	0.070	27	天津	0.100	27
海南	0.036	28	海南	0.037	28	海南	0.036	28	海南	0.039	28
宁夏	0.014	29	青海	0.018	29	宁夏	0.023	29	宁夏	0.018	29
青海	0.010	30	宁夏	0.012	30	青海	0.017	30	青海	0.017	30
西藏	0.000	—	西藏	0.000	—	西藏	0.000	—	西藏	0.000	—

附表 4－12（2） 信息化规模微观指数及排名

I2.1.3.5 移动电话用户数			I2.1.3.6 有线广播电视用户			I2.1.3.7 数字电视用户			I2.1.3.8 付费数字电视用户		
省　份	指　数	排　名	省　份	指　数	排　名	省　份	指　数	排　名	省　份	指　数	排　名
广　东	1.000	1	江　苏	1.000	1	江　苏	1.000	1	云　南	1.000	1
山　东	0.592	2	广　东	0.916	2	广　东	0.961	2	江　苏	0.706	2
江　苏	0.547	3	山　东	0.864	3	山　东	0.494	3	黑龙江	0.427	3
浙　江	0.492	4	四　川	0.705	4	湖　南	0.483	4	浙　江	0.226	4
河　南	0.439	5	浙　江	0.640	5	浙　江	0.429	5	四　川	0.197	5
河　北	0.416	6	辽　宁	0.468	6	湖　北	0.423	6	湖　南	0.178	6
四　川	0.380	7	湖　北	0.461	7	河　北	0.360	7	湖　北	0.151	7
湖　北	0.342	8	河　南	0.365	8	辽　宁	0.355	8	广　东	0.140	8
辽　宁	0.313	9	河　北	0.356	9	广　西	0.350	9	广　西	0.116	9
湖　南	0.299	10	湖　南	0.345	10	北　京	0.325	10	陕　西	0.103	10
福　建	0.286	11	上　海	0.314	11	云　南	0.299	11	贵　州	0.095	11
陕　西	0.252	12	广　西	0.307	12	贵　州	0.283	12	上　海	0.081	12
安　徽	0.231	13	福　建	0.299	13	陕　西	0.280	13	江　西	0.076	13
上　海	0.226	14	黑龙江	0.282	14	天　津	0.266	14	安　徽	0.073	14
广　西	0.209	15	云　南	0.275	15	内蒙古	0.229	15	吉　林	0.072	15
山　西	0.208	16	重　庆	0.257	16	吉　林	0.224	16	天　津	0.064	16
云　南	0.206	17	陕　西	0.253	17	山　西	0.218	17	福　建	0.060	17
黑龙江	0.198	18	北　京	0.232	18	福　建	0.211	18	山　东	0.060	18
北　京	0.193	19	江　西	0.229	19	四　川	0.203	19	重　庆	0.043	19
内蒙古	0.170	20	安　徽	0.219	20	黑龙江	0.189	20	内蒙古	0.037	20
吉　林	0.165	21	山　西	0.216	21	重　庆	0.178	21	河　北	0.034	21
江　西	0.162	22	贵　州	0.190	22	安　徽	0.148	22	辽　宁	0.033	22
贵　州	0.151	23	吉　林	0.169	23	新　疆	0.139	23	河　南	0.030	23
重　庆	0.150	24	内蒙古	0.161	24	甘　肃	0.122	24	海　南	0.013	24
甘　肃	0.122	25	天　津	0.135	25	上　海	0.104	25	甘　肃	0.011	25
新　疆	0.112	26	甘　肃	0.105	26	宁　夏	0.083	26	山　西	0.006	26
天　津	0.099	27	新　疆	0.096	27	河　南	0.082	27	青　海	0.006	27
海　南	0.042	28	海　南	0.037	28	海　南	0.079	28	新　疆	0.003	28
宁　夏	0.029	29	宁　夏	0.029	29	江　西	0.049	29	西　藏	0.001	29
青　海	0.020	30	青　海	0.012	30	青　海	0.039	30	北　京	0.001	30
西　藏	0.000	—	西　藏	0.000	—	西　藏	0.000	—	宁　夏	0.000	—

附表 4-13 信息化质量宏观指数及排名

I2.2.1.1 信息消费水平			I2.2.1.2 信息化投入产出比率			I2.2.1.3 信息产业增加值占地区GDP的比重			I2.2.1.4 信息产业从业人员占总就业人员的比重		
省 份	指 数	排 名	省 份	指 数	排 名	省 份	指 数	排 名	省 份	指 数	排 名
北 京	1.000	1	广 东	1.000	1	广 东	1.000	1	上 海	1.000	1
内蒙古	0.876	2	北 京	0.946	2	江 苏	0.861	2	广 东	0.899	2
甘 肃	0.785	3	江 苏	0.872	3	上 海	0.825	3	江 苏	0.606	3
宁 夏	0.734	4	上 海	0.801	4	北 京	0.808	4	北 京	0.510	4
福 建	0.713	5	山 东	0.800	5	天 津	0.544	5	天 津	0.510	5
山 西	0.705	6	浙 江	0.777	6	福 建	0.353	6	浙 江	0.260	6
上 海	0.684	7	福 建	0.726	7	浙 江	0.303	7	福 建	0.213	7
青 海	0.684	8	天 津	0.711	8	山 东	0.265	8	辽 宁	0.149	8
陕 西	0.680	9	安 徽	0.625	9	四 川	0.205	9	山 东	0.123	9
河 北	0.655	10	辽 宁	0.595	10	辽 宁	0.183	10	陕 西	0.093	10
浙 江	0.632	11	广 西	0.572	11	陕 西	0.149	11	四 川	0.068	11
吉 林	0.626	12	云 南	0.570	12	湖 北	0.126	12	山 西	0.066	12
江 西	0.626	13	江 西	0.547	13	安 徽	0.093	13	湖 北	0.054	13
江 苏	0.616	14	湖 北	0.538	14	江 西	0.087	14	江 西	0.049	14
广 东	0.609	15	湖 南	0.528	15	重 庆	0.072	15	吉 林	0.042	15
山 东	0.603	16	山 西	0.516	16	湖 南	0.065	16	湖 南	0.038	16
河 南	0.603	17	河 北	0.508	17	吉 林	0.057	17	安 徽	0.035	17
云 南	0.601	18	陕 西	0.493	18	河 南	0.052	18	重 庆	0.031	18
天 津	0.570	19	海 南	0.477	19	河 北	0.047	19	黑龙江	0.026	19
湖 北	0.545	20	河 南	0.463	20	广 西	0.044	20	河 北	0.024	20
安 徽	0.541	21	四 川	0.460	21	贵 州	0.042	21	甘 肃	0.023	21
新 疆	0.517	22	重 庆	0.459	22	内蒙古	0.033	22	河 南	0.019	22
贵 州	0.514	23	贵 州	0.442	23	黑龙江	0.031	23	广 西	0.019	23
辽 宁	0.475	24	黑龙江	0.430	24	山 西	0.027	24	新 疆	0.018	24
湖 南	0.469	25	宁 夏	0.392	25	海 南	0.024	25	海 南	0.014	25
黑龙江	0.467	26	内蒙古	0.370	26	甘 肃	0.023	26	内蒙古	0.012	26
海 南	0.450	27	甘 肃	0.366	27	宁 夏	0.019	27	贵 州	0.009	27
四 川	0.438	28	吉 林	0.302	28	新 疆	0.016	28	宁 夏	0.005	28
重 庆	0.430	29	新 疆	0.283	29	云 南	0.013	29	云 南	0.004	29
广 西	0.341	30	青 海	0.275	30	青 海	0.004	30	青 海	0.001	30
西 藏	0.000	—	西 藏	0.000	—	西 藏	0.000	—	西 藏	0.000	—

附表 4－14（1）　信息化质量中观指数及排名

I2.2.2.1 信息产业制造业出口交货值占工业出口交货值的比重			I2.2.2.2 电气机械及器材制造业占装备制造业比重			I2.2.2.3 通信设备、计算机及其他电子设备制造业占装备制造业比重		
省　份	指　数	排　名	省　份	指　数	排　名	省　份	指　数	排　名
江　苏	1.000	1	辽　宁	1.000	1	四　川	1.000	1
广　东	0.995	2	广　东	0.895	2	重　庆	0.128	2
上　海	0.884	3	安　徽	0.495	3	上　海	0.000	—
天　津	0.879	4	天　津	0.369	4	天　津	0.000	—
北　京	0.760	5	江　苏	0.340	5	广　东	0.000	—
福　建	0.712	6	河　北	0.318	6	北　京	0.000	—
山　东	0.490	7	北　京	0.288	7	江　苏	0.000	—
湖　北	0.430	8	江　西	0.270	8	福　建	0.000	—
四　川	0.417	9	浙　江	0.246	9	辽　宁	0.000	—
辽　宁	0.293	10	上　海	0.218	10	湖　北	0.000	—
浙　江	0.271	11	山　东	0.215	11	山　东	0.000	—
江　西	0.255	12	重　庆	0.198	12	浙　江	0.000	—
陕　西	0.198	13	福　建	0.190	13	江　西	0.000	—
山　西	0.163	14	新　疆	0.153	14	安　徽	0.000	—
安　徽	0.150	15	四　川	0.151	15	河　北	0.000	—
海　南	0.139	16	湖　南	0.145	16	湖　南	0.000	—
湖　南	0.135	17	黑龙江	0.139	17	广　西	0.000	—
广　西	0.134	18	湖　北	0.126	18	山　西	0.000	—
内蒙古	0.088	19	广　西	0.077	19	甘　肃	0.000	—
河　北	0.063	20	甘　肃	0.041	20	新　疆	0.000	—
河　南	0.053	21	青　海	0.028	21	黑龙江	0.000	—
重　庆	0.037	22	吉　林	0.015	22	吉　林	0.000	—
吉　林	0.030	23	山　西	0.000	—	青　海	0.000	—
甘　肃	0.015	24	内蒙古	0.000	—	内蒙古	0.000	—
云　南	0.011	25	河　南	0.000	—	河　南	0.000	—
黑龙江	0.009	26	海　南	0.000	—	海　南	0.000	—
新　疆	0.003	27	贵　州	0.000	—	贵　州	0.000	—
贵　州	0.003	28	云　南	0.000	—	云　南	0.000	—
青　海	0.000	—	西　藏	0.000	—	西　藏	0.000	—
西　藏	0.000	—	陕　西	0.000	—	陕　西	0.000	—
宁　夏	0.000	—	宁　夏	0.000	—	宁　夏	0.000	—

附表 4 – 14（2） 信息化质量中观指数及排名

I2.2.2.4 人均通信业务收入			I2.2.2.5 通信业务收入占地区 GDP 的比重			I2.2.2.6 通信业投资额占地区 GDP 的比重		
省 份	指 数	排 名	省 份	指 数	排 名	省 份	指 数	排 名
北 京	1.000	1	西 藏	1.000	1	西 藏	1.000	1
上 海	0.907	2	宁 夏	0.209	2	宁 夏	0.306	2
广 东	0.438	3	海 南	0.068	3	海 南	0.094	3
浙 江	0.379	4	贵 州	0.068	4	青 海	0.085	4
天 津	0.359	5	北 京	0.063	5	贵 州	0.071	5
福 建	0.260	6	青 海	0.061	6	云 南	0.053	6
江 苏	0.229	7	广 东	0.055	7	山 西	0.050	7
辽 宁	0.209	8	云 南	0.055	8	四 川	0.048	8
西 藏	0.201	9	上 海	0.049	9	重 庆	0.046	9
海 南	0.165	10	福 建	0.047	10	吉 林	0.045	10
内蒙古	0.118	11	山 西	0.046	11	广 西	0.043	11
山 西	0.115	12	重 庆	0.045	12	北 京	0.041	12
新 疆	0.113	13	广 西	0.045	13	安 徽	0.041	13
宁 夏	0.108	14	四 川	0.044	14	黑龙江	0.039	14
青 海	0.093	15	浙 江	0.042	15	内蒙古	0.036	15
陕 西	0.093	16	安 徽	0.041	16	福 建	0.035	16
山 东	0.084	17	江 西	0.040	17	湖 南	0.035	17
吉 林	0.076	18	湖 南	0.040	18	辽 宁	0.034	18
黑龙江	0.076	19	辽 宁	0.039	19	上 海	0.033	19
重 庆	0.075	20	湖 北	0.037	20	广 东	0.033	20
河 北	0.069	21	黑龙江	0.036	21	湖 北	0.033	21
湖 北	0.062	22	吉 林	0.032	22	江 西	0.032	22
湖 南	0.045	23	河 北	0.032	23	浙 江	0.030	23
四 川	0.036	24	江 苏	0.030	24	河 北	0.027	24
广 西	0.033	25	天 津	0.027	25	陕 西	0.026	25
云 南	0.030	26	河 南	0.026	26	天 津	0.025	26
甘 肃	0.015	27	内蒙古	0.026	27	河 南	0.024	27
安 徽	0.013	28	山 东	0.021	28	甘 肃	0.017	28
江 西	0.013	29	陕 西	0.019	29	江 苏	0.017	29
河 南	0.004	30	甘 肃	0.008	30	山 东	0.012	30
贵 州	0.000	—	新 疆	0.000	—	新 疆	0.000	—

附表 4 - 15（1）　信息化质量微观指数及排名

I2.2.3.1 人均互联网带宽			I2.2.3.2 网民普及率			I2.2.3.3 互联网(宽带接入用户)普及率		
省　份	指　数	排　名	省　份	指　数	排　名	省　份	指　数	排　名
上　海	1.000	1	上　海	1.000	1	北　京	1.000	1
黑龙江	0.783	2	北　京	0.980	2	上　海	0.883	2
北　京	0.757	3	广　东	0.766	3	浙　江	0.550	3
江　苏	0.738	4	天　津	0.630	4	天　津	0.446	4
吉　林	0.621	5	浙　江	0.628	5	江　苏	0.399	5
浙　江	0.546	6	福　建	0.567	6	广　东	0.371	6
河　南	0.539	7	新　疆	0.378	7	辽　宁	0.366	7
重　庆	0.535	8	江　苏	0.332	8	福　建	0.307	8
云　南	0.503	9	辽　宁	0.316	9	吉　林	0.226	9
山　东	0.503	10	海　南	0.293	10	山　西	0.221	10
辽　宁	0.503	11	山　西	0.266	11	山　东	0.214	11
广　西	0.486	12	青　海	0.254	12	河　北	0.190	12
江　西	0.459	13	重　庆	0.204	13	黑龙江	0.180	13
四　川	0.445	14	山　东	0.204	14	重　庆	0.174	14
内蒙古	0.441	15	陕　西	0.202	15	内蒙古	0.151	15
河　北	0.432	16	河　北	0.162	16	湖　北	0.142	16
山　西	0.420	17	吉　林	0.161	17	陕　西	0.124	17
安　徽	0.414	18	湖　北	0.147	18	海　南	0.117	18
天　津	0.394	19	宁　夏	0.108	19	新　疆	0.117	19
甘　肃	0.380	20	西　藏	0.105	20	宁　夏	0.106	20
湖　南	0.357	21	黑龙江	0.101	21	江　西	0.103	21
广　东	0.339	22	内蒙古	0.096	22	河　南	0.100	22
湖　北	0.325	23	湖　南	0.090	23	广　西	0.092	23
宁　夏	0.316	24	广　西	0.081	24	青　海	0.086	24
陕　西	0.296	25	江　西	0.052	25	四　川	0.081	25
福　建	0.287	26	河　南	0.046	26	湖　南	0.063	26
贵　州	0.265	27	四　川	0.045	27	安　徽	0.052	27
海　南	0.168	28	甘　肃	0.022	28	云　南	0.036	28
新　疆	0.143	29	云　南	0.014	29	甘　肃	0.013	29
西　藏	0.135	30	安　徽	0.008	30	西　藏	0.003	30
青　海	0.000	—	贵　州	0.000	—	贵　州	0.000	—

附表 4-15（2） 信息化质量微观指数及排名

I2.2.3.4 固定电话普及率			I2.2.3.5 移动电话普及率			I2.2.3.6 居民家庭平均每百户家用电脑拥有量		
省 份	指 数	排 名	省 份	指 数	排 名	省 份	指 数	排 名
北 京	1.000	1	上 海	1.000	1	上 海	1.000	1
上 海	0.922	2	北 京	0.945	2	北 京	0.709	2
浙 江	0.728	3	广 东	0.760	3	广 东	0.674	3
广 东	0.578	4	浙 江	0.676	4	福 建	0.645	4
辽 宁	0.576	5	天 津	0.642	5	浙 江	0.627	5
江 苏	0.559	6	福 建	0.496	6	天 津	0.517	6
福 建	0.554	7	内蒙古	0.414	7	江 苏	0.484	7
天 津	0.512	8	辽 宁	0.413	8	广 西	0.477	8
新 疆	0.341	9	江 苏	0.382	9	山 东	0.431	9
山 东	0.284	10	陕 西	0.352	10	重 庆	0.358	10
黑龙江	0.267	11	宁 夏	0.349	11	陕 西	0.328	11
山 西	0.252	12	海 南	0.299	12	河 北	0.321	12
重 庆	0.250	13	吉 林	0.293	13	湖 北	0.278	13
陕 西	0.240	14	山 西	0.288	14	辽 宁	0.269	14
海 南	0.233	15	山 东	0.280	15	安 徽	0.263	15
吉 林	0.230	16	湖 北	0.258	16	江 西	0.262	16
安 徽	0.216	17	青 海	0.250	17	四 川	0.243	17
青 海	0.191	18	河 北	0.247	18	海 南	0.222	18
河 北	0.179	19	新 疆	0.223	19	山 西	0.218	19
湖 北	0.176	20	重 庆	0.204	20	河 南	0.211	20
四 川	0.176	21	黑龙江	0.178	21	吉 林	0.197	21
西 藏	0.169	22	甘 肃	0.135	22	贵 州	0.170	22
宁 夏	0.162	23	西 藏	0.105	23	湖 南	0.167	23
内蒙古	0.157	24	湖 南	0.104	24	新 疆	0.144	24
湖 南	0.157	25	四 川	0.098	25	云 南	0.130	25
甘 肃	0.132	26	云 南	0.098	26	宁 夏	0.109	26
江 西	0.125	27	河 南	0.094	27	黑龙江	0.101	27
广 西	0.110	28	广 西	0.073	28	内蒙古	0.093	28
河 南	0.088	29	贵 州	0.042	29	青 海	0.068	29
云 南	0.022	30	江 西	0.001	30	甘 肃	0.066	30
贵 州	0.000	—	安 徽	0.000	—	西 藏	0.000	—

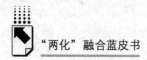

附表 4 – 15（3）　信息化质量微观指数及排名

I2.2.3.7 每百人局用交换机容量			I2.2.3.8 有线电视入户率			I2.2.3.9 电视综合人口覆盖率		
省 份	指 数	排 名	省 份	指 数	排 名	省 份	指 数	排 名
广 东	1.000	1	上 海	1.000	1	天 津	1.000	1
江 苏	0.819	2	北 京	0.752	2	上 海	1.000	2
山 东	0.620	3	浙 江	0.605	3	北 京	1.000	3
浙 江	0.563	4	天 津	0.602	4	江 苏	0.999	4
四 川	0.422	5	江 苏	0.593	5	浙 江	0.992	5
河 南	0.412	6	广 东	0.567	6	河 北	0.988	6
辽 宁	0.374	7	福 建	0.461	7	黑龙江	0.986	7
河 北	0.363	8	山 东	0.411	8	辽 宁	0.984	8
福 建	0.339	9	辽 宁	0.384	9	吉 林	0.983	9
湖 南	0.305	10	四 川	0.354	10	福 建	0.983	10
湖 北	0.303	11	海 南	0.354	11	广 东	0.975	11
安 徽	0.279	12	重 庆	0.346	12	陕 西	0.973	12
北 京	0.256	13	云 南	0.307	13	江 西	0.973	13
广 西	0.240	14	湖 北	0.305	14	宁 夏	0.970	14
上 海	0.238	15	广 西	0.303	15	四 川	0.970	15
黑龙江	0.237	16	内蒙古	0.300	16	湖 北	0.970	16
陕 西	0.227	17	陕 西	0.299	17	安 徽	0.970	17
江 西	0.204	18	宁 夏	0.296	18	河 南	0.968	18
重 庆	0.192	19	山 西	0.284	19	山 西	0.965	19
山 西	0.178	20	黑龙江	0.277	20	重 庆	0.962	20
云 南	0.172	21	贵 州	0.230	21	湖 南	0.958	21
新 疆	0.149	22	吉 林	0.229	22	海 南	0.950	22
吉 林	0.138	23	江 西	0.221	23	广 西	0.949	23
贵 州	0.136	24	河 北	0.219	24	云 南	0.946	24
甘 肃	0.127	25	新 疆	0.218	25	新 疆	0.943	25
内蒙古	0.111	26	甘 肃	0.179	26	青 海	0.939	26
天 津	0.092	27	湖 南	0.178	27	内蒙古	0.930	27
海 南	0.031	28	西 藏	0.177	28	甘 肃	0.923	28
宁 夏	0.018	29	青 海	0.168	29	贵 州	0.906	29
青 海	0.007	30	河 南	0.119	30	西 藏	0.895	30
西 藏	0.000	—	安 徽	0.000	—	山 东	0.000	—

附表 4-15（4） 信息化质量微观指数及排名

I2.2.3.10 广播综合人口覆盖率			I2.2.3.11 全员劳动生产率	I2.2.3.12 总资产贡献率	I2.2.3.13 资产负债率	I2.2.3.14 资本保值增值率	I2.2.3.15 流动资产周转率	I2.2.3.16 产品销售率	I2.2.3.17* 工业成本费用利润率
省　份	指　数	排　名	省　份			指　数		排　名	
天　津	1.000	1	宁　夏			1.000		1	
上　海	1.000	2	内蒙古			0.654		2	
北　京	0.999	3	北　京			0.606		3	
江　苏	0.999	4	青　海			0.489		4	
浙　江	0.932	5	天　津			0.482		5	
河　北	0.922	6	上　海			0.456		6	
黑龙江	0.892	7	山　东			0.449		7	
辽　宁	0.880	8	河　北			0.354		8	
吉　林	0.871	9	河　南			0.351		9	
山　东	0.853	10	云　南			0.350		10	
福　建	0.825	11	江　苏			0.346		11	
广　东	0.814	12	福　建			0.343		12	
湖　北	0.807	13	辽　宁			0.333		13	
河　南	0.793	14	湖　北			0.316		14	
安　徽	0.778	15	新　疆			0.310		15	
海　南	0.735	16	海　南			0.299		16	
陕　西	0.726	17	四　川			0.297		17	
四　川	0.717	18	湖　南			0.289		18	
江　西	0.712	19	广　东			0.287		19	
内蒙古	0.610	20	浙　江			0.283		20	
新　疆	0.584	21	安　徽			0.275		21	
云　南	0.575	22	吉　林			0.270		22	
宁　夏	0.474	23	贵　州			0.266		23	
重　庆	0.471	24	江　西			0.244		24	
广　西	0.464	25	陕　西			0.236		25	
甘　肃	0.452	26	重　庆			0.231		26	
山　西	0.439	27	黑龙江			0.221		27	
湖　南	0.380	28	广　西			0.196		28	
西　藏	0.197	29	甘　肃			0.166		29	
青　海	0.174	30	山　西			0.154		30	
贵　州	0.000		西　藏			0.000		—	

* I2.2.3.11～I2.2.3.17 七项指标使用同一数据计算。

附表 4-16 信息化速度宏观指数及排名

I2.3.1.1 信息化投入产出比率增长率			I2.3.1.2 信息产业增加值增长率			I2.3.1.4 信息产业从业人员增长率			I2.3.1.5 信息产业企业个数增长率		
省 份	指 数	排 名	省 份	指 数	排 名	省 份	指 数	排 名	省 份	指 数	排 名
江 西	1.000	1	西 藏	1.000	1	黑龙江	1.000	1	青 海	1.000	1
湖 北	0.885	2	内蒙古	0.561	2	广 西	0.622	2	陕 西	0.988	2
云 南	0.877	3	宁 夏	0.553	3	湖 南	0.570	3	河 北	0.693	3
广 西	0.866	4	贵 州	0.541	4	宁 夏	0.566	4	重 庆	0.657	4
福 建	0.853	5	甘 肃	0.537	5	海 南	0.398	5	山 西	0.653	5
海 南	0.838	6	湖 南	0.488	6	四 川	0.321	6	河 南	0.583	6
山 东	0.827	7	陕 西	0.467	7	甘 肃	0.309	7	江 西	0.571	7
江 苏	0.827	8	海 南	0.439	8	新 疆	0.302	8	云 南	0.547	8
山 西	0.825	9	湖 北	0.434	9	江 西	0.269	9	广 东	0.541	9
北 京	0.825	10	四 川	0.430	10	安 徽	0.267	10	新 疆	0.521	10
浙 江	0.822	11	安 徽	0.422	11	浙 江	0.260	11	浙 江	0.496	11
上 海	0.816	12	云 南	0.414	12	河 南	0.247	12	江 苏	0.474	12
广 东	0.816	13	青 海	0.410	13	山 西	0.235	13	湖 南	0.397	13
安 徽	0.815	14	广 西	0.389	14	河 北	0.231	14	吉 林	0.356	14
辽 宁	0.815	15	江 西	0.373	15	山 东	0.230	15	宁 夏	0.347	15
河 南	0.815	16	重 庆	0.299	16	广 东	0.226	16	黑龙江	0.335	16
天 津	0.813	17	吉 林	0.291	17	上 海	0.225	17	贵 州	0.307	17
西 藏	0.809	18	江 苏	0.258	18	江 苏	0.218	18	安 徽	0.306	18
河 北	0.807	19	黑龙江	0.238	19	湖 北	0.217	19	山 东	0.301	19
青 海	0.776	20	新 疆	0.217	20	青 海	0.208	20	福 建	0.283	20
吉 林	0.772	21	山 西	0.201	21	辽 宁	0.182	21	四 川	0.260	21
新 疆	0.770	22	福 建	0.189	22	内蒙古	0.159	22	辽 宁	0.219	22
甘 肃	0.769	23	山 东	0.180	23	重 庆	0.140	23	海 南	0.199	23
重 庆	0.742	24	天 津	0.111	24	福 建	0.134	24	天 津	0.197	24
贵 州	0.734	25	河 南	0.111	25	贵 州	0.133	25	湖 北	0.191	25
四 川	0.719	26	浙 江	0.090	26	天 津	0.126	26	广 西	0.152	26
陕 西	0.699	27	辽 宁	0.074	27	西 藏	0.104	27	甘 肃	0.138	27
内蒙古	0.591	28	河 北	0.070	28	陕 西	0.076	28	北 京	0.109	28
黑龙江	0.549	29	上 海	0.049	29	北 京	0.073	29	上 海	0.083	29
湖 南	0.310	30	广 东	0.041	30	云 南	0.015	30	西 藏	0.021	30
宁 夏	0.000	—	北 京	0.000	—	吉 林	0.000	—	内蒙古	0.000	—

附表 4-17（1） 信息化速度中观指数及排名

I2.3.2.1 信息产业制造业工业增加值增长率			I2.3.2.2 信息产业制造业税金总额增长率			I2.3.2.3 信息产业制造业出口交货值增长率			I2.3.2.4 通信业务收入增长率		
省 份	指 数	排 名	省 份	指 数	排 名	省 份	指 数	排 名	省 份	指 数	排 名
广 东	1.000	1	重 庆	1.000	1	内蒙古	1.000	1	西 藏	1.000	1
宁 夏	0.326	2	青 海	0.902	2	广 西	0.425	2	内蒙古	0.561	2
广 西	0.040	3	四 川	0.750	3	山 西	0.308	3	宁 夏	0.553	3
重 庆	0.035	4	江 苏	0.614	4	四 川	0.277	4	贵 州	0.541	4
山 西	0.028	5	江 西	0.571	5	甘 肃	0.234	5	甘 肃	0.537	5
吉 林	0.023	6	湖 南	0.541	6	陕 西	0.222	6	湖 南	0.488	6
湖 北	0.019	7	海 南	0.501	7	山 东	0.200	7	陕 西	0.467	7
江 西	0.018	8	河 南	0.466	8	河 北	0.196	8	海 南	0.439	8
四 川	0.016	9	黑龙江	0.461	9	云 南	0.180	9	湖 北	0.434	9
河 南	0.016	10	上 海	0.453	10	海 南	0.177	10	四 川	0.430	10
海 南	0.015	11	贵 州	0.439	11	湖 北	0.175	11	安 徽	0.422	11
内蒙古	0.014	12	安 徽	0.402	12	江 苏	0.172	12	云 南	0.414	12
黑龙江	0.013	13	山 东	0.400	13	江 西	0.171	13	青 海	0.410	13
河 北	0.013	14	河 北	0.399	14	福 建	0.168	14	广 西	0.389	14
湖 南	0.012	15	陕 西	0.391	15	广 东	0.162	15	江 西	0.373	15
山 东	0.012	16	福 建	0.380	16	上 海	0.157	16	重 庆	0.299	16
陕 西	0.012	17	浙 江	0.379	17	河 南	0.152	17	吉 林	0.291	17
安 徽	0.011	18	辽 宁	0.365	18	吉 林	0.151	18	江 苏	0.258	18
浙 江	0.010	19	吉 林	0.346	19	西 藏	0.148	19	黑龙江	0.238	19
贵 州	0.010	20	广 西	0.343	20	安 徽	0.145	20	新 疆	0.217	20
云 南	0.009	21	内蒙古	0.321	21	浙 江	0.144	21	山 西	0.201	21
辽 宁	0.009	22	西 藏	0.315	22	湖 南	0.137	22	福 建	0.189	22
天 津	0.008	23	宁 夏	0.315	23	北 京	0.136	23	山 东	0.180	23
福 建	0.007	24	天 津	0.311	24	辽 宁	0.132	24	天 津	0.111	24
北 京	0.006	25	广 东	0.301	25	贵 州	0.130	25	河 南	0.111	25
江 苏	0.006	26	新 疆	0.263	26	黑龙江	0.124	26	浙 江	0.090	26
新 疆	0.005	27	甘 肃	0.240	27	重 庆	0.123	27	辽 宁	0.074	27
甘 肃	0.005	28	云 南	0.222	28	天 津	0.114	28	河 北	0.070	28
西 藏	0.004	29	湖 北	0.206	29	新 疆	0.107	29	上 海	0.049	29
上 海	0.002	30	山 西	0.193	30	青 海	0.002	30	广 东	0.041	30
青 海	0.000	—	北 京	0.000	—	宁 夏	0.000	—	北 京	0.000	—

附表 4－17（2） 信息化速度中观指数及排名

I2.3.2.5 人均通信业务收入增长率			I2.3.2.6 通信业投资额增长率			I2.3.2.7 广播电视网络收入增长率			I2.3.2.8 付费数字电视收入增长率		
省 份	指 数	排 名	省 份	指 数	排 名	省 份	指 数	排 名	省 份	指 数	排 名
北 京	1.000	1	海 南	1.000	1	湖 北	1.000	1	新 疆	1.000	1
上 海	0.905	2	青 海	0.871	2	吉 林	0.996	2	甘 肃	0.022	2
广 东	0.451	3	内蒙古	0.709	3	陕 西	0.945	3	海 南	0.004	3
浙 江	0.385	4	吉 林	0.703	4	贵 州	0.858	4	云 南	0.003	4
天 津	0.351	5	黑龙江	0.607	5	黑龙江	0.849	5	陕 西	0.003	5
福 建	0.262	6	宁 夏	0.583	6	安 徽	0.801	6	贵 州	0.002	6
江 苏	0.225	7	辽 宁	0.561	7	宁 夏	0.788	7	湖 南	0.002	7
辽 宁	0.224	8	广 西	0.559	8	湖 南	0.775	8	江 苏	0.002	8
海 南	0.151	9	重 庆	0.493	9	云 南	0.775	9	福 建	0.002	9
西 藏	0.150	10	湖 南	0.452	10	广 东	0.727	10	四 川	0.001	10
山 西	0.121	11	甘 肃	0.441	11	新 疆	0.707	11	青 海	0.001	11
新 疆	0.120	12	安 徽	0.440	12	甘 肃	0.675	12	重 庆	0.001	12
内蒙古	0.104	13	浙 江	0.436	13	天 津	0.662	13	河 南	0.001	13
宁 夏	0.095	14	新 疆	0.405	14	四 川	0.645	14	吉 林	0.001	14
山 东	0.095	15	山 西	0.348	15	江 苏	0.643	15	内蒙古	0.001	15
青 海	0.089	16	云 南	0.337	16	重 庆	0.629	16	广 东	0.001	16
河 北	0.087	17	西 藏	0.332	17	青 海	0.618	17	浙 江	0.001	17
陕 西	0.086	18	四 川	0.327	18	浙 江	0.576	18	安 徽	0.001	18
黑龙江	0.085	19	河 北	0.322	19	山 西	0.575	19	北 京	0.001	19
吉 林	0.082	20	天 津	0.311	20	山 东	0.548	20	上 海	0.001	20
重 庆	0.079	21	江 苏	0.311	21	江 西	0.533	21	广 西	0.001	21
湖 北	0.059	22	河 南	0.311	22	河 北	0.520	22	湖 北	0.001	22
湖 南	0.042	23	湖 北	0.303	23	北 京	0.493	23	黑龙江	0.000	—
四 川	0.037	24	广 东	0.293	24	辽 宁	0.476	24	江 西	0.000	—
云 南	0.032	25	山 东	0.288	25	福 建	0.427	25	河 北	0.000	—
广 西	0.030	26	福 建	0.263	26	广 西	0.396	26	辽 宁	0.000	—
河 南	0.020	27	陕 西	0.230	27	西 藏	0.344	27	山 西	0.000	—
安 徽	0.016	28	上 海	0.198	28	上 海	0.302	28	山 东	0.000	—
江 西	0.016	29	江 西	0.188	29	内蒙古	0.299	29	天 津	0.000	—
甘 肃	0.013	30	贵 州	0.078	30	海 南	0.210	30	西 藏	0.000	—
贵 州	0.000	—	北 京	0.000	—	河 南	0.000	—	宁 夏	0.000	—

附表 4 – 18（1）　信息化速度微观指数及排名

I2.3.3.1 互联网带宽增长率			I2.3.3.2 网民增长率			I2.3.3.3 人均互联网带宽增长率		
省　份	指　数	排　名	省　份	指　数	排　名	省　份	指　数	排　名
安　徽	1.000	1	青　海	1.000	1	安　徽	1.000	1
河　北	0.572	2	贵　州	0.757	2	河　北	0.573	2
广　西	0.493	3	云　南	0.632	3	广　西	0.489	3
辽　宁	0.386	4	河　北	0.571	4	辽　宁	0.395	4
海　南	0.382	5	新　疆	0.541	5	河　南	0.383	5
河　南	0.380	6	天　津	0.511	6	海　南	0.379	6
山　东	0.368	7	重　庆	0.499	7	山　东	0.374	7
西　藏	0.345	8	宁　夏	0.484	8	西　藏	0.344	8
山　西	0.307	9	福　建	0.412	9	吉　林	0.316	9
吉　林	0.302	10	山　东	0.398	10	山　西	0.316	10
湖　北	0.294	11	山　西	0.346	11	湖　北	0.307	11
内蒙古	0.293	12	陕　西	0.346	12	内蒙古	0.304	12
贵　州	0.265	13	海　南	0.317	13	四　川	0.278	13
四　川	0.263	14	甘　肃	0.313	14	贵　州	0.270	14
江　西	0.248	15	湖　北	0.305	15	江　西	0.254	15
青　海	0.242	16	辽　宁	0.270	16	青　海	0.253	16
重　庆	0.220	17	湖　南	0.264	17	重　庆	0.225	17
黑龙江	0.204	18	浙　江	0.214	18	黑龙江	0.222	18
北　京	0.188	19	四　川	0.180	19	宁　夏	0.185	19
宁　夏	0.185	20	广　东	0.178	20	湖　南	0.165	20
湖　南	0.152	21	河　南	0.158	21	云　南	0.155	21
云　南	0.145	22	上　海	0.153	22	北　京	0.152	22
广　东	0.145	23	北　京	0.145	23	广　东	0.149	23
浙　江	0.084	24	广　西	0.127	24	陕　西	0.095	24
陕　西	0.080	25	黑龙江	0.117	25	浙　江	0.088	25
福　建	0.076	26	西　藏	0.110	26	福　建	0.088	26
江　苏	0.075	27	安　徽	0.046	27	江　苏	0.085	27
新　疆	0.060	28	吉　林	0.012	28	甘　肃	0.059	28
天　津	0.058	29	内蒙古	0.011	29	新　疆	0.057	29
甘　肃	0.044	30	江　西	0.009	30	天　津	0.008	30
上　海	0.000	—	江　苏	0.000	—	上　海	0.000	—

附表 4–18（2）　信息化速度微观指数及排名

I2.3.3.4 互联网带宽接入用户增长率			I2.3.3.5 固定电话用户增长率			I2.3.3.6 移动电话用户增长率		
省　份	指　数	排　名	省　份	指　数	排　名	省　份	指　数	排　名
安　徽	1.000	1	北　京	1.000	1	西　藏	1.000	1
内蒙古	0.936	2	天　津	0.847	2	甘　肃	0.752	2
宁　夏	0.861	3	内蒙古	0.779	3	安　徽	0.539	3
广　西	0.845	4	辽　宁	0.773	4	江　苏	0.518	4
河　北	0.785	5	云　南	0.744	5	海　南	0.516	5
河　南	0.782	6	山　西	0.740	6	湖　北	0.496	6
海　南	0.777	7	宁　夏	0.729	7	贵　州	0.475	7
贵　州	0.757	8	广　东	0.728	8	湖　南	0.463	8
江　苏	0.727	9	吉　林	0.699	9	陕　西	0.446	9
江　西	0.691	10	河　南	0.699	10	青　海	0.434	10
青　海	0.641	11	四　川	0.696	11	四　川	0.428	11
山　西	0.623	12	湖　北	0.674	12	江　西	0.418	12
甘　肃	0.618	13	广　西	0.672	13	广　西	0.405	13
吉　林	0.589	14	湖　南	0.671	14	内蒙古	0.391	14
湖　南	0.587	15	浙　江	0.669	15	辽　宁	0.359	15
重　庆	0.569	16	陕　西	0.658	16	宁　夏	0.342	16
陕　西	0.549	17	重　庆	0.657	17	云　南	0.341	17
湖　北	0.531	18	河　北	0.647	18	河　北	0.323	18
福　建	0.507	19	上　海	0.644	19	吉　林	0.263	19
西　藏	0.431	20	安　徽	0.632	20	山　东	0.256	20
云　南	0.424	21	山　东	0.622	21	山　西	0.248	21
四　川	0.393	22	青　海	0.620	22	天　津	0.242	22
山　东	0.292	23	贵　州	0.569	23	河　南	0.219	23
辽　宁	0.248	24	新　疆	0.554	24	黑龙江	0.204	24
广　东	0.147	25	江　苏	0.545	25	北　京	0.193	25
浙　江	0.142	26	江　西	0.492	26	重　庆	0.179	26
北　京	0.128	27	甘　肃	0.454	27	上　海	0.177	27
黑龙江	0.052	28	福　建	0.435	28	浙　江	0.169	28
上　海	0.029	29	黑龙江	0.341	29	福　建	0.152	29
新　疆	0.024	30	海　南	0.207	30	广　东	0.011	30
天　津	0.000	—	西　藏	0.000	—	新　疆	0.000	—

附表 4 – 18 (3) 信息化速度微观指数及排名

I2.3.3.7 有线电视入户率 增长率			I2.3.3.8 广播人口覆盖 增长率			I2.3.3.9 电视综合人口 覆盖增长率		
省 份	指 数	排 名	省 份	指 数	排 名	省 份	指 数	排 名
上 海	1.000	1	安 徽	1.000	1	湖 南	1.000	1
广 东	0.927	2	内蒙古	0.973	2	贵 州	0.998	2
江 西	0.778	3	西 藏	0.923	3	宁 夏	0.690	3
陕 西	0.772	4	湖 南	0.913	4	内蒙古	0.495	4
山 东	0.682	5	江 西	0.870	5	西 藏	0.490	5
贵 州	0.586	6	贵 州	0.867	6	广 西	0.475	6
黑龙江	0.516	7	青 海	0.816	7	江 西	0.410	7
山 西	0.505	8	广 西	0.816	8	甘 肃	0.343	8
北 京	0.492	9	甘 肃	0.807	9	安 徽	0.340	9
云 南	0.480	10	重 庆	0.789	10	吉 林	0.262	10
福 建	0.478	11	湖 北	0.785	11	青 海	0.251	11
天 津	0.453	12	云 南	0.781	12	湖 北	0.230	12
河 北	0.436	13	山 东	0.781	13	云 南	0.230	13
内蒙古	0.436	14	陕 西	0.780	14	陕 西	0.221	14
西 藏	0.425	15	吉 林	0.777	15	福 建	0.151	15
吉 林	0.413	16	辽 宁	0.771	16	重 庆	0.135	16
广 西	0.396	17	河 南	0.763	17	山 东	0.120	17
湖 南	0.270	18	河 北	0.760	18	河 北	0.111	18
甘 肃	0.221	19	广 东	0.740	19	山 西	0.104	19
湖 北	0.195	20	山 西	0.738	20	河 南	0.065	20
安 徽	0.000	—	福 建	0.736	21	辽 宁	0.060	21
辽 宁	0.000	—	黑龙江	0.729	22	四 川	0.057	22
江 苏	0.000	—	江 苏	0.725	23	广 东	0.056	23
浙 江	0.000	—	海 南	0.722	24	黑龙江	0.055	24
河 南	0.000	—	北 京	0.720	25	新 疆	0.031	25
海 南	0.000	—	天 津	0.720	26	江 苏	0.021	26
重 庆	0.000	—	四 川	0.720	27	北 京	0.013	27
四 川	0.000	—	新 疆	0.716	28	天 津	0.013	28
青 海	0.000	—	宁 夏	0.000	—	海 南	0.000	—
宁 夏	0.000	—	上 海	0.000	—	上 海	0.000	—
新 疆	0.000	—	浙 江	0.000	—	浙 江	0.000	—

附表 4－18（4）　信息化速度微观指数及排名

I2.3.3.10 有线广播电视 用户增长率			I2.3.3.11 数字电视 用户增长率			I2.3.3.12 付费数字电视 用户增长率		
省　份	指　数	排　名	省　份	指　数	排　名	省　份	指　数	排　名
辽　宁	1.000	1	新　疆	1.000	1	广　西	1.000	1
黑龙江	0.753	2	黑龙江	0.717	2	陕　西	0.737	2
湖　南	0.746	3	安　徽	0.415	3	江　苏	0.712	3
吉　林	0.737	4	湖　北	0.388	4	甘　肃	0.670	4
天　津	0.734	5	陕　西	0.380	5	黑龙江	0.631	5
新　疆	0.716	6	贵　州	0.269	6	湖　南	0.576	6
湖　北	0.703	7	湖　南	0.261	7	云　南	0.534	7
江　苏	0.699	8	辽　宁	0.252	8	贵　州	0.401	8
河　南	0.694	9	甘　肃	0.249	9	四　川	0.287	9
山　东	0.667	10	浙　江	0.236	10	吉　林	0.235	10
北　京	0.643	11	四　川	0.204	11	福　建	0.217	11
陕　西	0.616	12	河　北	0.174	12	新　疆	0.217	12
江　西	0.599	13	福　建	0.163	13	辽　宁	0.205	13
云　南	0.576	14	广　东	0.156	14	海　南	0.180	14
广　东	0.562	15	重　庆	0.156	15	安　徽	0.164	15
浙　江	0.560	16	云　南	0.152	16	重　庆	0.145	16
安　徽	0.558	17	山　东	0.151	17	山　西	0.142	17
上　海	0.557	18	江　苏	0.134	18	河　北	0.142	18
山　西	0.552	19	山　西	0.116	19	宁　夏	0.141	19
四　川	0.541	20	江　西	0.110	20	湖　北	0.132	20
甘　肃	0.526	21	河　南	0.110	21	山　东	0.127	21
内蒙古	0.504	22	北　京	0.103	22	内蒙古	0.125	22
青　海	0.502	23	青　海	0.084	23	浙　江	0.122	23
西　藏	0.491	24	吉　林	0.083	24	河　南	0.101	24
福　建	0.482	25	内蒙古	0.077	25	上　海	0.101	25
重　庆	0.472	26	西　藏	0.047	26	青　海	0.097	26
河　北	0.455	27	宁　夏	0.036	27	广　东	0.091	27
贵　州	0.434	28	上　海	0.033	28	北　京	0.091	28
广　西	0.419	29	天　津	0.032	29	江　西	0.086	29
宁　夏	0.355	30	海　南	0.008	30	天　津	0.000	—
海　南	0.000	—	广　西	0.000	—	西　藏	0.000	—

附表 4－18（5） 信息化速度微观指数及排名

I2.3.3.13 全员劳动生产率增长率	I2.3.3.14 总资产贡献率增长率	I2.3.3.15 资产负债率增长率	I2.3.3.16 资本保值增值率增长率	I2.3.3.17 流动资产周转率增长率	I2.3.3.18 产品销售率增长率	I2.3.3.19* 工业成本费用利润率增长率
省　份			指　数			排名
吉　林			1.000			1
重　庆			0.614			2
云　南			0.581			3
山　西			0.521			4
北　京			0.512			5
河　南			0.509			6
内蒙古			0.497			7
四　川			0.459			8
河　北			0.458			9
山　东			0.455			10
辽　宁			0.448			11
陕　西			0.425			12
天　津			0.421			13
福　建			0.407			14
江　西			0.382			15
浙　江			0.368			16
黑龙江			0.337			17
新　疆			0.327			18
西　藏			0.323			19
宁　夏			0.323			20
安　徽			0.317			21
广　西			0.311			22
湖　北			0.308			23
贵　州			0.302			24
湖　南			0.274			25
甘　肃			0.231			26
广　东			0.227			27
青　海			0.177			28
江　苏			0.157			29
上　海			0.101			30
海　南			0.000			—

* I2.3.3.15～I2.3.3.19 五项指标用同一数据测算。

附表 4－19　一体化规模宏观指数及排名

I3.1.1.5 技术市场成交额			I3.1.1.6 国内专利年授权数量		
省　份	指　数	排　名	省　份	指　数	排　名
北　京	1.000	1	广　东	1.000	1
上　海	0.376	2	浙　江	0.853	2
广　东	0.196	3	江　苏	0.716	3
辽　宁	0.097	4	山　东	0.429	4
江　苏	0.092	5	上　海	0.394	5
天　津	0.084	6	北　京	0.285	6
山　东	0.064	7	四　川	0.214	7
湖　北	0.061	8	辽　宁	0.171	8
重　庆	0.061	9	河　南	0.146	9
浙　江	0.057	10	湖　北	0.134	10
湖　南	0.046	11	福　建	0.127	11
陕　西	0.043	12	天　津	0.108	12
四　川	0.042	13	湖　南	0.098	13
黑龙江	0.040	14	河　北	0.087	14
安　徽	0.032	15	重　庆	0.076	15
甘　肃	0.029	16	黑龙江	0.072	16
河　南	0.025	17	陕　西	0.069	17
吉　林	0.019	18	安　徽	0.069	18
福　建	0.017	19	吉　林	0.047	19
河　北	0.016	20	江　西	0.036	20
山　西	0.013	21	山　西	0.035	21
内蒙古	0.009	22	广　西	0.034	22
江　西	0.008	23	云　南	0.031	23
青　海	0.007	24	贵　州	0.026	24
新　疆	0.007	25	新　疆	0.023	25
云　南	0.005	26	内蒙古	0.020	26
海　南	0.003	27	甘　肃	0.015	27
广　西	0.003	28	宁　夏	0.008	28
贵　州	0.002	29	海　南	0.004	29
宁　夏	0.001	30	青　海	0.002	30
西　藏	0.000	—	西　藏	0.000	—

附表 4－20 一体化规模中观指数及排名

I3.1.2.1 软件技术服务收入			I3.1.2.2 软件外包服务收入			I3.1.2.3 软件产业主营业务及附加税		
省 份	指 数	排 名	省 份	指 数	排 名	省 份	指 数	排 名
江 苏	1.000	1	北 京	1.000	1	北 京	1.000	1
上 海	0.912	2	吉 林	0.233	2	广 东	0.754	2
广 东	0.867	3	浙 江	0.174	3	上 海	0.640	3
辽 宁	0.529	4	江 苏	0.160	4	山 东	0.275	4
浙 江	0.463	5	广 西	0.151	5	辽 宁	0.219	5
北 京	0.456	6	甘 肃	0.091	6	浙 江	0.207	6
山 东	0.387	7	安 徽	0.063	7	江 苏	0.192	7
四 川	0.254	8	河 南	0.045	8	四 川	0.151	8
福 建	0.191	9	上 海	0.024	9	天 津	0.119	9
陕 西	0.176	10	河 北	0.021	10	湖 北	0.104	10
吉 林	0.137	11	天 津	0.015	11	吉 林	0.083	11
天 津	0.106	12	贵 州	0.013	12	陕 西	0.082	12
黑龙江	0.079	13	湖 南	0.010	13	福 建	0.078	13
湖 北	0.068	14	四 川	0.005	14	河 南	0.070	14
河 南	0.047	15	广 东	0.004	15	湖 南	0.051	15
江 西	0.044	16	江 西	0.004	16	重 庆	0.039	16
湖 南	0.040	17	山 东	0.002	17	河 北	0.035	17
广 西	0.026	18	黑龙江	0.001	18	黑龙江	0.034	18
安 徽	0.025	19	福 建	0.001	19	江 西	0.024	19
重 庆	0.016	20	山 西	0.001	20	内蒙古	0.022	20
河 北	0.016	21	重 庆	0.001	21	安 徽	0.017	21
内蒙古	0.015	22	湖 北	0.000	—	新 疆	0.016	22
海 南	0.013	23	海 南	0.000	—	云 南	0.015	23
新 疆	0.011	24	内蒙古	0.000	—	贵 州	0.008	24
贵 州	0.010	25	新 疆	0.000	—	甘 肃	0.008	25
甘 肃	0.010	26	辽 宁	0.000	—	广 西	0.007	26
云 南	0.009	27	陕 西	0.000	—	山 西	0.006	27
山 西	0.003	28	宁 夏	0.000	—	海 南	0.003	28
宁 夏	0.001	29	云 南	0.000	—	宁 夏	0.001	29
西 藏	0.000	—	西 藏	0.000	—	西 藏	0.000	—
青 海	0.000	—	青 海	0.000	—	青 海	0.000	—

附表4-21 一体化规模微观指数及排名

I3.1.3.1 重点工业企业电子商务交易额			I3.1.3.2 重点工业企业电子商务销售额			I3.1.3.3 网商规模 I3.1.3.4 网商交易额			I3.1.3.5 大中型工业企业 R&D 人员数		
省 份	指 数	排 名	省 份	指 数	排 名	省 份	指 数	排 名	省 份	指 数	排 名
上 海	1.000	1	上 海	1.000	1	广 东	1.000	1	广 东	1.000	1
北 京	0.811	2	北 京	0.939	2	浙 江	0.776	2	江 苏	0.674	2
广 东	0.758	3	广 东	0.914	3	上 海	0.595	3	山 东	0.606	3
浙 江	0.510	4	山 东	0.605	4	江 苏	0.452	4	浙 江	0.447	4
山 东	0.418	5	浙 江	0.462	5	北 京	0.416	5	河 南	0.261	5
江 苏	0.286	6	江 苏	0.304	6	福 建	0.228	6	辽 宁	0.225	6
天 津	0.188	7	天 津	0.284	7	山 东	0.226	7	四 川	0.216	7
河 南	0.155	8	辽 宁	0.209	8	河 北	0.118	8	上 海	0.207	8
福 建	0.116	9	福 建	0.082	9	湖 北	0.115	9	湖 北	0.201	9
辽 宁	0.098	10	河 北	0.082	10	四 川	0.101	10	福 建	0.181	10
湖 南	0.093	11	湖 南	0.070	11	河 南	0.094	11	山 西	0.168	11
河 北	0.091	12	黑龙江	0.067	12	辽 宁	0.094	12	安 徽	0.156	12
云 南	0.081	13	河 南	0.066	13	湖 南	0.081	13	北 京	0.152	13
湖 北	0.080	14	新 疆	0.065	14	安 徽	0.061	14	黑龙江	0.150	14
安 徽	0.056	15	湖 北	0.046	15	天 津	0.061	15	湖 南	0.144	15
新 疆	0.041	16	安 徽	0.033	16	江 西	0.051	16	河 北	0.143	16
江 西	0.039	17	陕 西	0.031	17	广 西	0.046	17	陕 西	0.140	17
黑龙江	0.028	18	江 西	0.028	18	重 庆	0.045	18	天 津	0.123	18
四 川	0.023	19	云 南	0.016	19	陕 西	0.034	19	重 庆	0.118	19
陕 西	0.019	20	四 川	0.015	20	黑龙江	0.031	20	江 西	0.081	20
山 西	0.018	21	重 庆	0.011	21	云 南	0.026	21	内蒙古	0.064	21
重 庆	0.012	22	吉 林	0.008	22	吉 林	0.025	22	甘 肃	0.053	22
广 西	0.007	23	山 西	0.007	23	山 西	0.018	23	吉 林	0.047	23
吉 林	0.006	24	广 西	0.005	24	内蒙古	0.012	24	广 西	0.040	24
内蒙古	0.004	25	宁 夏	0.004	25	贵 州	0.011	25	云 南	0.039	25
宁 夏	0.004	26	内蒙古	0.004	26	海 南	0.008	26	贵 州	0.032	26
贵 州	0.001	27	甘 肃	0.001	27	甘 肃	0.007	27	新 疆	0.024	27
甘 肃	0.001	28	海 南	0.000	—	新 疆	0.006	28	宁 夏	0.016	28
青 海	0.000	—	贵 州	0.000	—	宁 夏	0.002	29	青 海	0.004	29
海 南	0.000	—	青 海	0.000	—	青 海	0.001	30	海 南	0.002	30
西 藏	0.000	—	西 藏	0.000	—	西 藏	0.000	—	西 藏	0.000	—

附表 4 – 22 一体化质量宏观指数及排名

I3.2.1.2 网商密度 I3.2.1.3 网商交易额比率			I3.2.1.4 中国行业电子商务 网站 TOP 100 各地比重			I3.2.1.7 政府网站 绩效水平			I3.2.1.9 平均 IP 病毒 感染量		
省 份	指 数	排 名	省 份	指 数	排 名	省 份	指 数	排 名	省 份	指 数	排 名
北 京	1.000	1	浙 江	1.000	1	北 京	1.000	1	西 藏	1.000	1
上 海	0.885	2	广 东	0.400	2	上 海	0.960	2	海 南	0.831	2
浙 江	0.644	3	北 京	0.375	3	浙 江	0.913	3	广 西	0.786	3
广 东	0.610	4	上 海	0.250	4	陕 西	0.906	4	浙 江	0.732	4
福 建	0.421	5	天 津	0.000	—	四 川	0.877	5	广 东	0.725	5
江 苏	0.347	6	河 北	0.000	—	湖 南	0.858	6	福 建	0.710	6
天 津	0.317	7	山 西	0.000	—	海 南	0.815	7	新 疆	0.701	7
湖 北	0.155	8	内蒙古	0.000	—	福 建	0.793	8	上 海	0.661	8
海 南	0.141	9	辽 宁	0.000	—	广 东	0.781	9	江 苏	0.629	9
山 东	0.137	10	吉 林	0.000	—	安 徽	0.759	10	吉 林	0.546	10
河 北	0.131	11	黑龙江	0.000	—	天 津	0.706	11	北 京	0.520	11
辽 宁	0.125	12	江 苏	0.000	—	江 苏	0.679	12	云 南	0.482	12
重 庆	0.120	13	安 徽	0.000	—	黑龙江	0.674	13	山 西	0.446	13
四 川	0.093	14	福 建	0.000	—	吉 林	0.671	14	山 东	0.434	14
江 西	0.086	15	江 西	0.000	—	云 南	0.639	15	陕 西	0.431	15
陕 西	0.083	16	山 东	0.000	—	河 北	0.632	16	甘 肃	0.426	16
湖 南	0.081	17	河 南	0.000	—	江 西	0.632	17	湖 北	0.423	17
西 藏	0.072	18	湖 北	0.000	—	河 南	0.622	18	江 西	0.421	18
广 西	0.066	19	湖 南	0.000	—	辽 宁	0.613	19	湖 南	0.372	19
安 徽	0.059	20	广 西	0.000	—	重 庆	0.612	20	安 徽	0.369	20
河 南	0.057	21	海 南	0.000	—	山 西	0.610	21	四 川	0.349	21
吉 林	0.045	22	重 庆	0.000	—	湖 北	0.595	22	黑龙江	0.331	22
黑龙江	0.044	23	四 川	0.000	—	内蒙古	0.510	23	河 南	0.301	23
云 南	0.038	24	贵 州	0.000	—	青 海	0.456	24	天 津	0.301	24
山 西	0.020	25	云 南	0.000	—	广 西	0.425	25	重 庆	0.291	25
贵 州	0.013	26	西 藏	0.000	—	山 东	0.410	26	贵 州	0.281	26
宁 夏	0.011	27	陕 西	0.000	—	贵 州	0.399	27	内蒙古	0.243	27
内蒙古	0.006	28	甘 肃	0.000	—	宁 夏	0.398	28	辽 宁	0.232	28
青 海	0.006	29	青 海	0.000	—	甘 肃	0.370	29	河 北	0.084	29
甘 肃	0.002	30	宁 夏	0.000	—	西 藏	0.340	30	宁 夏	0.063	30
新 疆	0.000	—	新 疆	0.000	—	新 疆	0.000	—	青 海	0.000	—

附表 4-23　一体化质量中观指数及排名

I3.2.2.1 软件技术服务收入占 GDP 比重			I3.2.2.2 软件外包服务收入占 GDP 比重			I3.2.2.3 R&D 经费内部支出占 GDP 比重			I3.2.2.4 软件研发人员占从业人员比重		
省　份	指　数	排　名	省　份	指　数	排　名	省　份	指　数	排　名	省　份	指　数	排　名
上　海	1.000	1	北　京	1.000	1	天　津	1.000	1	北　京	1.000	1
北　京	0.653	2	吉　林	0.380	2	江　苏	0.955	2	陕　西	0.895	2
辽　宁	0.590	3	甘　肃	0.302	3	上　海	0.936	3	辽　宁	0.635	3
江　苏	0.496	4	广　西	0.221	4	广　东	0.815	4	河　南	0.609	4
陕　西	0.386	5	浙　江	0.085	5	山　东	0.787	5	山　西	0.575	5
广　东	0.365	6	安　徽	0.074	6	辽　宁	0.678	6	黑龙江	0.557	6
浙　江	0.324	7	江　苏	0.055	7	浙　江	0.637	7	云　南	0.555	7
吉　林	0.320	8	贵　州	0.039	8	重　庆	0.610	8	安　徽	0.495	8
四　川	0.305	9	河　南	0.026	9	江　西	0.490	9	甘　肃	0.478	9
福　建	0.265	10	天　津	0.025	10	安　徽	0.488	10	湖　北	0.471	10
天　津	0.252	11	上　海	0.018	11	湖　北	0.482	11	广　东	0.456	11
山　东	0.187	12	河　北	0.013	12	山　西	0.479	12	上　海	0.454	12
黑龙江	0.143	13	湖　南	0.010	13	北　京	0.479	13	江　西	0.447	13
海　南	0.131	14	江　西	0.006	14	陕　西	0.434	14	山　东	0.437	14
江　西	0.101	15	四　川	0.004	15	福　建	0.423	15	河　北	0.430	15
湖　北	0.090	16	黑龙江	0.002	16	黑龙江	0.409	16	内蒙古	0.421	16
广　西	0.055	17	海　南	0.002	17	湖　南	0.402	17	重　庆	0.418	17
湖　南	0.054	18	广　东	0.001	18	宁　夏	0.386	18	吉　林	0.416	18
重　庆	0.048	19	重　庆	0.001	19	甘　肃	0.376	19	福　建	0.415	19
贵　州	0.046	20	福　建	0.001	20	四　川	0.347	20	海　南	0.409	20
甘　肃	0.046	21	山　西	0.001	21	河　南	0.347	21	浙　江	0.408	21
安　徽	0.042	22	山　东	0.001	22	河　北	0.319	22	宁　夏	0.403	22
新　疆	0.041	23	新　疆	0.000	—	贵　州	0.299	23	天　津	0.383	23
河　南	0.039	24	湖　北	0.000	—	吉　林	0.279	24	广　西	0.381	24
内蒙古	0.028	25	宁　夏	0.000	—	内蒙古	0.245	25	江　苏	0.378	25
云　南	0.024	26	内蒙古	0.000	—	新　疆	0.199	26	四　川	0.353	26
宁　夏	0.015	27	陕　西	0.000	—	广　西	0.193	27	湖　南	0.346	27
河　北	0.015	28	辽　宁	0.000	—	青　海	0.185	28	贵　州	0.266	28
山　西	0.007	29	云　南	0.000	—	云　南	0.139	29	新　疆	0.162	29
西　藏	0.000	—	西　藏	0.000	—	海　南	0.031	30	西　藏	0.000	—
青　海	0.000	—	青　海	0.000	—	西　藏	0.000	—	青　海	0.000	—

附表 4－24 一体化质量微观观指数及排名

I 3.2.3.1 网商发展经营水平			I 3.2.3.2 重点工业企业电子商务销售额占主营业务收入比重			I 3.2.3.8 大中型工业企业R&D人员占工业从业人员比重		
省 份	指 数	排 名	省 份	指 数	排 名	省 份	指 数	排 名
上 海	1.000	1	上 海	1.000	1	广 东	1.000	1
浙 江	0.896	2	北 京	0.954	2	江 苏	0.885	2
北 京	0.714	3	云 南	0.490	3	重 庆	0.720	3
江 苏	0.696	4	浙 江	0.345	4	湖 北	0.652	4
广 东	0.669	5	湖 南	0.325	5	天 津	0.646	5
湖 北	0.619	6	福 建	0.309	6	安 徽	0.643	6
福 建	0.597	7	河 南	0.289	7	山 东	0.629	7
宁 夏	0.498	8	安 徽	0.242	8	北 京	0.618	8
天 津	0.474	9	广 东	0.227	9	上 海	0.610	9
内蒙古	0.456	10	湖 北	0.222	10	浙 江	0.589	10
江 西	0.440	11	江 西	0.201	11	四 川	0.582	11
湖 南	0.429	12	天 津	0.191	12	湖 南	0.544	12
山 东	0.420	13	山 东	0.129	13	陕 西	0.516	13
安 徽	0.413	14	重 庆	0.119	14	河 南	0.511	14
河 北	0.412	15	河 北	0.108	15	辽 宁	0.500	15
新 疆	0.406	16	江 苏	0.103	16	山 西	0.484	16
四 川	0.383	17	新 疆	0.088	17	黑龙江	0.460	17
辽 宁	0.295	18	四 川	0.077	18	甘 肃	0.450	18
云 南	0.294	19	山 西	0.067	19	内蒙古	0.420	19
河 南	0.287	20	宁 夏	0.052	20	江 西	0.400	20
重 庆	0.282	21	广 西	0.036	21	河 北	0.382	21
陕 西	0.244	22	陕 西	0.036	22	宁 夏	0.357	22
贵 州	0.131	23	吉 林	0.031	23	福 建	0.334	23
甘 肃	0.129	24	内蒙古	0.015	24	贵 州	0.252	24
青 海	0.123	25	辽 宁	0.015	25	吉 林	0.247	25
西 藏	0.110	26	贵 州	0.015	26	广 西	0.242	26
黑龙江	0.107	27	青 海	0.010	27	云 南	0.225	27
吉 林	0.081	28	黑龙江	0.005	28	新 疆	0.220	28
海 南	0.058	29	甘 肃	0.005	29	青 海	0.173	29
广 西	0.021	30	海 南	0.000	—	海 南	0.103	30
山 西	0.000	—	西 藏	0.000	—	西 藏	0.000	—

附表 4-25　一体化速度宏观指数及排名

I3.3.1.2 政府网站绩效增长率			I3.3.1.3 技术市场成交额增长率			I3.3.1.4 国内专利年授权增长率			I3.3.1.5 平均 IP 病毒感染增长率		
省　份	指　数	排　名	省　份	指　数	排　名	省　份	指　数	排　名	省　份	指　数	排　名
湖　南	1.000	1	海　南	1.000	1	宁　夏	1.000	1	江　西	1.000	1
四　川	0.788	2	贵　州	0.595	2	江　苏	0.412	2	云　南	0.877	2
福　建	0.696	3	广　西	0.504	3	西　藏	0.384	3	四　川	0.845	3
重　庆	0.681	4	重　庆	0.243	4	四　川	0.364	4	贵　州	0.814	4
陕　西	0.636	5	山　西	0.238	5	河　南	0.327	5	广　西	0.792	5
河　南	0.559	6	广　东	0.230	6	安　徽	0.298	6	上　海	0.728	6
河　北	0.524	7	山　东	0.218	7	陕　西	0.297	7	西　藏	0.721	7
湖　北	0.503	8	青　海	0.215	8	湖　北	0.291	8	北　京	0.679	8
江　西	0.456	9	陕　西	0.215	9	浙　江	0.285	9	天　津	0.678	9
海　南	0.403	10	四　川	0.211	10	天　津	0.246	10	广　东	0.654	10
吉　林	0.320	11	宁　夏	0.189	11	北　京	0.219	11	安　徽	0.654	11
江　苏	0.296	12	浙　江	0.180	12	山　东	0.204	12	辽　宁	0.650	12
浙　江	0.237	13	福　建	0.165	13	广　西	0.203	13	湖　南	0.631	13
安　徽	0.217	14	安　徽	0.164	14	海　南	0.188	14	河　南	0.624	14
天　津	0.151	15	湖　北	0.158	15	山　西	0.181	15	新　疆	0.617	15
云　南	0.147	16	江　苏	0.157	16	江　西	0.149	16	浙　江	0.588	16
上　海	0.132	17	天　津	0.156	17	辽　宁	0.149	17	重　庆	0.583	17
黑龙江	0.128	18	黑龙江	0.152	18	广　东	0.140	18	山　西	0.508	18
广　东	0.004	19	北　京	0.149	19	湖　南	0.121	19	福　建	0.493	19
北　京	0.000	—	甘　肃	0.142	20	黑龙江	0.107	20	江　苏	0.482	20
山　西	0.000	—	吉　林	0.139	21	吉　林	0.091	21	海　南	0.468	21
内蒙古	0.000	—	上　海	0.131	22	青　海	0.075	22	黑龙江	0.432	22
辽　宁	0.000	—	辽　宁	0.128	23	河　北	0.073	23	吉　林	0.410	23
山　东	0.000	—	湖　南	0.119	24	福　建	0.071	24	陕　西	0.395	24
广　西	0.000	—	新　疆	0.118	25	甘　肃	0.070	25	甘　肃	0.392	25
贵　州	0.000	—	河　北	0.113	26	内蒙古	0.060	26	青　海	0.391	26
西　藏	0.000	—	西　藏	0.111	27	贵　州	0.051	27	山　东	0.385	27
甘　肃	0.000	—	河　南	0.104	28	上　海	0.050	28	湖　北	0.345	28
青　海	0.000	—	内蒙古	0.079	29	新　疆	0.026	29	内蒙古	0.202	29
宁　夏	0.000	—	江　西	0.060	30	重　庆	0.018	30	宁　夏	0.160	30
新　疆	0.000	—	云　南	0.000	—	云　南	0.000	—	河　北	0.000	—

附表 4-26　一体化速度中观指数及排名

I3.3.2.1 软件技术服务 收入增长率			I3.3.2.2 软件外包服务 收入增长率			I3.3.2.5 软件研发人员 增长率		
省　份	指　数	排　名	省　份	指　数	排　名	省　份	指　数	排　名
海　南	1.000	1	甘　肃	1.000	1	北　京	1.000	1
山　东	0.813	2	广　西	0.426	2	广　东	0.869	2
浙　江	0.780	3	河　南	0.107	3	山　东	0.684	3
江　西	0.615	4	吉　林	0.058	4	云　南	0.633	4
新　疆	0.581	5	北　京	0.052	5	陕　西	0.510	5
天　津	0.541	6	安　徽	0.023	6	辽　宁	0.502	6
福　建	0.464	7	河　北	0.013	7	湖　南	0.481	7
陕　西	0.464	8	湖　南	0.007	8	河　北	0.464	8
江　苏	0.460	9	江　西	0.006	9	山　西	0.452	9
贵　州	0.445	10	浙　江	0.003	10	甘　肃	0.451	10
山　西	0.374	11	山　西	0.003	11	新　疆	0.398	11
安　徽	0.373	12	江　苏	0.002	12	四　川	0.397	12
广　东	0.372	13	天　津	0.001	13	浙　江	0.396	13
黑龙江	0.364	14	新　疆	0.001	14	海　南	0.384	14
四　川	0.355	15	海　南	0.001	15	安　徽	0.367	15
湖　北	0.340	16	贵　州	0.001	16	广　西	0.330	16
辽　宁	0.336	17	西　藏	0.001	17	河　南	0.277	17
河　北	0.335	18	陕　西	0.001	18	江　西	0.261	18
河　南	0.335	19	青　海	0.001	19	西　藏	0.207	19
宁　夏	0.330	20	宁　夏	0.001	20	青　海	0.207	20
上　海	0.315	21	内蒙古	0.001	21	福　建	0.206	21
广　西	0.307	22	福　建	0.000	—	吉　林	0.203	22
重　庆	0.299	23	四　川	0.000	—	重　庆	0.197	23
甘　肃	0.287	24	重　庆	0.000	—	江　苏	0.190	24
湖　南	0.260	25	上　海	0.000	—	宁　夏	0.154	25
西　藏	0.239	26	湖　北	0.000	—	湖　北	0.150	26
青　海	0.239	27	黑龙江	0.000	—	上　海	0.135	27
吉　林	0.215	28	广　东	0.000	—	贵　州	0.099	28
内蒙古	0.209	29	山　东	0.000	—	黑龙江	0.087	29
云　南	0.189	30	辽　宁	0.000	—	内蒙古	0.057	30
北　京	0.000	—	云　南	0.000	—	天　津	0.000	—

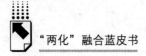
附表 4 - 27 一体化速度微观指数及排名

I3.3.3.4 网商规模增长率		I3.3.3.5 网商交易额增长率*
省　份	指　数	排　名
宁　夏	1.000	1
河　北	0.779	2
河　南	0.666	3
甘　肃	0.591	4
贵　州	0.589	5
湖　南	0.527	6
青　海	0.519	7
云　南	0.517	8
福　建	0.499	9
吉　林	0.456	10
山　东	0.456	11
内蒙古	0.446	12
重　庆	0.444	13
四　川	0.439	14
广　东	0.406	15
浙　江	0.403	16
山　西	0.386	17
安　徽	0.376	18
西　藏	0.370	19
江　西	0.343	20
江　苏	0.333	21
陕　西	0.320	22
湖　北	0.295	23
黑龙江	0.263	24
辽　宁	0.249	25
广　西	0.231	26
海　南	0.200	27
天　津	0.199	28
北　京	0.178	29
上　海	0.086	30
新　疆	0.000	—

* I3.3.3.4～I3.3.3.5 两项指标使用同一数据计算。

Ⓑ.46
主要参考文献

American Economic Association. *Readings in Price Theory*. Chicago：Irwin Inc.，1952.

Asimakopolous. *Microeconomics*. Oxford University Press，1978.

Baumol and Blind. *Economics-Principles and Policy*. Seventh Ed. New York：Dryden Press，1997.

Durnbush and Fischer. *Macroeconomics*. 7th Ed.，Mcgraw-Hill Inc.，1998.

Ferguson. *Microeconomics Theory*. 3rd Ed.，Irwin Inc.，Homewood Illinois，1972.

Keynes，John Maynard，*The General Theory of Employment，Interest and Money*，1936，London：Macmillan.

Mankiw. *Principles of Economics*. New York：Dryden Press，1998.

Marshall. *Principles of Economics*，8th Ed.，London：Macmillan，1920.

Samuelson. and Nordhaus. *Economics*. 16th Ed.，McGraw-Hill Inc.，New York，1998.

Schumpeter. *Theory of Economic Development*，Harverd University Press，1962.

Adam Smith. *An Inquiry into Nature and Cause of the Wealth of Nations*，London：Dante Inc.，1995.

Putterman and Rueschemeyer. *State and Market in Development*，London：Lynne Rienner Publishers，1992.

多恩布什、费希尔：《宏观经济学》，中国人民大学出版社，1997。

凯恩斯：《就业、利息和货币通论》（重译本），商务印书馆，1997。

萨缪尔森、诺德豪斯：《经济学》（第十七版），人民邮电出版社，2004。

斯蒂格利茨：《经济学》，中国人民大学出版社，1997。

高鸿业：《西方经济学》（第四版），中国人民大学出版社，2007。

冯飞等：《迈向工业大国——30年工业改革与发展回顾》，中国发展出版社，2008。

林善炜：《中国经济结构调整战略》，中国社会科学出版社，2003。

王云平：《工业结构升级的制度分析》，经济管理出版社，2004。

曲维枝：《信息产业与我国的经济社会发展》，人民出版社，2002。

倪鹏飞等：《中国国家竞争力报告》，社会科学文献出版社，2010。

钱纳里等：《工业化和经济增长的比较研究》，吴奇等译，三联书店，1995。

杨学山：《中国信息化形势分析与展望》，上海远东出版社，2008。

图书在版编目（CIP）数据

中国"两化"融合发展报告. 2011/朱金周主编. —北京：社会
科学文献出版社，2011.6
（"两化"融合蓝皮书）
ISBN 978 - 7 - 5097 - 2389 - 0

Ⅰ.①中… Ⅱ.①朱… Ⅲ.①工业化 - 研究报告 - 中国 - 2011
②信息化 - 研究报告 - 中国 - 2011　Ⅳ.①F424 ②G202

中国版本图书馆 CIP 数据核字（2011）第 091048 号

"两化"融合蓝皮书
中国"两化"融合发展报告（2011）

主　　编／朱金周

出 版 人／谢寿光
总 编 辑／邹东涛
出 版 者／社会科学文献出版社
地　　址／北京市西城区北三环中路甲 29 号院 3 号楼华龙大厦
邮政编码／100029

责任部门／皮书出版中心（010）59367127　　责任编辑／吴　丹
电子信箱／pishubu@ ssap. cn　　　　　　　责任校对／邓晓春
项目统筹／邓泳红　吴　丹　　　　　　　　责任印制／董　然
总 经 销／社会科学文献出版社发行部（010）59367081　59367089
读者服务／读者服务中心（010）59367028

印　　装／三河市文通印刷包装有限公司
开　　本／787mm×1092mm　1/16　　印　张／24.5
版　　次／2011 年 6 月第 1 版　　　　字　数／419 千字
印　　次／2011 年 6 月第 1 次印刷
书　　号／ISBN 978 - 7 - 5097 - 2389 - 0
定　　价／98.00 元

盘点年度资讯 预测时代前程

从"盘阅读"到全程在线阅读
皮书数据库完美升级

· 产品更多样

从纸书到电子书，再到全程在线网络阅读，皮书系列产品更加多样化。2010年开始，皮书系列随书附赠产品将从原先的电子光盘改为更具价值的皮书数据库阅读卡。纸书的购买者凭借附赠的阅读卡将获得皮书数据库高价值的免费阅读服务。

· 内容更丰富

皮书数据库以皮书系列为基础，整合国内外其他相关资讯构建而成，内容包括建社以来的700余部皮书、20000多篇文章，并且每年以120种皮书、4000篇文章的数量增加，可以为读者提供更加广泛的资讯服务。皮书数据库开创便捷的检索系统，可以实现精确查找与模糊匹配，为读者提供更加准确的资讯服务。

· 流程更简便

登录皮书数据库网站www.i-ssdb.cn，注册、登录、充值后，即可实现下载阅读，购买本书赠送您100元充值卡。请按以下方法进行充值。

充值卡使用步骤：

第一步
· 刮开下面密码涂层
· 登录 www.i-ssdb.cn
· 点击"注册"进行用户注册

第二步
登录后点击"会员中心"进入会员中心。

SSDB
社科文献资源库
SOCIAL SCIENCE
DATABASE

第三步

· 点击"在线充值"的"充值卡充值"，
· 输入正确的"卡号"和"密码"，即可使用。

社会科学文献出版社 皮书系列
SOCIAL SCIENCES ACADEMIC PRESS (CHINA)
卡号：1617311274861499
密码：

（本卡为图书内容的一部分，不购书刮卡，视为盗书）

如果您还有疑问，可以点击网站的"使用帮助"或电话垂询010-59367071。

广视角·全方位·多品种